Sejal Badani

Der Weg heim

amazon crossing

Das Buch

Als ihr Vater ins Koma fällt, kehrt Sonya widerstrebend in das Haus ihrer Kindheit zurück. Hier trifft sie nach Jahren in der Fremde auf ihre Mutter und ihre beiden Schwestern Marin und Trisha – als Töchter indischer Einwanderer scheint für sie der amerikanische Traum wahr geworden zu sein.

Doch der Schein trügt. Ihr Wiedersehen und die Krankheit ihres Vaters zwingen sie dazu, die Vergangenheit aufzuarbeiten – die Geschichte eines dominanten Mannes, der als Einwanderer in einem fremden Land unter alltäglicher Diskriminierung litt.

Mit erschütternder Ehrlichkeit erzählt die Autorin in »Der Weg heim« eine berührende Geschichte des Leids sowie der befreienden Macht der Worte und der Wahrheit.

Die Autorin

Sejal Badani gab ihre Anwaltstätigkeit auf, um hauptberuflich als Schriftstellerin zu arbeiten – eine Entscheidung, die mit mehreren Auszeichnungen belohnt wurde. Sie war Finalistin des ABC/Disney Writing Fellowship und des CBS Writing Fellowship.

Wenn sie nicht gerade an ihrem neuesten Buch schreibt, verbringt sie ihre Zeit mit Lesen, Fahrradtouren entlang der Küste und Reisen. Während sie schreibt, läuft die Musik von Bruce Springsteen, Beyoncé und Ed Sheeran.

Die Autorin lebt mit ihrer Familie an der Westküste der USA.

sejal
badani

DER WEG HEIM

roman

Aus dem Amerikanischen von Volker Lehmacher

amazon crossing

Die Originalausgabe erschien 2015 unter dem Titel »Trail of Broken Wings«
bei Lake Union Publishing, Seattle.

Deutsche Erstveröffentlichung bei
AmazonCrossing, Amazon Media EU S.à r.l.
5 Rue Plaetis, L-2338 Luxembourg
April 2016

Umschlaggestaltung: semper smile, München, www.sempersmile.de
Umschlagmotiv: © Mumtaz Mustafa
Lektorat: Diana Schaumlöffel
Satz: Dr. Rainer Schöttle Verlagsservice, www.schoettle-lektorat.de
Printed in Germany
By Amazon Distribution GmbH
Amazonstraße 1
04347 Leipzig, Germany

ISBN: 978-1-503-93583-9

www.amazon.com/crossing

Für meine Familie.
Ohne euch würde ich nicht hier sein.
Für alles, was ich bin, danke ich euch.
Ich liebe euch.

Sonya

Die Stimme meiner Mutter füllt den Raum, dumpf aus dem Lautsprecher meines Handys hallend. Jedes ihrer Worte bringt Erinnerungen mit sich, wie durch gesplittertes Glas gefiltert. Ich will, nein, ich muss das Handy abschalten, ihre Stimme abstellen, aber mein Körper will mir nicht gehorchen, weigert sich aufzustehen. Ihre Stimme wird lauter. Sie ruft nach mir. Ihre Verzweiflung dringt durch den Nebel, in den mein Geist gehüllt ist.

Gut sieben Milliarden Menschen leben auf dieser Erde. Wie kann es da nur sein, dass die Stimme einer einzelnen Person solch eine Wirkung hat? Ich sage mir, dass ich stärker bin als früher, belastbarer. Ich bestimme jetzt mein eigenes Schicksal, spiele nach meinen Regeln, richte mich nach niemand anderem. Weil die Alternative ja wäre, nicht mehr als eine Figur in einem fremden Spiel zu sein. Dann müsste ich warten, bis ich ausgespielt werde. Das Schlimmste daran ist das Ungewisse. Dies mag auch erklären, warum wir so sehr bemüht sind, selbstbestimmt zu leben. Nur so können wir hoffen, unserem Leben einen Sinn zu geben.

Die Geräusche der Stadt dringen durch das offene Fenster. Mein Apartment liegt im zehnten Stock, aber das Hupen der Taxis und die Stimmen der Menschen reichen bis hier hoch. Es ist Winter, doch in den Häuserschluchten von Manhattan merkt man davon wenig, abgesehen von den dicken Jacken der

Menschen auf der Straße und einem salzigen Geschmack in der Luft sowie gelegentlichen Resten von Schnee am Straßenrand. Ansonsten geht alles seinen gewohnten Trott. Eine Eigenart dieser Stadt, die ich in den drei Monaten, die ich hier nun lebe, zu schätzen gelernt habe.

Ich sehe mich um, betrachte die gerahmten Bilder, die meine vorübergehende Bleibe schmücken. Fotos von jedem Ort, an dem ich bisher war, Erinnerungen, festgehalten auf Glanzpapier. Durch die Linse meiner Kamera habe ich die Schönheit der Welt gesehen. Monumente, geschaffen von Menschenhand, im Wettstreit mit Kunstwerken der Natur. Jedes Bild erinnert mich an das Licht, das tief in so vielen Menschen glüht, und daran, dass ich doch nie wirklich meinem Schatten entkommen kann, ganz egal, wie weit ich renne.

»Komm heim. Bitte. Ich brauche dich. Wir brauchen dich. Brent … dein Vater, er …« Die Stimme bricht. Meine Mutter, Ranee, eine Frau, die in meiner Kindheit so selten einmal etwas gesagt hat, kann jetzt gar nicht aufhören zu reden. »Sonya, er liegt im Koma. Ich weiß nicht, wie lange ihm noch bleibt.«

Ich spüre den Atem meines Vaters, ganz so, als ob er hier bei mir wäre, in dieser Zuflucht, die ich mir geschaffen habe. Fühle ihn mit jedem Atemzug, um den ich ringe. Ich klammere mich an die Tischplatte, meine Finger pressen gegen den kühlen Stein. Bild um Bild dringt die Vergangenheit in den Raum, jedes intensiver als das vorherige. Ich schüttele den Kopf und umklammere die Platte fester, meine Muskeln straff vor Anspannung. Der Schmerz der Anstrengung löst schließlich die Fesseln der Vergangenheit und ich kann wieder frei atmen.

Ich schließe die Augen und stelle mir vor, wie er im Krankenhaus liegt, an Maschinen angeschlossen, die ihm das Leben erhalten. Es ist schwer vorstellbar. Aber ich glaube meiner Mutter, glaube ihr, dass es kein Trick ist. Sechs Jahre sind jetzt vergangen, seit ich sie verlassen habe. Sie hat nie versucht, mich zur Rückkehr zu überreden. Oder gar gefleht, die Tochter, die sie zur Welt gebracht und aufgezogen hat, wiederzusehen. Ihr Leid ist nicht gespielt und doch kann ich ihr nicht helfen, ihren Schmerz nicht lindern.

Ich starre auf die Erinnerungen an meine Reisen. Jedes dieser Fotos ist für mich ein Zeichen für meine verzweifelte Suche nach einem Ort, den ich mein Zuhause nennen kann. Und jetzt ruft mich das einzige Zuhause, das ich je gekannt habe, wieder zurück. Ich bin erwachsen, treffe meine eigenen Entscheidungen und doch bleibt mir wieder einmal keine Wahl. Die Geheimnisse, die meine Schwestern und mich verbinden, regen sich tief in meinem Innern – unaufhörlich, unerbittlich. Ich sollte diese Geheimnisse freisetzen, sie in die Welt hinausschreien. Aber ich bin noch nicht so weit. Ich fürchte, dass ich vielleicht nie so weit sein werde.

Weil, wenn meine Geheimnisse erst einmal frei sind, was wird dann aus mir?

Marin

Sie sitzt bei ihm, weil es ihr Platz ist. Als älteste der drei Schwestern hat sie auch die meiste Zeit mit ihm verbracht. Für viele wäre es vielleicht ein Grund zur Freude, das Kind zu sein, das als erstes zu seinen Eltern kam. Für Marin ist es nicht mehr als der Beweis, dass einem das Glück nicht einfach so gegeben wird – man muss es sich erkämpfen. Sie war immer in allem die Erste – die erste Enttäuschung, das erste gebrochene Herz. Ihre Schwestern, Trisha und Sonya, haben zu ihr aufgesehen, von ihr gelernt. Wenn sie sich weigerte, ihren Tränen freien Lauf zu lassen, dann war sie für ihre Schwestern stark. Sie wollte ihnen vorleben, dass Stärke zeigen immer besser ist. Auch jetzt als Erwachsene bleibt ihr Gesicht weiter frei von Tränen. Sie hat schon lange gelernt, keine Gefühle mehr zuzulassen.

Marin legt ein Bein über das andere, ihr Blick schweift von ihrem Hosenanzug zu der Uhr an ihrem Handgelenk. Es ist sieben Uhr, früh am Morgen. Raj hat ihr zugesichert, dass er Gia rechtzeitig zur Schule bringen wird. Marin ist unbesorgt. Für ihre gerade mal fünfzehn Jahre ist Gia erstaunlich selbstverantwortlich, erstellt ihren eigenen Zeitplan und befolgt ihn bis ins kleinste Detail. Noch nie war sie auch nur eine Minute zu spät. Marin ist so unglaublich stolz auf die Selbstkontrolle, die ihre Tochter an den Tag legt – später sicher ein Garant für eine erfolgreiche Karriere. Sie lobt sich selbst für die Erziehung ihrer

Tochter, dafür, dass sie ihr die eiserne Disziplin vermittelt, mit der sie selbst ihren Weg gemacht hat.

Marins Aufstieg zur CFO ihres Unternehmens war schnell und effizient. Ihr ist natürlich bewusst, dass sie sich damit viele Neider geschaffen hat. Stimmen, die hinter ihrem Rücken tuscheln, während sie das Unternehmen durch Fusionen und Übernahmen führt, von einem Erfolg zum nächsten. Sie hat sich ihren Platz in der Welt hart erkämpft. Neid und Eifersucht der anderen sind nicht ihr Problem, nichts, was sie auf ihrem Weg aufhalten wird. Sie kennt viele Frauen, deren Selbstwertgefühl dadurch bestimmt wird, wie sie von anderen wahrgenommen werden. Immer die neueste Mode, auch wenn sie nicht nach ihrem Geschmack ist, die Grenzen der beruflichen Karriere durch die Meinung der Kollegen bestimmt, das Leben nach den Regeln anderer gelebt. Marin steht über solchen Frauen. Für den Erfolg und das perfekte Leben, das sie führt, ist allein sie verantwortlich. Und ihre Position verdankt sie ausschließlich sich selbst.

Der Anruf ihrer Mutter hatte Marin gestern am frühen Vormittag bei der Arbeit erreicht. Sie saß in ihrem ledernen Bürostuhl und hörte einige Minuten zu, wie ihre Mutter ihr die Details zu Brents Zustand erklärte. Dann unterbrach sie, mit der Begründung, dass sie zu einem Meeting müsse. Sie versicherte Ranee, dass sie versuchen würde, noch am gleichen Abend im Krankenhaus vorbeizuschauen. Dennoch brauchte sie fast einen ganzen Tag, bis sie es tatsächlich schaffte.

»Herzlichen Glückwunsch zu meinem Geburtstag, Daddy«, sagt Marin. Sie streicht die Krankenhausbettdecke über seinem Körper glatt. Er ist Anfang sechzig, aber sein Gesicht zeigt kaum Spuren des Alters.

Schon seltsam, ich fühle mich gar nicht älter. Sie streicht ihr Haar zurück, ein Zeichen von Nervosität, das sie sich in ihrer Kindheit angewöhnt hat. In letzter Zeit war ihr die gleiche

Geste auch gelegentlich bei Gia aufgefallen. Sie nimmt sich vor, ihre Tochter darauf anzusprechen. Nervöse Angewohnheiten zeugen von Schwäche, von Verwundbarkeit. Gia kann sich solche Schwächen nicht leisten, wenn demnächst die Aufnahmegespräche an den infrage kommenden Universitäten anstehen. Es sind zwar noch zwei Jahre bis zu ihrem Abschluss, Gia ist erst im zweiten Jahr auf der Highschool, aber es ist nie zu früh, sich vorzubereiten. Die Ergebnisse dieser Gespräche werden schließlich über ihre Zukunft entscheiden.

Marin hat Raj noch nichts von ihrem Besuch im Krankenhaus erzählt. Er hat auch nicht gefragt, sondern ist einfach davon ausgegangen, dass sie mal wieder ein frühes Meeting hat. Sie hatte gar nicht erst versucht, ihn zu korrigieren. Keine Lüge, nur eine weitere Auslassung der Wahrheit. Eines unter Hunderten kleiner Geheimnisse, die sich im Laufe ihrer Ehe angesammelt hatten. Die Ehe war von ihren Eltern arrangiert worden. Als Fremde hatten Raj und Marin sich zusammenfinden und ein gemeinsames Leben aufbauen müssen. Ihre Tochter war das Ergebnis dieses Arrangements.

»Erinnerst du dich noch an meinen ersten Geburtstag in Amerika?«, fragt Marin, laut genug, dass Brent sie hören kann. Sie beobachtet ihn genau, sucht nach einem Zeichen, dass er sie versteht. Kein Zeichen kommt. Sie hatten sich keine Party leisten können, daher hatte Brent Marin zur nächsten Eisdiele mitgenommen, um ihr zur Feier des Geburtstags eine Eiswaffel zu gönnen. Ranee war mit Trisha zu Hause geblieben, Sonya war damals noch nicht geboren. Marins Geburtstag war ihr besonderer Tag. Brent hatte ihr eine Waffel mit zwei Kugeln versprochen und Marin wog ihre Optionen genau ab. Der Duft von Eiscreme und Zucker in der Luft ließ ihr das Wasser im Munde zusammenlaufen.

»Beeil dich!«, trieb Brent sie an. Er trug immer noch seine Arbeitskleidung. Da er keine Stelle als Ingenieur hatte finden können, musste er sein Geld an einer Tankstelle verdienen. Sein Overall war noch von Öl verschmiert. »Entscheide dich!«

Marin nickte, war aber so aufgeregt und befangen, dass ihr die sinkende Stimmung ihres Vaters entging. »Darf ich hiervon probieren?«, fragte sie den Teenager hinter der Theke.

»Natürlich«, gab dieser gelangweilt zurück und reichte ihr einen winzigen Plastiklöffel mit einem Häppchen Eiscreme. Marin genoss die Creme, die ihr im Mund zerging. In Indien hatten sie maximal Sorbet gehabt, keine echte Eiscreme. Der Geschmack war unvergleichlich. Marin hatte noch nie zuvor etwas so Vorzügliches genossen.

»Es schmeckt herrlich«, sagte sie in perfektem Englisch. »Vielen Dank. Darf ich noch eine andere Sorte probieren?«

Der Junge zuckte mit den Schultern, ohne von ihrer Begeisterung angesteckt zu werden. »Klar. Welche?«

Marin probierte drei weitere Sorten, ehe sie sich schließlich für eine Kugel Vanille und eine Kugel Schokolade entschied. »Vielen Dank!«, sagte sie artig, während ihr Vater bezahlte. Danach verließen sie den Laden und machten sich auf den Weg zurück zu ihrem Apartment. Marin leckte vorsichtig von allen Seiten, gab acht, dass nicht ein einziger schmelzender Tropfen zu Boden fiel. Dann traute sie sich, einen Bissen zu nehmen. Sie musste die Augen schließen, so wundervoll war der Geschmack der beiden Sorten zusammen.

»Es schmeckt fantastisch, Daddy. Du musst das probieren«, meinte Marin, während sie ihren dünnen Arm ausstreckte und ihm ihre Eiswaffel vorsichtig balancierend zum Probieren entgegenhielt. Gerade, als Brent sich zu ihr runterbeugte, verlor Marin das Gleichgewicht. Die durch die Hitze weiche Eiscreme fiel aus der Waffel und platschte auf den Boden vor ihnen. Ihre Augen füllten sich mit Tränen, aber noch ehe die erste Träne hervorbrechen konnte, spürte sie den Schlag im Gesicht. Es war das erste Mal, dass ihr Vater ihr eine Ohrfeige gegeben hatte.

»Schau dir nur an, was du angerichtet hast!«, fuhr Brent sie an. Mit einem Schritt trat er über die Eispfütze, die sich am Boden ausbreitete, und ließ Marin mit großen Augen hinter sich stehen. »Was für eine Verschwendung! Ich hätte es dir nie kaufen sollen.«

An jenem Tag lernte Marin eine wertvolle Lektion, die sie nie vergessen sollte: Verlasse dich nie auf jemand anderen, wenn es um dein Glück geht. Wenn jemand dich glücklich machen kann, dann hat er auch die Macht, dir dieses Glück wieder wegzunehmen.

Trisha

Erneut gehe ich alle Gedecke auf dem Esstisch durch, um sicherzugehen, dass für das Abendessen alles perfekt ist, und wische schnell noch einmal über die Gläser. Die Weingläser stehen exakt zwölf Zentimeter von den Tellern entfernt. Wir benutzen heute mein bestes Tafelsilber, ein Geschenk, das ich mir selbst zu meiner Hochzeit gemacht hatte. Der Duft des köchelnden Hähnchens dringt aus der Küche. Eloise, unsere Haushälterin, ist jetzt seit zwei Jahren bei uns. Sie ist zwar nicht selbst indischer Abstammung, hat aber gelernt, wie man meine liebsten Gerichte zubereitet. Meine Mutter hat Stunden damit verbracht, ihr geduldig beizubringen, wie viel Kreuzkümmel genau mit Ingwer und Cayennepfeffer gemischt werden muss, um dem Gemüse den richtigen Geschmack zu verleihen. Je älter ich werde, desto mehr sehne ich mich nach den authentischen indischen Gerichten, die es in meiner Kindheit gab. Wenn ich das erwähne, lacht Eric mich immer aus. Er ist zwölf Jahre älter als ich und meint dann jedes Mal, dass ich mit dreißig doch praktisch noch ein Kind sei.

»Alles sieht perfekt aus. Wie immer«, flüstert Eric über meine Schulter. Er legt die Arme um meine Hüfte, seine Finger gleiten unter mein Hemd und berühren blanke Haut. Mein Bauch ist flach, das Ergebnis zahlreicher Stunden im Fitnessstudio. »Machst du dir Sorgen?«

Ich lehne meinen Kopf zurück, nur für einen Augenblick, und zehre von seiner Stärke, ehe ich mich dann aus seinen

Armen löse und zu ihm drehe. Seine grünen Augen sind voller Wärme und Güte. Ich lasse meine Finger durch seine blonden Locken gleiten, bis sie in seinem Nacken zum Ruhen kommen. »Ich will, dass alles reibungslos klappt – wegen Mama.« Mein Blick gleitet prüfend durch den Raum: Alles ist makellos in Ordnung. Mama steht am Fenster und wartet. Ich spüre eine gewisse Irritation in mir aufsteigen, verdränge sie aber sofort wieder. Jetzt ist nicht die Zeit dafür. »Sie hat Sonya schon seit Jahren nicht mehr gesehen.«

»Du aber auch nicht.«

Ich fülle die Kristallkaraffe mit Wasser, stelle sie in die Mitte des Tisches und verweile einen Augenblick, um das Arrangement zu bewundern. Ein durchorganisierter Abend, um die Schwester willkommen zu heißen, die uns vor Jahren verlassen hat. Eric beobachtet mich, wartet auf eine Antwort, die ich nicht habe. »Es spielt keine Rolle«, sage ich schließlich. »Sie hat ihre Wahl getroffen.« Eine Wahl, die ich nie verstanden habe, aber akzeptieren musste.

»Ich freue mich darauf, sie kennenzulernen.«

Als wir noch Kinder waren, haben Sonya und ich wirklich alles geteilt. Es fällt mir immer noch schwer zu glauben, dass sie meinen Ehemann noch nie gesehen hat. Ich habe ihr natürlich eine Einladung zu unserer Hochzeit geschickt, ihr sogar noch eine Nachricht mit allen Details hinterlassen, aber sie ist nicht erschienen. Bis zuletzt hatte ich gehofft. So lange, dass schließlich doch Marin als älteste Schwester die Rolle der Trauzeugin übernehmen musste. Ich hatte keine Sekunde daran gezweifelt, dass sie es tun würde, und Marin hat nie auch nur ein Wort darüber verloren, dass sie nur meine zweite Wahl gewesen war und dass ich bis zur letzten Minute gewartet hatte, sie zu fragen. Marin stand neben mir am Altar, als ich Eric heiratete, ebenso später am traditionellen Feuer. Wir haben unsere Ehe mit zwei Zeremonien geschlossen, um unseren beiden Glaubensrichtungen Respekt zu erweisen.

»Mummy ist wirklich aufgeregt«, erklärt Marin, die gerade aus dem Wohnzimmer kommt, wo sie Gia bei ihren Hausaufgaben hilft. Algebra. »Sie steht schon eine ganze Stunde an diesem Fenster.«

Es ist schon merkwürdig, dass jede von uns drei Schwestern unsere Eltern bei einem anderen Namen nennt. Für mich war es immer nur natürlich, die beiden mit Mama und Papa anzusprechen. Marin hingegen nutzt immer noch die traditionellen Namen Mummy und Daddy, die sie sich als Kind in Indien angewöhnt hat. Ich weiß ehrlich gesagt nicht mehr, wie Sonya die beiden nennt. Vielleicht liegt das auch daran, dass sie selbst als Kind nur selten nach unseren Eltern gefragt hat.

Marin hat ihr Haar zu einem strengen Knoten hochgesteckt. Das Jackett ihres Anzugs hat sie bei der Ankunft abgestreift, sodass sie jetzt in seidener Bluse und maßgeschneiderter Hose vor mir steht. Die Kleidung steht ihr gut, sie betont ihren schlanken Körper, der durch Jahre harter Arbeit und ständigen Stress nie Zeit gehabt hat, Fett anzusetzen. Sie ist nur fünf Jahre älter als ich und trotzdem hätte uns nie jemand für Schwestern gehalten. Ihr goldbraunes Haar, natürlich gebleicht von der kalifornischen Sonne, weist blonde Strähnchen auf, die genetisch nicht zu erklären sind. Mama schwört darauf, dass Marins tiefgrüne Augen von einer entfernten Großtante stammen. In unserer Kindheit dachte jeder, dass nur Sonya und ich biologische Schwestern seien. Eine Zeit lang sahen wir wirklich fast gleich aus – auch wenn Sonya das nie zugeben würde. Sie bestand immer darauf, dass ich die Hübsche von uns beiden sei. Eine Ansicht, die von vielen geteilt wurde. Die Freunde meiner Eltern nannten mich oft die Prinzessin des Hauses. Was wohl auch recht gut meine Kindheit zusammenfasst.

Eloise streckt den Kopf aus der Küche: »Soll ich das Dinner servieren?« Sie stammt aus Mexiko, ist dort geboren und aufgewachsen und hat keine eigene Familie in den Vereinigten Staaten.

Ich werfe einen schnellen Blick auf die zierliche goldene Uhr mit den Diamanten, die ich am Handgelenk trage. Ein Geschenk von Eric zu unserem fünften Hochzeitstag. Seit er vor Kurzem zum CEO seines Unternehmens befördert wurde, sind all jene Sachen, die uns früher als Luxus galten, alltäglich geworden. »Ihr Flugzeug sollte inzwischen gelandet sein. Warten wir noch eine Viertelstunde.«

»Wenn sie überhaupt kommt. Wir wissen ja noch nicht einmal, ob sie den Flug genommen hat.« Marin ist immer so direkt. Es ist einfach ihre Art, die Dinge beim Namen zu nennen. Mama dreht sich zu uns um und für einen flüchtigen Augenblick kann ich den Schmerz in ihrem Gesicht sehen, ehe sie wieder ihre gewohnte Maske aufsetzt.

»Sie wird bestimmt bald hier sein«, erklärt Mama, ihre Stimme schwächer als gewöhnlich. Sie zeigt ein gezwungenes Lächeln, nicht mehr das frohe, breite Strahlen, das vorhin bei dem Gedanken an Sonyas Heimkehr ihr Gesicht erhellt hat. Obwohl die Sonne noch scheint und ein warmer Luftzug das Zimmer durchdringt, zieht sie ihre Strickjacke enger um sich. Seit meiner Hochzeit hat sie keine Saris mehr getragen. Sie meinte, es gebe keinen Grund mehr, die Traditionen weiter hochzuhalten. Wenn Papa sich daran störte, hat er es zumindest vor mir nie gezeigt. »Sie hat angerufen, ehe sie an Bord gegangen ist.«

»Was nicht heißen muss, dass sie auch wirklich an Bord ist«, argumentiert Marin, nicht gewillt, lockerzulassen.

Ich erhasche Mamas Blick und bedeute ihr still meine Unterstützung, ohne meiner Schwester offen zu widersprechen. Die Schritte für diesen Tanz haben wir über die Jahre gelernt, meine Mutter und ich, beide immer vorsichtig um Marins Worte herumschleichend. Eine nie ausgesprochene Übereinkunft, die wir getroffen haben, als Marin wieder zurück nach Kalifornien gezogen ist. Der Rest Familie, der uns noch geblieben ist, war auch so schon zerbrechlich, sodass wir Marin keine

Gelegenheit bieten wollten, noch mehr Schaden anzurichten. Wir hatten schon Sonya verloren, meine Mutter wollte nicht noch eine Tochter aus ihrem Leben ziehen sehen.

»Also, im schlimmsten Fall haben wir einfach ein wundervolles verspätetes Geburtstagsessen für Marin. Eloise hat sich heute wirklich wieder selbst übertroffen.« Ich reiche Eric eine Flasche Wein. »Schatz, magst du uns etwas einschenken?«

Mit einem über die Jahre geübten Handgriff entkorkt Eric die Flasche und gießt den roten Wein ein. Der Anblick, wie die Kristallgläser sich nacheinander füllen, erinnert mich an die Spiele, die Sonya und ich als Kinder gespielt haben. Egal, ob ich die Besitzerin des Restaurants gab, die Kellnerin oder einen exzentrischen Gast, mir war immer wichtig, dass wir mit Traubensaft anstoßen. »Auf uns!«, sagte ich jedes Mal. Sonya folgte meinem Beispiel stets, glücklich darüber, überhaupt mit mir zu spielen. Sie stand immer bereit, wenn ich Lust hatte, ein Spiel zu spielen. Immer war sie da gewesen und ich dachte, das würde auf immer so bleiben. Auch als Erwachsene sollte sie das Gegenstück an meiner Seite sein, mich ergänzen, vollständig machen: Ihr Schatten – mein Licht, ihre Trauer – mein Glück.

Ich sehe Mama zu, wie sie wartet. Ihr gesenkter Kopf verrät ihre Gefühle. Als Sonya uns verließ, breitete sich Leere in unserem Leben aus. Mama erwähnt sie nur sehr selten. Es scheint fast, als ob sie glaubt, wenn wir nicht von Sonya sprechen, sei sie nicht wirklich fortgegangen. Ich habe versucht, mich von meiner Einsamkeit durch anderes abzulenken – Eric, mein Haus, Mama und Papa –, aber nichts hat die Leere wirklich gefüllt, die sie hinterlassen hat.

An dem Tag, an dem Sonya von uns ging, habe ich etwas Wichtiges gelernt: Du kannst niemanden zurückhalten, der dich bereits verlassen hat. Egal, was ich brauchte oder wollte, Sonya hatte sich selbst an die erste Stelle gesetzt, mich an die letzte. Ich habe mich einfach dem Alltag hingegeben und meine Aufgaben erfüllt und nach einiger Zeit hatte ich komplett verdrängt, dass jemand in diesem Leben fehlte. Erst jetzt, wo sie vielleicht zurückkommt, wird mir diese Lücke wieder bewusst, die immer noch in meinem Inneren klafft. Aber ich kann mich nicht aufgeregt freuen. Wenn sie nicht kommt, wenn sie uns wieder enttäuscht, dann bleibe ich wieder allein zurück, weiter wartend.

»Sie ist da!« Gia kommt aus dem Wohnzimmer gerannt, ihr Mathe-Buch noch in der Hand. Sie sieht Marin zum Verwechseln ähnlich, der einzige Unterschied liegt in der Größe. Gia überragt ihre Mutter bereits um einige Zentimeter. Sie ist erst fünfzehn Jahre alt und sieht bereits aus wie eine erwachsene Frau. »Sie bezahlt gerade das Taxi.«

Erleichtert atme ich aus. Ich hatte gar nicht bemerkt, dass ich die Luft angehalten hatte. Die Hände zusammengepresst, schaue ich hinüber zu Mama. Sie dreht sich zum Fenster – durch das Gespräch abgelenkt, hatte sie nun die Ankunft ihrer Tochter verpasst. Ein Schimmer von Tränen benetzt ihre Augen, doch sie blinzelt sie schnell fort. Sie richtet sich zu voller Größe auf, auch wenn das bei ihr gerade mal einen Meter fünfzig bedeutet. Schnell schreitet sie zur Haustür, hält aber dann einen Augenblick inne. Der Rest von uns versammelt sich um sie, bereit, die verlorene Tochter zu Hause willkommen zu heißen.

»Mama?« Ich gehe zu ihr, lege meine Hand auf ihre, die auf dem Türknauf ruht. »Sie wartet.«

»Natürlich«, antwortet sie mit einem kurzen, ungläubigen Lachen. Dann öffnet sie schnell die Tür. Als ihr Blick auf die Person fällt, die vor ihr steht, beißt sie sich leicht auf die Lippen. »Sonya.«

Sonyas Haare sind länger, als ich sie in Erinnerung hatte. Sie ist auch dünner als je zuvor. Ihre Jeans zusammen mit dem dicken Pullover scheinen fehl am Platz, wenn man sie so neben meinem luftigen Sommerkleid sieht. Ich sehe feine Linien um

Augen und Mund, die deutlich von Stress zeugen. Sie ist erst siebenundzwanzig, drei Jahre jünger als ich, doch ihr leeres Lächeln scheint zu einem viel älteren Menschen zu gehören.

»Es ist lange her«, setzt Sonya an und zögert, vielleicht unsicher, wie sie auf die Begrüßung reagieren soll. Wie von unsichtbarer Hand geleitet, geht sie einen Schritt auf unsere Mutter zu. Sie drückt Mama kurz, dann lässt sie ihre Arme wieder sinken. »Marin? Es tut gut, dich zu sehen.« Auch hier eine leichte Umarmung. Die Jahre, die sie getrennt gelebt haben, schaffen eine größere Distanz als der Altersunterschied. »Trisha?«, sagt sie mit einem leichten Lachen. Endlich zeigen sich die ersten echten Emotionen in ihren Augen. Sie kommt auf mich zu, die Arme ausgestreckt. Ich ergreife ihre Hand und ziehe sie eng an mich. Meine kleine Schwester. »Ich habe dich vermisst«, flüstert sie in meine Haare, so leise, dass selbst ich sie kaum verstehe.

Ich spüre einen Kloß in meiner Kehle, kann keine Worte finden. Sie ist hier, nach so vielen Jahren, die ich, hoffend und mich wundernd, gewartet habe. Ich fühle, wie die Einsamkeit schwindet und durch ihre Nähe ersetzt wird. Als Kind habe ich ihre Anwesenheit immer als selbstverständlich erachtet. Den Fehler will ich nie wieder begehen. Meine Tränen fallen auf ihre Schulter, während wir uns immer noch festhalten. Ich lege eine Hand hinter ihren Kopf und ziehe sie an mich wie eine Mutter ihr Kind. Ich umarme sie noch fester, ganz so, als ob sie nie wieder gehen würde, wenn ich sie nur eng genug an mich drücke. Voller Verzweiflung und Erleichterung flüstere ich: »Willkommen zu Hause.«

* * *

Für den uneingeweihten Betrachter scheinen wir wie eine normale Familie. Das Essen wird herumgereicht, die Teller bis zum

Rand gefüllt. Gemeinsam trinken wir eine Flasche guten Wein, während Sonya uns mit Geschichten von ihren Reisen unterhält. Von Alaska bis Russland hat sie schon an jedem Ort gelebt, den man sich nur vorstellen kann. Sie erzählt Gia gerade davon, wie sie in Thailand auf Elefanten geritten und in Alaska mit einer kleinen Propellermaschine über die Gletscher geflogen ist.

»Wo hast du denn gelebt?«, fragt Gia fasziniert. »Es muss doch schwer gewesen sein, ständig von Ort zu Ort zu ziehen.«

»Es war es wert«, erklärt Sonya und vermeidet dabei, Blickkontakt mit irgendjemand im Raum aufzunehmen. Ihre Finger spielen mit der Serviette und falten sie zu einem perfekten Quadrat. »Die Bilder waren es wert.«

»Du hättest nach Hause kommen sollen«, sagt Mama mit gesenkter Stimme. Dennoch reicht es aus, um alle anderen Gespräche im Raum verstummen zu lassen. »Deine Reisen haben dich so weit weg geführt.« Mama ist schon vor fast dreißig Jahren von Indien nach Amerika eingewandert, hat aber bis heute einen leichten Akzent behalten.

»Ich musste meiner Arbeit folgen«, entgegnet Sonya leise.

»Und wenn du nicht gearbeitet hast? Wo warst du dann?«, fragt Mama, während sie sich die Mundwinkel mit ihrer Serviette abputzt.

Eine greifbare Spannung füllt den Raum. Sonya wirft mir einen unsicheren Blick zu. Auf einmal sehe ich in ihr wieder das kleine Mädchen, das sich früher immer in unserem Schlafzimmer unter der Bettdecke Schutz suchend zusammengekauert hat. Das Mädchen, das stets so viel gelacht hat, um nicht zu weinen.

»Jetzt ist sie ja wieder da«, greife ich schlichtend ein. »Das ist doch, was zählt, oder?« Ich warte gar nicht erst auf eine Antwort, sondern rufe: »Eloise!« Sie steckt ihren Kopf durch den Türspalt. »Bring bitte den Geburtstagskuchen und die Nachspeise.« Eloise hat uns frische *Gulab Jamun* zubereitet, frittierte

Teigbällchen, die in süßen Zuckersirup getunkt werden. Als Kind waren sie Sonyas Leibspeise. Wenn Mama sie uns gemacht hat, wollte Sonya immer mindestens ein halbes Dutzend von ihnen verdrücken.

Ich fange an, den Tisch abzuräumen. Eric steht sofort auf, um zu helfen, ebenso Raj, Marins Ehemann. Raj war das ganze Essen über sehr schweigsam. Er ist auch sonst nicht sehr gesprächig, überlässt es meist eher Marin, die Konversation zu leiten. »Nach dem Dessert sollten wir überlegen, wann wir Papa besuchen gehen«, schlage ich vor, während ich die feinen Porzellanteller stapele und Eric reiche, der sie in die Küche trägt. »Es dürfen immer nur zwei Familienmitglieder zu ihm und nur während der Besuchszeiten. Aber ich bin mir sicher, dass sein Arzt für dieses besondere Ereignis eine Ausnahme machen wird.«

»Wie geht es ihm?«, fragt Sonya, den Blick starr auf ihre gefalteten Hände gesenkt. Die beiden Männer sind mit Gia in der Küche, sodass nur noch wir Frauen am Tisch sitzen.

Noch ehe ich antworten kann, ergreift Marin das Wort. »Er liegt im Koma«, erklärt sie, die Stimme völlig emotionslos. »Der Arzt sagt, dass es nicht gut aussieht.«

Ich zucke leicht zusammen, sehe ihn vor mir im Krankenhaus liegen, auf seinem Bett, an die Geräte angeschlossen, die ihn am Leben erhalten. Ich besuche ihn jeden Morgen, aber es wird von Mal zu Mal schwerer. Doch als die erklärte Lieblingstochter ist es meine Verantwortung, ihm die Liebe zu erweisen, mit der er mich immer überschüttet hat. Und ich nehme meine Aufgabe pflichtbewusst wahr.

»Wird er wieder aufwachen?«, fragt Sonya weiter, ihre Stimme jetzt sicherer. Ihr Blick ist fest auf Marin gerichtet, zwei gleichberechtigte Erwachsene, die ein ernstes Thema besprechen. Jetzt, wo ich die beiden vor mir sehe, fallen mir die Parallelen auf, die eigentlich unübersehbar sind. Beide sind hochgradig gebildete Frauen, die sich auf ihre Karriere konzentrieren. Keine von ihnen hat je an ihren Entscheidungen gezweifelt, sich je für den Weg entschuldigt, den sie im Leben eingeschlagen hat, auch wenn sie dabei andere verletzt haben mag. Beide sind schön, versuchen aber nicht, ihr Aussehen besonders zur Geltung zu bringen. Beide sind meine Schwestern, aber oft kommt es mir so vor, als ob ich die einzige echte Tochter sei, während die beiden nur vorgeben dazuzugehören. Was auch daher kommt, dass sie ihr Leben lang einen Platz nicht unähnlich dem einer Stiefschwester akzeptieren mussten: dabei, aber immer einen Schritt außerhalb des innersten Kreises der Familie.

»Es überrascht mich, dass dich das kümmert«, gibt Marin zurück, während sie sich zurücklehnt und versucht, die Frau einzuschätzen, zu der Sonya herangewachsen ist.

Ich muss zugeben, dass ich das auch mache. Wenn ich ganz ehrlich bin, sind wir eher wie Fremde, die zusammengefunden haben. Wir haben zwar im selben Haus gelebt, die gleichen schweren Zeiten überstanden, aber doch sind wir zu völlig unterschiedlichen Frauen herangewachsen. Über die Zeit haben wir gelernt, unsere Geheimnisse für uns zu behalten, nicht zu viel preiszugeben. Wer seinen Kummer offen zeigt, läuft Gefahr, einen schlechten Eindruck zu machen. Wir sind so erzogen worden. Es ist genau das, was von einer guten indischen Frau erwartet wird. Wir haben von frühester Jugend an gelernt, unsere Gefühle zu verbergen, unsere Verzweiflung zu begraben.

»Und warum?«, fordert Sonya nun von Marin zu wissen. Sie richtet sich in ihrem Stuhl gerade auf. Sie hat sich nie für ihre Flucht entschuldigt und auch jetzt ist ihr Blick fest und standhaft.

»Weil du dich all die Jahre nie um uns gekümmert hast.«

Jeder Instinkt in mir schreit danach, einzugreifen, die Situation zu entschärfen. Als ob es meine Pflicht wäre, die beiden davon zu überzeugen, dass nichts Schlimmes geschehen sei, ganz gleich, was jede von ihnen auch glauben mag. Aber bevor ich etwas sagen kann, antwortet Sonya. Ich schließe meine Augen und spüre, wie sich erneut die ohnehin schwachen Bande unserer Familie zu lösen beginnen.

»Das könnte ich auch von dir sagen«, gibt sie harsch zurück. Über die Jahre ist sie noch bitterer geworden. »So, wie ich mich erinnere, hast du doch auch nicht einen einzigen Blick über die Schulter geworfen, als du uns mit einundzwanzig Jahren verlassen hast.«

»Ich habe geheiratet«, stellt Marin richtig. »Und ich bin zurückgekommen.«

»Genau wie ich«, erklärt Sonya und bricht den Kampf ab, wendet sich mir zu. »Weiß man, warum er ins Koma gefallen ist?«

»Das ist doch nicht wichtig«, wendet Mama ein, ehe ich antworten kann. Sie wirft Marin und Sonya einen Blick zu und sendet ihnen die stumme Botschaft, dass es für heute reicht. Dann wendet sie sich wieder an mich, belohnt mich mit einem Lächeln, dankbar, dass ich wie immer die stabile, verlässliche Tochter bin. Die Tochter, die nie unnötigen Ärger verursacht. »Es ist, wie es ist. Wir müssen an die Zukunft denken.« Sie steht auf, will keinen weiteren Streit mehr zulassen. »Wenn er nicht wieder erwacht, werden wir weitersehen. Dann werden wir die Einäscherung besprechen und wie wir seine Asche verteilen.«

»Und wenn er wieder erwacht?« Die Frage kann ich mir nicht verkneifen. Ich habe die Hoffnung noch nicht aufgegeben, auch wenn ich Mamas Standpunkt verstehen kann. »Was geschieht dann?«

»Dann wird alles wieder, wie es war.«

* * *

Ich prüfe, ob die Haustür abgeschlossen ist, und stelle die Alarmanlage ein. Im Licht des blinkenden roten Lämpchens wandere ich durch mein dunkles Haus, streiche die Kissen auf dem Sofa glatt und schiebe die Stühle im Esszimmer an den Tisch. Eloise hat sauber gemacht und ist dann gegangen, schon vor mehreren Stunden. Alle anderen sind ihr bald gefolgt. Sonya ist mit Mama nach Hause gefahren, Marin und Raj mit Gia in ihr eigenes Zuhause. Wir hatten noch abgesprochen, uns morgen im Krankenhaus zu treffen.

»Es ist gut gelaufen«, meint Eric, der sich leise und unbemerkt genähert hat. Seine Krawatte sitzt locker, das Haar ist zerzaust von der kurzfristig anberaumten Telefonkonferenz, aus der er gerade kommt. »Selbst unter den gegebenen Umständen.« Er küsst meinen Nacken, schiebt dazu meine Haare beiseite. Ich stöhne leise, als er mir die Schultern massiert. Seine Finger arbeiten sich langsam meinen Rücken hinab. Schließlich kommen die Hände auf meiner Hüfte zur Ruhe. Er zieht mich enger zu sich heran. »Sollen wir es wieder versuchen?«

Schon seit vier Jahren wünscht sich Eric ein Kind. Zweimal war er sich sicher, dass ich schwanger sei. Es war schmerzhaft, sein enttäuschtes Gesicht zu sehen, als meine Periode dann doch kam. Bedingt durch seine Kindheit im Waisenheim, wünscht sich Eric nichts sehnlicher als eine große Familie. Man merkt es allein schon, wenn man sich unser Haus ansieht: Mit seinen fünf Schlafzimmern ist es ideal, um darin Kinder großzuziehen. Nach dem Einzug haben wir drei Monate damit verbracht, das Zimmer am anderen Ende des Flurs in ein liebevoll ausgestattetes Kinderzimmer zu verwandeln. Seitdem steht es leer und wartet auf die Schreie eines Babys.

»Ja«, sage ich, obwohl er die Antwort schon längst weiß. Er kennt meinen Zyklus besser als ich selbst. Die Termine des Eisprungs, meine Periode. Meine Gedanken schweifen wieder zu meiner Familie. »Mama und Sonya – meinst du, dass sie klarkommen?«

Er seufzt, während er seine Hände sinken lässt. Ich drehe mich zu ihm um und seine Augen werden wieder sanft. Seine

Hand legt sich behutsam auf meine Wange. »Deine Mutter hat sie selbst angerufen und sie gebeten, nach Hause zu kommen. Sie werden schon miteinander auskommen.« Er steckt eine Locke meines Haares hinter mein Ohr. »Aber du hast immer noch nicht auf die Frage von vorhin geantwortet. Wie fühlst du dich mit alldem?«

»Sie ist so anders«, versuche ich zu erklären. »Sie sieht älter aus, erschöpfter.« *Aber sie ist zu Hause und dafür bin ich dankbar,* füge ich in Gedanken hinzu.

»Sie ist anders, als ich erwartet hätte.«

Eric hat in den Familienalben Bilder von Sonya gesehen. Auf den meisten sieht man sie als kleines Mädchen, das gezwungen in die Kamera starrt. Schon damals fühlte sie sich hinter der Kamera wohler als vor der Linse. Das letzte Bild von ihr, das ich habe, wurde bei ihrem Uniabschluss aufgenommen. Summa cum laude, Stanford. Die ganze Familie hatte sich versammelt, um dieses Ereignis zu feiern. Aber für Papa war das immer noch nicht genug. Auch an dem Abend wiederholte er wieder, was er schon so oft gesagt hatte: Dass es besser gewesen wäre, wenn Sonya nie geboren worden wäre. Aber das war es nicht, was Sonya fortgetrieben hat. Das wirklich Schlimme war, was Mama danach sagte. Und doch hatte niemand damit gerechnet, dass Sonya uns an dem Tag verlassen, einfach verschwinden würde.

»Was hattest du denn erwartet?«, frage ich.

»Jemand, der nicht so selbstsicher auftritt«, antwortet er, ohne zu zögern. Es ist das erste Mal, dass er sich eine Meinung von ihr bildet und sie ausspricht. »So, wie du immer von ihr geredet hast, all die Jahre, da habe ich einfach angenommen, dass sie …« Er hält inne und denkt über die Formulierung nach. »Dass sie irgendwie verloren ist.« Er beugt sich zu mir hinunter und streift meine Lippen mit einem sachten Kuss. »Ganz anders als du.«

»Du findest mich also selbstsicher?«

»Das ist es, was ich so an dir liebe. Du bist echt fantastisch.«

Mein Körper strafft sich, allerdings diskret genug, dass es ihm nicht auffällt. *Ich bin ganz und gar nicht fantastisch,* sagt die Stimme in meinem Kopf. *Sieh mich doch nur an, siehst du nicht all die Narben?* Aber es ist mir peinlich zu klagen. Meine Schwestern haben sich all die Jahre nach Liebe gesehnt und ich habe sie stets bedingungslos erhalten. Ich war immer die besondere Tochter, von allen geliebt.

»Du bist so wunderschön«, flüstert er in mein Ohr. Ich spüre, wie er mein Kleid aufknöpft und es von meinen Schultern gleiten lässt. Seine Hand gleitet zu meinem BH hinab und öffnet ihn mit einer geübten Bewegung. Während mein BH zu Boden fällt, legt er die Hand auf meine Brust und liebkost meine Brustwarze zärtlich mit seinen Fingern. »Vielleicht wird es uns ja heute endlich gelingen.«

Ein Baby. Er spricht es nicht direkt aus. Die Worte wären zu viel, so sehr sehnt er sich nach einem Kind.

»Einen Augenblick«, murmele ich. Er blickt mir verwirrt nach, als ich mich aus seinen Armen löse und ins Badezimmer eile, das Kleid dabei wieder überstreife. Der Spiegel im Bad zeigt mir eine gehetzte Frau, die selbst die Wahrheit nicht erkennen kann. Ich ignoriere sie. Meine Hand liegt auf meinem Bauch. Es gibt nur eine Wahrheit für mich. Ich atme tief durch. Meine Entscheidung ist schon vor vielen Jahren gefallen.

Sonya

Das Haus meiner Kindheit engt mich ein, wie eine Falle aus Stahl. Kaum, dass ich über die Schwelle trete, scheinen sich die Wände um mich herum zusammenzuziehen, ganz so, als ob ich im Netz einer Spinne gefangen sei, aus dem es kein Entkommen gibt. Mom geht von Raum zu Raum und schaltet das Licht an, ihre Handtasche legt sie auf den Beistelltisch aus Kirschholz. Ich erinnere mich, dass hier früher mal eine Schale aus Kristall gestanden hat, ein Geschenk von meinem Onkel an seine Schwester. Er hatte sie extra für Mom aus der Schweiz mitgebracht. Die Schale ist schon vor Jahren zerbrochen. Als ich damals mit Mom am Boden hockte und die Scherben einsammelte, murmelte sie, dass sie die Schale für unzerbrechlich gehalten hatte.

Ich ziehe die Doppeltür hinter mir zu und schließe ab. Irgendwie schließe ich ständig Türen ab. Die Türen von meinem Auto, die Tür zu meinem Schlafzimmer, die Toilettentür – selbst wenn ich allein im Haus bin. Nur wenige Schritte, dann stehe ich in der Diele. Das Haus hat sich nicht verändert, alles ist noch so wie in meiner Erinnerung. Die spärlichen Dekorationen fallen ins Auge, verteilt vor der schlichten weißen Wand arrangiert. Meine Eltern haben das Haus gekauft, als ich noch ein Kind war. Damals musste ein passender Ehemann für Marin gefunden werden und meine Eltern fürchteten, dass unsere bescheidene kleine Zwei-Zimmer-Wohnung keine Werber von angemessenem Stand anziehen würde. Dieses Haus hier hingegen zeigt nur zu deutlich, dass wir es zu etwas gebracht haben, dass unsere Familie es wert ist, einen Sohn aus gutem Hause an sich zu binden. Anscheinend hat es gewirkt, denn schon kurz nach dem Einzug wurde Marins Verlobung mit Raj beschlossen, den sie zu dem Zeitpunkt nur ein einziges Mal gesehen hatte.

»Dein Zimmer ist unverändert«, sagt Mom, die gerade aus der Küche kommt. Sie reicht mir eine Tasse Chai aus dem Topf, der stets vor sich hin köchelt. »Ich habe alles so gelassen, für wenn du …« Ihre Stimme versagt. Nachdem sie ihre Fassung wiedergefunden hat, bedeutet sie mir, ihr in die Küche zu folgen. »Hier haben wir Saft, Milch und Obst«, erklärt sie, während sie den Kühlschrank aufhält. Dann zeigt sie auf den Flur. »Das Badezimmer ist diese Richtung. Wir haben alles da, Shampoo, Haargel, was immer du brauchst.« Dann weist sie auf eine andere Tür. »Hier drüben haben wir Bettzeug und Handtücher.«

»Mom«, unterbreche ich sie, während ich den Chai auf der Marmorplatte der Kücheninsel abstelle. Jeder Raum hier ist so voller Erinnerungen, die Familie, die beisammensitzt und frühstückt, die Kinder mit schwingenden Beinen auf den Stühlen wackelnd. Trisha und ich, wie wir um die Sonntagszeitung kämpfen, um die Comics lesen zu können, Mom, die versucht, uns leise zu halten. Dad blieb sonntags immer gern etwas länger liegen und wir wussten, dass wir ihn besser nicht aufwecken sollten. »Ich weiß, wo alles ist. Ich habe hier auch mal gewohnt.«

Sie legt die Hände zusammen, faltet sie vor ihrem unbeweglichen Körper. Dann schließt sie die Augen und nickt langsam. »Natürlich.« Sie ist kleiner, als ich sie in Erinnerung habe. Ihre Haare sind tiefschwarz, wenn auch eindeutig gefärbt. Ihr Gesicht, das einst immer so verschlossen und müde wirkte, scheint jetzt lebendiger, erholter. Sie sieht jünger aus als früher, ohne dass es einen offensichtlichen Grund dafür gibt. »Ich dachte nur – es ist doch schon lange her.«

Die Frage bleibt unausgesprochen zwischen uns stehen. Das ist, was ich am meisten gefürchtet habe, als ich in New York meine Taschen packte. Ich könnte sie natürlich an die Worte erinnern, die sie selbst am Tag meines Abschlusses zu mir gesagt hat. Die Wahrheit, die ich immer vermutet hatte, aber nie glauben wollte. Aber es ist besser, die Vergangenheit ruhen zu lassen. Was könnte ich auch vorbringen – außer vielleicht einer Entschuldigung, warum ich sie verlassen habe, meinen eigenen Weg gegangen bin, anstatt ihnen zur Seite zu stehen. Ich gehe die Worte wieder und wieder in meinem Kopf durch, will ihr erklären, dass es der einzige Weg war, wie ich mich selbst retten konnte. Die einzige Möglichkeit, wie ich mit all den Erinnerungen weiterleben konnte. Aber die Erklärung hört sich selbst für mich leer und bedeutungslos an. Denn meine Freiheit hatte nur noch mehr Last auf ihre Schultern gelegt.

Ich beschließe, dass es wohl das Beste ist, das Thema zu wechseln. »Wie geht es dir? So ganz allein im Haus ohne ihn?«

»Es ist still«, sagt sie. »Ich wusste nie, dass es so still sein kann.« Sie spielt mit dem Saum ihrer Strickjacke. Mir fallen die Falten an ihren Fingern auf, die bei unserem letzten Zusammentreffen noch nicht da gewesen waren. »Ich lasse jetzt immer Musik laufen. Zu jeder Gelegenheit.« Sie lächelt kurz, ein schwaches Lächeln, aber das erste, das ich von ihr gesehen habe, seit ich wieder zurück bin. »Musik aus Indien. Lieder aus Filmen, die ich als Kind angeschaut habe. Man kann sie jetzt kaufen, auf CDs, die sie *Old is Gold* nennen. Es ist unglaublich.«

Ich lache auf, ohne es wirklich zu wollen. Er konnte Musik nie leiden. Sagte immer, dass er davon Kopfschmerzen bekäme. Dieser kleine Hauch von Freiheit hat ihr eine seltene Freude beschert. Einen Augenblick schreckt sie zurück, dann zeigt sich wieder das zaghafte Lächeln, ehe sie schließlich wirklich mit mir zusammen lacht. Wir können nicht anders und schon bald lachen wir beide laut und unbeschwert, etwas, das in meiner

Kindheit immer verboten war. Wir spüren Erleichterung und Hoffnung. Er ist nicht da. Die Erinnerungen an ihn füllen noch immer den Raum, aber wir können jetzt frei atmen.

»Ich würde gern ein paar dieser Lieder hören.« Als ich Kalifornien und meine Familie verlassen habe, habe ich damit auch meine Herkunft aufgegeben. Keine sonntäglichen Besuche im Tempel mehr. Keine traditionellen indischen Kleider mehr zu den Festen, zu *Diwali* und *Holi*. Wenn im Kino mal ein Bollywood-Film kam, habe ich mir aus Prinzip etwas anderes angesehen.

»Ja«, ruft sie aufgeregt. »Gleich morgen früh zum Frühstück werde ich dir etwas vorspielen.« Sie geht einen Schritt auf mich zu, etwas, was sie bisher nur sehr selten getan hat. Instinktiv zucke ich zusammen. Sie sieht meine Reaktion und hält sofort inne, dreht sich auf der Stelle um und geht in Richtung der Schlafzimmer. Der Moment ist vergangen. »Du musst jetzt schlafen. Es war ein langer Flug und morgen müssen wir …«

» … ins Krankenhaus gehen.«

»Ja. Wir müssen gehen, deinen Vater sehen.«

* * *

Mein Zimmer sieht immer noch exakt so aus wie damals, als ich gegangen bin. Die Bücher, die mir zumindest eine vorübergehende Flucht aus meiner Realität erlaubt hatten, stehen immer noch im Regal. Ich greife eins, wahllos, blättere ein paar Seiten durch. Die Geschichte eines jungen Mannes, der große Verluste erleiden muss, am Ende aber belohnt wird, indem er sein wahres Glück findet. Es war immer eins meiner Lieblingsbücher gewesen. Als Teenager habe ich es oft gelesen, habe darin nach Rat gesucht, wie ich mein eigenes Schicksal ertragen kann. Während ich mit den Fingern über die Buchrücken streiche, fällt mir auf, dass es eigentlich alles Geschichten sind, in denen es ums Überleben geht. Alles Bücher, in denen die Protagonisten schier unüberwindliche Hindernisse auf dem Weg zu sich selbst bewältigen müssen. Meine Beine drohen, unter mir nachzugeben. Ich bin mir nicht sicher, ob es von der langen Reise oder dem Stress des Tages kommt.

Ich setze mich auf die Bettkante und blicke in die Leere, die mich umgibt. Wie oft habe ich mir gewünscht, von hier zu entkommen, aus diesem Zimmer, diesem Haus, diesem Leben? All die Nächte, in denen ich mein Gesicht in meinem Kissen versteckt habe, um mein Schluchzen zu dämpfen, während die Geräusche durch das Haus drangen. Wie ich heimlich aus dem Bett kletterte, um die Zimmertür abzuschließen, während Schuldgefühle und Angst in mir miteinander rangen.

»Hast du alles, was du brauchst?«, fragt Mom. Ich schrecke aus meinen Gedanken auf, hatte gar nicht mitbekommen, wie sie die Tür geöffnet hat. Ihre gealterten Finger umklammern den Türgriff. Sie tritt nicht in mein Zimmer ein, bleibt vor der Türschwelle im Flur stehen, um die vermeintliche Distanz zu wahren, die diese willkürliche Linie vorgibt.

»Ja«, murmele ich. »Danke.« Früher hat sie mich abends nie in meinem Zimmer aufgesucht. Vielleicht hatte sie damals Angst, was sie hier vorfinden würde. »Gute Nacht.«

Sie zögert einen Moment, in dem unsere Blicke sich treffen. Schweigend sehen wir einander in die Augen. Dann nickt sie. »Gute Nacht.«

Als sie die Tür hinter sich schließt, drehe ich den Schlüssel um. Dann nehme ich den Stuhl vom Schreibtisch und klemme ihn unter den Türgriff. Nur so kann ich nachts Schlaf finden. Nur so weiß ich, dass ich sicher bin. Verschlossene Türen und ständiges Fortlaufen. Denn, solange man noch läuft, kann man nicht gefangen werden. *Nie gefangen werden. Nie, nie fangen lassen.* Ich wiederhole die Worte in meinem Kopf, während ich mich auf mein Bett sinken lasse. Ich sehne mich nach dem Frieden, der mit dem Schlaf kommen sollte, kann aber keinen finden.

Marin

Marins Augen sind halb geschlossen, während sie die verschiedenen Mitglieder der indischen Gemeinschaft geschäftig um sich herum eilen sieht. Sie beobachtet das Treiben, während andere Menschen ihre Füße für die Hochzeit auf traditionelle Art mit komplizierten Mustern aus Henna schmücken. Ihre Tanten und Onkel sind alle hier; die aufgeregte Spannung ist so allgegenwärtig, dass man sie fast greifen kann. Ihre jüngeren Cousinen beobachten die Vorgänge genau, auch wenn es teilweise noch Jahre dauert, bis sie selbst heiraten werden. Sie versuchen, die Freuden dieses Tages zu verstehen, und die Trauer, die morgen kommen wird. Die Tränen, die Mummy vergießen wird; Trisha und Sonya werden sie nicht ziehen lassen wollen, werden wünschen, dass sie selbst an ihrer Stelle sein könnten. Sie werden nicht verstehen, warum Marin sie verlässt.

Doch Marin hat keine Wahl. Ihr Schicksal war schon durch ihre Geburt vorgegeben, durch den Status der Familie, in die sie geboren wurde. Sie war die Lebensläufe der potenziellen Kandidaten durchgegangen. Einmal hatte sie sogar ihre Meinung einbringen können. Sie hatte einen der Lebensläufe angeekelt beiseitegelegt und darauf bestanden, dass sie auf keinen Fall ihr Leben mit diesem Mann verbringen würde. Der Mann auf dem beigefügten Bild sah aus wie jemand, der noch mehrere Stufen der Evolution vor sich hat. Aber sie hätte gar nicht so sehr protestieren müssen. Da er keine Geschwister mit höheren akademischen Abschlüssen vorweisen konnte, kam er ohnehin nicht infrage.

»Gib mir deine Hand, Beti«, drängt ihre Tante, nennt sie bei dem Kosenamen, der normalerweise für die eigene Tochter verwendet wird. Die Falten in ihrem Gesicht zeigen ihr Alter. »Deine Füße sind fertig.«

»Was?«, schreckt Marin auf, die nicht zugehört hat. Als die Tante nicht antwortet, fragt Marin nach: »Masi?«

»Beti«, antwortet die Tante auf ihren Kosenamen. Ihre Finger umschließen Marins Unterarm, sie deutet auf die Blutergüsse an Marins Handgelenk. Die Augen ihrer Tante sind voller Mitgefühl. »Was ist dir denn passiert, mein Kind?« Die Farben für die Hochzeitsbemalung köcheln neben ihr im Topf vor sich hin, für den Moment völlig vergessen.

Marin entzieht ihr die Hand und schüttelt leicht den Kopf. Es auszusprechen würde es wahr werden lassen.

* * *

Er liegt nur da, verschiedene Schläuche angeschlossen, ohne die er nicht mehr allein leben könnte. Marin zählt insgesamt fünf Stück. Einer in der Nase, ein zweiter im Hals, ein dritter im Arm. Eine der Maschinen gibt an, dass sein Herz noch immer schlägt, sechzig Schläge pro Minute. Ihr Blick folgt den Linien auf dem Monitor, der Rhythmus zeigt, dass alles ist, wie es sein sollte. Jeder Teil des Ganzen übernimmt seine Aufgabe, um den Menschen am Leben zu erhalten. Vom Standpunkt des Ingenieurs aus gesehen, wäre Brent bestimmt beeindruckt gewesen, wie gut das System zusammenspielt.

Es gibt keine Blumen im Raum. Keiner von ihnen hat welche mitgebracht. Dafür finden sich überall Genesungskarten von Freunden und Bekannten – Brent wird in der indischen Gemeinschaft hoch geschätzt, geradezu verehrt. Er stellt für sie ein Musterbeispiel des amerikanischen Traums dar. Angefangen als mittelloser Einwanderer, hat er es geschafft, drei Töchter großzuziehen, denen es nie an irgendetwas gefehlt hat. Noch dazu war es ihm gelungen, alle drei zu anständigen, respektablen Frauen zu erziehen. Sie schulden ihm alles in ihrem Leben.

»Danke, dass wir alle gleichzeitig hier sein dürfen«, sagt Trisha, wie immer von vorbildlicher Höflichkeit. Der Arzt, der eben erst in den Raum gekommen ist, nickt, während er die Krankenakte durchgeht. Man sagt, er sei einer der besten Spezialisten auf diesem Gebiet, zumindest haben die Krankenschwestern ihnen dies zugesichert, als Brent eingeliefert wurde. Sie konnten gar nicht genug von seinen Fähigkeiten schwärmen. Und doch hat er bisher nicht einmal den Grund finden können, warum ihr Vater im Koma liegt. »Unsere jüngste Schwester ist gestern Abend eingetroffen«, erklärt Trisha. Sie hat sich selbst zur offiziellen Familiensprecherin erklärt und führt ihre Aufgabe pflichtbewusst aus. »Sonya, darf ich dir Dr. David Ford vorstellen? Dr. Ford, dies ist meine Schwester Sonya.«

»Es freut mich, Sie kennenzulernen. Aber bitte, nennen Sie mich doch David.« Er streckt Sonya die Hand entgegen und mustert sie neugierig. Ihr frisch gebürstetes Haar fällt glatt über ihre Schultern. Sie trägt wie gewohnt enge Jeans, darüber ein langärmliges schwarzes Baumwolltop. Ihre Stiefel passen eher zu den harten Witterungsverhältnissen in New York, aus denen sie kommt, denn zu dem milden Klima hier in Kalifornien. Obwohl sie kein Make-up aufgelegt hat, muss Marin anerkennen, dass ihre kleine Schwester zu einer bemerkenswert schönen Frau herangereift ist.

»Herr Doktor, wie lautet die Prognose?«, fragt Sonya, die Davids Hand nur kurz schüttelt.

Ihre abweisende Haltung ist offensichtlich, doch David ignoriert es. »Er liegt leider bei nur drei Punkten auf der Glasgow-Koma-Skala. Einfach ausgedrückt bedeutet das, dass er in einem tiefen Koma ohne jegliches Bewusstsein liegt. Leider kann ich auch keine Prognose treffen, wann er wieder aus dem Koma erwachen wird.«

»Aber er wird wieder erwachen?«, drängt Sonya weiter.

Marin hört die Angst in der Stimme ihrer Schwester. Sie bittet den Arzt, ihnen Hoffnung zu geben. Aber im Gegensatz zu Trisha versteht Marin, was Sonya damit wirklich ausdrücken will.

»Selbst das kann ich nicht mit Gewissheit sagen, es tut mir leid«, erklärt er, die wahre Intention ihrer Frage missverstehend.

Er schaut sich um, betrachtet die versammelte Familie. Einen Moment schweigen alle, es scheint wie die Ruhe vor dem nahenden Sturm. Der ewige Kampf um Leben und Tod, die beiden noblen Krieger, unterschiedliche Aspekte, deren Wahrnehmung nur von der persönlichen Perspektive abhängt. Nur, dass er nichts von dem Kampf weiß, der schon so lange ausgefochten wird.

»Einige Patienten mit seinen Symptomen erwachen nie wieder, sodass die Angehörigen schließlich …« Er hält inne, lässt das Ende des Satzes unausgesprochen, als Angebot, falls sie sich der Situation noch nicht stellen wollen.

»… den Stecker ziehen«, beendet Sonya seinen Satz in einem sachlichen Tonfall, ohne jegliche Regung. Die Angst, die Marin noch vor wenigen Sekunden herauslesen konnte, verbirgt sie inzwischen gut. »Was geschieht ohne die Maschinen?«

»Das Koma, in dem er liegt, ist im Prinzip ähnlich wie ein sehr tiefer Schlaf. Allerdings braucht sein Körper die Maschinen, um zu atmen und Flüssigkeit aufzunehmen.« David steckt die Hände in die Hosentaschen, den weißen Laborkittel zurückgeschoben. Um seinen Hals hängt das obligatorische Stethoskop. Marin schätzt ihn einige Jahre jünger als sie selbst, aber in letzter Zeit scheinen ihr so ziemlich alle Menschen jünger zu sein als sie selbst. »Er wurde mit einer respiratorischen Insuffizienz eingeliefert. Der Respirator unterstützt seinen Körper bei der Atmung.« Er unterbricht kurz und versucht sich auf die schweren Worte vorzubereiten, die keine Familie hören will. Mit einem deutlichen Seufzer und einer Mischung aus Mitgefühl und Entschuldigung erklärt er schließlich: »Ohne das Beatmungsgerät würde sein Körper nicht genug Sauerstoff bekommen.«

Sonya folgt seinen Worten konzentriert, nimmt jede Information auf. »Und ohne genug Sauerstoff würde er sterben.«

Marin beobachtet ihre kleine Schwester, der Streit vom letzten Abend nagt immer noch an ihr. Sonya ist hier in Amerika zur Welt gekommen. Ihre Eltern wollten das Kind ursprünglich abtreiben lassen – sie war schließlich nicht geplant. Ihr Leben verdankt sie einem defekten Kondom. Billiges Latex, in einem Supermarkt in Indien gekauft und in die Koffer gestopft, als sie nach Amerika einwanderten. Marin hat die Geschichte unzählige Male gehört. Als sie noch Kinder waren, hatte Brent es ihnen wieder und wieder erzählt, direkt vor Sonya, und mit jedem Mal lachte er lauter und lauter über diesen grausamen Streich, den ihm das Schicksal gespielt hatte. Ein merkwürdiger Witz, über den keiner außer ihm selbst lachen konnte.

Sie konnten es sich rein finanziell nicht leisten, ein drittes Kind großzuziehen, daher war die Abtreibung die einzige logische Möglichkeit. Aber Brent sehnte sich nach einem Sohn. Bei einer Untersuchung mit einem billigen Ultraschallgerät schätzte der Gemeindearzt, dass es ein Junge werden würde. Außer sich vor Freude traf Brent die Entscheidung, dass Ranee das Kind behalten sollte. Er nahm zusätzliche Überstunden auf sich, um die Kosten für die Geburt abzudecken. Als der Arzt ihm dann bei der Geburt verkündete, dass er eine weitere Tochter habe, war Brents Gesicht von Zorn verzerrt.

Nach der Geburt wurde Sonya Marin überlassen, während ihre Mutter in der örtlichen Fabrik arbeiten ging, die Unterwäsche für Kinder herstellte. Marin wechselte in der Zeit Sonyas

Windeln, gab ihr Milch aus dem Fläschchen und badete sie, wenn sie die Milch wieder ausspuckte. Marin war praktisch schon eine Mutter, ehe sie auch nur in die Pubertät gekommen war.

»Wie lange würde es dauern, bis er stirbt? Ich meine, wenn wirklich der Stecker gezogen würde?«, meldet sich Gia zu Wort. Bisher hatte sie nur still neben Raj gesessen. Sie sind direkt vom Tennisunterricht ins Krankenhaus gekommen, daher trägt Gia immer noch ihren Tennisdress. Eins ihrer schlanken Beine über das andere geschlagen, einzelne Strähnchen ihres Pferdeschwanzes unachtsam ins Gesicht fallend, wirkt sie jünger, als sie wirklich ist.

»Gia«, ermahnt Marin sie mit erhobener Stimme. In dieser Tonlage hört sich ihre Stimme genauso an wie die ihres Vaters. »Das ist nicht der Ort für dich, Fragen zu stellen. Dr. Ford ist sehr beschäftigt.«

»Schon gut«, beschwichtigt David und lächelt, um Marins Zurechtweisung abzuschwächen. »Deine Frage ist sehr wichtig.« Er ist nett zu Gia, obwohl er es nicht sein müsste. »Als Ärzte müssen wir genau wissen, wie lange ein Körper überleben kann. Damit können wir das Leiden minimieren.«

»Wird er Schmerzen haben?«, unterbricht Ranee, die einen Schritt vortritt, um Davids Aufmerksamkeit zu erlangen. Bisher hatte sie sich meist im Hintergrund gehalten und mehr zugehört als aktiv am Gespräch teilgenommen.

Ihre Mutter hatte schon immer die Rolle der stillen Beobachterin, war nie jemand gewesen, der andere führt. Man sagt, ein Kind sucht sich immer einen Elternteil als Vorbild aus, dem es unterbewusst nacheifert. Marin hatte schon in jungen Jahren beschlossen, nie wie Ranee zu werden. Es war nicht bewusst geschehen und wenn man sie danach fragen würde, wann genau sie diese Entscheidung getroffen hatte, könnte sie keinen exakten Zeitpunkt nennen. Jedenfalls war sie ihr nicht schwergefallen – wenn man zwischen stark und schwach entscheiden muss, wer würde da nicht die Stärke wählen? Unabhängig davon, in welcher Form sich diese Stärke manifestiert.

»Wird er Hunger empfinden, nach Atem ringen?«, fragt Ranee weiter.

»Wir werden alles tun, was in unserer Macht steht, dass er nicht leiden muss. So viel kann ich versprechen«, erklärt David, ergreift ihre Hand und drückt sie kurz. Marin entgeht die Geste nicht.

Ranee nickt und wendet sich wieder Brents Körper zu, der nach wie vor starr im Krankenbett liegt. Ohne Regung, seitdem der Krankenwagen ihn eingeliefert hat. Sie haben ihn in ein Patientenhemd gesteckt, das er garantiert hassen würde, wenn er es mitbekäme. Einwandfreie Kleidung war ihm immer wichtig gewesen. Jedes seiner Hemden musste gebügelt sein, die Hosen faltenfrei. Bei seinen Kindern war er nicht weniger anspruchsvoll.

»Er mag keine Schmerzen«, erklärt Ranee und schlingt die Arme um ihren zerbrechlichen Körper.

Nein, stimmt Marin ihr in Gedanken zu. *Nicht, wenn er selbst sie erleiden muss.*

Erinnerungen aus ihrer Kindheit kommen auf. Marins Atem stockt, auf einmal fällt es ihr schwer einzuatmen. Die Erinnerungen verschwimmen, ihre Finger fangen an zu kribbeln, dann taub zu werden. Die Stimmen der anderen scheinen so weit entfernt, obwohl sie direkt neben ihr stehen. Sie schüttelt den Kopf, versucht, die Trägheit loszuwerden, die sie wie Spinnweben umgibt. Mit geschlossenen Augen zählt sie leise bis zehn und hofft, dass diese einfache Übung sie wieder in die Realität zurückholt. Als sie die Augen aufschlägt, scheint niemand etwas bemerkt zu haben. Sie reden alle noch untereinander, die ganze Aufmerksamkeit ist auf Brent gerichtet. Marin senkt den Kopf und betrachtet eindringlich ihre Schuhe. Der Boden unter ihr scheint zu schwanken. Ihr ist klar, dass sie mitten in einer

Panikattacke steckt. Der letzte Anfall liegt jetzt schon Jahre zurück, aber die Symptome sind immer noch dieselben. Das Herz klopft immer schneller, während der Körper ihr nach und nach den Dienst verweigert. Aber sie will es nicht zulassen. Will die Kontrolle nicht aufgeben.

Marin zieht ihr Handy aus der Tasche und konzentriert sich auf die einzige Konstante, die sie fest in der Realität hält. Fünfzig neue Nachrichten in der Mailbox. Die Arbeit, die nach ihr ruft, gibt ihr einen Ausweg, nicht an den Vater denken zu müssen, der vor ihren Augen einen langsamen Tod stirbt. Sie ist froh über die Ablenkung. »Mummy«, sagt sie. Ihr Atem beruhigt sich, das Herz klopft aber immer noch, als ob sie eben einen Marathon gelaufen wäre. Gut eine Stunde sind sie jetzt schon hier im Zimmer. In der Zeit wurden drei neue Telefonkonferenzen angesetzt. Im Auto liegen noch zusätzliche Hausaufgaben für Gia. Mathe, damit sie auch garantiert ihre Bestnote mit Auszeichnung halten kann. »Wir müssen los. Es ist spät.« Sie gibt Gia und Raj zu verstehen, ihr zu folgen.

»Aber wir sind doch eben erst angekommen.« Ranee greift Gias Hand und zieht sie an sich. »Lass uns doch noch ein bisschen bleiben!«

»Marin, wir haben noch viel Zeit«, stimmt Raj zu. Er ist nicht aufgestanden und lächelt Ranee aufmunternd an. »Wir können noch bleiben, Mummy.«

»Nein, können wir nicht.« Marin muss sich beherrschen, nicht zu schreien. Inzwischen sieht jeder im Raum sie an, aber sie kann die Gesichter nicht klar erkennen. Zorn über die Verweigerung mischt sich mit den Gefühlen der Vergangenheit und bemächtigt sich ihrer. »Raj, es ist schön für dich, dass du so viel Freizeit hast, aber nicht alle hier haben diesen Luxus. Ich habe viel Arbeit vor mir und Gia hat Hausaufgaben zu erledigen.«

»Es ist Samstag«, wendet Gia ein. Sie schaut hilfesuchend zu Ranee auf. »Masi Sonya ist doch eben erst gekommen«, versucht sie zu erklären und nennt Sonya bei dem traditionellen Kosenamen, der in Indien für die Schwester der Mutter verwendet wird. »Ich will noch mehr von ihren Geschichten hören.«

»Du hast gestern Abend schon genug Geschichten gehört«, weist Marin sie zurecht. Sie weiß, dass sie sich zusammenreißen sollte, kann aber nicht an sich halten.

David fühlt sich sichtlich unbehaglich, gefangen mitten in dem Familiendisput, den Marin hier gerade heraufbeschwört. Eine Stimme in ihrem Kopf ermahnt sie, es gut sein zu lassen, dass ein paar Minuten mehr schon nicht schaden werden. Aber eine andere Stimme, eine viel lautere Stimme, bestimmt, dass ihre Autorität nicht infrage gestellt werden darf. Dass niemand ihr die Kontrolle entreißen darf. Jeder glaubt, dass sie schwach sei, aber sie ist stark. Und sie wird nie schwach sein. »Raj, steh auf! Gia, komm jetzt!«

Sie dreht sich auf der Stelle um und verlässt den Raum, unfähig anzusehen, was sie angerichtet hat. Ihre Absätze klappern auf dem Krankenhausboden, während sie den Flur zu den Aufzügen entlangeilt. Dort angekommen, drückt sie den Knopf nach unten gleich dreimal und wartet ungeduldig, während der Fahrstuhl langsam ihr Stockwerk erreicht. Nach einer gefühlten Ewigkeit öffnen sich die Stahltüren, der Aufzug ist leer. Marin tritt sofort ein und wartet, bis die Türen sich schließen. Erst, als der Aufzug sich wieder in Bewegung setzt, lässt sie den Kopf gegen die verspiegelte Wand sinken und holt tief Luft. Aus dem Spiegel starrt sie eine Karikatur ihrer selbst an und beobachtet ihren Zusammenbruch emotionslos.

»Mir geht es gut«, flüstert Marin zu sich selbst. Sie reibt sich die Hände über das Gesicht, erwartet, dass sie Tränen wegwischen muss. Aber das Gesicht ist trocken. Marin hat schon lange keine Tränen mehr vergossen. Das letzte Mal hat sie sich zu weinen erlaubt, als sie noch ein kleines Kind war. Sie stellt sich wieder aufrecht, drückt den Rücken durch, streicht ihr Haar zurück. Während sie die losen Strähnen einfängt, bringt sie neben der Frisur auch ihre Emotionen wieder unter Kontrolle. Kurze Zeit später ist sie wieder in einem Zustand, in dem sie sich sicher fühlt. Sie hat sich wieder komplett unter Kontrolle.

Sie streift die Falten ihrer Bluse glatt und mustert sich selbst in der verspiegelten Tür des Aufzugs, nickt sich kurz anerkennend zu. Dann zieht sie ihr Mobiltelefon aus der Tasche und geht die Nachrichten durch. Ihr Arbeitstag beginnt um fünf Uhr morgens und endet meist erst nach Mitternacht. Als sie mit Gia schwanger wurde, hatte sie Angst, dass ihre Karriere darunter leiden könnte. Rückwirkend betrachtet, hätte sie sich gar nicht so viele Gedanken machen müssen. Noch bis wenige Stunden vor der Entbindung war sie bei der Arbeit, ein Wagen mit Chauffeur brachte sie direkt von einer Vorstandssitzung ins Krankenhaus. Gerade einmal fünf Tage später war Marin wieder im Büro.

Sie reicht dem Mann vom Parkdienst an der Rezeption ihr Parkticket und wartet ungeduldig darauf, dass er ihre Schlüssel findet. »Diese dort, da drüben!«, herrscht sie ihn unwirsch an und zeigt auf ihre Autoschlüssel, die zwischen Dutzenden anderer Schlüssel stecken. Nervenaufreibend langsam prüft er das Parkticket und die Nummer an den Autoschlüsseln. Um ihn nicht offen anzuschreien, wendet Marin sich ab und will gerade die Nummer ihres Assistenten wählen, als Raj und Gia zu ihr aufschließen.

»Wolltest du schon ohne uns fahren?«, fragt Raj.

»Ich habe doch gesagt, dass ich noch Arbeit habe«, gibt Marin zurück. Ein Blick auf ihre Tochter genügt, um sie wieder zur Ruhe zu bringen. Sie lässt eine Hand über Gias Haare streichen. »Und du hast am Montag einen wichtigen Test, Beti. Es ist wichtig, dass du dich gut vorbereitest, oder?« Marin fühlt sich versucht, Gia in den Arm zu nehmen, als ihr Handy vibriert. Sie wirft einen schnellen Blick auf das Display und fügt gemurmelt hinzu: »Wir haben nicht mehr viel Zeit bis zu den Bewerbungen für die Universität.«

»Ja«, stimmt Gia zu, tritt aber einen Schritt näher zu ihrem Vater, der ihr den Arm um die Schulter legt. »Ich muss auf eine gute Uni kommen.«

Marin versteift sich leicht, als sie sieht, wie leicht es Vater und Tochter fällt, ihre Zuneigung füreinander zu zeigen. Sie wünschte, sie könnte auch Teil dieser Beziehung sein. »Nicht nur irgendeine gute Universität«, korrigiert Marin, während sie ihrem Assistenten eine Textnachricht schickt und ihn anweist, bestimmte Akten vorzubereiten. »Harvard oder Yale würden dir viele Türen öffnen. Brown, Princeton, Chicago und Pennsylvania wären auch noch akzeptabel, aber nur, wenn Harvard und Yale nicht klappen.«

»Berkeley wäre auch sehr nett«, ergänzt Raj. Sein Arm liegt immer noch um Gia, während er zu ihr hinablächelt, seiner einzigen Tochter. »Ich weiß nicht, ob ich mich so lange von meinem kleinen Mädchen trennen könnte, wenn sie am anderen Ende des Landes leben würde.«

»Das ist jetzt nicht die Zeit und nicht der Ort«, weist Marin ihn zurecht, von Rajs Worten überrascht. Der Parkdienst hat inzwischen den Wagen vorgefahren, der jetzt mir offener Tür auf sie wartet. »Raj, du fährst bitte. Ich muss telefonieren.«

Sie nehmen Platz. Raj fährt den Wagen aus der Tiefgarage auf die baumbestandene Sand Hill Road und von dort auf die Schnellstraße, die Palo Alto mit ihrem Haus in Los Altos verbindet. Während er beschleunigt, ziehen die Häuser einiger der einflussreichsten Wirtschaftsmagnaten der Welt an ihnen vorbei. Sie fahren einige Minuten schweigend, bis Gia fragt: »Daddy, was hältst du von der UCLA? Oder vielleicht einer kleinen, alternativen Uni für Geisteswissenschaften in Südkalifornien?«

Marin fühlt die Anspannung geradezu körperlich, wie eine Spinne, die ihren Nacken hochkrabbelt. All die Stunden Arbeit, die sie ertragen hat, um Gia die beste Ausbildung zu ermöglichen, die Geld kaufen kann – der Gedanke daran ruft stechenden Schmerz hinter ihren Augenlidern hervor. Sie erinnert sich an all die Opfer, die sie erbracht hat, damit ihre Tochter es besser haben wird als sie selbst. Die Erinnerung daran, wie sie stets Kleider aus zweiter Hand hatte auftragen müssen. Für Gia waren ihr daher nur die besten Designerkleider gut genug. Nie konnte Marin an Aktivitäten ihrer Schule teilnehmen, weil sie nach dem Unterricht immer auf ihre jüngeren Schwestern aufpassen musste. Gia nimmt daher alles mit, was nur angeboten wird: das Schwimmteam, Tennis, Tanzstunden und Fußball, um nur ein paar Aktivitäten zu nennen, auf denen Marin bestanden hat. Der Preis hatte nie eine Rolle gespielt. Man kann solche wichtigen Erfahrungen nicht mit Geld beziffern.

Als Gia ins Schulalter kam, wollte Raj sich die Grundschule vor Ort ansehen. Marin hatte ihr Veto eingelegt und stattdessen bestimmt, dass Gia eine prestigeträchtige Privatschule in San José besucht, die nur Mitgliedern der absoluten Elite offenstand. Ihr Entschluss war gefasst und unumstößlich. Die Schulgebühren lagen bei vierzigtausend Dollar im Jahr, dafür konnte Marin sich aber sicher sein, dass ihre Tochter die beste Bildung bekommen würde, die man für Geld kaufen kann. Jede Entscheidung, jede Aktivität bestätigte Marin darin, dass sie sich aus den Schatten ihrer Vergangenheit gelöst hatte. Dass sie den Kreislauf von Schmerz und Enttäuschung durchbrochen hatte, dass ihre Tochter die Zukunft darstellt.

»Eine kleine, alternative Universität?« Marin schaltet ihr Handy ab und dreht sich zu ihrer Tochter um. »Gia, das kommt gar nicht infrage.«

»Warum?«, fragt Gia trotzig, den Blick abgewandt und aus dem Fenster gerichtet. »Es könnte doch trotzdem eine gute Uni sein.«

»Aber nicht für dich. Wie kommst du überhaupt auf solche Gedanken?«, fordert Marin zu wissen. »Ich will nichts mehr davon hören.«

»Ist doch nicht so wichtig, wo ich hingehe«, murmelt Gia, während sie das Fenster runterlässt. Der Wind streicht ihr durchs Haar und dämpft die Stimme ihrer Mutter. »Und ich will bei meinen Freunden bleiben.«

»Deine Freunde?«

Gia hat viele Freunde. Schon als kleines Kind war es ihr immer leicht gefallen, Menschen kennenzulernen, etwas, was Marin bis heute nicht wirklich beherrscht. Gia konnte einfach lächeln und ein Gespräch anfangen, ohne sich Gedanken zu machen oder Zweifel zu haben. Marins soziale Interaktionen hingegen sind stets kurz und prägnant, sodass sie sich immer darüber gewundert hat, wie leicht es ihrer Tochter fällt, sich in die sozialen Strukturen der Gemeinschaft einzufügen.

»Sind sie denn wirklich deine Freunde, wenn sie von dir verlangen, dass du ihretwegen deine Zukunft ruinierst?«

In letzter Zeit haben viele von Gias Freundinnen angefangen, mit Jungs auszugehen. Gia hatte das Thema einmal bei Marin angesprochen, war aber schroff abgewiesen worden. Jungs nehmen nur Zeit weg, die viel besser zum Lernen genutzt werden kann. Obwohl Gia immer wieder nachgefragt hat und darauf bestanden hat, mit einem Jungen ausgehen zu dürfen, ließ Marin sich nicht erweichen. In ihrer eigenen Jugend durfte sie auch nie ausgehen. Schon ihre Kultur verlangt, dass eine Frau vollständig rein sein muss, wenn sie den Bund der Ehe eingeht. Selbst ein einziges Treffen mit einem Jungen könnte ihren Ruf ankratzen und damit den Weg zu den attraktivsten Optionen für eine eheliche Verbindung verbauen. Aber es war noch nicht einmal der kulturelle Hintergrund, weswegen Marin sich so gegen diese Bitte sträubte; sie konnte den Gedanken nicht ertragen, dass jemand anderes Einfluss auf Gias Leben nehmen könnte.

»Nein, natürlich nicht«, antwortet Gia schnell, ohne zu zögern, und rutscht tiefer in ihren Sitz. Sie sucht nach einem passenden Song auf ihrem Mobiltelefon und steckt die Ohrhörer in die Ohren. »Ist schon gut. Harvard und Yale sind toll. Sind immer noch ganz oben auf der Liste.«

* * *

Marin reibt ihre spröden Hände mit Lotion ein. Jahrelange Computerarbeit hat Schwielen an den Fingern hinterlassen, die nicht mehr verschwinden wollen. Ihre Haare, zu einem strengen Zopf geflochten, fallen am Rücken hinab; sie trägt ein seidenes Nachtkleid, das ihr bis zu den Füßen reicht. Ihre Haushälterin ist schon vor Stunden zu Bett gegangen, nachdem sie Haus und Küche in Ordnung gebracht hatte. Marin hatte das Abendessen am Schreibtisch eingenommen. Es lagen schließlich noch mehrere Stunden Arbeit vor ihr. Die Aufregungen des Tages hatten ihren Preis gefordert, ihr Körper verlangte nach Schlaf. Aber in ihren Gedanken spielte sich wieder und wieder das Gespräch mit Gia ab und verhinderte damit jegliche Aussicht auf Ruhe und Erholung.

»Du warst heute sehr angespannt«, bemerkt Raj, der mit einem großen Handtuch um die Hüfte geschlungen aus dem Bad ins Schlafzimmer tritt. Tropfen fallen von seinem nassen Haar auf den Teppich. In den letzten Jahren hat er an den Hüften etwas zugelegt, aber seine Arme und Beine sind immer noch so schlank wie damals bei ihrer Hochzeit. Silberne Schimmer mischen sich in sein braunes Brusthaar, auf dem Kopf sind aber noch keine Spuren von Grau zu erkennen. »Auch gegenüber Gia.«

»Es ist alles in Ordnung«, lenkt Marin ab. Sie will lieber nicht darüber reden. Ihr war schon durch das Gespräch im Auto schmerzhaft genug klar geworden, dass sie ihrer Tochter die Bedeutung einer guten universitären Bildung offensichtlich noch nicht ausreichend deutlich gemacht hatte. Aber sie hat schon einen Plan, wie alles wieder ins Lot kommen würde. Eine Reise entlang der Ostküste, mit Zwischenstopps bei den berühmten Eliteuniversitäten würde ihre Tochter überzeugen. Bestimmt wäre Gia von dem Leben auf dem Campus begeistert, unabhängig von ihren Eltern, am anderen Ende des Landes. Es war zwar noch ein paar Jahre hin, aber man kann nie zu früh die Weichen stellen. Marin ist sich jetzt recht sicher, dass Gias Gleichgültigkeit eigentlich nur überspielte Nervosität ist – Angst davor, so weit von zu Hause entfernt zu leben. Mit einem festen Plan im Kopf fühlt sie sich direkt viel entspannter. »Wir sollten schlafen gehen. Wir müssen morgen früh raus.«

»Gias Tennisturnier.« Raj nimmt das Handtuch ab und hängt es an den Haken. Komplett nackt schlüpft er unter die Bettdecke und sieht Marin dabei zu, wie sie das Licht löscht. »Ich kann sie hinfahren, wenn du arbeiten musst.«

Es war jetzt schon einen Monat her, dass sie miteinander geschlafen hatten. Normalerweise leitete Raj es immer ein und Marin wies ihn selten zurück. In der Nacht vor ihrer Hochzeit hatte sie gelernt, dass der Mann ein Recht auf Sex hat. Egal, wie erfolgreich die Frau in ihrem Beruf auch sein mag, zu Hause war es ihre Pflicht, die Bedürfnisse des Mannes zu befriedigen. Dies war der einzige Aspekt ihrer Beziehung, in dem Marin nicht die Zügel in der Hand hatte. Ganz egal, wie oft sie sich einredete, dass der Akt zu ihrer beider Befriedigung war, fühlte sie sich danach doch immer leer und einsam.

Ihr Geschlechtsverkehr folgte einem einfachen Muster. Zwei Positionen, häufig auch nur eine. Er würde zuerst fertig sein, meist sehr schnell. Wenn Marin in der Stimmung war, führte sie dann noch seine Hand zwischen ihre Beine. Von hinten an sie geschmiegt, würde er dann weitermachen, bis auch sie befriedigt war. Manchmal klappte es schnell, aber wenn es mehr als zehn Minuten dauerte, beendete sie es von sich aus. Wenn ihr Körper nicht entsprechend reagierte, bedeutete das, dass sie nicht bereit war. Es wäre reine Zeitverschwendung weiterzumachen und auf den dringend benötigten Schlaf zu verzichten.

Heute ist Marin jedoch nicht in der Stimmung. Sie kann sogar eine ganze Reihe Gründe dafür angeben. Die Arbeit hat sie erschöpft. Stundenlanges Brüten über Dokumenten, um die letzten Details für einige Geschäftsabschlüsse auszuarbeiten, dann die Anweisungen an ihr Team – all dies scheint in letzter Zeit schwerer zu gehen als früher. Dann das Gespräch mit Gia. Aber, wenn sie ehrlich ist, liegt es vor allem an dem, was im Krankenhaus passiert ist. Die Erkenntnis, dass ihr Vater vielleicht nie wieder aus seinem Koma erwachen wird, dass der Mann, der ihr Leben definiert hat, seins vielleicht verliert, erschreckt sie.

»Willst du Sex haben?«, fragt Marin. Ihre Stimme klingt schroffer, als sie beabsichtigt hat. Ehe er aber antworten oder näher zu ihr rücken kann, fährt Marin fort: »Vielleicht ist heute keine gute Nacht dafür.«

»Natürlich. Wirklich kein Problem.«

Er ist peinlich berührt. Sie kann es an seiner Stimme hören. In all den Jahren, die sie jetzt schon verheiratet sind, hat Marin ihn nur bei Krankheiten zurückgewiesen, oder wenn sie ihre Tage hatte. Heute trifft keins von beiden zu. Stattdessen spürt sie, wie die Ketten der Vergangenheit an ihr zerren. Die Ketten, die sich schon so lange nicht mehr gerührt haben und bereits Rost angesetzt hatten. Jetzt, da Brent im Koma liegt, scheint das Schloss sich zu lockern, aber egal, wie sehr Marin auch zerrt, kann sie sich doch immer noch nicht von ihnen befreien. Sie muss daran denken, wie bitter es ihren Vater enttäuschen würde zu hören, dass seine Tochter dabei versagt, ihren Ehemann zu befriedigen. Sie schiebt den Gedanken beiseite und wendet sich dem Mann zu, mit dem sie seit Jahren das Bett teilt. »Mir schwirren einfach so viele Gedanken im Kopf rum«, setzt sie zu einem Versuch einer Erklärung an, auch wenn er nicht danach gefragt hat. »Das Krankenhaus und alles dort.«

»Es ist wirklich kein Problem.« Er dreht sich um und wendet ihr den Rücken zu. »Schlaf gut, Marin.«

Beschämt von der Panik, die sie bei dem Gedanken an den Tod ihres Vaters ergriffen hat, bleibt Marin einfach nur still liegen. Raj fragt nicht weiter nach, also bleibt ihr die Antwort erspart. Dass sie sich verängstigt und allein fühlt, behält sie für sich. Dass sie eigentlich nur im Arm gehalten werden will, sich aber selbst nicht sicher ist, wie sie damit umgehen sollte, wenn Raj es wirklich versuchen würde.

Sie rückt so weit wie möglich von ihm weg an die Bettkante, zieht die Decke bis unters Kinn und sehnt sich nach einer Form des Trosts, die ihr verwehrt bleibt. Ihre Gedanken, die noch vor wenigen Minuten so sehnlich nach Schlaf verlangt haben, finden jetzt keine Ruhe. Jeder war da für ihren Vater. Alle haben sie sich ihre Gedanken gemacht, die Situation beobachtet und gewartet. Worauf, das weiß sie auch nicht. Wenn er es überlebt, wird alles wieder so, wie es war. Normal. Wobei natürlich das Normal ihrer Familie nicht so ist wie das Normal jeder anderen Familie. Jeder hat seine eigene Rolle und füllt diese hervorragend aus. Trisha hält die Familie zusammen. Als Lieblingstochter hat sie es immer als ihre Verantwortung empfunden, die Familienfeiern auszurichten. Solange sie zusammen an einem Tisch sitzen, kann sie ihre Illusion einer perfekten Familie aufrechterhalten. Trisha organisiert die Ausflüge zu den Feiertagen, egal, ob es nun Diwali oder Weihnachten ist. Sie stellt immer sicher, dass niemand außen vor gelassen wird. Nachdem Sonya sie verlassen hatte, schien Trisha ihre Pflichten doppelt ernst zu nehmen, ganz so, als ob sie den leeren Platz irgendwie füllen müsste, den ihre Schwester zurückgelassen hatte, als diese beschloss, dass es ihr allein besser ergehen würde.

Marin übt ihre eigene Rolle mit äußerster Präzision aus. Sie repräsentiert die Erfolgsgeschichte, das Musterbeispiel, warum sie nach Amerika gekommen waren. Sie ist diejenige, auf die man zeigen und sagen kann: Hier steht der Grund, warum wir all diese Mühen auf uns genommen haben. Während Trisha die

Rolle der verwöhnten Hausfrau spielt, strebt Marin in jedem Bereich ihres Lebens nach Erfolg. Und mit ihr auch ihre Tochter, die kommende Generation, jene, die ohne die Last aufwächst, die Marin noch hatte tragen müssen. Gia steht es frei zu erreichen, was immer sie will – es gibt nichts, was sie zurückhält.

Marin ist es leid, sich erfolglos nach Schlaf suchend im Bett zu wälzen. Neben sich hört sie Raj gleichmäßig leise schnarchen. Er bewegt sich kaum, als sie aufsteht. Sie waren nie eines dieser Paare, die einander in der Nacht im Arm halten. Ihnen beiden war schon bald nach der Hochzeitszeremonie klar geworden, dass jeder seinen eigenen Platz braucht.

Die Ereignisse des Tages verfolgen sie immer noch und lassen sie keine Ruhe finden. Vorsichtig sucht sie sich im Dunkeln den Weg die Treppe hinab. Im Mondschein, der durch das Oberlicht eindringt, gießt sie sich eine Tasse Milch ein und macht diese warm. Die dampfende Tasse wärmt ihre Hände, während die Dunkelheit sie ein wenig beruhigt. Die Dunkelheit war ihr schon immer lieber als das helle Tageslicht. Die Geheimnisse bleiben im Dunkeln besser verborgen. Was nicht ans Licht kommt, kann auch nicht verurteilt werden.

Die kristallene Uhr auf dem Kaminsims zeigt an, dass es schon nach Mitternacht ist. Der neue Tag ist angebrochen und doch wird er nicht anders sein als alle anderen. Die eingeübte Routine wird ihren Lauf nehmen: Jeder wird zur rechten Zeit aufwachen und bereit sein. Das Frühstück wird auf dem Weg nach draußen mitgenommen. Die Zeitpläne überschneiden sich, während jeder seinen eigenen Weg geht. Sie hätte nie gedacht, dass ihr Leben einmal so aussehen würde. Aber ehrlich gesagt, hatte sie sich nie wirklich viel vorgestellt. Ihr Vater traf alle Entscheidungen. Daher war es für sie nur selbstverständlich, dass er auch den Ablauf ihres Alltags für sie bestimmen würde.

Sie war gerade dreizehn Jahre alt gewesen, als er für sie beschloss, was sie an der Uni studieren sollte. Er hatte eingehend die verschiedenen Karrierepfade abgewogen und beschlossen, dass der Finanzsektor den besten Ertrag für seine Investitionen bringen würde. Ob Marin sich dafür interessierte oder nicht, war irrelevant. Es war genau genommen pures Glück, dass sie wirklich Interesse dafür entwickelte – wobei sich Marin natürlich nie beschwert hätte, wenn dem nicht so gewesen wäre. Protest wäre nie auf Verständnis gestoßen und schlimmstenfalls hätte sie damit sogar seinen Zorn erregt. Das Risiko war es nicht wert. Also ging sie zur Universität und lernte, bis sie eine Expertin in ihrem Bereich war. Sie schaffte den Abschluss in zweieinhalb Jahren und schloss direkt einen MBA an, der ihr einen raschen Aufstieg in ihrer Berufslaufbahn versprach. Ihre Karriere, die alles für sie bedeutet. Ein Leben, das sie nur ihrem Vater verdankt.

Sie ist immer noch nicht bereit, schlafen zu gehen, und setzt sich auf die Couch. Während sie die Beine anzieht, kommen wieder einmal Erinnerungen an die Nacht vor ihrer Hochzeit hoch.

* * *

Marin steht im Flur vor dem Bad und sieht Ranee zu, wie sie eine Einladung zu Marins Hochzeit auf den Altar stellt, auf dem die Bilder ihrer verstorbenen Verwandten stehen. Danach macht Ranee überall im Haus das Licht an und legt eine Kassette mit traditioneller indischer Musik ein.

Im Bad schubst Sonya gerade Trisha am Waschbecken beiseite. »Das ist echt unheimlich«, meint sie, spuckt die Zahnpasta aus und gurgelt mit Mundspülung. »Werden echt tote Menschen kommen und zusehen?«

»Na klar. Ein ganzer Haufen Toter wird kommen und um dich rumtanzen. Dann werden sie immer näher kommen, bis sie dich dann irgendwann packen und schwups, weg bist du!«, spottet Trisha.

»Es werden keine toten Menschen kommen«, erklärt Marin, die ihren Pyjama aufknöpft, während sie ins Bad kommt. »Es ist eine Tradition. Mummys Familie hat es so gemacht, als sie geheiratet hat, und wir machen es jetzt auch so.«

»Aber warum?« Sonya stiehlt sich näher an Marin heran, etwas verängstigt.

»Um unsere Ahnen zu ehren. Um zu zeigen, dass wir wünschten, dass sie jetzt noch bei uns sein könnten.« Marin wendet sich Trisha zu. »Du solltest wirklich netter zu ihr sein.«

»Aber sie ist doch noch ein Baby.«

»Ja, sie ist unsere Baby-Schwester. Du wirst dich um sie kümmern müssen, wenn ich nicht mehr hier bin, ja?« Marin braucht diese Bestätigung, selbst wenn Trisha es nicht ernst meinen sollte. Bisher wurde immer, wenn Sonya krank war, Marin in der Highschool angerufen. Nicht selten war es die Schulkrankenschwester, weil Sonya sich wieder einmal übergeben hatte. Marin wartete dann im Büro des Schulleiters, bei sich einen Stapel mit Übungsaufgaben, um den Stoff aufzuholen, den sie an dem Tag verpasste. Ein Hupen auf dem Parkplatz zeigte ihr an, dass ihr Vater mit dem Auto gekommen war, dem alten, gebrauchten, erbsengrünen Kombi, der stotternd Qualm ausstieß. Jedes Mal winkte ihr die Sekretärin heimlich zu und schenkte ihr ein Lächeln, um ihr Mitgefühl auszudrücken.

»Ja, wie auch immer. Aber du kommst doch sowieso immer wieder hier vorbei, oder?« Marin merkt, dass Trisha zum ersten Mal unsicher scheint. »Es wird sich doch nichts ändern?«

»Dafür ist unser Haus zu weit weg, ich werde nicht ständig vorbeikommen können.«

»Aber warum musst du bei ihm leben? Warum kann er nicht hier mit uns leben?«, fordert Sonya zu wissen. Das Rebellische ist aus ihren beiden kleinen Schwestern gewichen, sie starren Marin ängstlich an.

»So sind die Regeln nun mal.«

»Wer hat diese Regeln denn gemacht?«

»Das weiß ich doch auch nicht«, gibt Marin zornig zurück. »Daddy hat jemanden gefunden, den ich heiraten soll, also heirate ich ihn.«

»Aber du kennst ihn doch gar nicht«, wirft Trisha ein.

»Ich habe ihn zur Verlobung getroffen.«

»Aber was, wenn er eine ganz schlimme Krankheit hat?«, entgegnet Sonya herausfordernd.

»Sonya, er hat keine schlimme Krankheit.«

»Aber er könnte doch Aids haben«, wendet Trisha ein, während sie anfängt, sich die Haare zu bürsten. »Im Naturwissenschaftsunterricht haben wir gelernt, dass sich Aids in Indien am schnellsten ausbreitet. Und er kommt aus Indien. Also könnte er es haben.«

»Trisha, wir kommen auch aus Indien. Und wir haben kein Aids, oder?«

»Ich meine ja nur. Du solltest ihn fragen.«

»Ich werde ihn fragen. Nach der Hochzeit.«

»Aber dann ist es zu spät. Du bekommst Aids von Sex.«

»Eklig.« Sonya hat große Augen bekommen. »Sex kenne ich auch, das ist das hier.« Sie formt eine Hand zu einem Kreis, steckt ihren Zeigefinger in den Kreis und zieht ihn wieder heraus.

Marin schubst ihre Hand sachte beiseite. »Lass das, so was macht man nicht.«

»Warum rufst du ihn nicht einfach an und fragst ihn?« Trisha bewundert sich selbst im Spiegel. »Wenn er Aids hat, dann musst du ihn nicht heiraten.«

»Ich darf ihn nicht anrufen.« Marin wendet den Blick ab.

»Ich will nicht, dass du gehst«, sagen Trisha und Sonya gleichzeitig.

Marin schließt die Augen, während sie ihre beiden Schwestern eng an sich drückt, ihre noch kindlichen Arme um die beiden kleinen Körper legt. »Ich weiß.«

Ranee

Sie wacht mit dem ersten Lichtstrahl auf, der durch die Vorhänge in ihr Zimmer fällt und sie wie eine sanfte Feder umspielt. Es ist bislang nur ein winziger Strahl, der aber schon ausreicht, den Raum zu erhellen. Eine Erinnerung daran, dass, egal wie sehr man die Stille der Nacht auch genießt, immer wieder der Tag folgt. Aber heute ist etwas anders. Sie liegt ruhig im Bett und versucht zu ergründen, was. Sie muss sich erneut ins Gedächtnis rufen, dass er nicht da ist, nicht irgendwo im Haus auf sie wartet. Bisher war jeder Morgen von Furcht erfüllt gewesen. Ganz egal, wie früh sie aufwachte, es war immer zu spät gewesen. Irgendwie schaffte er es immer, ein paar Minuten vor ihr aufzuwachen, wütend, dass sein Frühstück noch nicht vorbereitet war.

Einmal war sie die ganze Nacht wach geblieben, hatte die Minuten gezählt, bis sie sich nach unten schleichen und den Chai zubereiten konnte, so, wie er ihn am liebsten hatte. Um vier Uhr morgens waren ihr die Lider zu schwer geworden, sie hatte sie nur für einen Moment geschlossen. Zehn Minuten Schlaf, mehr wollte sie sich nicht gönnen. Drei Stunden später war sie wieder aufgewacht, als er an ihrem Bein zerrte.

Inzwischen war Ranee klar, dass auch Brent damals von Angst getrieben wurde. Angst vor dieser neuen Welt, die ihm auch nach Jahrzehnten immer noch fremd war. Er arbeitete jeden Tag mit Fremden zusammen, Kollegen, die ihn fragten, warum er immer nach Knoblauch und Zwiebeln roch, zweien der wichtigsten Zutaten der indischen Küche. Die wissen wollten, warum seine Lippen immer von einem gelben Rand umgeben waren. Einmal hatte er versucht, ihnen zu erklären, dass er jeden Morgen seine goldene Milch trinkt, Getreidemilch mit Kurkuma. Daraufhin hatten sie ihn ausgelacht und ihm erklärt, dass hier in Amerika Milch nur etwas für kleine Kinder sei. Hier in Amerika trinkt ein echter Mann seinen Kaffee schwarz. Sie brachten ihm eine Tasse und bestanden darauf, dass er die bittere Flüssigkeit trank. Seitdem nahm Brent jeden Morgen einen Becher dampfenden Kaffee mit zur Arbeit und stellte ihn demonstrativ auf seinen Schreibtisch, damit jeder ihn sehen konnte.

Brent sehnte sich nach den gewohnten Sitten und Bräuchen Indiens, sehnte sich danach, mit jenen zusammenzuleben, die seine Gewohnheiten teilten und seine Sprache sprachen. Einmal brachte er einen Kassettenrekorder mit zur Arbeit, damit er über Kopfhörer indische Lieder hören konnte. Durch einen dummen Zufall löste sich der Stecker der Kopfhörer, sodass die Musik laut durch das ganze Büro schallte. Seine Kollegen verspotteten ihn stundenlang, sodass er den Kassettenrekorder in einer Schublade einschloss und nie wieder hervorholte. In der Hoffnung, ein besseres Leben zu finden, hatte Brent sein eigentliches Leben verloren. Ein Handel, den er sein Leben lang bereute.

Ranee verdrängt die Erinnerungen. Diese Tage gehören der Vergangenheit an. Sie gestattet sich, den Gedanken auszukosten. Dabei fällt ihr ein, was heute so anders ist. Ihre Tochter ist heimgekehrt. Sie schläft am anderen Ende des Flurs, in dem Bett, in dem sie auch als Kind schon geschlafen hat. Ranee spürt Tränen in sich aufsteigen, während sich ein Lächeln auf ihre Lippen stiehlt. Die Familie ist endlich wieder beisammen. Sie fragt sich, was Sonya wohl alles erlebt haben mag. Ihren eigenen Abenteuersinn hatte Ranee früh begraben müssen, als sie mit zarten achtzehn Jahren verheiratet wurde. Ihr Vater war sicher, dass er ihr einen guten Gemahl gewählt hatte. Ob sie auch so dachte, danach fragte niemand.

Sie richtet sich im Bett auf, die Bettdecke rutscht ihr bis auf die Hüfte. Die Haare fallen ihr über die Schultern, von grauen Strähnen durchzogen, umrahmen sie ihr zartes Gesicht. Ihre langen Wimpern legen sich über die Augen, als sie diese zu einem schnellen Gebet schließt. Sie hat sich angewöhnt, jeden Tag auf die gleiche Art zu beginnen. Einige Sekunden, um Gott darum zu bitten, ihre Kinder zu schützen, da sie selbst nie die Kraft dazu hatte. Das erste Mal hatte sie dieses Gebet gesprochen, als Marin zwei Monate alt war. Brent hatte ihr Marin aus dem Arm genommen, als diese nach Milch schrie. Er bestand darauf, dass es ihr bei seiner Mutter besser ergehen würde, die damals noch mit ihnen zusammenlebte. Seine Mutter, die genau weiß, wie man Kinder erzieht. So sagte er. Jahre später hätte Ranee ihn gern gefragt, ob seine Mutter ihn so erzogen hatte.

Nach dem Gebet schlüpft Ranee vorsichtig aus dem Bett und zieht den grellorangenen Morgenmantel an, den sie immer noch gern trägt. Sie hatte dieses Monstrum vor Jahren in einem Discountladen gekauft, in der Hoffnung, dass es Brent davon abhalten würde, jede Nacht nach Sex zu verlangen. Es hatte nichts genützt, aber wenigstens hatte der Mantel sie danach gewärmt. Zögerlich macht sie sich auf den Weg ins Bad, noch immer nicht daran gewöhnt, dass nichts und niemand sie zur Eile antreibt. Im Bad angekommen, mustert sie die Frau, die ihr aus dem Spiegel entgegenblickt. Älter, angeschlagen an Stellen, die niemand sehen kann, aber weiser. Erst jetzt ist ihr eine Erkenntnis gekommen, die sie ihr Leben lang nicht verstanden hatte – das Leben ist nicht, was einem passiert, sondern, was man selbst daraus macht. Jetzt scheint es so einfach und logisch. Und doch hat sie all die Jahre vergeblich nach dieser Antwort gesucht, immer, wenn sie unter Tränen zusammengebrochen die Schreie ihrer Töchter mit anhören musste.

Sie erinnert sich wieder, dass all das jetzt der Vergangenheit angehört. Auch wenn sie in jedem Raum immer noch seinen Geruch wahrnimmt, immer noch das Echo seiner Stimme hören kann. Er ist nicht mehr hier. Aber sein Geist lebt weiter in den Wänden dieses Hauses, sodass Ranee sich stets ängstlich umblickt, wenn sie allein ist. Sie kleidet sich schnell an, kann es auf einmal kaum erwarten, ihre jüngste Tochter zu sehen, sehnt sich nach ihrer Gesellschaft, noch mehr, als sie ihre neue Freiheit genießt.

* * *

Sie mischt das bengalische Kichererbsenmehl mit frischem Knoblauch, gibt einige Blätter Minze und fein gehackten Spinat hinzu. Das Öl wartet bereits auf dem Herd. Ranee nimmt zwei Fingerbreit von der Mischung und legt sie in das siedende Öl, vorsichtig, damit sie sich nicht verbrennt. Wieder und wieder gibt sie kleine Portionen in das Öl, bis die Schüssel komplett leer ist. Die fertigen *Pakoras* nimmt sie einen nach dem anderen aus dem Topf und legt sie zum Abtropfen auf ein Küchentuch. Dazu holt sie tiefgekühltes Minz-Chutney aus der Kühltruhe und hält es zum Auftauen kurz unter heißes Wasser. Sie öffnet noch eine Dose *Gathiya* aus der Vorratskammer, Streifen aus Kichererbsenmehl, die zu Spiralen gedreht und frittiert wurden und als Knabberei immer gut passen. Dazu gibt sie einen Klecks Mango-Chutney auf den Teller und schneidet eine grüne Paprika in Streifen.

Der Chai köchelt inzwischen auf dem Herd. Ranee dreht die Flamme unter dem Topf kleiner, in dem die Sojamilch mit frischem Ingwer und Kümmel köchelt. Aus dem Kühlschrank nimmt sie zwei *Methi na Thepla*, indisches Fladenbrot aus Vollkornmehl und Bockshornklee mit verschiedenen duftenden Gewürzen. Das war früher in ihrer Kindheit in Gujarat immer eins ihrer Lieblingsessen gewesen. Als ihre Töchter noch klein waren, mischte sie ihnen immer gehackten Knoblauch und Paprika in die Fladen, damit die Kinder auch etwas Grünzeug zu sich nahmen. Als sie älter wurden, liebten ihre Töchter das Fladenbrot ebenso wie schon Ranee vor ihnen. Vor allem Sonya konnte nicht genug davon bekommen, jedes Wochenende bettelte sie danach.

Mit geübter Hand richtet Ranee den Tisch für eine Person. Alles ist bereit, sie gießt gerade den Chai ein, als Sonya in die Küche kommt. »Gut, dass du schon wach bist. Ich habe Frühstück gemacht. Dein Lieblingsessen«, begrüßt Ranee sie und präsentiert stolz den Teller. »Methi na Thepla.«

»Ich konnte Thepla noch nie leiden«, antwortet Sonya verwirrt. Ihr Blick schweift über das aufwendige Essen. »Das ist Marins Lieblingsessen. Ich mochte immer *Roti* lieber.«

Ranee denkt angestrengt nach und sieht vor ihrem inneren Auge Sonya als kleines Kind am Tisch. Sie hat recht, Methi na Thepla war Marins Lieblingsessen. Als Kind hat Sonya die Fladen immer fortgeschoben und stattdessen nach Cornflakes gefragt. Wenn Ranee darauf bestand, dass sie etwas Indisches essen sollte, hatte Sonya immer um Roti gebeten, ein Fladenbrot aus einfachem Weizenmehl, das sie aufrollen und wie einen Pfannkuchen essen konnte. Ranees Blick irrt verunsichert durch die Küche. Sie kann nicht verstehen, wie sie das hatte vergessen können. »Ich mache dir schnell etwas anderes.«

»Nein, es ist schon in Ordnung. Es sieht toll aus. Vielen Dank.« Sonya greift demonstrativ nach einem Thepla und dippt ihn in das Chutney. Sie nimmt einen großen Bissen und wischt sich einen Klecks Mango von der Lippe, ehe sie einen Schluck Chai trinkt. »Du hättest dir nicht so viel Mühe machen müssen.«

»Aber natürlich muss ich das, du bist zu Hause«, erklärt Ranee, als ob damit alles klar sei. Ranee sucht Zuflucht im

Vertrauten und beginnt die Küche aufzuräumen. Jeder Handgriff geschieht automatisch, ohne nachzudenken. Sie wischt über den Tisch, um Krümel wegzuwischen, die gar nicht da sind. Sie schiebt Stühle zurecht, auf denen keiner gesessen hat, und rückt Tischsets gerade, die keiner benutzt hat. Der Tisch ist groß genug für acht Personen. Ranee hat ihn neu gekauft, nur einen Tag, nachdem Brent ins Koma gefallen war. Er hatte nie erlaubt, dass sie die ganze Familie gleichzeitig einlädt. Jetzt hingegen kann Ranee tun und lassen, was sie will. »Vielleicht können wir später einige Tanten besuchen gehen. Viele haben nach dir gefragt.«

In der indischen Gemeinschaft ist Tante eine Art Sammelbegriff für alle weiblichen Freunde der Familie, Blutsverwandtschaft ist nicht zwingend erforderlich. Über die Jahre haben diese Ersatz-Tanten Ranee oft Trost gespendet, da sie ja kaum eigene Familie in den Vereinigten Staaten hatte.

»All diese Jahre fragten sie mich: ›Ranee, wo ist Sonya? Sie ist immer unterwegs, dieses Mädchen.‹« Ranee lacht. »Ich erklärte ihnen immer: ›Eines Tages kommt sie zurück, ihr werdet schon sehen. Wo soll sie sonst auch hin?‹«

»Mom, es gibt eine ganze große Welt da draußen«, erklärt Sonya. »Es gibt da bestimmt irgendwo einen Ort, an den auch ich passe.«

»Aber das hier ist dein Zuhause«, gibt Ranee verwirrt zurück und blickt sich um, als ob sie ihr Heim zum ersten Mal sehen würde. Auf gewisse Weise ist es ja sogar so. Ganz egal, was in der Vergangenheit geschehen ist, es hat keine Macht über die Zukunft. Der lebende Beweis dafür steht direkt vor ihr. Wie oft schon war sie den Flur entlanggegangen, vorbei an Sonyas Zimmer, und hatte sich gefragt, ob sie ihre Tochter je wiedersehen würde. Jetzt ist Sonya wieder hier, isst das Frühstück, das Ranee für sie zubereitet hat. Es gibt kein Zusammenzucken mehr, wenn seine Schritte ertönen, keine Furcht, sobald er das

Wort erhebt. Sie sind frei von der Angst, was gleichzeitig auch beweist, dass sie von ihm frei sein können.

Ranee ignoriert sein Lachen, das in ihrem Kopf ertönt. Die Erinnerung scheint sie zu verspotten, ihren naiven Glauben, dass ihr die Flucht gelungen sei. Aber jemand, der flieht, ist nie wirklich frei. Obwohl er ohne Bewusstsein ist und viele Kilometer entfernt in seinem Bett im Krankenhaus liegt, droht die Erinnerung an ihn immer noch, sie zu erdrücken. Tief im Inneren fühlt sie, dass sich das nie wirklich ändern wird.

»Das hier war schon immer dein Zuhause«, argumentiert Ranee.

Sonya öffnet den Mund, findet aber keine Worte. Sie starrt einfach nur auf ihr Frühstück und spielt mit den Resten. »Es war nie ein Zuhause für mich«, erwidert sie dann leise. Ihr Blick schweift durch den Raum, sie sieht all die bekannten Eindrücke und ihre Stimme wird zornig: »Hast du dir selbst etwa eingeredet, dass es dein Zuhause sei?«

Ihr Vorwurf – und der Zorn in ihrer Stimme – lassen Ranee zurücktaumeln, ihre linke Hand greift nach der Arbeitsplatte, um sich abzustützen. Bilder aus Indien steigen in ihr auf, Bilder ihres wahren Zuhauses. »In meinem ersten Zuhause«, beginnt sie leise, »lief ich immer am Ufer des Flusses entlang, während die Diener dort unsere Kleider wuschen.«

Es ist das erste Mal, dass Sonya ihre Mutter von ihrer Kindheit in Indien erzählen hört. Sie setzt ihren Chai ab und lauscht aufmerksam. »Wie war es dort?«

Ranee hält einen Augenblick inne und erinnert sich an eine längst vergangene Zeit. »Es war frei und unbeschwert.« Sie konnte Kiesel ins Wasser werfen, auch wenn sie dafür dann von den Dienern gescholten wurde, die auf sie aufpassten. »Meine Mutter hatte fünf Kinder vor mir und noch vier danach. Eine der Dienerinnen hat sich um mich gekümmert und dafür ein paar Cent am Tag verdient.«

»Das wusste ich ja gar nicht«, murmelt Sonya.

Nein, und wie auch, denkt Ranee sich. *Ich habe bisher ja schließlich nie von meiner Kindheit erzählt.* »Weißt du, was das Erste ist, woran ich mich in meinem Leben erinnere?« Sonya schüttelt den Kopf, also erzählt Ranee ihre Geschichte. »Ich war damals drei, vielleicht vier Jahre alt. Ich bin einem Vogel nachgelaufen, der sich nicht fangen lassen wollte.« Beide lächeln kurz bei dem Gedanken. »Da bin ich in einen Nagel getreten. Er durchbohrte die Mitte meines Fußes.«

»Mom«, ruft Sonya erschrocken auf, das Gesicht allein schon bei dem Gedanken daran schmerzverzerrt. »Was ist dann passiert?«

»Ich habe natürlich geweint.« Blut war überallhin gespritzt. Sie war damals schluchzend zusammengebrochen, sicher, dass jemand sie hören und ihr helfen würde. Aber sie war zu weit weggelaufen, nur die im Wind schaukelnden Bäume leisteten ihr Gesellschaft. »Ich war mir sicher zu sehen, dass meine Mutter in der Entfernung anhielt und in meine Richtung blickte. Es war das Letzte, woran ich mich erinnere, ehe ich ohnmächtig wurde.«

»Und ist sie gekommen?«, drängt Sonya weiter.

»Ich habe nie nachgefragt. Eine Dienerin hat mich gefunden und nach Hause gebracht.« Ranee atmet tief durch. »Dieses Haus hier ist das einzige Zuhause, das ich habe.«

»Du könntest es verkaufen.« Sonya beginnt, die Teller abzuräumen. Die Reste des Essens schiebt sie in den Mülleimer, dann legt sie die Teller in die Spüle. »Für eine Person allein ist es ziemlich groß.«

»Du gehst davon aus, dass dein Vater nicht wiederkommt.«

»Du etwa nicht?«, fragt Sonya, während sie ganz selbstverständlich die Teller spült. Ganz so, als ob sie das immer noch jeden Tag machen würde, als ob sie ihr Elternhaus nie verlassen hätte. »Vielleicht hat sein Körper endlich verstanden, was er tut, und sich gegen sich selbst gewandt, statt immer gegen andere.«

Ranee hört den Zorn in der Stimme ihrer Tochter. Sie will sie besänftigen, einen Weg finden, ihren Schmerz zu lindern. Aber sie hat schon vor langer Zeit akzeptiert, dass sie machtlos ist. Jeder hat seine eigene Reise. Jeder folgt seinem eigenen Pfad. Wenn sie noch einmal neu beginnen könnte, würde Ranee vielleicht vieles anders machen. Die Green Card ablehnen und nicht nach Amerika kommen. Sie hätte damals etwas sagen sollen, anmerken sollen, dass das Land der unbegrenzten Möglichkeiten vielleicht nicht so aussehen würde, wie sie es sich erträumten. Dass sie in ihrem kleinen Dorf in Indien ihr Glück finden könnten.

»Wir können nicht immer nachvollziehen, warum Menschen das machen, was sie machen«, erklärt Ranee, während sie ihre Gedanken verdrängt, zurück in die Tiefen ihres Kopfes zu all den Millionen anderer Sorgen und Wünsche. »Aber wir sollten uns kein Urteil erlauben.«

Sie hätte es nicht sagen sollen. Ranee war es klar, ehe sie den Satz auch nur beendet hatte. Aber, wie so oft im Leben, konnte sie es nicht mehr ungeschehen machen. Ranee war klar, dass sie und Sonya nie eine wirklich enge Beziehung haben würden. Vielleicht liegt es daran, dass Sonya die Jüngste ist, oder daran, dass Ranee einfach keine Kraft mehr gehabt hatte, als Sonya zu ihnen gestoßen war. Oder weil Sonya schon immer zu spüren bekommen hatte, dass sie eigentlich nicht gewollt war.

»Das kannst du ja sehr gut«, bemerkt Sonya. »Ich fürchte, ich kann nicht so leicht verzeihen wie du.«

»Du meinst, dass ich ihm vergeben hätte?« Ranee hat schon so oft zu hören bekommen, dass die Macht des Wortes über allem anderen stehe. Wer so redet, hat wohl noch nie die Macht der Hand gespürt. »Ich glaube, dass nur Gott vergeben kann. Und wenn er uns richtet, wird er unser ganzes Tun bewerten und nicht nur eine Tat.«

»Es war nicht nur einmal«, protestiert Sonya. »Es war ein Leben voller Schmerzen.«

»Du hast ihn nicht sein ganzes Leben gekannt«, entgegnet Ranee, versucht, dem Protest so gut sie kann entgegenzuwirken.

In ihrem Kopf vernimmt sie wieder die Gesänge der Gurus in den offenen Tempeln in Indien. Sie riecht die Räucherstäbchen und hört die Glocken klingeln. Zusammen mit den anderen Mädchen sitzt sie auf dem marmornen Fußboden des Tempels, während die Gurus ihnen Lektionen für ihr Leben erteilen: Gehorche deinen Eltern, nähre die Hungrigen, tue jeden Tag Gutes, denn sonst wird Shiva, der Zerstörer, sein drittes Auge öffnen und die Welt wird brennen. Lektionen, die durch Furcht gelernt wurden.

»Er war nicht immer grausam«, versucht Ranee zu rechtfertigen, warum sie all die Jahre bei ihm geblieben war. »Als wir noch in Indien gelebt haben, war er manchmal sogar wirklich nett.«

»Schön für dich, dass du solche Erinnerungen an ihn hast«, erwidert Sonya mit vor Zorn bebender Stimme. »Ich habe so was nicht. Also muss ich wohl damit leben, ihn so zu kennen, wie ich ihn kennengelernt habe.«

Ranee sieht zu, wie Sonya ohne ein weiteres Wort die Küche verlässt. Dann lässt sie sich auf den Stuhl sinken, ihre Gedanken schweifen in die Vergangenheit.

Ihr Vater hatte ihre Verlobung mit Brent beschlossen, als er per Zufall dessen Vater auf einem Geschäftsessen irgendwo im indischen Hinterland kennengelernt hatte. Die beiden Männer entstammten derselben Kaste und fanden schnell heraus, dass beide eine angemessene Partie für eins ihrer Kinder suchten. Nachdem sie die Details durchgesprochen hatten, gaben sie sich die Hand und besiegelten den Bund fürs Leben. Zurück zu Hause erzählte Ranees Vater ihrer Mutter von dem Treffen, Ranee selbst erfuhr erst eine Woche später davon, als eine Dienerin es beiläufig erwähnte.

Das erste Mal, dass sie Brent getroffen hatte, waren drei Dienerinnen mit ihr in die Stadt gefahren. Die drei saßen an einem Tisch in der Nähe, während Brent und Ranee einander an einem alten Picknicktisch gegenübersaßen. Beide waren recht schüchtern, ihre Augen wanderten überallhin, nur nicht zur Person gegenüber.

»Ranee ist ein schöner Name«, eröffnete Brent in gebrochenem Englisch. »Es heißt ›Königin‹, ja?«

»Ja«, stimmte Ranee zu und nickte. »Und Wiedergeburt.« Beide verstummten wieder, ließen die lauten Umgebungsgeräusche die Kommunikation bestimmen. »Dein Name, Brent, ist sehr ungewöhnlich.«

»Ja«, stimmte Brent zu. »Mein Vater hat mich nach einem Freund benannt, einem Ausländer. ›Ein guter Mann‹, sagt mein Vater.« Er musterte die Menschen um sie herum. »Ich bin froh, dass wir verlobt sind«, erklärte Brent. »Es ist eine verheißungsvolle Begebenheit für meine Familie.«

»Und ebenso für meine«, log Ranee. Wenn sie ehrlich gewesen wäre, hätte sie zugeben müssen, dass ihre Mutter mit all ihren Kindern so beschäftigt gewesen war, dass sie erst vor einigen Tagen dazu gekommen war, die Süßwaren zu kaufen, mit denen die Verlobung traditionell gefeiert wird. »Meine Verwandten blicken der Hochzeit mit Freude entgegen.«

Brent nickte. Er musterte etwas vor seinen Füßen, beugte sich langsam runter und suchte den Boden mit der Hand ab. Zufrieden hob er einen kleinen Kieselstein auf und legte ihn auf die Tischplatte. Ohne sie zu berühren, schob er den Stein vor sie hin. »Dies ist für dich«, sagte er.

Ranee sah ihn verwirrt an. »Ich verstehe nicht.«

»Ich will dir die Welt zu Füßen legen«, erklärte Brent. »Dieser Stein ist ein kleiner Teil davon. Ein Anfang, bis ich dir irgendwann mehr schenken kann.«

Seit jenem Tag, jedes Jahr, bis er ins Koma fiel, hatte Brent ihr zu ihrem Jahrestag jeweils einen Stein geschenkt, jeder größer als der vorhergehende, einige von fremden und exotischen

Orten stammend. Einer kam aus den Höhlen Brasiliens, ein anderer von einem Strand in Australien. Ranee wusste nie, wo er sie aufgetrieben hatte, aber jedes Jahr präsentierte er ihr mit großer Geste einen weiteren Stein und pflegte dazu zu sagen: »Eines Tages werde ich dir die ganze Welt schenken, Ranee.« In den späteren Jahren musste sich Ranee stets eine Antwort verkneifen: *Es würde mir schon reichen, wenn du uns nicht mehr schlagen würdest.*

Aber sie sprach es nie aus und er hörte nie auf.

Sonya

Der Tag meiner Abschlussfeier in Stanford war sonnig und es wehte eine leichte Brise, sodass die Quaste meines »Doktorhuts« immer wieder gegen meine Wange flatterte. Ein ehrenwertes Mitglied der Gesellschaft hatte uns soeben in seiner Rede eröffnet, dass auch wir erfolgreich sein können. Dass unser Leben uns gehört und dass wir unseres eigenen Glückes Schmied sind. Jetzt, wo Stanford hinter unserem Namen stehe, hätten wir die Garantie, es weit zu bringen. Jetzt, da wir uns als würdig erwiesen hatten, stand uns die Zukunft offen.

Die Worte inspirierten mich auf eine schockierende und nicht zwingend beabsichtigte Weise. Fotografieren war schon immer meine Leidenschaft, die Kamera meine Flucht aus dem Alltag. Bisher hatte ich nie auch nur daran zu denken gewagt, dass daraus mehr werden könnte. Nun jedoch beschloss ich, dass ich diese Leidenschaft zu meinem Beruf machen würde. Ich wollte Dad erklären, dass ich meine juristischen Studien, die er als meine Laufbahn ausgewählt hatte, nicht weiter verfolgen würde. Nie zuvor hatte ich gewagt, meine Gedanken frei auszusprechen, aus Angst vor den Konsequenzen. Ich fürchtete seinen Zorn und mich quälte die Frage, wer noch unter seiner Wut würde leiden müssen.

Später standen wir alle auf dem Haupthof, meine Familie im Kreis versammelt. Mein Blick wanderte von einem zum nächsten. Marin trug den üblichen Hosenanzug, Trisha hatte ein elegantes Sommerkleid gewählt. Mom hatte den traditionellen Sari eng gewickelt, sodass er ihre Bewegungsfreiheit stark einschränkte. Gia saß auf Rajs Schultern, zog an seinen Haaren und tat so, als ob er ein Pferd sei.

Als ich ansetzte, war meine Stimme noch leise, doch meine Zuversicht wuchs, während ich die Worte hervorbrachte, die tief in meinem Herzen geschlummert hatten. »Ich habe beschlossen, mein Jurastudium zu verschieben«, erklärte ich, ohne Dad dabei in die Augen zu sehen. Ich umklammerte meine Diplomurkunde, versuchte daraus Kraft zu schöpfen. »Ich werde mich der Fotografie widmen.«

»Nein«, sagte Dad, ohne auch nur eine Sekunde zu zögern. »Du wirst im Herbst dein Jurastudium fortsetzen, wie wir beschlossen haben.«

Ich hätte beinahe nachgegeben, so gewohnt war ich es, immer seine Befehle zu befolgen. Aber wie ich Gia so auf Rajs Schultern sah, die ihren Vater zum Spaß mit unsichtbaren Zügeln lenkte und aus vollem Herzen lachte, löste sich etwas in mir. Ich warf einen schnellen Blick zu Trisha, die mich besorgt, aber nicht missbilligend betrachtete, und mein Entschluss gewann an Kraft. »Es ist meine Entscheidung. Ich werde der Zulassungskommission für das Jurastudium noch heute Bescheid geben.«

Er lachte. Wir waren alle schockiert. Dieses Lachen spiegelte reinen Abscheu wider. Ich zuckte unwillkürlich zusammen, als seine zu Schlitzen verengten Augen sich auf mich richteten. Mom senkte die Lider und ließ den Kopf resigniert hängen. »Du bist nur ein dummes Mädchen«, brüllte er. Es kümmerte ihn nicht mehr, wer alles zusah oder zuhörte. Sein Gesicht war vor Wut verzerrt. »Ich habe es ja schon immer gewusst.« Einige meiner Freunde standen in der Nähe bei ihren eigenen Familien. Viele Köpfe wandten sich zu uns um und beobachteten uns neugierig. Ich spürte das nur zu gewohnte Gefühl der

Beschämung über mich kommen und wünschte wieder einmal nichts sehnlicher, als im Boden zu versinken.

»Bitte«, flehte ich ihn an, mein Mut schwand. »Es wäre doch nur aufgeschoben, nur für ein Jahr.«

»Aufgeschoben«, spottete er. Dann schüttelte er den Kopf und erklärte, in die Runde gewandt: »Wir hätten sie abtreiben lassen sollen, als wir noch die Wahl hatten.«

Seine Worte überraschten mich nicht. Allzu oft hatte ich diese alte Leier schon gehört: Wie übel ihm das Schicksal mitgespielt hätte, dass ich kein Junge geworden war; wie viel ein zusätzlicher Mund zu füttern kostet, noch dazu der eines Kindes, das er nie gewollt hatte. Über die Jahre hatte er mir dies alles so oft vorgehalten, dass ich in der Hinsicht schon abgestumpft war. Dann aber drehte er sich zu Mom um, die wie immer während seiner Schimpftiraden geschwiegen hatte. Mein Herz setzte einen Schlag aus.

»Deine Mutter hatte mich ja darum angefleht«, eröffnete Dad mir, um zu zeigen, dass er nicht als Einziger dieser Meinung war. »Sie hat regelrecht darum gebettelt, dich abzutreiben, aber ich habe es nicht zugelassen. Hätte ich doch bloß auf sie gehört.«

Schnell drehte ich mich um und sah sie flehentlich an. Wie sehr wünschte ich mir, dass sie nur dieses eine Mal den Mund aufmachen würde, um seine Lügen zu entlarven. Dass sie mir erklärt, wie sehr sie mich liebt, und dass sie mich immer gewollt hat. In dem Augenblick spielte es auch keine Rolle, dass sie uns nie gegen ihn verteidigt hatte, immer schweigend daneben gestanden hatte, während er uns schlug. Ich hatte ihr all dies schon lange vergeben, da auch sie nur ein Opfer war, wie wir alle. Bis jetzt, bis ihre nächsten Worte mir zeigten, dass sie in Wahrheit ebenso schuldig war wie er.

»Stimmt doch, oder, Ranee?«, forderte Dad sie auf zu antworten.

»Ja«, pflichtete Mom ihm bei, das Gesicht zu Boden gewandt, um mir nicht in die Augen sehen zu müssen. »Es wäre für uns alle das Beste gewesen.« In dem Moment zerbrach etwas in mir.

* * *

Es war ein Fehler gewesen zurückzukommen. Es gibt hier keinen Platz mehr für mich. Ich hatte gehofft, dass sich alles geändert hätte, dass jetzt, da er im Koma liegt, ich endlich ein Zuhause finden würde. Aber für mich gibt es kein Zuhause. Nur Erinnerungen an Wunden, die nie heilen. Moms Worte von vorhin schmerzen immer noch, sie hat sich nicht geändert und wird sich auch nie ändern. Sie hat sich in ihr Schicksal gefügt. Früher habe ich sie immer beobachtet, wenn er uns schlug. Ihr Kopf gesenkt, ihre Hände krampfhaft ineinander verschlungen. Ich dachte, ich würde sie hassen, weil sie mich nicht genug liebte. Inzwischen ist mir klar, dass ich sie dafür hasste, dass sie nie auch nur versucht hatte, ihn aufzuhalten. Denn allein der Versuch hätte uns gezeigt, dass sie sich um uns sorgt und dass die Schläge ihr mehr wehtun als uns. Dass sie als unsere Mutter jeden Schmerz auf sich nehmen würde, um uns den unseren zu ersparen.

Jetzt sehe ich meinen Vater vor mir, sein Atem ruhig, stabil. Es ist Zeit, Abschied zu nehmen. Seine Hände ruhen auf der Decke seines Krankenbetts, seine Fingernägel sind ordentlich geschnitten. Nur die Haare sind etwas länger als gewohnt und fallen ihm in die Stirn. Ich umklammere meine Kamera, die schon zu einer Erweiterung meiner selbst geworden ist. Ihr vertraue ich am meisten auf dieser Welt. Wie ein Kind seine geliebte Kuscheldecke nehme ich meine Kamera überallhin mit. Wenn ich durch den Sucher blicke, sehe ich Schönheit. Keine Graustufen, die das Bild verfälschen. Nur für den einen Moment, in dem ich auf den Auslöser drücke, ist alles perfekt.

Über die Jahre hinweg habe ich gelernt, dass es keine Rolle spielt, was ich fotografiere. Die Schönheit einer fallenden Schneeflocke ist ebenso überwältigend wie das Lächeln eines kleinen Kindes. Ich fange jene Momente ein, die es verdienen, verewigt zu werden. Wie auch die Worte eines Dichters ist jedes Foto eine eigene Schöpfung und verfügt über sein eigenes Leben. Ich bin nicht mehr als der Mittler, der auserwählt wurde, das Bild aufzunehmen. Wenn nicht ich, dann wäre jemand anderes da und würde dem Bild die Ehre erweisen. Ich schätze mich glücklich, dass ich Teil davon sein darf, zur Erweiterung des Moments werde, indem ich ihn für die Ewigkeit bewahre.

Ich hebe meine Kamera langsam an, betrachte ihn durch den Sucher. Das Bild ist noch unscharf, aber schon bald korrigiert der Autofokus die Einstellungen. Durch meine vertraute Kamera sehe ich ihn, wie er so zerbrechlich vor mir liegt, sein Geist so leer. Sein Gesicht ist von Alter und Krankheit gezeichnet. Der Mann, der mir stets allmächtig erschien, liegt nun kraft- und machtlos vor mir in seinem Bett. Schockiert senke ich die Kamera und starre ihn an, fast erwartend, dass er sich erhebt und mich Lügen straft.

»Er ist ein sehr glücklicher Mann.«

Ich drehe mich um und sehe zu meiner Überraschung David am Fuß des Bettes stehen. Mit einem Satz weiche ich vom Bett zurück, befürchte, mich verraten zu haben. Er beobachtet mich neugierig.

»Es tut mir leid, ich wollte nicht stören.«

»Nein, haben Sie nicht.« Ich greife nach meiner Kamera, die von meinem Schoß in Richtung Boden zu rutschen droht. Was hat er eben gesagt, als er eingetreten ist? »Entschuldigung, ich habe das gerade nicht mitbekommen?«

»Ich meinte nur, dass Ihr Vater sich glücklich schätzen kann.« David wirft einen Blick auf die Maschinen, die zu Dads ständigen Begleitern geworden sind. Dazu notiert er ein paar

Werte in die Krankenakte. »Jeden Tag ist jemand von seiner Familie hier, um ihn zu besuchen.«

»Aber die anderen Patienten? Haben sie nicht auch …« Ich lasse die Frage unausgesprochen im Raum stehen.

»Nicht jeder hat das Glück, mit einer liebenden Familie gesegnet zu sein«, erklärt David. »Ihr Vater muss irgendetwas richtig gemacht haben, dass man sich so um ihn sorgt.«

Ich verkneife mir eine Erwiderung. Es würde nichts bringen, dem Arzt die Wahrheit zu sagen. Für ihn spielt es keine Rolle, ob der Patient wirklich geliebt wird. Sein Job ist es, meinem Vater das Leben zu retten. Unabhängig davon, ob wir wirklich wollen, dass er weiterlebt. »Wie geht es ihm?«

»Keine Veränderung, tut mir leid.« Er nickt zu der Kamera, die ich immer noch fest umklammert halte. »Sie sind Fotografin?«

Meine Kamera ist ein absolutes Spitzenmodell. Ich musste mehrere Monate sparen, bis ich sie mir leisten konnte, und war ganz aufgeregt, als ich sie dann endlich hatte. Aber auch wenn ich jetzt das Werkzeug einer echten Fotografin besitze, scheue ich mich immer noch, mich als eine solche zu bezeichnen. Es spielt auch keine Rolle, dass meine Bilder schon in landesweiten Magazinen veröffentlicht wurden. Ich werde wohl mein Leben lang nach Anerkennung suchen, auch wenn ich inzwischen nicht mehr weiß, um wessen Wertschätzung es mir geht. »Ich mache gern Fotos.« Ich versuche, die Kamera in ihre Tasche zu stopfen, und hoffe, dass das Gespräch damit beendet ist. Aber er lässt sich nicht so leicht abwimmeln, wie ich gehofft hatte.

»Welche Art von Fotos denn?«

Es warten sicher Patienten auf ihn. Bestimmt hat er Wichtigeres zu tun, als hier seine Zeit mit mir zu verschwenden. Er scheint meine Gedanken lesen zu können. »Ich gönne mir gerade eine Pause, die so langsam auch wirklich nötig wird. Wenn man in einem Krankenhaus arbeitet, ist es sehr entspannend, mal über etwas zu reden, das nicht mit Medizin und kranken Menschen zu tun hat.«

»Oh.« Endlich schaffe ich es, die Kamera in die Tasche zu stecken. Ich fühle mich wie ein kleines Kind, so, wie ich hier sitze, während er vor mir steht. Als ich aufstehe, fällt mir erst auf, dass er größer ist, als ich gedacht hatte. Ich muss immer noch zu ihm aufschauen. »Eigentlich fotografiere ich alles. Menschen, Dinge, Orte. Was auch immer fotografiert werden will.« Meine Antwort lässt ihn lächeln. Überrascht, wie einnehmend sein Lächeln ist, erwidere ich es, ohne darüber nachzudenken.

»Die Dinge sagen selbst, wenn sie fotografiert werden wollen?«

Er hört sich etwas lächerlich an, das ist mir klar. Bisher habe ich auch noch nie versucht zu erklären, wie ich die Motive auswähle, die ich aufnehme. Vielleicht hat bisher auch einfach noch nie jemand danach gefragt. »Es gibt da eine bestimmte Ausstrahlung, die das Motiv hat.« Ich schaue aus dem Fenster, das eine ganze Wand des Raums einnimmt. Die Schwester hat vorhin die Vorhänge aufgezogen. Ich versuche, meine Gedanken in Worte zu fassen, die halbwegs einen Sinn ergeben. Ich bedeute ihm, näher ans Fenster zu treten. »Sehen Sie dort diesen Baum? Den in der Mitte, eingerahmt zwischen den größeren?« Wir stehen so dicht nebeneinander, dass unsere Ärmel sich berühren. »Er ist der kleinste.« Das Krankenhaus hier in Stanford ist von Natur und Bäumen umgeben. »Die anderen Bäume wiegen sich im Wind, aber der kleinste ist geschützt. Er bewegt sich keinen Millimeter und ist damit die ideale Zuflucht für all die kleinen Tiere, deren Nester in den größeren Bäumen von Wind und Wetter zerpflückt werden würden.«

»Aber er sieht sich selbst nicht so«, führt David meinen Gedanken fort.

»Nein«, gebe ich zu, überrascht, dass er versteht. »Er sieht sich selbst als schwach, weil er so klein ist. Weniger mächtig. Vielleicht traut die Natur ihm nicht zu, für sich selbst einzustehen, und stellt ihm daher größere Bäume zum Schutz an die Seite.«

»Aber Ihr Bild zeigt die Wahrheit.«

Ich nicke. Das Bild zeigt, was der Baum selbst nicht sehen kann. »Dadurch, dass er den kleinen Tieren Zuflucht bietet, ist er der wichtigste Baum von allen.«

Auf einmal fühle ich mich beschämt, obwohl es keinen Grund dafür gibt. Aber irgendwie bleibt immer ein kleiner Rest Scham oder Schande bei mir. Vor langer Zeit habe ich einmal einen Artikel über Kinder gelesen, die missbraucht worden sind. In diesem stand, dass eigentlich alle es als ihren eigenen Fehler deuten, ihre eigene Schuld, einfach weil sie geboren wurden. Ich selbst glaube sogar, das gilt nicht nur für jene, die wirklich missbraucht wurden. Einmal hatte ich den Auftrag, in Südafrika Fotos für ein Nachrichtenmagazin zu machen. Als ich einen alten Mann auf dem Dorfplatz fotografieren wollte, bat er mich, es nicht zu tun. Ich bot ihm Geld, aber er verweigerte sich immer noch. Von Neugier gepackt, fragte ich ihn, warum. Er meinte, seine Haut sei zu dunkel. Es wäre ihm peinlich, sich selbst auf einem Foto zu sehen.

»Eigentlich hätte ich Juristin werden sollen«, erzähle ich David. Ich werfe einen Blick auf meinen Vater, der immer noch unbeweglich vor uns liegt.

»Ernsthaft?« Die Maschine für seine Infusion gibt einen Piepton von sich, David drückt ein paar Knöpfe und die Maschine schweigt wieder. Kälte füllt den Platz, wo er eben noch gestanden hat. »Nur ein Warnton. Der Beutel mit der Flüssigkeit muss bald ausgetauscht werden. Die Schwester wird gleich kommen.« Er will mir damit versichern, dass mein Vater die bestmögliche Betreuung bekommt. Ich frage mich, was er wohl sagen würde, wenn ich ihn bitten würde, den Beutel nicht zu tauschen. »Anwältin und Fotografin, da liegt ziemlich viel dazwischen.«

»Anwälte sind intelligenter«, sage ich und höre die Stimme meines Vaters aus mir sprechen.

»Ehrlich gesagt denke ich eher umgekehrt.« David lehnt sich an die Wand. Eine Strähne seines Haares fällt vor seine Augen, er schiebt sie ohne nachzudenken zurück. »Ich weiß nicht, ob ein Anwalt diesen Baum dort vor lauter Wald gesehen hätte.« Er grinst wie ein kleines Kind über seinen Scherz.

Vielleicht liegt es an seinem schlechten Witz oder an dem komischen Grinsen, mit dem er ihn erzählt, aber ich kann mein Lachen nicht zurückhalten. Einen Augenblick lang sehen wir uns an, einen Herzschlag länger, als wir eigentlich sollten. Ich wende als Erste den Blick ab. Ich kann nicht anders.

»Ich sollte gehen.«

»Natürlich.« Er ist vor mir an der Tür und hält sie für mich auf. Ich bedeute ihm, dass er ruhig zuerst gehen soll. Er tritt durch die Tür und verabschiedet sich. »Wir sehen uns bestimmt später noch.«

Ich sehe ihm nach, während die Tür sich hinter ihm schließt. Dann werfe ich noch einen Blick auf meinen Vater. Das letzte Mal, dass ich ihn sehen werde. Ich hebe meine Hand zu einem Abschiedsgruß, gebe die sinnlose Geste aber auf halbem Weg auf. Was würde es auch nützen. Alles, was er getan und gesagt hat, wiegt viel schwerer, als dass eine einfache Handbewegung es wegwischen könnte. Ich wende mich ab und verlasse das Zimmer. Die Tür schwingt hinter mir zu.

Trisha

Sie ist hier, um Abschied zu nehmen. Sie hat es zwar noch nicht so deutlich gesagt, aber ich kann es in ihren Augen sehen. Selbst als wir noch Kinder waren, wusste ich immer, wann sie Angst hatte, es aber nicht zugeben wollte. Es ist jetzt drei Uhr nachmittags. Ich werfe einen Blick aus dem Fenster, während der Chai auf dem Herd aufkocht. Der Geruch von frisch geschnittenem Ingwer und den diversen anderen Gewürzen erfüllt die Luft, während die Milch langsam die richtige Temperatur erreicht. Draußen treten die Mütter aus ihren Häusern, auf dem täglichen Weg zur Schule, um ihre Kinder abzuholen. Die unteren Jahrgänge sind zuerst dran, zwanzig Minuten später werden dann auch die älteren Schüler entlassen. Ihr Zeitplan ist so zum Teil meines Alltags geworden, als ob ich selbst Kinder hätte.

Manchmal laufen die Kinder auf dem Weg nach Hause zusammen in das Haus eines Freundes, um dort den Nachmittag über gemeinsam zu spielen. Die Mütter folgen ihnen dann, vorgeblich verärgert über die Planänderung, aber stets bereit für einen entspannten Nachmittag bei einer Tasse Tee. Ich war noch nie Teil dieser improvisierten Nachbarschaftstreffen. Was sollte ich auch da? Ich kann mich ja schlecht an den Gesprächen beteiligen, die sich eigentlich immer nur um den neuesten Klatsch über die Lehrer und die anderen Eltern drehen.

Ich gieße den Chai in zwei Tassen aus edlem Porzellan, so fein und zerbrechlich, dass sie beim kleinsten Ungeschick zerbrechen würden. Dann gebe ich ein Stück Zucker in meine Tasse, zwei in Sonyas. Sie liebte schon immer alles Süße. Als wir noch Kinder waren, kaufte Papa jedes Jahr eine Schachtel Kekse mit Minzschokolade von Sonyas Pfadfinderinnengruppe. Mama teilte diese Kekse gleichmäßig unter uns dreien auf. Ich nahm mir jedes Mal einen meiner Kekse, um ihn direkt zu essen. Dabei kostete ich jeden Bissen aus. Den Rest meiner Kekse versteckte ich dann vor Sonya, die ihre Kekse immer sofort verschlang und dann nach meinen suchte. Ganz egal, wo ich sie versteckte, Sonya fand sie immer. Manchmal brauchte sie ein paar Tage oder vielleicht sogar eine Woche, aber irgendwann hatte sie das Versteck entdeckt. Bis ich schließlich Papa bat, meine Kekse in seinem Schreibtisch einzuschließen. Sonya hätte sich nie getraut, sie von ihm zu klauen.

Ich schüttele die Erinnerungen ab und greife zum oberen Regalbrett, auf dem ich die erlesenen Trüffel und andere kostspielige Delikatessen aufbewahre, die wir sonst nur runterholen, wenn wir wichtige Mitarbeiter aus Erics Unternehmen und deren verwöhnte Frauen bewirten. Ich fülle einen Teller und stelle ihn neben den Chai auf das Tablett, welches ich zurück ins Wohnzimmer trage. Sonya geht auf und ab. Wie ein wildes Tier im Käfig wandert sie mit großen Schritten ihrer langen Beine von einem Ende des Wohnzimmers zum anderen.

»Komm, setz dich!«, fordere ich sie auf, während ich das Tablett abstelle und ihr eine Tasse reiche. Sie nimmt einen Schluck und nickt mir dankbar zu. »Wie geht es dir?« Small Talk. Die einzige Garantie, keine Themen ansprechen zu müssen, die wirklich von Belang sind. Ein Schutz dagegen, dass sie mir Dinge erzählen könnte, die ich vielleicht lieber nicht hören will. »Hast du schon ein paar deiner alten Freunde besucht? Die Stadt neu entdeckt? Das Wetter war ja wirklich großartig.«

»Dein Haus ist sehr schön«, meint sie, meiner Fragelawine ausweichend. Dann setzt Sonya den Chai ab, nachdem sie nur ein oder zwei Schluck getrunken hat. »Dein Mann scheint auch wirklich nett zu sein.«

»Danke, ja, das ist er tatsächlich.« Ich stelle meine Tasse neben ihrer ab. Die Griffe berühren sich, wie eine Verbindung zweier Stücke, die einander so ähnlich sind, dass nichts sie voneinander trennt. »Er meinte auch, dass er dich sehr nett findet.«

»Ernsthaft?« Sie rutscht unruhig auf ihrem Platz hin und her. »Obwohl ich nicht einmal zu eurer Hochzeit gekommen bin?«

Ich bin nicht mehr an ihre Art gewöhnt. Immer direkt zur Sache – nie hinter Floskeln verstecken. Als wir noch Kinder waren, war sie es, die offen über die Schläge gesprochen hat. Die gefragt hat, warum Papa uns schlägt, und was ihm das Recht dazu gibt. Marin hat alles hingenommen, immer nur gemeint, dass es eben so sei. Ich selbst habe nie etwas dazu gesagt. Es schien mir immer unpassend, weil ich sie ja nicht am eigenen Leibe zu spüren bekam. »Er hat es verstanden.«

»Dass ich es nicht einrichten konnte?« Sie scheint überrascht.

»Ja«, lüge ich. Er hat nie gesagt, dass er es versteht. Und nie nachgefragt, warum sie nicht erschienen ist. Er hatte mich einfach nur in den Arm genommen und mir erklärt, wie sehr er mich liebt. Mir versprochen, dass er immer für mich da sein wird. Ich nehme den Teller mit den Süßigkeiten und reiche ihn ihr. »Probier mal, die werden dir schmecken.«

»Nein, danke dir.« Sie würdigt sie kaum eines Blickes. »Ich esse schon seit Langem nichts Süßes mehr.«

»Was?« Ich kann meine Überraschung nicht verbergen. Es mag zwar nur eine kleine Änderung sein, aber ich bin schockiert, dass ich nichts davon wusste. »Aber warum?«

»Ich war damals in Äthiopien, für eine Fotoserie«, erklärt sie beiläufig. »Ich hatte mir ein Paket echte Milchschokolade aus London mitgebracht, von der Art, wie man sie hier in Amerika nicht bekommt.« Ihr Gesichtsausdruck lässt erahnen, wie sehr sie die Leckereien vermisst. »Ich hatte vielleicht fünfzig Stück in meinem

Rucksack. Während ich meine Fotos machte, kam ein kleines Mädchen zu mir, vielleicht drei oder vier Jahre alt. Sie hielt die Hand auf und bat um ein Stückchen Schokolade. Ich gab ihr eins und sofort war ich von Kindern umringt.« Sie geht völlig in der Erinnerung auf, als sie fortfährt. »Einige der Kinder hatten Tränen in den Augen, nur, weil sie ein Stück Schokolade essen konnten.«

»Das erklärt nicht wirklich, warum du keine mehr isst.« Sonya hat noch nie zuvor von den Orten erzählt, die sie bereist hat. Über die Jahre haben wir uns nicht oft gesprochen und ich habe nie nachgefragt. Es ist schon merkwürdig, wie leicht es mir entgangen ist, dass sie nicht nur weg war, sondern dabei auch ihr eigenes Leben gelebt hat. Ich hatte nur auf die geachtet, die zurückgeblieben waren, unsere Eltern, Marin, Gia – die Familie, die mir geblieben war.

Sie zuckt mit den Schultern. »Von da an musste ich jedes Mal, wenn ich Schokolade aß, an diese Kinder denken. Das hat mir den Appetit verdorben.« Sie streift mit der Hand durch ihr Haar, ehe sie sich wieder im Sofa zurücklehnt. Sie versucht, sich die Kissen mit den Rüschen bequem zurechtzurücken. Schließlich gibt sie es auf, nimmt alle drei Kissen und legt sie auf ein anderes Sofa, um sich dann entspannter zurückzulehnen.

»Sie sind nur zur Dekoration gedacht«, erkläre ich. Ihr achtloser Umgang mit den Kissen tut mir weh. Aber wie sollte sie auch wissen, dass ich unzählige Stunden damit verbracht habe, genau die richtigen zu finden, die zu unserem Sofa passen. Es irritiert mich, wie sie die Kissen so belanglos aufstapelt. Feinste Kissen aus handgewobener Seide, die nun wahllos auf einem Haufen liegen. Ich lege meine Hände aneinander und stecke sie mir zwischen die Knie, damit ich nicht aufstehe und die Kissen neu arrangiere. »Sie bieten einen schönen Kontrast zu dem festen Stoff des Sofas.«

Sonya denkt über meine Worte nach, sieht die Kissen an, lässt die Finger über die Struktur fahren, spürt den eingewebten

Blumenmustern nach. Ihr Blick wandert über das Sofa, über die schlichten beigen Bezüge, extra importiert aus Italien. Genau die richtige Schattierung, damit das Sofa zu den Strukturtapeten und seidenen Vorhängen im Raum passt. »In Ordnung.«

Ich spüre Lachen in mir aufsteigen, das ich nicht zurückhalten kann. Wir haben uns jahrelang nicht gesehen und doch reden wir hier über Schokolade und Kissenbezüge. Kissen, die so viel gekostet haben, wie unsere Eltern in unserer Kindheit als Jahresmiete für unser Apartment gezahlt haben. Und sie hat keine Ahnung, warum mir diese Kissen so wichtig sind. Selbst wenn ich ihr erklären würde, wie schwer es mir fällt, mein Image zu wahren, die Rolle zu spielen, die ich in der Gesellschaft einnehmen muss, könnte sie es nie wirklich nachvollziehen. Ich frage mich, ob es überhaupt noch irgendetwas gibt, was uns verbindet, außer unserer gemeinsamen Vergangenheit. Ich lege eine Hand vor mein Gesicht, weil mein Lachen in Weinen umschlägt. Ich wische die Tränen schnell weg, aber sofort fließen neue über meine Finger, hin zu meinen penibel manikürten Fingernägeln.

»Bitte«, sagt sie. »Lass das!«

»Warum?« Meine Frage reicht viel tiefer als nur danach, warum sie gegangen ist. Sie hat sich immer noch nicht erklärt, aber tief in meinem Herzen weiß ich es schon. Auf dieselbe Art, wie ich auch weiß, wie sie schläft, wie sie isst und, am wichtigsten, wie sie lebt. Auch wenn ich nicht die geringste Ahnung habe, wo all diese Jahre ihr Zuhause war, spüre ich, dass sie uns wieder verlassen wird. Als Kinder haben wir uns viele Stunden im selben Bett zusammengedrängt. Stets rollte sie ihren Körper an meinen, auf der Suche nach etwas Wärme oder nach Schutz vor der Nacht. So oft hatte ich sie verärgert fortgeschoben, nur um mich dann doch wieder an sie anzuklammern, wenn der Schlaf über mich kam. »Du bist doch eben erst angekommen.«

»Aber es gibt keinen Grund, warum ich bleiben sollte.« Ihre Worte kommen nur geflüstert, voller Angst. »Er weiß nicht einmal, dass ich in seinem Zimmer stehe. Und wenn er es wüsste, würde es ihn nicht kümmern.«

»Darum also?« Ich will schreien, beherrsche mich aber. »Du gehst wegen ihm?«

»Nein, ich gehe wegen mir.«

»Und was ist mit uns?« Durch das Fenster sehe ich meine Nachbarin aus dem Haus kommen, ihre kleine Tochter sicher an der Hand. Beide schauen erst nach links, dann nach rechts, ehe sie die ruhige, baumbestandene Straße überqueren. Die Häuser in dieser Nachbarschaft sind sehr groß und größtenteils in den letzten zehn Jahren erbaut. Eine Nachbarschaft voller Neureicher, bewohnt von Unternehmern, die in der Hightechbranche zu schnellem Geld gekommen sind. Vor jeder Einfahrt stehen die Luxuswagen, Gärtner und Haushälter hispanischer Abstammung hocken in kleinen Gruppen zusammen, auf den Bürgersteigen oder auf ihren Lieferwagen, und teilen sich ihre Tamales zum Mittagessen. Die Mauern um mich herum sind mein Zuhause geworden, ein Haus, das ich mir wohl nie so vorgestellt hatte, aber das das verwöhnte kleine Mädchen tief in mir doch eigentlich immer hatte haben wollen. »Du denkst nie an uns.«

»Du brauchst mich nicht«, erklärt sie. Ihre Stimme ist kaum mehr als ein Flüstern, die Worte fallen ihr sichtbar schwer. »Du hast doch ein gutes Leben.« Sie zeigt mit einer unbestimmten Handbewegung durch den Raum. »Dir fehlt es an nichts.«

»Ich habe ein Haus.« Die Mauern, die ich noch vor einem Augenblick bewundert hatte, scheinen jetzt eher wie eine Barriere zwischen uns zu stehen. »Aber das reicht nicht.«

»Aber es ist sehr viel.«

Auf einmal kommt mir die Erkenntnis, dass sie nicht wirklich zufrieden mit ihrem Leben ist. Ich wäre nie so weit gegangen, ihr Leben als glücklich zu bezeichnen. Dieses Gefühl ist undenkbar für jemanden aus unserer Familie. Bei einer

Vergangenheit erfüllt von Schmerz und unendlicher Traurigkeit, wie sollte man da auch Glück finden können? Und doch war ich bisher davon ausgegangen, dass sie irgendwie Frieden mit alldem geschlossen hätte. Dass sie irgendwie ihren Platz im Leben gefunden hätte.

»Willst du das etwa haben?«, frage ich, mit einer Geste auf alles um mich herum.

»Nein«, gibt sie zu. »Nicht mehr.«

»Wann denn?« So sehr ich mich auch anstrenge, kann ich mich an keine Zeit erinnern, in der mein jetziges Leben zu ihr gepasst hätte. Sie war nie die Person, die den weißen Gartenzaun und die sprichwörtlichen zwei Komma fünf Kinder als Lebensziel hatte. Bei ihr ging es immer um Menschen und Orte, die weit, weit entfernt waren. Ein Leben, das nicht mehr von ihr fordert, als sie geben kann. Die Beständigkeit, das herrschaftliche Haus auf dem Hügel, danach strebte immer ich.

»Vor sehr langer Zeit.« Sie lässt den Kopf sinken und atmet tief durch. Nur Augenblicke später scheint sie aus ihren Gedanken aufzutauchen. »Aber das wird nie zu mir passen. Ich habe mich damit abgefunden. Und genau darum muss ich wieder gehen. Ich gehöre nicht hierher. Ich habe nie hierher gehört.«

»Wir sind deine Familie. Wo sonst solltest du hingehören, wenn nicht zu uns?« Ihre Gleichgültigkeit macht mich wütend. Egal, was alles vorgefallen ist, wir gehören zusammen. Als Familie können wir alles überstehen. Sie hat uns schon einmal verlassen, vor Jahren. Einmal reicht. »Es ist einfach nicht fair, dass du schon wieder fortlaufen willst.«

»Es geht dabei nicht um mich«, erklärt sie. Wir wissen beide, dass sie lügt.

»Warum bist du nicht zu meiner Hochzeit gekommen?« Wut und Zorn, die ich seit dem Tag unterdrückt habe, brechen hervor und erfüllen den Raum um uns. Wie ein abstraktes Kunstwerk, das zum Leben erwacht, erkenne ich mich selbst kaum wieder. »Ich hatte so sehr gewünscht, dass du kommst. Ich hatte das verdient«, schreie ich sie an. Die Zeit für Erklärungen ist schon lange vorbei. Wenn sie wieder gehen will, muss ich wissen, wer sie jetzt ist. Niemals hatte ich mir vorstellen können, dass die Schwester, mit der ich aufgewachsen war, mich am wichtigsten Tag meines Lebens im Stich lassen würde. »Warum bist du so lange fort geblieben? Ich habe dich gebraucht!«

»Weil ich nichts mehr hatte, was ich dir noch hätte geben können.« Ihr Blick wandert zur Wand, während sie auf ihre Lippen beißt. »Oder irgendjemand sonst.« Ihre Augen trüben sich. »Ich hätte es nicht mit ansehen können, wie er dich zum Altar führt. Wie er lächelnd den liebenden Vater spielt.« Sie steht abrupt auf, die aufgestapelten Kissen fallen zu Boden. Sie weicht meinem Blick aus, aber dennoch kann ich erkennen, wie etwas unendlich Tiefes aus ihren Augen hervorscheint. »Und wie du es zulässt.« Sie hält inne und wendet sich dann mir zu, um zu sehen, welche Wirkung ihre Worte auf mich haben.

Eine Erinnerung regt sich in den Tiefen meines Gedächtnisses. Ein Mädchen, schluchzend, in der Dunkelheit umherirrend. Ich sehe den Flur unseres Hauses vor mir und höre einen Schrei. Die Intensität der Gefühle erschreckt mich, ebenso wie die Tatsache, dass niemand zu Hilfe eilt. Das Mädchen ist völlig allein. Ich versuche, ihr Gesicht auszumachen, doch es verschwimmt in der Erinnerung. Mich schaudert, es ist Sonya, die ich nicht erkennen kann. Unter Mühen verdränge ich die Bilder der Vergangenheit und konzentriere mich auf die Person, die sie heute ist. Verzweifelt versuche ich, die Schwester zu behalten, die ich bereits verloren habe. »Dann hilf mir, ihn sterben zu sehen. Sag mir, wie ich Abschied nehmen kann.«

Es ist unfair, dass ich so etwas von ihr verlange. Vielleicht bedeutet ihr Abschied von ihm endlich die Freiheit, nach der sie schon so lange sucht. Ihr Pfad ist nicht derselbe wie meiner. Das haben wir schon sehr früh akzeptiert. Sie war immer diejenige, die verletzt wurde, und ich war diejenige, die sie danach tröstete. Zumindest so gut ich konnte. Es war einfacher, als ich gedacht hatte. Wenn man selbst verschont bleibt, kann man leichter die Kraft finden, jenen zu helfen, die vor einem am Boden liegen.

Ich greife nach ihr. Sie war die Einzige, die ich als Kind hatte, diejenige, deren Tränen ich abwischte. Während sie darum kämpfte, sich selbst zu finden, lernte ich zu sein, wie er mich haben wollte. Auch wenn das bedeutete, stets in seinem Schatten zu stehen, ihm zu erlauben, mich vor ihm selbst zu behüten.

»Ich kann das nicht allein, ohne dich.« Mein letzter Appell. Mit geschlossenen Augen warte ich nur darauf, das Geräusch der Tür zu hören, die sich hinter ihr schließt. Das letzte Mal hatte sie es nicht einmal angekündigt. All die Jahre war ich mir so sicher gewesen, dass nur ein einfaches Wort zum Abschied alles leichter gemacht hätte. Jetzt weiß ich es besser. Der Abschied schmerzt, denn nichts, was ich sage, kann ihn verhindern. Jetzt muss ich der Wahrheit ins Angesicht sehen – ich bin einfach nicht wichtig genug für sie. »Bitte.«

»Trisha«, setzt sie an, der Schmerz in ihrer Stimme ist nur zu deutlich. Ich spüre, wie sie mit sich selbst kämpft, mit ihrem Wunsch, weit weg von hier zu sein, so weit weg wie möglich von allem, einschließlich mir. Ich antworte nicht, bin nicht bereit, ihr die Entscheidung zu erleichtern. Sie atmet tief durch. »Ich werde bleiben«, flüstert sie, wobei sie sich selbst jedes Wort abringen muss. »Ich helfe dir, so gut ich kann.«

Ihre Worte durchströmen mich, erwärmen mein Herz. Sie ist immer noch das kleine Mädchen, an das ich mich erinnere. Die Schwester, auf die ich mich verlassen kann, die ich immer gebraucht habe. Nur, weil wir in derselben Familie zur Welt gekommen sind, bedeutet das nicht zwingend, dass wir einander für immer beistehen müssen. Aber ihr Zugeständnis zeigt, dass wir immer noch zusammengehören. Ich öffne die Augen und blicke in ihre.

Ihre Augen haben die gleiche Farbe wie meine. Wir sind Schwestern, aber ein noch tiefer reichendes Band verbindet uns. Wir sind zusammen durch die Hölle gegangen, wenn auch auf verschiedenen Seiten der Straße. »Warum?«, frage ich vorsichtig.

»Weil du meine Schwester bist«, erklärt sie, ihr Blick fest auf mich gerichtet. »Und weil ich ohne dich meine Kindheit nie überlebt hätte.«

Marin

Marin ist sieben Jahre alt und spielt mit ihren Freundinnen auf der staubigen Erde. Die Kühe spazieren frei um sie herum, essen die kleinen Reste Nahrung, die für sie zurückgelassen wurden, und bedanken sich dafür mit einem Häufchen Kuhmist. Die heiße indische Sonne dörrt den Boden aus. Die Luft ist stickig und das Atmen fällt schwer. Aber Marin und ihre Freundinnen sind daran gewöhnt. Schließlich haben sie nie etwas anderes als diese brennende Sonne gekannt. Sie sind fünf an der Zahl, von Geburt an Nachbarn und über die Jahre zu unzertrennlichen Freundinnen herangewachsen. Als Spielzeug dienen Stöckchen und Steine, mit denen sie selbst ein Hüpfspiel erfunden haben. Marin führt. Wobei es eigentlich keine Rolle spielt, wer gewinnt. Es gibt auch keine Möglichkeit, die Punktzahlen festzuhalten, sodass sich eigentlich jede von ihnen heimlich ein paar Punkte dazuschummelt. Aber Marin mag das Gefühl, zu wissen, dass sie gewinnt. Sie mag es, sich überlegen zu fühlen. Zu fühlen, dass sie alles erreichen kann.

»Beti«, ruft Ranee nach ihr, steht dabei im Eingang ihres Hauses, das im Vergleich zu den meisten Häusern ihrer Nachbarschaft geradezu modern ist. Ihre Toilette hat zwar noch kein fließendes Wasser, aber immerhin haben sie eine eigene Dusche im Haus. Die meisten ihrer Freunde müssen immer noch zu einem gemeinschaftlichen Badehaus gehen. »Es ist Zeit, das Abendessen zuzubereiten.«

Seit Kurzem lernt Marin kochen. Alle Mädchen müssen kochen lernen und je früher man anfängt, desto besser. Außerdem bieten ihr die Lektionen eine Gelegenheit, mit ihrer Mutter allein zu sein, ohne dass ihre Großmutter ständig über ihre Schulter schaut und schimpft. Brents Mutter lebt bei ihnen, wie es die Tradition verlangt. Seit ihre Arthritis ihr jetzt mehr zu schaffen macht, ist sie noch unleidlicher geworden und kritisiert alles, was Marin tut. Ranee rät Marin zwar immer, das Geschimpfe einfach zu ignorieren, aber es fällt schwer.

»Nur fünf Minuten noch, Mummy«, ruft Marin, auf ihr Spiel konzentriert. Drei Sprünge nur noch, dann wird sie das Spiel gewonnen haben. Ihr Blick ist fest auf den Stein gerichtet, den sie aufheben muss, ohne dabei hinzufallen, ihr Gesicht ist vor Konzentration angespannt. Mit großer Anstrengung springt Marin, bleibt aber an einem der Äste hängen, rutscht aus und fällt der Länge nach auf den Beton. Ihre Nase scheuert über den harten Boden und fängt an zu bluten. Alle Mädchen kommen ihr zu Hilfe. Ranee, die den Sturz gesehen hat, eilt so schnell zu ihr, wie es ihr Sari erlaubt.

»Ist alles in Ordnung?« Ranee tupft das Blut mit dem Saum ihres Saris ab. Als Marins Nase weiter blutet, kneift Ranee sie zu und legt Marins Kopf in den Nacken. »Was ist denn bloß passiert, Beti?«

»Sie hat sich zu sehr auf den Stein konzentriert und nicht mehr auf den Ast geachtet«, erklärt die Großmutter hämisch, die alles von einem alten Holzstuhl in der Nähe beobachtet hat. »So ein dummes Mädchen.«

* * *

»Ich bin um zehn wieder da«, ruft Gia, während sie sich einen Toast schnappt. Ihr Rucksack ist mit Büchern vollgestopft. Ihre Schuluniform, ein karierter Rock mit einer einfachen weißen Bluse, schmeichelt ihrer schlanken Figur. Zwei Tage die Woche dürfen die Schüler in ihrer eigenen Kleidung in die Schule kommen. Es war zu einer hitzigen Diskussion zwischen den

Elternsprechern und der Schulleitung gekommen, bis Letztere nachgegeben hatte. An diesen beiden Tagen trägt Gia meist Jeans und ein T-Shirt. Für Marin zeigt diese Wahl der Kleidung eher Gleichgültigkeit als einen Ausdruck der Persönlichkeit.

»Was?«, fragt Marin, während sie ihre Telefonkonferenz stumm schaltet. Sie stellt ihren Chai auf den Tisch und fängt Gia ab, als diese gerade zur Tür raus will. »Um zehn?«

»Wir wollen zusammen für den Test lernen, Naturwissenschaft.« Gia wippt ungeduldig mit ihrem Fuß auf und ab, offensichtlich in Eile, das wartende Auto zu erreichen. Gia hat mit ein paar Freundinnen eine Fahrgemeinschaft für den Schulweg gebildet, was Marin den Aufwand erspart, ihre Tochter jeden Tag hin- und zurückzufahren. »Wir sind in der Bibliothek.«

»Wer fährt euch?« Marin kann sich nicht an den Test erinnern. Dabei stimmt sie Gias Kalender immer mit ihrem eigenen ab und passt besonders darauf auf, dass die Abende vor Prüfungen und Abgabeterminen frei von Abendessen oder Familienveranstaltungen bleiben, damit sie mit Gia noch einmal den ganzen Stoff durchgehen kann.

»Eine der anderen Mütter, ich muss wirklich los«, drängt Gia und versucht die Tür zuzudrücken.

»Hab einen schönen Tag«, verabschiedet sich Marin von ihr und wendet sich wieder dem Telefon zu. Einen Augenblick erwägt sie, Gia kurz an sich zu drücken, aber in letzter Zeit weicht ihre Tochter vor solchem Kontakt eher zurück. Marin hat nichts dagegen, sie war selbst noch nie ein großer Freund von öffentlichen Liebesbekundungen gewesen. »Viel Erfolg beim Lernen!«, ruft sie Gia noch nach, doch ihre Worte gehen ins Leere. Ihre Tochter ist bereits verschwunden.

»Nicht akzeptabel«, herrscht Marin ins Telefon, kaum dass sie sich wieder in die Konferenz eingeklinkt hat. »Der Bericht hat noch innerhalb einer Stunde auf meinem Schreibtisch zu sein«, befiehlt sie einem der leitenden Manager.

Ihr Tag hat schon um vier Uhr morgens angefangen, inzwischen ist es kurz nach neun. Sie geht in ihrem Heimbüro auf und ab und betrachtet sich im Spiegel. Sie trägt immer noch ihren Pyjama. Ein schneller Blick in den Kalender zeigt, dass sie in einer Stunde ein Meeting im Büro hat. Marin gießt den kalten Chai in den Ausguss und eilt nach oben, wo sie einen Hosenanzug und passende Accessoires heraussucht. Noch während sie sich anzieht, beginnt ihr Handy zu vibrieren. »Ich habe noch eine halbe Stunde«, ruft sie zu niemand speziellem. Eigentlich ist ihre Sekretärin die Einzige, die Marin ohne abgesprochenen Termin anrufen darf. Aber dieser Anrufer hat Ausdauer. Immer noch nicht vollständig angekleidet geht Marin ran, so schnell, dass sie die Nummer kaum erkennt, bevor sie sich meldet. »Ja, hallo?«

»Marin? Hier ist Karen, die Leiterin von Gias Schule. Wir müssen mit Ihnen sprechen, es ist dringend.«

* * *

»Uns sind einige beunruhigende Sachen zu Ohren gekommen«, erklärt Karen sachlich. Die Schulleiterin ist eine kleine Frau, noch kleiner als viele ihrer Schülerinnen. Sie hat lockige Haare und trägt eine Brille, die wohl vor zehn Jahren in Mode war. Da sie selbst früher die Schule besucht hat, spricht sie meist sehr direkt mit den Eltern, erzählt von ihren eigenen Erfahrungen, sowohl den guten als auch den schlechten.

Der massive Schreibtisch aus tiefrotem Kirschbaumholz dominiert das Büro, das ansonsten mit Bildern gefüllt ist, die gegenwärtige und frühere Schüler zeigen. Karens Highschooldiplom hängt direkt neben ihren Abschlussurkunden für Pädagogik von den Universitäten in Wellesley und Princeton.

»Geht es um Drogen?« Marins Stimme hebt sich deutlich, im Kontrast zu Karen, die betont ruhig geblieben ist. Der Zorn schnürt ihr die Kehle zu. Es war die ständige Angst ihres Vaters gewesen, ihre ganze Kindheit über. »Sie werden zu amerikanisch«, beschwerte er sich immer bei Ranee. Er war sich sicher, dass sie irgendwann, irgendwie trotz der strikten Überwachung, es schaffen würden, sich einen Fehltritt zu leisten und ihren Vater damit zu blamieren. Egal, ob es darum ging, sich mit Jungs zu treffen, Alkohol zu trinken oder Drogen zu nehmen, irgendwie würden sie schon vom Weg abkommen. Natürlich war nie etwas passiert, aber das hatte ihn nie davon abgehalten, jeden Augenblick mit dem Schlimmsten zu rechnen. Und dieselbe Angst ergreift nun Marin. »Haben Sie Drogen bei ihr gefunden?«

»Nein«, sagt Karen. Sie lehnt sich zurück und beobachtet Marin. Gegen die Lehne des Ledersessels gepresst liegt ihr krauses Haar in einem Kreis rund um ihren Kopf, fast wie ein Heiligenschein. »Wie nahe stehen Sie Gia?«

»Wie bitte?« Ein Schub zorniger Energie dringt durch das Zimmer. Auf einmal ist Karen die Schützende und Marin, unsicher, was vor sich geht, außen vor. »Ich glaube, so langsam wird es Zeit, dass Sie mir erklären, worum es hier überhaupt geht.«

Karen nickt, stimmt Marin wortlos zu. »Unsere Sportlehrerin hat seltsame Blessuren an Gias Körper gesehen. Ihre Tochter dachte, außer ihr wäre niemand mehr in der Umkleide.« Karen zögert einen Augenblick und spricht dann die Worte aus, die Marins Welt aus dem Ruder laufen lassen. »Ihre Tochter wurde eindeutig geschlagen.«

Der Raum beginnt sich um sie zu drehen. Marin greift nach den Armlehnen ihres Stuhls. Sie legt den Kopf zur Seite, versucht, den Blick auf irgendetwas zu konzentrieren. Ihr Blutdruck stürzt ab und lässt sie mit Schwindelgefühl zurück. Bilder von Brent dringen ihr vor Augen. Für einen Augenblick fragt Marin sich, ob ihr Vater aufgewacht sei und dies angerichtet habe. Die Angst ergreift sie, bis sie sich daran erinnert, dass sie ihn gerade erst im Krankenhaus gesehen hat, unbeweglich und nicht mehr von dieser Welt.

»Wie? Und wann?« Ihre Worte hallen durch den Raum, ohne dass sie sich sicher ist, sie selbst ausgesprochen zu haben. »Ich verstehe nicht.«

»Wir wissen es noch nicht«, besänftigt Karen sie, anscheinend mit Marins Reaktion zufrieden. »Wir hatten gehofft, dass Sie uns weiterhelfen können.«

»Sie denken, *ich* hätte das getan?«

Marin hat viele ihrer Nachmittage in der Uni damit verbracht, Bücher über Gewalt zu lesen. Von der Veranlagung, die Muster zu wiederholen. So viele hochgestochene Worte, nur um eine einfache Regel zu umschreiben: Wenn du geschlagen wurdest, schlägst du auch selbst. Der Mensch wiederholt, was er gewohnt ist, die Gepflogenheiten, die in der Psyche als normal verankert sind.

»Sie denken, ich könnte meine eigene Tochter schlagen?«

»Wir erheben keinerlei Vorwürfe«, beschwichtigt Karen, um Marin wieder zurückzuholen. »Aber es ist meine Verantwortung zu verstehen, was vorgefallen ist.«

»Meine Tochter wurde geschlagen. Das ist wohl, was vorgefallen ist«, fährt Marin auf, die immer noch nach sicherem Schritt in unbekanntem Terrain sucht. »Jemand hat seine Aggressionen an ihr ausgelassen, statt ihr wie ein normaler Mensch mit Freundlichkeit zu begegnen.« Sie lässt den Kopf hängen, versucht Kraft zu sammeln, findet aber keine.

»Geht es Ihnen gut?«, fragt Karen besorgt, gießt ein Glas Wasser ein und stellt es vor Marin hin.

Marin versteift sich. Mit einer abrupten Bewegung schiebt sie den Stuhl zurück und steht auf. Nur einen Herzschlag später hat sie wieder zu ihrem alten Selbst gefunden. Das Mitleid der Schulleiterin ist nur Öl auf den Flammen, die seit ihrer Kindheit brennen.

»Wo ist sie?« Marin schaut auf ihre Uhr. Fast Mittag. »Die Morgenklassen müssten vorbei sein, sie müsste beim Mittagessen sein, ja?«

Karen wirft einen Blick auf die Uhr an der Wand. Man sieht ihr deutlich an, dass sie überrascht ist, wie gut Marin den Stundenplan ihrer Tochter kennt. »Ähm, ja, das stimmt. Die Schüler sollten jetzt auf dem Weg in die Mensa sein.« Sie tritt näher zu Marin, überquert die unsichtbare Grenze zwischen ihnen. »Soll ich Gia für heute vom Unterricht befreien?«

»Nein«, antwortet Marin instinktiv. Sie ist noch nicht dazu bereit, ihrer Tochter gegenüberzutreten. Sie wüsste nicht, was sie sagen sollte. Wie es ihr von Geburt an beigebracht wurde, ist ihre erste Reaktion, die Geheimnisse der Familie im Kreise der Familie zu halten. »Ich werde nach der Schule auf sie warten.«

»Natürlich. Ich hoffe, Sie verstehen, dass ich die Angelegenheit dem Jugendamt melden muss. Ich bin rechtlich dazu verpflichtet.«

Karens Worte lassen Marin kalt.

»Natürlich. Und wenn der Missbrauch hier an der Schule stattgefunden hat, werden Sie natürlich verstehen, dass ich meine Anwälte einschalten werde.« Marin greift ihre Handtasche und geht zur Tür. »Und wenn nicht, wäre ich Ihnen sehr dankbar, wenn Sie dazu beitragen, für die Sicherheit meiner Tochter zu sorgen.«

* * *

Marin lässt den Schlüssel in die Handtasche fallen. Sie erinnert sich nicht mehr daran, wie sie nach Hause gekommen ist. Ihr Handy hat ständig geklingelt, seit sie die Schule verlassen hat. Eine wahre Nachrichtenlawine von ihrer Sekretärin, die verzweifelt nach ihr sucht. Marin schaltet das Handy aus und lässt es auf den Beistelltisch fallen. Ihr Blick irrt durch den

Raum. Sie hat keine Lösung, weiß nicht, wie sie weiter vorgehen soll.

Die Uhr auf dem Kaminsims zeigt kurz nach ein Uhr an. Ihr Magen knurrt. Sie erwägt, sich ein Sandwich zu machen, oder etwas Obst zu sich zu nehmen, aber sie würde ja doch keinen Bissen herunterbekommen. Schließlich zieht sie sich in ihren allerheiligsten Zufluchtsort zurück, ihr Büro. Sie schließt die Tür hinter sich und sieht, wie ihr Computer, den sie eigentlich nie ausschaltet, ihre Aufmerksamkeit verlangt. Jetzt schaltet sie ihn aus, ohne vorher auch nur das Dokument zu speichern, an dem sie die ganze Nacht gearbeitet hat. Da nichts mehr zu tun bleibt, lässt sie sich auf das Sofa fallen. Sie drückt ein Kissen vor ihre Brust und zieht ihre Beine an. Ihr Kopf sinkt auf die Knie, ihr ist nach Weinen zumute, aber die Konditionierung sitzt zu tief. Die Erinnerungen umkreisen sie, reißen tiefe Wunden, ohne dass sie Tränen finden könnte, die Trost spenden.

* * *

Das Zimmer ist dunkel. Die Sonne scheint am anderen Ende der Welt. In Indien. Marin sitzt in ihrem Bett und zieht die Decke eng um sich.

»Es wird Zeit für die Vorbereitung.« Ranee windet sich durch den engen Raum, den die drei Schwestern in den letzten Wochen vor der Hochzeit gemeinsam nutzen. Sie lächelt Marin aufmunternd zu, während sie Trisha und Sonya wach rüttelt. Dann scheucht sie Marin aus dem Bett. »Komm, Beti, die Kleidung muss gebügelt werden. Die Familie wird bald hier sein.«

»Und was ist mit dem Essen?«, fragt Marin.

»Ich habe das Essen vorbereitet. Nachdem ihr Kinder ins Bett gegangen seid.«

»Hast du denn gar nicht geschlafen?«

»Ich werde schlafen. Nach der Hochzeit.« Ranee lächelt.

»Aber wie sollen wir das denn alles bügeln?«, fragt Trisha. Vor ihr liegen zwei fein säuberlich gefaltete Stapel Kleidung – ein Stapel mit indischen Kleidern für die Mädchen, der andere mit Brents Kleidung. Ganz zuoberst liegt sein liebster Anzug, ein dünnes graues Jackett mit passender Hose. Er hatte den Anzug einst auf einem Flohmarkt erstanden, für dreizehn Dollar, er war als neu ausgezeichnet gewesen. Nach langem Feilschen hatte er ihn schließlich zwei Dollar günstiger bekommen. Stolz auf das Schnäppchen hatte er ihn seitdem zu jedem Anlass getragen.

»Schnell.« Marin nimmt das erste Kleid vom Stapel. »Wenn wir schnell fertig sind, können wir Mummy helfen.«

»Ich will nicht«, erklärt Trisha mit verzogenem Gesicht. »Ich hasse Kochen.«

»Es ist egal, ob du es magst oder nicht, du musst es lernen.«

»Ich muss nichts machen, wenn ich nicht will«, bleibt Trisha stur.

»So funktioniert das nicht«, wendet Marin ein, die langsam auf Trisha wütend wird. »Du musst endlich mal erwachsen werden.«

»Wer sagt das? Es ist schließlich mein Leben.« Trisha verfügt über ein Selbstbewusstsein, auf das Marin nur neidisch sein kann. »Ich treffe meine eigenen Entscheidungen.«

»Meinst du, ich hätte mir das hier ausgesucht?« Marin lässt den Kopf hängen, wagt nicht einmal sich selbst gegenüber, die Wahrheit einzugestehen. »Ich kenne ihn nicht einmal und soll jetzt den Rest meines Lebens mit ihm verbringen.«

Trisha starrt ihre Schwester an. Marins Geständnis hat sie verstummen lassen. Beide beeilen sich mit der Arbeit. Nur fünf Jahre Altersunterschied liegen zwischen ihnen, aber eine ganze Generation der Verwirrung trennt sie. Trisha faltet die Kleider auseinander und schüttelt sie methodisch aus. Dann legt sie die Kleider auf das Bügelbrett, damit Marin übernehmen kann.

Die fertig gebügelte Kleidung hängt sie danach auf den Kleiderständer aus Plastik.

»Wie viele noch?«, fragt Marin und bricht damit als Erste die Stille. Ihnen bleibt weniger als ein Tag zusammen und niemand will diese letzten Minuten schweigend verbringen.

»Nur noch Dads Anzug und ein Sari.« Trisha legt Marin sanft die Hand auf die Schulter. »Bist du nicht auch aufgeregt?« Sie legt den Anzug auf das Bügelbrett. »Alle sind nur wegen dir hier. All die Aufmerksamkeit, alles nur für dich!«

»Du hättest wohl nichts dagegen?«, spottet Marin freundlich.

»Ich weiß nicht. Aber es ist doch keine schlechte Art, deine Zeit hier zu beenden. Oder?« Obwohl die Frage eher rhetorisch klingt, scheint Trisha doch sehr an der Antwort interessiert, um ihrer selbst willen.

»Ich weiß nicht, wie alles enden wird. Bin ich froh, dass ich endlich von Daddy loskomme? Oder werde ich mir nur die ganze Zeit Sorgen um euch hier machen?« Marins Blick ruht fest auf Trisha.

»Mach dir keine Gedanken um uns«, erklärt Trisha mit fester Stimme. »Versuch einfach, glücklich zu sein, ja?«

Beide bemerken den Rauch gleichzeitig. Der Geruch verbrannten Stoffes überrascht sie. In all den Jahren darauf würde Marin die folgenden Ereignisse nie vergessen. Das eigentliche Kleidungsstück würde zu einer fernen Erinnerung verblassen, es war schließlich nicht mehr als ein billiger Baumwollfetzen, in den ein Loch gebrannt war. Aber in dem Moment, als Marin sich umdreht und den verkohlten Stoff sieht, bleibt ihre Welt stehen. Ihre Augen weiten sich vor Schreck, Angst breitet sich in ihrem Gesicht aus. Die Schritte ertönen so plötzlich vor der Tür, dass keine Zeit bleibt, einen Ausweg zu suchen. Wie es leider zu oft geschieht, überschlagen sich die Ereignisse meist ohne Vorwarnung. Keine Trommeln oder Pfeifen, die zu Vorsicht mahnen. Der Zorn schlägt zufällig zu, ohne erkennbare

Regelmäßigkeit. Nur selten kann man ihn im Voraus kommen sehen. Kleine Ungeschicke, die man vergeben könnte, manche unachtsamen Worte – all das kann zur Gewalt führen. Unvorhersehbare Misshandlungen lassen Narben in der Psyche entstehen, die tiefer reichen als jede körperliche Wunde.

Brents Augen treten fast aus ihren Höhlen hervor, als er den Brandfleck auf seinem Anzug sieht. Nur eine kleine Stelle, doch die Hose ist ruiniert. Marin steht vor ihm, unbeweglich, aufrecht. Wohin sollte sie auch fliehen? Noch gibt es keinen Ort, an dem sie vor ihm sicher wäre, nicht vor dem nächsten Tag. Sie wagt nicht, ihn anzusehen. Niemand von ihnen wagte es je.

»Du hast dich schon wieder dumm angestellt, mit meinem Anzug.« Brent starrt Marin an, der Zorn lässt ihn beben. »Sind nur deine eigenen Kleider wichtig? Denkst du, du bist etwas Besonderes, nur weil du heiratest?«

Marin wagt nicht zu antworten. Über die Jahre hatte sie gelernt, dass es besser ist zu schweigen. Nur sein Wort hat Geltung.

»Ich bin schon verheiratet. Und ich achte doch auch auf andere, auch auf deine Sachen. Ich habe die ganze Hochzeit bezahlt, oder nicht? Aber du zeigst keinen Respekt. Warum?«

Sein Daumen und Zeigefinger legen sich um Marins Handgelenk. Sie starrt die Fingerspitzen an, die sich nicht berühren. Marin könnte den Arm fortziehen, aus seinem Griff, mit einer Bewegung wäre sie frei. Sie könnte zurücktreten, Nein sagen. Der Gedanke lastet auf ihr. Nie zuvor hat sie diese Möglichkeit erwogen.

Der erste Schlag trifft Marin knapp über dem Ohr, mit der Handfläche. Über dem Ohr ist eine seiner liebsten Stellen, oder auch seitlich am Kopf. Bei Ranee wählte er stets den Rücken und den Magen. Bei Sonya immer den Hinterkopf. Zuerst mit der Handfläche, dann, durch seinen scheinbar gerechten Zorn in Rage gebracht, auch mit der Faust.

»Eins«, zählt Trisha. Es ist ihr eigenes Ritual, mit dem sie sich über seine Ausbrüche hilft. Es ist egal, wer die Prügel bezieht. Sie schwört darauf, dass sie nur bis acht zählen muss, und dass die Schläge dann aufhören werden, ganz egal, wie viele es waren. Die Acht ist ihre Glückszahl. Also zählt sie weiter. Er hat sie noch nie dabei unterbrochen. Vielleicht, weil es nie ihre Knochen waren, auf die seine Faust traf. Und dennoch kann sie es nicht erwarten, die Acht zu erreichen. Weil dann die Gewalt gegen ihre geliebte Schwester enden wird. Und, weil sie dann wieder in die Realität zurückdarf.

Marins Blick ist noch klar. Nach dem vierten oder fünften Schlag wird er langsam verschwommen, wenn auch nur vorübergehend. Doch jetzt kann sie noch klar sehen. Der Schlag schleudert ihren Kopf zur Seite. Später, in ihrer Hochzeitsnacht, wird Raj ihren Nacken liebkosen und sie wird zusammenzucken. Er wird sie küssen und sie wird sich nicht anmerken lassen, wie sehr es schmerzt. Sie wird ihm erzählen, dass sie vor Aufregung falsch geschlafen und sich eine Verspannung im Nacken zugezogen hat. Nervosität und Stress. Nicht mehr als eine falsche Bewegung, wird Marin ihm zusichern. Es wird ihr bald besser gehen.

»Zwei«, fährt Trisha fort.

Marin geht im Kopf die Möglichkeiten durch. Zum ersten Mal in ihrem Leben könnte sie ihrem Vater Einhalt gebieten. Ihre Hand aus seiner nehmen. Erklären, dass sie ihm nicht länger gehört. Dass sie ab morgen einem anderen gehören wird. Aber an diesem einen Tag, nur einen Tag, gehört sie sich selbst. Ganz egal, was kulturelle Traditionen und Religion vorgeben, nur, weil sie als seine Tochter geboren wurde, gehört sie ihm nicht. Auch wenn sie seinen Namen trägt, ist sie nicht sein Eigentum. Sie hat dieses Leben nicht gewählt und will es nicht. Nur einmal sollte zählen, was sie will.

»Sechs, sieben.«

Aber ihre Gedanken zählen nicht. Sein Daumen und Zeigefinger schließen sich um ihren Arm. Er stützt sich auf ihren Körper, um die Balance zu halten. Spät in der Nacht, wenn sie allein sind, scherzt Sonya über diese Momente, indem sie sein verzerrtes Gesicht nachmacht. Seine Unterlippe, zwischen die Zähne gezogen, die Augen weit aufgerissen. Fast wie ein Clown. Sonya stolziert dann herum, die Arme flatternd und die Füße weit auseinander, watschelnd. Trisha und Marin lachen dazu stets nervös und leise.

Den letzten Schlag spürt Marin schon gar nicht mehr. Es spielt auch keine Rolle. Sie würde ohnehin nie über den Schmerz sprechen. Schmerz lässt mit der Zeit nach. Aber die Tatsache bleibt, dass sie hätte gehen können. Sie hatte die Wahl und ist doch nicht gegangen.

»Acht.«

Heute ist ein glücklicher Tag.

Ranee

Das erste Mal, dass Brent sie schlug, war drei Wochen, nachdem er seine Arbeit in den Vereinigten Staaten angetreten hatte. Trotz seines Ingenieurstudiums konnte er in Amerika nichts Besseres finden als eine Stelle zum Reifenwechseln an der nächsten Tankstelle. Ein Kunde hatte ihn vor versammelter Mannschaft zurechtgewiesen, ihn als »Brownie« bezeichnet und ihm empfohlen, doch auf die Insel zurückzukehren, von der er gekommen sei. Aus Angst, seinen Job zu verlieren, hatte Brent nur genickt und sich jeden Kommentar verkniffen. Der Mann hatte ihm dann einen Dollar Trinkgeld hingeworfen, sodass Brent sich nach dem Geld bücken musste. Brent hatte den Dollar aufgehoben und schweigend eingesteckt, immerhin würden sie damit einen Liter Milch kaufen können.

Als Brent später am Abend in ihr eng gedrängtes Apartment gekommen war, hatte Ranee das Essen noch nicht fertig. Natürlich hatte er sich beschwert, war dann aber doch erst noch grummelnd unter die Dusche gegangen, um Öl und Schmiere des langen Arbeitstags abzuwaschen. Als er zurückkam, brauchte Ranee zu lange, um ihm sein Essen aufzutragen. Da hatte Brent ausgeholt und ihr eine schallende Ohrfeige verpasst. Ranee stolperte und musste sich festhalten, um nicht zu stürzen. Mit der linken Hand griff sie auf die immer noch heiße Herdplatte – die Narbe von dieser Verbrennung ist auch heute noch deutlich auf ihrer Handfläche zu sehen. Ihre zweite

Hand war ganz instinktiv zum Bauch gezuckt, sie hatte eben erst erfahren, dass sie schwanger war. Marin und Trisha standen starr vor Schreck in der Küchentür.

* * *

Ranee legt die letzten Handgriffe an, der Salat ist fast fertig, die Streifen Hähnchenbrust brutzeln in der Pfanne. Sie streut gerade eine Handvoll Cranberrys in die selbst gemachte Salatsoße, als sie die Haustür hört. Ein schneller Blick auf die Armbanduhr an ihrem zierlichen Handgelenk zeigt ihr, dass es kurz vor fünf ist. Seit Sonya wieder zu Hause ist, hat sie es sich angewöhnt, früh morgens aufzubrechen und abends erst kurz vor dem Abendessen zurückzukommen.

»Ich bin in der Küche«, ruft Ranee, als sie Sonyas Schritte in der Diele hört.

»Es riecht lecker«, antwortet Sonya und legt ihre Kameratasche auf die Kücheninsel. Mit einem Blick auf den Salat fragt sie: »Kann ich helfen?«

»Du könntest den Tisch decken.« In den letzten Wochen sind sie beide in eingespielte Muster verfallen. Jeden Morgen sitzen sie zusammen in der Küche beim Frühstück, abends kochen sie zusammen. Selbst, wenn sie sich nur ein paar Brote zum Abendessen machen, bewegen sie sich so koordiniert, als ob sie seit Jahren zusammen kochen würden. »Wie war dein Tag?«

»Gut«, antwortet Sonya schnell. Sie gibt nur selten Details preis. »Und bei dir?«

Eigentlich sind sie zwei Fremde, die nur die gemeinsame Vergangenheit verbindet. »Ich habe neue Bettbezüge für dein Schlafzimmer ausgesucht.« Sonya bleibt. Sie haben nicht darüber gesprochen, aber Ranee hatte gespürt, dass Sonya sie wieder hatte verlassen wollen. Aber irgendetwas hat sich geändert und Ranee ist dankbar dafür. »Deine alten Bezüge waren ja schon über zehn Jahre alt.«

»Ich bin schon überrascht, dass ihr mein Zimmer nicht zu einem Gästezimmer gemacht habt«, sagt Sonya vorsichtig, während sie zwei Teller und Besteck nimmt. »Oder dass Dad es nicht als Lagerraum genutzt hat.«

»So was hätte ich nie erlaubt.« Ranee vermeidet es, direkt darauf einzugehen. Stattdessen durchwühlt sie die Schubladen, bis sie findet, was sie sucht. Sie zieht ein goldenes Kettchen mit einem herzförmigen Anhänger hervor und legt es in Sonyas Hand. »Ich habe das gestern in meiner Kommode gefunden. Ich dachte mir, dass du es vielleicht haben willst.«

Die Kette hatte Sonya gehört, sie war ein Geschenk von Ranee zu ihrem sechzehnten Geburtstag gewesen. Als Sonya ihre Sachen packte und auszog, hatte sie die Kette auf ihrem Nachttisch liegen gelassen.

Jetzt starrt Sonya die Kette an, umschließt sie dann mit der Hand und steckt sie in ihre Tasche. »Danke.«

»Als du gegangen bist, dachte ich, dass du bald wiederkommst, also habe ich sie zunächst in deinem Zimmer gelassen. Ich hätte nie gedacht, dass es so viele Jahre werden«, gibt Ranee zu, den Blick auf das Essen gerichtet. »Nach dem dritten oder vielleicht dem vierten Jahr habe ich sie dann zur Sicherheit in meinem Zimmer verwahrt.«

»Ich musste gehen, ich hatte keine andere Wahl«, gibt Sonya defensiv zurück und geht damit auf Ranees unbewusste Aufforderung zur Aussprache ein. »Alles, was an dem Tag gesagt wurde, hat mich klar sehen lassen.« Sonya schüttelt den Kopf, man merkt ihr an, wie verärgert sie ist. Nach all den Jahren kann sie immer noch nicht genau sagen, wann es angefangen hat oder wohin es geführt hat, nur, dass der Zorn zu ihrem ständigen Begleiter geworden ist.

Als sie einander ansehen, fragen sich beide, wie sie an diesem Punkt anlangen konnten. Ranee versucht sich zu verteidigen, ohne die zarte Bindung zu zerreißen, die sie wieder zu ihrer Tochter aufgebaut hat. »Ich hatte Angst.«

»Wovor?«

»Dass ich die falsche Entscheidung getroffen haben könnte.«

»Das hast du, Mom«, sagt Sonya, ohne die tiefere Bedeutung zu ahnen, die Ranee vor ihr verbirgt. Sie lässt die Hand durch ihre Haare gleiten. »Es ist immer die falsche Entscheidung, der eigenen Tochter zu sagen, dass sie nicht gewollt war.« Tränen steigen auf und lassen sie stocken. »Ihr zu sagen, dass sie nur eine Belastung ist.«

»Sonya.« Ranees Kehle fühlt sich an, als ob ein brennender Kloß in ihr sitzt. Als Sonya zur Welt gekommen war, hatten sie die Nabelschnur kaum durchtrennt bekommen. Die Ärzte in dem kleinen Krankenhaus hatten gescherzt, dass die Kleine ihrer Mutter wohl ihr Leben lang nicht von der Seite weichen würde. »Du warst nie eine Belastung.« Aber Ranee weiß, dass solche Worte zu spät kommen. Sonya zeigt keine Reaktion.

»Und trotzdem«, sagt Sonya und hält kurz inne, »hast du es am Tag meines Uniabschlusses gesagt.«

Ranee atmet tief durch und erinnert sich an all die Gedanken, die ihr an jenem Tag durch den Kopf gegangen waren. »Sonya, ich habe gesagt, dass es das Beste gewesen wäre, wenn wir dich abgetrieben hätten …« Ranee zögert kurz. »Ich wusste nicht, wie ich sonst …« *Dich hätte ziehen lassen können,* beendet sie ihren Satz unausgesprochen. Sie wusste damals, dass ihre Worte Sonya forttreiben, ihr die Flucht ermöglichen würden. Ranee hatte keinen anderen Weg gesehen, wie Sonya je frei sein konnte.

»Hast du es so gemeint?«, fragt Sonya leise, als Ranee ihren Satz nicht zu Ende bringt.

»Ja«, flüstert Ranee. »Aber nicht aus den Gründen, die du annimmst.«

Ehe Ranee ihrer Tochter erklären kann, warum sie gewünscht hatte, dass diese nie geboren worden wäre, beendet

Sonya das Gespräch. »Die Gründe sind egal. Was geschehen ist, ist geschehen. Die Vergangenheit kann man nicht ändern.« Sie seufzt und bindet ihre Haare zusammen. »Am besten sprechen wir nicht mehr darüber.«

* * *

Wenn man jemanden verliert, durchläuft man einen Trauerprozess. Schock, Verärgerung, Verzweiflung und unzählige weitere Empfindungen, die einen ergreifen und zu ersticken drohen. Man bekommt keine Luft mehr, kann nicht mehr klar denken und versteht nicht, was geschieht. Aber was, wenn die Person, die man verloren hat, noch lebt, nur nichts mehr mit einem zu tun haben will? Gibt es dafür auch einen Trauerprozess, oder klammert man sich an die Hoffnung, so gering sie auch sein mag, wie an ein Rettungsboot am Rande des Höllenschlunds? Nach dem Streit mit Sonya durchlief Ranee die verschiedensten Emotionen, wie ein Pendel ohne Gravitation schwankten ihre Gefühle von Minute zu Minute, bis sie schließlich vollkommen erschöpft war, ohne etwas getan zu haben.

Sie zieht die Bettdecke glatt, streicht über winzige Falten, die Trisha zuvor, bei ihrem täglichen Besuch bei Brent, bestimmt auch schon zu glätten versucht hat. Inzwischen ist es bereits nach Mitternacht. Die Flure im Krankenhaus sind gespenstisch still. Für Brent macht es keinen Unterschied, sein Geist lebt ohnehin an einem Ort, der nur ihm allein gehört. Verloren in einer Welt, in der es keinen Sinn und Zweck mehr gibt.

Im ersten Jahr, in dem Marin hier in Amerika die Schule besuchte, hatte sie Ranee von ihrem Unterricht erzählt. Sie hatten gerade gelernt, dass man das Alter eines Baumes anhand der Ringe zählen kann, die an seinem Stumpf zu sehen sind. Marin wollte so gern in den Yosemite Nationalpark fahren und dort nachsehen, wie alt die gefällten Bäume waren. Aber Brent wollte nichts davon hören. Ranee fragte sich oft, ob man auch ihr wahres Alter irgendwie erkennen konnte – vielleicht sah man es bei Menschen statt an Ringen an den Sorgenfalten im Gesicht?

Ihr Englisch hatte Ranee durch Seifenopern im Fernsehen gelernt, Lesen und Schreiben durch die Tageszeitung. Seit sie in Amerika angekommen waren, hatte sie sich oft gefragt, wie es wohl wäre, wenn auch sie ein Einkommen hätte, genauso viel Geld nach Hause bringen würde wie Brent. Hätte das vielleicht die Dynamik ihrer Beziehung verändert? Oder war es ihr vorbestimmt, auf ewig mit ihm zu streiten und diesen Streit stets zu verlieren?

»Ich beneide dich«, flüstert sie, sodass es sonst niemand hört. Die Krankenschwestern gehen auch um die Uhrzeit immer mal wieder ein und aus, fast so, als ob sie hoffen, dass er durch ihre reine Aufmerksamkeit aufwacht. »Du musst niemandem für deine Taten Rede und Antwort stehen.«

In Indien gibt es eine seit Langem verbotene Tradition namens *Sati*. Es ist Brauch, dass der Leichnam eines Mannes nach dessen Tod auf einem Scheiterhaufen verbrannt wird. Wenn seine Frau dann Sati praktiziert, bedeutet dies, dass sie sich zu ihm auf den Scheiterhaufen wirft und mit ihm zusammen verbrennt. Der Gedanke des Sati war, dass keine Frau ohne ihren Mann würde weiterleben wollen, da sie niemanden mehr hatte, der sie ernährt und liebt. Ranee hatte selbst einmal als kleines Kind eine solche Witwenverbrennung gesehen. Eigentlich durften Kinder an den Zeremonien nicht teilnehmen, aber sie hatte sich heimlich eingeschlichen. Der Rauch des Scheiterhaufens stieg zum Himmel auf, überall hörte man das Schluchzen der Hinterbliebenen, als plötzlich eine junge Frau in einem weißen Sari sich zu ihrem Mann in die Flammen stürzte. Die versammelte Menge wurde durch ihre Schreie zum Schweigen gebracht, während alle ihrem Tod in den Flammen zusahen. Ranee hatte sich die Augen zugehalten, darum gebetet, dass jemand die Frau retten würde. Aber alle standen wie an ihrem Platz angewurzelt und sahen zu, wie die Frau das den Traditionen gemäß einzig richtige Ende wählte. Als die Dorfbewohner den Kindern des Paares, die nun Waisen waren, die Nachricht überbrachten, brachen diese schluchzend zusammen. Ein Onkel nahm sie in den Arm und tröstete sie, erklärte ihnen, dass ihre Mutter ehrenhaft gestorben sei und dass sie stolz sein sollten. Durch ihre Tat könnten ihre Kinder nun erhobenen Hauptes weiterleben.

»Ich werde nicht mit dir sterben«, sagt Ranee leise zu Brents reglosem Körper. »So viele Jahre habe ich mir gewünscht, dass ich tot wäre, aber jetzt wähle ich das Leben.« In Gedanken geht sie wieder ihren Streit mit Sonya durch. Wie ihre Tochter geglaubt hat, dass sie eine Belastung sei. »Sie war nie wirklich eine Last, oder, Brent?« Die Uhr im Krankenzimmer tickt laut. Brent liegt schweigend vor ihr, ohne zu widersprechen. »Keine unserer Töchter war je schwierig. Aber ich habe dir immer geglaubt, wenn du gesagt hast, es sei nur zum Besten. Wenn du mir erklärt hast, wie dumm ich bin und wie klug du bist.« Sie senkt den Kopf vor Scham. »Ich habe dir geglaubt, als du gesagt hast, dass der Stress in diesem neuen Land zu viel sei. Dass du nur so seist, weil du in dieser neuen Welt immer zum Schweigen gezwungen wirst …« Sie bricht ab und spürt Tränen in sich aufsteigen. »Ich habe mir selbst eingeredet, dass du das Recht hättest, in unserem Haus stark zu sein.«

Verzweiflung und Reue erfüllen Ranee. Er war nie wirklich stark, eigentlich war er sogar der Schwächste von ihnen allen. Ihre Kinder waren für ihn nur Spielfiguren. Eine Stimme meldet sich in ihrem Kopf, die erschreckend an die seine erinnert. Erinnert sie daran, dass er ein Haus für sie gekauft hat, Essen auf den Tisch gebracht hat. Dass er ihr alles gegeben hat, als sie nichts hatte. Sie bringt die Stimme zum Schweigen, hat endlich die Kraft, gegen sie anzukämpfen.

»Aber ich habe nie alles gewusst, oder? Vielleicht wollte ich nie alles wissen.« Sie steckt im Bauch des Wals, weiß selbst, dass sie ertrinkt, kann sich aber nicht retten. »Aber es war an der Zeit, dass ich unsere Töchter rette. Ich … Wir schulden ihnen das.«

Sie legt ihren Kopf neben seinen auf das Bett, wie sie es all die Jahre ihrer Ehe getan hat, und weint. Ihr *Mangalsutra*, die heilige Halskette aus goldenen und schwarzen Perlen, rutscht über ihn und verbindet sie beide. Sie war das Symbol für ihre Liebe und die Verbindung durch die Ehe, das er ihr traditionsgemäß während ihrer Hochzeit überreicht hat. Langsam wandern ihre Hände zum Nacken und lösen den Verschluss der Kette, um sie dann zwischen ihnen auf das Bett fallen zu lassen. Ohne ein weiteres Wort wischt sie ihre Tränen ab und verlässt den Raum.

Sonya

Der erste Halt auf meiner Reise, nachdem ich mein Zuhause verlassen hatte, war Kentucky. Schon als Kind hatte ich Pferde geliebt und immer, wenn während des Derbys »My Old Kentucky Home« gespielt wurde, kamen mir fast die Tränen. Vielleicht lag es auch an den großen Hüten, unter denen man sich so gut vor der Welt verstecken konnte. Oder an den Pferden, die so schnell galoppierten, wie sie nur konnten, nur um am Ende doch wieder da anzukommen, wo sie gestartet waren. Zumindest war es der erste Ort, der mir in den Sinn kam. Als ich in Lexington eintraf, sah ich unzählige Koppeln, Korrale und Pferdezuchten vor mir, weiße Zäune und grünes Gras, so grün, dass es schon fast blau wirkte. Und jeder schien zu lächeln, wo immer man hinblickte.

Ich mietete mir ein Hotelzimmer und einen Wagen für eine Woche. Ich hatte keinen Plan, was ich tun sollte, oder wo ich hinwollte, aber ich dachte mir, sieben Tage würden wohl reichen, um das herauszufinden. Ich ging verschiedene Möglichkeiten durch und sprang dann kopfüber in mein Abenteuer. In Jeans und T-Shirt gekleidet, verbrachte ich viele Stunden damit, einfach nur an den frisch gestrichenen Zäunen zu hocken und Fotos von den Pferden zu machen, die friedlich vor mir grasten. An der weltbekannten Rennstrecke Keeneland schoss ich Fotos von reinrassigen Vollblütern im gestreckten Galopp, die geradezu an mir vorbeizufliegen schienen. Vorangetrieben von ihren kräftigen Läufen, der geradezu gemeißelte Körper bei jeder Bewegung perfekt zur Rennstrecke ausgerichtet. Mit der Zeit erkannten die Stallburschen mich. Anfangs winken sie mir nur gelegentlich zu, dann ließen sie mich auch in die Ställe ein. Mit ihrer Erlaubnis konnte ich die Pferde in ihrer Ruhezeit fotografieren, wie sie friedlich in ihren Boxen standen und darauf warteten, bis es wieder so weit war, die Welt in Erstaunen zu versetzen.

Aus meinen sieben Tagen wurden schnell zwei Wochen. Ich hatte schon Hunderte Fotos geschossen, machte aber immer noch mehr. Meine Kamera bot mir eine Sicherheit, die ich nie zuvor gekannt hatte. Zum ersten Mal in meinem Leben kontrollierte ich meine Umgebung. Aber auch diese Zeit ging vorbei. Bald schon wurde der Sohn eines Pferdebesitzers auf mich aufmerksam. Er war ein paar Jahre älter als ich, gar nicht mal schlecht aussehend und sehr freundlich. Er bot an, mir das Reiten beizubringen, damit ich die Tiere nicht nur aus der Ferne bewundern musste. Ost traf auf West, wir verbrachten die Tage zusammen und als er mich schließlich küsste, hatte ich es schon erwartet. Das erste Mal, dass wir miteinander schliefen, erzählte ich ihm, dass ich so still sei, weil alles so wundervoll war. Als er mir erklärte, dass er mich liebe, war ich verloren, fühlte mich ohne Fallschirm von den Klippen stürzen. Ich versuchte, seine Worte zu erwidern, aber Eindrücke meines Vaters machten jeden Versuch zunichte. In der Nacht brach ich auf, ohne mich zu verabschieden, und fuhr einfach immer weiter, bis ich irgendwo, Hunderte Kilometer von allem entfernt, ein Motel am Rande des Highways fand. Dort schaltete ich dann meinen Computer ein und suchte im Internet, bis ich fand, was ich brauchte. Von Sonnenuntergang bis Sonnenaufgang las ich und füllte langsam ein unausgesprochenes Bedürfnis tief in meinem Inneren. Völlig erschöpft, ließ ich schließlich meinen Kopf auf den billigen Holztisch sinken und gab den Tränen freien Lauf.

* * *

Nachdem ich Kentucky verlassen hatte, wusste ich nicht wirklich, was ich mit den vielen Fotos anfangen sollte, die ich aufgenommen hatte. Ich hatte ja keine wirkliche Ausbildung als Fotografin und daher auch keine Vorstellung davon, wie ein Fotograf sein Geld verdient. Durch eine Suche online fand ich eine Website, auf der Amateure ihre Fotos hochladen konnten, um sie der interessierten Öffentlichkeit zugänglich zu machen. Ich lud meine Fotos hoch und dachte nicht mehr daran, bis ich einen Monat später einen Anruf von einer Agentin erhielt. Linda arbeitete für eine große Agentur, die viele der führenden Fotografen des Landes unter Vertrag hatte. Sie bat mich, ihr mein Portfolio zu zeigen. Ich meinte nur, dass ich kein Portfolio habe und gerade in der Türkei sei, ihr aber gern ein paar Fotos schicken könnte, die ich in letzter Zeit gemacht hatte. Sie lachte. »Ja, mach das bitte«, meinte sie einfach nur. Kurz darauf bot sie mir einen Vertrag an und seitdem arbeite ich für sie. Durch ihre Kontakte habe ich Aufträge in aller Welt bekommen.

Ein paar Tage, nachdem ich Trisha versprochen habe, hierzubleiben, rufe ich Linda wieder an. Bei der Agentur geht nur ihr Anrufbeantworter dran, also versuche ich es auf ihrem Handy.

»Sonya, meine Kleine, wie geht es dir?« Sie hatte wohl meine Nummer auf dem Display gesehen.

Linda verkörpert all das, was man sich unter L. A. vorstellt. Sie fährt ein Cabrio, das Verdeck immer offen. Ihr Haus liegt auf den Klippen über Malibu, aber sie hasst es, im Meer zu schwimmen. Sie hat zwei Hunde, Pinky und Princess, die sie in identische Hundepullover kleidet, sodass sie wie Zwillinge aussehen. Irgendwie schafft sie es aber doch, sie auseinanderzuhalten. Obwohl sie jede Nacht ihre Hunde im Bett schlafen lässt, hast sie panische Angst vor Keimen jeglicher Art. Und obwohl sie schon auf die fünfzig zugeht, kleidet sich Linda immer noch, als ob sie dreißig wäre – und sieht auch so aus. Ihr Geheimnis ist grüner Tee, sagt sie. Sie trinkt jede Woche literweise davon und schwört auf seine Wirkung als Jungbrunnen. Es könnte natürlich auch am Botox liegen. Aber darüber redet man nicht.

Sie hatte vor vielen Jahren als Praktikantin in der Agentur angefangen. Als wir einmal bei ein paar Drinks zusammensaßen, hat sie mir im Vertrauen verraten, dass sie nur mit zwei Partnern des Unternehmens schlafen musste, ehe ihre Karriere in Gang kam. Beziehungsweise einem Partner und einer Partnerin – wobei das wohl keine große Rolle für sie gespielt hatte. Als ich sie fragte, ob sie selbst auch so etwas von ihren Untergebenen verlangt, zwinkerte sie mir nur zu und meinte, dass man über so was nicht redet. Aktuell trägt Linda ihre Haare rot, in den Neunzigern war sie eine Blondine, bis sie irgendwann festgestellt hatte, dass diese nicht zwangsweise mehr Spaß im Leben haben. Brünett war sie auch schon mal, eigentlich wechselt sie alle paar Jahre ihre Haarfarbe, ihre natürliche Haarfarbe kennt sie schon gar nicht mehr. Und da sie ihre wöchentlichen Termine zum Brazilian Waxing strikt einhält, gab es auch keine Anhaltspunkte, die an diese erinnern könnten.

»Gut, danke«, antworte ich. Die Verbindung ist zum Glück gut. Linda war die Erste gewesen, der ich davon erzählte, dass ich nach Hause zurückkehren würde. Ich musste ihr ja schließlich Bescheid geben, dass ich einige Zeit keine neuen Aufträge würde annehmen können. Obwohl sie absolut nicht religiös ist, hat sie mir trotzdem alles Gute gewünscht und gesagt, dass sie meinen Vater in ihre Gebete einschließen würde.

»Und dein Vater? Wie geht es ihm?«, fragt sie weiter.

»Er schläft immer noch«, antworte ich, weil ich nicht wusste, was ich sonst sagen könnte.

»Sehr gut«, sagt Linda direkt. »Die Ruhe wird ihm guttun. Und der Rest deiner Familie? Wie werden sie damit fertig?«

»So gut es geht, unter den Umständen«, gebe ich zurück. Wir stehen einander zwar sehr nahe, aber trotzdem habe ich ihr nie von meiner Vergangenheit erzählt. Weder ihr noch sonst jemandem. »Hast du die Fotos bekommen, die ich dir geschickt habe?«, frage ich, um das Thema zu wechseln.

»Die von dem Nor'easter in New England? Dem Sturm des Jahrhunderts? Einfach fantastisch. Ich habe schon drei Zeitungen an der Hand, die sie haben wollen. Ich lasse die sich gerade gegenseitig hochsteigern.«

»Danke dir.« Das Geld hat mich nie groß interessiert. Ich habe ja niemanden, mit dem ich es ausgeben könnte, also versauert es einfach nur auf der Bank. Linda hingegen ist regelmäßig frustriert, wenn ich einen lukrativen Job ablehne, um einen schlechter bezahlten Auftrag an einem interessanteren Ort anzunehmen. Einerseits, weil sie mir zutraut, auch ganz oben im Geschäft mitzumischen, und andererseits, weil aus ihrer Sicht natürlich jeder vermittelte Auftrag primär durch die Kommission bewertet wird, die sie einstreicht. »Eigentlich rufe ich auch deswegen an. Ich brauche Arbeit.«

Normalerweise geht es andersrum: Linda liefert mir regelmäßig einen ganzen Haufen neuer Projekte. Normalerweise leiert sie die Liste herunter, bis ich etwas annehme, das sich gut anhört. Ich gehöre zu ihren liebsten Klienten, weil ich in der Regel keine Einschränkungen habe, wann ich arbeiten kann und wo ich dafür hinmuss. Da ich keinerlei Bindungen habe, kann ich von einem Moment auf den nächsten alles stehen und liegen lassen. Kein Ehemann, keine Kinder, deren Termine mit meinen kollidieren könnten.

»Hervorragend! Ich habe da gerade ein Angebot von einer Zeitschrift, die eine Reihe über Russland bringen will.« Sie ist einen Augenblick still, während sie in ihrem iPad sucht. Linda hat nicht viele Dinge, die ihr im Leben wirklich wichtig sind, aber ohne ihr Tablet könnte sie nicht leben. Wenn jemand eine Möglichkeit finden würde, sie fest mit dem Gerät zu verbinden, wäre sie sofort dabei. »Eine Zeitung aus London will eine Berichterstattung zu dieser Vergewaltigungsgeschichte in Indien. Soll ein ausführliches Exposé werden. Könnte zwar drei bis sechs Monate dauern, aber das war ja noch nie ein Problem für dich.« Sie hört sich glücklich an. »Soll ich dir eins der beiden buchen?«

Ich denke nach und erwäge tatsächlich für einen Augenblick Indien, die Heimat meiner Vorfahren, das Ursprungsland meiner Kultur. »Nein«, lehne ich mit leiser Stimme ab, während eine Welle der Panik mich zu überrollen droht. Ich hatte Indien bisher nur ein einziges Mal besucht, damals noch als kleines Kind. Seitdem hatte ich nie wieder den Wunsch verspürt, dorthin zurückzukehren. »Indien gefällt mir nicht. Ehrlich gesagt hatte ich an etwas gedacht, das nicht so weit weg ist.« Ich werfe einen Blick aus dem Fenster des Cafés, in dem ich die letzten Stunden verbracht habe. Mit dem Becher in meiner Hand habe ich die vielschichtige Bevölkerung von Palo Alto kommen und gehen sehen, alle auf der Suche nach dem einen, gemeinsamen Ziel – das Bedürfnis nach überteuertem Kaffee zu stillen. »Idealerweise hier in der Bay Area, ich kann zurzeit nicht reisen.«

Linda schweigt. Damit hatte ich gerechnet. Die Frage drängt sich geradezu auf, ich warte, ob sie sie ausspricht. Aber eigentlich weiß ich schon, dass sie es schweigend hinnehmen wird. Sie ist ein Mensch, der sich nie in die Angelegenheiten anderer Leute einmischt. Ich kann mir gut vorstellen, dass sie selbst eine ganze Reihe Geheimnisse hat und daher gut verstehen kann, wenn andere Menschen ihre Privatsphäre brauchen. Aber was auch immer der Grund für ihre Zurückhaltung ist, ich bin ihr dankbar dafür. »Ich werde sehen, was ich finden kann.«

* * *

Seit dem Anruf bei Linda sind mehrere Tage vergangen. Auf der Suche nach Ablenkung fahre ich quer durch die Stadt und parke schließlich nahe der Golden Gate Bridge, um einen Spaziergang zu machen. Die Bucht ist von leichtem Nebel bedeckt, die Sonne dringt kaum durch die Wolkendecke. Das Wasser ist klar, aber aufgewühlt und kracht gegen die Felsen, während Seelöwen sich in der Nähe tummeln. Ich puste in meine Hände und versuche, mit dem warmen Atem die morgendliche Kälte zu vertreiben. Touristen mit Kameras um den Hals eilen an mir vorbei, zeigen hierher und dorthin, machen Fotos von Alcatraz mitten in den eisigen Wassern. Ich hebe meine Kamera an und erlaube mir einen Blick auf die Insel, um das berühmte Gefängnis einen Moment lang mit den Augen einer normalen Touristin zu sehen. Die Festung, die einst die gefährlichsten Verbrecher ihrer Zeit beherbergt hat. Ich lasse die Kamera wieder sinken, ohne ein Foto gemacht zu haben, sehe das Gebäude als das, was es wirklich ist. Ein leeres Haus, gefüllt mit zu vielen Geistern, als dass je alle Geschichten erzählt werden können, die sich dort zugetragen haben.

»Entschuldigen Sie bitte vielmals«, spricht mich ein kleiner Chinese in gestelztem Englisch an. »Wären Sie so freundlich, ein Foto von uns zu machen?« Er weist auf eine große Gruppe, die hinter ihm steht. Junge und alte Menschen beisammen, eindeutig eine Familie, die gemeinsam auf Reisen ist. Die Kinder schubsen einander, während die Männer und Frauen mich hoffnungsvoll anlächeln und darauf warten, dass ich diesen Augenblick für sie festhalte.

»Natürlich.« Ich nehme seine Kamera und deute ihnen an, sich enger zusammenzustellen, damit alle in das Bild passen. »Ein kleines bisschen noch«, sage ich, den Blick auf den LCD-Bildschirm gerichtet. Hinter ihnen bilden die Hügel von Sausalito die ideale Kulisse. Gerade, als ich auf den Auslöser drücke, bricht ein kleines Mädchen aus der Gruppe aus. Ich würde sie auf etwa elf Jahre schätzen und bemerke erst jetzt die Tränen in ihrem Gesicht und ihre zitternde Unterlippe. Ich senke die Kamera und deute ihr an, zurück zur Gruppe zu treten. Bevor ich aber etwas sagen kann, beugt sich ihre Mutter hinab und legt ihr den Arm um die Schulter. Mit gesenktem Kopf und sanfter Stimme flüstert sie dem Mädchen etwas ins Ohr. Nur Sekunden später ist das Gesicht des Mädchens von einem strahlenden Lächeln erfüllt – wie der Phönix aus der Asche. In den Arm ihrer Mutter geschmiegt, strahlt sie in die Kamera, ihr Kummer wie weggewischt. Und alles, was es brauchte, waren ein paar Worte ihrer liebenden Mutter.

* * *

Ich bin zum Abendessen wieder zu Hause. Seit unserem Streit habe ich nicht viel Zeit hier verbracht, bin lieber viel umhergefahren und habe Fotos gemacht, wo immer ich konnte. Ich habe auch Dad ein paar Mal besucht. Immer wenn ich sein Krankenzimmer betrete, bereite ich mich innerlich darauf vor, ihn wach anzutreffen, stelle mir vor, wie er aufrecht im Raum umhergeht, und frage mich, wie er wohl reagieren wird, wenn er mich sieht. Aber jedes Mal liegt er nur dort, still und leise, und ich gehe wieder. Bis zum nächsten Mal.

»Sonya?«, ruft Mom, auch wenn sie niemand anderen erwartet.

»Ja?« Ich lasse meine Kameratasche neben der Eingangstür liegen. Mom und ich haben ein stillschweigendes Abkommen getroffen. Sie fragt nicht, wohin ich gehe oder wann ich wieder da bin. Dafür, dass sie mir diese Freiheit lässt, die ich dringend benötige, gewähre ich ihr die Sicherheit meiner Gesellschaft. Man sagt, Mütter hätten einen sechsten Sinn, was ihre Kinder angeht. Wenn Mom je eine solche Intuition hatte, hat sie zumindest nie etwas davon gezeigt. In diesem Fall scheint es mir aber, dass sie wohl gespürt hat, dass ich beinahe wieder gegangen wäre. Seit ich beschlossen habe zu bleiben, scheint sie glücklicher, entspannter.

»Das Krankenhaus hat angerufen …«

Ich zucke zusammen. Ehe sie mehr sagen kann, flüstere ich, die Kehle wie zugeschnürt: »Ist er aufgewacht?«

»Nein.« Sie klingt sachlich. »Du hast dein Handy im Krankenzimmer vergessen. Die Krankenschwester hat es für dich aufgehoben.«

Ich schaue kurz in meiner Tasche nach. Es muss mir wohl aus der Handtasche gefallen sein, als ich meine Sachen eingesammelt hatte. »Danke. Ich hole es morgen ab.« Ich drehe mich um und will in mein Zimmer gehen, als sie mich anhält.

»Ich wusste gar nicht, dass du ihn besuchst«, sagt sie sanft.

Ich höre die unausgesprochene Frage, die in ihren Worten mitschwingt, weiß aber nicht, was ich antworten soll. Wenn mir früher jemand gesagt hätte, dass ich freiwillig Zeit mit ihm verbringen würde, hätte ich denjenigen ausgelacht und ihm versichert, dass er mich nicht kennt. Jetzt frage ich mich, ob ich mich selbst noch kenne. »Deswegen hast du mich doch nach Hause gerufen, oder? Damit ich an seinen letzten Tagen in seiner Nähe bin.«

»Das hast du gedacht?« Sie scheint überrascht. »Ich habe dich angerufen, weil du lange genug fortgeblieben bist.«

»Für mich war es nicht lange genug«, gebe ich leise zu und schließe meine Augen, als ich sie in sich zusammensinken sehe. »Es tut mir leid.«

»Warum bist du dann gekommen?«, fragt sie, fordert mich auf, eine Wahrheit auszusprechen, die sie selbst nicht hören will.

Ich schweige und suche nach den Worten, mit denen ich ihr meine Entscheidung erklären kann. Wie kann ich ihr sagen, dass ich eigentlich gar nicht kommen wollte? Dass ich ihre Nachricht ignoriert hatte, und dass Linda eigentlich sogar schon einen

Auftrag im Ausland für mich gebucht hatte? In letzter Minute hatte ich mich umentschieden und einen Flug nach Hause gebucht. »Ich wollte Abschied nehmen«, gebe ich zu.

Ich bin schon fast in meinem Zimmer, als sie hinter mir flüstert: »Von wem?«

Ich wende mich ab, ohne zu antworten, überlasse es ihr selbst, eine Antwort zu finden.

* * *

Als Linda schließlich anruft, hört sie sich nicht glücklich an. »Ich habe drei mögliche Aufträge für dich. Drei. Und keiner von denen ist auch nur annähernd in der Preisklasse, die wir sonst annehmen.«

»Es ist ja nur vorübergehend, Linda«, beruhige ich sie. »Ich muss mich einfach beschäftigen, während ich hier bin.«

»Der erste Job wäre in San Francisco. Der Zoo braucht jemanden, der bei einer Imagekampagne hilft, die müssen wieder ausbügeln, dass eins ihrer Tiere einen Besucher angegriffen hat. Also Bilder von süßen Tierchen, die gefüttert und gebadet werden, und so ein Kram. Medienkampagne halt.« Linda ist kein Freund von Zoos, Fliegen, Insekten und all dem. Ich kann mir das Lächeln nicht verkneifen, so deutlich höre ich den Abscheu in ihrer Stimme.

»Hört sich interessant an.«

»Ernsthaft?« Sie seufzt. »Gut, das Nächste wäre ein Weingut etwas nördlich der Stadt. Napa, Sonoma, die Gegend. Noch eine Medienkampagne.«

»Überraschend. Ich dachte, die Weingüter hätten ihre eigenen Fotografen.«

»Der Auftraggeber wäre die Stadtverwaltung. Es geht um eine Broschüre, um in der Nebensaison mehr Touristen anzuziehen. Leider ist auch hier die Bezahlung eher bescheiden.« Ich sehe geradezu bildlich vor mir, wie sie ihre Kommissionsverluste der nächsten Monate ausrechnet. Die Zahlen werden ihr nicht gefallen. »Der dritte Auftrag kommt von einem Krankenhaus. Stanford. Sie brauchen einen Fotografen für ein Therapieprojekt. Also Arbeit mit Patienten, kranken Menschen.« Ihre Stimme hat eine Schärfe angenommen, die ich bisher noch nicht kannte. »Als ich meine Fühler in die Richtung ausgestreckt habe, sind die direkt drauf angesprungen, aber ich habe ihnen gesagt, dass du nicht interessiert bist. Ich denke mal, das Letzte, was du jetzt brauchst, sind die Probleme anderer Menschen, wenn du selbst schon genug davon hast.«

* * *

Es ist später Abend, ich höre die Grillen schon zirpen. Der Campus der Universität Stanford ist belebt von Studenten, die zu ihren Abendklassen eilen. Ich spaziere an der Bibliothek entlang, lasse meine Füße im Wasser des Springbrunnens davor baumeln. Studenten sitzen auf den flachen Zementstufen, Musik dröhnt aus ihren Kopfhörern, während sie den warmen Lufthauch genießen und sich auf den Unterricht vorbereiten.

Während ich ihnen so zusehe, beneide ich sie um ihre Hoffnungen und Träume. Ihren Glauben daran, dass alles möglich ist. Dass die Zukunft ihnen gehört und dass alles möglich ist. Sie sind sich so sicher, dass sie unverwundbar sind. Ich kann mich nicht daran erinnern, mich je so gefühlt zu haben. Selbst, als ich noch Hoffnung für die Zukunft hatte, wusste ich immer, dass meine Vergangenheit mir stets folgen würde. Als Weggefährte für den Rest meines Lebens.

Die Stunden vergehen, bis ich schließlich im Mondschein nach Hause fahre. Das Haus liegt still und ruhig, Mom ist wahrscheinlich schon vor Stunden zu Bett gegangen. Von innerer Unruhe erfüllt, trinke ich ein Glas warme Milch, setze mich in meinem Zimmer vor den Fernseher und zappe durch die Kanäle. Ich finde nichts Interessantes. Also lege ich mich schließlich hin und wälze mich im Bett umher. Die altgewohnte Umgebung lässt mich keine Ruhe finden. Meine Gedanken wandern immer wieder zu dem Gespräch mit Mom. Und zu all meinen Besuchen bei ihm im Krankenhaus, wo er liegt und langsam stirbt.

Schließlich schleudere ich die Bettdecke weg und strecke mich lang, hoffe, zumindest etwas von der Unruhe der vielen Tage der Untätigkeit loszuwerden. Aus reiner Gewohnheit lausche ich, ob ich Schritte höre, oder vielleicht Schreie und Weinen. Aber Mom liegt sicher und behütet hinter ihrer Schlafzimmertür. Ich denke an Trisha und ihre Bitte. Daran, dass sie mich braucht, hier bei ihr, wenn sie Abschied nimmt. Ich habe mich oft gefragt, wie es ihr mit unseren Eltern ergangen ist. Mir ausgemalt, wie sie die beiden umsorgt, während ich fort bin. Ich bin mir sicher, dass sie diese Aufgabe perfekt bewältigt hat, auf eine Art, wie nur sie es kann.

Ich schüttele Unruhe und Erinnerungen ab, steige aus dem Bett und schalte den Computer ein. Ich surfe einige Minuten ziellos, versuche mich mit Bildern abzulenken, die ich in den letzten Tagen gemacht habe. Die Unzufriedenheit bleibt, also gehe ich auf verschiedene Reiseseiten und stelle mir vor, an welchen Ort mich mein nächster Auftrag bringen mag. Bisher war ich schon fast überall in Europa und in den meisten Ländern in Asien. *Aber niemals Indien,* erinnert eine Stimme mich. Nachdem ich meinem Zuhause entkommen war, erschien es mir einfach nur als logischer nächster Schritt, meiner Kultur zu entsagen. Ein offenes Statement, dass ich die Ketten meiner Kindheit abgeworfen hatte. Auch wenn das niemand von mir je zu hören bekommen wird. Ich weiß nicht, wer ich selbst bin, aber ich will kein Land als kulturelle Heimat anerkennen, zu dem ich nicht mehr Bezug habe, als dass mein Vater seine Kindheit dort verbracht hat. Dass meine Mutter und meine Schwestern von dort stammen, fällt da nicht ins Gewicht.

Das Kribbeln beginnt ganz unten an der Wirbelsäule. Ein Bedürfnis, das immer aufkommt, wenn ich zu lange ohne es auskommen musste. Ich kämpfe dagegen an, hasse mich selbst dafür. Aber es ist wie Sauerstoff, ich kann ohne es nicht leben. Meine Definition der Liebe. Ich klicke mich durch einige der Seiten und lese, bis meine Augen müde werden. Als ich endlich fertig bin, lege ich mich zurück ins Bett und finde endlich die Erlösung, die ich brauche. Schon bald darauf falle ich in einen tiefen Schlaf, in dem ich garantiert von den Albträumen meiner Kindheit geplagt werde.

Trisha

Es dauert gut neun Monate von der Empfängnis bis zur Geburt. Tausende von Spermien suchen nach einem einzigen Ei. Ein glücklicher Samen schafft es zur Befruchtung und wenn alles gut geht, entsteht ein Embryo. Aber das ist nur der Anfang. Drei Monate der Übelkeit, drei Monate der Aufregung, dann die letzten drei Monate in Erwartung des Unbekannten. Die ganze Schwangerschaft hindurch stets Angst und Erwartung. Man betet, dass das Kind gesund zur Welt kommt, ohne wirklich zu wissen, was das bedeutet. Zehn Finger und zehn Zehen beruhigen erst einmal. Der erste Schrei zeigt an, dass das Baby lebt. Nach all den Monaten, in denen sie allein für sein Schicksal verantwortlich war, kann die Mutter endlich sicher sein, dass sie nichts durch einen Fehler kaputt gemacht hat.

Aber die wahre Arbeit folgt erst, wenn man aus dem Krankenhaus nach Hause kommt. Wenn alles gut läuft, wachsen sie auf und werden zu glücklichen und gesunden Menschen. Wenn nicht, wünscht man sich, wieder zu den neun Monaten des Unwissens zurückkehren zu können, zu jener Zeit, in der noch alles möglich schien.

Als Kind hatte ich eine Barbie und einen Ken. Sie waren meine wertvollsten Schätze. Es störte mich dabei wenig, dass sie blonde Haare und blaue Augen hatten, auch wenn Marin immer fand, dass sie komisch aussehen. Ihre Puppen stammten noch aus Indien, waren aus Holz geschnitzt und hatten braune

Körper. Ihre Haare waren schwarz gefärbt und zu einem Zopf gebunden. Ich konnte ihre Puppen nie leiden. Obwohl sie uns so ähnlich sahen, war ich mir doch sicher, dass meine die wahrhaft Schönen waren.

Jeden Tag kämmte ich ihre Haare, kleidete sie neu ein und setzte sie in ihr Puppenhaus. Sie waren einfach perfekt und lebten ein perfektes Leben. Jeden Abend feierten wir die Hochzeit von Barbie und Ken, die von da an für immer glücklich miteinander lebten. Sonya fragte mich einmal, was geschieht, nachdem sie verheiratet waren. »Dann haben sie Babys, *Bewakoof*«, erklärte ich ihr. Bewakoof war der Name, bei dem unser Vater Sonya immer nannte. Es bedeutet so viel wie Dummkopf. »Das weiß doch jeder.«

* * *

Eric kommt heute schon früh von seinem Meeting nach Hause. Ich habe eben einen Termin für ein Dinner mit Freunden abgestimmt, die mit uns in der Junior League aktiv sind. Zweimal die Woche arbeite ich mit ihnen zusammen an Veranstaltungen für die Gemeinschaft. Meine eigentliche Aufgabe dabei ist es, Partys zum Dank für besonders großzügige Spender zu veranstalten – da Eric und ich viele dieser Spender ohnehin gut kennen, sind diese Partys meist nicht mehr als eine angenehme Ausrede, um Zeit mit Freunden zu verbringen.

»Welch angenehme Überraschung.« Ich gebe ihm einen Kuss auf die Wange und nehme ihm den Mantel ab. Ich schüttele den Mantel kurz aus und hänge ihn dann in den Kleiderschrank im Flur. Als ich mich umdrehe, steht Eric immer noch an der Tür. »Ist alles in Ordnung?«

Er greift meine Hand und zieht mich an sich. Mein Kopf liegt genau unter seinem und passt sich perfekt ein. Seine Hand streicht sanft über meinen Rücken und hoch zu meinem Haar. »Ich liebe dich. Du weißt, wie sehr, oder?«

»Du machst mir Angst.« Ich befreie mich aus seiner Umarmung und schlinge die Arme um meinen Körper. »Was ist denn los?«

Eric und ich haben uns auf einem Blind Date kennengelernt. Es war sechs Monate, nachdem Sonya uns verlassen hatte. Ich arbeitete damals als Innenausstatterin und hatte schon einen gewissen Ruf erlangt. Meine Liebe zum Detail und meine Fähigkeit, die Vorstellung meiner Kunden in die Realität umzusetzen, hatten mich zu einer gefragten Spezialistin gemacht. Papa erzählte jedem, dass es nur davon käme, dass ich nie erwachsen geworden wäre. Dass ich immer noch mit meinen Puppenhäusern spielen würde.

Wir waren zum Abendessen in San Francisco, in einem eleganten Restaurant mit Blick über die Bucht. Wir hatten Bruschetta und einen Salat mit Spinat. Als wir uns setzten, wartete bereits eine teure Flasche Rotwein auf uns. Als ich Eric erklärte, dass ich keinen Alkohol trinke, rief er den Kellner und bestellte Eistee für uns beide, ohne auch nur nach einem Grund zu fragen. Weder dann noch später. Ich denke, ich habe nie wirklich Geschmack am Alkohol gefunden, weil auch mein Vater sein Leben lang nie welchen getrunken hat. Nach dem Essen geleitete Eric mich nach Hause und fragte, ob er mich wiedersehen dürfte. Kein Kuss, keine Umarmung. Ich nickte. Dann stieg er wieder in seinen Wagen und ich wusste, dass ich den Mann getroffen hatte, den ich einmal heiraten würde.

»Adoption.« Eric zieht einige Papiere hervor und reißt mich damit aus meinen Gedanken. Die Unterlagen sind ordentlich zusammengeheftet. »Ich habe bereits vor ein paar Monaten den Antrag gestellt. Ehe all das mit deinem Vater passiert ist.« Er legt eine Hand an meine Wange, ich kann die freudige Erregung in seinen Augen sehen. »Ich wollte warten, bis ich gute Nachrichten habe, ehe ich dich damit überfalle. Ich weiß, wie schwer alles für dich war in letzter Zeit.« Er nimmt ein weiteres Papier hervor und zeigt es mir. Oben sehe ich den Namen einer anderen Frau. »Diese junge Frau ist im sechsten Monat schwanger. Sie sucht ein Paar, das ihr Kind adoptieren will.«

Die Menschen bekommen aus den unterschiedlichsten Gründen Kinder. Um eine Familie zu komplettieren. Um ihrem Leben Bedeutung zu geben. Um eine neue Version von sich selbst zu erschaffen, es diesmal aber besser zu machen. Ich gehe mit Freunden zu den Baseballspielen ihrer Kleinen in der Little League oder zu den Schwimmwettkämpfen. Jedes Mal sehe ich, wie die Eltern selbst angestrengt die Hände ballen und ihre Gesichter sich besorgt in Falten legen, während sie durch ihren Nachwuchs Erfüllung finden. Aber, damit die Kinder erfolgreich sein können, müssen die Eltern ihnen eine solide Grundlage schaffen. Am eigenen Beispiel zeigen, wie man erfolgreich ist. Die Kinder beobachten jeden Schritt der Eltern und lernen von diesen. Wenn die Eltern einen Fehler machen, können sie damit das Vertrauensverhältnis für immer beschädigen. Ich frage mich oft, wen von meinen Eltern ich mir als Vorbild genommen hatte, und wem ich damals vertraut habe.

»Ich dachte, wir wollten es weiter versuchen«, bringe ich vor, weigere mich, die Papiere auch nur anzufassen. Ich wende mich ab, hin zum Wohnzimmer, die Dunkelheit scheint plötzlich einladend. Schon früh hatte Eric sich in einer Kinderwunschklinik überprüfen lassen, seine Spermien waren einwandfrei, also sind wir immer davon ausgegangen, dass das Problem bei mir liegen muss. Eigentlich wollte er mich zu jedem Termin begleiten, den ich in der Klinik hatte, aber ich versicherte ihm, dass es nicht mehr als Routineuntersuchungen seien und dass er seine Zeit bei der Arbeit sinnvoller einsetzen könne. Sobald es wichtige Neuigkeiten gäbe, würde ich es ihn doch ohnehin wissen lassen. »Wir wissen ja noch nicht einmal, wie das funktioniert. Und was ist mit dem Kind?« Meine Kommentare werden unzusammenhängend, die Tonlage höher. »Wollen wir denn einen Jungen oder ein Mädchen?«

»Hey.« Er greift nach mir, fasst mich bei den Schultern. Dreht mich zu sich um, hebt mein Kinn sanft mit einem Finger an. »Immer langsam. Wir müssen doch nicht alles jetzt sofort entscheiden.«

»Aber warum hast du das denn dann mitgebracht?« Ich schlage nach den Papieren in seiner Hand, wünschte, sie würden verschwinden wie der morgendliche Nebel über der Bucht. »Warum haben wir nicht erst darüber gesprochen?«

»Ich dachte, das machen wir gerade.«

Eric hatte sich den Privatjet seiner Firma ausgeliehen, um mir einen Heiratsantrag zu machen. Wir sind nach Los Angeles geflogen, dort hatte er einen Tisch bei Spago zum Mittagessen reserviert. Danach nahm er mich mit auf eine Bootstour mitten auf den Pazifik. Wir verbrachten den ganzen Nachmittag auf den Wellen und sahen den Delfinen zu. Ein wundervoller Tag. Auf dem Flug zurück schienen selbst die Sterne auf uns hinabzulächeln, als er vor mir niederkniete und mich bat, seine Frau zu werden. Er nahm meine Hände in seine und sagte: »Du bist die Frau, nach der ich mein ganzes Leben gesucht habe. Bitte, werde meine Frau und schenke mir die Welt.«

Aber man kann niemandem die Welt schenken. Man kann ihm Eindrücke der eigenen Welt zeigen und hoffen, dass er sie teilen wird. Wenn man aber jemandem die Welt schenken will, muss man dazu bereit sein, die eigene aufzugeben. Ich war mir immer sicher, dass ich uns beide hereingelegt hatte. Dass es irgendwie ausreichen würde, wenn ich ihm mich selbst geben würde. Doch jetzt zeigt sich, was ich immer vermutet hatte. Ich allein genüge ihm nicht. Er will mehr. Seine Liebe ist nichts als eine Illusion, eine grobe Fassade, durch die seine wahre Natur bereits durchscheint. Wenn ich weiterhin keine Kinder bekommen kann, wird er zwischen mir und seinem Traum wählen, und mein Schicksal will, dass ich verliere.

»Es ist zu früh«, erkläre ich. Mit einer schwachen Geste auf das leere Haus um uns herum suche ich nach Ausreden. »Wir wissen doch gar nicht, was man als Eltern machen muss.«

Erinnerungen prasseln auf mich ein und verdrängen unser Gespräch.

Dunkelheit bricht ein. Ein junges Mädchen irrt einen Gang entlang. Die Türen öffnen sich und schließen sich wieder, doch niemand sieht sie. Sie weint, fleht sie an, sie zu hören. Die Worte verlieren sich in ihrem Kopf. Man hört nichts. Tränen rinnen ihr Gesicht hinab, bilden eine Pfütze, die zu einem Ozean anschwillt. In letzter Verzweiflung schlägt sie die Hand gegen eine Tür, doch kein Laut ertönt. Sie bricht zusammen, geht zu Boden und versteht, dass sie allein ist und immer allein sein wird.

»Hey.« Eric legt seine Arme um mich und lässt mich wieder aufschrecken. »Ich habe auch Angst. Aber wir werden tolle Eltern sein. Die besten. Jedes Kind wäre froh darüber, dich als Mutter zu haben.« Er küsst mir sanft die Schulter. »Ich hätte alles darum gegeben, wenn mich jemand adoptiert hätte.« Er geht davon aus, dass ich ihn verstehen kann, seine Entscheidung akzeptiere. »Ich weiß, es ist nicht wirklich die passende Zeit, mit allem, was mit deinem Vater geschieht. Aber wenn wir uns jetzt nicht entscheiden, wird ein anderes Paar die Gelegenheit nutzen. Das ist jetzt vielleicht endlich unsere Chance.«

»Nein«, sage ich und sehe ihn dabei an. Mich der Gefahr stellen oder fortlaufen – in jedem Fall werde ich verlieren. »Ich kann das jetzt nicht. Es tut mir leid.«

* * *

Es ist sechs Uhr morgens. Die Sonne setzt eben erst an, über den Horizont zu steigen. Der Tau der letzten Nacht benetzt noch das Gras. Die ersten Vögel erwachen und zwitschern dem Morgen ihren Willkommensgruß. Der Flur des Krankenhauses liegt noch still. Die Krankenschwestern nehmen eben einen Schichtwechsel vor, Krankenakten wandern von einer Hand in die andere, man berichtet mit leiser Stimme von den wenigen Ereignissen der Nacht. Die offizielle Besuchszeit fängt erst in zwei Stunden an, aber sie sind daran gewöhnt, dass ich zu den seltsamsten Zeiten hier erscheine. Eine Tochter, die um ihren Vater trauert.

»Er hatte eine gute Nacht«, erklärt die Krankenschwester. »Alle Werte waren gleichmäßig.«

»Vielen Dank.«

Ich habe die Nacht kaum ein Auge zugetan. Eric hat durchgearbeitet, während ich wach im Schlafzimmer lag. Vielleicht brauchte er die Distanz, aber ich hätte seine Wärme gebrauchen können. Man hört immer von Eltern, die sich beklagen, dass der andere Partner nicht mehr aufmerksam genug ist, seit die Kinder da sind. Ich frage mich, ob diese Leute je daran gedacht haben, dass man sich auch ohne Kinder zu bekommen verlieren kann.

Papa schläft. So erkläre ich es mir, damit ich es ertragen kann, wenn ich ihn besuche. Ich vertraue darauf, dass er etwas Schönes träumt. Vielleicht irrt er gerade durch die Straßen seines geliebten Indiens. Ein Ort, an dem er sicher und glücklich ist. Nachdem Papa ins Koma gefallen ist, habe ich viel über seinen Zustand gelesen, über die Erfahrungen anderer Menschen. Patienten, die behaupten, Worte gehört zu haben, die in ihrer Nähe gesprochen wurden, die bestimmte Menschen bei sich gefühlt haben. Das macht mir Hoffnung. Papa muss wissen, dass ich ihn nicht aufgegeben habe. Ich werde ewig auf ihn warten, bis er endlich seine Augen aufschlägt und mich hier stehen sieht.

Ich bin nicht naiv. Vielleicht scheint es meinen Schwestern so. Sie hassen ihn wirklich. Sie haben auch allen Grund dazu, anders als ich. Ich habe gehasst, was er ihnen angetan hat, dass er meine Mutter und Schwestern so verletzte. Aber mir gegenüber war er ja immer ein völlig anderer Mensch. Es gibt unzählige Gründe, warum ich besonders war. Vielleicht war es meine Zerbrechlichkeit, die es ihm erlaubte, mich zu beschützen. Oder vielleicht lag es daran, dass ich ihm ähnlich sah. Eine Stimme in meinem Kopf flüstert, dass er vielleicht einfach nur genug Liebe für einen einzigen Menschen in sich hatte, und dass ich einfach Glück gehabt hatte. Vielleicht kennen Eltern ihre Möglichkeiten und akzeptieren ihre Grenzen. Vielleicht kann man nur so viel von sich selbst geben, nur eine Person wirklich vollständig lieben. Also muss man einen Liebling auswählen und die anderen sich selbst überlassen. Was immer der Grund war, ich war diejenige, die geliebt wurde. Von beiden Elternteilen verehrt. Und ich bin ihnen unendlich dankbar dafür, dass sie mich auserwählt haben.

»Hallo, Papa.« Ich beuge mich vor und gebe ihm einen Kuss auf die Stirn. Dann streiche ich die Decke glatt und klopfe sein Kissen auf, damit er es bequemer hat. Ich sehe nach den Maschinen, nach seinen Werten. Seit er hier eingeliefert wurde habe ich gelernt, diese zu lesen. Früher hätte ich kein Wort verstanden, heute ist jede der Zahlen selbstverständlich für mich. »Ich hoffe, du hast gut geschlafen?«

Ich nehme mir einen Stuhl und ziehe ihn zu seinem Bett. Nehme seine Hand in meine und lege meinen Kopf auf die Matratze. Die Erschöpfung zieht durch meinen Körper. Ich will nichts mehr, als mich hier zusammenrollen und einschlafen. Als ich noch klein war, haben wir immer ein Spiel gespielt. Wenn ich nicht einschlafen konnte, nahm er mich hoch und ließ mich durch die Wohnung fliegen, wie ein Flugzeug, durch das Wohnzimmer, das Bad, den Flur und wieder ins Schlafzimmer. Sonya lag in ihrem Bett und sah uns zu, wie er mich durch unser Zimmer fliegen ließ, einmal, zweimal, bis das Flugzeug keinen

Sprit mehr hatte. »Zeit zu landen«, meinte er dann immer und steckte mich zurück in mein Bett.

»Jetzt ich, Daddy, jetzt ich«, rief Sonya immer begeistert, als sie noch ganz klein war. Er nahm sie dann auch hoch und spielte das Spiel mit ihr, aber ich wusste, dass es nicht dasselbe war. Ihre Strecke war immer kürzer, schneller, nicht so viele Drehungen, keine echte Begeisterung. Anscheinend spürte sie es auch, denn nach einiger Zeit fragte sie gar nicht mehr.

»Eric will ein Baby haben.« Die Geräusche der Maschinen sind der einzige Laut im Zimmer. »Er will, dass wir ein Kind adoptieren.«

Papa liebt Gia. Das war klar, vom ersten Augenblick an, als er das erste Mal mit ihr spielte. Am Tag von Gias Geburt war er mit Geschenken beladen im Krankenhaus aufgetaucht.

»Ich habe ihm gesagt, dass ich noch nicht bereit dazu bin.« Im Flur höre ich ein Rad quietschen, es ist bald Zeit für das Frühstück. Natürlich nicht hier, der Wagen wird wie immer an seinem Raum vorbeigeschoben werden. Warum sollte man auch einem Mann Frühstück bringen, der seine Nahrung ohnehin aus einer Infusion bezieht? »Nicht solange du hier im Krankenhaus liegst und um dein Leben kämpfst.«

Als Mama mich anrief, um mir die Nachricht zu überbringen, war ich dabei, mich für unser wöchentliches Essen bereit zu machen. Eigentlich wollte ich bei ihnen vorbeikommen und sie einsammeln, damit wir zusammen zu einem neuen Restaurant fahren, das fantastische Kritiken bekommen hat. Mein Handy hatte geklingelt, als ich gerade einen Ohrring einstecken wollte. »Bin schon unterwegs, Mama«, hatte ich gesagt, ohne ihr Zeit zu lassen, etwas zu erklären. Ich schnappte mir meine Schlüssel und eilte aus der Tür, das Handy immer noch am Ohr.

»Er ist zusammengebrochen, Trisha«, hatte sie mich unterbrochen. »Der Krankenwagen hat ihn ins Krankenhaus gebracht.«

Ihre Worte warfen mich aus dem Gleichgewicht. Meine Schlüssel fielen zu Boden. Vor Schock wie angewurzelt, stand ich an der Tür. Eric kam nach Hause und fuhr mit mir ins Krankenhaus. Wir trafen uns alle in der Notaufnahme, wo die Ärzte uns aber auch nicht mehr erklären konnten. Er war in ein tiefes Koma gefallen, ohne ersichtlichen Grund.

»Bitte, wach auf!«, flehe ich und wandere durch das Zimmer. Es ist gerade mal so groß wie unsere Gästetoilette. »Wie soll ich denn eine Mutter sein?« Er bleibt still. Kein Muskel zuckt. Ich hebe seine Hand auf und flüstere: »Was für eine Mutter würde ich sein?« Seine Hand bleibt schlaff. Immer noch ohne Antwort lasse ich mich wieder auf den Stuhl fallen und bleibe einfach nur sitzen, beobachte ihn stundenlang, hoffe auf ein Zeichen. Als kein Zeichen kommt, verlasse ich schließlich das Krankenhaus wieder, noch unsicherer als zuvor.

Marin

Wer als Kind missbraucht wurde, wird sein ganzes Leben in Angst vor dem nächsten Schlag verbringen. Eben weil dieser nächste Schlag auch stets folgte. Selbst wenn es mal einen guten Tag gab, konnte man sicher sein, dass er früher oder später schlecht endete. Kurzem Glück folgte stets langer Schmerz, die Angst verdrängte stets das Selbstvertrauen. Wer selbst keine Kontrolle hat, ist auch immer den Launen der anderen ausgesetzt. Für Marin bedeutete das, dass Brents Gemütslage wichtiger für sie war als ihre eigenen Gefühle. Ihr ganzes Wesen hing von seiner Stimmung ab.

Es gab nur drei Momente, bei denen Marin auf die Knie gefallen war und den Himmel um Hilfe angefleht hatte. Das erste Mal rief sie all jene Gottheiten an, zu denen Ranee so fromm betete, und flehte sie an, Indien nicht verlassen zu müssen. Denn, egal wie aufgeregt ihre Eltern bei dem Gedanken an die neue Welt waren, Marin wollte ihre eigene Welt nicht zurücklassen. Ihre Freundinnen, die Verwandten, all die vertrauten Personen. Während sie den gesamten Hausrat einpackten, unterhielt Ranee Marin mit Geschichten, die sie über Amerika gehört hatte. Freie Straßen, ohne Kühe, die überall herumliefen. Schulen in Gebäuden, nicht unter freiem Himmel. »Und jeder hat ein eigenes Auto«, hatte Ranee erklärt und bei dem Gedanken aufgeregt gelacht. Saubere Luft, Ärzte, die man nicht bestechen muss, und vor allem, hatte Ranee gesagt, während sie vor Marin auf deren Augenhöhe kniete, gibt es Gleichberechtigung für alle Frauen. Aber ganz egal, was Ranee auch sagte, Marin wusste tief im Inneren, dass sie nicht gehen wollte. Doch ihr erstes Gebet blieb unerhört. Kurz darauf stiegen sie in das Flugzeug, das sie in die neue Welt brachte. Sie hielt die Hand ihrer Mutter fest umklammert, während Brent Trisha über die Rollbahn trug.

Beim zweiten Mal war sie sechzehn Jahre alt und saß allein in ihrem Zimmer. Es war eben besonders schlimm gewesen und Marin konnte einfach nicht mehr. Die kleinste Kleinigkeit hätte ausgereicht und sie wäre gestorben, zumindest fühlte sich Marin so. Wobei ihr der Gedanke an den Tod sogar willkommen erschien, dem Leben in seinem Haus vorzuziehen. Wenn sie jedoch die Wahl gehabt hätte, ob sie sterben solle oder ihr Vater, hätte sie es vorgezogen, dass er geht. Also fiel sie auf die Knie, vor den Bildern von Shiva und Ganesha neben der Göttin Parvati und flehte sie an, dass sie ihren Vater in dieser Nacht zu sich holen sollten. Dass er einschlafen und nie wieder erwachen sollte. Sie war sich so sicher, dass ihre Gebete erhört werden würden, dass sie die ganze Nacht wach blieb und auf den Morgen wartete, an dem Ranee sicher mit der frohen Botschaft in ihr Zimmer eilen würde. Marin stellte sich vor, wie das Leben ohne ihn werden würde. Die Freiheit, an die sie sich aus ihrer Zeit in Indien kaum noch erinnerte.

Als der Morgen dann kam, wartete Marin ungeduldig, die Decke umklammert, ihr Herz aufgeregt schlagend. Dann hörte sie, wie die Tür zum Schlafzimmer ihrer Eltern aufging. Ein Gefühl unbeschreiblichen Glücks überkam sie. Als ihre Türklinke sich bewegte, sprang sie aus dem Bett, bereit, die glücklichen Neuigkeiten entgegenzunehmen. Ihre Mutter steckte den Kopf zur Tür hinein, die Mattigkeit, die ihr Gesicht seit Langem zeichnete, unverändert. Im Flüsterton wies sie Marin an, schnell aufzustehen und sich für den Tag fertig zu machen.

Sie betonte, dass sie sich beeilen solle, damit ihr Vater nicht wütend würde.

Das dritte und letzte Mal, dass Marin sich an Gott wandte, war während der Entbindung. Sie hatte alle Bücher über die Geburt gelesen und sich mit verschiedenen Gynäkologen besprochen und war sich sicher, dass sie auf alles vorbereitet war, was nur passieren könnte – Dammriss, Gebärmutterruptur, Makrosomie. Sie war jedoch überhaupt nicht darauf vorbereitet, dass sie nicht in der Lage sein würde, ihr Baby zu stillen. Marin versuchte alles. Die Schwestern halfen ihr, damit sie Gia an die Brust bekam, in die richtige Position, in der sie dann auch saugte. Doch es kam keine Milch. Als schließlich und endlich die ersten Tropfen flossen, war es kaum mehr als ein leichtes Rinnen. Nicht genug, um ein neugeborenes Baby zu ernähren.

Die erste Nacht nach Gias Geburt bestand Marin darauf, ihr Baby zu halten, obwohl die Krankenschwestern meinten, dass das Neugeborene im Säuglingssaal besser aufgehoben sei. Die ganze Nacht blieb Marin wach und achtete auf Anzeichen von Hunger bei Gia. Bei der kleinsten Regung öffnete sie ihr Nachthemd und bot der Tochter beide Brüste an. Doch aus keiner floss die Milch. Zornig schreiend schaltete Gia auf Instinkt um und begann auf den Brustwarzen zu kauen. Marin verkniff sich die Schmerzensschreie und sah hilflos zu, wie ihre Tochter weiter hungrig blieb. Nach einem vollen Tag ohne Milch empfahl der Arzt vorsichtig, es doch mit Milchpulver zu versuchen. Marin fühlte sich, als ob sie versagt hätte, und flehte zu allen Göttern, dass ihr Körper doch endlich Nahrung für ihre Tochter produzieren möge. Aber auch dieses dritte Gebet wurde nicht erhört und schon bald war Gia vollständig an ihr Milchfläschchen gewöhnt. Marin konnte zur Arbeit zurückkehren, wo endlich wieder alles nach ihrem Befehl ging.

* * *

Vierundzwanzig Stunden sind seit Marins Treffen mit der Schulleiterin vergangen. Sie hat sich den Tag freigenommen, das erste Mal überhaupt, dass sie sich krankgemeldet hat. Sie hat Raj nichts von den wahren Gründen erzählt und auch mit Gia noch nicht darüber gesprochen. Sie hat Angst davor. Wenn sie ehrlich ist, weiß sie nicht, wie sie weiter vorgehen soll. Nichts in ihrem Leben hat sie auf diese Situation vorbereitet. Den Augenblick, in dem man die eigene Tochter fragen muss, wer sie schlägt. Sie hatte erwägt, Raj ins Vertrauen zu ziehen, ihm alles zu erzählen, aber die Entscheidung wurde ihr abgenommen. Raj war früh am Morgen zu einem kurzfristig anberaumten Meeting nach Los Angeles gefahren, ohne anzugeben, wann er zurück sein würde. Damit blieben Marin und Gia allein zurück, ohne passende Zeit, das Thema anzuschneiden.

Die Uhr auf dem Kaminsims schlägt. Neun Uhr. Der Klang ist schon so vertraut, dass er über die Jahre zu einem reinen Hintergrundgeräusch geworden ist. Jetzt fällt Marin jedoch jede einzelne Sekunde auf. Als ob die Zeit verrinnt und ihr kaum noch etwas davon verbleibt. Was früher wichtig war, scheint nun irrelevant. Ihr ansehnliches Haus mit dem makellosen Garten und den Säulen, welche die Veranda stützen. Ihre Abgabefristen, die Aktienwerte, das Portfolio ihrer Investitionen. Die Definition ihres Erfolgs scheint nicht länger von Bedeutung.

Das Haus ist dunkel. Gia hat wieder eine Studiengruppe, für die nächste Prüfung. Marin ist sich sicher, dass sie den Test mit Bestnote bestehen wird. Sie weiß gar nicht mehr, wann ihre Erwartung guter Noten zu Gias eigenem Wunsch geworden war. Ab wann Gia akzeptiert hatte, dass sie sich durch die Noten definiert, die sie nach Hause bringt. Der Unterschied zwischen einem A und einem B mag nur ein kleiner Schritt auf der Notenskala sein, aber dennoch liegen Welten dazwischen. Sehr gut oder gut. Bewertungen, die von der Gesellschaft bestimmt werden und denen sich erst Marin und nun auch Gia angepasst hat. Marin kann sich gar nicht vorstellen, dass ihre Tochter weniger als die Bestnote nach Hause bringt. Wenn ihr Name überall mit »sehr gut« verzeichnet ist, zeigt das, dass sie den Absprung geschafft hat und sauber auf den Füßen gelandet ist.

Sie hört Geräusche an der Haustür, die sich öffnet und wieder schließt, ein Rucksack, der im Flur zu Boden fällt, klirrende Schlüssel. Gia ist zu Hause. Durch den Türspalt sieht Marin, dass im Haus Licht angeht. Einer alten Gewohnheit aus ihrer Kindheit folgend, geht Gia durch das Haus und schaltet überall das Licht an. Marin wartet, ob Gia sie ruft. Vergebens. Sie ist nie diejenige, nach der ihre Tochter zuerst sucht. Gia hat kein Interesse daran, die Erlebnisse ihres Tages mit ihrer Mutter zu teilen. Einen Augenblick fragt Marin sich, was Gia sagen würde, wenn sie danach fragen würde. *Ja, war ein toller Tag, nur dass mich irgendwann jemand verprügelt hat, keine Ahnung warum.*

Gia kramt in der Küche und sucht nach etwas Essbarem. Marin hört, wie sie von einem Apfel abbeißt, dann gehen die Schritte zur Treppe, in Richtung ihres Zimmers. Marin holt tief Luft und ihre Hände nehmen Gebetshaltung an, das vierte Mal in ihrem Leben. Aber sie kniet nicht nieder und fällt nicht zu Boden, um den Göttern zu zeigen, wie tief sie unter ihnen steht. Man sagt, nur durch Bescheidenheit kann man wahre Größe erlangen, aber das ist Marin egal. Heute ist sie gleichberechtigt mit jedem, der ihr beistehen mag. Sie wird nicht bitten, sondern die Schritte bestimmen, die alles auf den richtigen Weg führen werden. Sie hat auf schmerzliche Art lernen müssen, dass jede Bitte auch verweigert werden kann. In der Vergangenheit wurden ihre Gebete nicht erhört, also wird sie sich heute auf sich selbst verlassen und nichts dem Zufall überlassen.

»Gia«, ruft Marin, während sie ihre Bürotür öffnet. Das Zimmer ist völlig dunkel. Die Sonne ist schon vor Stunden untergegangen, der Mond bereits am Himmel. Doch Marin war nicht von ihrem Platz auf dem Sofa aufgestanden, um Licht einzuschalten. Jetzt, wo sie steht, spürt sie, wie steif die letzten Stunden sie gemacht haben. Sie fragt sich, ob die Totenstarre sich wohl ähnlich anfühlen mag. Ein Körper, der selbst die Kontrolle übernimmt. Ohne Willen zum Leben wird er komplett starr. Wie ihr Vater. »Ich muss mit dir sprechen.«

»Ja?« Gia, immer noch in ihrer Schulkleidung, kommt wieder die Treppe hinunter. »Was ist denn los?«

»Komm doch bitte rein. Wir müssen uns unterhalten.« Marin schaltet die Tischlampe ein. Der Raum ist jetzt hell genug, Marin sieht Gia auf dem Sofa Platz nehmen, auf dem sie eben noch selbst gesessen hat. »Wie war es in der Schule?«

»Toll. Aber ich habe eine Prüfung, ich sollte lernen gehen.«

»Ich dachte, du kommst gerade vom Lernen?«, fragt Marin nach.

»Geht es dir gut? Du siehst so anders aus.« Erst jetzt, als Gia es zur Sprache bringt, fällt Marin auf, wie zerzaust ihre Haare sind und dass sie immer noch T-Shirt und Jeans von gestern Abend trägt.

»Alles in Ordnung«, lügt Marin. Natürlich ist nicht alles in Ordnung. Sie hat Angst und ist unsicher, vor allem aber zornig. Wütend auf denjenigen, der ihrer Tochter dies angetan hat. Aber sie muss vorsichtig vorgehen. Wenn sie Gia jetzt verschreckt, verliert sie vielleicht mehr, als sie gutmachen wollte. »Also, wie war es in der Schule?«

Gia lacht leicht auf, mustert ihre Mutter skeptisch. Mit einem Blick auf ihre Armbanduhr sagt sie: »Echt gut, Mom, wie immer. Aber ich muss jetzt wirklich lernen gehen.« Sie steht auf und wendet sich ab. Sie kommt bis zur Tür, ehe Marin sie aufhält.

»Setz dich wieder hin. Wir sind noch nicht fertig.« Es kommt härter heraus, als sie beabsichtigt hat, aber diese Art

Gespräche sind neu für sie, sie weiß nicht, wie sie sicher vorgehen kann. »Ich sage dir, wann wir fertig sind.«

»Wow.« Gia rollt mit den Augen und setzt sich wieder hin. »Na gut. Ist Dad zu Hause?«

Ihr Retter, erkennt Marin. Derjenige, der Gia vor Marin schützen wird. »Er ist heute Morgen zu seinem Meeting gefahren, du erinnerst dich?«

»Oh ja.« Gia sieht nicht glücklich aus. »Hatte ich ganz vergessen.« Sie tippelt nervös mit dem Fuß, bis ihr etwas einfällt. »Geht es etwa um *Dada*?« Sie benutzt den traditionellen Namen für ihren Großvater. Brent hatte immer darauf bestanden, dass es das erste Wort war, das sie gesprochen hat.

Gia sinkt tiefer in das Sofa und schaut besorgt. Als Marin sie so sieht, erinnert sie sich daran, wie sie als kleines Mädchen war. Wie sie weinte, wenn sie sich das Knie angeschlagen hatte, und wie sie bei jeder kleinen Blessur nach Eis fragte, ganz egal, wie winzig der Kratzer war. Marin senkt ihre Stimme wieder, sehnt sich nach einer Verbindung mit ihrer Tochter, weiß aber nicht, wie sie es anfangen soll. »Bist du in Ordnung?«

»Ja, natürlich.« Gias Zorn verfliegt, als sie sieht, wie der Gesichtsausdruck ihrer Mutter weicher wird. »Mom, was ist denn los?« Gias Unterlippe erbebt. Das Unwissen erschreckt sie am meisten. »Geht es Dada schlechter?«

»Du liebst ihn wirklich.« Marin weiß, wie sehr ihre Tochter ihren Großvater liebt. Gia hat ja auch nie seine Gewalt zu spüren bekommen, sie nie auch nur miterlebt. Brent hat unzählige Stunden damit verbracht, mit Gia zu spielen. Nach der Geburt stand er am Fenster des Säuglingssaals und beobachtete seine einzige Enkelin. Als sie Gia nach Hause brachten, kitzelte er ihr die Füße und rief alle herbei, zuzusehen, wie sie darüber lachte. Er kam nie zu Besuch, ohne ein neues Spielzeug mitzubringen. Marin sah ihnen oft zu und fragte sich, wie anders ihr Leben verlaufen wäre, wenn er sich früher auch so um seine eigenen Töchter gekümmert hätte.

»Er ist mein Großvater«, erklärt Gia und spielt mit den Falten ihres Rocks. Sie weiß natürlich nicht, was zwischen Marin und Brent alles vorgefallen ist. »Ich will nicht, dass er stirbt.«

Brent ist der einzige Großvater, den Gia wirklich kannte. Rajs Eltern leben noch in Indien. Als er zum Studium in die Vereinigten Staaten ging, war seine Familie daheim geblieben, in der Hoffnung, dass ihr Sohn bald zurückkehren würde. Als er stattdessen hier heiratete, waren sie jedes Jahr zu Besuch gekommen. Eine Zeit lang hatten sie sogar erwogen, hierher zu ziehen, damit die Familie zusammenleben kann, aber sie waren schon nicht mehr in dem Alter für solche Umstellungen.

»Geht es ihm gut?«, fragt Gia wieder.

»Keine Veränderung«, antwortet Marin. Sie kann es nicht länger hinauszögern und erklärt: »Deine Schulleiterin hat mich gestern angerufen.«

»Wieso denn das?«, braust Gia auf. »Meine Noten sind doch gut.«

»Ich weiß, ja.« Marin wählt ihre Worte sorgfältig. Ihre größte Stärke, mit Gewalt auf das Ziel zuzustürmen, kann ihr hier nicht helfen. »Es geht nicht um deine Noten, sondern um dich.« Marin vergewissert sich, dass die Tür geschlossen ist. Sie will nicht, dass die Haushälterin etwas mitbekommt, falls sie zufällig in der Nähe sein sollte. »Zieh dein Hemd aus.«

»Was?« Der Schock in ihrem Gesicht zeigt Marin, dass Gia mit allem gerechnet hatte, nur damit nicht. Ihr Argwohn ist geradezu greifbar. »Nein, bestimmt nicht!«

»Jetzt, sofort!«, fährt Marin sie an, erzürnt darüber, dass ihre Tochter sich ihr widersetzt. In dieser Reaktion schwingt ein Misstrauen mit, das Marin nicht verdient hat. In der Stille, die darauf folgt, zählt Marin ihre Atemzüge. Die Konfrontation bleibt in der Schwebe, wie sie ausgeht, können beide noch nicht bestimmen. Aber Marin ist es leid, weiter zu warten und nicht Bescheid zu wissen.

»Willst du mich etwa durchsuchen?« Gia tritt einen Schritt auf die geschlossene Tür zu, ihre einzige Fluchtmöglichkeit aus dem Zimmer. »Meinst du, ich habe Drogen dabei oder so was?«

Marin wünschte, dass es nur Drogen wären, und nicht wirklich Schläge. Vielleicht hatte die Schulleiterin sich ja auch geirrt. Vielleicht hatte die Sportlehrerin einfach nur übertrieben. Vielleicht hatte sie auch einfach die Schülerin verwechselt. Denn, wie könnte es sein, dass Marins Tochter so etwas widerfahren würde? Marin hatte alles getan, was sie nur konnte, um sicherzugehen, dass jeglicher Missbrauch der Vergangenheit angehört und sich nicht mehr auf die Gegenwart auswirken kann. Aus dem Grund hatte sie auch nie davon gesprochen. Solange alles tief versteckt bleibt, kann sie alle davor schützen. Gia soll nach den Sternen greifen, nicht von diesen hinabgestürzt werden.

»Widersprich mir bitte nicht«, sagt Marin.

»Ich widerspreche nicht«, gibt Gia zurück. »Aber ich werde mich hier bestimmt nicht ausziehen.« Sie spricht voller Entschlossenheit. Ihre Worte zeigen ein Selbstbewusstsein, das nur jene aufweisen, denen es im Leben nie an etwas gefehlt hat. Egal was, Marin und Raj hatten immer dafür gesorgt, dass sie alles hatte, was sie sich nur wünschen konnte. Sie hatten ihre Tochter nach ihren Träumen geformt und nun mussten sie sich dem stellen, was sie geschaffen hatten. »Du kannst mir nicht befehlen.«

»Oh doch, das kann ich.« Jede Hoffnung auf Mitgefühl verblasst. Sie stehen sich gegenüber, Mutter gegen Tochter. Jede spiegelt sich in der anderen wider und doch liegen Welten des Zweifels zwischen ihnen. Ablehnung und Verärgerung schleichen sich ein. »Jetzt, Gia.«

»Nein.« Gia greift nach der Türklinke, bereit zu fliehen. »Du willst mir nicht sagen, was los ist, und jetzt soll ich mich auch noch für dich ausziehen? Keine Chance!«

Sie reißt die Tür auf, aber Marin schlägt sie wieder zu. Ein Kampf der Willenskraft und des Zorns entbrennt. Marin knöpft selbst den obersten Knopf von Gias Bluse auf. Ungläubig steht Gia vor ihrer Mutter, zu schockiert, um zu reagieren. Sie fängt sich aber schnell und schubst die Hand ihrer Mutter weg, als diese nach dem zweiten Knopf greift.

»Fass mich nicht an!«, schreit Gia.

Das bisschen Haut, das bisher zu sehen ist, zeigt keine Blessuren. Marin ist erleichtert, aber auch zornig, weil Gia ihr nicht gehorcht. Sie greift ihre Tochter an der Schulter und versucht, den nächsten Knopf aufzumachen. Sie kann es kaum erwarten, all dies hinter sich zu bringen, damit sie endlich wieder an die Arbeit gehen kann, die Stunden aufholen, die sie unproduktiv verloren hat. Sie bekommt einen zweiten Knopf geöffnet, als Gia sie fortstößt, so energisch, dass Marin sich abstützen muss, um nicht hinzufallen.

Was als Nächstes geschieht, wird Marin in den Tagen und Jahren danach immer und immer wieder in ihrem Kopf durchspielen. Überlegen, was sie hätte besser machen können, wie es anders hätte sein können. Mit sich selbst zürnen, warum sie keine bessere Lösung gefunden hatte, ehe sie das Einzige zerstörte, was wirklich zählte – Gias Liebe. Aber im Nachhinein ist man immer klüger und daran zu denken, was hätte sein können, ist nicht mehr als eine Art, sich selbst zu foltern. Man sitzt in der Asche und fragt sich, wie man das Feuer hätte verhindern können. Aber Marin ist nicht der Typ Mensch, der in sich geht und die eigenen Handlungen reflektiert. Stattdessen treibt blinder Zorn sie an. Eine Hand hält Gia fest, die andere holt aus und verpasst ihrer Tochter eine Ohrfeige, mit aller Kraft der Wut, die in ihr steckt.

Die darauf folgende Stille ertränkt Marins Bedauern für ihre eigene Tat. Ihr Arm fällt kraftlos hinab. Noch ehe sie sich entschuldigen kann, knöpft Gia gehorsam ihre Bluse auf. Einen

Knopf nach dem anderen, während sie ihre Mutter fest im Blick hat. Sie hat akzeptiert, dass sie nicht gegen ihre Mutter bestehen kann, aber trotzdem brennt der Trotz noch in ihren Augen. Sie sucht danach, die Kontrolle zurückzuerlangen. Langsam zieht sie die beiden Seiten der weißen Bluse auseinander, der letzte Schutz der Unschuld vor dem Horror, und gibt den Blick frei.

»Wolltest du das sehen?«, fragt Gia fordernd, während das Hemd an ihren Armen hinabrutscht. Prellungen, einige schwarz und blau, andere grünlich, an ihrem Körper verteilt. Zwei nahe am Unterleib, rund um ihren Bauchnabel. Gia hatte es als Baby immer geliebt, Kuckuck mit ihrem Bauchnabel zu spielen. Raj hatte ein Bilderbuch gefunden, in dem verschiedene Babys ihren Bauchnabel zeigen. Gia hatte wochenlang nichts anderes gespielt. Hemdchen hoch, Hemdchen runter, und dazu Kichern und Lachanfälle, immer wenn der Bauchnabel zu sehen war.

Zwei weitere Prellungen an Gias Rücken. Aus eigener Erfahrung weiß Marin, dass diese schon älter sind. Als Teenager hatte sich Marin oft gefragt, wo ihr Rekord liegen würde, wie viele sie gleichzeitig haben konnte. Und immer, wenn die alten gerade verblassten, würden neue dazukommen. Zehn war das höchste, was sie geschafft hatte. Die magische Zahl. Bei Gia sind es nur vier.

»Wer hat das getan?« Marin will Gia in ihre Arme schließen, sie fest und sicher halten. Aber wenn man nie von der eigenen Mutter getröstet wurde, weiß man nicht, wie man der eigenen Tochter diesen Trost spenden kann. »Wer hat dich geschlagen?«

»Du.« Gia zieht ihr Hemd wieder an und schließt die Knöpfe, verbirgt die Prellungen. Dann legt sie die Hand an die Wange. »Vor ein paar Sekunden.«

»Gia.« Marin schwankt verloren und findet keinen Halt. Sie hatte die Highschool mit sechzehn abgeschlossen, die Universität mit neunzehn. Als sie mit zwanzig Jahren eine gute Stelle im Finanzsektor fand, hatte sie sich geschworen, nie wieder hilflos zu sein. Sie dachte, sie wäre nun endlich frei und würde ihr eigenes Schicksal lenken. »Es tut mir leid.«

Es ist das erste Mal, dass Marin sich bei ihrer Tochter für etwas entschuldigt. Keine von beiden weiß genau, ob sie die Ohrfeige meinte oder die Prellungen an Gias Körper. Trotzdem schockiert es Gia. Ihre Augen füllen sich mit Tränen. Sie wischt sie schnell fort und steckt ihr Hemd in den Rock, ehe sie Marin in die Augen blickt. »Ich sollte wieder zu meinen Hausaufgaben gehen.«

»Noch nicht. Bitte.« Marin will nach der Hand ihrer Tochter greifen, aber Gia entzieht sich ihr. Marin akzeptiert den Schaden, den sie angerichtet hat, und bittet ihre Tochter schwach, sich zu ihr auf das Sofa zu setzen. Als Gia sich wieder weigert, fleht Marin sie geradezu an: »Warst du in eine Art Kampf verwickelt?«

»Nein.«

»War es …« Sie hält inne, kann sich nicht überwinden, den Namen auszusprechen. Ein verzweifelter Versuch, alle nur denkbaren Möglichkeiten durchzugehen, woher die Blessuren stammen könnten. Raj? Die Möglichkeit scheint abwegig, nur in der Dunkelheit möglich, in die sie gestürzt sind. Unmöglich. Er war immer der liebende Vater, der sanfte Riese, unfähig, seiner geliebten Gia ein Haar zu krümmen. Aber von außen betrachtet war auch Brent immer ein komplett anderer Mensch gewesen. Niemand hätte je vermutet, was hinter verschlossener Tür vor sich ging. Das Monster, das nur hervorkam, wenn niemand zusah. »Hat dein Dad das getan?«

»Nein!« Gia lässt sich endlich auf das Sofa fallen. Ihre Augen sind schreckgeweitet, sie fleht ihre Mutter still an, ihr zu glauben. »Niemals, wie kannst du so was nur denken?«

Nein, Marin weiß, dass es nicht wahr sein kann. Raj könnte nie Hand an ihre Tochter legen. Aber ihr wird bewusst, dass sie es eben getan hat. Ihre Tochter würde sie nie wieder so sehen und verteidigen können. Jetzt nicht mehr.

Gia tippelt nervös mit dem Fuß, offensichtlich in Eile, fortzukommen. »Ich muss gehen.«

Mit ihrer Geduld am Ende entgegnet Marin: »Wir sollten endlich damit aufhören.« Sie will nicht weiter Frage und Antwort mit ihrer Tochter spielen, wenn ihre Tochter doch offensichtlich alles weiß, aber nicht antworten will. »Sag mir, was passiert ist.«

»Es ist mein Leben.« Das Sofa ist nicht länger ein sicherer Zufluchtsort, also steht Gia auf und geht zu Marins Schreibtisch. Sie hebt ein Bild auf, das aufgenommen wurde, als sie fünf Jahre alt war. Sie hatte gerade zum ersten Mal einen Preis gewonnen, als dritte in einem Schwimmwettbewerb. Ihre Eltern waren vor Stolz fast geplatzt und hatten den ganzen Film verknipst.

Marin nimmt Gia das Bild aus der Hand und betrachtet es. Dieses Bild verkörperte alles, was Gias Leben enthalten sollte – Erfolg bei allem, was sie anfängt. »Gia.«

»Es gibt nichts zu sagen.« Ohne ein weiteres Wort wendet sie sich ab und verlässt das Zimmer, lässt Marin allein im leeren Raum zurück.

Sonya

Ich fahre durch die Stadt, ganz ohne Ziel, solange ich nur unterwegs bin. Und doch komme ich immer wieder am selben Ort an, ohne es zu wollen. Ich sitze dann immer hier auf dem Parkplatz des Krankenhauses und beobachte das Gebäude, in dem mein Vater liegt. Manchmal kann ich mich nicht zurückhalten und gehe hinein, wie heute. Dann kämpfe ich immer gegen den Instinkt an, ihn zu besuchen. Ein Teil von mir weigert sich zu glauben, dass er krank ist, sich nicht bewegen und nicht sprechen kann. Meine Besuche geben mir Sicherheit, dass er immer noch ohne Bewusstsein ist, mich nicht angreifen kann. Es ist erschütternd, dies mit anzusehen, es zu akzeptieren. Meine ganze Kindheit über war er stets allmächtig, kontrollierte jeden Aspekt unseres Lebens. Wenn mir damals jemand gesagt hätte, dass unsere Geschichte eines Tages so enden würde, hätte ich ihn ausgelacht. Der Gedanke wäre mir komplett unmöglich erschienen. Mein Schicksal in dieser Welt war es, stets an letzter Stelle in der langen Schlange um das Glück zu stehen. Und seine Rolle … nun, er war derjenige, der mich dorthin gestellt hat.

»Warum?«, frage ich ihn, zum ersten Mal in meinem Leben. Als Kind war ich nie auch nur auf die Idee gekommen, ihn danach zu fragen. Ich nahm seine Gewalt eben hin, wie andere Kinder die Liebe ihrer Eltern akzeptierten – es war einfach Teil des Lebens. Erst, als ich nach Stanford ging, erkannte ich, dass nicht alle Kinder so aufgewachsen waren wie wir. Rückblickend betrachtet scheint es mir fast naiv, aber wenn die Schläge Teil des ganz normalen Alltags sind, hinterfragt man sie auch nicht. Vielleicht wäre es auch zu viel für meine Psyche gewesen, wenn ich früher festgestellt hätte, dass wir so unter der körperlichen Gewalt leiden mussten, während andere Kinder in gleichem Maße Liebe zugedacht bekamen. Vielleicht ist das auch heute noch so. Ich habe Angst, was geschieht, wenn er seine Augen öffnet. Wenn er wieder anfangen kann, mir Schmerzen zuzufügen, jetzt, wo ich bereits völlig zerstört bin. »Warum hast du so viel genommen, was dir nicht zustand?«

»Schön, Sie wiederzusehen.«

Wieder habe ich nicht mitbekommen, wie David eingetreten ist. Beschämt trete ich schnell einen Schritt zur Seite und mache Platz, damit er seine Routineuntersuchungen vornehmen kann. Ich versuche zu erkennen, ob er mich eben gehört hat, aber aus seinem Gesicht ist nichts herauszulesen. »Soll ich vielleicht besser gehen?«

»Nein, das ist kein Problem.« David nimmt sein Stethoskop und hört Vaters Herz ab. Ich sehe ihm schweigend zu und bin gespannt auf das Untersuchungsergebnis. Er prüft den Puls und betrachtet die Werte auf den Bildschirmen. Dann notiert er einige Zahlen in der Krankenakte und wendet sich wieder mir zu. »Keine Veränderung.«

»Und Sie wissen immer noch nicht, weshalb er im Koma liegt?« Ich will den Grund wissen. Ich will bestätigt bekommen, dass seine Taten nicht ungestraft geblieben sind. Ich will hören, dass er leidet, dass sein Körper ihm versagt, dass er dieselbe Angst und dasselbe Leid verspürt, das uns durch unsere Kindheit begleitet hat.

»Es stehen immer noch einige Tests aus, aber bisher ist Diabetes die einzige Vermutung. Wir haben einen bedenklichen Insulinmangel feststellen können.«

»Ist das normal?«, frage ich weiter.

»Für sein Alter lebte er sehr gesund. Er rauchte nicht und trank keinen Alkohol.« Er wirft wieder einen Blick in die Akte. »Als Sport machte er wohl tägliche Spaziergänge.« Er blickt von der Akte zu mir auf, mit entschuldigendem Gesichtsausdruck. »Je länger er in diesem Koma verbleibt, desto weniger Antworten haben wir.«

Er wendet sich zum Gehen, hat bestimmt noch andere Patienten, die ihn brauchen. Ich sehe meinen Vater vor mir liegen und will plötzlich nicht mit ihm allein sein. Ich habe all die Jahre stets geschwiegen und alles für mich behalten, doch jetzt spüre ich, dass ich einen Menschen brauche, mit dem ich sprechen kann. »Waren Sie auch sein normaler Arzt?«, frage ich, ehe ich mich zurückhalten kann.

»Nein.« Er scheint erstaunt, dass ich das nicht wusste. »Ich bin Oberarzt hier im Krankenhaus. Sein normaler Arzt ist ein Internist. Aber wir tauschen uns regelmäßig über seinen Zustand aus.«

»Das ist gut so.« Ich merke, wie unerfahren ich in einfachen, höflichen Gesprächsfloskeln bin. Mir lag so was noch nie. Irgendwo habe ich mal gelesen, dass Menschen, die als Kind missbraucht wurden, oft als Erwachsene vor sozialem Kontakt zurückscheuen, gar Phobien entwickeln. Wie immer der Fachbegriff auch lauten mag, ich weiß nur, dass ich mich in Gesellschaft eher unsicher fühle als allein. »Danke.«

Er will sich wieder abwenden, hält aber in der Bewegung inne und mustert mich. »Ihre Mutter hat erwähnt, dass Sie bestimmt von Ihren Reisen nach Hause zurückkehren würden, wenn Sie vom Zustand Ihres Vaters hören. Sie fragte auch, ob er sich erholt haben würde, bevor Sie wieder hier seien. Es tut mir sehr leid, dass wir das nicht geschafft haben.«

»Sie meinte, dass ich nach Hause kommen würde?«, halte ich ihn auf, trete zwischen ihn und die Tür. Ich bin fast schockiert, dass sie überhaupt über mich geredet hat. »Wann war das?«

»Kurz nachdem er eingeliefert wurde.« Er mustert mich, versucht meine Reaktion zu deuten. »Ich hoffe, ich habe damit nichts Falsches gesagt?«

»Nein.« Ich trete wieder zurück und gebe den Weg frei. »Ich war nur überrascht.« Ich verschränke die Arme, mir wird plötzlich bewusst, wie kühl es ist. »Was hat sie denn sonst noch gesagt?« Es ist ein seltsames Gefühl, einen Fremden zu befragen, um einen Einblick in die Gedanken der eigenen Mutter zu bekommen.

»Sie meinte, dass Sie die ganze Welt bereisen«, erzählt er mit sanfter Stimme. »Man konnte deutlich hören, wie stolz sie darauf war.«

Das hat er missverstanden. Mom hasste meine Reisen, denn es bedeutete, dass ich für sie verloren war. Dass sie eine Tochter weniger hatte, die sie umsorgen konnte. Und für sie war das alles, was ihr im Leben noch geblieben war. Dem Leben, das für sie endete, als mein Vater sie zum ersten Mal schlug. »Es ist nicht so aufregend, wie es sich anhört. Eigentlich alles nur Arbeit.«

»Fotografie?«

»Ja.« Ich erinnere mich an all die Orte, an denen ich gewesen bin, aber noch viel mehr an die Orte, die ich nicht gesehen habe. »Für meine Bilder.«

»Wo waren Sie denn schon überall?«

Ich bin mir nicht sicher, ob er einfach nur höflich ist oder wirklich Interesse hat. »Ich weiß, wie beschäftigt Sie sind. Ich will Sie nicht aufhalten.«

»Keine Sorge.« Er wirft einen schnellen Blick auf seine Uhr. »Ich bin heute früh dran. Erstaunlich, ich überrasche mich selbst. Normalerweise komme ich überall zu spät.« Er lächelt. Ehe ich mich versehe, hat sein Lächeln mich angesteckt.

»Ich war in Europa, Asien, überall in Amerika«, erzähle ich, sachlich, ohne jeglichen Stolz oder sonstige Hintergedanken. Meine Reisen haben für mich keine große Bedeutung. Die Orte gehen ineinander über, die Gesichter der Menschen, die ich auf meinen Reisen treffe, verschmelzen mit denen, die ich zurückgelassen habe. Für mich zählt nicht, wo ich bin, sondern nur, wo ich nicht mehr bin. Ebenso, wie ich immer noch nicht weiß, wo ich als Nächstes hinwill. Zumindest nicht mehr zurück nach New York, wo ich nur ständig an Moms Anruf erinnert würde. Ich werde wieder einen neuen Platz finden müssen, der noch keine Erinnerungen birgt, die mich verfolgen können. »Wie ist es mit Ihnen?«, frage ich in einem Versuch, höflich zu sein. »Reisen Sie viel?«

»Nicht so viel wie früher. Ich muss ständig hier sein, wegen meinen Patienten.« Sein Körper bleibt unbewegt, doch seine Augen scheinen weit weg zu wandern. »Ich habe früher mal für *Let's Go* geschrieben. Damals konnte ich noch so viel reisen, wie ich wollte.«

»Sie waren also in Harvard?« Die Reiseführer von *Let's Go*, herausgegeben von der Universität Harvard und verfasst von deren Studenten, haben mich auf zahlreichen Reisen begleitet. Sie waren stets meine erste Wahl, als ich bei meinen Reisen noch auf mein Budget achten musste. »Für den Bachelorabschluss oder das Medizinstudium?«

»Sowohl als auch.« Er weist mit der Hand auf die Umgebung. »Aber Kalifornien ist meine Heimat. Als es Zeit war, eine Stelle als Assistenzarzt zu suchen, konnte ich nicht widerstehen, wieder in die Bay Area zurückzuziehen. Wie war es bei Ihnen?«

»Stanford.« Es ist neu für mich, über so alltägliche Dinge wie Reisen und das Leben allgemein zu sprechen, sehr ungewohnt. Wenn man an so vielen Orten gelebt hat wie ich, gibt es wenig, was einen noch mit jenen verbindet, die daheimgeblieben sind. »Sie waren hier auf der Highschool?« Er müsste in etwa mein Alter sein.

»Ja, Monroe. Eigentlich nur die Straße hinunter, direkt hier um die Ecke.«

Die Wahl der Schule sagt viel über ihn aus. Er war also schon in den Wohlstand geboren, der Erfolg von frühester Jugend an vorprogrammiert. Die normalen Gesprächsthemen der Eltern von Monroe-Kindern bei den Schulveranstaltungen drehen sich um die Daten ihrer Privatjets und die letzten Veranstaltungen von Weltrang, zu denen sie als VIP eingeladen wurden. Dass er den Namen beiläufig und ohne großen Stolz erwähnt, zeigt, was für ein Mensch er ist.

»Und Sie?«, fragt er zurück.

»Gunn Highschool.« Meine Highschool war regelmäßig unter den führenden Schulen des Landes aufgeführt und hat den Ruf als natürliche Vorstufe für jene, die später einmal Stanford besuchen würden. »In Palo Alto.«

»Eine wirklich gute Schule. Viele meiner Freunde haben dort ihren Abschluss gemacht.«

Wir vergleichen keine Namen von alten Bekannten. Das hätte auch nicht viel gebracht. Während der Schulzeit habe ich in meiner ganz eigenen Welt gelebt, abgeschnitten vom Rest der Gesellschaft, weil es einfach nicht anders ging. Ich konnte nie Freunde mit nach Hause bringen. Die Launen meines Vaters waren zu unvorhersehbar. Wenn jemand einen seiner Wutanfälle mitbekommen hätte, wäre mein guter Ruf dahin gewesen, den ich so mühsam hatte aufbauen müssen. Innerhalb der indischen Gemeinschaft oder gegenüber seinen Kollegen zeigte er immer nur seine besten Seiten. Er genoss den Ruf des erfolgreichen, mächtigen Mannes, der gutmütig seinen Kindern jeden Wunsch erfüllte. Die Freunde an meiner Schule hingegen spielten keine Rolle für ihn, also musste er dort auch nichts vorspielen.

»Und von dort direkt nach Stanford.« Er zeigt sich beeindruckt. »In welchem Wohnheim waren Sie?«

Die meisten Studenten in Stanford wollten die komplette Universitätserfahrung und lebten daher auf dem Campus, aufgeteilt in zehn Wohnheime. Nach dem ersten Jahr können die Studenten dann wählen, ob sie weiter im Wohnheim bleiben oder in eine gehobenere Unterkunft umziehen wollen. Welches Wohnheim man wählt, gehört zu den wichtigsten Entscheidungen im ersten Jahr. Mir wäre diese Erfahrung um ein Haar entgangen. »Roble Hall. Ich bin aber erst ein paar Monate nach Anfang des Semesters eingezogen«, gebe ich zu, ehe mir auffällt, dass ich vielleicht zu viel preisgebe. »Dad wollte mir eigentlich nicht erlauben, auf dem Campus zu wohnen.«

»Warum denn das?« David zeigt sich offensichtlich überrascht.

Wer unsere Geschichte kennt, kann sich bestimmt vorstellen, dass Dad nicht die Kontrolle über mich aufgeben wollte und sich daher weigerte, mich in das Zimmer umziehen zu lassen, das mir auf dem Campus zugewiesen worden war. »Ich weiß auch nicht«, lüge ich, damit ich nicht noch mehr erklären muss. Ich hatte meinen Vater damals angefleht, mich in das Wohnheim ziehen zu lassen, Mal um Mal, doch immer wieder verweigerte er die Erlaubnis. Letztendlich wandte ich mich an den zuständigen Dekan und erklärte ihm die Situation. Dieser schickte dann einen ernsten Brief an meine Eltern, in dem er ihnen zu verstehen gab, dass meine Zulassung zur Universität überprüft werden würde, wenn ich weiterhin nicht in das mir zugewiesene Wohnheim einziehen würde. Mein Vater lenkte ein. Wenn seine Tochter wirklich aus Stanford geworfen würde, hätte das ewige Schande vor seinen Freunden bedeutet.

»Vielleicht konnte er sich einfach noch nicht von seiner Tochter trennen.« David zieht sein Portemonnaie hervor und zeigt mir das Foto eines kleinen Mädchens, vielleicht sechs Jahre alt. »Ich habe selbst eine Tochter und kann mir vorstellen, wie schwer mir das fallen würde.«

»Sie ist wunderhübsch.«

»Das hat sie wohl von meiner Ex geerbt.« Er sieht mir fest in die Augen. »Wie ist es mit Ihnen? Haben Sie selbst auch Kinder?«

»Nein. Ich war nie verheiratet.« Seine Frage erinnert mich wieder daran, wer ich bin und wer ich immer sein werde. »Eigentlich hatte ich bisher noch nicht einmal einen echten festen Freund.«

Er versucht seine Überraschung zu verbergen, fragt aber nicht weiter nach. Die naheliegende Erklärung sind meine ständigen Reisen, dass ich mit meiner Arbeit verheiratet bin. Meine liebste Entschuldigung bei jedem Mann, der mir zu nahezukommen droht. Die Dunkelheit, die mein ständiger Begleiter ist, lässt keinen Platz für das Licht der Liebe.

»Wie alt ist sie?«, frage ich, um das Thema zu wechseln.

Er strahlt. Als Kind bin ich in solchen Momenten immer neidisch geworden: Väter, die beim bloßen Gedanken an ihre Tochter vor Liebe erstrahlen.

»Fünf.« Er spielt gedankenverloren mit dem Stethoskop um seinen Hals. »Sie heißt Alexis. Ich teile mir das Sorgerecht mit meiner Exfrau.«

»Sie haben wirklich viel Glück mit Ihrer Tochter.« Meine Worte treffen nicht, was ich fühle. Das Bild zeigt ein Mädchen, das so wundervoll lächelt, dass einem warm ums Herz wird. Ich liebe es, Kinder zu fotografieren. Es liegt so viel Schönheit in der Unschuld der Kinder.

»Wo wird die Reise als Nächstes hingehen?«, fragt er, während er sein Portemonnaie wieder einsteckt.

»Ich bin mir noch nicht sicher.« Er scheint verwirrt, also erkläre ich mehr. »Ich suche mir immer einen Ort aus, an dem ich bisher noch nie war, und hoffe, dass ich dort finde, wonach ich suche.«

»Und was ist das?«

Ich gehe nicht direkt auf seine Frage ein, sondern hole etwas weiter aus. »Vor zwei Jahren habe ich einige Zeit in einem chinesischen Kloster verbracht. Ich habe da mit den Mönchen zusammengelebt und ihren Alltag beobachtet. Jeden Tag wachten sie zur gleichen Zeit auf, aßen das gleiche Essen.« Diese ständige Wiederholung hatte eine merkwürdige Ruhe mit sich gebracht. »Dann saßen sie nebeneinander und haben stundenlang meditiert.« Ihre Gesichter strahlten eine Zufriedenheit aus, die ich sonst selten erlebt habe. »Aber sie waren völlig von der Welt abgeschnitten.«

»Einsamkeit?«, rät er, anscheinend von dem Gedanken überrascht.

»Sie sahen glücklich aus«, erkläre ich und merke, dass ich ein wenig defensiv klinge. Der Raum scheint sich um mich zu verengen. Ich habe schon zu viel von mir preisgegeben, mich zu sehr verletzlich gemacht. Einen Augenblick erwäge ich, mich im Badezimmer einzuschließen, während meine Kehle wie zugeschnürt ist. Mein Vater liegt immer noch still und unbeweglich unter dem makellosen weißen Bettlaken. Ich hatte ihn ganz vergessen, aber wie ein düsterer Schatten schwebt er immer über mir, ist immer bei mir, immer beobachtend. »Ich sollte Sie jetzt wirklich wieder zu Ihren Patienten lassen.« Um nicht darauf warten zu müssen, dass er den Raum verlässt, gehe ich zuerst. Aber ich weiß schon, dass ich wiederkommen werde. Ich habe keine andere Wahl.

* * *

Ich treffe Trisha in einem abgeschiedenen Park in den Hügeln von Saratoga. Eine enge einspurige Straße schlängelt sich zu einer der Anhöhen. Oben angekommen, finden wir einen Flecken Gras, mit Blick über die Stadt und die anliegenden Siedlungen. Es ist noch mitten am Tag, also sehen wir nur ein paar vereinzelte Wanderer und einige ehrgeizige Mütter mit ihren Kleinkindern. Ansonsten haben wir den Park für uns allein.

Ich lehne mich an den Stamm eines großen Baumes, dankbar für den Schatten, während Trisha ein leichtes Mittagessen auspackt und auf der karierten Picknickdecke ausbreitet, fast so, als ob wir ein Fünf-Gänge-Menü planen würden.

Ich muss mir das Lächeln verkneifen und mache höflich Komplimente, während ich das noch warme französische Brot probiere. »Schmeckt köstlich!«, lobe ich. Sie stellt eine Schale mit Früchten ab, daneben ein Döschen, das anscheinend mit zerstoßenen Oliven gefüllt ist. »Ist das Olivenaufstrich?«, frage ich, während ich nach einem Streichmesser suche.

»Man nennt das Tapenade«, korrigiert mich Trisha, ehe ihr auffällt, wie sie sich anhört. Mit verlegenem Lächeln fügt sie hinzu: »Entschuldige.«

»Also Tapenade«, sage ich und gebe ihr zu verstehen, dass ich die Belehrung nicht übel nehme. Ich probiere einen Bissen und genieße den Geschmack von Oliven gemischt mit Paprika und Knoblauch. »Danke für das Mittagessen, ich hatte eigentlich schon Plunderteilchen und Kaffee befürchtet.«

»Daran erinnerst du dich noch?«, fragt Trisha überrascht. Als Trisha vierzehn Jahre alt war, hat sie zum ersten Mal *Frühstück bei Tiffany* gesehen. Von da an war Audrey Hepburn ihr Idol, das ganze nächste Jahr nahm sie kaum etwas anderes als Plunderteilchen mit koffeinfreiem Kaffee zu sich.

»Ich habe den Geschmack immer noch auf der Zunge, ich musste das Zeug ja immer mit dir essen«, erkläre ich und schüttele mich. »Noch heute wird mir schlecht, wenn ich Plundergebäck sehe.«

»Tut mir leid«, sagt sie, wenn auch wohl nicht komplett ernst. Wir essen schweigend, begleitet vom Rauschen der Blätter im Wind. Als wir noch klein waren, ist es selten vorgekommen, dass wir zusammensaßen, ohne zu reden. Umso mehr erkenne ich jetzt, dass wir erwachsen geworden sind. Und doch genießen wir noch die Zeit zusammen. »Was war dein liebster Ort, an dem du bisher gelebt hast?«, fragt Trisha leise und überrascht mich damit. Die wenigen Gelegenheiten, zu denen wir über die Jahre gesprochen hatten, hat sie mich nie nach meinen Reisen gefragt.

»Die Seychellen«, antworte ich, ohne zu zögern. »Eine kleine Insel im Indischen Ozean, mit nur neunzigtausend Einwohnern.« Ich erinnere mich noch daran, wie ich in einem Zelt am Strand gelebt habe und jeden Morgen von den Wellen geweckt wurde, die ans Ufer brandeten.

»Warst du nicht einsam?«, fragt sie, offensichtlich durch den Gedanken erschreckt.

Ich will ihr erklären, dass Einsamkeit nicht dadurch gelöst werden kann, viele Menschen um sich zu haben, und dass meine Einsamkeit Teil meiner Persönlichkeit ist. Aber, das ihr gegenüber zuzugeben, würde nur weitere Fragen hervorrufen, auf die ich keine Antwort habe. »Ja, war ich.«

»Das kann ich mir vorstellen.« Sie nimmt einige Trauben aus der Schüssel und isst sie, eine nach der anderen. Sie bietet mir auch welche an. Ich nehme eine Handvoll. Sie stellt die Schüssel wieder ab und schaut in den Wald. »Eine Mutter sucht nach Eltern für ihr Neugeborenes«, eröffnet sie mir. »Eric will, dass wir adoptieren«, fügt sie leiser hinzu.

»Das sind doch tolle Neuigkeiten, oder?«, frage ich, gehe davon aus, dass es das ist, was sie immer wollte.

»Vielleicht«, erwidert sie sanft, aber ihr Gesicht sagt etwas ganz anderes. Ich will weiter nachfragen, will wissen, warum sie selbst keine Kinder hat, obwohl sie doch immer eine eigene Familie haben wollte, aber sie zeigt auf einen Vogel, der in unsere Richtung hüpft. Wir sehen ihm zu, wie er langsam näher kommt. »Ich glaube, er ist verletzt«, ruft Trisha. Sie springt auf und geht ganz langsam auf ihn zu, beugt sich zu ihm und hebt ihn behutsam auf. »Sein Flügel.«

Beim genaueren Hinschauen entdecken wir eine leichte Verletzung am Flügel, einen Schnitt. Ich habe mal drei Monate in Afrika verbracht, auf einer Safari mit gefährdeten Tierarten, als Teil einer Fotoreihe für *National Geographic.* Aus der Zeit ist mir noch in Erinnerung geblieben, dass ein verletzter Flügel von selbst heilen wird. Die größte Gefahr für den Vogel droht ihm von seiner Umgebung während der Genesungszeit. »Er braucht Nahrung«, erkläre ich und zerkrümele das Brot.

»Wir sollten ihm ein Nest bauen«, beschließt Trisha. Den Vogel sanft in einer Hand haltend, sucht sie nach geeignetem Material, um dem Vogel ein behelfsmäßiges Nest zu bauen. Ich sehe ihr neugierig zu, dann winkt sie mir, ihr zu helfen. »Komm schon!«

Die nächste Viertelstunde verbringen wir damit, Äste, Blätter und Grashalme zu sammeln und daraus so gut es geht ein Nest zu formen. Von gelegentlichem Lachen unterbrochen diskutieren wir, wie wir dem Vogel das luxuriöseste Bett bereiten können, in dem er je geschlafen hat. Als wir endlich zufrieden sind, platzieren wir das neue Zuhause in einer Baumgruppe, geschützt vor neugierigen Augen. In das Nest legen wir genug Nahrung, dann steckt Trisha auch den Vogel dazu. Zum Dank hackt er ihr ein paarmal hart gegen die Finger. Während sie über die schmerzenden Stellen streicht, fragt Trisha: »Meinst du, das reicht?«

»Ja«, erkläre ich, mit einer plötzlichen und unerklärlichen Zuversicht. »Sie wird wieder ganz in Ordnung kommen.«

»Es ist eine Sie?«, spöttelt Trisha.

»Er wird wieder in Ordnung kommen.« Als sie mich skeptisch ansieht, werfe ich meine Hände in gespielter Verzweiflung in die Luft. »Schön, ES wird wieder in Ordnung kommen.«

Trisha und ich lachen und sehen dem Vogel zu, der sich in seinem neuen Heim einrichtet. Als wir uns zum Gehen wenden, stupst sie mich mit der Schulter an. »Wir sollten so was häufiger machen.«

»Auf jeden Fall«, stimme ich zu und freue mich schon darauf.

Trisha

Wenn eine Frau in Indien heiratet, bedeutet das, dass sie aus dem Haus eines Mannes in das Haus eines anderen zieht. Beide Männer wurden für sie bestimmt, der erste durch die Götter, der zweite durch den Vater. Der indische Glaube sieht beide Männer, Vater und Ehemann, als zwei Seiten derselben Münze. Beide besitzen die Frau und können mit ihr machen, was sie wollen. Aber was, wenn die Frau frei sein will?

Als Kind hat Sonya zweimal den Krankenwagen gerufen. Beim ersten Mal war Sonya gerade acht Jahre alt. Sie schwänzte an dem Tag die Schule und wartete darauf, dass ihre Mutter aufsteht. Mama rührte sich aber nicht, blieb im Bett liegen, auch als Sonya zu ihr kletterte, rührte sie sich nicht. Also wählte Sonya den Notruf. Die Ärzte nahmen verschiedene Tests vor, kamen aber nur zu dem Schluss, dass Mama wohl ohnmächtig geworden war. Allerdings hatte ihnen natürlich auch niemand etwas von dem Schlag erzählt, den Mama am Abend zuvor gegen den Kopf bekommen hatte.

Das zweite Mal war, als Mama nicht aufhören konnte, sich zu übergeben. Sonya war damals elf und hatte eine Krankheit vorgetäuscht, um zu Hause bleiben zu können. Der Krankenwagen brachte Sonya und Mama ins nächste Krankenhaus. Dort musste Sonya mit einer ehrenamtlichen Betreuerin im Empfangsbereich warten. Man gab ihr Papier und Farbstifte und ging wohl davon aus, dass einfaches Malen die schreckliche Angst um ihre Mutter vertreiben würde.

Während Sonya noch unwissend vor der Tür wartete, pumpten die Ärzte gerade Mamas Magen aus. Sie hatte eine ganze Packung Schlaftabletten geschluckt. Als die Frau vom Sozialamt sie später danach fragte, meinte Mama nur: »Ich war einfach so erschöpft.« Das war das letzte Mal, dass Sonya die Schule schwänzte. Sie hatte schnell den Zusammenhang begriffen und beschlossen, dass es sicherer sei, wenn sie nicht zu Hause bleibt. In der Schule musste sie zumindest keine Leben retten.

* * *

Als ich zu Hause ankomme, ist alles dunkel. Eloise wird wohl schon aufgeräumt haben, wahrscheinlich steht ein Teller für mich im Ofen. Ich verbringe neuerdings immer mehr Zeit im Krankenhaus, bei Papa. Nach meinem heutigen Besuch bin ich noch stundenlang ohne Ziel herumgefahren.

»Du bist also endlich zu Hause.« Ich fahre erschrocken zusammen, als ich Erics Stimme höre. Er steht im Dunkeln, ich kann nicht einmal seinen Gesichtsausdruck erkennen. »Wo warst du?«

»Du bist schon da«, sage ich. Als er weiter schweigt und auf eine Antwort wartet, erkläre ich: »Ich bin einfach herumgefahren.« Ich suche nach dem Lichtschalter. Als ich das Licht einschalte, flackert es nur kurz und hüllt uns in einen gespenstischen Schein.

»Die Glühbirne ist wohl kaputt«, erklärt Eric und kommt näher. Seine Stimme klingt kalt und streng. »Du bist sechs Stunden einfach nur herumgefahren?«

»Nein, natürlich nicht.«

Ich habe keine Angst vor meinem Ehemann. Ich kenne viele Frauen, die ihren Mann fürchten. Das sind meist Frauen, die nach der Hochzeit ihre eigene Arbeit aufgegeben haben und akzeptieren, dass derjenige, der das Geld nach Hause bringt, daheim auch das Sagen hat. Sie tauschen Freiheit gegen Sicherheit ein. Andere geben vielleicht einfach nur den alltäglichen Machtkampf auf. Denken, dass es so sicherer ist, als wenn sie ständig Streit führen, den sie auch verlieren können. Viele meiner Freunde erzählen mir, wie viel Glück ich gehabt habe. Sie sagen, dass ich einen ganz außerordentlichen Mann geheiratet habe, der mir ein Leben ermöglicht, von dem viele nur träumen, und der mir trotzdem überall die Entscheidung überlässt. Er folgt jedem meiner Wünsche, jeder Laune. Im Austausch dafür schenke ich ihm mich.

»Wo warst du dann?«, fordert er zu wissen, seine Worte kalt wie Eis.

»Ich war bei meinem Vater.« Ich taste nach der Tischlampe und schalte sie ein. Der Raum füllt sich plötzlich mit Licht. Eric steht vor mir, die Haare unordentlich, die Krawatte halb gelöst. Er sieht argwöhnisch aus, wie ein Raubvogel, der über einem Feld kreist. Ich gehe schnell auf ihn zu und strecke die Hand nach ihm aus, doch er weicht der Berührung aus. »Eric, was ist denn passiert?«

»Wie geht es ihm?«

»Wie immer.« Erics Verhalten lässt mich immer unsicherer werden. »Er liegt einfach nur da«, erzähle ich. »Ganz egal, was ich sage, er antwortet einfach nicht.«

»Das muss sicher schwer sein.« Eric beobachtet mich ohne jegliche Regung. »Wenn man nie weiß, woran man wirklich ist.« Er hebt einen Stapel Papiere vom Beistelltisch auf und versucht, sie mir zu reichen, doch ich wehre ab. »Der Adoptionsantrag. Ich habe schon alles ausgefüllt.«

Er blättert bis zur letzten Seite. »Alles ist bereit, du musst nur noch hier und hier unterschreiben.« Er zeigt auf zwei Stellen, die auf dem Formular markiert sind. »Den restlichen Prozess kann dann mein Anwalt übernehmen.«

Ein Prozess. In Indien werden Kinder aus vielen Gründen geboren. Auf dem Land wegen ihrer Arbeitskraft. Dabei sind Jungen immer wichtiger als Mädchen. Jungen können der Familie helfen, egal, ob sie das Land bestellen oder im Laden arbeiten. Niemand hat etwas dagegen einzuwenden, wenn die Jungen schon als Kinder anfangen mitzuarbeiten. Mädchen hingegen sind eine Belastung. Eine Mitgift muss angespart werden, wenn ein Mädchen geboren wird. Als Bezahlung für die Familie des Jungen, der sie zur Ehefrau nimmt.

»Ein Kind sollte kein Prozess sein.« Ich spüre Schweißtropfen über mein Rückgrat laufen. »Solch eine Entscheidung sollte man nicht leichtfertig treffen.« Bilder meines Vaters, der mich im Arm hält, tauchen vor mir auf. Seine Liebe, ständig und bedingungslos. »Wir müssen über so etwas reden, alles gut durchdenken.«

»Das sehe ich auch so.« Er wirft die Papiere auf den Tisch. Ein tiefes Schlucken. Ein feuchter Schimmer in seinen Augen. »Und ich dachte, das hätten wir getan. All diese Jahre reden wir nun schon davon, ein Kind zu haben. Wir haben sogar das Kinderzimmer schon eingerichtet. Und ich habe dir geglaubt, als du mir erklärt hast, dass die Spezialisten sagen, dass es einfach nur seine Zeit dauert.«

»Das ist auch so. Nur habe ich zurzeit so viel Stress.« Irgendetwas stimmt nicht. Ich versuche zu ergründen, was hier falsch läuft, was er von mir hören will. »Du weißt, mit meinem Vater, und mit Sonya, die jetzt wieder zu Hause ist.« Ich will wieder nach ihm greifen, wieder weicht er zurück. »Ich brauche nur etwas Zeit.«

»Und ist das auch der Grund, warum du verhütest?« Er zieht ein Blatt Papier aus der Schublade des kleinen Tischs, auf dem noch die Adoptionspapiere liegen. Mein Herz klopft wie verrückt. Er reicht mir das Papier, ich überfliege es schnell. Ein Brief von meinem Arzt, eine Erinnerung daran, dass meine Spirale erneuert werden muss. Ich hatte sie vor einigen Jahren einsetzen lassen, um eine Schwangerschaft zu verhindern. Fast noch an dem Tag, an dem ich Eric schwor, ihn zu lieben und zu ehren, bis dass der Tod uns scheidet. »Du brauchst nur mehr Zeit?«

Es gibt Momente im Leben, von denen man wünscht, dass sie nie passiert wären. Man würde alles darum geben, diese Taten zurückzunehmen. Man merkt, dass man nicht allmächtig ist. Dass es Kräfte gibt, die stärker sind. In diesen Zeiten geht man zumindest im übertragenen Sinne in die Knie und gibt jegliches Gefühl der Kontrolle auf. Streckt die Hand aus und hofft auf Hilfe. Wenn man Glück hat, findet man jemanden, der einem wieder auf die Beine hilft. Wenn nicht, bleibt man auf den Knien, für immer allein.

»Wann hast du es machen lassen?«, fragt er. Ich kann die vollendeten Tatsachen nicht mehr leugnen. Über den Stress der letzten Wochen habe ich den Termin total vergessen. Bisher hatte ich keine der Kontrolluntersuchungen verpasst, war immer so umsichtig, dass ich dachte, er würde es nie erfahren.

Ich fange an, lautlos zu zählen. *Eins, zwei.* In meinem Kopf überschlagen sich die Gedanken. Ich kann an nichts anderes denken, als endlich bei der Acht anzukommen. Meiner Glückszahl, die ich schon seit so vielen Jahren nicht mehr gebraucht habe. Ich hatte diese Form der Zuflucht schon fast vergessen, die Zeit, in der sich meine Realität verdreht, bis ich wieder zu einem Punkt zurückkehren kann, mit dem ich umgehen kann. Zurück zu einem glücklichen und sicheren Leben.

»Du hast mich angelogen.« Er wartet auf meine Antwort. Bietet mir die Gelegenheit, ihm zu erklären, warum ich es getan habe. »Du hast mich zum Narren gehalten.«

»Nein.« Sein Schmerz füllt den Raum, überkommt mich, bis ich nicht mehr atmen kann. Er hat mir seine Geschichte erzählt, wie er allein im Waisenhaus aufgewachsen ist, sich nach einer Familie gesehnt hat, mit der er Liebe teilen konnte. Ich kannte seinen Schmerz, habe ihn aber ohne wirklichen Grund beiseitegeschoben. Einen Grund, den er jetzt wissen will. Die Worte fliegen durch meinen Kopf, ich suche nach einer Antwort, die diesen Albtraum beenden kann. Aber keine Erklärung scheint gut genug und ich weiß, dass es keine Rechtfertigung gibt, die er akzeptieren kann. »Es ging nie um dich.« *Drei.*

»Um wen dann?«

Er starrt mich an, als ob wir uns gerade zum ersten Mal sehen würden. Ich bin verzweifelt, will ihn daran erinnern, dass ich immer noch die Frau bin, die er geheiratet hat, die er über alles andere geliebt hat. Wir haben die Gelübde für unsere Heirat selbst geschrieben. Er hat vor allen Menschen erklärt, dass ich die wichtigste Person in seinem Leben bin. Dass ich sein Traum sei, der wahr geworden war.

»Es ist … Eine Mutter zu sein, ich weiß nicht, es ist so …« Einen Monat vor unserer Hochzeit bin ich zum Arzt gegangen, damit ich die Spirale eingesetzt bekomme. Damit war sichergestellt, dass ich kein Kind bekommen würde, obwohl Eric sich nichts sehnlicher wünschte als das. »Meine Familie …«, setze ich wieder an. Die einzige Erklärung, die ich habe. *Vier.*

»Als wir uns kennengelernt haben, war ich beeindruckt, wie sehr du dich um deine Eltern sorgst. Das ganze Leben lang Daddys kleines Mädchen.« Er lacht über sich selbst, über uns beide. »Aber ich konnte damit leben. Dachte, es zeigt, wie wichtig dir deine Familie ist.«

»Das ist sie auch.« Aber was ist eine Familie wert, wenn sie nur ein Kaleidoskop aus zerbrochenem Glas ist? Mit jeder Drehung, jeder Bewegung nur ein anderes Bild zerbrochener Teile, wahllos zusammengefügt. Wenn du in dem Glauben aufwächst, dass du ein perfekter Mensch in einer fehlerhaften Welt bist, hast du ständig Angst, dass auch du eines Tages fehlerhaft werden könntest. »Du weißt, wie viel sie mir bedeutet.«

»Aber trotzdem willst du keine eigene Familie gründen«, klagt er mich an.

Er wartet auf meine Antwort. Einen Grund, warum ich ihn angelogen habe. Ich erwäge, ihm von meiner Familie zu erzählen, von all den Dingen, von denen er noch nichts weiß. Ich habe ihm eine Fantasie geschenkt, eine Realität, die auf einer Geschichte basiert, die ich selbst erfunden habe. Wenn ich ihm erzählen würde, dass der Vater, den ich so verehre und von ganzem Herzen liebe, meine Schwestern und meine Mutter immer wieder geschlagen hat, dann würde er auch mich mit anderen Augen sehen. Weil, was sagt das über mich aus, wenn ich solch einen Mann noch lieben kann?

»Nein«, setze ich an, weiß aber nicht, wie ich fortfahren soll. Wie kann ich ihm erklären, wie sehr mein Innerstes einem Labyrinth gleicht, in dem ich mit nur einer einzigen falschen Abzweigung zu einem ganz anderen Menschen werden könnte, vielleicht einem Menschen, der auch vom Schmerz getroffen wird? Wenn ich Eric das erklären würde, müsste ich alle Schleier lüften und ihm von den grässlichen Erlebnissen erzählen, die mein Wesen geprägt haben. Und er würde dann die Frage stellen, die ich nie beantworten wollte – ob Papa mich so sehr liebt, weil ich wie er bin. »Ich will keine Kinder«, gebe ich leise zu.

Er blinzelt die Tränen fort, ich sehe in seinen Augen, wie sein Herz gebrochen ist. Dann verschließt er sich vor mir. Dadurch, dass ich mich ihm nicht anvertrauen wollte, habe ich auch seine Liebe verloren. »Das hättest du mir sagen müssen. Damit hätte ich leben können.« Er senkt seinen Kopf, niedergeschlagen. »Aber ich kann nicht damit leben, dass du mich angelogen hast. Das hatte ich nicht verdient. Ich habe dir nie einen Grund dafür gegeben.«

Sechs, Sieben.

»Was meinst du damit?«

Acht.

»Ich will die Scheidung.«

MARIN

Alle neun Sekunden wird in den Vereinigten Staaten eine Frau geschlagen oder verletzt. Marin kennt die Statistiken auswendig. Sie hat viel Zeit damit verbracht, alle Fakten zu erforschen, seit sie die Blessuren an Gias Körper gesehen hat. Laut einer Studie, bei der ein Jahr lang amerikanische Mädchen befragt wurden, gab eins von zehn Mädchen zu, bereits körperliche Gewalt in einer Beziehung erlebt zu haben. Dabei findet die größte Zahl der körperlichen Übergriffe im eigenen Heim statt.

Seit ihrem Gespräch sind Gia und Marin einander aus dem Weg gegangen. Marin schwankt ständig zwischen Schock und Empörung. Das perfekte Leben, das sie sich aufgebaut hatte, ist in sich zusammengebrochen. Als Raj zurückkehrte, starrte Gia Marin nur schweigend an, gespannt, ob sie ihr Geheimnis verraten würde. Marin war es leichtgefallen, ein weiteres Geheimnis zu wahren, sie hatte ja schon ihr ganzes Leben Übung darin. Also taten sie so, als ob nichts vorgefallen wäre. Gia und Marin spielten weiter ihr Bilderbuchleben vor, während Raj von allem keine Ahnung hatte.

Zweimal hatte Marin noch versucht, das Thema bei Gia anzusprechen, wollte von ihr wissen, woher die Prellungen stammen. Gia hatte jedes Mal abgeblockt. Hatte Marin erklärt, dass es keine Rolle spielt. »Mir geht es gut, Mom.« Aber es war nicht gut und Marin wusste nicht, wie sie es wiedergutmachen sollte. Aber wie damals, als sie selbst noch ein Kind gewesen war, wurde Marin die Entscheidung abgenommen.

Zwei Tage nach ihrer heftigen Auseinandersetzung, morgens vor der Schule, streckt Gia sich nach einer Packung Cornflakes im Regal. Als ihr Ärmel dabei zurückrutscht, kann man deutlich eine frische Prellung am Handgelenk sehen.

»Was ist das?«, haucht Marin, obwohl sie die Antwort schon weiß. Die Spuren einer Hand, die den Unterarm greift, fest genug, um jemanden für einen Schlag ins Gesicht oder in den Magen festzuhalten.

»Nichts, Mom.« Gia zieht den Ärmel schnell wieder über die betroffene Stelle. Die Cornflakes sind jetzt vergessen, sie will nur so schnell wie möglich aus der Küche verschwinden. Marin verstellt ihr den Weg.

»Wenn ich jetzt deine Bluse hochhebe, werde ich eine frische Stelle am Körper finden, oder?« Marin weiß es schon, so sieht es immer aus. Ehe die alten Prellungen ganz abgeklungen sind, werden sie schon durch neue ersetzt. Fast so, als ob derjenige, der sie zufügt, seine Kunst ausgestellt sehen will. Wie eine Markierung, mit der ein Besitzstand angezeigt wird.

»Nein«, sagt Gia schnell, mit flüsternder Stimme. »Wie kommst du denn darauf?«

Weil ich es nur zu gut kenne, sagt Marin beinahe. Aber wie immer schafft sie es, sich zurückzuhalten, die Wahrheit weiter begraben zu lassen. Brent war ein wahrer Künstler – die Wunden, die er beibrachte, blieben immer verborgen. Und Marin, wie auch Sonya und Ranee, halfen ihm stets dabei, dass niemand etwas bemerkte.

»Gia«, setzt Marin an, aber es ist schon zu spät. Gia winkt ihr noch schnell zu, als sie durch die Haustür tritt, ein falsches fröhliches Lächeln aufgesetzt. Marin schließt die Tür und lässt sich zu Boden sinken, der Atem geht stockend.

»Ist Gia schon zur Schule?« Raj kommt gerade mit einer Tasse dampfendem Chai die Treppe hinunter. Als er Marin dort an der Tür kauern sieht, eilt er sofort zu ihr, ohne auf seine Tasse zu achten. Der gewürzte Chai spritzt über den Marmorboden hin in Richtung der Teppiche. Marin beobachtet die Tropfen wie in Zeitlupe und fragt sich abwesend, wie sie die Flecken wieder rauskriegen soll. Raj greift nach ihr und ruft mit fester Stimme: »Marin, was ist passiert?«

Sie starrt ihn nur an, ihren Ehemann, der genauso gut ein völlig Fremder sein könnte. Sie hat ihm nie von ihrer Vergangenheit erzählt, ihrer Kindheit. Es hatte nie einen Grund dafür gegeben. Es war alles vorbei, da war sie sich sicher. Warum also darüber reden? Sie wollte nicht in der Vergangenheit leben, wenn sie stattdessen ihre Zukunft formen konnte.

Ihr Ehemann war nie ihr Vertrauter. Sie hat ihm nie davon erzählt, wenn sie Stress bei der Arbeit oder Sorgen wegen ihrer Karriere hatte. Sie haben nie ihre Träume miteinander geteilt oder ihre Leben irgendwie verknüpft. Gia ist das Bindeglied, das sie zusammenhält. Und jetzt, da ihr Kind zerbricht, bleibt ihnen gar nichts mehr.

»Gia hat Prellungen an ihrem Körper«, gesteht Marin, während sie ihre Hand aus seiner zieht. »Am Bauch, am Rücken und jetzt auch an den Armen.«

»Was?« Er tritt einen Schritt von ihr zurück, sein Gesicht von Entsetzen erfüllt. »Woher das denn?«

»Ich weiß es nicht.«

Es ist eine seltsame Sache, Sorgen mit einem anderen Menschen zu teilen. Man denkt, dass dadurch die eigene Last erleichtert wird, dass ein Teil des Schmerzes geht, der wie ein Gewicht aus Blei tief im Inneren sitzt. Aber meist geschieht eher das Gegenteil. Erst durch Rajs Reaktion wird ihr bewusst, wie ernst die Lage wirklich ist. Sie wendet sich ab, konzentriert sich lieber auf den Chai, der sich in einem seltsamen Muster in den Teppich gesogen hat.

»Eine Krankheit? So was fängt doch manchmal mit Prellungen an, oder?«

Marin nimmt den Gedanken dankbar an, schilt sich aber sogleich dafür. Was für Eltern würden ihrem Kind eine Krankheit wünschen? »Sie ist nicht krank, Raj«, erklärt Marin. »Sie wurde geschlagen.«

Er dreht sich zu ihr, außer sich vor Zorn. Wie ein verlorener Kämpfer greift er das nächstbeste Ziel an, das sich ihm bietet. »Hast du das getan?«

Sie steht langsam auf und sieht ihn an, ihren Partner, ihren Ehemann, und jetzt, da beide verzweifelt sind, auch ihren Feind. Sie will zurückschlagen, ihm zeigen, wie sehr sie die Tochter ihres Vaters ist, verweigert sich aber dem Instinkt. »Ich habe unsere Tochter nicht angerührt. Und du?« Sie dreht das Spiel um und weidet sich an seinem Entsetzen.

»Nein.« Sein Blick durchbohrt Marin, beide sind wie Fremde in ihrem eigenen Heim. »Habe ich nicht.« Dann lässt er das Gesicht in seine Hände sinken, sein Schmerz ist wie ein Virus, der durch das Haus schleicht und alles auf seinem Weg infiziert. »Das könnte ich nicht, niemals.«

»Dann sollten wir herausfinden, wer es war.«

* * *

Raj und Marin haben bislang noch nie zusammengearbeitet. Nach Gias Geburt teilten sie die Stunden auf, wer sich in der Nacht wann um sie kümmern sollte. Da sie mit dem Fläschchen gestillt wurde, konnte jeder von ihnen eine Drei-Stunden-Schicht übernehmen. Am Tag spielte Raj dann mit Gia, während Marin arbeitete, und umgekehrt. Wenn sie zum Essen ausgingen, schlang Marin ihr Essen runter, während Raj mit Gia spazieren ging, dann konnte Raj essen. Marin sah immer wieder Paare zusammenarbeiten, bei Familienspielen oder wenn beide Eltern gleichzeitig versuchten, das Kind zum Essen zu animieren. Diese Art der Partnerschaft war ihr fremd und sie verspürte auch kein Bedürfnis danach.

Jetzt aber stehen sie auf der gleichen Seite, in einer Situation, die keiner von ihnen sich je hätte vorstellen können. Welche Eltern gehen auch von so was aus? »Hat sie irgendwas angedeutet, wer es sein könnte?«

Sie haben sich in Marins Büro begeben. Marin sitzt im Ledersessel, Raj auf dem Sofa. »Nein, ich habe sie gefragt, sogar angefleht, aber sie wollte nichts sagen.« Marin erzählt nichts von der Ohrfeige.

»Und was sagt die Schule?«

»Dass es nicht dort geschehen sein kann. Karen schien genauso schockiert wie wir.«

Raj nickt, verarbeitet die Informationen. »Wir müssen uns mit der Schulleitung treffen und alle Möglichkeiten durchsprechen.«

Er ist jetzt wieder ruhig, ist einen Schritt zurückgetreten und betrachtet die Situation objektiv. Als Marins Eltern ihr seinen Lebenslauf vorgelegt hatten, mit all seinen Qualifikationen aufgelistet, war Marin beeindruckt gewesen. Er hatte Hochschulabschlüsse sowohl als Ingenieur als auch in Mathematik und bei seinem schnellen Aufstieg innerhalb des Unternehmens sowohl soziale Kompetenz als auch solides Fachwissen bewiesen. Schnell hatte er sich auch als fähige Führungsperson herausgestellt. Vielleicht war er nicht ganz so ehrgeizig wie Marin, er konnte aber gut mithalten. Marin hatte sich bisher nie an ihn gewandt, um ihn um Rat zu fragen, jetzt aber war sie froh über seine Fähigkeiten.

»Es muss in der Schule geschehen sein«, murmelt er in Gedanken vor sich hin. »Sie war in letzter Zeit noch spätabends zum Lernen unterwegs?«

»Ja, sie bereitet sich auf Prüfungen vor.« Marin geht im Kopf die Liste aller Freunde von Gia sowie deren Eltern durch. All die Schritte, die sie vor einigen Tagen noch nicht sehen konnte, sind nun klar. »Ich werde die Eltern ihrer Freunde anrufen. Wenn Gia uns nicht mehr erzählen will, können wir da vielleicht etwas erfahren.«

»Wir sollten noch warten«, wirft Raj ein, die Stimme der Vorsicht. »Wenn wir hinter Gias Rücken vorgehen, wird sie uns das vielleicht nicht vergeben. Vielleicht können wir ihr ja doch noch etwas entlocken.«

Jetzt, wo Marin einen Plan entwickelt hat, brennt sie darauf, ihn in die Tat umzusetzen. Jeder Instinkt sagt ihr, dass sie sofort zum Telefon greifen sollte, ungeachtet Rajs Bedenken, um Termine mit den anderen Eltern auszumachen. »Ich habe es schon versucht.«

»Aber ich noch nicht.«

Er lässt unausgesprochen, dass Gia sich ihm häufiger anvertraut als Marin. Sie spürt wieder Ärger in sich aufsteigen. Marin braucht einen Augenblick, sich zu beherrschen, zwingt sich, den Blick auf das Ziel gerichtet zu halten und nicht vom Kurs abzuweichen. »Gut. Nachdem sie dir auch nichts erzählt hat, können wir dann zum nächsten Schritt übergehen.«

»Hier geht es nicht um einen Wettstreit, Marin«, erklärt Raj sachlich, den Blick fest auf sie gerichtet.

»Nein«, stimmt Marin zu. »Hier geht es um das Leben unserer Tochter.«

Den Rest des Tages versuchen sie mit Arbeit zu verbringen, ertappen sich aber ständig selbst dabei, wie sie doch wieder durch das Haus streifen und versuchen, sich abzulenken. Marin bleibt ganze zwanzig Minuten unter der Dusche, statt der gewohnten fünf. Das heiße Wasser ist einladend, sie wünscht, dass es auch den Kummer tief in ihrer Seele fortwaschen könnte. Sie lehnt sich gegen die kalten Fliesen und betrachtet abwesend, wie die Schaumbläschen den Abfluss umkreisen, ehe sie fortgespült werden. Sie greift nach dem Shampoo, dann fällt ihr ein, dass sie ihre Haare eben schon gewaschen hat. Sie dreht das heiße Wasser stärker auf und genießt das brennende Stechen.

Als ihre Haut beginnt, von Hitze und Wasser zu schrumpeln, dreht sie das kalte Wasser auf und lässt einen arktischen Schauer auf ihren Körper niederprasseln. Sie weicht nicht zurück. Sie genießt diese kleine Folter sogar, mit der sie sich selbst peinigt. Sie fragt sich, ob Gia die gleichen Schmerzen spürt, wenn die Schläge sie treffen. Und ob ihr Geist darum fleht, dass es enden möge, während ihr Körper sich an den neuen Zustand gewöhnt. Vielleicht ist sie ja so sehr die Tochter ihrer Mutter, dass sie schweigend zusieht, wie ihr Körper geschunden wird. Marin dreht sich zu den Fliesen um und schlägt mit dem Kopf gegen die Wand, sich nach Tränen sehnend, die ihr Gesicht hinabrinnen könnten.

»Marin?«, ruft Raj ins Badezimmer. »Gia sollte bald von der Schule kommen.«

»Ich bin gleich da«, antwortet Marin und zieht sich schnell an. Jeans und T-Shirt, statt ihrem gewohnten Hosenanzug. Sie zieht die nassen Haare zurück und steckt sie mit einer Haarnadel hoch. Dann schlüpft sie in ein paar Slipper und eilt die Treppe hinunter, um mit Raj zusammen zu warten.

Gia ist pünktlich. Sie trägt den Rucksack achtlos über eine Schulter geworfen und winkt ihren Freunden zu, als das Auto sich vom Haus entfernt. Raj zieht die Tür auf, ehe Gia auch nur den Schlüssel eingesteckt hat. »Dad!« Gia strahlt, als sie ihn sieht. »Du hast mich erschreckt.«

»Hallo, Beti.« Er nimmt ihr den Rucksack ab und stellt ihn in den Flur.

Gia sieht Marin hinter ihm stehen und fühlt den Blick beider Eltern auf sich ruhen. Sie schluckt und schüttelt entrüstet den Kopf. »Du hast es ihm erzählt?«, geht sie Marin anklagend an.

»Ja.« Marin überlegt, wie es wäre, auf sie zuzugehen, ihre Tochter in den Arm zu nehmen, kann sich aber nicht dazu überwinden und bleibt stattdessen einfach nur mit hängenden Armen stehen. »Es tut mir leid.«

»Na toll.« Gia zieht die Hand weg, als Raj sie greifen will. »Das geht niemanden was an.«

Ehe Marin laut werden kann, einwenden kann, wen es denn etwas angehen sollte, wenn nicht ihre Eltern, sagt Raj ruhig und bestimmt: »Wenn dir Leid geschieht, geht uns das etwas an.«

»Mir fehlt nichts«, ruft Gia wütend, nach einer Ausflucht suchend. »Es ist alles in Ordnung, wirklich. Keine große Sache.«

»Sagt wer?«, fordert Marin, die ihre Geduld verliert. »Prellungen an deinem Bauch, auf deinem Rücken.« Sie greift sich Gias Hand und zieht den Ärmel hoch. »Und hier eine neue Stelle an deinem Arm. Bist du wirklich so dumm zu glauben, dass das richtig so ist?«

»Du vergisst die Stelle in meinem Gesicht, wo du mich geschlagen hast«, erwidert Gia kalt. Die Stille im Raum scheint greifbar. Sie legt die Hand an die Wange und sieht Marin anklagend an. »Daran erinnerst du dich doch noch?«

Marin schaut Raj nicht an, kann aber seinen brennenden Zorn spüren. Das Detail, das sie ausgelassen hat. »Ich wollte dir nicht wehtun.«

»Nein, das will doch nie jemand.« Gia schnappt sich ihren Rucksack und geht zur Treppe. »Ich habe Hausaufgaben zu erledigen.«

»Gia«, unterbricht Raj sie mit autoritärer Stimme. Sie dreht sich am Fuß der Treppe um und sieht ihn an. »Die letzte Chance, Beti«, sagt er, jetzt deutlich sanfter. »Wer hat das getan?«

»Bitte, Daddy«, flüstert Gia. Sie nimmt den Rucksack in die andere Hand. Marin sieht das Weiße an ihren Knöcheln hervortreten, so krampfhaft hält Gia die Tasche umklammert. »Es geht mir gut. Bitte, lass es einfach gut sein. Um meinetwillen.« Dann dreht sie sich um und eilt die Stufen hinauf, in ihr Zimmer, und knallt die Tür hinter sich zu.

Sie versammeln sich wieder in Marins Büro. Als Erstes müssen sie alle Eltern anrufen, mit denen sie befreundet sind. Marin hat in ihrer beruflichen Laufbahn schon oft Entscheidungen fällen müssen, die Tausende von Leben beeinflusst haben, und doch sind diese Anrufe um ein Vielfaches schwerer. Bei den meisten geht nur der Anrufbeantworter an. Marin bittet nur um einen Rückruf, ohne mehr zu verraten. Dann legt sie auf und ist keinen Schritt weiter.

Auf ihrem Weg gibt es keine Ausfahrt und keine Warnschilder. Sie muss sich beherrschen, nicht nach oben zu stürmen, Gias Tür aufzureißen und Antworten zu verlangen. Aber sie weiß, dass sie von Gia nichts mehr bekommen wird, die Weigerung war deutlich genug.

Raj schnippt mit den Fingern, um Marins Aufmerksamkeit zu erregen. Er spricht gerade in sein Handy. »Ja, hallo«, sagt er zu jemandem am anderen Ende. »Hier ist Raj. Wie geht es euch? Wir müssen uns bald mal wieder auf ein Spiel treffen.« Der Small Talk geht noch ein paar Minuten weiter, Marin springt auf und drängt sich an ihn, versucht mitzuhören. »Marin und ich haben da noch etwas, worum wir euch bitten wollen.« Raj bleibt einen Augenblick leise und lauscht. Kurz darauf lächelt er breit. »Heute Abend passt perfekt, vielen Dank.« Er legt auf und strahlt Marin an. »Bei den Ahbrams, heute um acht.«

* * *

Sie erzählen Gia nicht, wohin sie gehen. Sie haben auch keinen Grund dafür. Im Augenblick stehen sie auf unterschiedlichen Seiten. Sie ertrinkt, will aber lieber im Ozean gegen die Wellen ankämpfen, während Raj und Marin verzweifelt nach einem Rettungsboot Ausschau halten. Marin wird von Angst angetrieben. Tief in ihrem Herzen weiß sie, dass, egal wie sehr sie und Raj sich anstrengen, die Entscheidung letztendlich bei Gia liegt. Wenn sie das Ertrinken wählt, kann niemand etwas tun, dann können sie nur daneben stehen und zusehen.

Sie treffen eine Viertelstunde zu früh ein. Über die Jahre sind sie schon so oft hier gewesen, zu Partys, zu Spieleabenden und zum Grillen. Die Ahbrams leben in Palo Alto, auf einem Hügel über der Stadt. Robert ist CEO eines Start-ups, Michelle ist Oberärztin in einem Lehrkrankenhaus in San Francisco. Ihre Tochter Amber ist schon seit der Grundschule gut mit Gia befreundet.

Marin spürt, wie ein Gefühl der Demütigung sie überkommt, während sie auf der Türschwelle steht und wartet. Sie haben eben geklingelt. All die Jahre, in denen sie die Geheimnisse ihrer Kindheit fein säuberlich versteckt hat. Wie kann man den Respekt von Gleichgestellten erwarten, wenn man selbst im Schatten der Schande steht? Sie kämpft mit sich und bringt ein halbherziges Lächeln zustande, als Robert die Tür öffnet.

»Raj, Marin, kommt doch rein.« Er geleitet sie ins Haus, führt sie in sein Arbeitszimmer, in dem sie ungestört sind. Michelle wartet dort bereits auf sie. Zur Begrüßung gibt sie Marin eine schnelle Umarmung. »Robert meinte, dass Raj sich am Telefon so ernst angehört hat, ist irgendetwas passiert?«

Auf der Fahrt hierher hatten Raj und Marin nicht darüber gesprochen, wie sie vorgehen wollten. Stattdessen hatte Marin minutenlang aus dem Fenster gestarrt und den bereits dunklen Himmel betrachtet, am Horizont nach dem Nordstern gesucht. Sie hoffte, dass er ihnen vielleicht den Weg weisen könnte. »Danke, dass ihr Zeit für uns habt.«

»Ist doch selbstverständlich.«

Sie setzen sich, Robert und Michelle in die Sessel, Marin und Raj mit einem kleinen Abstand zu ihnen auf das Sofa. Marin wirft ihrem Ehemann einen Blick zu und versucht sich zu erinnern, wann sie das letzte Mal so zusammengesessen haben, oder auch nur körperlichen Kontakt gesucht hatten, abgesehen von ihren gelegentlichen sexuellen Interaktionen.

»Uns sind erschreckende Sachen über Gia zu Ohren gekommen«, setzt Raj an, unterbricht sich dann. Er muss schlucken.

»Hat Amber vielleicht irgendwas über Gia erzählt, ist irgendwas Ungewöhnliches passiert?«, hilft Marin aus, den Blick fest auf Robert und Michelle gerichtet. »Irgendwas, worüber wir uns Sorgen machen sollten?« Als Robert und Michelle einen Blick tauschen, stellen sich Marin die Nackenhaare auf. Ihr Puls beschleunigt sich. »Was ist es? Bitte, sagt es uns!«, drängt sie und versucht, ihre Stimme zu beherrschen.

»Die beiden sind nicht mehr so eng befreundet wie früher«, fängt Michelle an, fast entschuldigend. »Wir wussten auch nicht, wie wir das bei euch ansprechen sollten. Amber meinte, dass sie einfach nicht mehr so viel Zeit miteinander verbringen.«

Das ist wohl das Letzte, was Marin erwartet hatte. Sie muss sich zwar eingestehen, dass sie an Gias Treffen mit ihren Freunden weniger interessiert ist als an ihren schulischen Veranstaltungen, aber sie war eigentlich stets davon ausgegangen, dass Gia noch immer im gleichen Freundeskreis verkehrte wie zuvor. Amber war immer eine ihrer engsten Freundinnen gewesen. »Ich verstehe nicht, haben sie sich gestritten?«

»Davon hat Amber nichts gesagt. Sie meinte nur, dass sie jetzt nicht mehr mit Gia befreundet ist.«

Marin versucht einen Grund zu finden, eine Erklärung für all das. Sie weiß, dass Mädchen in dem Alter gern in Cliquen unterwegs sind, wobei oft aus willkürlichen Gründen entschieden wird, wer welcher Gruppe angehören darf. Marin selbst hatte während ihrer Zeit auf der Highschool nie Zugang zu den beliebten Cliquen gefunden, damals sprach sie Englisch noch mit deutlichem Akzent und musste oft alte Kleider von der Wohlfahrt auftragen. Damit war ihre Außenseiterposition eigentlich schon besiegelt. Als ihr Vater von ihr verlangte, dass sie im Sommer zusätzlichen Unterricht nehmen sollte, damit sie die Highschool vorzeitig abschließen kann, hatte sie die Entscheidung freudig angenommen. Dadurch konnte sie schneller auf die Universität, auf der sie es dann auch wirklich leichter hatte als auf der Highschool.

»Hat Gia denn nie etwas davon erzählt?«, fragt Robert und blickt sie erstaunt an.

»Nein«, antwortet Raj besorgt. »Hat Amber vielleicht sonst noch etwas dazu gesagt?«

»Nein, tut mir leid.« Michelle scheint nach den richtigen Worten zu suchen. »Ich will mich ja nicht aufdrängen, aber wollt ihr uns nicht verraten, worum es geht? Wir kennen Gia ja auch schon seit dem Kindergarten, wenn wir irgendwie helfen können …«

Marin unterbricht, ehe Michelle mehr sagen oder Raj antworten kann. »Es ist schon in Ordnung, danke. Wir sind euch sehr dankbar.« Marin steht auf und bedeutet Raj damit, ihr zu folgen.

»Wenn es irgendetwas gibt, was wir für euch tun können«, sagt Robert, als er und Michelle sie zur Tür bringen, »lasst es uns einfach wissen.«

Raj setzt sich ans Steuer, Marin sinkt in den Beifahrersitz. Gerade, als Raj den Wagen anlässt, öffnet sich die Haustür noch einmal und Amber kommt heraus. Sie bleibt auf den Stufen stehen, unter dem Licht des Vordachs, und schaut in ihre Richtung. Marin bemerkt sie und streift den Sicherheitsgurt wieder ab. »Einen Augenblick«, weist sie Raj an. Nur Sekunden später steht sie wieder an der Tür. »Amber, wie geht es dir?«

»Gut, danke.« Sie ist kleiner als die anderen Mädchen in ihrer Klasse. Ihre Haare sind zu einem Zopf geflochten und obwohl einige der Mädchen in ihrem Alter schon Make-up tragen, ist ihr Gesicht noch völlig ungeschminkt und natürlich. »Mom hat gesagt, dass irgendetwas mit Gia los ist?«

»Ja.« Marin versucht, ihre Ungeduld in Zaum zu halten. »Ich wusste noch gar nicht, dass ihr keine Freundinnen mehr seid.«

»Tja«, meint Amber nur und zuckt mit den Schultern. Für Marin sieht sie immer noch wie das kleine Kind aus, das bei ihnen übernachtet und mitten in der Nacht geweint und nach ihrer Mama gerufen hat. Das Mädchen, von dem Gia geschworen hatte, dass sie auf ewig ihre beste Freundin sein würde, für ihr ganzes Leben. »Ist schon blöd.«

Marin nickt, unsicher, wie sie weiter vorgehen soll. Eigentlich ist alles, seitdem diese Sache angefangen hat, für sie neu. »Gia ist irgendwie anders in letzter Zeit, weißt du da vielleicht irgendwas drüber?«, fragt Marin, ohne zu viel zu verraten.

»Ist sie in Schwierigkeiten?«, fragt Amber mit großen Augen.

»Nein«, erklärt Marin mit angespannten Nerven. »Wieso seid ihr beiden keine Freundinnen mehr?«

Amber kämpft sichtlich mit sich. Ihre Augen weichen schlagartig aus, mustern die Bäume im Vorgarten. Sie trägt immer noch ihre Schuluniform und spielt mit den Falten ihres Rocks, während sie nachdenkt. »Also, dieser Junge, mit dem Gia jetzt geht ...«

»Gia hat einen Freund?«, entfährt es Marin, die einen Schritt zurück macht, um den Schock in ihrer Stimme zu verbergen. Sie sammelt sich und richtet den Blick auf eine Ecke über Ambers Kopf. »Wer ist es denn?«

»Ich kenne ihn nicht so gut. Er ist neu an der Schule.« Amber sinkt in sich zusammen. Sie verbirgt etwas, erzählt nicht die ganze Wahrheit, davon ist Marin überzeugt. »Ich glaube, er ist der Grund, warum wir keine Freundinnen mehr sind.«

Marin dankt ihr und geht zurück zum Wagen. Raj setzt zurück, fährt aus der Einfahrt raus und biegt auf die Hauptstraße ein, ehe er fragt. »Was wollte sie denn?«

»Nichts«, lügt Marin. Sie fühlt sich, als ob eine Schlingpflanze ihren Körper einschnürt. Sie ringt nach Atem, versucht sich zu befreien. Die Umklammerung zieht sich nur noch fester zusammen, sie bekommt keine Luft mehr. Bei all den Lügen, auf denen ihr Leben aufgebaut ist, spielt eine weitere auch keine Rolle mehr. »Sie wollte nur, dass wir Gia von ihr grüßen.«

Ranee

Sie verbringt ihre Tage inzwischen weitgehend allein, auch wenn sie sich früher nie hatte vorstellen können, dass ihr ein solches Leben gefallen könnte. Wenn man mehrere Kinder großzieht, verliert man irgendwann das Gefühl, was Freizeit bedeutet. Einige Paare genießen es, wenn die Kinder das Haus verlassen und ihr eigenes Leben beginnen. Sie haben dann wieder mehr Zeit füreinander, können die Romantik wieder aufleben lassen, die über die Jahre verloren gegangen war. Für Ranee bedeutete es nur noch mehr Einsamkeit. Als sie allein mit Brent in dem großen Haus leben musste, träumte sie oft davon, ihn zu verlassen. Wann oder wie spielte keine große Rolle, sie wollte nur von hier fort sein.

Auch fragte sie sich oft, ob Sonya in der Ferne glücklicher war, als sie es zu Hause je hatte sein können. So oft hatte sie nach dem Telefon gegriffen, um ihre Tochter anzurufen, sich dann aber doch nicht getraut und den Hörer wieder aufgelegt. Ihr war klar, dass sie kein Recht hatte, ihre Tochter um Rat zu fragen. Die Tochter, die geflohen war, weil Ranee ihr kein sicheres Heim hatte bieten können.

Seit ihrer Hochzeit betete Ranee zweimal täglich. Jeden Morgen rezitierte sie das *Nimantran*, ein Mantra, mit dem man um Vergebung, Schutz und Bescheidenheit bittet. Nach den traditionellen Zeilen fügte sie stets einige eigene Worte hinzu. Insbesondere bat sie um Hilfe für ihre Töchter, Vergebung dafür, dass sie nicht stark genug war, einzuschreiten, und um Güte für ihren Gatten. Wenn sie abends dann neben Brent lag und seinem Atem lauschte, betete sie nur um eins: dass sie und ihre Töchter einen weiteren Tag überleben würden.

Als sie noch ein kleines Kind war, hatten ihre Eltern sie auf eine Pilgerfahrt nach Palitana mitgenommen, zu den achthundertdreiundsechzig Tempeln auf dem Berg Shatrunjaya. Um den Tempelkomplex zu erreichen, mussten die Reisenden mehrere Hundert Meter Höhenunterschied überwinden und Tausende Stufen erklimmen. Die Menschen kamen aus aller Welt, um hier den Gottheiten ihre Ehrerbietung zu erweisen. Der Tempelkomplex ist bekannt als Ort des Sieges über innere Feinde. Die Wallfahrer bringen ihre Opfergaben in Gold und Silber und erhalten dafür den Segen der Götter, in Form von Gesundheit, Glück in der Ehe und Sicherheit.

Mit dem Zug kam Ranee mit ihren Eltern und Verwandten am späten Abend an. Die Nacht verbrachten sie bei Freunden, wo sie alle zusammen auf dem Boden eines einzelnen Raumes schliefen. Ranee hatte sich wärmesuchend an einen ihrer Brüder gekuschelt. Am nächsten Morgen weckte ihre Mutter sie auf, noch ehe die Sonne aufgegangen war. Sie kleideten sich an und packten für den Weg *Naan*-Fladen und *Chevda* ein – eine Mischung aus scharf gewürzten Reisflocken, Linsen und Nüssen. Ranee war schockiert, als sie zum ersten Mal Chevda unter dem Namen *Hot Mix* in amerikanischen Supermärkten fand.

Die Sonne ging eben erst hinter den Bergen auf. Noch tief unten am Fuß des Berges konnte Ranee bereits die Glocken hören und den Duft von Weihrauch und Rosen riechen, der den grasbedeckten Hügel hinabwehte. Hunderte *Dalits*, Unberührbare, nur mit einem Lendenschurz bekleidet, trugen jeweils zu zweit die *Dolis*, die traditionellen Sänften, über die Stufen den Berg hinauf, um so jenen, die zu alt oder schwach für die Reise waren, den Aufstieg zu ermöglichen. Nachdem sie eine gute Stunde Stufen bergan gestiegen waren, sehnte sich auch Ranee nach solchem Luxus. Unschuldig fragte sie ihre Mutter, ob sie vielleicht den Rest des Weges in solch einer Sänfte sitzen könnte. Ihre Mutter lachte nur und erklärte ihr, dass der Aufstieg in einer Sänfte tausend Rupien pro Person kostet, und dass sie nicht so viel Geld ausgeben würden, nur weil ihre Tochter etwas müde sei.

Zurechtgewiesen erklomm Ranee schweigend weiter die Stufen, zusammen mit ihren Brüdern und Schwestern. Unterwegs hielten sie an und kauften frische Kokosnüsse, die in regelmäßigen Abständen angeboten wurden. Durch ein Loch in der harten Schale floss das Kokoswasser direkt in ihren Mund. Nachdem die Kokosnuss leer war, schlug ihr Vater sie auf, sodass sie das milchig weiße Fruchtfleisch essen konnten.

Auch heute stockt Ranee noch der Atem, wenn sie sich an den Anblick der Tempel erinnert, der sich ihr damals bot. Aus massivem Stein gemeißelt und mit Säulen aus Marmor verziert, lagen die offenen Tempel vor ihnen, vollgestopft mit Menschenmassen, jeder Zentimeter Boden belegt mit jenen, die den Segen der Götter suchten. Menschen jeglicher Klasse und Schicht, Seite an Seite, gekleidet in Sari oder *Salwar Kamiz*, sanft zu den Gesängen der Gurus schwankend. Die Worte priesen den Ruhm und den Glanz der verschiedenen Götter, denen die Tempel geweiht waren und die in Form von lebensgroßen marmornen Statuen dargestellt waren. Der große Shiva, die Göttin Parvati, ihr Sohn Ganesha und seine Töchter Lakshmi und Sarasvati, um nur einige zu nennen.

Die Säulen stellten die einzige Begrenzung der Tempel dar, ohne jegliche Mauern drang der warme Hauch der Natur ungestört hinein. Ranee schloss die Augen und ließ Musik und Wind über sich gleiten, spürte, wie ihre unschuldige Seele noch reiner gewaschen wurde. In dem Augenblick war Ranee eins mit einem Wesen, das sie nie zuvor gesehen hatte. Geliebt auf eine

Weise, die sie nie gekannt hatte, und so lebenssicher, auf eine Art, die sie später nie wieder erreichen würde, so sehr sie sich auch anstrengte. An jenem Tag gab sie sich selbst ein Versprechen – sie wollte nie die Botschaft vergessen, die sie an jenem Tag vernommen hatte: Dass die Welt nur darauf wartet, von ihr gelebt zu werden. Der Gedanke an dieses Versprechen verfolgte sie ihr Leben lang.

* * *

Ranee kommt pünktlich bei der Versammlung der indischen Gemeinschaft an. Eine der Familien hat eine *Puja* einberufen – eine traditionelle Zeremonie, die für wichtige, zukunftsweisende Gelegenheiten abgehalten wird. Sie wollten den Bau ihres neuen Hauses zeremoniell einweihen. Während der Puja verbrachten die Gurus den ganzen Tag im Gebet und luden dann Freunde und Verwandte der Familie ein, um den Anlass gemeinsam zu feiern. Ranee hatte über die Jahre schon an Hunderten solcher Veranstaltungen teilgenommen. Eine Puja war zugleich auch immer eine willkommene Gelegenheit, Freunde und Bekannte wiederzutreffen, während die Kinder zusammen spielten. Die Familien der Gemeinschaft trafen sich oft untereinander am Wochenende zum Abendessen, spielten gemeinsam Karten oder sahen zusammen einen Film. Jede Ausrede, um gemeinsam Zeit zu verbringen und die sehnende Erinnerung an jene, die in Indien zurückgeblieben waren, abzuschwächen. Eine Ersatzfamilie, die aus all jenen besteht, die aus dem gleichen Heimatland stammen.

»Ranee!« Nita, die Hausherrin und eine langjährige Freundin, eilt auf sie zu, kaum dass sie angekommen ist. »Wie geht es dir?«

»Es geht mir gut.« Ranee streift ihre Schuhe ab, ehe sie eintritt. Indische Tempel betritt man immer barfuß, da man dadurch besser die Vibrationen der Erde durch den Boden spüren kann. Dieser jahrhundertealte Brauch hatte über die Zeit auch in normalen Häusern Einzug gefunden. Schließlich hatte fast jede indische Familie auch eine Art Familienschrein im Haus. »Wie geht es dir?«

»Ich denke jeden Tag an dich.« Nita umarmt sie. »Ich habe Brent letzte Woche besucht. Es ist so schrecklich, du hast mein volles Mitgefühl.«

»Ich bete jeden Tag«, sagt Ranee, während sie ihren Kopf senkt. Sie hat sich noch nie jemandem anvertraut. »Aber Gott hört unsere Gebete nicht immer.«

»Nein«, stimmt Nita zu. Einige andere Frauen treten zu ihnen. »Seine Wege sind unergründlich.«

»Aber doch bleibt uns nichts übrig, als weiter zu bitten«, wendet eine andere Freundin ein. »Denn, wenn wir nicht bitten, wie soll Gott wissen, was wir von ihm wollen?«

Alle murmeln ihre Zustimmung. »Es sind immer die besten und stärksten, die am meisten leiden«, erklärt Nita und greift Ranees Hand. »So, als ob Gott weiß, dass du die Kraft hast, die uns anderen fehlt.«

Eine höfliche Umschreibung, denkt Ranee. Sie nickt nur zu den Worten und nimmt die Mitleidsbekundungen würdevoll entgegen. In der indischen Kultur gilt der Glaube, dass Unglück abfärben kann. Wenn man zu viel Zeit mit jemandem verbringt, dem großes Unglück widerfährt, kann diese negative Energie überspringen. So gilt zum Beispiel, wenn man zu einer Hochzeit eingeladen ist und ein Verwandter stirbt, egal wie entfernt dieser auch gewesen sein mag, dass man die Einladung ablehnen muss. Das ist auch der Grund, warum ihre Freundinnen, die sie teilweise schon Jahrzehnte kennt, sie zwar besuchen, aber nie lange bleiben. Ehe Sonya heimgekehrt war, kamen regelmäßig Freundinnen mit Abendessen bei ihr vorbei. Morgens brachte dann eine andere Freundin das Frühstück. Ein

Kreislauf der Mahlzeiten, aber niemand, mit dem man sie teilen konnte. Das ist auch der Grund, warum Ranee nie jemandem die Wahrheit erzählt hat – wenn ihre Freundinnen wüssten, wie schlimm es ihr wirklich mit Brent ergangen war, würden sie keine Freundinnen mehr sein wollen.

»Nur die Kraft eurer Freundschaft hilft mir jeden Tag«, gibt Ranee zurück und schenkt ihnen ein dankbares Lächeln. »Was wäre ich nur ohne euch?«

Der Guru läutet die Glocke und ruft damit alle zusammen. Die Männer setzen sich auf eine Seite, die Frauen auf die andere. Während der Gebete vermischen sich die Geschlechter nicht, damit Reinheit gewahrt bleibt. Nachdem alle Platz genommen haben, beginnt der Guru das Gebet.

»Wir haben uns hier versammelt, um das neue Heim unserer Freunde Nita und Sanjay zu segnen«, setzt er an, während er geschmolzene Butter in das kleine Feuer in dem Topf vor sich gibt. Er gießt Milch und Wasser über kleine Statuen der Götter Ganesha und Shiva, lässt dann einige Rosenblätter darüber rieseln. »Wir beten dafür, dass dieses Haus nur Glück und Freude sehen wird, Wohlstand und Gesundheit. Auf dass die Götter auf dieses Haus und seine Besitzer lächeln mögen, denn niemand verdient es mehr.«

Der Guru fährt mit den Mantras fort, ruft jeden Gott an, das Haus zu segnen und jegliches Unglück fernzuhalten. Ranee wünscht sich, dass es so einfach wäre. So oft hatte sie sich ersehnt, dass ein einfaches Gebet ihr Leben ändern möge. Wenn die Götter wirklich allmächtig wären, müsste sie doch nur wie ein kleines Kind darum bitten, ihr ein perfektes Leben zu schenken. Aber Ranee weiß, dass es nicht so einfach ist. Sie hat nicht einmal selbst die Kraft gefunden, ihren Töchtern die Kindheit zu bieten, die sie verdienten, und sie weiß, dass es keinen magischen Zauberstab und kein Gebet gibt, um dies ungeschehen zu machen.

Diese Erfahrung hat sie gelehrt, dass sie selbst eingreifen muss, wenn ihr Leben sich ändern soll. Die Regeln neu festlegen und den Glauben zurückweisen, in dem sie großgezogen wurde. Warum sollte sie einen Gemahl ehren, der ihr keinen Respekt erweist? Wenn sie weiter die Reaktionen der Gemeinschaft fürchtet, zeigt das nur, dass sie das für sie bestimmte Leben annimmt. Aber wenn alles nur auf Lügen aufgebaut ist, ist man dann nicht auch selbst einfach nur ein Lügner?

Ranee schließt die Augen und sieht sich innerlich wieder auf dem Berg in Indien stehen. Die Gesänge der Gurus von damals verschmelzen mit dem Gesang des Gurus heute. Sie riecht denselben Weihrauch, über die Jahrzehnte hinweg, und Tränen steigen ihr in die Augen. Umgeben von Fremden, damals wie heute, akzeptiert sie die einfache Wahrheit, dass sie dazugehört, weil sie ist, wer sie sein will. Sie ist nicht die, welche die Gesellschaft in ihr sehen will.

Nach ihrer Hochzeit hatte sie immer wieder den gleichen Traum gehabt. In ihrem Traum fiel sie vom Tempel hinab, den Berg hinab, in freiem Fall, an den Tausenden Stufen vorbei, während andere Menschen diese erklommen. Sie fiel und fiel, bis sie schweißgebadet aufwachte. Nachdem Brent ins Krankenhaus eingeliefert wurde, hatte sie den gleichen Traum wieder. Doch diesmal landete sie in sanften Armen. Als sie sich umwandte, um ihrem Retter zu danken, blickte sie in ihr eigenes Gesicht.

Das Feuer brennt und lässt den Rauch um sie herum aufsteigen und Ranee lächelt. Verborgen im Dunst fühlt sie sich sicher, sie weiß, dass sie endlich angefangen hat zu leben, und spürt, dass die Welt ihr dabei zusieht.

Sonya

Für meinen ersten Auftrag als Fotografin habe ich vier Monate in einer gefährlichen Nachbarschaft verbracht, die von den Gangs fest im Griff gehalten wurde. Hier habe ich zugesehen, wie kleine Jungs schon mit neun Jahren in ihre neue Familie aufgenommen wurden, manchmal sogar noch früher. Noch ehe sie die Pubertät erreichten, konnten sie schon mit Waffen umgehen und wussten, wie man kämpft. Ihre Waffen trugen sie wie einen Teil von sich selbst, sie schossen so präzise wie jemand, der sein Leben lang nichts anderes getan hat. Schon der kleinste Verstoß gegen die komplexen Regeln, wie etwa das Überqueren der falschen Straße, konnte mit einer Exekution enden. Kinder, die früher zusammen gespielt hatten, bekämpften sich nun als blutige Erzfeinde.

An einem Tag wurde ein Gangleader gejagt, der den Chef einer feindlichen Gang ausgeschaltet hatte. Ein Preis wurde auf seinen Kopf ausgesetzt, für denjenigen, der seinen von Kugeln durchsiebten Körper vorweisen konnte. Als er gestellt wurde, warfen seine beiden Begleiter sich vor ihn und schützten ihn mit ihren eigenen Körpern. Er konnte fliehen und ehrte die beiden Jungen wie Helden. Bei dem Begräbnis lagen ihre Mütter über den Särgen und flehten nach einer Erklärung, einem Grund, warum ihnen ihre Söhne genommen worden waren. Doch es gab keine Erklärung. Wie ich die Prozession der Trauernden so beobachtete, fragte ich mich, warum Kinder es so leicht akzeptieren, dass sie für die Sünden der Erwachsenen einstehen müssen, selbst wenn sie sich dabei selbst verlieren.

* * *

Ich treffe am Krankenhaus ein, mein Portfolio in der Hand, voller Bilder aus aller Welt. Die Personalabteilung ist leicht zu finden, ich warte geduldig auf den Abteilungsleiter persönlich. Die beiden anderen Jobs habe ich mir bereits angesehen, bei beiden wollte man mich sofort verpflichten, aber die Arbeit hätte jeweils nur eine Woche gedauert, höchstens zwei. Ich brauche aber etwas, das mich länger beschäftigt hält. Als ich Linda das erklärte, musste sie sich sehr zurückhalten. Trotzdem hat sie für mich beim Krankenhaus angerufen und ausgerichtet, dass ich interessiert sei, mehr zu erfahren. Kein Versprechen, dass ich annehmen würde, warnte sie jedoch. Also haben wir einen Termin ausgemacht, um uns kennenzulernen. In der Zwischenzeit hatte ich versucht, so viel wie möglich über Fotografie als Therapieform herauszufinden, was genau genommen nicht wirklich viel war. In Kombination mit anderen kreativen Ausdrucksformen wie Musik oder sogar Videospielen, ließen sich jedoch positive Ergebnisse bei Patienten feststellen, was sich zum Beispiel an einem gesteigerten Endorphinspiegel zeigte, der wiederum zu verbesserten Abwehrkräften gegen diverse Krankheiten führt.

Als ich den Wagen vor dem Krankenhaus parke, scheint es mir seltsam, wegen der Arbeit hier zu sein und nicht wegen meines Vaters. Aber mein Bedürfnis, ihn zu besuchen, schwindet mit jedem Tag. Es gibt nichts mehr, was ich ihm sagen will. Und ich weiß, wenn er aufwacht, wird er kein Interesse daran haben, mich zu sehen. Eigentlich bin ich nur noch für Trisha hier. Sobald sie mich nicht mehr braucht, bin ich weg.

Die Personalabteilung ist riesig, sie nimmt einen ganzen Flügel ein. Überall eilen Menschen in Büros oder kommen aus diesen heraus. Hier tragen alle Anzüge, keine weißen Kittel oder Schwesternkleider, wie sie im Rest des Krankenhauses üblich sind. »Sonya? Ich bin Sean«, begrüßt mich ein großer Mann mit grauen Haaren, der mir die Hand entgegenstreckt.

»Es freut mich, Sie kennenzulernen«, gebe ich zurück. Sein Griff ist kräftig und voller Wärme.

»Ich muss schon sagen«, meint er, während er mich in sein Büro geleitet, »der Anruf Ihrer Agentin hat mich doch sehr überrascht. Jemand von Ihrem Ruf hier in dieser Position … Nun, ich muss wohl nicht extra betonen, was das für uns bedeuten würde.«

»Vielen Dank.« Ich habe mich nie daran gewöhnt, dass Menschen meine Arbeit loben. Linda leitet mir zwar jegliches Feedback weiter, aber in der Regel landen diese Briefe oder E-Mails ungelesen im Papierkorb. Anfangs hatte ich ein paarmal versucht, die Kommentare zu lesen, konnte mir aber nie vorstellen, dass darin wirklich von mir die Rede ist. »Ich freue mich darauf, mehr zu erfahren.«

»Unser Vorstand hat bereits dem Budget für eine neue experimentelle Therapie zugestimmt.« Er reicht mir einige Unterlagen. Ich überfliege kurz die Hochglanzbroschüre, in der das Krankenhaus stolz seine zahlreichen Errungenschaften präsentiert. »Eine Innovation im Gesundheitswesen. Wir setzen natürlich die Kunsttherapie ein, wie auch Musik und bei den Kindern Videospiele. Fotografie ist in letzter Zeit stark im Kommen und weil unser Krankenhaus bei Neuheiten im Gesundheitswesen stets zu den Ersten gehört, wollen wir sehen, was wir damit erreichen können.«

»Was genau würden meine Aufgaben umfassen?« Ich reiche ihm die Unterlagen zurück und lehne mich im Stuhl zurück. Ich weiß nicht so recht, was ich erwarten soll. Ich war nie wirklich gut darin, mit Menschen zu arbeiten. Bisher war ich immer nur allein hinter meiner Kamera.

»Die Arbeit mit den Patienten. Wir wollen, dass Sie ihnen etwas über die Fotografie beibringen. Als ersten Schritt würden wir mit den Kindern anfangen, die vielleicht am meisten davon profitieren können. Sie hatten bisher ja noch nicht viel Kontakt mit Fotos, Kameras, Ausdrucken, dem ganzen Prozess des Fotografierens allgemein. Wir hoffen, dass wir ihnen dadurch mit einfachen Mitteln eine neue Welt eröffnen.«

Das ist das Schöne an der Fotografie. Ein Bild, das Tausende Kilometer entfernt aufgenommen wurde, kann dem Betrachter den Ort näherbringen. Seine Vorstellung nimmt ihn auf eine Reise mit, ohne dass er das Haus verlassen muss. Eine Sammlung verschiedener Bilder kann eine komplett neue Erfahrung darstellen und den Menschen Orte erschließen, die sie sonst nie kennenlernen könnten. Ich habe die Macht des Bildes nie unterschätzt.

»Ihre Agentin meinte, dass Ihr Vater zurzeit hier in Behandlung ist. Ich habe mir erlaubt nachzuschlagen, wer der behandelnde Arzt ist.«

»Dr. David Ford«, sagen wir beide gleichzeitig.

»David ist einer unserer besten Ärzte«, betont er.

»Das hat man uns gesagt.«

»Er ist auch im Vorstand des Krankenhauses. Als ich angesprochen habe, dass Sie eventuell an der Arbeit interessiert wären und heute kommen würden, war er natürlich begeistert. Er hat darauf bestanden, sie selbst herumzuführen.«

Mit perfektem Timing klopft es im selben Augenblick an die Tür. David steckt den Kopf ins Zimmer und lächelt, als er mich sieht. »Sonya, schön, Sie wiederzusehen.«

Ich stehe automatisch auf, um auch ihn zu begrüßen. »Schön, Sie wiederzutreffen, Dr. Ford.«

»Ich dachte, wir hätten uns auf David geeinigt.« Sein Blick sucht Sean. In professionellem Ton fügt er hinzu: »Sean, vielen Dank, das Krankenhaus ist Ihnen zu Dank verpflichtet. Wenn wir Sonya überreden können, wird das wirklich ein idealer Start für das Projekt.«

* * *

»Ich bin mir nicht sicher, ob ich wirklich für die Arbeit geeignet bin«, warne ich David, während wir den Flur entlanggehen. Ärzte und Krankenschwestern kommen an uns vorbei und grüßen im Vorübergehen. Er scheint unter seinen Kollegen beliebt und respektiert zu sein.

»Das war nur ein erstes Kennenlernen«, erklärt er, während er am Aufzug den Knopf nach oben drückt.

»Wohin fahren wir?«, frage ich.

»Einen Augenblick Geduld bitte.«

Er genießt das Spiel. Seine gespannt-freudige Aufregung wirkt ansteckend. Wir fahren zwei Stockwerke nach oben, beide aus unterschiedlichen Gründen neugierig auf das, was uns dort erwartet. Als wir aus dem Aufzug treten, werde ich von der Farbenpracht überwältigt. Die Wände sind mit jeder Farbe des Regenbogens bedeckt. Wandgemälde zeigen Ballons, Tiere aus dem Zoo, eigentlich jede denkbare Art von Lebewesen, detailliert dargestellt. Groß genug, dass Kinder auf sie aufmerksam werden und sich von ihnen beruhigen lassen.

»Vorsicht!«, ruft David und zieht mich am Ellbogen zurück, als zwei Jungen kreischend vorbeirennen. Im Wettstreit, wer zuerst den Knopf für den Aufzug erreicht, achten sie gar nicht auf uns.

»Entschuldigung«, ruft uns die Mutter zu, die den Jungen nacheilt und nur als Wirbel aus einem blonden Pferdeschwanz mit Jeans und Sweatshirt zu erkennen ist. »Man sollte denken, nach dem Blutabnehmen sollten sie müder sein.«

»Gar kein Problem.« Die beiden Brüder streiten weiter, jetzt darum, wer sich zuerst in den Aufzug drängen kann. »Vergesst eure Mutter nicht, Jungs!«, ruft David ihnen nach.

Die Frau lächelt David dankbar zu, während ihre Kinder pflichtbewusst die Tür aufhalten. Nachdem die Aufzugstür sich wieder geschlossen hat, wende ich mich zu ihm um. »Ich denke mal, wir sind hier in der Kinderabteilung gelandet?«

»In einer der Abteilungen. Diese hier befasst sich primär mit Onkologie.«

Ich folge ihm den Gang entlang, bis zu einem großen Glasfenster. Hinter dem Fenster sehe ich einen kleinen Raum, in dem ein gutes Dutzend Kinder spielt. Die meisten von ihnen haben keine Haare mehr, alle haben Schläuche an ihren Körper angeschlossen. Sie sind von unterschiedlichem Alter und ich würde schätzen, dass sie älter sind, als sie aussehen. Sie lachen, vergnügen sich mit den vorhandenen Spielsachen. Keines von ihnen achtet auf uns, wie wir hier stehen und sie beobachten. Vielleicht haben sie sich schon daran gewöhnt, von Erwachsenen beobachtet zu werden, die nach Zeichen von Besserung Ausschau halten. Ich kann mir gut vorstellen, wie Ärzte, ähnlich wie David, hier stehen und Notizen für die Krankenakten anfertigen. Jedes Verhaltensmuster kann Aufschluss geben. Die Art, wie sie die Spielsachen teilen oder Konflikte lösen, kann Anhaltspunkte darüber geben, wie es um ihre Gesundheit bestellt ist. Vielleicht ist es ihnen aber auch einfach egal, wer hinter dem Fenster steht. Wie genau sie in diesen ihnen unbekannten Tests abschneiden, spielt für sie keine große Rolle, weil sie sich ja schon mitten in der größten Prüfung ihres Lebens befinden, und allein ihr Überleben zeigen wird, ob sie gewinnen oder verlieren.

»Ich soll Fotos von ihnen machen?«, frage ich.

»Mit ihnen«, korrigiert er mich und winkt dabei einem kleinen Jungen zu. David wendet sich zu mir, aber meine Augen bleiben auf die Kinder gerichtet. »Hat Sean von den verschiedenen Therapiemethoden erzählt? Wie etwa der Tiertherapie?«

»Ja.« Studien haben erwiesen, dass die bedingungslose Zuneigung eines Tieres helfen kann, wenn die Medizin versagt.

Ich habe mich schon oft gefragt, wie es gewesen wäre, wenn ich als Kind ein Tier gehabt hätte. Ob ein Hund oder eine Katze wohl ausgereicht hätte, mein Leid zu mindern? »Es soll wohl Wunder wirken können.«

»Ja.« Er scheint zufrieden damit, wie gut ich mich auskenne. »Wir suchen gerade nach neuen Ansätzen, um Patienten zu helfen, gesund zu werden, oder zumindest den richtigen Weg einzuschlagen.«

»Und Fotografie kann da helfen?« Mir hat sie auf jeden Fall geholfen. All die Jahre, die ich hinter meiner Kamera verbracht habe, haben mich davon abgehalten, mich in der Unbill meines Lebens zu verlieren.

»Jede Art Kunst kann helfen. Die Kinder haben Papier und Buntstifte, um sich künstlerisch auszuleben. Fotografie wäre da eine weitere Möglichkeit, die wir bisher noch nicht ausprobiert haben. Ich bin sehr gespannt, welchen Effekt wir damit erreichen können.« Er nickt zu einem kleinen Mädchen mit kurzen, frisch nachgewachsenen Haaren, noch nicht lang genug, um ihren Kopf ganz zu bedecken. Sie schlurft langsam vorwärts, vorsichtig, um den Tropf nicht umzuwerfen, den sie mit sich schiebt. »Sie liebt es, Bildbände durchzublättern. Wie wäre es wohl, wenn sie ihr eigenes Fotoalbum anfertigen könnte?«

»Ich soll also Unterricht geben?«

»Das könnte bei den Erwachsenen funktionieren. Bei den Kindern würde ich eher vorschlagen, dass wir ein kleines Grüppchen versammeln und ihnen die Grundlagen zeigen. Das Krankenhaus wird natürlich die Kameras und sonstiges Zubehör stellen.«

»Wir bräuchten einen Drucker. Die Kinder würden es lieben, die Fotos direkt in der Hand halten zu können.« Ideen schwirren mir durch den Kopf. »Sie könnten eigene Fotoalben erstellen, dann haben sie auch etwas, was sie mit nach Hause nehmen können.« Diejenigen, die es wieder nach Hause schaffen.

»Kann ich das als Zusage werten?« Er reibt sich die Hände vor Aufregung und Erleichterung. »Die Formalitäten in der Personalabteilung könnten wir gleich erledigen und eigentlich sofort anfangen.«

»Moment«, unterbreche ich ihn, versuche seinen Enthusiasmus etwas zu zügeln. »Will denn niemand erst mein Portfolio sehen?«

»Als Sean von dem Anruf der Agentur erzählt hat, hat der Vorstand sofort ein bisschen nachgeforscht«, gibt er zu. »Ihre Fotos sind fantastisch.« Er nickt in Richtung der Kinder. »Sie würden sich sehr freuen, jemand so Talentiertes zu haben.«

»Vielen Dank.« Mir fällt ein Junge auf, vielleicht fünf Jahre alt. Er hat aus Lego-Bausteinen einen hohen Turm errichtet. Nachdem er allen seine Leistung gezeigt hat, holt er aus und wirft den Turm mit einem Schlag wieder um. Menschlicher Instinkt, geht es mir durch den Kopf. Wir zerstören, was wir geschaffen haben.

»Ich muss zugeben, dass ich noch keine Ahnung von der Qualität Ihrer Arbeit hatte, als wir letztens über Fotografie gesprochen haben«, erklärt David zerknirscht. »Ich komme mir ziemlich töricht vor.«

»Ach bitte«, winke ich ab. Seine Bewunderung lässt mein Rückgrat kribbeln, verbindet sich da aber in einer höllischen Symbiose mit meiner tief verwurzelten Angst. Ich weiß nicht, ob es daran liegt, dass mein Vater nur einige Stockwerke unter uns im Todeskampf liegt, oder daran, dass ich die letzten Minuten mit David so genossen habe, aber das Gefühl wird zu viel für mich. Erinnert mich daran, nicht nach etwas zu streben, was ich nie haben kann, was ich nie sein werde. »Aber vielen Dank für die netten Worte.«

»Also, was denken Sie?« Er hält sich an seinem Stethoskop fest und schaut seine Füße an, ehe er den Blick zu mir hebt. »Ihnen steht eine großartige Aufgabe bevor, falls Sie zusagen.«

Ich trete einen Schritt vom Fenster weg, damit die Kinder nicht mehr in meinem direkten Blickfeld sind. Sie stört es vielleicht nicht, aber ich muss damit nicht mehr ihr Leiden ansehen. Das ist der schwierigste Teil. Kinder, von Geburt an unbefleckt, denen ohne Grund Leid zugefügt wird. Ob dieses Leid jetzt von der Hand ihrer Eltern kommt, von einem Fremden oder von Gott selbst, es fällt mir schwer, es zu akzeptieren. Unschuldige Wesen, die sich noch nicht wehren können, die gerade erst lernen, wie das Leben funktioniert, müssen schon stark und weise genug sein, um zu überleben. Vielleicht wird das mein Untergang sein. Ich habe es nie gelernt. Wie auch, wenn ich immer nur mit Davonlaufen beschäftigt bin? »Ich werde darüber nachdenken.« Ich wende mich ab, die Panik macht sich in mir breit, wie ein lange verlorener Freund. Als ich am Fenster vorbeikomme, sehe ich den Jungen, wie er triumphierend die Hände emporreißt, die Lego-Bausteine vor ihm verstreut am Boden.

* * *

»Wir sollten uns bald zu Tisch setzen«, sagt Trisha, während sie die Teller verteilt. Wir sind heute nur zu viert – wir drei Schwestern und Mom. Es ist Samstagabend, das erste Mal seit Langem, dass wir wieder zusammen zu Abend essen. Wir gehen vorsichtig miteinander um, fast so, als ob wir fürchten, die mühselig geschaffene Balance zu stören.

»Eloise hat *Baingan Bharta* zubereitet, Mama. Dein Lieblingsessen. Natürlich nicht so gut, wie von dir selbst gemacht, aber sie hat dein Rezept verwendet.« Trisha bringt das traditionelle Curry aus Aubergine, Tomaten und Zwiebeln aus der Küche und stellt es in der Mitte des Tischs ab. Dann winkt sie uns alle zu Tisch und besteht darauf, dass wir uns setzen.

»Du trägst wieder den Sari?«, bemerkt Trisha überrascht.

Erst jetzt fällt mir Moms Outfit auf. Sie trägt heute einen grünen Sari, den ich bisher noch gar nicht kenne. Das einfache Design am Saum zeigt aber, dass er schon alt sein muss. In den neueren Saris sind immer Silber- oder Goldfäden eingewoben und sie strahlen in leuchtenden Farben, so lebendig, als ob sie geradewegs aus einem Bollywood-Film entsprungen wären. Die grüne Farbe von Moms Sari ist verblasst, durch langen Gebrauch verwaschen. Die Farben strahlen nicht mehr, auch ansonsten ist der Sari bar jeglicher Verzierung. Er ist schlicht und einfach und Mom sieht darin wunderschön aus. Sie hat die Haare zurückgebunden und mit einer goldenen Klammer befestigt. Als Schmuck hat sie nur goldene Kreolen und eine einfache Goldkette an. Mir fällt auch auf, dass sie ihr Mangalsutra nicht mehr trägt.

»Hattest du damit aufgehört?«, frage ich überrascht.

»Ja«, antwortet Mom schnell.

»Warum?« Jetzt blickt jeder sie an, alle warten auf eine Antwort.

»Nachdem du gegangen bist und Trisha geheiratet hat, war es nicht mehr wichtig, den Anschein zu wahren«, erklärt Mom leise.

»Welchen Anschein?«, fragt Marin.

Mom schweigt. Als die Stille sich hinzieht, bricht Trisha das Schweigen. »Mag jemand Wein? Marin? Sonya?«

Sie versprüht heute eine merkwürdige, übereifrige Energie. Ihr Make-up ist makellos, ihr Outfit perfekt. Das Haus ist aufgeräumt und einladend, aber irgendetwas fehlt. Schon als sie die Tür öffnete, ist sie meinem Blick ausgewichen, und sie hat mich auch seitdem nicht direkt angesehen. Als ich meine Hilfe in der Küche angeboten habe, hat sie mich rausgescheucht.

»Rotwein, bitte«, sage ich.

»Gut, natürlich.« Sie sucht im Weinkabinett nach dem Korkenzieher. Eine Schublade nach der anderen zieht sie heraus, findet ihn aber nicht. »Wo mag er ihn nur hingetan haben?«

Ihre Hände zittern, sie ist offensichtlich nervös. Wie ein kleines Kind steigert sie sich immer mehr in ihre Suche hinein. Ich habe sie noch nie in solch einem Zustand gesehen. Die Nervosität steckt mich an, ich stelle jetzt erst fest, dass ihre Stabilität schon immer der Grundstein war, auf dem ich aufgebaut habe. Selbst während meiner Reisen hat es mir stets Zuversicht gegeben, zu wissen, dass Trisha daheim ein normales Leben führt. Zumindest eine von uns hatte mehr erreicht als nur reines Überleben.

»Was ist denn los?« Meine Worte lassen auch Mom und Marin aufhorchen, sie sehen Trisha mit neuen Augen an. Als Trisha nicht antwortet, trete ich zu ihr. Ich spüre ihre Nervosität, ihre Angst. »He, was ist denn passiert?«

»Nichts«, flüstert sie. Ihre Augen schließen sich, die langen Wimpern legen sich über die Wahrheit. »Alles ist gut.« Sie schiebt sich an mir vorbei, verweigert mein Hilfsangebot. Dann gießt sie uns Wasser in die Weingläser. »Wir sollten jetzt essen.«

Wir gehorchen folgsam. Als Marin heiratete, ging die Rolle der Matriarchin automatisch auf Trisha über. Mom war nie die richtige Person für diese Rolle, also war es an Trisha, sie zu übernehmen. Wir folgten ihren Entscheidungen wie Küken, die der Henne nachlaufen. Auch Mom schloss sich an, erleichtert, dass noch jemand außer meinem Vater eine Spur von Kontrolle hielt.

Wir essen schweigend. Das mit frischem Knoblauch zubereitete Naan ist noch warm, wir wischen damit das Baingan Bharta auf. Ich nehme einen Löffel von der Linsensuppe, ein Nachgeschmack von Zitrone verbleibt auf der Zunge. Das Essen schmeckt hervorragend, wie erwartet. Trisha macht eigentlich nie etwas verkehrt. Es ist beruhigend zu wissen, dass zumindest eine Person in meinem Leben weiß, was sie tut.

»Ich werde wohl anfangen, im Krankenhaus zu arbeiten. Als Fotografin«, erkläre ich. Es ist ein komisches Gefühl, meine

Pläne mit anderen Menschen zu teilen. Nach dem Gespräch im Krankenhaus bin ich einfach nur umhergefahren und habe meine Möglichkeiten abgewogen. Da ich eigentlich nur eine Option hatte, war es leicht, einen Entschluss zu fassen.

»Für wie lange?«, fragt Trisha, offensichtlich entzückt von dem Gedanken.

»So lange, wie man mich braucht«, antworte ich und lasse dabei offen, wen ich damit meine. Trishas Blick zeigt mir, dass sie es auf sich bezogen verstanden hat. Sie nickt mir kurz dankbar zu.

»Der Zustand deines Vaters ist immer noch unverändert«, erklärt Mom und wischt sich den Mund mit ihrer Serviette ab. Auf meinen Entschluss geht sie nicht ein. Das Curry hinterlässt orangene Spuren auf dem makellosen weißen Stoff der Serviette. »Ich weiß nicht, wie lange die Versicherung seine Betreuung noch bezahlt.«

»Er wird schon wieder«, meint Trisha. Sie schiebt ihren Teller beiseite, hat kaum etwas gegessen. »Ich war letztens bei ihm und es ging ihm viel besser.«

»Was?«, entfährt es Marin, die uns bisher während der Mahlzeit eher distanziert beobachtet hat. Sie senkt die Gabel und starrt Trisha an. »Was hast du gesehen?«

Trisha klatscht mit den Händen. Sofort schaltet sich die Klimaanlage ein, der Kronleuchter über uns bewegt sich sanft im leichten Luftzug. »Es gab nichts zu sehen, aber ich weiß es einfach.«

»Ah. Natürlich«, spottet Marin. »Du weißt es einfach.«

»Was meinst du denn damit?«

Unsere gesamte Jugend über schwankte die Beziehung zwischen Marin und Trisha stets zwischen streitsüchtig und distanziert. Marin neidete Trisha die Liebe und Aufmerksamkeit, mit der die jüngere Schwester geradezu überschüttet wurde, und das, obwohl Marin es war, die immer nur die besten

Noten nach Hause brachte und eigentlich in jeder Hinsicht stets alle Erwartungen übertraf. Aber ihr Wettstreit mit Trisha war verloren, ehe er auch nur begonnen hatte, unsere Eltern würden Marin und mich nie im selben Licht sehen wie Trisha. Marin musste das wohl auch irgendwann eingesehen haben, zumindest hatte sie irgendwann aufgegeben, weiter zu kämpfen. Daher war ich auch so verwundert, als sie kurz nach ihrer Hochzeit wieder nach Kalifornien zurückgezogen war.

»Es muss wirklich toll sein, wenn man alles einfach so weiß. Mehr nicht«, erklärt Marin.

Ihr Gesicht ist angespannt. Ihre normalerweise so beherrschte Art scheint von Angst und Sorgen zersetzt. Ich war so auf Trishas Probleme konzentriert, dass ich Marins gar nicht bemerkt hatte. Aber jetzt fällt es mir deutlich auf. Dunkle Ringe unter den Augen, Falten, die letzte Woche noch nicht zu sehen waren. Sie hält sich aufrecht, aber nur gerade so.

In unserer Kindheit war jede von uns in ihrer eigenen persönlichen Hölle gefangen. Daher hatten wir auch immer eine Ausrede, um nicht fragen zu müssen, was passiert war, wenn jemand weinte oder besonders schweigsam war. Es hätte ohnehin keiner Frage bedurft. In der Regel hatten wir ja alle den Schlag oder die Beleidigung mitbekommen. Die einseitige Auseinandersetzung. Wir trauten uns auch nie, ihn zu unterbrechen – denn das könnte ihn noch mehr in Rage versetzen und die Schläge verdoppeln, oder, noch schlimmer, seine Aufmerksamkeit auf einen selbst lenken. Irgendwie redeten wir uns immer ein, dass es besser wäre, wenn nur eine geschlagen wird statt zwei.

Jetzt gibt es keinen Grund mehr, weiter zu schweigen. Aber es fällt leicht zu vergessen, dass ich nun fragen darf, warum sie traurig ist. Das ist Neuland für mich. Zögernd wende ich mich Marin zu und hoffe, dass Trishas Sorgen sich schon von selbst erledigen werden. Sie müssen einfach.

»Marin? Ist etwas passiert?« Erst jetzt fällt mir auf, dass Raj und Gia nicht zum Essen mitgekommen sind. »Gia und Raj? Warum sind sie nicht dabei?«

Sie zuckt leicht zusammen. Dann legt sie den Löffel ab und schüttelt den Kopf. »Gia muss lernen.« Ihr Mund verzieht sich zu einer feinen Linie, die Hände ballen sich zu Fäusten. »Alles ist in Ordnung.«

»Das ist nicht die Wahrheit.«

Alle drehen sich zu Mom um, schockiert, dass sie sich einmischt. Sie war immer die Erste, die es dankbar annahm, wenn wir meinten, dass alles in Ordnung sei. Selbst, wenn unsere Gesichter vor Blutergüssen unkenntlich wurden, versicherten wir ihr stets, dass schon wieder alles überstanden sei. Sein Schluchzen aus dem Schlafzimmer – er weinte stets, nachdem er uns geschlagen hatte – war wichtiger als das, was er getan hatte. Sie war dankbar für unsere Stärke, nutzte sie als Rettungsboot, wenn sie selbst keine Kraft aufbringen konnte. Dann verließ sie uns stets, um ihn zu trösten, weil das die Rolle war, die von ihr erwartet wurde.

»Und wenn schon?« Marin steht auf und lässt die Serviette auf den Teller fallen. »Was geht es euch an?«

Sie muss jemanden angreifen, um sich Luft zu verschaffen, ihre kämpferische Haltung, ihre giftigen Worte machen das klar. Mom ist das einfachste Ziel, am leichtesten zu verwunden. Wir hatten so oft zugesehen, wie sie geschlagen wurde, dass der Angriff auf sie völlig natürlich erscheint. Kein Instinkt drängt mich dazu, ihr zu helfen. Stattdessen wende ich mich Trisha zu, in der Erwartung, dass sie den Kampf beendet, ehe Mom wirklich verliert. Aber auch Trisha bleibt still. Ihre Augen scheinen abwesend, als ob sie gar nicht mitbekommt, was vorgeht.

»Ich bin deine Mutter. Wenn es mich nichts angeht, wen dann?«

Sie will nicht klein beigeben.

»Niemanden«, gibt Marin zurück.

Also ist wirklich etwas passiert. Marin hat es ja eigentlich gerade zugegeben. Wir sind an einem Scheideweg angelangt. Jetzt stellt sich die Frage, wie wir weitergehen. Als Kinder mussten wir unser Leben immer nach Anweisung leben. Dad hat dafür gesorgt, dass wir nicht mehr als Figuren in seinem Spiel waren. Niemand durfte eine Runde aussetzen oder aus dem Spiel aussteigen. Es gab auch keine Mannschaften, alles, was uns blieb, war, den aktuellen Verlierer zu trösten.

Als Erwachsene folgte jede ihrem eigenen Weg. Obwohl sie in der gleichen Stadt leben, gehen Trisha und Marin völlig unterschiedliche Wege. Ihre Leben haben keinerlei Schnittpunkte. Ohne solche zwangsweisen Familientreffen würden die beiden sich nie wiedersehen. Nur ihr gemeinsames Blut verbindet sie noch. Das und die Tatsache, dass sie zwei der einzigen fünf Menschen auf dieser Welt sind, die in unser Geheimnis eingeweiht sind.

»Vielleicht geht es uns etwas an.« Trisha ist wieder bei uns, wo immer sie auch eben war. Sie wendet sich Marin zu, legt ihre Hand auf die ihrer Schwester. Nur für eine Sekunde, aber doch lang genug, dass jeder überrascht den Kontakt beobachten konnte. Sie spricht Moms Worte nach. »Wen sollte es sonst etwas angehen?«

»Du willst es doch gar nicht wissen.« Marin zieht ihre Hand fort. Sie fängt an, unsere Teller einzusammeln, egal, ob wir schon mit dem Essen fertig sind oder nicht. »Das würde nur die Illusion deines perfekten Lebens ruinieren, an der du so angestrengt arbeitest.«

»Oder meinst du, es würde dein Image ankratzen, das du so verzweifelt erhalten willst?« Trisha zuckt mit den Schultern, tut Marins erbostes Luftholen gleichgültig ab. »Ernsthaft, Marin, gib dir keine Mühe. Uns ist das doch schon seit Jahren egal.«

Nach einem Auftrag für die *New York Times* habe ich einige Zeit in ihren Archiven verbracht und mir alte Fotos angesehen. Diejenigen, die zu verwittert waren, hatte man eingescannt und kopiert, die Originale wurden zu historischen Zwecken aufbewahrt. Bilder, die in einem einzigen Augenblick aufgenommen wurden, gaben mir Einblick in das Leben einer anderen Generation. Ich sah ihre Gesichter, die Posen, die wenig von ihren Sorgen verrieten, von ihren Hoffnungen und Enttäuschungen. Sie starrten in die Kamera und zeigten nur das, was sie preisgeben wollten.

Wenn ich mir jetzt meine Familie so ansehe, frage ich mich, ob wir nicht ebenso sind. Jede von uns zeigt nur das, was die anderen sehen dürfen. Wir sind wie Figuren in Schneekugeln, eingefroren, emotionslos für jeden, der zusieht. Egal, was passiert, man sieht uns den Bruch nicht an, auch wenn wir im Inneren in unzählige Teile zerspringen. Aber wann haben wir angefangen, auch voreinander Geheimnisse zu haben? Wann ist unser Kreis der Eingeweihten auf je eine Person geschrumpft, wann die Kette zersprungen, die uns zusammengehalten hat? Wahrscheinlich war jede von uns ein so schwaches Glied der Kette, sodass diese gar nicht anders konnte, als zu reißen.

»Wir versuchen nur zu helfen«, wende ich ein, ehe die Brücke unter uns einbricht. Mom dreht sich zu mir um und sieht mich neugierig an. »Lass uns bitte.«

»Du willst helfen?«, lacht Marin, ein grausamer Laut voller Leere. »Nach all den Jahren, die du verschwunden warst, denkst du, du kannst jetzt einfach wieder auftauchen und uns retten?«

»Nein, das denke ich nicht«, sage ich. Ich bin mir meiner Grenzen bewusst. »Ich bitte dich nur, uns einzuweihen, damit wir die Last gemeinsam tragen können.« Ich gebe ihr den einzigen Grund, den ich weiß. »Als wir noch Kinder waren, hast du für uns dasselbe getan.«

Sie lässt sich wieder auf ihren Stuhl fallen. Mehr zu sich selbst fragt sie: »Warum habe ich es zugelassen, dass er mich schlägt? Wer würde zulassen, dass ihm selbst Schmerzen zugefügt werden?«

Das ist nicht, was ich erwartet hatte. Niemand von uns hatte damit gerechnet. Mom versinkt in ihrem Stuhl. Trisha, die Einzige, die eine Antwort findet, sagt: »Vielleicht war es so vorbestimmt.«

»Sagt das Mädchen, das nie geschlagen wurde«, spottet Marin bissig. »Was für ein Glück für dich. Aber der Rest von uns hatte eine andere Vorbestimmung, was?« Ihr Blick ruht Unterstützung suchend auf mir.

Ich muss mich davon abhalten, die Gefühle auszusprechen, die ich seit Jahren in mir verborgen halte. Meinen Neid gegenüber Trisha. Die Beziehung, die wir haben, die Zeiten, die wir zusammen verbracht haben, wiegen schwerer als jedes andere Gefühl.

»Ich denke, ich habe Glück gehabt«, sagt Trisha, fast ohne zu blinzeln. Sie leert ihr Glas. Ihre Erklärung klingt eingeübt, wie etwas, das sie sich selbst eingeredet hat.

»Oder vielleicht lag es nur daran, dass niemand uns je gerettet hat.« Marins Blick wandert zu Mom. Bitterkeit erfüllt den Raum. »Das ist es doch, was eine Mutter tun sollte, oder? Ihre Kinder beschützen? Selbst Tiere kennen diese einfache Regel. Sie schützen ihre Jungtiere, geben oft sogar ihr eigenes Leben, um sie in Sicherheit zu bringen.«

»Ist es das, was ich hätte tun sollen?«, fragt Mom. »Mein Leben für euch geben?« Sie schweigt, denkt nach. Fasst einen Entschluss. »Ja, vielleicht hätte ich das tun sollen.«

Als Kind schwankte ich immer zwischen Zorn und Dankbarkeit für meine Mutter. Ihre Tatenlosigkeit bedeutete zwar, dass sie nie zwischen ihm und uns stand, aber zumindest blieb sie uns auf diese Art erhalten. Als Kind, das sich nach Liebe sehnte, schien mir das schon genug. Und schließlich haben wir es ja immer überlebt. Er hat niemanden umgebracht. Das ist ja auch schon mal was.

»Dafür ist es jetzt zu spät. Du hast es ja noch nicht einmal versucht«, gibt Marin zurück. »Wenn du es wenigstens mal versucht hättest, dann, vielleicht …«

Zweimal hatte Dad Marin in einen dunklen Schrank gesperrt, weil ihre Noten nicht gut genug waren. Ich saß vor der

Tür, schluchzend bei dem Gedanken, was sie wohl erleiden musste. Marin auf der anderen Seite gab nie auch nur den kleinsten Laut von sich. Mom biss die Zähne zusammen und bereitete weiter das Abendessen zu. Nur ihre Augen, die ständig zu der Uhr an der Wand huschten, zeugten von ihrer Sorge.

»Aber ich habe es nicht.«

Marins Frage und Moms Antwort hängen über uns wie eine Bombe, die jederzeit explodieren kann. Ich habe einmal irgendwo gelesen, dass wir zwar unsere Familie nicht wählen können, auch nicht unsere Kindheit, aber unsere Zukunft. Als ob diese eine Wahlmöglichkeit all das Leid einer schiefgelaufenen Kindheit ausgleichen könnte. Ich frage mich, ob ich mit meinen Schwestern befreundet sein würde, wenn es eine bewusste Entscheidung wäre. Würde ich die Verantwortung übernehmen, ihnen aufzuhelfen, wenn sie stürzen? Ist wirklich irgendjemand absolut verlässlich, wenn alles andere versagt?

»Es spielt jetzt keine Rolle mehr, oder?«, frage ich. Die einzigen Worte, die mir noch verblieben sind. Ich habe immer noch Albträume von Marin in dem Schrank. Aber in meinen Träumen weint sie und Mom versucht verzweifelt, sie zu retten. »Er wird dich nie wieder schlagen können.«

»Nein, das kann er nicht.« Sie wirft einen Blick auf die Uhr, die Zeit scheint stillgestanden zu haben. Sie streift sich durch die Haare und streicht ihre Bluse glatt. Sofort verwandelt sie sich wieder in die Geschäftsführerin, jegliche Zeichen von Verwundbarkeit sind verschwunden, sodass wir uns fragen, ob wir vielleicht alles nur geträumt haben. »Das Essen war wieder fantastisch, wie immer«, sagt sie zu Trisha gewandt. »Kann ich noch helfen, aufzuräumen?«

»Eloise wird sich darum kümmern«, erwidert Trisha.

»Dann sollte ich so langsam aufbrechen.«

Sie schiebt den Stuhl zurück, wird aber von Moms Stimme aufgehalten. »Du hast noch nicht gesagt, was dich bedrückt.«

»Nichts, womit ich nicht fertig werde.« Wir sehen ihr nach, wie sie aufsteht und das Haus verlässt. Die Tür schließt sich leise hinter ihr.

»Ist mit dir alles in Ordnung?«, fragt Trisha Mom leise.

»Natürlich.«

Es ist schwer vorstellbar, dass wirklich alles in Ordnung sein soll. Aber vielleicht ist Marin Mom früher schon so angegangen. In den Jahren, die ich fort war. Vielleicht gab es schon viele solche Auseinandersetzungen wie die eben. Aber wenn ich mir Moms Reaktion so ansehe, zweifele ich daran. Sie sieht aufgewühlt aus, traurig von dem Wortwechsel. Mit matten Händen greift sie nach Handtasche und Schal. Die Schönheit, die sie vorhin noch ausgestrahlt hat, ist verschwunden. Zurückgeblieben ist nur eine alte Frau, älter, als sie eigentlich sein sollte.

»Ich sollte auch gehen. Es ist spät.« Zu mir gewandt fügt sie hinzu: »Sehe ich dich zu Hause?«

»Ja, wir sehen uns nachher noch.«

Trisha und ich blicken ihr nach, wie sie durch die Tür tritt, durch die auch Marin eben verschwunden ist. Wir bleiben schweigend zurück, nur noch zu zweit. Sie beginnt, den Tisch abzuräumen. Ich helfe ihr, ohne ein Wort arbeiten wir zusammen. Das passt nicht zu Trisha, normalerweise ist sie es, die jede Stille mit Worten füllt. Wenn Dad wieder einen seiner Anfälle hatte, war es stets Trisha, die das Thema wechselte. Die uns alle zu dem Thema zurückbrachte, das wir vor dem Ausbruch der Gewalt hatten. Sie konnte das meisterlich. Mit einem Lächeln setzte sie die unterbrochene Konversation fort, als ob nichts geschehen sei. Während Mom Dad trösten ging – oder ihre eigenen Wunden versorgte – tröstete Trisha uns mit ihrer alternativen Realität.

»Eins muss man Eric lassen«, scherze ich, in einem Versuch die Stimmung zu lockern, lege dabei die Teller in die Spüle. »Einem Dinner ohne Wein fehlt einfach etwas.«

»Du hast recht.« Trisha wischt sich die Hände ab. »Wir sollten das wiedergutmachen.«

»Was meinst du?«

»Komm.« Sie schnappt sich Handtasche und Schlüssel vom Beistelltisch neben der Tür. Als ich mich nicht rühre, steckt sie den Kopf wieder in die Küche und bietet mir den Arm an. »Jetzt komm schon!«

* * *

University Avenue ist die erste Adresse für Bars und Restaurants außerhalb des Campus von Stanford. Hier treffen sich auch die Macher und Entscheider des Big Business aus Palo Alto, wenn sie mal entspannen wollen. Die Kombination von Geld und geistigen Qualitäten garantiert eine interessante Mischung in jeder Bar. Trisha zieht mich in einen der Läden abseits der Hauptstraße. Er ist klein, aber überfüllt mit Menschen, die sich bis in den Hinterhof ergießen. Männer und Frauen in lässiger Geschäftskleidung stehen zusammen mit Studenten in Stanford-Ausstattung, die oft sogar noch ihre Rucksäcke bei sich tragen. Ich folge Trisha zur Theke, wo wir uns zwei freie Hocker suchen.

»Was darf's sein?« Der Barkeeper scheint gerade erst alt genug, um legal Alkohol ausschenken zu dürfen. Während er auf unsere Bestellung wartet, winkt er einigen Freunden zu, die eben durch die Tür kommen.

»Zwei Gläser von eurem teuersten Rotwein.« Trisha zieht eine Kreditkarte und schiebt sie ihm hin. »Da wird aber noch mehr dazukommen.«

»Wollen wir uns etwa betrinken?«, frage ich.

»Warum denn nicht?«

Ich mustere sie, während wir auf unsere Getränke warten. Als der Wein endlich da ist, prostet mir Trisha mit vollem Glas zu. Ohne auf mich zu warten, nimmt sie einen großen Schluck. Sie hustet, als der Wein ihre Kehle hinabbrennt.

»Weil du so was nicht tust.« Ich nehme einen kleinen Schluck von meinem Wein. Ein trockener Cabernet. Eigentlich mag ich Pinot lieber, sage aber nichts. »Du rührst ja noch nicht mal zu Hause Alkohol an.«

Sich bis zur Besinnungslosigkeit zu betrinken, so was hat nie zu uns drei Schwestern gepasst. Wenn man als Kind nie jegliche Kontrolle hatte, fehlt auch der Impuls, als Erwachsener die Hemmschwellen zu senken. Trisha geht es noch schlimmer als mir. Sie meidet jegliche Art von Alkohol. Sie schwört, dass ihr schon bei dem Geruch schlecht wird.

Als wir noch Kinder waren, ging Dad manchmal aus dem Haus, wenn er wirklich wütend war. Stunden später kam er dann wieder, mit einer braunen Tüte, in der angeblich eine Flasche Alkohol steckte. Die Ironie war, dass er selbst nicht trank, die Flasche war nur als Drohung uns gegenüber gedacht. Als ob er sagen wollte, dass es alles noch viel schlimmer werden würde, wenn er anfinge zu trinken. Ich glaube, die Erinnerung an diese Nächte hat Trisha stets vom Alkohol abgeschreckt.

»Dann wollen wir das heute mal ändern.« Sie leert ihr Glas, während meins noch fast unberührt ist. Sie winkt dem Barkeeper zu, es wieder zu füllen. Dann sieht sie sich in der Bar um, scheinbar zum ersten Mal. »Viel los heute.« Trisha beobachtet ein Paar, das eng umschlungen sitzt. Der Arm des Mannes liegt um die Hüfte der Frau. Er beugt sich gerade zu ihr, damit er sie über den Lärm der Menschenmasse hören kann, und antwortet mit einem Lächeln. Trisha wendet sich ab, dreht sich wieder zur Bar und blickt die Reihen der Flaschen und den Spiegel dahinter an. Ihr Spiegelbild zeigt keinerlei Anhaltspunkte, was sie bewegt. In Gedanken versunken spielt sie mit ihrem Ehering, der große Edelstein glitzert in den Lichtern über der Bar.

»Solltest du nicht Eric Bescheid sagen, wo wir sind?« Ich bin davon ausgegangen, dass er noch bei der Arbeit ist, weil er nicht beim Essen dabei war. Jetzt wundere ich mich aber, während Trisha weiter gedankenverloren mit dem Ring spielt. »Trisha, wo ist Eric?«

»Weg.« Trisha nickt zum Dank, als der Barkeeper ihr Glas wieder auffüllt.

»Geschäftsreise?« Ich schüttele den Kopf, als der Barkeeper fragend in Richtung meines Glases deutet.

»Ausgezogen.« Sie vermeidet es, mir in die Augen zu sehen, während sie mir die Neuigkeiten eröffnet. Sie trinkt das zweite Glas in einem Zug aus. »Schon vor ein paar Tagen.«

Ich sehe sie verblüfft an, überzeugt, dass sie scherzt. »Trisha?« Als sie nicht antwortet, packe ich sie am Arm und drehe sie zu mir um. Sie wendet den Blick wieder ab, starrt stur auf die Flaschen hinter der Bar. Ihr heftiges Schlucken ist das einzige Zeichen, dass sie die Wahrheit sagt. »Aber warum?«, frage ich, während eine Welle der Traurigkeit über mich kommt. Sie war immer diejenige, bei der alles in Ordnung sein musste, diejenige, nach der wir uns ausrichten und an der wir uns festhalten konnten.

»Kein Grund.«

Ein Mann in elegantem Anzug, wohl Mitte vierzig, unterbricht uns. Er nimmt den Hocker neben Trisha. Sein Longdrink ist noch fast voll, also wird er wohl nicht wegen der Bar hier sein. Ich rolle mit den Augen, als er sich zu uns dreht. Sein Blick schweift über Trishas linke Hand, dann meine.

»Ich bin Zach.«

»Und wir sind beschäftigt«, erkläre ich, so unwirsch wie ich kann.

»Du bist nicht nett«, schimpft Trisha mit mir. Dann streckt sie ihm die Hand entgegen. »Ich bin Trisha. Wer bist du?«

»Zach«, erinnere ich sie.

»Darf ich den Damen einen Drink spendieren?«, fragt Zach, den Blick fest auf Trisha gerichtet. Anscheinend hat er beschlossen, sein Glück bei dem weniger nüchternen Ziel zu versuchen. »Was darf's sein?«

»Das Gleiche wie du«, beschließt Trisha. »Barkeeper!« Sie versucht, mit den Fingern zu schnipsen, bekommt aber keinen Ton zustande.

Meine Schwester ist also nicht nur betrunken, sondern auch noch unhöflich. Ich lehne mich an ihr vorbei zurück und wende mich an unseren Freund Zach, der gerade die Aufmerksamkeit des Barkeepers erlangt und eine Runde Drinks bestellt. »Hör mal gut zu, Zach, danke für die Drinks, aber das ist jetzt nicht der rechte Moment.«

»Du musst meine Schwester entschuldigen«, erklärt Trisha, schubst mich zurück auf meinen Hocker und streift mit der Hand durch ihr Haar. Ihr schwacher Versuch zu flirten könnte fast komisch wirken, wenn es nicht so traurig wäre. »Sie ist gerade erst wiedergekommen, war ganz, ganz weit weg. Welten weg. Ist noch nicht ganz wieder sie selbst.«

»Echt?«, fragt Zach nach und täuscht Interesse vor. »Wohin ging die Reise denn?«

»New York.« Ich versuche, die Drinks vor Trisha zu erreichen. Sie zeigt sich überraschend schnell und leert ihr Glas in zwei Zügen. Ihre Augen treten hervor, als der Alkohol ihr in der Kehle brennt. Ein wenig bin ich dankbar für diese kleine Strafe. Vielleicht wird sie das ein bisschen zurückhalten und vielleicht wird sie mir jetzt endlich erzählen, was eigentlich passiert ist. »Tolle Stadt. Wirklich wie eine ganz andere Welt.« Falls Zach meinen Sarkasmus mitbekommt, lässt er es sich zumindest nicht anmerken.

»Ich bin oft da. Beruflich. Bin Sales Manager.«

Ich will eigentlich erwidern, dass ich nicht danach gefragt habe, aber das würde die Konversation nur unnötig in die Länge ziehen. Stattdessen ziehe ich einfach mein Portemonnaie heraus und bezahle die beiden Drinks, die er für uns bestellt hat. Meinen schiebe ich unberührt zu ihm hin. »Für dich. Genieß es.« Ich schnappe mir Trishas Hand und ziehe sie mit mir. »Ich sollte meine Schwester jetzt nach Hause bringen.«

»Ich will noch nicht nach Hause«, stöhnt Trisha, die den Alkohol jetzt offensichtlich spürt. »Eric …«

»Eric?«, fragt Zach.

Zach wird so langsam ebenso lästig wie meine Schwester schwer. »Eric. Ihr Ehemann. Angedeutet durch den Ring an ihrem Finger, den du eben gesehen hast. Die beiden haben wohl Streit, deswegen das Besäufnis hier. Keine Ahnung, ob dich das interessiert. Aber das jetzt sollte dich interessieren: Keine von uns beiden wird heute mit dir schlafen. Sie nicht, weil sie völlig durch den Wind ist und sich höchstwahrscheinlich den Rest des Abends übergeben wird, und ich nicht, weil ich dich nicht leiden kann. Nicht persönlich gemeint.«

Zach scheint zum Glück endlich den Wink zu verstehen, dreht sich auf dem Hocker um und direkt der Frau auf seiner anderen Seite zu. Wobei er natürlich den Drink mitnimmt, den ich ihm zugeschoben habe. Mit einem Seufzer greife ich Trisha fester. Sie ist überraschend stark. Ich sammele unsere Sachen ein und schaffe es irgendwie, uns zurück zu meinem Wagen zu bringen und zu ihr nach Hause zu fahren.

»Er kommt nicht wieder. Nie mehr.« Trisha rollt ihren Kopf zu mir. Ihre Augen sind tränenfeucht. »Hat alle seine Sachen gepackt.«

»Warum ist er denn gegangen?« Ich biege auf den Highway nach Saratoga ein, wo Trishas Haus liegt. »Es lief doch alles so gut zwischen euch.« Als sie mir nicht antwortet, wende ich meinen Blick einen Moment von der Straße ab, um nach ihr zu sehen. Sie starrt einfach nur durch die Windschutzscheibe. »He.« Ich nehme ihre Hand und drücke sie kurz. »Sag schon, was ist passiert?«

»Willst du Kinder haben?«, fragt sie.

»Kinder?« Mit der Frage hatte ich nicht gerechnet. Ich habe mir noch nie erlaubt, auch nur an eigene Kinder zu denken. Die Kinder, die mir auf meinen Reisen begegnet sind, habe ich geliebt. Ich habe schnell gelernt, dass es keine Rolle spielte, in welchem Land ich war oder wie es um die wirtschaftlichen Verhältnisse stand, alle Kinder überall in der Welt hatten eins gemeinsam: Sie wollten den ganzen Tag nur lachen. Es hat mich immer erstaunt, wie viel Energie sie in ein Spiel oder einen Witz stecken konnten. Ich habe einige Zeit im Kongo gelebt und junge Mädchen und Jungs gesehen, die in Krisengebieten ihre Gewehre zu Schwertern umfunktionierten, um damit spielen zu können. Auch sie lachten und störten sich nicht daran, dass ihre Spielzeuge in echt tödliche Waffen waren. »Ich weiß nicht.«

»Du weißt nicht?«, spottet Trisha. »Jeder weiß das«, erklärt sie dann. Sie klammert sich am Türgriff fest, obwohl ich noch gut unterhalb der Geschwindigkeitsbegrenzung fahre. »Kinder sind der Quell jeder Freude, das gute Ende jedes Märchens.« Ihre Stimme, vom Alkohol verzerrt, senkt sich plötzlich. »Aber man braucht natürlich erst einen Mann. Oder eine Frau.« Sie blickt zu mir, eine Erkenntnis formt sich. »Bist du lesbisch?«

»Nein«, antworte ich leise. »Ich bin nicht lesbisch.«

»Weil, wenn ich mal so darüber nachdenke, ich habe dich noch nie mit einem Mann gesehen.« Sie geht in Gedanken die Jahre durch und versucht sich zu erinnern, wann ich einen Freund nach Hause gebracht oder auch nur ein Date erwähnt hätte. Sie wird nichts finden. »Wow«, schließt sie. »Bist du noch Jungfrau?«

Sex ist nicht wirklich ein Thema, das in indischen Haushalten offen besprochen wird. Das Ganze ist von einem Tabu umgeben, so als ob es etwas Schmutziges sei. Als ich das erste Mal meine Tage hatte, ließ meine Mutter ihren Kopf betroffen hängen. Ich erinnere mich noch daran, dass sie sagte, sie würde meinem Vater Bescheid geben. Ich fragte mich damals, warum mein Vater davon wissen sollte, es war ja schließlich mein Körper. Meine Schwestern und ich folgten Moms Beispiel und sprachen nicht einmal das Wort aus. Da wir uns ohnehin nicht mit Jungs treffen durften, gab es auch nie wirklich einen Grund, das Thema aufzubringen oder die Auswirkungen zu besprechen.

»Nein, Trisha, bin ich nicht.« Ich schiebe das unangenehme Gefühl beiseite, die Angst, die mich ergreift. Aber ich bin mir sicher, dass mein Geheimnis gut gehütet ist. »Aber es geht hier nicht um mich. Warum ist Eric gegangen?«

»Kinder«, sagt sie, dankbarerweise nicht tiefer in mein Sexleben dringend. »Er will Kinder.«

»Du etwa nicht?« Ich erinnere mich immer noch daran, wie sie immer mit ihren Barbies spielte. Das alltägliche Ritual der Hochzeit und Familiengründung. Die einzige Definition des Glücks, die sie kannte.

»Nein«, erwidert sie erschaudernd. Sie schlingt die Arme um sich und sinkt tiefer in den Sitz. »Ich könnte das gar nicht.«

»Bist du unfruchtbar?« Ich hatte mit vielem gerechnet, nur damit nicht. Wenn man jemanden immer als perfekt ansieht, kann man kaum daran glauben, dass auch Fehler in diesem vollendeten Leben vorkommen können.

»Nein.« Trisha ist jetzt ganz leise. Ich werfe einen Blick zur Seite, um zu sehen, ob sie vielleicht eingeschlafen ist. Aber ihre Augen sind weit geöffnet und starren ins Nichts. »Obwohl er glaubte, dass es so wäre.«

Das Gespräch dreht sich im Kreis, ohne dass wir irgendwo anlangen. »Was ist passiert, Trisha?«

Als wir noch Kinder waren, haben Trisha und ich oft Verstecken gespielt. Dabei hat sie jedoch die Regeln immer so geändert, wie es ihr passte. Manchmal musste ich bis zehn zählen, ehe ich sie suchen durfte, manchmal bis fünfzig. Die Regel, die mich am meisten aufregte, war, wenn ich sie zu schnell gefunden hatte, hatte ich auch verloren. Sie meinte, dass das Spiel dann ja gar nicht richtig gespielt wurde. Als ob es mein Fehler wäre, dass sie ein zu leichtes Versteck ausgesucht hatte. Dann fingen wir von vorne an, sie versteckte sich wieder, ich zählte. Als wir älter waren, ging mir auf, dass diese Regeln nur zählten, wenn sie mit Verstecken an der Reihe war. Ganz egal, wie schnell sie mich fand, sie gewann immer.

»Ich habe eine Spirale«, gesteht sie schließlich, der Alkohol triumphiert über ihre Scham. »Damit ich nicht schwanger werde.«

Wir kommen an ihrem Haus an. Ich fahre in die Auffahrt, lasse den Motor aber laufen. Die Scheinwerfer beleuchten das Haus, nach normalen Maßstäben eine wahre Villa. Der Garten ist makellos, ein kleiner weißer Zaun grenzt das Tulpenbeet ein. An der Haustür hängt ein niedliches Schild mit der Aufschrift »Willkommen«, dazu ein bronzener Türklopfer. »Er wollte, dass du sie rausnimmst?«, frage ich, während ich versuche, ihre Worte zu verstehen.

»Man kann nicht ändern, was man nicht weiß«, erklärt sie, während sie ihr eigenes Heim anstarrt. »Ich habe ihn angelogen, Sonya. Aber er hat es herausgefunden und jetzt ist er weg.«

Marin

Nur fünf Schritte vor dem Haupteingang der Schule hält Marin an, plötzlich unsicher. Es ist ein schöner Tag, warm, und es weht eine angenehm leichte Brise. So, wie man sich Kalifornien vorstellt. Das Wetter sorgt für ein falsches Gefühl der Sicherheit – bei solcher Schönheit kann man sich nur schwer vorstellen, dass je etwas Schlimmes passieren könnte. Aber ihre Kindheit ist Beweis genug, dass dem nicht so ist. Trotzdem hat sie sich einlullen lassen, ist auf die Mogelpackung hereingefallen. Jetzt weiß sie es besser. Die düsteren Taten kommen nicht nur in der Dunkelheit zum Vorschein, auch das Tageslicht bietet eine ganz eigene Form der Hölle.

Marin lässt nicht zu, dass ihre Angst ihren Entschluss ins Wanken bringt. Als sie die Schule betritt, strahlt sie ein Selbstbewusstsein aus, das sie nicht im Geringsten fühlt. Aber sie ist seit ihrer Kindheit in Übung – die Menschen glauben alles, wenn man es nur überzeugend genug vorspielt. Sie weiß schon gar nicht mehr, wie oft sie als Kind die Krankenstation ihrer Schule aufgesucht hatte, um sich etwas gegen ihre Bauchschmerzen zu besorgen. Eine einfache Untersuchung hätte die Blessuren sofort gezeigt, aber die Krankenschwester glaubte ihren Erklärungen, dass sich einfach nur ihr Magen noch an das amerikanische Essen gewöhnen müsse.

»Marin«, grüßt Karen sie, als sie Marin vor ihrem Büro antrifft. »So eine Überraschung.«

Nachdem sie von den Ahbrams zurückgekommen waren, hatten weder Marin noch Raj mit Gia über den Besuch gesprochen. Als sie in jener Nacht ins Bett gingen, lag eine tiefe Kluft zwischen ihnen. Genug Platz für all den Schmerz, der sich in ihr Leben eingeschlichen hatte.

»Gia hat eins ihrer Schulbücher vergessen, das für Naturwissenschaft«, erklärt Marin. Genau genommen hatte sie Gia das Buch heimlich aus der Tasche gezogen, kurz bevor diese zur Schule aufbrach. Nur so hatte Marin eine passende Ausrede, um ihren Plan in die Tat umzusetzen. »Sie hat ja gleich Naturwissenschaft nach der Mittagspause, daher wollte ich es ihr vorbeibringen.«

»Natürlich«, antwortet Karen und streckt die Hand aus. »Ich lasse es ihr sofort bringen.«

»Ach, das ist schon in Ordnung, auf die Art kann ich auch direkt mal Hallo sagen«, lügt Marin nahtlos weiter.

Karen blickt sich um, betrachtet die anderen Eltern, die in den Büros ein und aus gehen. »Vielleicht können wir kurz in meinem Büro sprechen?« Im Büro angekommen, schließt sie die Tür hinter sich. »Ich wollte ohnehin noch bei Ihnen anrufen, aber ich dachte, Ihre Familie braucht vielleicht erst noch etwas Zeit.«

»Das ist sehr umsichtig von Ihnen«, antwortet Marin, ohne zu viel preiszugeben. »Sie können sich ja vorstellen, wie schockiert wir von alldem waren.« Durch jahrelange professionelle Übung bleiben ihre Worte bestimmt und prägnant.

»Natürlich. Sie haben also mit Gia darüber gesprochen?«

»Ja.« Marin wägt ihre Optionen ab, von denen ihr keine wirklich gut gefällt. Es gibt keine richtige Antwort, dessen ist sie sich bewusst. Also wählt sie die einfachste, jene, die sie dorthin bringt, wo sie hinwill. »Sie möchte uns noch nichts erzählen.«

»Ich verstehe«, erwidert Karen mit schlecht verborgener Enttäuschung. »Ich hatte gehofft, dass wir mehr erreichen.« Sie tritt an ihren Schreibtisch und zieht eine Schublade auf, aus der sie einen Rolodex-Visitenkartenhalter herausnimmt. Sie blättert durch die Karten, bis sie schließlich jene findet, nach der sie gesucht hat. Sie reicht Marin die Karte und sagt: »Eine hervorragende Psychologin, die auf Kinder und Missbrauch spezialisiert ist. Ich kann Ihnen nur wärmstens empfehlen, sich an sie zu wenden.«

Marin nimmt die Karte und steckt sie in ihre Handtasche. Sie wird bestimmt keinen Psychologen oder Psychiater einschalten, um ihrer Tochter zu helfen. Die Angelegenheit wird sie selbst regeln. »Vielen Dank«, sagt sie. »Ich weiß die Hilfe sehr zu schätzen.« Sie wirft einen schnellen Blick auf die Uhr. »Jetzt sollte ich aber wirklich Gia das Buch bringen, ehe die Mittagspause vorbei ist und der Unterricht wieder anfängt.«

»Marin«, sagt Karen, während sie näher kommt. »Ich hatte das letzte Mal ja schon erwähnt, dass ich das Jugendamt einschalten muss, schon aus rein rechtlichen Gründen.«

Seitdem war so viel geschehen, dass Marin da schon gar nicht mehr dran gedacht hatte.

»Als Schulleiterin ist es meine erste Pflicht, für die Sicherheit der Kinder dieser Schule zu sorgen«, fährt Karen fort. »Ich will Ihnen da wirklich nicht zu nahe treten …«

»Dann lassen Sie es doch«, unterbricht Marin sie.

»Das Jugendamt hat schon mit mir Kontakt aufgenommen, sie haben nach weiteren Informationen gefragt.« Karen übergeht Marins Einwand kommentarlos. »Ich habe ihnen alles erzählt, auch wie die Situation sich meiner Meinung nach verhält.«

»Und was wäre das?«

»Dass ich persönlich nicht glaube, dass die Schuld bei den Eltern zu finden ist, aber dass irgendjemand Gia Leid zufügt.« Karen senkt die Stimme. »Sie meinten, dass sie sich bald mit Ihnen in Verbindung setzen werden, sie wollen herausfinden, wer dafür verantwortlich ist.«

»Das wollen wir alle«, schließt Marin, die Stimme gezwungen freundlicher, damit das Gespräch nicht zu einer Konfrontation abgleitet. »Sobald ich herausfinde, wer das getan hat, und das ist nur eine Frage der Zeit, werde ich Sie es wissen lassen. Bis dahin wäre ich dankbar, wenn Sie meiner Tochter weiterhin die beste Bildung bieten, die wir für mein Geld bekommen können.«

Die Flure der Schule sind voll mit Schülern aller Arten und Altersstufen. Der neunte bis zwölfte Jahrgang strömt aus den jeweiligen Klassenzimmern, überall bilden sich Grüppchen von Freunden, die dann zusammen auf die Mensa zuströmen. Viele nehmen ihr Mittagessen auch an den Tischen unter Bäumen im Freien ein, ein Luxus, den das kalifornische Wetter das ganze Jahr über erlaubt. Gias letzte Stunde vor der Mittagspause ist Literatur, eins ihrer liebsten Schulfächer. Sie verehrt den Lehrer, der bereits selbst einige Kurzgeschichten in Zeitschriften veröffentlicht hat. Als Marin sich dem Klassenraum nähert, sieht sie Gia direkt vor der Tür stehen, ihre Hand in der eines jungen Mannes. Er ist ein gutes Stück größer als Gia, seine blonden Haare bilden einen Kontrast zu Gias braunem Haar. Sein ansehnliches Gesicht strahlt Selbstbewusstsein aus, während er über etwas lacht, das Gia gerade gesagt hat. Er beugt sich hinab und streift ihre Lippen mit seinen.

»Gia!«, ruft Marin, laut genug, dass die Schüler um sie herum im Gang stehen bleiben. Alles starrt, zuerst auf Marin, dann auf Gia. Die Schule ist klein genug, dass jeder jeden kennt, daher ist natürlich auch jeder neugierig, wenn sich unerwartet eine dramatische Szene ankündigt. Als die Schüler um sie herum plötzlich verstummen, bemerkt auch Marin die potenziell peinliche Situation, setzt ein Lächeln auf und senkt die Stimme. »Kleines, du hast dein Buch zu Hause vergessen.«

»Echt?« Gia lässt die Hand des Jungen sofort los, tritt von ihm fort, deutet Marin mit den Augen an, ihr zu folgen. »Welches?«

»Naturwissenschaft.« Marin beugt sich vor und umarmt Gia kurz. Gia muss sich einen Schmerzenslaut verkneifen, als Marins Hand ihren Arm streift. »Gia, willst du mir diesen jungen Mann denn nicht vorstellen?«

Enttäuscht, dass die erwartete Show ausfällt, zerstreuen sich die anderen Schüler wieder. Gia wirft einen Blick zu allen Seiten, um sicherzugehen, dass ihnen niemand mehr zusieht. »Ähm, das ist Adam.« Sie tritt noch einen Schritt weiter von ihm fort, als ob die letzten Minuten gar nicht passiert wären. Sie wendet sich zum Gehen und wartet darauf, dass Marin sich ihr anschließt.

»Nett, dich kennenzulernen, Adam«, sagt Marin und ignoriert Gias Aufforderung. Sie streckt ihm die Hand entgegen und wartet, dass er sie ergreift. Dann fragt sie, obwohl sie die Antwort schon weiß: »Bist du mit Gia in einer Klasse?«

»Nein.« Er wirft einen Blick zu Gia, eine stille Botschaft wird zwischen ihnen ausgetauscht. »Ich bin im letzten Jahr.«

»Bist du neu hier?«, forscht Marin weiter, um dem Jungen mehr zu entlocken.

»Ja, meine Familie ist dieses Jahr erst hierher gezogen.« Er stopft die Hände in die Hosentaschen und lehnt sich gegen die Schließfächer. »Aus Florida.«

»Na, dann mal herzlich willkommen.« Marin schenkt ihm ein aufgesetztes Lächeln, um ihn in Sicherheit zu wiegen. »Es ist so toll, dass du dich so gut mit Gia verstehst. Anscheinend seid ihr euch schon nähergekommen, als sie uns verraten hat.« Marin wirft Gia ein gönnerhaftes Lächeln zu, das zeigen soll, dass sie in das Geheimnis eingeweiht ist und sich von ganzem Herzen für ihre Tochter freut. Gia, die inzwischen wieder neben Marin steht, lächelt schwach zurück. »Erzähl mir doch was von dir, Adam. Gia war bisher so zurückhaltend.«

Adam hebt überrascht die Augenbrauen. »Ich spiele Basketball.« Die Schulglocke läutet und erinnert die Schüler an das

Mittagessen. Mit einer Geste Richtung Uhr sagt er: »Ich muss jetzt weiter.«

»Oh, natürlich.« Marin dreht sich zu Gia und wirft dieser einen gespielt vorwurfsvollen Blick zu. »So traurig, dass Gia uns nicht früher miteinander bekannt gemacht hat. Aber keine Sorge, wir werden das alles noch nachholen.« Sie beugt sich zu Gia hinab und flüstert ihr ins Ohr: »Bis später, Kleines.« Ohne weitere Diskussionen abzuwarten, wendet sich Marin ab, Richtung Ausgang und Parkplatz.

»Wir treffen uns heute Abend wieder zum Lernen«, ruft Gia ihr nach und tauscht dabei einen verstohlenen Blick mit Adam.

»In Ordnung, sei schön fleißig!«, ruft Marin zurück, ohne sich etwas anmerken zu lassen.

* * *

Gias letzte Stunde ist fast um. Marin wartet immer noch ungeduldig, sie hat sich nicht auf die Arbeit konzentrieren können. Ohne Raj in ihren Plan einzuweihen, hatte sie sich also wieder in ihren Wagen gesetzt und war zurück zur Schule gefahren. Dort parkt sie jetzt in sicherer Entfernung, so, dass sie Gia sehen kann, ohne selbst gesehen zu werden. Als die Schulglocke endlich ertönt, strömen die Massen aus dem Haupteingang. Die Schüler der unteren Jahrgänge rennen zu ihren Fahrgelegenheiten, während die oberen Jahrgänge zu ihren eigenen Wagen auf dem Parkplatz schlendern. Marin sieht Gia sofort. Sie hat sich den Rucksack achtlos über die Schulter geworfen und ist von Freundinnen umgeben, von denen Marin nicht alle erkennt. Erleichtert beobachtet Marin, wie sich die Gruppe zu einem wartenden Auto bewegt. Doch nur einige Sekunden später kommt auch Adam aus dem Schulgebäude. Anscheinend ruft er nach Gia, denn sie bleibt stehen und dreht sich zu ihm um. Marin kann selbst auf die Entfernung erkennen, wie Gia hin- und hergerissen ist, sich dann aber zu ihren Freundinnen umdreht und ein paar Worte mit ihnen wechselt. Danach eilt sie zu Adam und lässt ihre Hand in seine gleiten. Sie winkt ihren Freundinnen noch einmal zu und steigt dann mit Adam in sein Auto.

Marin bleibt in sicherer Entfernung hinter ihnen und beobachtet, wie sie in die Einfahrt eines Hauses in Redwood City einbiegen, einige Kilometer nördlich von ihrem eigenen Heim gelegen. Das Haus ist groß, der Garten ordentlich gepflegt, vor dem Eingang stehen mehrere luxuriöse Autos. Die Häuser in der Umgebung sind ähnlich in Größe und Stil. Adam parkt den Wagen in der Einfahrt, beide steigen aus. Gias Verhalten nach zu schließen ist sie nicht zum ersten Mal hier. Sie wartet, während Adam die Haustür aufschließt, dann folgt sie ihm ins Innere des Hauses und zieht die Tür hinter sich zu. Marin, die mit ihrem Wagen einige Häuser weiter parkt, bemerkt sie dabei nicht.

Jetzt bleibt Marin nichts anderes übrig, als zu warten. Aus einer Stunde werden zwei, bis schließlich die Sonne unterzugehen beginnt und die Dämmerung einsetzt. Die ganze Zeit bewegt Marin sich nicht von der Stelle, hält die Augen fest auf die Eingangstür geheftet. Einige Minuten vor zehn, also kurz bevor Gia zu Hause sein muss, öffnet sich die Tür wieder. Adam tritt heraus, Gia folgt ihm. Sie steigen in seinen Wagen und fahren los. Kaum, dass sie um die Ecke sind, startet auch Marin ihren Wagen und beeilt sich, nach Hause zu kommen ehe ihre Tochter eintrifft. Zu Hause angekommen, fährt sie in die Garage und schließt diese schnell hinter sich. Dann sprintet sie ins Haus, hört dabei schon die Schlüssel an der Haustür. Schnell streicht sie sich die Haare glatt und geht ins Büro, um auf Gia zu warten. Als die Haustür zuschlägt, tritt Marin aus dem Büro und sieht Gia im Flur ihre Sachen ablegen.

»Wie war's beim Lernen?«, fragt Marin. Raj kommt gerade die Treppe hinab, von den Geräuschen im Haus angelockt.

»Gut«, sagt Gia nur und weicht ihrem Blick aus. »Ich sollte schlafen gehen.«

»Willst du nichts essen?«, fragt Raj mit neugierigem Blick.

»Wir haben uns schon was geholt.« Gia schiebt sich an Marin vorbei in Richtung Treppe.

»Wer hat dich denn nach Hause gebracht?«, fragt Marin beiläufig, auf dem Weg zurück in ihr Büro. Adam oder ihr Treffen in der Schule übergeht sie komplett.

»Eine der Mütter.«

Sie zögert nicht eine Sekunde, überlegt nicht einmal, ob sie nicht doch vielleicht die Wahrheit sagen sollte. Als Gia noch klein war, konnte Marin immer erkennen, wenn sie die Unwahrheit sprach. Gia tippelte dann immer mit dem linken Fuß. Anfangs nur ein bisschen, aber je länger die Lüge sich hinzog, desto stärker wurde es, bis sie dann schließlich den rechten Fuß auf den linken stellen musste, um das nervöse Zittern zu unterdrücken.

Über die Jahre war es immer seltener vorgekommen, in letzter Zeit ist Marin dieser Tick gar nicht mehr aufgefallen. Sie war davon ausgegangen, dass Gia einfach keinen Grund mehr hatte, ihr etwas vorzulügen. Jetzt stellte sich heraus, dass Gia einfach nur gelernt hatte, besser zu lügen.

»Sehr gut.« Marin hält inne, als ob ihr plötzlich etwas einfällt, und wendet sich dann noch einmal zu Raj und Gia um. »Ich hätte ja fast vergessen«, sagt sie und unterbricht damit Gias Flucht. »Als ich dir heute dein Buch gebracht habe, hat die Schulleiterin mich in ihr Büro bestellt. Sie meinte, dass sie rechtlich verpflichtet ist, das Jugendamt einzuschalten, wenn bei einem Kind Verdacht auf Missbrauch vorliegt.«

»Was?«, ruft Raj erstaunt und schluckt dann schwer. Sein Mund verzieht sich zu einer schmalen Linie.

»Aber es gibt doch gar keinen Missbrauch«, entgegnet Gia mit schwacher Stimme und schreckgeweiteten Augen. »Hast du ihr das denn nicht erklärt?«

»Was hätte ich ihr denn sagen sollen, du hast uns doch nicht erzählt, was wirklich passiert ist«, gibt Marin beiläufig zurück, ohne es ihrer Tochter leichter zu machen. »In den nächsten Tagen wird ein Mitarbeiter des Jugendamts zu uns kommen, um sich einen Eindruck von der häuslichen Situation zu machen.«

»Was bedeutet das?«, fragt Gia, die Stimme ängstlich zitternd.

»Das bedeutet, dass der Staat versucht herauszufinden, ob dein Vater oder ich für diese Verletzungen verantwortlich sind. Wenn sie meinen, dass es hier nicht sicher genug für dich ist, können sie dich in einer Pflegefamilie unterbringen.«

Tief im Inneren genießt Marin Gias entsetzten Gesichtsausdruck. Vielleicht erkennt sie ja jetzt ansatzweise, wie ihre Eltern sich die ganze Zeit fühlen. Denn Marin ist sich sicher, dass Gia ihr Leben lang ihr Zuhause für selbstverständlich genommen hat. Der Gedanke, dass sie nicht immer den Luxus dieses Heims genießen könnte, wirft sie nun aus der Bahn.

»Aber das stimmt doch alles gar nicht.« Gia versteift sich, zieht sich innerlich zurück. Dann lässt sie den Kopf sinken, wendet den Blick von ihren Eltern ab. Sie scheint einen Entschluss zu fassen und schlingt die Arme um ihren Körper. »Meine Freunde und ich, wir spielen dieses Spiel. Ich weiß, es ist dumm.« Gia wirft einen Blick auf Marin, die gespannt zuhört. »Ich wusste, dass ihr wütend werden würdet, deshalb habe ich nichts davon gesagt.«

»Was denn?«, fragt Raj, wobei er zuerst Marin anblickt, dann Gia. Seine Stimme wird lauter, zorniger, als er zu wissen fordert: »Welche Art von Spiel?«

»Wir schlagen einander und sehen, wer am meisten Schmerzen aushalten kann. Derjenige, der zuletzt aufgibt, gewinnt.«

»Mit welchen Freunden?«, bohrt Marin weiter und beobachtet Gia dabei genau. Sie denkt kurz an Amber, verwirft den

Gedanken aber sofort wieder. Das Mädchen hat immer noch eine Aura der Unschuld um sich herum, die Gia inzwischen verloren hat.

»Was spielt das schon für eine Rolle?«, blockt Gia ab.

»Wer hat sich das Spiel einfallen lassen?«, unterbricht Raj, mit warnendem Blick in Richtung Marin, als ob er sie ermahnen will, behutsam vorzugehen.

»Es ist nur ein blödes Spiel. Damit es nicht langweilig wird.« Gia wendet sich mit bittendem Blick an Marin. »Kannst du ihnen das sagen? Also, dem Jugendamt?«

»Ist das denn auch die Wahrheit?«, fragt Marin eindringlich. Sie hatte wirklich schon Geschichten von Teenagern gelesen, die sich selbst verletzen – schneiden, gegenseitig würgen, jetzt anscheinend auch schlagen. Allein der Gedanke daran, dass Gia bei so etwas mitmachen könnte, lässt ihren Ton bissig werden. »Oder lügst du schon wieder?«

»Das ist alles wahr«, beteuert Gia. »Ich schwöre es!«

* * *

Es ist Nacht. Durch das Fenster in ihrem Büro sieht Marin die Sterne am Himmel. Sie liegt auf dem Sofa, hat sich seit Gias Geständnis vor einigen Stunden hier nicht fortbewegt. Sie hat es der Haushälterin überlassen, sauber zu machen, Gia war nach oben verschwunden, Hausaufgaben machen. Marin hat Raj noch nichts von Adam erzählt. Dafür hatte Gia ihr einen dankbaren Blick zugeworfen, als sie sich für die Nacht verabschiedet hatte.

Marin lässt die Ereignisse des Tages noch einmal Revue passieren, einschließlich dessen, was Gia ihnen erklärt hatte. Marin kannte alle von Gias früheren Freunden, alles Mädchen aus anständigen Familien. Wobei das ja eigentlich auch auf Gia zutrifft, wie Marin zugeben muss. Sie geht gedanklich die Liste durch, versucht sich vorzustellen, wer bei so einem Spiel mitmachen könnte. Sie streicht einen Namen nach dem anderen.

Ihre Gedanken schweifen ab, ganz unwillkürlich kommt ihr wieder Adams Hand in den Sinn, die Gias Hand fest umschlossen hält. In der Schule ist er nicht von Gias Seite gewichen, hatte immer ihre Hand gehalten. Der Eindruck erinnert Marin stark an etwas, das sie ihre ganze Kindheit gesehen hat. Jemand, der überzeugt ist, dass die andere Person ihm gehört und dass er mit ihr tun kann, was immer er will. Die Lüge, die Gia so leicht über die Lippen gekommen ist, auf die Frage, mit wem sie unterwegs war. Gia, die mit ihm nach Hause geht. Die beiden, allein, für Stunden. Die Beziehung geschickt geheim gehalten. Die Bilder sammeln sich in ihrem Kopf und führen alle zur gleichen Erkenntnis.

Gia hat nicht gelogen, um sich selbst zu schützen, sie lügt, um Adam zu decken.

Übelkeit steigt in ihr auf, lässt sie bitter aufstoßen. Sie eilt zur angrenzenden Toilette und erreicht sie gerade noch rechtzeitig. Die Toilettenschüssel fest umklammert übergibt sie sich, bis ihr Magen komplett entleert ist. Schweißtropfen haben sich an ihren Augenbrauen gesammelt, ihr Körper zuckt noch von den Krämpfen. Sie lässt sich gegen die Wand fallen, hält sich dabei immer noch an der Toilette fest. Er hat Gia geschlagen, da ist Marin sich sicher. Es steht auch außer Frage, dass er es mehr als einmal getan hat. Wieso und wie spielt jetzt keine Rolle mehr. Von Bedeutung ist nur, dass Marin ihn zerstören wird. Ihn Stück für Stück auseinandernehmen wird, für das, was er ihrem kleinen Mädchen angetan hat. Nur so kann sie Gia in Sicherheit bringen, ihrer Tochter das bieten, was sie für sich selbst nie geschafft hat.

Trisha

Die Nacht vor Marins Hochzeit ist kühl nach dem leichten Sommerregen. Die Glühbirne vor der Tür flackert, weiter draußen zirpen die Grillen. Die drei Schwestern stehen Schulter an Schulter nebeneinander, ihre Mutter als schwachen Schutz zwischen ihnen und Brent, der mit den Schlüsseln im Schloss hantiert und laut auf Gujarati flucht, als das Schloss sich nicht öffnen lässt.

»Hast du das Schloss mit WD-40 eingesprüht, wie ich dir gesagt habe?«, fragt er fordernd.

»Ja«, lügt Ranee. Inmitten all der Hochzeitsvorbereitungen war es ihr komplett entfallen.

»Es war nicht genug.« Er rüttelt an dem Schlüssel und schlägt mit der Faust gegen die Tür.

»Das Holz verzieht sich bei Regen immer, lass es mich versuchen«, bietet Ranee an, in der Hoffnung, ihn zu beruhigen.

»Du denkst, du bist stärker als ich?«, gibt er zurück und lacht, als Einziger. »Dummkopf!«

Die Mädchen stehen schweigend daneben und sehen zu. Er rüttelt weiter den Schlüssel im Schloss hin und her und schlägt immer mal wieder gegen die Tür. Ein erster Regentropfen fällt. Bald darauf folgen weitere. Sie nutzen die Schleier ihrer Saris als Schutz gegen den Regen.

»Endlich«, ruft Brent aus und stößt die Tür auf. Er tritt schnell ein, als Erster. Im Haus angekommen ziehen sie langsam ihre hochhackigen Schuhe aus, alle noch in den Erinnerungen der letzten Stunden schwelgend, mit all dem Tanzen und den Freunden aus der indischen Gemeinschaft.

»Mädchen, geht euch umziehen, faltet die Kleider ordentlich und bringt sie mir. Ich werde sie in den Koffer packen.« Ranee scheucht sie vorwärts. Die Saris sind aus Seide gefertigt, die sie als Hochzeitsgeschenk erhalten hatte. Damals, kurz nach der Hochzeit, hatte Brent heimlich einen Schneider beauftragt, ihr schöne Kleider daraus zu fertigen. Eine romantische Geste aus der Zeit, als er noch ein guter Mann war.

»Ich will in meinem Sari schlafen, Mama«, erklärt Trisha. Sie ist fasziniert von den lebendigen Farben und genießt es, wie sie sich in der Kleidung fühlt.

»Nein, Beti«, erklärt Ranee sanft. »Dies ist besondere Kleidung. Sie ist nur für Hochzeiten. Wenn du heiratest, darfst du dir einen Sari aussuchen.«

»Dann wähle ich diesen hier«, erklärt Trisha, wirbelt herum und tanzt durch den Eingangsbereich. Ihr Haus ist von innen absolut makellos. Als Ingenieur mit zwei Master-Abschlüssen ist Brent durch und durch pedantisch. Sein Heim muss seinen Maßstäben gerecht werden. »Ich sehe darin so wunderschön aus«, erklärt Trisha selbstbewusst. Sie ist ganz eingenommen von der eleganten Figur, die sie in dem Sari abgibt. Mit gerade fünfzehn Jahren steht sie kurz davor, zur Frau zu werden. Ihre schmalen Hüften müssen noch den Kurven ihrer Brüste folgen, die in dem figurbetonenden, tiefroten Oberteil bereits deutlich auffallen. Der Stoff ihrer Kleidung reicht nur bis kurz unter den BH und gibt den Blick auf ihren flachen Bauch frei, bis unter den Bauchnabel. Der frei fallende Rock sitzt auf ihren Hüftknochen und fließt von dort elegant zum Ansatz ihrer Knöchel hinab. Der durchscheinende Sari legt sich um sie, von geübter Hand festgezurrt, dann wie ein mit Perlen besetzter Schal über die Schulter geworfen. »Alle haben sie mich angesehen.«

»Niemand hat dich angesehen«, fährt Brent sie an. Alle halten inne, nicht als bewusste Handlung, sondern als Reflex. Wie Tiere, die gelernt haben, vor ihrem Besitzer zu zittern. »Ist das richtig für anständige Mädchen? Muss man sich ansehen lassen?«

Er meint es nicht als Frage. Trishas Gesicht zeigt, wie sie behutsam ihre Worte abwägt. Überlegt, ob sie besser schweigen oder antworten soll. Beide Möglichkeiten machen ihr Angst, nicht Angst um sich selbst, sondern um die anderen. Ranee sieht aus der Entfernung zu, versucht die Situation einzuschätzen.

»Ja, Trisha, du hast recht.«

»Was?«, ruft Brent erbost, während er zu Ranee herumwirbelt.

»Eine der Tanten bei der Garba hat sie gelobt und gemeint, wie schön Trisha doch aussieht. Und wie meisterhaft sie die Schritte des Stocktanzes beherrscht. Sie kommt natürlich nach deinem jüngsten Bruder, mein Gemahl.«

Die Mädchen warten auf seine Reaktion. Sie haben auch keine andere Wahl.

»Marin, Sonya, ihr kommt nach meiner Familie, aber Trisha, sie ist ganz die Tochter ihres Vaters.« Ranee geht behutsam vor. Sie lacht gespielt erfreut auf, lenkt Brent damit ab. Ein Lächeln liegt auf ihrem Gesicht. Tief in ihrem Inneren findet sie etwas, das sie lächeln lässt. Eine Illusion, die sie für sie alle webt.

»Mein Bruder hat dir deinen Namen gegeben«, erinnert Brent sich. Er ist jetzt ganz eingewickelt und bekommt nicht mit, wie sie ihn vom Thema ablenkt. »Er war der Erste, der dich im Arm gehalten hat.«

Die Mädchen kennen die Geschichte natürlich. Sie wurde über die Jahre immer wieder erzählt. Erinnerungen an eine vergangene Zeit, die einzige Zeit, in der Brent noch glücklich war.
»Du warst in Neu-Delhi, Papa«, sagt Trisha.

»Das war ich. Der Monsun hatte die Straßen überschwemmt. Die Züge konnten nicht fahren.«

»Du hattest ein Telegramm geschickt, dass du eine Rikscha gemietet hast. Dass du die ganze Nacht fahren würdest, um am Morgen bei uns zu sein.« Ranee macht eine Pause, in der Trisha näher zu ihm tritt. »Die Geburt hatte begonnen und ich habe Freunde von Freunden angerufen. Du solltest dich nicht in Gefahr begeben.«

»Ich musste sehen, wie meine Zweitgeborene zur Welt kommt. Der Erste sein, der ihr das Zuckerwasser zu trinken gibt.« Er greift nach Trisha, aber sie hat keine Angst. Er liebkost ihr Haar und zieht sie in seine Arme.

»Dein Bruder hat dann den Namen gewählt, den Namen, der dir am besten gefallen würde«, fährt Trisha fort, damit die Geschichte nicht ins Stocken gerät.

»Ja, ich habe auf deine Mummy gehört und bin geblieben, habe ungeduldig auf die Nachricht gewartet.«

»Wir konnten nicht riskieren, dich in der Flut zu verlieren. Was hätten wir ohne dich getan?«, übernimmt Ranee. »Du bist zwei Wochen später in Rajkot eingetroffen. Die Koffer voll mit Geschenken für Marin und unser neues Baby. Und Trisha, du wolltest nur Milch von meiner Brust, obwohl dein Vater Tausende Rupien für Spielzeug für euch beide ausgegeben hat.«

Die Erinnerungen tragen sie fort in eine andere Zeit. Und doch hatten sie alles zurückgelassen. Alles, was jetzt noch geblieben ist, scheint wie eine verdrehte Spottversion ihrer Vergangenheit.

»Sie haben mir erzählt«, sagt Brent, den Blick voller Wärme und Liebe. »Deine Mummy hat die Diener jeden Tag zu meinem Hotel telegrafieren lassen. Du warst so intelligent, genau wie mein Vater. Die gesegnete Zukunft …« Seine Stimme verliert sich. Zorn überzieht sein Gesicht. »Darum habe ich das Opfer gebracht und bin nach Amerika gekommen. Ein Bettler in diesem Land, wo ich doch ein Radscha in meinem eigenen war.«

Er gibt Trisha wieder frei, die Hände zu Fäusten geballt. »Ein besseres Leben für meine Töchter wollte ich, so habe ich zu meiner Mutter gesagt. Eine Bildung, die sie in Indien nicht bekommen können. Sie flehte mich, ihren ältesten Sohn, an, zu bleiben.« Brents Gesicht scheint schmerzverzerrt. »Aber ich habe nicht auf sie gehört. Habe meine Familie verlassen und mein Leben aufgegeben, für meine Kinder.«

»Ein Opfer, das wir nie wiedergutmachen können«, wirft Ranee schnell ein, während sie ihre Töchter zu ihren Räumen drängt. »Töchter, vergesst nie das Geschenk, das euer Vater euch damit gemacht hat.« Sie streicht ihm sanft über den Rücken, eine Seltenheit, da die Berührungen so gut wie nie von ihr ausgehen. »Bald werden wir feiern, was wir nie zu hoffen gewagt haben. Unser erstes Kind heiratet einen Maharadscha. Einen Ingenieur aus der Kaste der Brahmanen. Die Götter selbst würdigen das Opfer, das du gebracht hast. Sie belohnen uns damit, geben unserer Tochter eine gute Familie von Rang und Ruf.«

»Und Trisha wird die Nächste sein«, fügt Brent leise hinzu und sieht seine mittlere Tochter dabei an. »Bald wird auch sie uns verlassen.«

»Ja, und sie wird einen noch besseren Gemahl finden als ihre Schwester«, stimmt Ranee zu. »Was mehr könnten wir uns wünschen?«

* * *

Ich kann die Tage, seit Eric gegangen ist, noch genau zählen, jeden einzelnen. Als ich meine Hochzeit plante, habe ich mir immer wieder vorgestellt, wie wir später leben würden. Das Haus, in dem wir wohnen würden, die Autos, die wir fahren würden. Die Küsse, die wir einander geben würden, bevor wir jeder zu unserer Arbeit fahren, und die Gespräche am Abendtisch, wenn wir über unseren Tag reden. In meiner Vorstellung hatte ich jedes Detail geplant. Außer der Trennung. Ich hatte nie auch nur an die Möglichkeit gedacht. Aber jetzt ist sie da und ich kann sie nur hilflos akzeptieren. Die Einsamkeit mit offenen Armen annehmen und einen Weg finden, mit ihr zu leben.

Ich muss an Mama denken und daran, wie das Leben allein wohl für sie ist. Seltsam eigentlich, dass ich früher nie darüber nachgedacht habe. Mich nie gewundert habe, ob sie sich an das Leben in dem leeren Haus gewöhnt hat, oder ob auch sie ständig Echos vergangener Stimmen hört. Letztens bin ich an Erics leeren Schrank gegangen. Er hat nur wenig Sachen zurückgelassen: einen einzelnen Socken, einige Hemden, die er seit Jahren nicht mehr getragen hatte, und ein Paar Joggingschuhe. Die Schuhe fesselten mich besonders. Ich setzte mich einfach mitten in den großen, begehbaren Kleiderschrank und starrte sie an. Ich konnte es vor mir sehen, wie er sie zuschnürt, auf dem Weg, eine Runde laufen zu gehen. Wie er von der großen Runde zurückkommt und verschwitzt unter die Dusche springt. Damals wusste ich, dass er jedes Mal wieder zurückkehren würde.

Eigentlich ist es das Alltägliche, was ich am meisten vermisse. Die Sachen, die man gar nicht mehr mitbekommt, wenn man jeden Tag zusammenlebt. Wie er das Kleingeld aus der Tasche sammelt, sein Portemonnaie auf den Schreibtisch legt oder seine Kleidung in den Kleiderkorb wirft. Wobei er den Korb natürlich verfehlt, sodass doch wieder alles auf dem Badezimmerboden landet. Ich hatte ihn in meinem Leben aufgenommen, als ob er schon immer dazugehört hätte. Jetzt frage ich mich, wie ich je wieder ohne ihn werde leben können.

Das gemeinsame Schlafen war das Einfachste. Fast so, als ob das Bett schon immer für zwei gedacht gewesen wäre, nie für mich allein. Wenn Eric frühmorgens zu einem Meeting rausmusste, habe ich es schon Sekunden später gespürt. Ohne ihn im Bett fehlte etwas und ich konnte nicht mehr weiterschlafen.

Ich war einfach zu sehr an andere Menschen gewöhnt, schon immer. Als Kind war es stets Sonya gewesen, die sich bei mir im Bett zusammengerollt hatte. Mit meinem Ehemann musste ich mich dann zumindest nicht mehr um die Bettdecke streiten.

»Ich will mit dir Liebe machen«, flüsterte er immer in mein Ohr. Egal, wo wir waren, im Büro, Rechnungen bezahlen, oder in der Küche, Kakao aufkochen, er legte mir dann immer die Arme um die Hüfte und zog mich eng an sich. Ich konnte ihm nie widerstehen, drehte mich in seinen Armen um und war schon bereit, jederzeit. Wir haben uns nur selten gestritten, aber wenn es mal vorkam, habe ich immer als Erste nachgegeben. Es schien einfacher. Nachdem ich mein ganzes Leben Streit vor Augen gehabt hatte, konnte ich nicht mehr mit Unfrieden umgehen. Ich wurde geradezu süchtig nach Harmonie und tat alles, was ich konnte, um diese zu erhalten.

In seinem Berufsleben hatte Eric eine wahre Machtposition, aber das hatte nur sehr selten Einfluss auf unser Leben. Er hatte ja auch nie einen Grund, seine Macht bei mir einzusetzen. Ich nahm die Rolle der Ehefrau des Geschäftsführers ganz natürlich an, als ob ich mein ganzes Leben dafür geübt hätte. Die Kleidung, das Geld, die sozialen Kreise, in denen wir uns bewegten, alles schien so selbstverständlich und richtig. Ich war dazu geboren, eine Ehefrau zu sein. Bei dem Gedanken zieht sich mir jetzt der Magen zusammen. An welchem Punkt war sein Beruf wichtiger geworden als meiner? Ich bin so leicht in die traditionelle Rolle verfallen, ohne dass es jemand von mir verlangt hätte. *Aber,* erinnert mich eine Stimme, *einen Aspekt dieser Rolle habe ich nie angenommen, jenen, der mir meine Position für immer gesichert hätte. Den der Mutter.*

Ich muss aus dem einengenden Käfig meines Zuhauses entkommen, also schnappe ich mir meine Schlüssel und fahre los. Ohne es genau zu planen, komme ich an dem einzigen Ort an, an dem ich mich je sicher gefühlt habe, dem einzigen Ort, der immer mir gehört hat. Ich lasse den Wagen in die Einfahrt vor dem Haus meiner Eltern rollen und stelle den Motor ab. Selbst jetzt ist das Haus in meinen Gedanken immer noch das Haus meiner Eltern, nie das Haus meiner Mutter. Auch wenn Papa vielleicht nie wieder hier leben wird, ist das doch der Ort, an dem er mir alles gegeben hat.

Aus reiner Gewohnheit schließe ich die Tür mit meinem eigenen Schlüssel auf. Ehe Sonya wieder nach Hause gekommen ist, war ich die Einzige der drei Töchter, die immer einen Schlüssel für das Haus hatte. Auch wenn Papa die Schlösser auswechselte, stellte er immer sicher, dass ich einen Ersatzschlüssel habe. Sicherheitshalber, meinte er, für den Notfall. Und dann war der Notfall eingetreten und mein Schlüssel konnte auch nicht helfen. Es gab nichts, was ich tun konnte, um Papa zu beschützen.

»Trisha!«, ruft Mama überrascht. Sie kommt gerade die Treppe hinunter, immer noch in ihren Pyjama gekleidet, das Haar offen hinter ihr wehend. »Was machst du denn hier, Beti?« Sie nimmt die letzten Stufen, dann schließt sie mich in ihre Arme. Ich halte sie eng umarmt, enger als je zuvor.

»Ich dachte, wir könnten zusammen zu Mittag essen«, sage ich, die einzige Ausrede, die mir einfällt.

»Um zehn Uhr morgens?« Sie nimmt meine Hand und legt sie in ihre. Sie fühlt sich warm an und obwohl meine Hand inzwischen größer ist als ihre lasse ich mich halten und genieße das Gefühl der Sicherheit. »Setzen wir uns.«

Sie führt mich ins Wohnzimmer, mir fallen die Bilder von uns drei Schwestern und Gia auf dem Kaminsims auf. Alle Bilder von Papa sind verschwunden. Ich nehme meine Hand aus ihrer und schaue mich im Zimmer um. Es scheint, als ob ich es zum ersten Mal sehe. Jede Spur von ihm ist ausgelöscht. Der Korb, in dem er immer seine Zeitungen aufbewahrte. Sein Brillenetui für die Lesebrille. Die Hausschuhe, die immer an seinem

Lieblingsplatz unter dem Sofa standen. Alles verschwunden. Ich drehe mich zu ihr um, plötzlich zornig. »Alles, Mama? Du hast uns nicht eine Sache gelassen, um uns an ihn zu erinnern?«

Noch ehe sie antworten kann, ziehe ich die Schubladen des Schreibtischs auf. Wenn ich früher nicht schlafen konnte, kam ich oft runter, um ein Glas Wasser zu trinken. Er saß dann stets hier und sah sich die Bilder aus Indien an. Ich kletterte dann immer auf seinen Schoß und er erzählte mir Geschichten aus seiner Jugend, von seinem Zuhause, in dem er noch glücklich gewesen war. Die Schubladen zeigen, was ich befürchtet hatte. Alle seine Bilder, die Erinnerungen an seine Kindheit, sind fort. »Wo sind sie?«, fordere ich zu wissen, wirbele zu ihr herum. »Wo sind alle seine Fotos?«

»Warum?«, fragt sie sanft. »Wofür brauchst du sie?«

»Er ist mein Vater!«, schreie ich sie an, zum ersten Mal in meinem Leben. »Du glaubst vielleicht nicht mehr daran, dass er zurückkommt, aber ich habe ihn noch nicht aufgegeben.« Ich will sie schlagen, ihr wehtun, wie er es immer wieder getan hat. Ich will die Angst in ihren Augen sehen, damit sie die Angst versteht, die in mir tobt. »Er ist noch nicht tot.«

»Nein.« Sie ist ruhig, auf eine Art, die ich bei ihr noch nie erlebt habe. »Aber ich hoffe, er stirbt.«

Meine Knie geben nach, meine Beine zittern schwach. Ich sinke auf das Sofa und lasse den Kopf in die Hände gleiten. »Was? Warum?« Ich weiß selbst, wie lächerlich die Frage ist. Aber ich muss sie trotzdem stellen. Ich bin mir sicher, dass er sie nicht mehr geschlagen hat, nachdem wir alle aus dem Haus waren. Ohne Kinder, die seinen Zorn erregten, hatte er bestimmt keinen Grund mehr zuzuschlagen. »Er hat aufgehört, dich zu schlagen, oder?«

»Ja.« Ihre Antwort kommt distanziert, fast wie eingeübt, als ob wir vor Gericht sitzen würden. »Das letzte Mal war an dem Tag, als Sonya gegangen ist.«

Ich sehe schockiert zu ihr auf. Der Tag verfolgt uns immer noch, erinnert jeden von uns daran, wie leicht es gewesen wäre, einfach zu gehen. Niemand hatte es zuvor auch nur zu denken gewagt, aber Sonya war einfach auf und davon und uns wurden die Augen geöffnet. »Warum?« Es ergibt keinen Sinn. Sonya war nie diejenige, die er brauchte, nie das geliebte Kind. Warum sollte es ihn so stören, dass sie fort war?

»Weil das der Tag war, an dem ich ihn um die Scheidung gebeten habe.«

Ich sehe meine Mutter an, voller Entsetzen, und versuche zu verstehen, was sie mir gerade gesagt hat. »Du wolltest die Scheidung?« Ich starre sie an. »Was ist dann passiert?«

»Er hat mich geschlagen, schlimmer als je zuvor«, erklärt sie ungerührt, als ob wir über das Wetter reden würden. »Dann hat er geweint und mir erklärt, dass er sein ganzes Leben damit verbracht hat, mich zu unterstützen, mir alles zu bieten, mir und euch Mädchen. Er sagte, dass er Fehler habe, vielleicht sogar viele, aber dass es ihm leidtue.« Sie hält in Gedanken inne, ihr Blick abwesend. »Es war das erste Mal, dass er mir so etwas gesagt hat. Er meinte, dass er nicht wisse, wie man liebt, aber dass er es lernen will.«

»Aber warum dann?«, flehe ich, schiebe ihr Geständnis beiseite, wie ich auch stets die körperliche Gewalt ignoriert hatte. Ich bin Expertin darin, unangenehme Ereignisse zu verdrängen, in ein kleines Kästchen in meinem Gehirn einzuschließen, wo sie mir nicht mehr wehtun können. »Was gibt es für einen Grund, alle seine Sachen aus dem Haus zu schaffen?« Ich flehe um meiner selbst willen. Jetzt, da mein eigenes Zuhause in Trümmern liegt, bleiben mir nur dieses Haus und meine Erinnerungen an meine Zeit hier.

»Er hat gelogen, Trisha«, sagt Mama. »Es tat ihm nicht leid. Niemals.« Sie setzt sich neben mich, legt mir ihren zierlichen Arm um die Schulter. »Und du weißt das auch.«

Ihre Worte lassen mich zusammenzucken. Ich weiß nicht warum, aber ich stoße sie von mir. Stehe auf, wandere durch den kleinen Raum. Musik kommt die Treppe hinab. Alte Hindi-Lieder. Eine kleine *Diya* brennt in dem provisorischen Schrein an der Ecke zur Küche. Selbst gemachtes *Ghee* nährt die Flamme. Im Inneren des stählernen Schreins befinden sich Abbilder der Götter, zu denen wir beten. Aus Respekt gegenüber Erics Glauben hatte Mama auch eine kleine Jesusstatue hinzugefügt, als wir geheiratet haben. Das Heim meiner Kindheit, in dem ich zu der Frau herangewachsen bin, die ich heute bin, zieht sich um mich zusammen. Die Worte meiner Mutter schneiden mich wie ein Schwert, auch wenn ich nicht weiß, wovon sie redet.

»Aber warum bist du dann geblieben?«, fordere ich zu wissen. Ich kann mich selbst in dem Spiegel an der Seitenwand sehen, doch ich sehe nicht die perfekt zurechtgemachte Frau, die ich sonst erkenne, sondern ein kleines Kind, das nach Halt sucht. Ein Mädchen schreit. Ihre Haare sind wirr, das Gesicht von Tränen verschmiert. Ihre Augen sind geschlossen, sie weigert sich zu sehen. Ich schüttele den Kopf, versuche, das Bild zu verjagen, aber als ich meine Augen öffne, sind ihre auch geöffnet. Sie sieht mich an. Ich wende mich ab, kann sie nicht mehr ansehen.

»Weil ich ihm geglaubt habe«, sagt meine Mutter. »Genau wie du.«

Ich muss hier fort. Mein Zufluchtsort ist zu einem Gefängnis geworden. Ich nehme meine Handtasche und wende mich zum Gehen, als sie fragt: »Warum ist Eric gegangen?«

Natürlich hat Sonya es ihr erzählt. Wir waren schon immer gut darin, unsere Geheimnisse nach außen zu verbergen, doch manchmal vergessen wir, sie auch voreinander geheim zu halten. Sie erinnern uns daran, dass egal, wie viel Zeit vergangen ist, wir nie wirklich der Dunkelheit entkommen können, die wir teilen. »Weil ich ihm nicht ausreichte«, sage ich.

Sie nimmt meine Hand, obwohl ich gehen will. Hält mich fest. »Warum willst du keine Kinder?«

Sonya ist nicht zu Hause, da bin ich mir sicher. Letzte Nacht, als sie mir die Haare zurückgehalten hat, damit ich mich übergeben kann, und danach mit mir im Bett gelegen hat, damit ich einschlafen kann, war ich so froh, meine Schwester zurückzuhaben. Aber jetzt, wenn sie jetzt hier wäre, hätte ich sie angeschrien, wie sie so viel verraten konnte. »Sonya weiß doch anscheinend alles, frag sie doch.«

»Deine Schwester liebt dich.« Mama hält inne, erkennt wohl selbst erst jetzt die Wahrheit in den nächsten Worten. »Du bist die Einzige, von der ich sicher weiß, dass sie dich liebt.« Sie nimmt meine beiden Hände und sieht mich an. »Bitte, Beti«, flüstert sie. »Sag es mir, warum willst du keine Kinder haben?«

»Vielleicht bin ich ja genau wie Papa«, erkläre ich ihr und frage mich dabei, ob das vielleicht wirklich der Grund ist. »Vielleicht weiß ich einfach nicht, wie man liebt.«

Sonya

»Kannst du ein Foto von mir machen?« Das kleine Mädchen, Tessa, hüpft aufgeregt auf ihrem Krankenbett auf und ab. Sie ist heute schon die fünfte Patientin, mit der ich arbeite, und bislang auch die jüngste. Die anderen waren schon fast Teenager. Meist sahen sie mich nur gelangweilt an, bis ich ihnen dann eine Kamera in die Hand drückte. Dann waren sie wie ausgewechselt und fotografierten alles, was ihnen vor die Linse kam. Schon bald liefen sie den lachenden Krankenschwestern nach und bettelten diese um wenigstens ein weiteres Foto an.

»Wie wäre es, wenn du selbst ein paar machst?« Ich helfe ihr, die verkrampfte Hand zu öffnen und lege die Kamera sachte in die kalten Finger. Noch immer fühle ich mich wie ein Fremdkörper in diesem Krankenhaus, auch wenn ich inzwischen einen offiziellen Mitarbeiterausweis mit mir rumtrage. Wie David und die Personalabteilung mir versprochen hatten, wurden mir eine Reihe erstklassiger Digitalkameras und ein Fotodrucker pro Stockwerk zur Verfügung gestellt. »Du kannst das schon.«

»Aber wenn ich sie kaputt mache?«, fragt Tessa unsicher, mit dem Blick auf die Kamera in ihrer Hand, ihre Bedenken im Zwiestreit mit ihrer Neugier.

»So leicht geht die nicht kaputt, mach dir da keine Gedanken«, beruhige ich sie. »Aber wenn du wirklich nicht willst …« Als ich mich langsam vorbeuge, um die Kamera wieder zurückzunehmen, schließen ihre Finger sich instinktiv um diese. Wie ich erwartet hatte. Ich muss mir ein Lächeln verkneifen. »Versuch es doch einfach mal.«

Sie fotografiert ihren großen Zeh und kichert dabei. Dann schießt sie ein Bild von ihrem Knie, dann von einem Daumen. Zwei Ellbogen und eine Schulter. Als letztes Bild, bevor sie mir die Kamera reicht, nimmt sie ihren Infusionstropf auf. »Alle meine Körperteile«, erklärt sie. »War das gut so?«

»Perfekt.« Ihr letztes Bild bleibt mir im Gedächtnis, es erstaunt mich, wie natürlich sie die Nadel in ihrem Arm als erweiterten Teil ihres Körpers akzeptiert hat. Eine Notwendigkeit, damit sie weiterleben kann. »Wie wäre es, wenn wir die Bilder ausdrucken und ein Buch daraus machen? Wir könnten es ICH nennen.« Sie nickt müde. Während ich meine Sachen zusammensammele, schlüpft Tessa wieder unter ihre Bettdecke. Dann zappt sie durch die Fernsehkanäle, man merkt ihr an, dass dies eine ihrer Hauptbeschäftigungen ist. Als sie einen Kanal mit Zeichentrickfilmen findet, lehnt sie sich zurück. Ich bin mir nicht sicher, was ich noch sagen kann, daher überlasse ich sie ihren Zeichentrickfilmen und gehe ohne ein weiteres Wort.

»Ah, da bist du ja«, fängt David mich im Flur ab. »Wie läuft es?«

Er war der Erste, dem ich von meinem Entschluss erzählt hatte, die Stelle anzunehmen. Er war ganz aufgeregt. Seit ich hier arbeite, laufen wir uns immer mal wieder über den Weg. Er bleibt dann immer stehen und findet einen Grund, ein paar Worte mit mir zu wechseln. Oft fragt er nach den Fotos, die die Kinder aufgenommen haben, oder will wissen, wie sie reagiert haben. Ich erzähle ihm dann von den Abenteuern, die wir gerade erlebt haben, auch wenn die meisten davon nur in der Fantasie der Kinder stattgefunden haben. Wenn man so lange in einem Krankenhausbett liegen muss, sehnt man sich nach einer Fluchtmöglichkeit. Er hört mir immer aufmerksam zu, mit sanften Augen und nahe bei mir stehend. Ich muss zugeben, dass ich mich auf diese Momente freue, sie bieten eine angenehme und doch sichere Möglichkeit der Interaktion. Hier im Flur des Krankenhauses sind wir stets von Mitarbeitern und Patienten umgeben, ich fühle mich hier behütet. Aus dieser Sicherheit heraus kann ich seine Aufmerksamkeit annehmen und schätzen. Ihn für den Respekt bewundern, den ihm der Rest des Krankenhauses entgegenbringt, für die Dankbarkeit, die seine Patienten und deren Familien zeigen. Er nimmt alles bescheiden entgegen, gibt nie mit seinen Leistungen an.

Auch fragt David fast nie nach meinem Vater, oder wie ich mich damit fühle. Ich bin ihm auch dafür dankbar. Es gibt ohnehin nicht viel, was ich sagen könnte, nur, dass wir warten. Immer noch warten. Mein Vater und David … die beiden sind so verschieden, wie Menschen es nur sein können. Ich habe einmal versucht, mir vorzustellen, wie unsere Kindheit wohl abgelaufen wäre, wenn mein Vater mehr so wie David gewesen wäre. Es war unmöglich. Mein Vater hatte schon immer diese zwanghafte Kontrollsucht, brauchte stets Bestätigung durch Anerkennung, beides Zeichen seiner Schwäche. Eigentlich benahm er sich auch als erwachsener Mann immer noch wie ein typischer Schulhofschläger, der die kleinen Kinder rumschubst, um sich selbst stark zu fühlen. Nur, dass es in unserem Fall seine eigenen Kinder waren. Meinen Vater und David kann man einfach nicht miteinander vergleichen, die beiden stammen aus unterschiedlichen Welten. Wenn mein Vater nicht ein Stockwerk höher im Koma liegen würde, wären die beiden sich auch garantiert nie begegnet.

Heute trägt David einen eleganten Anzug und eine Krawatte mit einem Bild von dem kleinen roten Monster Elmo, das einen Keks klaut. Wie immer sitzt sein Anzug tadellos und betont seine schlanke Figur. »Nette Krawatte.«

»Danke.« Er zieht die Krawatte hervor, damit ich sie besser sehen kann. »Ein Geschenk von meiner Tochter.« Er nimmt mir einige der Kameras ab, die ich auf meinen Armen balanciere. »Hast du schon was zum Mittagessen vor?«

»Ich wollte gerade hoch, die Fotos ausdrucken.«

»Hast du schon gegessen? Ich würde dich einladen.«

Mein knurrender Magen antwortet für mich. Ich rolle die Augen, als er mich wissend anlächelt. »Na gut, aber ich bezahle. Du hast mir den Job verschafft, das bin ich dir schuldig.«

Wir verstauen die Kameras sicher im Schwesternzimmer und machen uns zur Cafeteria auf. »Deine Arbeit kommt gut an, jeder lobt dich. Ich bin der Star des Krankenhauses, weil ich dich überredet habe.«

»Wirklich jeder?«, necke ich. »Das Krankenhaus muss wirklich klein sein.«

»Neuigkeiten sprechen sich hier schnell rum.« Er hält mir die Tür auf. »Und dank dir komme ich jetzt endlich auch mal in den Genuss der umfassenden Bewunderung, als kleines Dankeschön darfst du dir ein Sandwich aussuchen.« Die Cafeteria bietet verschiedene Sandwiches, Salate und Pommes frites an.

»Wow, du weißt wirklich, wie man eine Frau verwöhnt«, spotte ich zurück und bediene mich an der Salatbar. Wie versprochen bezahle ich, obwohl er Einwand erhebt und mir das Versprechen abringt, dass er das nächste Mal bezahlen darf. Unser Blick schweift über die komplett vollbesetzte Cafeteria. »Scheint so, als ob alle gleichzeitig hungrig geworden wären.«

»Komm, wir essen in meinem Büro.«

Ich folge ihm aus der Cafeteria, wir nehmen den Fahrstuhl nach oben, schweigend. In seinem Büro entdecke ich weitere Fotos seiner Tochter, eine ganze Kollektion von ihrer Geburt an. Die gerahmten Bilder stehen auf der Fensterbank, seine verschiedenen Diplome hängen an der Wand hinter seinem Schreibtisch. Wir lassen uns in einer Sitzecke nieder, die aus einem Plüschsofa und bequemen Ledersesseln besteht. Als ich mich auf dem Sofa niederlasse, wundert es mich nicht, dass er sich zu mir setzt. »Nettes Büro.«

»Unter uns gesagt, ich musste jemanden dafür umbringen, aber erzähl es bitte nicht weiter.« Er nimmt zwei Flaschen Wasser aus einem Mini-Kühlschrank, öffnet eine und reicht sie mir. »So was ist hier nicht gern gesehen.«

»Die sind aber pingelig hier.« Ich nehme einen Schluck aus der Flasche. »Man muss den Menschen doch auch ihre kleinen Fehler lassen.«

»Ganz meine Rede.« Er lacht leise glucksend und nimmt einen Bissen von seinem Sandwich.

Den Rest des Essens nehmen wir in angenehmem Schweigen ein, beide zufrieden damit, etwas in den Magen zu bekommen. Als meine Plastikgabel bricht, reicht er mir eine neue, als seine Serviette zu Boden fällt, gebe ich ihm eine von meinen. Nachdem wir den Hunger gestillt haben, trinken wir unser Wasser aus und sammeln den Müll ein. »Das war nett, danke.«

»Du hast bezahlt, also habe ich dir zu danken«, antwortet er.

Er nimmt mir meinen Müll ab, unsere Finger berühren sich kurz. Ich ziehe als Erste die Hand fort. Schnell werfe ich einen Blick auf meine Armbanduhr, um den Blickkontakt zu unterbrechen. »Ich sollte so langsam wieder.«

»Die Kinder sind auch gerade beim Essen«, meint er mit Blick auf seine eigene Uhr. »Wir haben noch ein paar Minuten.« Er nickt mir zu, mich wieder zu setzen. Da mir auf die Schnelle keine passende Ausrede einfällt, folge ich. »Habe ich schon gesagt, wie begeistert ich bin, dass du den Job angenommen hast?«

»Bisher erst ein paar Dutzend Mal«, antworte ich lachend. »Aber lass dich davon nicht abhalten.« Etwas ernster füge ich hinzu: »Es macht mehr Spaß, als ich gedacht hätte.«

»Die Arbeit mit kranken Kindern?« Er blickt mich fragend an.

»Sie finden Vergnügen an den einfachsten Sachen«, versuche ich, meine Gefühle in Worte zu fassen. »Wir Erwachsenen haben das oft verlernt.« Es geht etwas in seinem Blick vor, das ich nicht ganz einschätzen kann. Irgendwie so, als ob ich einen Test bestanden hätte, als ob er auf eine bestimmte Antwort gewartet hätte, ich diese aber noch übertroffen hätte. Es freut mich und weckt doch gleichzeitig in mir den Instinkt, fortzulaufen. Der ewige Zwiespalt meines Lebens: Ich will, was ich nie haben kann, und weise es zurück, weil ich Angst habe.

»Sie haben sich diesen Kampf nicht ausgesucht«, sagt er, »daher müssen sie sich daran erinnern, wie es war, als sie noch nicht auf der Verliererseite gestanden haben.«

Das hört sich sinnvoll an. Wie oft hatte ich mich als Kind nach Normalität gesehnt, deren Eindruck jedes Mal zerstört wurde, wenn ich wieder meinen Vater sah? Meine Wünsche verblassten neben seinen, sodass ich mit der Zeit völlig vergaß, was ich überhaupt selbst gewollt hatte. »Wieso bist du eigentlich Arzt geworden?«

»Meine Eltern waren beide Ärzte«, erklärt er. »Ich bin praktisch in Krankenhäusern groß geworden, auch alle Freunde meiner Eltern waren Ärzte.« Sein Lächeln kommt ganz natürlich. »Ich wüsste gar nicht, was ich sonst machen sollte.«

Für mich ist es schwer vorstellbar, dass jemand schon in so jungen Jahren seinen Weg im Leben kannte. Wusste, wo er hingehört. »Du hattest wirklich Glück«, gebe ich ernst zurück. »Nicht jeder hat so klar vor Augen, was aus ihm werden soll.«

»Zumindest du nicht.« Es ist nicht als Frage gedacht.

»Nein.« Ich muss mich zusammenreißen, um nicht zu viel zu verraten. »Meine Jugend bestand aus mehr Fragen als Antworten.«

»Aber du solltest eigentlich Jura studieren.«

Ich versteife mich, erinnere mich, dass ich ihm das schon verraten habe. Ich schüttele leicht den Kopf, will ihm vormachen, dass es keinen Streit gegeben hat, keine alten Wunden verborgen liegen, doch er unterbricht mich, ehe ich etwas sagen kann.

»Die Welt kann sich glücklich schätzen, dass du dich stattdessen für die Fotografie entschieden hast. Du hast wirklich großes Talent.«

»Ich denke eher, dass die Fotografie mich gewählt hat.« Ich hatte mir nie die Freude vorstellen können, die es mir bereitet, Bilder aufzunehmen. Wenn ich Ereignissen und Orten ein Denkmal setze, nur indem ich auf einen Knopf meiner Kamera drücke. Wenn ich mir die Fotos ansehe, die ich geschossen habe, bin ich oft verwundert von der Schönheit, die jetzt für immer eingefangen ist. »Ich konnte gar nicht anders.« Ich sehe die Auszeichnungen, die David verliehen wurden, trete näher und lasse meine Finger über sie gleiten. »Aber ich rette keine Leben, kann Menschen nicht gesund machen. Das ist wahres Talent.«

Wenn ich ein Bild aufnehme, ist das ein Prozess mit mehreren Schritten. Als Erstes betrachte ich die Komposition mit bloßem Auge. Prüfe die Umgebung, das Licht, die Szenerie, um die ideale Kombination zu finden. Bei professionellen Fotoshootings habe ich den Vorteil der künstlichen Beleuchtung, in der Natur muss ich mich auf die vorhandenen Gegebenheiten verlassen. Nachdem ich alle Details in meinem Kopf abgehakt habe und weiß, worauf mein Fokus liegen soll, greife ich zur Kamera und mache die ersten Bilder. Bei Digitalaufnahmen muss ich mir auch keine Gedanken über den Film oder die Kosten machen, also nehme ich Hunderte Bilder auf, in schneller Abfolge, um jede noch so feine Bewegung einzufangen. Sobald ich zufrieden bin, lade ich die Bilder im Computer hoch und gehe sie genau durch, um das perfekte Foto zu bestimmen.

In seltenen Fällen schleicht sich Unvorhergesehenes in das Bild ein. Eine Person im Hintergrund, ein Vogel, der vorbeifliegt. Ein spielendes Kind oder ein Blick zwischen Freunden. Etwas, das mir entgangen war, weil ich mich zu sehr auf ein Motiv konzentriert hatte. Diese unerwartete Besonderheit verleiht dem Bild neues Leben, das ich so nicht geplant hatte. Ich bin immer wieder fasziniert davon, wie die von mir beabsichtigte Aussage sich dadurch komplett verändert. Eine völlig neue Geschichte erzählt wird, die mehr bietet, als ich vorgesehen hatte. Das sind die Augenblicke, in denen ich meine Arbeit wirklich liebe. Wenn die Bilder selbst ihre Geschichte erzählen, und auch ich nur ein Betrachter bin, der diese Geschichte empfängt.

»Alles eine Frage der Perspektive«, meint David und reißt mich damit aus meinen Gedanken. Er steht inzwischen neben mir, seine Wärme füllt den vormals leeren Raum. Er betrachtet mich kurz und schätzt meine Reaktion ein, ehe er sagt: »Der Zustand deines Vaters ist immer noch unverändert.«

Ich stehe zwischen ihm und der Wand, was meine Fluchtmöglichkeiten einschränkt. »Ja«, stimme ich schnell zu. »Aber wir sind dankbar für alles, was du tust.«

»Jeden Tag seine Werte ablesen?« Er lehnt sich gegen die Wand und nimmt mir damit auch den letzten Fluchtweg. »Nicht der Rede wert.« Er starrt auf die blanke Wand über mir. Versucht, die richtigen Worte zu finden. »Es tut mir leid, dass ich dir und deiner Familie nicht mehr Antworten geben kann.«

Die Wahrheit steht unausgesprochen zwischen uns. Der Tod meines Vaters würde mein Leben nicht beeinflussen, sein Überleben schon. Ich frage mich, wie viel Schaden er noch anrichten kann, wenn er wieder erwacht. Ich bin bereits zerrissen, so sehr, dass er eigentlich nichts mehr weiter einreißen kann. Aber sein Tod würde mich so belassen, wie ich jetzt bin – unheilbar zerbrochen.

»Vielleicht gibt es keine.« Das Gespräch tritt auf der Stelle. Ich kann nicht fliehen, kann nicht entkommen, außer an ihm vorbei. »Manchmal ist das Leben einfach so.«

Das ist auch, wie ich meine Seele tröste – meine Erklärung, warum mein Leben so voller Schrecken war, während andere in Ruhe und Beschaulichkeit leben konnten. Als kleines Kind habe ich immer gern Natursendungen gesehen, war fasziniert davon, wie ein Gepard oder Tiger sich anpirscht, lauernd niederkauert. Zum richtigen Zeitpunkt prescht er dann auf die Herde zu, wird immer schneller, bis er jene erreicht hat, die um ihr Leben rennen. Von einem Augenblick auf den anderen greift er an, wählt sein Opfer, lässt den Rest entkommen. Der Rest der Herde flieht, von starken Überlebensinstinkten getrieben. Aber hatte das auserkorene Opfer auch nur irgendeine Chance, oder war sein Tod notwendig, einfach sein Schicksal?

»Glaubst du das wirklich?«, fragt er.

»Ich muss«, erkläre ich, schiebe mich an ihm vorbei, um freien Platz zu gewinnen. Ich blicke mich um, stelle mir vor, wie der Raum größer wird, mir ein Loch im Boden bietet, in dem ich für immer verschwinden kann. »Denn, wie soll man sonst den Willen aufbringen weiterzumachen?«

Es ist schon längst Zeit für mich, zu dem zurückzukehren, was ich am besten kann – mich hinter meiner Kamera verstekken, damit ich selbst bestimme, welche Teile der Welt ich sehen will. Aber Davids nächste Frage hält mich doch noch zurück. »Ihr liebt ihn alle so sehr«, sagt er, ohne die Wahrheit zu kennen. »Wie hat er das nur geschafft?«

Ich habe den ganzen Abend damit verbracht, Trisha dabei zuzusehen, wie sie sich ins Koma trinkt, weil sie sich ihr eigenes Glück nicht zugestehen kann. Ich habe gehört, wie sie im Schlaf nach Eric gerufen hat, ihr Herz gebrochen, weil ihr Geist wusste, was ihre Seele nicht akzeptieren wollte – dass er fort war. Ich lebe zusammen mit meiner Mutter in einem Haus, das so viele Geheimnisse beherbergt, in dem so viel geschehen ist, und doch ist es das einzige Heim, dem sie vertraut, ihr Zuhause, in das sie jeden Abend zurückkehrt. Und Marin, mein eigen Fleisch und Blut, ist zu einer Frau geworden, die ich kaum noch wiedererkenne.

»Er hat nur für uns gelebt«, sage ich, die einzige Antwort, die ich kenne.

* * *

»Zu meiner Zeit hatten wir noch keinen solchen Schnickschnack.« William dreht die Kamera in der Hand, sieht sie von allen Seiten an.

Er ist zweiundsiebzig Jahre alt und damit mein ältester Patient. Er kommt gerade von der Dialyse und ist entsprechend schlecht gelaunt. Ich habe ihm in den Stuhl neben seinem Bett geholfen und ihm die Kamera gereicht. Zuerst wollte er sie nicht nehmen, meinte, er habe keine Zeit für so was. Ich wäre schon fast gegangen, um es an einem anderen Tag noch einmal zu versuchen. Aber als ich ihn so ansah, wie er zum Fenster gewandt dasaß, nichts Bestimmtes im Blick, wollte ich noch einen letzten Versuch wagen. Mit einem Grunzlaut, der mir anzeigen sollte, dass er mir einen Gefallen tat, nicht umgekehrt, streckte er die Hand aus.

»Es ist eine Digitalkamera«, erkläre ich ihm. »Da braucht man keinen Film mehr.«

»Ach, ehrlich?« Als er mich anschaut, sehe ich zum ersten Mal den Hauch eines Lächelns in seinem Gesicht. »Ich bin wegen Nierenversagen hier, nicht wegen Alzheimer«, entgegnet er. »Ich weiß, was digital bedeutet.«

»Natürlich«, sage ich nur, amüsiert durch die Zurechtweisung. »Haben Sie auch eine zu Hause?«

»Nein.« Er gibt mir die Kamera zurück, seine Stimme bricht. »Kann ich mir nicht leisten.« Er greift nach dem Rollstuhl.

»Sie funktionieren wirklich sehr einfach.« Ich schiebe ihm den Rollstuhl näher, biete ihm meine Hand an. Er weist die Hilfe zurück und kämpft sich selbst aus dem Stuhl hoch. »Man richtet das Gerät einfach nur aus, drückt auf den Auslöser und schon ist das Bild fertig.«

»Aber warum sollte ich Fotos machen?« Er kann sich kaum aufrecht halten und beginnt zu schwanken. Ich will ihm wieder helfen und er lehnt mein Angebot abermals ab. Es scheint wie ein Tanz ohne vorgegebene Schritte. »Gibt nichts mehr, was ich noch mal sehen will.« Er schafft es endlich in seinen Rollstuhl.

»Wie wäre es denn mit diesen Blumen?« Ein Strauß frischer Nelken steht in einer Glasvase neben seiner Wasserkaraffe. Die »Gute Besserung«-Karte ist zu Boden gefallen. »Sie geben bestimmt ein schönes Foto ab.«

»Und wozu? Damit ich mich an sie erinnern kann, wenn sie tot sind?«

Ich muss mir ein Seufzen verkneifen. Das ist der Teil der Arbeit, auf den ich nicht vorbereitet war. Ich habe Angst vor Menschen. Da ich nie verstanden habe, wie mein Vater denkt, was seine Reaktionen auslöst, scheue ich instinktiv auch vor anderen Menschen zurück.

»Nein«, versuche ich es. »Damit Sie sie für immer genießen können.«

»Da hab ich aber Neuigkeiten«, meint er mit einem Nicken in Richtung seines Tropfs. »Ich werde nicht für immer hier sein.«

»Das wird keiner von uns«, gebe ich, ohne nachzudenken, zurück.

Sein Blick wird härter, als er mich wieder ansieht. »So, wie Sie das sagen, hört sich das fast nach etwas Gutem an.«

Ich werfe einen Blick durch die Kamera und stelle den Fokus ein, ehe ich sie ihm wieder reiche. »Nein, nur unvermeidbar.« Als er mein Angebot nicht annimmt, lege ich sie ihm behutsam in den Schoß. »Also, warum sollten wir nicht das Beste aus der Zeit machen, die wir noch haben?«

Er nimmt die Kamera und schaut durch den Sucher. Seine Augen blinzeln mehrmals schnell, als sie sich darauf einstellen. »Sie sind zu nah dran«, sagt er und lässt die Kamera wieder sinken. »Gehen Sie ein Stück zurück, damit ich nicht nur einen Teil Ihres Gesichts drauf habe.«

Während er noch mit der Kamera kämpft, beuge ich mich vor und sage: »Versuchen Sie es mal so.« Ich greife um ihn herum und zeige ihm, wie er den Zoom einstellt. »Besser?«

»Mag sein.« Er macht einige Bilder, eins nach dem anderen, erst ein paar von mir, dann, gelangweilt, Bilder von der Karaffe, dem Bett, durchs Fenster auch ein paar von verschiedenen Dingen draußen. Dann reicht er mir die Kamera zurück. »Herzlichen Glückwunsch, ich bin geheilt.«

Ich muss mir das Lächeln verkneifen und deute auf die Blumen. »Die haben Sie übersehen.«

»Nein, habe ich nicht«, entgegnet er, während er mit geübter Hand seine Schläuche ordnet.

Ich trete zu den Blumen und arrangiere die Stängel und Blüten ordentlich. »Sie verpassen hier eine wundervolle Gelegenheit.« Ich blicke durch den Sucher, bringe die Blumen in den Fokus und richte das Bild so zentriert aus, dass sie das ganze Foto ausfüllen. Wenn das Bild aufgenommen und ausgedruckt wird, werden die Blumen eine ganz neue Macht erhalten – sie werden für immer jeden Raum aufhellen können. Ich schieße einige Bilder und betrachte sie auf dem kleinen Display. Eins der Fotos ist besonders gut gelungen. Ich versuche, es William zu zeigen, aber er winkt ab.

»Mir reicht es für heute«, sagt er und wendet sich ab.

»Gut«, murmele ich. »Ich werde Ihnen die Bilder ausdrucken und zu einem Buch zusammenstellen.«

Während ich meine Sachen einsammele, weist er mich noch schroff an: »Aber lassen Sie diese Blumen raus.«

»Mögen Sie die Blumen nicht?«, frage ich überrascht.

»Was soll man an denen schon mögen?«, murmelt er. Da der Raum nicht so viele Alternativen ermöglicht, klettert er zurück ins Bett.

»Ich helfe Ihnen.« Ich trete schnell an seine Seite, aber er weist mich wieder zurück. Mir fällt der Aufkleber des Geschenkeladens des Krankenhauses an den Blumen auf.

»Wenn Ihnen die Blumen nicht gefallen, kann ich sie runterbringen und umtauschen.«

»Meine Tochter hat sie gekauft, das würde sie nicht gerade freuen.«

Er schaltet den Fernseher ein und versucht, mich zu ignorieren. Unbeeindruckt beuge ich mich zu den Blumen herab und sauge ihren Duft ein, der einen starken Kontrast zu dem ansonsten so sterilen Raum bietet. »Das war nett von ihr, sie sind wirklich schön«, sage ich, mir bewusst, dass er mir heimlich zusieht. »Weiß Ihre Tochter denn nicht, dass Sie Nelken nicht mögen?«

»Nelken waren die Lieblingsblumen ihrer Mutter.« Er lässt die Fernbedienung sinken. »Wahrscheinlich denkt sie, dass ich mich damit besser an meine Frau erinnern kann.«

»Ihre Frau …?« Ich lasse die Frage offen und gebe ihm Gelegenheit weiterzureden.

»Sie ist vor einem Jahr gestorben.« Er ist zornig, auf mich, auf alles, soweit ich sehen kann.

»Das tut mir leid.« Ich sollte jetzt besser gehen, das Thema sein lassen. Man kann nichts damit gewinnen, wenn man den Menschen zu nahekommt. Wenn man Geheimnisse, Träume und Hoffnungen teilt. Wenn man etwas von sich selbst einem anderen anvertraut, macht man sich nur verletzlich. Man wird von dem Menschen abhängig, erhofft sich, dass er einem weiterhelfen kann. Doch meist entpuppt sich dies als Enttäuschung, die zu einer weiteren Last wird, die man tragen muss. Da ist es besser, die Distanz zu wahren. Ich nehme meine Sachen und gehe langsam zur Tür.

»Ich hätte nie gedacht, dass ich eine solche Liebe finden könnte«, sagt er herausfordernd zu mir. »Wenn man so jemanden mal gefunden hat, will man ihn nie wieder verlieren.« Er schaltet den Fernseher aus und wendet sich ab. »Danke für die Bilder.«

Ich schließe die Tür leise hinter mir. Ärzte und Krankenschwestern sind auf dem Flur unterwegs, eilen in Krankenzimmer oder aus diesen heraus. Familien kommen und gehen, einige tragen Ballons bei sich, andere sind von den langen Monaten der Krankenbesuche erschöpft und kommen mit leeren Händen. Ich sehe ihnen allen zu, frage mich, welche Form der Liebe sie alle verbindet. Die Menschen machen seltsame Dinge im Namen der Liebe. Opfern Zeit, Geld, sogar sich selbst. Eltern widmen ihr Leben ihren Kindern, arbeiten endlose Stunden, um der Familie ein gutes Heim zu bieten. Geschwister lieben ihren Bruder oder ihre Schwester wie einen Teil ihrer selbst. Hier im Krankenhaus sieht man die Liebe jeden Tag. Familien, die alles geben, was sie haben, und hoffen, dass es reicht, um zur Genesung des geliebten Menschen beizutragen.

Ich habe mich immer gefragt, wie man so viel Glück haben kann, solch bedingungslose Liebe zu finden. Vielleicht hatte ich einfach nur Pech gehabt und war an meinen Vater geraten, damit er jemanden hat, dem er Schaden zufügen kann. Oder vielleicht ist es mehr als das, mein tiefstes Geheimnis, dass ich vielleicht gar nicht so anders bin als er. Meine Seele ist bestimmt ebenso finster wie seine, wenn nicht noch mehr. Eine Frau, die zwar nicht mehr geschlagen wird, aber die Erinnerung an die Schläge braucht, um leben zu können.

Marin

Erst planen, dann ausführen. Das ist es, was sie am besten beherrscht. So kann sie die Kontrolle behalten. Sie hat weder mit Raj noch mit Gia geteilt, was sie erfahren hat. Wenn sie Hilfe brauchen würde, hätte sie vielleicht Raj ins Vertrauen gezogen, aber sie ist sich sicher genug, dass sie alles auch allein schaffen kann. Außerdem fürchtet sie, dass er sie nur aufhalten würde, indem er jede ihrer Entscheidungen hinterfragt. Aber hier geht es um Gias Leben und das allein ist für Marin schon Grund genug, ihren Plan strikt durchzuführen.

Als ersten Schritt hatte sie einen Privatdetektiv engagiert. Sie konnte es nicht riskieren, dass Gia sie vielleicht doch bemerkte und ihr Vorhaben durchschaute. Für den Detektiv war es ein Leichtes, eine Reihe Fotos zu machen, die Marin als Beweis nutzen konnte. Gia war fast jeden Tag nach der Schule mit zu Adam gegangen. Abends hatte er sie dann nach Hause gefahren und immer ein paar Häuser vor ihrem Elternhaus aussteigen lassen, damit sie nicht zufällig entdeckt werden. Damit war zumindest schon mal bestätigt, dass es das Spiel, von dem Gia erzählt hatte, so nicht gab. Ihre Freundinnen schlugen einander nicht zum Spaß. Nur Gia wurde geschlagen und das nicht zum Spaß. Und trotzdem ging sie immer wieder zu ihm zurück.

Der Detektiv hatte auch ein wenig in der Vergangenheit des Jungen geforscht. Die Informationen, die er ausgegraben hatte, passten hervorragend zum zweiten Schritt in Marins Plan. Bei ihrem letzten Treffen hatte der Detektiv einige Unterlagen ausgepackt und dazu erklärt: »Der Junge hat schon eine Polizeiakte. Körperverletzung als Minderjähriger. Kam allerdings glimpflich davon, weil es damals ja unters Jugendstrafrecht fiel.«

»Wer war das Opfer?« Als Ort für das Treffen hatte sie ein Café in San Francisco gewählt, Marin wollte verhindern, dass sie durch Zufall beobachtet würden.

»Eine seiner früheren Freundinnen.« Der Detektiv schob Marin ein Blatt Papier über den Tisch zu. »Der Name des Opfers ist aus der Akte gestrichen, aber die wichtigen Informationen sind noch zu erkennen. Der Junge steht drauf, Mädchen wehzutun.«

Marin überflog die Informationen schnell. »Wie sind Sie darangekommen?«, fragte sie, vom Blatt aufblickend. »Ich dachte, die Strafakten Minderjähriger werden unter Verschluss gehalten.«

»Sie wollten den Besten haben und ich liefere, wofür ich bezahlt werde.« Er nimmt einen Schluck von seinem Kaffee. »Er war sechzehn, als es passiert ist. Gab nicht mehr als einen Klaps auf die Pfötchen und ein paar Sozialstunden abzuleisten.«

»Das Schwein.« Marin sah die Bilder an, die er ihr ausgedruckt hatte. Gia, die mit Adam Händchen hält. Sein Arm, um ihre Schultern gelegt, in besitzergreifender Pose. Die meisten waren bei ihm zu Hause aufgenommen, ein paar vor der Schule. »Sie scheinen nicht viel auszugehen.«

»Nein. Meiner Erfahrung nach misshandeln die meisten Missbrauchstäter ihre Opfer gern zu Hause, das vermeidet unnötige Komplikationen.«

Marin hätte ihm fast zugestimmt, konnte sich aber gerade noch zurückhalten. Sie konnte aus eigener Erfahrung bestätigen, dass solche Menschen die Schläge gern vor der Öffentlichkeit verbergen. Je kleiner der Kreis der Eingeweihten, desto leichter konnte man immer weitermachen. »Gibt es sonst noch etwas?«

»Wie gesagt, beim letzten Mal war er sechzehn.« Der Detektiv lehnte sich zurück und musterte sie einen Augenblick. »Als Erwachsener käme er nicht mehr so leicht davon.«

»Ich verstehe nicht, worauf Sie hinauswollen.«

Er schob ihr das Blatt zu, sodass sie es besser sehen konnte, und tippte mit dem Finger auf eine Stelle. Adams Geburtsdatum. »Er hat nächste Woche Geburtstag.«

Er wird achtzehn. Das bedeutet, er würde vor Gericht als Erwachsener behandelt. Die Rädchen drehten sich in Marins Kopf, alles passte. Sie dankte dem Detektiv für seine Dienste und kehrte nach Hause zurück. Auf dem Heimweg plante sie bereits alle Schritte, die Adam vernichten würden. Als Erstes rief sie beim Jugendamt an und vereinbarte einen Termin. Bei diesem Treffen legte sie der Mitarbeiterin alle Beweise vor, die der Detektiv geliefert hatte, und erklärte ihre Gedanken dazu. Zusammen gingen sie dann die Details durch, wie sie weiter vorgehen wollten. Die Mitarbeiterin des Jugendamtes erklärte sich bereit, für den nächsten Schritt im Plan zu vereinbarter Zeit bei Marin zu Hause aufzutauchen. Sie machten den nächsten Samstag aus, um zwei Uhr nachmittags. Pünktlich um zwei Uhr klingelte es an der Tür.

»Gia, Beti, kannst du bitte aufmachen? Es hat geklingelt«, ruft Marin aus ihrem Büro. Marin hatte alle Termine für sich und Gia abgesagt, damit sie beide sicher zu Hause sein würden. »Wer ist es, Schatz?«, fragt Marin und wartet auf die Antwort, die sie schon kennt.

»Mom!« In Gias Stimme klingt die Besorgnis mit, auf die Marin gehofft hat. »Kannst du bitte mal kommen?«

Marin lässt sich Zeit, will ihre Karten nicht zu früh auf den Tisch legen. Sie wirft noch einen beiläufigen Blick in den Spiegel, ehe sie zur Tür kommt. »Was gibt es denn?«

»Mom, diese Frau hier kommt vom Jugendamt.« Gias Hände sind ineinander verschränkt, ihr Gesicht sieht ängstlich besorgt aus. »Ich dachte, du hättest denen …«

»Gia«, ermahnt Marin ihre Tochter, dann streckt sie der offiziell unbekannten Frau die Hand entgegen. »Ich bin Marin, Gias Mutter. Wie können wir Ihnen helfen?«

»Guten Tag, mein Name ist Deborah, ich komme vom Jugendamt. Wir haben von Gias Schule einen Bericht über einen möglichen Kindesmissbrauch gemeldet bekommen.« Sie mustert Gia eingehend, erstellt eine erste Einschätzung der Situation. »Ich habe versucht anzurufen, aber leider niemanden erreicht. Also dachte ich mir, ich probiere es einfach mal persönlich.«

»Ich verstehe«, antwortet Marin mit gespielter Überraschung. Sie hätte sich ihre schauspielerische Leistung aber auch sparen können, Gia scheint so eingeschüchtert, dass sie ohnehin nicht viel mitbekommt. »Kommen Sie doch rein, wir können uns im Wohnzimmer unterhalten.« Marin geht vor. Ein Blick auf die Uhr am Kaminsims zeigt ihr, dass sie noch fast eine Stunde hat, bis Raj vom Tennis zurückkommt. »Ich habe der Schule doch schon alles erklärt, es war nur ein dummes Spiel, bei dem meine Tochter mitgemacht hat.« Sie blickt aufmunternd zu Gia, die sofort zustimmend nickt. »Kein sehr intelligentes Spiel, aber Sie wissen ja, wie Kinder so sind.«

»Wenn das so stimmt, dann sollte das hier nicht zu lange dauern.« Deborah zieht Notizblock und Stift hervor und wendet sich an Gia. »Also, dann brauche ich jetzt die Vor- und Nachnamen deiner Freundinnen, die an dem Spiel teilgenommen haben.«

»Was?«, fragt Gia mit unsicherer Stimme.

»Ich muss nur überprüfen, ob alles seine Richtigkeit hat. Also, die Namen?«

Gia schaut zu Marin, mit flehendem Blick. Sie bittet ihre Mutter stumm, ihr zu helfen. Sie zu retten. *Eines Tages wirst du verstehen, dass es genau das ist, was ich hier gerade tue.* »Keine Angst, Kleines, du kannst ihr die Namen ruhig nennen.«

»Das kann ich nicht«, erklärt Gia und schluckt schwer. »Ich will nicht, dass sie Schwierigkeiten bekommen.«

»Wenn das so ist«, seufzt Deborah und klappt den Notizblock zu. Sie mustert Gia nachdenklich, scheint dann zu einem Entschluss zu kommen. »Zeig mir bitte die Prellungen.«

»Was?«, entfährt es Gia erneut, sie zuckt zurück, als ob sie sich verbrannt hätte. »Nein!«

»Du kannst sie mir hier zeigen, oder wir können zusammen einen Termin in der nächsten Unfallklinik ausmachen. Aber egal wie, ich muss die Prellungen selbst sehen.« Deborah wirft Marin einen schnellen Blick zu, ein wortloser Austausch zwischen den beiden.

»Sie kann mich doch nicht dazu zwingen, Mom, oder?«

»Ich fürchte schon, Beti«, sagt Marin. »Zeig ihr einfach die Stellen. Du willst doch nicht, dass sie dich ins Krankenhaus bringen, oder?«

Als Kind liebte Gia immer die Zeichentrickfilme, in denen die Katze eine Maus jagt, die ihr immer im letzten Moment entkommt. Es war so komisch, dass ein einfacher Nager ein Tier überlisten kann, das für seinen Jagdinstinkt berühmt ist. Gia scheint nicht mitzubekommen, welche Rolle ihr hier gerade zukommt. Betroffen erkennt sie, dass ihr langsam die Optionen ausgehen. Das Spiel ist vorbei. Vorsichtig zieht sie ihr T-Shirt aus, darunter trägt sie einen einfachen weißen BH. Marin bemerkt zwei frische Prellungen.

Mit angespanntem Gesicht sieht Marin wortlos zu, während Deborah eine kleine Kamera aus ihrer Tasche holt und die verfärbten Stellen fotografiert. »Für die Dokumentation«, erklärt sie. Sie notiert Größe und Form jeder Prellung. Insgesamt zählen sie sieben. Einige ganz frisch, andere schon fast wieder verheilt. Ein Wandbild des Schmerzes, auf Haut gemalt. Als sie fertig ist, weist sie Gia an, sich wieder anzuziehen. »Kann ich bitte deine Beine sehen?« Gia senkt den Kopf und hebt ihren Rock an. Die Oberschenkel sind schwarz und lila verfärbt. Tritte, erkennt Marin, die innerlich kocht. Wenn man auf dem

Boden liegt und er nicht mehr so gut in den Magen schlagen kann, dann kommen die Tritte. Wie, wenn man ein Tier brechen will. Zwei weitere Fotos, einige weitere Notizen, dann ist Deborah fertig.

»Was geschieht jetzt?«, fragt Marin, die ihre Tochter nicht mehr ansehen kann.

»Ich werde alles zu den Akten nehmen und mich etwas umhören.« In Richtung Gia fügt sie hinzu: »Wenn es noch irgendwas gibt, was du hinzufügen möchtest, wäre jetzt die Zeit dafür.«

»Nein«, murmelt Gia mit zerknirschtem Gesicht. »Bitte, können Sie es nicht einfach gut sein lassen? Mir fehlt doch nichts.« Und an ihre Mutter gewandt: »Mom, bitte!«

»Das liegt nicht in der Hand deiner Eltern. Niemand darf dich schlagen, das ist gegen das Gesetz«, erklärt Deborah und steht auf. Ihre Arbeit ist fürs Erste erledigt. »Ich werde mich melden.«

»Was wird denn jetzt passieren?«, fragt Gia mit schwacher Stimme. »Ich meine, mit demjenigen, der das getan hat?«

»Das kommt drauf an«, gibt Deborah zurück. »Das wird letztendlich Entscheidung des Gerichts sein.«

Marin stellt sicher, dass Gia den Rest des Wochenendes zu Hause bleibt. Keine Verabredungen mit Freunden, keine Gelegenheit, zu Adam zu laufen. Sie beschlagnahmt Gias Handy unter dem Vorwand, es auf die neueste Version updaten zu lassen. Würde nur ein paar Tage dauern, versichert sie ihrer Tochter. Der einzige Festnetzanschluss befindet sich in Marins Büro und wird ohnehin nur für ihr Fax verwendet. Also ist Gia komplett von der Außenwelt abgeschnitten, vor allem von Adam. Ihr bleibt nichts anderes übrig, als missmutig zu Hause zu schmollen.

»Es gab frische Prellungen?«, will Raj wissen, während er in Marins Büro auf und ab tigert. Marin hat ihm von dem Besuch der Mitarbeiterin des Jugendamts erzählt, nur ihre eigene Rolle dabei ausgelassen. »Was geschieht denn jetzt?«

»Jetzt warten wir ab. Gia will immer noch keine Namen nennen, also wird es wohl eine offizielle Ermittlung geben.«

»Oh mein Gott.« Raj lässt sich auf das Sofa fallen und den Kopf in die Hände sinken. »Wie konnte das nur passieren?«

»Spielt das eine Rolle?«, fragt Marin, während sie das nagende Gefühl tief in ihrem Magen verdrängt. »Es ist nun einmal geschehen und wir müssen es jetzt in Ordnung bringen.«

Etwas am Klang ihrer Stimme lässt Raj aufhorchen. »Was meinst du damit, Marin?«

Marin zwingt sich zur Beherrschung. »Nur, dass wir Gia unterstützen und ihr durch diese schwere Zeit helfen müssen.«

»Ich dachte, wir könnten sie vielleicht von der Schule nehmen. Sie in einen neuen Freundeskreis bringen.«

»Nein.« Marins Reaktion ist instinktiv und bestimmt, Gias Zukunft darf nicht in Gefahr gebracht werden. »Wir werden das schon schaffen und das Leben wird weitergehen. Was sie jetzt braucht, ist ein geregelter Tagesablauf. Wenn wir sie jetzt in eine andere Schule schicken, machen wir damit vielleicht mehr kaputt, als wir helfen.«

Raj mustert seine Frau eingehend, ehe er antwortet. »Fürs Erste stimme ich dir zu, aber die Angelegenheit ist damit nicht abgeschlossen.«

Sie wird es aber bald sein, denkt sich Marin. *Sehr bald.*

* * *

Marin sagt alle ihre Termine für den Tag ab. Ihre Sekretärin, die sich so langsam an die überraschenden Urlaubstage gewöhnt, sagt nichts dazu. Nach dem Gespräch mit ihrer Sekretärin geht Marins erster Anruf an den Privatdetektiv. »Ich habe da noch einen Auftrag für Sie«, erklärt Marin. Nachdem sie ihm alle Details genannt hat, zieht sie einen eleganten Hosenanzug an und trifft sich mit Deborah in deren Büro.

»Vielen Dank für den Besuch am Samstag.« Marin lächelt der Frau dankbar zu, eins der wenigen echten, dankbaren Lächeln in ihrem Leben bisher. »Gia hat nichts davon mitbekommen, was wir planen.«

»Es ist meine Arbeit, der Sache nachzugehen. Und ich muss sagen, Ihr Plan ist sehr riskant.« Die Sozialarbeiterin lehnt sich auf ihrem Klappstuhl zurück und mustert Marin. Marin war klar, dass die offizielle Pflicht für die Sozialarbeiterin eigentlich schon getan war, sie hatte eine umfassende Ermittlung in die Wege geleitet und alle Möglichkeiten erkundet. Karen hatte Marin wissen lassen, dass Deborah auch in der Schule nachgefragt hatte, sie hatte mit der Schulleiterin und der Sportlehrerin reden wollen. »Aber ich bewundere Ihre Hingabe.«

»Es geht schließlich um meine Tochter«, sagt Marin, als sei dies Erklärung genug. »Ich habe sie das ganze Wochenende zu Hause behalten, kein Kontakt mit irgendjemand außer mir und meinem Mann.«

»Also keine Gefahr, dass sie Kontakt mit Adam aufgenommen hat?«

»Nein. Ich habe darauf aufgepasst. Heute ist sie wieder in der Schule.«

»Und Sie sind sich sicher, dass sie nach der Schule mit zu ihm gehen wird?«

»Garantiert.« Marin hatte an Gias aufgeregter Anspannung spüren können, wie sehr sie darauf brannte, Adam alles zu erzählen, was am Wochenende vorgefallen war. Der Besuch der Sozialarbeiterin hatte sie zutiefst verstört. »Der Privatdetektiv ist bereit, die Fotos zu machen.«

»Bilder, auf denen klar zu sehen ist, wie er sie schlägt, sind entscheidend. Die Prellungen allein wären noch kein ausreichender Beweis gegen ihn.« Die Sozialarbeiterin beobachtet Marin eingehend.

»Ich gehe davon aus, dass es bald Beweisfotos geben wird.«

Marin hatte jeden Schritt durchdacht und den Plan im Detail ausgearbeitet. Sie hatte ja aus eigener Erfahrung besten Einblick in die Denkweise solcher Menschen. Er würde über den Besuch der Sozialarbeiterin wütend werden, vielleicht auch ein wenig beunruhigt sein. Die Reaktion solcher Menschen auf Emotionen wie Zorn oder Furcht war es, diese abzureagieren. Die für ihn belastende Situation würde ihn zu unüberlegten Taten treiben. Und da er seinen aufgestauten Ärger an niemand anderem auslassen konnte, würde er tun, was er immer tat – Gia schlagen. Er würde ihr einreden, dass alles ihr Fehler war. Dass sie hätte besser lügen sollen, die Prellungen besser verstecken. Dass sie mehr hätte machen müssen, um die Schuld auf sich selbst zu nehmen. Sie würde die Schläge nicht nur erwarten, sondern sich auch selbst einreden, dass sie diese verdient hatte.

»Er hatte eben erst seinen achtzehnten Geburtstag.« Deborah hält Marins Blick stand. »Er wird vor Gericht als Erwachsener behandelt werden.«

»Das ist mir bewusst.« Marin brennt darauf, zum nächsten Schritt zu kommen. »Wir sollten weitermachen.«

Es sind die längsten vierundzwanzig Stunden ihres Lebens. Noch spät am Abend zwingt sie sich dazu zu arbeiten, bis Gia nach Hause kommt. Raj, der immer noch von nichts weiß, ist noch bei der Arbeit. Marin bemerkt, dass sie dieselben Dokumente wieder und wieder liest, ohne wirklich den Sinn der Worte zu erfassen. Also gibt sie die Arbeit auf, schaltet den Computer aus und sitzt einfach nur im Büro. Wartet.

Das Klimpern von Schlüsseln an der Tür ist das Erste, was durch die Stille dringt. Dann hört sie die Eingangstür auf- und wieder zugehen. Marin springt auf, bereit, aus dem Zimmer zu eilen, als sie leises Schluchzen vernimmt. Sie hört, wie Gia immer wieder das Weinen unterbricht und nach Luft schnappt, um den Schmerz zu unterdrücken. Marin lehnt sich mit der Stirn von innen gegen die geschlossene Bürotür. Sie bereitet sich vor, erst, als sie genug Kraft gesammelt hat, tritt sie aus dem Büro und geht zu ihrer Tochter.

»Gia.« Marins Stimme verrät nichts von dem Gefühlssturm, der in ihr tobt. »Ist alles in Ordnung, Beti?«

»Ja.« Gia wischt sich schnell über das Gesicht und unterdrückt ein leichtes Wimmern, als sie den Arm hebt. »Ich bin nur müde.« Sie geht auf die Treppe zu, will schnell fortkommen. »Ich glaube, ich lege mich gleich hin.«

»Du warst heute lange weg«, hält Marin sie auf. Mit einem Blick auf ihre Uhr fügt sie hinzu: »Fast zehn Uhr. Warst du wieder lernen?«

»Ja«, erklärt Gia, ohne zu zögern. »Für einen Zwischentest, bei Freunden.«

»Welche Freunde?«, bohrt Marin weiter, etwas aggressiver, als beabsichtigt.

Gia senkt den Blick und eilt die Treppe hoch. »Ein paar Freunde halt, wir lernen zusammen.«

»Gia.« Marins Stimme lässt keinen Raum für Diskussionen. Gia dreht sich langsam um und sieht ihre Mutter an. »Ich …« Die Worte bleiben ihr im Halse stecken. Sie kann das Leid ihrer Tochter deutlich erkennen, spürt ihre Angst. Aber sie kann ihr nicht helfen, ihr die Schmerzen nicht abnehmen, weiß nicht, welche Worte die Fesseln lockern können, in denen Gia gefangen ist. Daher sagt sie das Einzige, was ihr einfällt: »Bist du gut vorbereitet für den Test?«

»Ja. Natürlich bin ich vorbereitet.« Ohne sich auf weitere Diskussionen einzulassen, stürmt Gia die Treppe hinauf und in ihr Zimmer.

* * *

Marin wartet in ihrem Auto auf Deborah und die Polizei. Sie ist mit der Morgendämmerung aufgewacht, hat sich ihren Chai zubereitet und dann die Milchcreme geschlürft, bis ihr Magen sich beruhigt hatte. Eine Stunde später hörte sie Gias Wecker, danach Geräusche aus der Dusche. Sie zog sich aus der Küche in die Sicherheit ihres Büros zurück und wartete dort, bis Gia mit Frühstück fertig und zur Schule aufgebrochen war. Dann fuhr auch sie zur Schule und beobachtete aus sicherer Entfernung, wie die Schüler eintrafen.

Deborah kommt und klopft an Marins geschlossenes Fenster. »Alles bereit?«

»Ja.« Marin steigt aus und stellt sich zu Deborah, während ein Streifenwagen neben ihnen anhält. »Ich habe die Bilder dabei.«

Der Privatdetektiv hatte sie ihr gestern Nacht per E-Mail geschickt. Bilder von Gia und Adam, bei ihm zu Hause. Die letzten Bilder konnte Marin kaum noch ansehen. Die Vorhänge waren offen, sodass der Detektiv freien Blick auf das Geschehen gehabt hatte. Bilder von Adam, der Gia schlägt, ihr Gesicht tränenüberströmt. Marin hatte die E-Mail direkt an Deborah weitergeleitet, die zustimmte, umgehend zu handeln. Keine der beiden wollte zulassen, dass Gia noch einmal mit ihm nach Hause geht.

Marin reicht einem der Polizisten die Ausdrucke. Er blättert sie kurz durch und nickt dann Deborah zu. »Dann wollen wir mal.«

Marin folgt ihnen schweigend in die Schule und weist ihnen den Weg ins Büro der Schulleiterin. Der Staatsanwalt hatte Karen schon über ihren Besuch informiert. »Wir haben bald Mittagspause«, erklärt Karen. »Ich werde sie hier ins Büro bringen.«

Es dauert nur ein paar Minuten, aber für Marin fühlt es sich wie eine Ewigkeit an, bis Karen mit Adam und Gia zurückkommt. Beide scheinen verwirrt, als sie die Polizei sehen.

»Nein«, ruft Gia, ohne Marin entdeckt zu haben. »Er hat nichts getan!«

Die Polizisten ignorieren sie und erklären Adam seine Rechte. Dann drehen sie ihm die Arme auf den Rücken und legen ihm Handschellen an. Adam blickt starr geradeaus, sein Kiefer angespannt. »Bitte, lassen Sie ihn«, bettelt Gia, zuerst bei Karen Hilfe suchend, dann bei Deborah.

»Das reicht.« Marin tritt vor und überrascht Gia damit. »Hör damit auf.« Gia, offensichtlich schockiert, schweigt. Unter Tränen blickt sie Adam nach, der von den Polizisten aus dem Büro geführt wird, dann aus der Schule.

»Du musst mit uns kommen«, sagt Deborah sanft und bricht damit die Stille, die sich über sie gesenkt hat. »Deine Mutter kann dich fahren.«

»Wohin?« Gias Blick wandert von Deborah zu Marin, ihr Gesicht voller Angst und Schmerzen.

»Ins Krankenhaus. Wir müssen aufzeichnen lassen, welche Verletzungen neu hinzugekommen sind.«

Sonya

Als ich noch ein Teenager war, haben Mom und Dad uns einmal zu Disney World in Florida mitgenommen. Von da aus sind wir dann durch Alabama, Mississippi und Louisiana nach Texas gefahren, von wo wir einen Flieger zurück nach Kalifornien genommen haben. Dad liebte es zu fahren und meinte, dass die offenen Straßen des Südens mit nichts zu vergleichen seien. Auf dem Weg trafen wir viele Menschen, in den Restaurants, in den Hotels. Wo wir auch hinkamen, hatten die Menschen ein Kreuz um den Hals hängen. Die großen Kirchen sah man schon aus weiter Entfernung. Auf einem Stoppschild las ich ein Graffiti: »Jesus rettet dich«. An einer Tankstelle stand eine Frau, die Bibeln verteilte. Ich war etwas gelangweilt, also habe ich eine angenommen. Sie erklärte mir, wenn ich Jesus Christus in meinem Herzen aufnehme, wird er mich und alle, die mir wichtig sind, retten. Neugierig fragte ich: »Und was, wenn nicht?«

Mom holte jeden Morgen die Diya hervor, wir standen um sie herum, während sie, den Blick auf die kleine flackernde Öllampe gerichtet, dafür betete, dass wir sicher und behütet sein mögen. An bestimmten Feiertagen oder zu Feiern und besonderen Anlässen besuchten wir den Tempel, aber ansonsten hatte die Religion in unserem Leben nie eine große Rolle gespielt. Vielleicht fiel es sogar Mom schwer, an einen Gott zu glauben, der uns das Leben zumuten würde, das wir ertragen mussten.

»Dann verbringst du die Ewigkeit in der Hölle«, beantwortete die Frau meine Frage mit einer beeindruckenden Überzeugung.

Als wir wieder unterwegs waren, fragte ich mich laut, ob es wirklich eine Hölle geben mag.

»Nein«, antwortete Dad, ebenfalls mit fester Überzeugung. »So was gibt es nicht.«

Da wir noch Stunden auf der Straße vor uns hatten, hatte ich genug Zeit, seine schnelle Antwort zu überdenken. Die Erklärung, zu der ich schließlich kam, war logisch: Er konnte es sich nicht leisten, an eine Hölle zu glauben, weil diese garantiert auf ihn warten würde. Die Frage war nur, wenn sie wirklich existierte, ob ich dann wirklich da landen würde, weil ich den Erlöser nicht für mich akzeptierte? Aber auch die Antwort darauf war leicht: Selbst wenn ich ewig in der Hölle brennen müsste, wäre es das wert, weil ich zumindest sicher sein könnte, dass auch mein Vater seiner Strafe nicht entgeht.

* * *

David schickt mir die Neuigkeiten über meinen Pager. Der Pager ist hier Teil der Grundausstattung im Krankenhaus, für eventuelle Notfälle. Standard für alle Mitarbeiter. Ich hätte fast gelacht, als sie mir meinen überreichten. Ich meine, wie viele Notfälle wird es hier wohl geben, wo man sofort und dringend die Foto-Therapeutin braucht? Nach ein paar Wochen war ich dann aber doch überrascht, wie viele Anrufe ich über das Gerät bekam. Meist von den Krankenschwestern, wenn Patienten in der Kinderabteilung nach mir gefragt hatten und mehr Bilder machen wollten. Gerade bei den jungen Patienten ist das Angebot wirklich gut angekommen. Offiziell arbeite ich bis vier Uhr, aber meist bleibe ich doch bis nach dem Abendessen, um wirklich für alle da zu sein, die nach mir gefragt haben.

Als ich Davids Nummer auf dem Pager sehe, denke ich also sofort, dass ein neuer Patient auf mich wartet. Da David auch der Meinung ist, dass ich den Kindern mehr helfen kann als den erwachsenen Patienten, ruft er mich nur recht selten. Aber immer, wenn ich seine Nummer auf dem kleinen Bildschirm sehe, zuckt es leicht durch mich. Ich versuche das Gefühl aber stets zu ignorieren und unsere Beziehung rein professionell zu halten. Ich nutze das Telefon im Schwesternzimmer, um ihn zurückzurufen.

»Erwischt«, scherze ich, kaum dass er abhebt. »Ich wollte mich gerade heimlich davonschleichen.«

Wir haben uns inzwischen angewöhnt, uns zwei bis drei Mal die Woche zu treffen. Nach dem Abendessen der Patienten ist meist nicht mehr viel los, sodass uns Zeit bleibt, selbst einen Happen zu essen. Normalerweise gehen wir in die Cafeteria. Wenn diese schon geschlossen hat, holen wir uns was aus den Automaten. Die Gespräche bleiben dabei eher oberflächlich, wir vermeiden alle ernsten Themen. Er bedrängt mich nicht und fragt nie mehr, als ich bereit bin zu erzählen. Auf diese Art stellen wir sicher, dass unsere spontanen Treffen weiter stattfinden können. Mein Fluchtinstinkt setzt nicht ein, solange David mir keinen Anlass gibt zu fliehen.

»Das glaube ich erst, wenn ich es sehe«, gibt er locker zurück. Ich höre aber trotzdem eine Spannung aus seiner Stimme heraus, die ich so noch gar nicht von ihm kenne. »Bist du gerade beschäftigt?«

»Was ist denn los?« Ich spüre, wie sich meine Brust zusammenzieht. Ich habe jetzt meinen Vater schon zwei Tage nicht mehr besucht. Normalerweise muss ich mich selbst dazu zwingen, ihn nicht zwischen zwei Patienten schnell zu besuchen. Es gelingt mir aber seltener, als mir lieb ist. Meist ist es stärker als ich und ich schaue doch kurz bei ihm rein, eigentlich nur, um sicherzugehen, dass er immer noch dort liegt, so gut wie tot. »Geht es um Dad?« Wenn er aufgewacht ist, muss ich noch heute verschwinden. Ich werde ihn nicht besuchen. Natürlich werde ich kurz bei Trisha vorbeischauen, um mich zu verabschieden. Sie wird es verstehen. In meinem Kopf kreisen die Gedanken um meinen Fluchtplan, der schon lange steht. Daher höre ich Davids nächste Worte kaum.

»Es geht nicht um deinen Vater, sondern um deine Nichte.«

Kaum, dass David mir erzählt hat, was er weiß, fange ich an zu laufen. Er wusste keine Details, nur, dass Gia in der Unfallklinik liegt und nach mir gefragt hat. Ich höre meine Schritte auf dem sterilen Boden wie Donner hallen. Ungeduldig warte ich vor dem Aufzug; als dieser sich weigert zu kooperieren, renne ich die Treppe hinab. An der Sicherheitsschleuse reicht meine Mitarbeiterkarte, um mir Zutritt in den inneren Bereich zu verschaffen, in dem Patienten liegen, deren Identität geschützt werden soll. Polizisten in Uniform kommen und gehen, ein blauer Fluss zwischen den weißen Wänden.

»Meine Nichte, Gia, wurde eben hier eingeliefert …«, setze ich bei der Krankenschwester an. Ich höre, wie jemand meinen Namen ruft und sehe Marin, auch wenn ich sie kaum wiedererkenne. Ihre Arme sind um ihren abgemagerten Körper geschlungen, man sieht ihr die Spannung an jeder Faser an. Statt dem für sie normalen Hosenanzug trägt sie Jeans und eine Jacke. Die dunklen Ringe unter ihren Augen zeigen, dass sie in letzter Zeit wohl nicht viel Schlaf gefunden hat. Ich eile auf sie zu. »Was ist passiert?«

»Gia hat nach dir gefragt«, sagt Marin, ohne auf meine Frage einzugehen.

Meine Überraschung scheint mir deutlich ins Gesicht geschrieben zu stehen. Gia und ich kennen einander ja kaum noch, haben keine wirklich enge Beziehung mehr. Bei ihrer Geburt war ich noch völlig von ihr eingenommen, von der rückhaltlosen Lebensfreude und der kompletten Zufriedenheit. Ich hatte nie gewusst, dass ein menschliches Wesen so voller Glück stecken könnte. Aber als ich meine Familie verließ, gab ich damit auch jede Hoffnung auf eine echte Beziehung zu meiner Nichte auf.

»Sie hat gehört, dass du hier arbeitest. Will gern deine Unterstützung.« Marins Blick huscht wieder zu dem zugezogenen Vorhang. »Ich wusste nicht, wie ich dich erreichen kann, also habe ich Dr. Ford angerufen.«

»Ich bin froh, dass du das getan hast.« Ich will nach ihrer Hand greifen, die krampfhaft die Fingernägel in den Unterarm drückt, kann es aber nicht. »Was ist denn passiert?«

Noch ehe sie antworten kann zieht ein Arzt, den ich bisher noch nicht kenne, den Vorhang beiseite. Dahinter sehe ich Gia, in ein Krankenhaushemd gekleidet, das Gesicht tränenüberströmt. Eine andere Frau steht bei ihr, soweit ich erkennen kann keine Angestellte des Krankenhauses. Der Arzt gibt uns zu verstehen, dass wir jetzt zu ihr dürfen. Ich blicke zu Marin, um ihre Erlaubnis abzuwarten, aber sie ist vollkommen auf ihre Tochter konzentriert.

»Es gibt einige neue Prellungen«, erklärt der Arzt. »Ich habe sie mit den Aufzeichnungen von Deborah verglichen und stimme ihrer Einschätzung der älteren Verletzungen zu. Gia hat auch eine partielle Rippenfraktur, sie hat noch Glück gehabt, dass nichts wirklich gebrochen ist.«

»Besteht die Gefahr innerer Verletzungen?« Marins Stimme ist sicher und beherrscht, ein starker Kontrast zu ihrem Erscheinungsbild.

»Ich kann noch weitere Tests vornehmen, aber meiner ersten Untersuchung nach sieht es nicht danach aus.«

Ich bin vor Schock wie benommen und höre nur zu. Als ich in Gias Augen blicke, entdecke ich dort etwas, das mir nur zu bekannt ist – Angst.

»Sobald alles abgeschlossen ist, können Sie sie mit nach Hause nehmen. Ich werde dafür sorgen, dass die Polizei meinen Bericht umgehend erhält.«

Marin nickt, jegliche weitere Worte scheinen unpassend. Der Arzt geht an uns vorbei und lässt uns vier allein zurück.

»Ich bin Deborah«, stellt sich die unbekannte Frau vor, während sie mir die Hand reicht. »Die Familienähnlichkeit ist nicht zu übersehen.«

»Sonya. Gias Tante.« Es kommt mir komisch vor, es auszusprechen. Ich war schon so lange nicht mehr irgendwas für irgendwen, dass mir die Worte fremd vorkommen. Ich trete zu Gia, unsicher, wo ich sonst hin soll. »Bist du in Ordnung?«

»Nein, ist sie nicht«, antwortet Marin für sie. »Ihr Freund hat sie verprügelt.«

Schockiert senke ich meinen Blick. Ich kann sie nicht direkt ansehen. Während ich den Boden anstarre, kämpfe ich gegen das Gefühl der Übelkeit an. Wir hatten so gehofft, dass alles abgeschlossen sei, und doch scheint die Geschichte immer wieder aufzukommen. Es hat also nicht mit unserer Generation geendet. Gia war unschuldig und unberührt von Dads Gewalt und doch steht sie jetzt vor uns, ihr Körper geschunden, als ob sie mit uns aufgewachsen wäre. Ehe ich etwas sagen kann, ehe ich auch nur eine Idee habe, welche Worte angemessen wären, wird der Vorhang beiseitegezogen. Raj kommt zu uns, abgehetzt und außer sich.

»Sag es mir«, verlangt er, wendet sich dabei direkt an seine Tochter.

Ich trete beiseite, kann ihren Schmerz nicht mit anhören. Ihre Stimmen sind erst laut, dann werden sie zu einem Flüstern. In Rajs Stimme klingen die Tränen mit, die Marin nie wird aufbringen können. Ich will gehen, so weit wie möglich von hier fort sein, aber mein Körper gehorcht mir nicht. Gia hat nach mir gefragt. Ich kann nicht fortlaufen, nicht heute.

Ich war bisher noch nie hier im Traumazentrum. Das war bisher nie nötig, die Patienten hier verlassen das Krankenhaus ja recht schnell wieder. Die Ärzte und Krankenschwestern in diesem Flügel kümmern sich um Opfer von Vergewaltigungen und körperlichen Übergriffen. Die körperlichen Verletzungen können dabei meist innerhalb weniger Stunden behandelt werden, nur die seelischen Narben bleiben oft ein Leben lang. Nach einem traumatischen Ereignis sehnen sich viele Opfer nach der Sicherheit eines Krankenhauses. Hier kann ihnen niemand weiter Schmerzen zufügen.

»Wie geht es ihr?«, fragt David sanft, der unbemerkt zu mir getreten ist.

Seine besorgten Worte reißen mich aus den Gedanken, ich hatte ihn mal wieder nicht kommen sehen. »Geschlagen, Prellungen, angebrochene Rippen«, flüstere ich, mein Blick auf eine unbestimmte Stelle in weiter Ferne gerichtet.

»Verdammt.« Er fährt sich mit der Hand durch die Haare. »Haben sie den Kerl wenigstens geschnappt?«

»Es war ihr Freund.« Ich fühle, wie ein Gefühl der Schande über mich kommt, als ich ihn in dieses neue Familiengeheimnis einweihe. Eins, das zu all den Geheimnissen hinzugefügt werden kann, die wir schon unser Leben lang anhäufen. »Mehr weiß ich auch noch nicht.« Meine Beine scheinen unter mir nachzugeben, ich will aber keine Schwäche zeigen und lehne mich daher an die Wand. Ganz gleich, wie sehr wir uns auch anstrengen, wir werden uns nie völlig von dem Schmutz reinwaschen können, den mein Vater in unserem Leben hinterlassen hat.

»Sonya«, setzt David an. Er berührt mich nicht. Er kommt einen Schritt näher, aber nur so nah, wie ich es zulassen kann. »Wie kann ich helfen? Wenn es irgendetwas gibt, das ich tun kann, sag es mir. Bitte!«

Ich will ihm sagen, dass er aufhören könnte, den Mann zu retten, der für all dies verantwortlich ist. Denjenigen, der eine Spur gebrochener Flügel hinter sich zurückgelassen hat. Dass er meinen Vater sterben lassen soll, damit wir weiterleben können. Aber stattdessen schüttele ich nur den Kopf und ziehe den Vorhang beiseite, trete wieder ein in die Hölle, die unser Schicksal ist.

* * *

Ich folge ihnen nach Hause, in ihren Palast, der sich jetzt wie ein Gefängnis anfühlt. Gia wollte mit ihrem Vater fahren. Marin sagte nichts, während Raj Gia in den Beifahrersitz half und ihr den Anschnallgurt anlegte, als ob sie noch ein kleines Kind sei. Dann zog er seine Jacke aus und bedeckte sie damit, obwohl das Auto durch die Mittagssonne schön warm war.

Bis zu ihrem Haus sind es nur wenige Minuten Fahrt, es liegt in den Hügeln von Los Altos. Marin fährt als Erste in die Garage, gefolgt von Raj. Ich lasse meinen Wagen in der Einfahrt stehen und warte wie eine Fremde vor der Eingangstür, bis sie mich einlassen.

»Magst du etwas essen?«, bietet Raj Gia an, während wir alle im Eingangsbereich im Kreis stehen, wie ein schützender Ring, der zu spät kommt.

»Nein.« Gia hält ihren Blick zu Boden gesenkt, will niemanden ansehen. »Ich will einfach nur ins Bett gehen.« Sie greift sich an den Hals, eine instinktive Bewegung, die offensichtlich aus alter Gewohnheit kommt. Als sie nur die blanke Haut spürt, wird ihr Blick panisch. »Meine Kette. Sie ist weg.«

»Was?« Marin sieht Raj an, sieht aber nicht wirklich so besorgt aus wie Gia. »Hast du sie verloren?«

»Ich musste sie vor dem Röntgen abnehmen, ich glaube, ich habe sie da vergessen.« Zu Raj gewandt fleht sie: »Bitte, Daddy, ich brauche meine Kette.«

»Ich rufe morgen früh im Krankenhaus an, dann können wir schauen, ob sie jemand gefunden hat.« Für Marin ist die Angelegenheit damit abgeschlossen, ihre Gedanken sind schon längst woanders. »Gia, wir müssen darüber reden, was heute passiert ist.«

»Dada hat sie mir geschenkt«, fordert Gia stur, nicht willens, Marins Vorgabe zu folgen. Schließlich hebt Gia den Blick und sieht ihre Mutter direkt an. »Ich kann sie einfach nicht verlieren.«

»Wenn wir nicht in dieser Situation wären, hättest du sie auch nie verloren«, gibt Marin kalt zurück.

»Marin«, mischt sich Raj ein, mit warnender Stimme, die sie aber nicht zurückhalten kann. »Nicht jetzt.«

»Gibt es denn eine bessere Zeit?«, fordert Marin zu wissen, die anscheinend komplett vergessen hat, dass ich auch anwesend bin. Ihr Zorn ist verständlich. Meine Schwester hat so lange danach gestrebt, sich ein perfektes Leben einzurichten. Gia war Marins Zukunft und jetzt liegt diese Zukunft in Scherben.

»Ich fahre, ich kann sie holen«, unterbreche ich die eiskalte Stille, die sich über den Raum gelegt hat. »Die Kette«, erkläre ich, als Marin mich völlig verwirrt ansieht. Ich fühle mich wie ein Voyeur mitten im Zusammenbruch einer Familie, ohne dass ich helfen kann. »Ich kann zurückfahren und nach ihr suchen.« Ich begegne Gias Blick und versuche ihr stumm, die Liebe und Wärme zu vermitteln, die meine Nichte verdient, auch wenn ich sie selbst kaum kenne. »Wie wäre das?«

Gia nickt. »Danke. Er hat sie mir zu meinem dreizehnten Geburtstag geschenkt. Sie soll mir Glück bringen, hat er gesagt.« Ihre Art sich zu erinnern zeigt mir, dass sie immer noch ein Kind ist, dessen Unschuld viel zu früh zerstört wurde. »Es ist meine Lieblingskette.«

Ich kann es nicht verhindern; meine Augen wandern zu Marin, während ich versuche, das Bild des Mannes, über den Gia redet, mit dem in Einklang zu bringen, das ich selbst von meinem Vater habe. Aber Marin weicht meinem Blick aus, als ob sie sich des Widerspruchs völlig bewusst ist, aber auch keine Erklärung bieten kann. »Ich rufe an, sobald ich sie habe.«

* * *

Die Kette ist wirklich immer noch da, wo Gia sie vermutet hatte. Sie fühlt sich so leicht an in meiner Hand, ein goldenes Kettchen mit einem Anhänger, ein kleiner Vogel im Flug. Ich stopfe sie in eine Seitentasche meiner Handtasche und schicke Marin eine schnelle Nachricht, dass ich die Kette gefunden habe und sie morgen früh bei ihnen abliefern werde.

Rastlos gehe ich durch die Flure des Krankenhauses, die mir in so kurzer Zeit so vertraut geworden sind. Die Nachtschicht hat begonnen, es sind nicht mehr so viele Leute unterwegs wie tagsüber. Nachdem mir das Stockwerk langweilig wird, nehme ich die Treppe in den nächsten Stock, dann noch ein Stockwerk und noch eins, bis ich müde werde und meine Füße schmerzen. Endlich komme ich dort an, wo ich ohne es zu wissen von Anfang an hinwollte. Der Flur zu Davids Büro. Die Türen sind alle geschlossen, nachts ist hier kaum noch jemand unterwegs. Ich weiß, wie töricht es von mir ist, nach ihm zu suchen, ich schelte mich selbst dafür. Gerade, als ich mich abwenden und gehen will, öffnet sich seine Tür.

»Hi«, sagt David, überrascht, mich hier zu sehen. »Was machst du denn hier?«

Ich habe nach dir gesucht, flüstert eine leise Stimme in meinem Kopf. Aber die lautere Stimme, die jeden meiner Schritte vorgibt, übertönt sie spielend. Nicht zum ersten Mal in meinem Leben hatte ich gehofft, einen Leuchtturm im Sturm zu finden. »Gia hat ihre Kette in der Radiologie vergessen«, murmele ich. »Ich bin noch mal zurückgekommen, um sie zu holen.« Ich ziehe die Kette aus der Tasche, wie um ihm zu beweisen, dass ich nicht seinetwegen hier bin. »Ich wollte gerade nach Hause.«

Er spricht mich nicht darauf an, dass die Radiologie drei Stockwerke tiefer liegt und ohnehin schon seit über einer Stunde geschlossen hat. Dass es gar keinen Grund gäbe, hier vorbeizukommen, wenn ich wirklich nach Hause wollte. Er erwähnt es nicht, sondern sagt nur: »Komm mal mit.«

»Wohin?«

Er leitet mich zum Aufzug. Dort benutzt er seine Zugangskarte, um bis hoch aufs Dach zu fahren. Wir stehen vielleicht einen Meter voneinander entfernt nebeneinander und beobachten die Zahlen in der Anzeige, während der Aufzug uns nach oben bringt. Schließlich gehen die Türen auf. Er tritt zuerst nach draußen, hält mir dann die Hand hin. Ich sehe zuerst die Hand an, dann ihn. Seine Augen blicken in meine, fest und bestimmt, aber auch geduldig und abwartend. Ich denke an Gia, ihren Schmerz, und fühle, wie die Hilflosigkeit mich überkommt. Schließlich lege ich meine Hand in seine und trete aus dem Aufzug, auf das Dach.

»Pass auf, wo du hintrittst«, warnt er, während er mich zum Rand des Dachs führt, begrenzt durch eine Umfassung aus Zementblöcken, gegen die man sich lehnen kann. Er hält meine Hand weiter in seiner und weist mit der anderen in den Himmel. »Als ich noch klein war, hat mein Dad mich oft hier hoch mitgenommen. Wann immer er einen Patienten verloren hatte, oder allgemein ein schlechter Tag gewesen war, saß er hier oben und zeigte mir die Sterne. Er wusste sogar die Namen der Sternbilder.«

»Und jetzt machst du dasselbe«, bemerke ich. Ich bin mir sicher, dass auch er die Namen der Sternbilder kennt.

»Es erinnert mich daran, dass ich nicht alles wissen kann.« Er schenkt mir ein schwaches Lächeln. »Manchmal geschehen einfach Sachen, die keinen Sinn ergeben.«

Meine Augen füllen sich mit Tränen, aber ich kämpfe sie zurück. Ich löse meinen Blick von seinem und ziehe meine Hand zurück. Dann zeige ich auf eine Sternenansammlung. »Kassiopeia.«

»Und ihr Ehemann Kepheus«, weist er auf die nächsten.

»Das dort ist der Große Wagen.« Ich drehe mich um die eigene Achse und versuche, so viele Sternbilder aufzunehmen, wie ich nur kann. »Und dort Orion.«

»Du kennst dich mit Sternbildern gut aus.« Seine Stimme klingt bewundernd.

»Ist das nicht Allgemeinwissen?«, gebe ich augenzwinkernd zurück. Wir fallen beide in Schweigen. Ich spüre seinen Blick auf mir, wie er mich beobachtet. »Sie ist erst fünfzehn«, flüstere ich schließlich. »Noch ein Baby.«

»Im Traumazentrum haben wir leider oft Mädchen, die noch deutlich jünger sind.« Er bietet mir medizinische Daten, um mir zu zeigen, dass das Leben weitergeht, ganz egal, was wir gerade denken und fühlen. »Die aufregende Spannung in der Beziehung zieht sie an, selbst der Missbrauch wird verherrlicht. Eine verdrehte Form der Liebe.« Er beugt sich vor und sieht mir in die Augen. »Gia wird es durchstehen. Deine Familie wird ihr helfen, da durchzukommen.«

Es liegt so viel Zuversicht in seiner Stimme, wie nur jemand haben kann, der so naiv ist wie er. Ich stelle mir vor, wie es wäre, ihm zu erklären, dass keiner von uns das wirklich durchgestanden hat. Dass der Missbrauch in immer wiederkehrenden Kreisen umgeht. Dass es uns in den Genen liegt: Egal, wie sehr wir uns anstrengen, wir können nicht entkommen. Ich weiß es. Ich habe es versucht. »Ja.«

»Sonya.« Es klingt, als ob er meinen Namen seinen Lippen abringen muss, als ob er in meinen Schmerz versunken ist und ihn zu seinem eigenen gemacht hat. »Es tut mir leid.« Er ist jetzt nicht mehr der Arzt, sondern nur noch der Mann. »Dein Vater, Gia.« Er streckt seine Hand aus und streicht eine imaginäre Strähne aus meinem Gesicht, hinter mein Ohr. »Niemand sollte so viel Schmerzen durchleiden müssen.«

»Was ist das Schlimmste, das dir je passiert ist?«, frage ich. Ich kann immer noch seine Fingerspitzen auf meinem Gesicht spüren. Nur für eine Minute möchte ich hören, dass wir nicht die Einzigen sind, die Schmerzen spüren, sondern dass auch andere viel durchleiden mussten.

Er ist sichtlich verwirrt, versucht aber seine Gedanken zu ordnen. »Meine Großeltern sind gestorben, als ich fünfzehn war. Zuerst meine Großmutter, dann mein Großvater, beide an Krankheiten und direkt nacheinander.« Er behält die Details für sich.

»Du hast sie geliebt?«, frage ich leise.

»Sehr.« Er wendet den Blick zum Himmel, als ob er in der Ferne nach ihnen Ausschau halten würde. »Sie haben sich immer um mich gekümmert, wenn meine Eltern wieder arbeiten mussten. Eigentlich waren sie so was wie Ersatzeltern für mich.«

»Das tut mir leid«, sage ich und meine es wirklich.

Er tritt auf mich zu, versucht meine Reaktion einzuschätzen. Als ich nicht protestiere, nimmt er mich in die Arme, sodass mein Kopf unter seinem Kinn angeschmiegt liegt. Langsam streicht er mit seiner Hand über meinen Rücken und sagt: »Ich habe es zwar schon einmal gesagt, aber ich wiederhole es gern. Wenn ich etwas tun kann, sag es mir einfach nur.«

Mein Körper entspannt sich unter seiner Berührung. Zum ersten Mal in meinem Leben fühle ich mich in den Armen eines Mannes sicher. Der Gedanke macht mir mehr Angst als alles andere. Ich weiß, was ich tun muss, was ich sagen muss, aber ich erlaube mir eine Auszeit, nur zwei Minuten. Ich will nur einen Augenblick genießen, was er mir anbietet, weil ich weiß, dass ich so etwas nie wieder bekommen werde. Es gibt eine Grenze, die man nicht überschreiten darf. Ich hätte es nie so weit kommen lassen dürfen. Umso mehr schäme ich mich dafür, dass ich es auch noch selbst eingeleitet habe, indem ich ihn aufgesucht habe. Aber die ganze Sache mit Gia hat so viele Erinnerungen wachgerufen und mit ihnen ist eine Sehnsucht nach Sicherheit aufgekommen, nach Schutz vor all den lauernden Gefahren.

Als er mit seiner Hand über meine Haare streicht, mir sein Mitleid anbietet und vielleicht mehr, weiß ich, dass die Zeit um ist. Ich löse mich aus seiner Umarmung und blicke ihm direkt in die Augen, bereite mich darauf vor, ihm die Wahrheit zu sagen und ihn gehen zu sehen. »Du willst mir wirklich helfen.«

»Sag einfach nur wie.«

»Lass meinen Vater sterben«, sage ich mit flehender Stimme. Dann wende ich mich ab und gehe zurück zum Aufzug, während ich hinter mir seinen Abscheu spüre, den ganzen Weg, bis ich zu Hause ankomme.

Ranee

Es hatte einen ganzen Tag gedauert, ehe sie bereit war, zu Marin zu fahren. Sie hatte erst noch verarbeiten müssen, was Sonya ihr mitgeteilt hatte. Gia – geschlagen. Ranee hatte nur schweigend zugehört, als Sonya ihr die Details eröffnete. Erst später dann, allein in ihrem Zimmer, war sie zusammengebrochen und hatte bitterlich um ihre einzige Enkelin geweint. Mit vor Schluchzen stockendem Atem erinnerte sie sich an die Eindrücke von Gias Geburt, ihr Heranwachsen, wie sie schließlich zu einer schönen, jungen Frau geworden war. Deren Schönheit jetzt für immer mit Narben bedeckt sein wird. Auch ohne sie gesehen zu haben, konnte Ranee sich die Prellungen vorstellen, die ihren ganzen Körper bedeckten, die Schmerzen der angebrochenen Rippen. Sie konnte genau verstehen, wie Gia sich fühlte, weil sie all diese Schmerzen schon am eigenen Leib erfahren hatte – und auch die Schande, die man verspürt, wenn man wie ein Tier geprügelt wird.

Sie kommt unangekündigt. Marin öffnet die Tür direkt nach dem ersten Klingeln. Sie trägt eine Yoga-Hose und ein T-Shirt. Ranee hat Marin selten in solcher Kleidung gesehen.

»Wie geht es ihr?«, fragt Ranee, während sie an ihrer Tochter vorbei ins Haus tritt. Sie hat einen traditionellen Salwar Kamiz für den Besuch angelegt. Sie brauchte etwas Gewohntes, das ihr durch die schwere Zeit hilft. Das mehrfarbige, bestickte Hemd reicht ihr bis über die Knie, dazu trägt sie eine dünne Baumwollhose.

»Sie schläft, will nicht aus ihrem Zimmer kommen.« Marin schließt die Tür hinter ihrer Mutter. »Sonya hat dir also davon erzählt.«

Etwas in ihrer Stimme lässt Ranee aufhorchen. »Du dachtest, sie würde das nicht tun?«

»Ich weiß nicht, was ich dachte. Es ist nicht wirklich eine alltägliche Situation für uns.« Marin zuckt mit den Schultern. »Gia geht es gut.«

»Das dachte ich auch, bevor ich diese Nachrichten hörte.« Ranee geht zur Treppe. »Ich werde selbst mit ihr sprechen.«

»Mummy«, bittet Marin mit einer Verzweiflung in der Stimme, die Ranee nicht mehr gehört hat, seit ihre Tochter noch ein kleines Kind gewesen war. Als sie sich zu ihr umdreht, sieht sie Marin ihre Haare nervös nach hinten streichen, wobei sie unbewusst an den Strähnen zupft. Das war immer ihre Geste, wenn sie ein A-Minus oder sogar nur ein B-Plus in einem Test mit nach Hause gebracht hat, da sie wusste, dass Brent gewiss wütend darüber sein würde. Wenn die Welt ihr nichts mehr bot, an dem sie sich festhalten konnte, hielt sie sich an sich selbst fest. »Es geht ihr gut.«

»Ja«, beruhigt Ranee sie sanft. »Es wird ihr gut gehen.«

Ranee klopft sachte an der Tür zum Zimmer ihrer Enkelin, macht sie dann selbst auf. Gia liegt unter der Bettdecke vergraben, obwohl es im Haus warm ist. Sie hat kein Licht gemacht. Auf dem Beistelltisch liegt ein belegtes Brot, nicht angerührt. Daneben ein volles Glas Milch. Ranee geht zu ihr und setzt sich auf das Bett, legt ihre Hand auf Gias Hinterkopf, der aus den Bettdecken hervorragt.

»Lass mich allein«, murmelt Gia, ein leichter Anflug Zorn vermischt mit Resignation ist herauszuhören.

»Spricht man denn so mit seiner *Mumji*?«, fragt Ranee, bezeichnet sich selbst mit dem traditionellen Namen für die Großmutter mütterlicherseits, den auch Gia immer als Kosenamen für sie benutzt.

Gia zieht die Decke beiseite und starrt ihre Großmutter an. Ihr Haar ist verfilzt, das Gesicht von Tränen aufgequollen. Als Ranee die Lampe neben dem Bett anknipst, blinzelt Gia, um sich an das plötzliche Licht zu gewöhnen. »Was machst du denn hier, Mumji?«

»Ich bin hier, um dich zu sehen.«

Gia setzt sich auf, zieht die Knie an und lehnt die Stirn dagegen, wie ein kleines Kind. »Mom hat dir also alles erzählt.«

»Eigentlich war es deine Masi Sonya.« Ranee streicht Gia über ihre Haare, versucht ein wenig Ordnung in das Chaos zu bringen. »Sie macht sich Sorgen um dich. Wir alle machen uns Sorgen.«

»Mir geht es gut.«

Ranee muss unwillkürlich beinahe lächeln, so sehr gleicht Gia ihrer Mutter. Die Ähnlichkeit ist nicht zu übersehen, auch wenn weder Mutter noch Tochter das je zugeben würden. »Es sieht aber nicht so aus.«

»Du verstehst das nicht, Mumji«, sagt Gia, die zum ersten Mal Ranee widerspricht. »Das ist was für Teenager.«

»Wann hast du dich zum ersten Mal mit einem Jungen getroffen? Hmm?« Ranee legt ihre Hand an Gias Wange. »Ich erinnere mich nicht, dass die Familie dir die Erlaubnis gegeben hat.«

Gia versucht, ein ernstes Gesicht zu wahren, kann das Lächeln aber nicht verhindern. »Ich brauche keine Erlaubnis der Familie.«

»Ah, aber da liegst du falsch.« Ranee kann sich noch daran erinnern, wie sie mit ihrer Familie kämpfen musste, um Brent schon vor ihrer Hochzeit einmal zu sehen. Natürlich in Begleitung diverser Anstandsdamen und in der Öffentlichkeit. Ihre Mutter hatte gefürchtet, dass ihr Ruf darunter leiden könnte. Als sie jetzt Gias Hand ergreift, fährt sie sanft die Adern mit ihrem Finger nach. »Spürst du dein Blut? Es ist das Blut, das auch in mir fließt. Und in deiner Mutter, deiner Masi Sonya und deiner Masi Trisha. Was immer du tust, was immer dir passiert, es passiert uns allen, weil du unser Blut hast.« Sie hält Gias Gesicht sanft zwischen ihren Händen, blickt ihr direkt in die Augen. »Deine

Mutter und ihre Schwestern sind aus mir gekommen und du aus deiner Mutter. Du bist ein Teil von uns, mein Liebling.«

Gia erlaubt einer einsamen Träne zu fallen. »Aber ich liebe ihn doch so sehr. Und jetzt …«

»Er hat dich geschlagen. Er hat dir wehgetan. Wie kann das Liebe sein?« Dieselbe Frage hat sie sich jahrelang auch gestellt. Aber Brent hatte es stets geschafft, sie zu überzeugen, weil sie es sich selbst bereits ausreichend eingeredet hatte.

»Er war so süß. Schmuggelte immer kleine Zettelchen in mein Schließfach, um mir zu sagen, wie schön ich bin.« Gias Gesicht strahlt bei den Erinnerungen, die ersten Zeichen von Freude. »Er sieht so umwerfend aus, Mumji, und jeder mag ihn. Alle Mädchen sind verrückt nach ihm, aber er wollte nur mich.« Gia umgreift Ranees Hand fest. »Es war ihm egal, wie klug oder perfekt ich bin, er wollte nur *mich*.«

Als Marin zur Welt gekommen war, schrie sie immer, wenn sie etwas brauchte, wie eigentlich alle Babys. Wenn sie hungrig war oder ihre Stoffwindel vollgemacht hatte, fing sie mit einem leichten Wimmern an, sodass Ranee wusste, dass sie sich schnell darum kümmern muss, ehe es sich zu einem echten Weinen auswächst. Als sie dann älter wurde, benutzte Marin immer ihre Tränen, um zu bekommen, was sie wollte. Bis Brent sie das erste Mal schlug. Danach hatte Ranee nie wieder auch nur eine einzige Träne von ihr zu Gesicht bekommen.

»Und als er dich geschlagen hat?«, fragt Ranee.

Gia lässt ihre Hand los und verschließt sich sofort. »Er war doch noch neu in der Schule. Seine Eltern haben so viel von ihm verlangt. Er wollte mir nie wehtun. Er liebt mich.« Gia zögert, ehe sie dann das letzte Argument bringt, mit dem Ranee nie hatte rechnen können. »Es ist doch nicht so schlimm. Dada hat Mom doch auch immer geschlagen, oder?«

Gias Offenbarung verschlägt Ranee die Sprache. Sie starrt ihre Enkelin nur an, fragt sich, wann und wie sie davon erfahren hat. Sie will danach fragen, kann aber keine Worte hervorbringen. Die Silben bleiben im Hals stecken, sie bringt keinen Laut hervor. Stattdessen streichelt sie Gia nur leicht, wie ein eigensinniges Kind, und geht dann zur Tür. Sie schreitet die Treppe hinab, vorsichtig, eine Stufe nach der anderen, die Hand fest am Geländer, aus Angst zu stürzen.

Auf der untersten Stufe angekommen, versucht sie die letzten Minuten in ihrem Kopf zu ordnen, als Marin aus dem Büro zu ihr tritt. »Mummy?«, fragt Marin, die ihr zur Seite eilt. »Was ist denn passiert?«

»Sie weiß es«, flüstert Ranee, die Marin nicht in die Augen blicken kann. »Sie weiß alles.«

Marin muss nicht erst nach weiteren Erklärungen fragen. Das Geheimnis, das sie so lange gewahrt haben, das jede von ihnen sicherer hütet als ihren kostbarsten Besitz. »Nein. Das kann nicht sein.« Selbst jetzt spricht sie mit gesenkter Stimme, damit Raj nichts mitbekommt. »Unmöglich.«

»Sie hat es mir selbst gesagt.« Die Stufe unter ihr scheint wegzuklappen, ihre Knie zittern unsicher. Hilfesuchend tastet Ranee nach dem Mangalsutra an ihrem Hals, erinnert sich dann aber, dass sie es abgenommen hat. »Sie meinte, es sei alles nicht so schlimm, weil der Junge sie nur geschlagen hat, wie dein Vater auch dich geschlagen hat.«

»Nein!« Marins Zorn ist spürbar, erfüllt den Raum zwischen ihnen. »Geh jetzt, bitte!« Marin schaut sich verzweifelt um. Sie geht zur Haustür und zieht sie auf. »Jetzt.«

»Sie ist meine Enkelin.« Ranee bleibt standhaft. Sie kann die Angst ihrer Tochter unter dem Zorn spüren, die Verzweiflung, die sie antreibt. »Ich werde nicht gehen.«

»Du hast es ihr verraten.«

Ranee zuckt zurück, als ob Marin sie geohrfeigt hätte. »Nein, nie!« Ranee schlingt die Arme um ihren Körper, statt auf Marin zuzugehen. »Warum sollte ich so etwas tun?«

»Um mich zu verletzen.« Die Aussage ist so endgültig, dass kein Platz mehr für Diskussionen bleibt. Ein Urteil, das alle Vergehen eines ganzen Lebens zusammenfasst.

»Du bist meine Tochter.« Ranee wird später weinen, wenn sie allein und sicher ist, dass niemand die Tränen sehen kann. »Ich würde mich eher selbst verletzen als dich.«

»Vielleicht könnte ich dir das eher glauben, wenn du wenigstens einmal versucht hättest, ihn aufzuhalten. Wenn du dich je darum gekümmert hättest, dass ich Schmerzen hatte.« Marin blickt Ranee direkt in die Augen, duldet keine weitere Diskussion. »Aber das hast du nicht. Aber ich sorge mich um meine Tochter. Es gibt nichts mehr, was du noch tun könntest.«

Ranee nickt, akzeptiert die Aussage, ohne zu streiten. »Wenn du mich brauchst, bin ich da.« Da sonst nichts mehr zu sagen ist, verlässt sie Marins Haus.

* * *

Viele Stunden sitzt Ranee im Dunkeln, betrachtet die Bilder, die vor ihr verstreut liegen. Die Gesichter der Personen kann sie kaum erkennen, aber das ist auch nicht nötig. Die Bilder sind ihr ohnehin schon lange ins Gedächtnis eingebrannt. Sie hat nur ein oder zwei Fotos von ihren Eltern, die sie nach ihrer Hochzeit kaum noch gesehen hat. Nach dem Umzug in ihr neues Heim hatten ihre Eltern sie nie besucht, sie hatten noch ihre jüngeren Geschwister zu Hause und waren froh, einen Mund weniger füttern zu müssen. Ranee selbst war nur dreimal zurückgekehrt. Je einmal, um Marin und Trisha nach ihrer Geburt vorzustellen. Das dritte Mal, um Abschied zu nehmen. Damals, als Ranee gerade das Haus verlassen wollte, hatte ihre Mutter ihr einen noch ungetragenen Sari gebracht, der für jene Zeit sehr teuer gewesen war. Ihre Mutter hatte ihn als Mitgift zur Hochzeit von ihren Eltern bekommen, jetzt gab sie ihn an Ranee weiter.

»Damit du dich an mich erinnerst.«

»Ich werde schon noch wiederkommen«, hatte Ranee beteuert. »Amerika ist auch nicht so weit weg.«

Aber ihre Mutter hatte es nicht mehr gehört, ihre Aufmerksamkeit wurde schon wieder von ihren anderen Kindern verlangt. Ein Jahr, nachdem sie in Amerika angekommen waren, hatte Ranee einen Brief erhalten, aus dem sie erfuhr, dass ihre Mutter gestorben war. Ihr Vater hatte eine Witwe aus einem Nachbardorf als neue Frau genommen. Ranee nahm daraufhin den Sari aus dem Schrank und verstaute ihn ganz tief zuunterst in einer Schublade, damit sie nie wieder an die Mutter erinnert werden würde, die sie nie wirklich gekannt hatte.

Hier sind Bilder von den Geburtstagen der Mädchen, dazu auch Dutzende von Brent. Wenn sie auf Reisen waren, liebte er es, fotografiert zu werden. Aufgeregt wie ein kleines Kind drückte er Ranee die Kamera in die Hand und eilte zu seinen drei Töchtern, egal, ob diese gerade vor dem Grand Canyon oder den Monumenten von Washington D.C. standen. Marin und Sonya zeigten immer ein gezwungenes Lächeln, mehr eine feine Linie, aus Angst, dass eine falsche Bewegung seinen Zorn erregen könnte. Nur Trisha sah immer entspannt aus, ohne Furcht in seiner Gegenwart.

Ranee blättert durch die anderen Fotos und stellt fest, dass sie auf keinem zu sehen ist. Sie schaut noch einmal nach, um sicherzugehen. Aber sie war stets hinter der Kamera. Brent gab ihr Anweisungen, wie sie den Fokus einstellen musste und in welchem Winkel das Bild aufzunehmen war. Nie hatte er auch nur daran gedacht, ein Foto von ihr zu machen, ihre Schönheit auf dem Papier einzufangen. Eine Ironie des Schicksals, dass die Tochter, die er am meisten verabscheute, die Einzige ist, die seine Leidenschaft für die Fotografie geerbt hat.

»Was machst du denn hier?« Sonya schaltet das Licht ein und muss die Augen wegen der plötzlichen Helligkeit zukneifen. »Mom?«

»Ich war bei Gia.« Die Wunde ist immer noch offen und blutet, Ranee hat keine Ahnung, wie sie sie schließen könnte. »Sie weiß es.«

»Aber wie?« Auch Sonya versteht ohne jegliche Erklärung.

»Ich weiß nicht.« Ranee nimmt die Schere in die Hand, die sie vorhin geholt hatte, und beginnt zu schneiden. Mit präzisen Schnitten entfernt sie jegliche Spur von Brent aus jedem Bild. »Marin glaubt, dass ich es ihr erzählt habe.«

»Aber das stimmt nicht.«

Ranee schaut auf, pikst sich dabei aus Versehen in den Finger. »Ist das eine Frage?«

Sonya betrachtet die verstümmelten Fotos, ehe sie antwortet. »Du hättest keinen Grund, es ihr zu erzählen.«

»Ja.« Ranee sammelt die Bilder von Brent ein. »Gia hatte die Erlaubnis, geschlagen zu werden.« Ranee lässt die Bilder in den Müll wandern, die Erinnerungen eines ganzen Lebens ausgelöscht. »Ich habe sie ihr gegeben.«

Sonya blickt zur Tür, man kann nur zu deutlich sehen, dass sie lieber weit weg wäre. »Vielleicht brauchte sie nur eine Ausrede.« Sie kniet sich nieder und blättert durch die Bilder, die Gesichter, die ihr entgegenblicken, bilden eine Collage schmerzhafter Erinnerungen. »Ich habe unsere Geburtstage immer gehasst.«

Ranee ist ernsthaft schockiert. »Aber warum?«

»Ich musste immer so tun, als ob ich glücklich wäre.«

Ranee hält es nicht mehr aus, muss die Antwort auf eine Frage wissen, die sie sich nie zu stellen getraut hat. »Hast du dir gewünscht, dass wir dich abgetrieben hätten?«

Sonya hebt den Blick nicht, zeigt auch sonst keine Anzeichen von Überraschung. »Ja«, erklärt sie einfach nur. »Oft.«

»Es tut mir leid.« Ranee lässt den Kopf hängen, verloren in ihrem eigenen Heim. Die Enthüllungen des Tages waren zu viel für sie. »Es tut mir alles so leid.«

Trisha

Im zweiten Schuljahr gab es ein Mädchen, mit dem ich ständig aneinandergeriet. Ihr Name war Melinda und ihr größter Spaß war es, anderen das Leben zur Hölle zu machen. Leider war Melinda eines der beliebtesten Mädchen in der Schule, sodass ihr immer ein Grüppchen anderer Schülerinnen folgte, um sie zu unterstützen. Wer immer das Pech hatte, ihre Aufmerksamkeit zu erregen, wurde direkt von der ganzen Gruppe zerpflückt. Leider gab es auch bei mir genug, worüber sie sich lustig machen konnte, seien es meine Secondhandkleider, mein Zopf oder die billige Tasche, die ich anstelle eines Rucksacks benutzen musste. Ich war aber natürlich nicht die Einzige, die unter ihr zu leiden hatte. Aber wer auch immer das Opfer des Tages war, es blieb nichts anderes übrig, als ihren Spott stillschweigend zu ertragen. Mit Hilfe konnte man nicht rechnen, dafür hatten alle zu viel Angst, dass sie selbst zur Zielscheibe werden, wenn sie helfend eingreifen.

Mitten im Schuljahr hörte einer der Lehrer zufällig, wie Melinda Witze über mein Roti und Sakh machte, das ich zum Mittagessen dabei hatte. Der Lehrer verwarnte Melinda, drohte ihr, sie direkt zum Schulleiter zu schicken, wenn so was noch mal vorkommt. Ich war dem Lehrer so dankbar, diese Zurechtweisung war meine Rettung. Von da an konnte ich das zweite Schuljahr glücklich absolvieren, sicher durch den Schutz des Lehrers. Aber leider war es nicht von Dauer. Einige Monate später erkrankte Melindas Mutter so schwer, dass sie schließlich daran starb. Von da an wagte niemand mehr, etwas gegen Melinda zu sagen. Als Opfer der Umstände hatte sie plötzlich einen Heiligenschein verpasst bekommen.

Man ermahnte uns, besonders freundlich zu ihr zu sein, Mitgefühl zu haben, gute Freunde zu sein. Man schickte Briefe an unsere Eltern, in denen diese über die Situation informiert wurden. Man regte an, dass wir zum Spielen zu Melinda gehen sollten, oder ihr und ihrem Vater etwas zu essen vorbeibringen sollten. Eigentlich hatte ich erwartet, dass diese Erfahrung Melinda zu einem neuen Menschen machen würde, jetzt, wo sie selbst den Schmerz des Verlustes erfahren hatte. Aber so wie Tiger ihre Streifen nicht ablegen, kann auch ein böser Mensch sich nicht ändern. Melinda kehrte zu ihren grausamen Spielchen zurück und machte die nächsten zwei Jahre für mich zur reinen Hölle. Erst, als ihr Vater in eine andere Stadt versetzt wurde, hatte ich endlich wieder meine Ruhe. Aber damals lernte ich eine wichtige Lektion, die ich nie vergessen habe: Auch Schwäche kann große Macht mit sich bringen.

* * *

Als ich von der Sache mit Gia hörte, war mein erster Impuls, Eric anzurufen. Er hatte Gia immer gut leiden können und würde es bestimmt wissen wollen, wenn ihr etwas zustößt. Aber im Endeffekt entschied ich mich dann doch dagegen, die Ausrede zu nutzen, mit ihm zu reden, ganz gleich, wie sehr ich mich danach sehnte. Da ich keine Ahnung hatte, wie ich Gia helfen könnte, ging ich einkaufen. Ich verbrachte Stunden damit, durch die Geschäfte zu schlendern und Geschenke zu suchen, die Gia vielleicht ein bisschen aufmuntern konnten. Ein paar Stofftiere, haufenweise Schokolade, einige neue CDs von Gruppen, von denen sie mal geredet hatte, ein Tagebuch, solche Sachen halt.

Ich schaue bei Marin vorbei, ohne mich vorher anzukündigen, was sich als Fehler herausstellt. Es ist nur die Haushälterin da, also lasse ich den Korb mit meinen Geschenken stehen und lege einen Zettel für Marin dazu, dass sie mich anrufen soll. Aber ich weiß schon, dass sie das nicht tun wird. Wenn Mama nicht gewesen wäre, wüsste ich immer noch nicht, was vorgefallen ist.

Zurück im Auto summt das Handy. Ich erwarte eigentlich, dass es eine Nachricht von Mama ist, sehe dann aber Erics Namen im Display. Mein Herz klopft wie wild, als ich den Text lese.

Hast du etwas Zeit, damit wir reden können?

Ja, natürlich, absolut. Aufgeregt wie ein Schulmädchen tippe ich meine Antwort in wenigen Sekunden.

Bring deinen Anwalt mit.

Das Handy fällt auf den Ledersitz. Schweißperlen bilden sich auf meiner Hand, lassen die Finger feucht werden. Er will die Trennung offiziell bestätigen lassen, sie endgültig machen, ohne Weg zurück. Ich fahre los, ohne auf seinen letzten Text zu antworten. Zuerst fahre ich ohne Ziel einfach nur vor mich hin, dann erledige ich einige unwichtige Dinge. Hole meine Kleider von der Wäscherei ab, gehe Lebensmittel einkaufen. Für eine Person. Zu Hause zurück, sehe ich eine gravierte Karte auf dem Tisch liegen, eine Einladung zu einem Essen für einen wohltätigen Zweck, die ich komplett vergessen hatte. Mit einem schnellen Blick auf mein Outfit entscheide ich, dass die schlichte Hose und die Sommerbluse angemessen sind. Ich lasse Milch und Eier auf dem Küchentresen stehen und mache mich gleich auf den Weg, um nicht zu spät zu kommen.

»Trisha«, begrüßen sie mich, als ich eintreffe. »Wir hatten gar nicht mehr mit dir gerechnet!«

Nein, das kann ich mir vorstellen. Schlechte Neuigkeiten verbreiten sich eigentlich immer schneller als gute. Inzwischen wusste natürlich jeder, dass Eric ausgezogen war, auch wenn niemand ahnte, warum. Sie hatten sich bestimmt schon alle eine eigene Theorie zurechtgelegt, die ihnen wahrscheinlich schien. Aber bestimmt kam keine von ihnen der Wahrheit auch nur nahe. »Ich würde mir das doch nicht entgehen lassen«, erkläre ich mit einem aufgesetzten Lächeln.

Ich setze mich mit meinen Freunden an einen Tisch, plaudere ungezwungen und lache mit ihnen. Wir reden über Alltägliches, das Wetter, Fashiontrends, die neuesten Gerüchte aus Hollywood, ganz so, als ob diese Leben einen direkten Einfluss auf unsere eigenen hätten. Einige gehässige Kommentare über Abwesende, aber nichts zu Schlimmes, man weiß ja nie, wer was wem weitererzählt. Schecks werden für den wohltätigen Zweck ausgestellt, für was auch immer gerade in Mode ist. Auch ich hole mein Scheckbuch raus, bereit zu spenden wie immer, und frage nach dem Namen der Organisation.

»Wir sammeln für ein Heim in San Francisco, das sich um Frauen und Kinder kümmert, die Opfer häuslicher Gewalt geworden sind«, erklärt mir eine alte Freundin, während sie mit elegantem Schwung ihren eigenen Scheck unterschreibt. Die Maniküre ihrer Nägel ist wirklich makellos. »Mein Gott, was diese armen Menschen durchmachen müssen. Kannst du dir so was auch nur vorstellen?«

Nein, will ich eigentlich sagen und die Illusion aufrechterhalten, die ich so mühselig geschaffen habe. Aber ich kann nicht. Ich versuche, den Scheck auszustellen, aber meine Hand zittert zu stark. Mein Vater im Koma. Eric, der mich nicht mehr in seinem Leben haben will. Meine Nichte – unsere Zukunft, geschlagen. Es ist kein Tropfen, der das Fass zum Überlaufen bringt, es ist eine wahre Sintflut. Ich starre das Weinglas vor mir an und frage mich, wie es sich anfühlen würde, es gegen die Wand zu werfen. Die perfekte Illusion zu zerstören, in der ich mich selbst verloren habe. Glas bricht nie glatt. Es zerspringt in Millionen Teile, sodass man es nie wieder zusammensetzen kann. Aber ich lasse das Glas stehen. Den Scheck lasse ich auch liegen und stehe auf.

»Ja, das kann ich gut«, sage ich sachlich. Die ganze Gruppe verstummt verwirrt. Alle hier sind seit vielen Jahren meine

Freunde, aber doch weiß keine von ihnen, was sich hinter mir verbirgt. »Ich kenne es sogar recht gut, ich habe es meine ganze Kindheit miterlebt.« Wenn ein Baum im Wald fällt und niemand da ist, um es zu hören, dann ist es auch nicht geschehen. Das war immer das Prinzip, mit dem ich meine Vergangenheit bewältigt habe. Solange ich nicht darüber spreche, kann ich mir selbst einreden, dass es nie passiert sei.

»Trisha, was sagst du denn da?«, fragt eine andere Freundin und schaut mich dabei an, als ob sie mich zum ersten Mal sieht. »Das ist doch unmöglich.«

Ich hatte so viel Energie darauf verbracht, es danach aussehen zu lassen. Aber ich bin müde. Die Fassade wird immer schwerer aufrechtzuerhalten, schwerer, als ich gedacht hatte. Ich hatte mich selbst schon davon überzeugt, dass ich meine Rolle nur gut genug spielen müsste, um selbst zu der Person zu werden, die ich auf der Bühne meines Lebens darstellte. Aber die Maske war ins Rutschen gekommen und egal, wie sehr ich es auch versuche, ich bekomme sie nicht wieder zurechtgerückt. Also akzeptiere ich schließlich die Vergangenheit, die zu mir gehört, und murmele: »Ich wünschte, es wäre so.« Ich blicke die Menschen an, die ich einst meine Freunde genannt habe, und die mich jetzt mit schockiertem Blick anstarren. »Mein Vater hat meine Mutter und meine Schwestern geschlagen, unsere ganze Kindheit über.« Ich kann ihren Abscheu geradezu spüren, als ich mich abwende. Ich frage mich, ob sich Sonya und Marin jeden Tag ihres Lebens so fühlen.

»Es tut mir leid«, flüstert eine Freundin, während sie mir die Hand auf den Arm legt. »Das haben wir nicht gewusst.«

Ihr Mitleid überrascht mich so sehr, dass ich nur den Kopf senken kann, vor Schande darüber, wo ich herkomme, wo ich jetzt bin, und darüber, dass ich nicht weiß, wo ich hinsoll. Aber da ich nichts mehr zu verlieren habe, gehe ich einfach zu meinem leeren Wagen und fahre weiter ziellos vor mich hin.

* * *

Wir treffen uns in einem formellen Konferenzraum im Büro seiner Anwältin. Gleich nach dem Eintreten fallen mir die Vorhänge und der Stoff der Stühle auf. Der Tisch ist aus Kirschholz gearbeitet und hat sichtlich viel Geld gekostet. Eric sitzt bereits am Tisch, neben ihm eine Frau in einem Anzug, die Anwältin. Sie ist bestimmt einer der Partner der Firma, da bin ich mir sicher. Weniger käme für ihn nicht infrage. Macht zieht Macht an – die Spielregeln sind klar.

»Wo ist dein Anwalt?«, will Eric wissen. Die ersten Worte, die wir wechseln, seit er vor einigen Wochen unser gemeinsames Haus verlassen hat.

»Ich habe keinen.« Ich will weder dumm wirken noch Schwierigkeiten verursachen, aber ich sehe wirklich keinen Grund, einen Anwalt einzuschalten, wenn wir noch nicht einmal beschlossen haben, was als Nächstes geschehen soll. »Ich hatte gehofft, dass wir reden können.«

»Ich bezahle doch nicht fünfhundert Dollar die Stunde an Anwaltsgebühren, nur damit wir reden können«, gibt Eric bissig zurück.

Ich versuche mich zu sammeln. Das ist nicht mehr der Mann, den ich geheiratet habe. Der Mann, dessen Geruch immer noch in jedem Raum unseres Hauses schwebt und mich an eine glückliche Zeit erinnert. »Warum sind wir dann hier?«

»Um die Bedingungen der Scheidung zu verhandeln«, mischt sich seine Anwältin ein, behandelt mich wie ein starrsinniges Kind, dem man alles langsam und deutlich erklären muss.

»Du willst also die Scheidung?« Ich ignoriere sie, sehe nur meinen Ehemann an. »So einfach? Das war's also?«

»Ich denke, es wäre besser, wenn wir uns bei diesem Treffen auf die Details zu finanziellen Bestimmungen und der Teilung der gemeinsamen Güter beschränken würden«, weist die Frau mich mit kalter Stimme zurecht. »Eric ist bereit, einer äußerst großzügigen Unterhaltszahlung zuzustimmen. Soweit ich informiert bin, verfügen Sie ja über keinerlei eigenes Einkommen.«

Sie lässt deutlich durchblicken, dass sie davon ausgeht, dass ich bisher nur von meinem Ehemann ausgehalten wurde. Jemand, den man leicht für Geld kaufen und loswerden kann. Sie selbst hingegen ist jemand, der gewohnt ist, die Kontrolle zu übernehmen, die Bedingungen zu diktieren. Aber ich bin nicht in der Stimmung, ihr diese Freude zu machen. »Das war's also?«, frage ich erneut, den Blick immer noch auf Eric gerichtet, die Frau komplett ignorierend. »Nur, weil ich kein Kind wollte?«

»Weil du mich angelogen hast«, antwortet Eric, der sich nicht länger schweigend zurückhalten kann. »Als ich dir vertraut hatte.«

Auch du hast mich angelogen, will ich ihn anschreien, während ich gegen die Tränen ankämpfe. »Du hast mir versprochen, mich immer zu lieben, egal, was geschieht«, sage ich, lasse ihn seine eigenen Worte hören. Ich sehne mich danach, ihm zu erklären, dass sein Verlangen nach einer Familie, seine Vorstellung, dass damit alles perfekt wäre, zu naiv ist. Aber ich bleibe still, bewahre das Geheimnis. Ich will ihn nicht wissen lassen, wie sehr diese kleinen Narben, die das Auge nicht wahrnehmen kann, früher geblutet haben. »Also haben wir wohl beide gelogen.«

»Wenn du es so sehen willst«, erwidert er. »Ich denke, dann gibt es wohl nichts mehr zu sagen.«

Wir sind in einer Sackgasse angekommen. Wir können nicht mehr zurück, es gibt keine Worte, die alles wieder richten würden. Die Positionen in unserem Spiel sind bezogen und der letzte Zug steht an. Die Stimme meines Vaters flüstert in mein Ohr, eine Erinnerung an eine lange vergessene Zeit. Ich habe damals mit Kindern aus der Nachbarschaft gespielt, wir waren mit unseren Fahrrädern unterwegs. Ich war noch nicht wirklich geschickt darin und fiel immer wieder hin, sodass ich aus Angst vorsichtiger wurde. Dem folgte der Spott und ich konnte meine Tränen nicht zurückhalten. Ich rannte ins Haus und dort direkt in die Arme meines Vaters. Mit einer Sanftheit und Güte, die er nur für mich bewahrte, wischte er meine Tränen fort und sagte: »Du bist etwas ganz Besonderes, lass niemals jemanden etwas anderes sagen.«

»Da hast du wohl recht«, sage ich, wieder in der Gegenwart. Ich wende mich von ihm ab und sehe sie an, will ihr zeigen, wer ich wirklich bin. »Es wird keine Unterhaltsforderungen geben. Ich werde bis Ende des Monats aus seinem Haus ausgezogen sein.« Dann schiebe ich meinen Stuhl zurück. Es soll einfach nur vorbei sein. Auf dem Weg zur Tür schaue ich noch einmal zurück und sehe Eric, der mir schweigend nachblickt. Ich will mich verabschieden, tue es aber nicht.

* * *

Und damit lande ich wieder an dem Ort, den ich nie wirklich verlassen habe – an der Seite meines Vaters. Ich sitze neben seinem Bett, sehe, wie sich seine Brust im perfekten Rhythmus des Beatmungsgerätes hebt und senkt. Ich greife seine Hand, spüre sie kalt in meiner Wärme. Ich hatte gehofft, dass es andersrum wäre – dass er der Fels in der Brandung sei, der sichere Ort, an den ich fliehen kann. Aber wenn der persönliche Anker losbricht, ist man den Launen des Ozeans überlassen, ohne zu wissen, wo die Reise hingeht. »Ich habe niemanden mehr«, sage ich leise zu ihm. »Ich bin ganz allein.«

Ich warte und warte, hoffe auf irgendwas, das mir Hoffnung geben könnte. Ein Zeichen, das mir den Weg weist, mich zu einer Antwort führt auf all die Fragen, die ungestellt bleiben. Aber mein Weg bleibt weiter ungebahnt, ohne jeglichen Wegweiser, der Hilfe leisten könnte. Wie die Vergangenheit immer wieder gezeigt hat, sind die Ereignisse, die das Leben wirklich verändern, die sich so tief in das Gedächtnis eingraben, dass man sie sich nicht einmal mehr vorstellen, geschweige denn sie fürchten kann, auch jene, die ohne Vorwarnung eintreten. Kein Kompass führt von ihnen fort, keine Alarmglocke hält vor ihnen zurück. Sie kommen und man muss eine Wahl treffen – entweder die Wellen über sich zusammenschlagen lassen, bis nichts mehr bleibt außer gesegneter Dunkelheit. Oder den Überlebenskampf wählen, auch auf die Gefahr hin, dass sich die Lungen mit Salzwasser füllen, während man verzweifelt bemüht ist, den Kopf über Wasser zu halten.

»Ich dachte, das ist, warum ich geblieben bin«, sagt Sonya leise. Sie ist wohl eingetreten, als ich meine Gedanken laut ausgesprochen habe.

»Was machst du denn hier?«, frage ich, stehe schnell auf, peinlich berührt, dass sie mich gehört hat.

»Ich arbeite hier«, erinnert sie mich.

»Nein«, korrigiere ich mit einer Bewegung, die den Raum umfassen soll. »Ich meine hier, in Papas Zimmer.« Sie scheint ebenso unsicher, wie ich es bin, wir gehen beide vorsichtig vor. Sie schaut sich um, weicht meiner Frage aus. Aber so leicht will ich es ihr nicht machen. »Du bist hier, um ihn zu besuchen«, sage ich mit plötzlicher Erkenntnis.

»Ja.«

Alles andere wäre auch eine Lüge gewesen, das ist mir jetzt bewusst. Sie versucht es gar nicht, weil ich schon von frühster Kindheit an immer erkennen konnte, wenn sie nicht die Wahrheit spricht. Als Kind habe ich es immer ausgenutzt, wenn ich sie bei einer Lüge ertappt hatte, es wie ein Damoklesschwert über sie gehalten, damit sie tut, was ich von ihr will. Aus Angst vor Strafe durch meinen Vater musste sie stets nach meiner Pfeife tanzen. Jetzt frage ich mich, ob ich nicht vielleicht auch nur eine Marionette gewesen bin, wie sie alle, nur dass ich als Einzige nie die Schnüre gesehen habe.

»Wie hat es sich angefühlt?«, frage ich, jetzt sanfter, als die Scham einsetzt. Ich erinnere mich an das Mittagessen, an wohltätige Organisationen, die versuchen, Familien wie meiner zu helfen. »Wenn er dich geschlagen hat?«

Sie tritt einen Schritt zurück, bereit zu fliehen. Die Frage habe ich bisher noch nie gestellt, ich habe es nie gewagt. Ich habe wohl immer gefürchtet, dass es das Bild von Papa verändern würde, wenn ich die Wahrheit hören würde. Obwohl ich mit eigenen Augen sah, wie er sie schlug, habe ich mir immer einreden können, dass es nicht wirklich er war. Dass es nur ein Trugbild sei, hervorgebracht aus Zorn und Enttäuschung, und vielleicht, ja nur vielleicht, war es ja ebenso ihr Fehler wie seiner. Wenn sie einfach mehr so gewesen wären, wie er sie haben wollte, haben musste, dann wären auch sie sicher gewesen.

»Als ob mein ganzes Wesen ausgelöscht wird und nur der Abdruck seiner Hand zurückbleibt«, erklärt sie, ihre Stimme kaum mehr als ein leises Flüstern hinter dem Rauschen in meinen Ohren. »Ich gehörte ihm, war nicht mehr als das Gefäß für seine Rage.«

»Aber wie kannst du dann ohne ihn überleben?«, frage ich, ohne wirklich darüber nachzudenken. Ich weiß, dass Marin und Sonya der Boden unter den Füßen weggezogen worden war. Sie hatten gelernt, auf Krücken zu laufen, doch ein tiefeigenster Teil war ihnen durch Gewalt entzogen worden.

Ein Schatten huscht über ihre Augen, eine Andeutung eines weiteren, nie ausgesprochenen Geheimnisses. »Indem ich versuche zu vergessen.«

Das junge Mädchen eilt den Flur entlang, ihre Arme hängen schlaff herab. Ihre Kehle ist heiser, ihre Schreie wurden nicht gehört. Die Dunkelheit ist jetzt willkommen, denn sie versteckt die Sünden ihrer Seele. Es gibt nur leere Luft um sie und doch kann sie nicht atmen. Nach Atem ringend versucht sie sich an ihren Namen zu erinnern, aber selbst etwas so Einfaches und Grundlegendes entzieht sich ihr. Sie rüttelt an einer Tür und findet sie offen vor. Jede andere Tür war ihr verschlossen geblieben, hatte ihr die Zuflucht verweigert. Sie gleitet in das makellose Badezimmer, doch das Licht geht aus.

In kompletter Dunkelheit stolpert sie und schlägt sich den Kopf an. Sie fühlt Nässe in ihrem Gesicht und berührt die Stirn mit der Hand. Selbst in dunkelster Nacht kann sie das Blut an ihren Fingern erkennen. Sie schaltet das Licht ein, dreht das Wasser auf und wäscht sich rein. Mit einem Handtuch wischt sie die Stirn ab, um jede Spur der Wunde zu entfernen. Danach wirft sie das Handtuch in das Waschbecken und betrachtet mit distanzierter Faszination, wie das Blut langsam aus dem Handtuch gespült wird und seine Kreise um den Ausguss zieht, bis es aus dem Sichtfeld verschwindet. Als nur noch klares Wasser fließt, spritzt sie etwas davon in ihr Gesicht, bis sie sich im Spiegel erkennen kann.

Ich lasse Papas Hand los, ein Grauen kriecht über mein Rückgrat. Ich schlinge meine Arme eng um mich, um das Frösteln zu verjagen. Mir ist schwindelig. Eindrücke von Eric, Papa, Gia – die Geister der noch Lebenden – umkreisen mich. Ich merke, wie ich langsam den Halt verliere und abgleite, mein Körper beginnt zu zittern.

»He«, sagt Sonya sanft, ihre Hand auf meine gelegt. »Es ist alles in Ordnung.« Sie hält meine Hand fest in ihrer und zieht mich eng an sich. Zum ersten Mal in unserem Leben sind unsere Rollen vertauscht. Jetzt ist sie es, die mich hält, meine Hand in ihrer, die mich vor dem Abgleiten bewahrt. »Trisha, alles wird gut.«

Sonya ist die Schwester, die ich geliebt habe, weil ich keine andere Wahl hatte. Sie ist nach mir gekommen und folgte mir wie ein kleines Hündchen. Sie sah stets zu mir auf, ganz egal, was ich tat. All die kindische Grausamkeit, die man in dem Alter so zeigt, hat ihre Verehrung mir gegenüber nie getrübt. Egal, was ich machte, ich war immer ihr Vorbild. Ich frage mich jetzt, wie oft ich das wohl ausgenutzt habe. Ich weiß es schon nicht mehr. Irgendwann hatte ich ihre Verehrung einfach als gegeben hingenommen. Jetzt stelle ich auf einmal fest, dass all die Zeit, in der ich dachte, sie solle sich glücklich schätzen, mich zu haben, ich mich wohl auch hätte glücklich schätzen sollen.

»Wie kannst du das wissen?«, flüstere ich und glaube ihr nicht. Ich lehne meinen Kopf an ihre Schulter, das bisschen Stärke, das ich über die Jahre aufgebaut habe, entweicht. Mein Vater, auf den ich mich stets stützen konnte, liegt sterbend vor mir, während das kleine Mädchen, von dem ich dachte, dass es nicht einmal allein gehen kann, mich aufrecht hält.

»Ich weiß es«, beharrt sie. »Weil du der stärkste Mensch bist, den ich kenne.«

»Da liegst du falsch«, erkläre ich ihr, will ihr die rosarote Brille abnehmen. Ich mag das Bild nicht mehr, das sie von mir hat. Den Eindruck des perfekten Menschen. »Sieh mich an. Sieh *mich* an.« Meine Tränen fließen auf ihre Schulter. »Mir ist nichts mehr geblieben.«

»Du hast immer noch dich selbst.« Ihre Worte lassen keine Diskussion zu. »Du bist das Mädchen, das uns immer wieder zum Spiel zurückgeführt hat, ganz egal, wie schlimm es auch war. Du bist die Frau, die unsere Familie zusammenhält, egal, wie zerrissen sie ist.« Sie weicht einige Zentimeter zurück, um mir in die Augen blicken zu können. Auch ihre Augen sind voller Tränen. »Du bist die Schwester, die mich überzeugt hat, dass das Leben es wert ist, weitergelebt zu werden, auch wenn ich noch so oft hatte sterben wollen.«

Ich lasse ihre Hand los und lege meine Arme um sie, dankbarer, als Worte je ausdrücken können. Wir stehen eng beisammen und halten einander, zwei Teile eines Puzzles, das nie zusammengesetzt wurde. Aber zum ersten Mal sehe ich, was mir vorher nie klar war: Meine kleine Schwester verfügt über eine leuchtende Quelle der Kraft tief in ihrem Innern. Und aus dieser schöpfend, bietet sie mir ein Licht an, um dem Albtraum zu entkommen, aus dem ich einfach nicht aufwachen kann.

Sonya

Ich ziehe meine Joggingsachen an und stecke mir die Hörstöpsel ins Ohr. Es ist kurz nach sechs Uhr morgens. Nach meinem Gespräch mit Trisha brauchte ich etwas, wohin ich fliehen konnte, so weit weg wie nur möglich. Da ich nicht mehr wie früher einfach weglaufen kann, habe ich dies hier als Alternative gefunden.

Ich werfe meine Sachen in den Spind und mache einige Lockerungsübungen, ehe ich dann den Flur des Krankenhauses entlang auf den Ausgang zusteuere. Draußen ziehe ich begierig die frische Luft ein. Ich wähle einen Weg um das Krankenhaus herum, auf den immer noch vertrauten Campus der Universität zu. Ich fange langsam an, damit meine Muskeln sich aufwärmen können. Die Sonne geht eben erst auf und und hüllt alles in eine warme Decke.

Ich laufe einmal um den Campus, dann einmal quer durch. Die Gebäude, in denen ich zum Unterricht gegangen war, die vertrauten Wege, all das spricht zu mir auf eine Art, die ich nie für möglich gehalten hätte. Die Vertrautheit, die mich einst erstickt hat, wirkt jetzt einladend. Ich schüttele das Gefühl ab, will den Emotionen keine Macht lassen. Ich drehe die Musik lauter, um meine Gedanken zu übertönen, laufe dann noch eine halbe Stunde weiter, bis mein Körper mich um eine Pause anfleht. Schweiß strömt über mein Gesicht und befeuchtet mein Hemd, als ich den letzten Teil des Weges in langsamem

Joggingtempo laufe. Nach insgesamt knapp zwei Stunden komme ich wieder am Krankenhaus an.

Dort mache ich mich direkt zu den Duschen auf, lasse das heiße Wasser über meinen Körper sprudeln, bis meine verspannten Muskeln sich lockern. Die Ereignisse der letzten Tage, Gia, mein Gespräch mit David und nun Trisha – all das geht mir wieder durch den Kopf. Ich lehne die Stirn gegen die kühlen Fliesen und sehne mich danach, dass der Schmerz weichen möge, wie der Dampf, der um mich aufsteigt. Aber es ist ein kindischer Wunsch, eine Hoffnung, die nie wahr werden kann. Also akzeptiere ich die Realität und drehe das Wasser ab. In der leeren Umkleide ziehe ich mich an und streiche mein nasses Haar zurück, als ich heraustrete.

»Einen guten Lauf gehabt?«

Davids Stimme erschreckt mich. Ich hebe meinen Blick und sehe ihn in dem großen Ruhebereich stehen, der sich vor den beiden Umkleiden erstreckt. Er hat seinen weißen Kittel abgelegt und die Ärmel seines Hemdes bis über die Ellbogen hochgerollt. Seine Augen sehen müde aus, sein Gesicht besorgt.

»Tut mir leid, ich wollte dich nicht erschrecken«, sagt er, als er meine Reaktion bemerkt. »Ich habe dich vorhin loslaufen sehen und hatte gehofft, dich auf dem Rückweg zu treffen.«

»Verfolgst du mich etwa?«, frage ich. Härter, als es gemeint war.

»Ja«, antwortet er, ohne zu zögern, wobei ein leichtes Lächeln seine Lippen umspielt. »Jetzt kann ich es ja zugeben, ich spiele eigentlich nur den Arzt, in Wahrheit wurde ich hierher geschickt, um jeden deiner Schritte zu überwachen.« Er zwinkert mir kurz zu und fügt mit gesenkter Stimme hinzu: »Aber bitte, sag den Patienten nichts davon, das würde meinen guten Ruf ruinieren.«

Elegant zurechtgewiesen kann ich nicht anders, als mitzulächeln. »Keine Angst, ich werde dein Geheimnis gut hüten.«

»Sehr gut. Ich schulde dir was.« Er wendet sich der Kaffeemaschine zu und sieht nur einen Bodensatz alten Kaffee übrig. »Wenn ich einen neuen Topf aufsetze, trinkst du dann eine Tasse mit?«

Ich schüttele den Kopf. »Nein, ich muss nach Hause.«

»Verstehe.« Er dreht sich wieder zu mir um, ignoriert den Kaffee. Meinen Blick erwidernd, sagt er mit sanfter Stimme: »Ich hatte gehofft, dass ich mit dir reden kann. Daher das ganze Stalken und so.«

Ich spüre die vertraute Unsicherheit aufsteigen und mache mich in Richtung Tür auf. »Es gibt nichts, worüber wir reden müssten.«

Als ich an ihm vorbeikomme, streckt er die Hand aus und legt sie mir behutsam auf den Arm. »Wegen dem, was du letztens gesagt hast. Können wir da bitte drüber reden?« Er zieht mich sachte zu sich und senkt den Kopf, um mich direkt anzusehen. »Warum wünschst du dir, dass dein Vater tot wäre?«

»Das spielt keine Rolle«, entgegne ich und entziehe mich seinem Griff. Die Wärme seiner Berührung bleibt noch bestehen. Ohne nachzudenken reibe ich über die Stelle, versuche das Kribbeln abzuwischen. Seine Augen folgen meiner Bewegung, fragend verengt. »Du würdest das nicht verstehen.«

»Versuch es doch.«

»Nein«, schreie ich fast. Ich muss hier weg. Der Sauerstoff scheint aus dem Raum zu verschwinden, ich ringe nach Luft. »Du hast alles, was man sich nur wünschen kann«, sage ich, zeige auf den Raum um uns herum. »Dein Leben ist schön.«

Er lacht, es hört sich hohl an. »Was für eine Rolle spielt das denn?« Er schüttelt verwirrt den Kopf. »Du bist mir wichtig.«

»Lass es«, flehe ich, »lass mich und mein Leben!« Ich halte inne, überlege, wie ich mehr erklären kann, ohne zu viel zu verraten. »Bitte, lass mich einfach ziehen.« Ich gehe und blicke nicht zurück. Aber ich weiß sicher, dass er mir nicht folgt.

Marin

Seit der Festnahme sind Tage vergangen. Gia kommt eigentlich nicht mehr aus ihrem Zimmer, isst nur etwas, wenn sie es ihr direkt vorsetzen, und duscht alle paar Tage einmal. Sie weigert sich immer noch, mit ihnen zu sprechen. Selbst Raj bleibt ausgeschlossen. Gias Verzweiflung treibt sie von allen fort, die ihr einst nahe waren. Marin ist versucht, einfach reinzugehen und die Bettdecke fortzureißen, ihrer Tochter zu befehlen, aufzustehen und sich wieder in die Welt der Lebenden einzufügen, aber sie hält sich zurück. Sie will Gia fünf Tage gönnen, um alles zu verarbeiten, ehe sie wieder zur Schule und in ihr Leben zurückkehren muss. Fünf Tage scheinen ihr großzügig, mehr als nötig. Raj hatte darauf bestanden. Eine volle Woche, um den Mann zu betrauern, der sie immer wieder verprügelt hat.

Am letzten Tag von Gias selbst auferlegtem Exil sitzt Marin an ihrem Schreibtisch und arbeitet, als der Anruf kommt. Sie hat keinen Schlaf gefunden. Statt sich im Bett zu wälzen, hat sie sich daher in die Arbeit gestürzt. Wenn ihr Körper eine Pause braucht, legt sie sich im Büro auf das Sofa und schließt die Augen für ein paar Minuten. Aber fast sofort kommen wieder die Gedanken an Gia, bringen ihr Herz zum wilden Schlagen und das Adrenalin verjagt jede Erschöpfung, sodass sie doch wieder zur Arbeit zurückkehrt, um eine Panikattacke zu vermeiden.

»Ja?«, antwortet Marin direkt nach dem ersten Klingeln, ohne auf die Anrufer-ID geachtet zu haben.

Der Polizist am anderen Ende der Leitung fragt, wann er vorbeischauen könne, um Gia ein paar Fragen zu stellen. Jederzeit, gibt Marin zurück. Sie einigen sich darauf, dass er nach dem Mittagessen kommt. Marin lehnt sich in ihrem Bürosessel zurück und starrt auf den flackernden Computerbildschirm. Der blaue Schimmer des Monitors erzeugt einen Widerschein auf ihrem Schreibtisch. Der Gedanke an Adam im Gefängnis gibt Marin ein Gefühl der Sicherheit, eine Aufgabe, die vollständig zu Ende gebracht wurde.

»Raj?« Sie verlässt ihr Büro, sucht nach ihm. Schließlich findet sie ihn in seinem eigenen Büro, am anderen Ende des Hauses. Sie tritt ein und schließt die Tür hinter sich. »Nachher kommt ein Polizist vorbei, der Gia einige Fragen stellen will.«

»Welche Art von Fragen?«, will Raj wissen.

Er hat die letzten Tage wieder und wieder versucht, mit Marin unter vier Augen darüber zu reden, was eigentlich genau geschehen ist. Wie es dazu gekommen war, dass Adam schließlich in der Schule festgenommen und Gia ins Krankenhaus eingeliefert wurde. Marin war ihm jedes Mal ausgewichen, hatte seine Fragen schnell und vage beantwortet. Immer, wenn er auf Antworten drängte, hatte sie dagegengehalten und ihn gefragt, warum es denn wichtig sei, solange alles gut ausgegangen war. Raj hatte schließlich aufgegeben. Seitdem war eine Stille zwischen sie getreten, die sie noch mehr voneinander trennt, als es früher schon gewesen war.

»Ich weiß es nicht, Raj«, gibt sie bissig zurück, ihr Schlafmangel raubt ihr jegliche Geduld. »Ich kann auch nicht hellsehen.«

»Und doch scheinst du immer alle Antworten zu haben«, murmelt Raj, der hinter seinen Tisch zurückkehrt, ohne weiter auf sie zu achten.

»Was soll das denn bedeuten?«

»Nichts. Ich bin nur überrascht, dass du mich diesmal vorher informierst. Ist ungewöhnlich für dich.«

»Wenn das deine Art ist, mir dafür zu danken, deine Tochter vor dem schlagenden Jungen gerettet zu haben, dann gern geschehen.« Marin stürmt die Treppe zu Gias Zimmer hoch, immer zwei Stufen gleichzeitig nehmend. Dort schlägt sie die Tür auf und schaltet das Licht ein, mit mehr Gewalt gegen den Lichtschalter als eigentlich nötig. »Steh auf!«, befiehlt sie, während sie ihrer Tochter die Bettdecke wegzieht, wie sie es schon vor Tagen machen wollte.

»Was?«

Gias Haare sind zerzaust, die braunen und goldenen Strähnen verfilzt. Ihr Gesicht ist vom Weinen aufgequollen, sie hat sichtbar abgenommen. Ihre Augen sind ausdruckslos, suchen, ohne etwas zu finden. Marin, die vom Zustand ihrer Tochter erschrocken ist, hält inne und fragt sich, wie sie jetzt am besten vorgehen soll. Aber die jahrelange Konditionierung ergreift wieder Besitz von ihr, sie fällt in alte Muster zurück.

»Nachher kommt ein Polizist, um dir einige Fragen zu stellen.« Marin zieht Gias Schubladen auf und sucht ein akzeptables Oberteil und dazu passende Jeans raus. Dann geht sie in das angrenzende Badezimmer und dreht das warme Wasser in der Dusche auf. »Du musst dich anziehen.«

»Ich will mit niemandem reden«, sagt Gia, die sich zurückfallen lässt und die Bettdecke wieder über den Kopf zieht. »Lass mich allein!«

Die Worte ärgern Marin. In ihrem übermüdeten Zustand schafft sie es nicht mehr, sich zu beherrschen. Sie zieht die Bettdecke wieder fort und befiehlt mit erhobener Stimme: »Steh sofort auf!« Jedes Wort spricht sie langsam und präzise aus und lässt damit keine Diskussion zu. »Reize mich bloß nicht.«

»Wieso?«, fragt Gia, die trotzig die Beine aus dem Bett streckt. »Willst du mich wieder schlagen?«

»Ich habe mich dafür schon entschuldigt«, erklärt Marin, die ihrer Tochter nicht die Genugtuung lassen will, sie zu provozieren. »Du musst ordentlich aussehen, wenn die Polizei kommt.«

»Was spielt es denn für eine Rolle, was die denken?«, fährt Gia fort, die unbedingt provozieren will. »Oder kommt es dir nur darauf an, was andere Menschen denken?«

Marin hat Gia bisher noch nicht damit konfrontiert, was diese über die Kindheit ihrer Mutter weiß. Die Angst davor, was sie hören könnte, hat sie davon abgehalten. »Pass auf, wie du mit mir sprichst«, sagt sie stattdessen. Sie tritt einen Schritt näher, wohlwissend, dass ihr Schritt auch als Bedrohung wahrgenommen werden kann. »Was immer du zu wissen glaubst, was auch immer sich dein kleines Teenager-Gehirn zusammengesponnen hat, es ist nicht mehr als eine Lüge. Es gibt nichts zu wissen. Ich muss nicht vorgeben, etwas zu sein, was ich nicht bin. Alles, was ich bin, alles, was ich dir biete, kommt durch meine harte Arbeit. Du kannst mir später dafür danken.« Damit geht sie ruhig zum Bad und drückt die Tür auf. »Los jetzt!«

Gia schiebt sich an Marin vorbei ins Bad und schließt die Tür hinter sich. Wie angewurzelt lauscht Marin darauf, ob ihre Tochter auch wirklich duschen geht. Sobald sie die Geräusche hört, verlässt sie zufrieden das Zimmer, um sich auf das Treffen vorzubereiten.

* * *

»Vielen Dank, dass Sie es so kurzfristig einrichten konnten.« Der Polizist, der sich als Greg vorgestellt hat, sitzt auf dem Sofa im Wohnzimmer.

»Wir tun alles, was wir können, damit der Fall schneller vorangeht«, sagt Marin, die auf einem der Sessel sitzt. Sie vermeidet dabei, Rajs scharfem Blick zu begegnen. »Was ist denn der nächste Schritt?«

»Wir brauchen ein Statement von Gia über alles, was passiert ist. Ganz vom Anfang bis zum letzten Vorfall.«

Er ist noch jung. Wenn Marin schätzen müsste, würde sie sagen, dass er es eben erst zur Kriminalpolizei geschafft hat. Sie fragt sich, ob Fälle häuslicher Gewalt gegen Teenager eher hoch oder tief auf der Karriereleiter stehen. Vielleicht werden sie ja gezielt den Anfängern zugespielt, als Vorbereitung auf Fälle mit echter Gewalt – auch wenn die häusliche Gewalt für die Familien ja nicht weniger ernst und real ist als jede andere Form.

»Es gab keine Vorfälle«, erklärt Gia und schaut auf ihre Hände. »Ich will nicht, dass Adam ins Gefängnis muss.«

»Das ist aber nicht, was wir vorliegen haben«, entgegnet Greg mit einem Seitenblick auf Marin.

»Dann sind Sie falsch informiert«, sagt Gia mit einer Entschlossenheit in der Stimme, die Marin überrascht. Unter anderen Umständen wäre sie vielleicht sogar stolz auf ihre Tochter gewesen, aber in dieser Situation heizt ihre Sturheit nur weiter Marins glimmenden Zorn an.

»Antworte ihm, Gia!«, befiehlt Marin schroff und überrascht damit alle im Raum.

»Warum antwortest du nicht einfach?«, gibt Gia zurück. Sie hat die Niederlage wohl bereits akzeptiert und zieht sich jetzt auf das Einzige zurück, was ihr verbleibt – Trotz.

Greg holt einen Umschlag aus der Tasche und zieht einige Bilder hervor. Er legt sie eins nach dem anderen auf den Tisch und wendet sich Gia zu. »Fotos deiner Verletzungen. Du erinnerst dich daran, wie sie aufgenommen wurden?«

»Ja«, murmelt Gia. Der Anblick der Bilder ist ihr sichtbar unangenehm. Raj versteift sich neben ihr, sein Gesicht ist angespannt.

»Und diese?« Greg legt weitere Fotos aus, jene, die Marins Privatdetektiv aufgenommen hatte. Dutzende Bilder von Adam und Gia vor seinem Haus, jedes mit Datum und Zeit versehen. »Du erkennst dich auf diesen Bildern wieder?« Gia nickt. Greg nimmt noch einige Bilder raus und legt sie vor Gia. »Diese wurden am

Abend vor der Festnahme aufgenommen, von euch beiden zusammen.« Er zieht die letzten Fotos hervor, es widerstrebt ihm, sie vor Gia hinzulegen. »Hier sind Aufnahmen davon, wie er dich schlägt.«

Raj nimmt Gia die Fotos aus der Hand, geht sie durch, zuckt zusammen, wo immer Adam Gia schlägt. Er schluckt schwer und hält die Tränen zurück. Er legt die Fotos wieder ab und will sich schon abwenden, als ihm Datum und Zeit der Fotos auffallen. »Wer hat diese Fotos gemacht?«, fordert er zu wissen, seinen Blick fest auf den Polizisten gerichtet.

»Ein Privatdetektiv«, erklärt Greg, der offensichtlich nicht mitbekommt, was sich zusammenbraut.

»Die Polizei hat einen Privatdetektiv angestellt?«, fragt Raj.

»Nein, er hat nicht für uns gearbeitet.«

»Raj, ich glaube, wir sollten uns lieber darauf konzentrieren, was die nächsten Schritte für unsere Tochter sind«, unterbricht Marin. Sie sammelt die Bilder zu einem Stapel zusammen und reicht sie dem Polizisten. »Brauchen Sie eine offizielle Stellungnahme von Gia?«

»Ja.« Greg wendet sich wieder Gia zu. »Dieser junge Mann hat dich geschlagen, dafür haben wir schon ausreichend Beweise. Wenn es zur Verhandlung kommt, wirst du als Zeugin vorgeladen werden.«

»Was meinen Sie damit, wenn es zu einer Verhandlung kommt? Er wird doch wohl ins Gefängnis kommen, dafür, was er Gia angetan hat«, unterbricht Marin erneut. Es kann nicht sein, dass all ihre Mühe umsonst gewesen sein soll.

»Sein Anwalt wird ihm wahrscheinlich dazu raten, sich schuldig zu bekennen. Da es sein erstes Vergehen ist, wird er wohl nur zu einem Bußgeld und einigen Sozialstunden verurteilt werden«, erklärt Greg vorsichtig.

»Er muss also nicht ins Gefängnis?« Die Erleichterung steht Gia ins Gesicht geschrieben. »Und er kommt wieder zurück in die Schule?«

»Meiner Erfahrung nach wird er wohl nicht mehr in dieselbe Schule gehen. Der Staatsanwalt wird vermutlich eine Verfügung beantragen, dass er sich dir nicht mehr nähern darf«, erklärt Greg. »Das ist zumindest das normale Vorgehen in Fällen häuslicher Gewalt.«

»Also wird er nicht mehr in die Nähe unserer Tochter kommen?«, fragt Raj.

»Das ist der Zweck des Ganzen.« Der Polizist betrachtet Gia sorgfältig. »Egal, was auch passiert, diese Sache wird für immer in seinen Akten stehen. In seinem Leben dürfte sich so einiges ändern.« Greg blickt zu Marin, versucht ihr Zuversicht zu geben.

»Und was, wenn er trotzdem wieder zu mir kommt?«, fragt Gia weiter.

»Dann kommt er ins Gefängnis.«

Gia lässt den Kopf in die Hände fallen. »Aber er hat doch gar nichts gemacht.« Ihre Stimme fleht zu niemand Bestimmtem und allen zugleich. »Er wollte mir doch nicht wehtun. Es war nicht sein Fehler.«

Das ist nur zu deinem Besten. Brent stand über Marin. Er war so groß, sie fühlte sich so klein. Sie nickte schließlich, sie hatte keine andere Wahl. Es war ihr Fehler, er hatte dafür gesorgt, dass sie das wusste. Wenn sie nur klüger gewesen wäre, hübscher, fleißiger. Bestnoten in allen Fächern waren nicht genug, warum hatte sie keine Auszeichnungen für ihre Prüfungen bekommen? Warum hatte sie nur eine Auszeichnung, wo ihr Klassenkamerad doch zwei bekommen hat? *Es ist dein Fehler. Alles ist dein Fehler.* Die Worte immer und immer wieder in ihrem Kopf, schlagen schmerzender auf sie ein, als seine Fäuste es je könnten.

»Es ist aber nicht das erste Mal«, bringt Marin vor Wut gepresst hervor. Alle schweigen überrascht. Marin versucht, Gia die Augen zu öffnen. »Auch vor dir hat er schon andere

Mädchen geschlagen. Sie zu seinem Spielzeug gemacht, das er rumschubsen kann, wie er will. Waren diese anderen Mädchen auch alle selbst schuld? Glaubst du das?«

»Woher weißt du das?«, fragt Raj leise, den Blick fest auf sie gerichtet.

Marin hebt ihr Kinn, nicht gewillt, sich für etwas zu verstecken oder zu entschuldigen, was ihrer Tochter das Leben gerettet hat. »Ich habe einen Privatdetektiv beauftragt. Er hat Nachforschungen zu Adams Vergangenheit angestellt und mir diese Informationen gegeben.«

Raj nickt, von Enttäuschung niedergeschlagen. »Ohne mir etwas davon zu sagen.« Er reibt sich den Nacken mit der Handfläche. »War das eine öffentlich verfügbare Information?«

»Nein«, gibt Marin zu. »Es war eine geschlossene Jugendakte.«

Gia blickt von ihrem Vater zu ihrer Mutter. »Du warst das?«, fragt sie vorwurfsvoll und nimmt den Stapel Fotos auf. »Du hast mir nachspioniert?« Sie steht auf und wirft die Fotos zu Boden, sodass sie sich durch den ganzen Raum verteilen. »Weißt du eigentlich, was du getan hast?« Die Tränen fließen ihr die Wangen hinab. »Ich war ein Niemand, bis Adam kam und mich auserwählt hat. Die perfekte Schule, das perfekte Leben, das du für mich geschaffen hast? Ich hasse es. Adam …« Sie schluckt, versucht die Worte hervorzubringen. »Nur durch ihn bin ich beliebt geworden. Jetzt mögen mich alle, nur wegen ihm bin ich jemand. Und jetzt …« Gia wischt die Tränen fort. »Jetzt hassen sie mich alle. Sie hassen mich, Mom. Bist du jetzt glücklich? Hast du jetzt endlich, was du willst?«

»Nichts davon habe ich je gewollt«, erklärt Marin und steht auf, um ihre Tochter anzusehen. »Ich habe nur getan, was das Beste für dich ist. Weißt du eigentlich, was dir hätte passieren können? Du warst dabei, dein Leben zu zerstören. Ich habe dich gerettet.«

»Nein, das hast du nicht. Du hast mir alles weggenommen und ich hasse dich dafür. Ich hasse dich so sehr.« Sie kann nicht mehr ertragen, dreht sich auf der Stelle um, eilt die Treppe hoch und schlägt die Zimmertür hinter sich zu.

* * *

Marin betrachtet ihr Bild im Badezimmerspiegel. Sie erkennt die Frau nicht mehr, die sie dort sieht. Erschöpft von den Ereignissen des Tages klammert sie sich am Waschbecken fest. Gia hat sich in ihrem Zimmer versteckt. Als Marin zu ihr gehen wollte, kam Raj heraus und wies sie leise an, ihre Tochter allein zu lassen. Ohne ein weiteres Wort hatte er sie dort stehen lassen, sie konnte ihm nur nachstarren.

Marin kann hören, wie er sich für die Nacht bereit macht. Sie reibt Lotion auf ihre trockenen Hände und tritt aus dem Bad zu ihm, ermattet durch das ständige Schweigen. »Wir müssen darüber sprechen, wie wir Gia am Montag wieder in die Schule bringen«, sagt Marin, während sie den Bademantel abstreift, unter dem sie einen Pyjama aus Satin trägt.

»Meinst du wirklich, dass das jetzt wichtig ist?«, fragt Raj herausfordernd. Er legt das Buch beiseite, das er eben noch im Bett gelesen hat, und wendet sich Marin zu. »Die Schule?«

»Was denn sonst?« Marin gleitet unter die Bettdecke, froh darüber, dass ihr übergroßes Bett eine gewisse Distanz zwischen ihnen erlaubt. »Wir hatten eine Woche Auszeit ausgemacht.«

»Das war, bevor sie wusste, was ihre Mutter ihr angetan hat«, sagt Raj. Die Distanz zwischen ihnen scheint ihm nicht zu reichen, er steigt aus dem Bett und lässt Marin allein liegen, während er im Zimmer auf und ab geht. »Bevor du sie hintergangen hast.«

Marin hatte einst gehört, wie Brent Trisha erklärt hatte, dass in Amerika nur die Besten vorankommen. Nur die Klügsten überleben, alle anderen werden ohne Rücksicht zurückgelassen. Marin wird ihre Tochter nicht zurücklassen. »Was hättest du denn getan?« Marin fragt betont langsam, betrachtet ihren Mann über die Distanz des Bettes hinweg. Ihr Gesicht scheint festgefroren, eine Maske ohne die geringsten Risse. »Sie weiter ertrinken lassen?«

»Du hättest es mit mir absprechen müssen«, braust Raj auf, seine Verärgerung mit jedem Wort hörbar. »Sie ist auch meine Tochter!«

Marin lacht auf, als sie seinen Zorn endlich versteht. »Es geht also nicht darum, was ich gemacht habe, sondern nur darum, dass du nicht selbst auf die Idee gekommen bist.« Die Worte ihres Vaters irren durch den Raum, jene, die sie immer zu hören bekam, wenn sie nicht die bestmögliche Note mit nach Hause brachte: *Alles ist ein Wettstreit. Du bist nur die Beste, wenn du besser als alle anderen bist.* »Du kannst meine Belohnung haben. Ich brauche sie nicht. Aber steh nicht da und tu so, also ob du entrüstet wärst. Ich habe sie gerettet!«

»Wer bist du eigentlich?«, fragt Raj und betrachtet Marin entsetzt. »Meinst du wirklich, das ist ein Wettstreit? Wer den ersten Preis bekommt?« Er seufzt auf, ein Laut von tiefer Leere gefüllt. »Ich spreche davon, dass unsere Tochter uns vertrauen soll. Uns Glauben schenken soll. Sie war angeschlagen und du hast sie nur noch mehr verletzt.«

Marin ist das Gespräch leid, akzeptiert, dass sie an unterschiedlichen Enden der Schlucht stehen und es keinen Weg gibt, die Kluft zu überbrücken. Sie steht auf und streift sich ihren Bademantel über. »Ich schlafe im Gästezimmer.«

»Das ist deine Antwort?« Raj verstellt ihr den Weg aus dem Schlafzimmer.

»Geh mir aus dem Weg!« Marin zwingt sich dazu, langsam vorzugehen, tief durchzuatmen. In all den Jahren ihrer Ehe hat sie noch nie Angst vor Raj gehabt. Hatte ihm nie zugetraut, sich so zu verhalten wie ihr Vater. Aber jetzt, in der Hitze des Streits, spürt sie einen Hauch der alten Angst und hasst sich selbst dafür. »Sofort!«

»Nicht, ehe wir das Gespräch beendet haben.« Er erkennt die Panik nicht, die von ihr Besitz ergreift, oder den Grund dafür, und bleibt daher stehen, wo er ist. »Du schuldest mir eine Erklärung.«

»Nein, tue ich nicht. Ich schulde dir gar nichts.« Marin greift nach der Tür, bereit, sie gegen ihn zu schlagen, wenn nötig. »Ich muss schlafen, damit ich klar denken kann. Ich habe zu lange meine Arbeit vernachlässigt, um mich um unsere Tochter zu kümmern. Wenn du helfen willst, dann hilf: Sorg dafür, dass sie morgen alle Hausaufgaben macht, die sich in der letzten Woche angesammelt haben!« Damit zieht sie die Tür auf und überlässt es ihm, ob er ihr Platz macht oder die Tür abbekommt. Er tritt beiseite und sieht ihr nach, während sie davongeht.

Sonya

Ich gehe weiter zur Arbeit, bin jeden Tag pünktlich, bleibe noch stundenlang, nachdem meine Schicht eigentlich schon zu Ende ist. Die Patienten kennen mich inzwischen. Die jüngeren, die nach ihrer Chemotherapie gierig nach jeglicher Ablenkung schnappen, kennen meinen Namen und fragen nach mir. Ich verbringe auch die meiste Zeit bei ihnen, erkläre ihnen die Feinheiten der Fotografie, biete ihnen eine Möglichkeit, für kurze Zeit ihrem Alltag zu entfliehen.

Seit unserem letzten emotionsgeladenen Treffen gehen David und ich in den Fluren direkt aneinander vorbei, halten nicht mehr wie früher an, um uns kurz zu unterhalten, oder um zusammen eine Kleinigkeit zu essen. Ich hatte das schon erwartet und eigentlich ja auch selbst herbeigeführt, aber trotzdem schmerzt es mehr, als ich gedacht hätte. Ich gehe erhobenen Kopfes an ihm vorbei, will ihm nicht die Genugtuung geben, mich ausweichen zu sehen. Ich rede gerade mit der Krankenschwester über einen der jungen Patienten, als David vorbeikommt. Selbst durch den überfüllten Saal bemerken wir einander sofort.

»Dr. Ford?«, ruft die Krankenschwester ihm zu. »Kann ich einen Augenblick stören?«

»Natürlich«, antwortet er mit einem freundlichen Lächeln, legt eine Krankenakte im Schwesternzimmer ab und kommt zu uns.

Wir nicken einander kurz zu, dann fragt die Schwester ihn verschiedene Sachen über einen Patienten. Die ganze Zeit kann ich seine Augen auf mir spüren, weiß, dass er mich beobachtet, während er ruhig alle ihre Fragen beantwortet. Die Schwester scheint nichts von der offensichtlichen Spannung mitzubekommen und dankt ihm für seine Zeit.

»Sonya, hast du vielleicht noch eine Minute? Es gibt da ein paar Ideen des Vorstands, die ich gern mit dir besprechen würde«, sagt David zu meiner Überraschung.

Ich bin mir sicher, dass es nur eine Ausrede ist. Aber es würde komisch aussehen, wenn ich jetzt ablehne. »Aber natürlich.«

Er wirft einen Blick auf seine Uhr. »Ich habe jetzt noch einen Patienten, können wir uns vielleicht in fünfzehn Minuten in meinem Büro treffen?« Er schenkt der Krankenschwester ein freundliches Lächeln. »Dann könnt ihr beide auch noch das Gespräch beenden, das ich so grob unterbrochen habe.«

»Aber ich habe Sie doch gerufen«, protestiert die Krankenschwester, die ihm jedes Wort abkauft. Ich muss mir verkneifen, mit den Augen zu rollen. Das wäre jetzt doch vielleicht etwas zu kindisch. »Vielen Dank, Herr Doktor.«

»Also, in einer Viertelstunde, Sonya?«, fragt er nach und lässt mir keine Gelegenheit zu widersprechen.

»Wir sehen uns dann.«

Ich bin vor ihm an seinem Büro. Als ich anklopfe, antwortet niemand, also warte ich vor der Tür, wandere den Flur auf und ab. Ich muss mir in Erinnerung rufen, dass er mich zu nichts zwingen kann, dass er keine Kontrolle über mich hat, ganz egal, wie viel ich ihm schon verraten habe.

»Wenn du so weitermachst, musst du für die Abnutzung des Bodens bezahlen«, scherzt er, als er den Flur entlang auf mich zukommt. »Wie geht es dir?«, fragt er, als er bei mir ankommt.

»Sehr gut. Was wolltest du besprechen?« Ich ärgere mich, dass er es geschafft hat, mich zu manipulieren. Eigentlich wäre ich zu diesem Treffen am liebsten gar nicht aufgetaucht, aber das hätte auch nicht viel geändert. Früher oder später würden wir ja doch miteinander reden müssen, also besser, es hinter uns zu bringen.

»Vielleicht sollten wir lieber in mein Büro gehen.« Er schließt die Tür auf und bedeutet mir, einzutreten.

»Sag es einfach«, fordere ich, ohne mich zu bewegen. Ich höre, wie sich eine andere Tür im Gang öffnet und senke die Stimme ein wenig.

»Ist es dir wirklich lieber, wenn wir das hier im Flur besprechen?«, fragt er, während sein Blick nach meinem sucht. »Wo jeder zuhört?«

»Nun schön.« Ich verschränke meine Arme und stakse in sein Büro, meine Körpersprache als letzten Schutz. »Was wolltest du also besprechen?«

»Wie geht es dir?«, fragt er noch einmal, während er die Tür hinter mir schließt.

»Wie schon gesagt, sehr gut.« Ich bin inzwischen zu verärgert, um noch höflich zu bleiben. »Also, worum geht es?«

»Ich würde dich gern zum Essen einladen«, sagt er und mustert mich dabei.

Ich hatte viel erwartet, aber nicht das. Vielleicht Abscheu oder auch Mitleid, aber nicht das. »Du meinst, als Verabredung?«

»Ja.«

Ich will lachen, aber das könnte ihn doch beleidigen. »Nein.«

»Nein, ich frage nicht nach einer Verabredung, oder nein, du willst nicht mit mir essen gehen?«, fragt er, die Augenbrauen neugierig angehoben.

»Beides. Du warst doch auch dabei, als ich dich gebeten habe, es sein zu lassen, oder? Als ich dich gebeten habe, meinen Vater sterben zu lassen?« Ich zucke mit den Schultern. »Ich war mir ziemlich sicher, dass du das warst.«

»Ja, war ich. Außer, wenn du noch mit anderen Ärzten hier Zeit auf dem Dach des Krankenhauses verbringst.«

Er neckt mich. Wenn die Situation nicht so lächerlich wäre, müsste ich fast lächeln. »Was willst du denn dann bezwecken?« Ich rede mir selbst ein, dass mir die Antwort egal ist, dass ich sie eigentlich gar nicht hören will, und doch warte ich gespannt darauf.

Sein Blick wird abwesend. »Ich kann nicht anders, ich muss ständig an dich denken. Du gehst mir einfach nicht aus dem Kopf.« Er zieht eine Grimasse. »Ich habe dich vermisst. Nicht gut für meine Patienten, wenn ich ständig an dich denke. Aber ich weiß, du brauchst Zeit.« Er reibt sich den Nacken, ein deutliches Zeichen für Stress bei ihm, wie ich inzwischen herausgefunden habe. »Mit all dem, was vor sich geht … Mit Gia und deinem …« Er unterbricht sich noch rechtzeitig. »Wie geht es ihr?«

»Sie hat sich verkrochen.« Das war zumindest, was ich heute Morgen von Mom gehört habe. Sie ruft Marin mindestens dreimal am Tag an und ist immer wieder bei ihnen, um nach ihrer Enkelin zu sehen. »Versteckt sich vor sich selbst und der Welt, würde ich mal schätzen. Sie werden wohl bald die Anklage erheben.«

»Gut.«

Die Kampfeslust schwindet aus mir. Resigniert lasse ich die Arme sinken und lehne mich gegen seinen Schreibtisch. »Stört es dich denn gar nicht, dass ich mir wünsche, dass mein Vater stirbt?«

»Ich versuche, zu verstehen.« Er tritt einen Schritt näher. »Erzähl mir, warum. Erzähl mir von dir. Warum du und deine Familie jeden Tag hierherkommen, um den Mann zu sehen, den du so hasst.«

»Bei Spaghetti und Knoblauchbrot?«, scherze ich.

»Rede einfach mit mir.« Er greift nach mir, bis uns nur noch Zentimeter trennen. Seine Handfläche schmiegt sich um meinen Kopf, gibt mir aber Gelegenheit zurückzuweichen. Er wartet auf eine Antwort, sein Blick fest in meine Augen gerichtet. »Du bist so wunderschön«, flüstert er. Ich schüttele den Kopf, aber seine Lippen liegen schon auf meinen. Sie fühlen sich sanft und behutsam an, wie alles, was ich nicht haben kann. Ich hebe meine Hand, will ihn fortschieben, aber er verschränkt seine Finger in meinen, hält meine Hand zwischen uns wie ein zartes Kind. Als der Kuss intensiver wird, kann ich ein leises Aufstöhnen nicht verhindern. Ich erwidere den Kuss, zu erschöpft, um weiter vor ihm und meinen Gefühlen davonzulaufen. Meine andere Hand legt sich um seinen Rücken und greift seinen weißen Kittel.

Seine Küsse wandern über meine Wange, dann meinen Hals hinab. Er zieht mich enger an sich als sonst jemand zuvor, seine Hand streichelt meinen Rücken, bleibt an der Hüfte liegen. Mein Kopf fällt zur Seite, seine Berührung drückt mich eng an ihn. Ich greife mit einer Hand in seine Haare, während er sanft mein Hemd aus der Hose zieht und meine blanke Haut berührt. Seine Hand streicht langsam meinen Rücken hinauf und unter meinen BH, sodass sein Daumen meine Brust streicheln kann.

»David«, murmele ich, ein so tiefer Laut, dass ich nicht weiß, ob ich es wirklich laut ausgesprochen habe.

»Gib uns eine Chance«, flüstert er in mein Ohr. Seine Lippen finden meine erneut, noch behutsamer, wir beide halten uns so eng, wie wir nur können.

Seine Worte bringen mich wieder in die Realität zurück. Ich schiebe ihn von mir und richte meine Kleidung, vermeide dabei, seinem Blick zu begegnen. »Ich kann nicht«, versuche ich zu erklären, flehe ihn an, mich zu verstehen.

»Aber warum?« Er will wieder nach mir greifen, aber ich weiche ihm aus und trete ans andere Ende des Büros.

»Du kennst mich nicht.« Ich befehle mir selbst, die Sache hier und jetzt zu beenden. Weil, wenn ich ehrlich bin, habe ich mich in den letzten Wochen stets nach den Augenblicken mit ihm zusammen gesehnt, und ich kann mir solch eine Schwäche nicht erlauben. »Es könnte nie funktionieren.« Das ist gelogen und wir wissen es beide. Wann immer wir hier zusammen im Krankenhaus zu Abend gegessen haben, ist die Zeit nur so dahingeflogen. Selbst jegliches Schweigen zwischen uns war angenehm.

»Ich weiß, dass du eine Fotografin mit unglaublichem Talent bist«, sagt er, ohne auf mein Argument einzugehen. »Ich weiß, dass du Kinder zum Lachen bringen kannst, auch wenn sie noch so sehr in ihrer Krankheit verloren sind.« Er geht wieder einen Schritt auf mich zu, streckt die Hand aus, um mein Haar zu berühren. Ich weiche wieder zurück, entferne mich aus seiner Reichweite. Fast, als ob wir Schach spielen würden, nur ohne König. »Ich weiß, dass deine Mutter sich gesorgt hat, dass du vielleicht nie wieder nach Hause kommst, aber ich bin verdammt froh, dass du es doch getan hast.«

Manche Dinge im Leben lösen eine Kette von Ereignissen aus, die alles verändert. Die einzelnen Schritte bemerkt man dabei gar nicht, oder zumindest kaum. Nur im Nachhinein sieht man das ganze Bild und fragt sich, wie man es hatte übersehen können. Als ich David das erste Mal getroffen habe, hat sich die gegenseitige Anziehung schon in unseren Augen gezeigt. Durch die mit ihm verbrachte Zeit hat sich dieses Gefühl nur noch verstärkt. Aber es kann nicht mehr daraus werden als eine kurzzeitige Ablenkung. Eine weitere Niederlage von jemandem, der nie gelernt hat zu gewinnen.

»Wenn ein Patient zu dir kommt und Symptome von Krebs zeigt, was machst du dann?«, frage ich, um verzweifelt irgendwie zu ihm vorzudringen. »Du führst Tests durch, oder?«

Seine Verwirrung über den plötzlichen Themenwechsel ist offensichtlich, aber er spielt mit. »Ja, natürlich. Zuerst ein kompletter Überblick über die Patientengeschichte, dann Bluttests, vielleicht weitere Untersuchungen, je nach Ergebnis.«

»Und sobald die Diagnose steht?« Er muss mich einfach verstehen. Es ist das erste Mal, dass mir wirklich daran liegt. »Dann bestimmst du, wie weit der Krebs fortgeschritten ist?«

»Ja.« Sein Blick hält meinem stand, ohne auszuweichen. »Wir hoffen natürlich, dass es noch ein Frühstadium ist, damit der Patient eine gute Chance hat. Aber wir bekommen natürlich auch Patienten in späteren Stadien.«

»Kannst du sie heilen?« Ich habe wirklich versucht, besser zu werden. Habe alles gemacht, was möglich war. Habe Bücher zu dem Thema durchgelesen, war bei Therapeuten. Aber wie eine Lawine begraben die Erinnerungen mich, ohne Hoffnung auf überleben. »Jene, die im Spätstadium zu dir kommen?«

»Wir versuchen es und hoffen das Beste, aber nein, nicht alle.« Er ist geduldig, wartet auf die Erklärung.

»Und was erzählst du ihnen?« Eine Therapeutin hat mich einst als zerbrochen bezeichnet. Sie meinte, die Lösung wäre, mich wieder zusammenzusetzen. Da fragte ich sie, wie das denn gehen soll, wenn mein Vater Teile von mir genommen und nie wieder zurückgegeben hat.

»Ich rate ihnen, den Rest ihres Lebens zu genießen, so gut sie noch können.«

Die Möglichkeit klingt verlockend. Einfach zu akzeptieren, dass nichts je so sein wird, wie man es sich vorgestellt hat. Dass man nie wirklich alles unter Kontrolle hat, egal, wie sehr man es sich einredet. »Wenn wir beide miteinander ausgehen würden, dann hätten wir ein paar nette Verabredungen zum Essen, würden ins Kino gehen. Ich würde über deine Witze lachen und du würdest mir zuhören, wie ich von meinen Reisen erzähle.«

»Hört sich normal an, sogar gut.« Er holt tief Luft, seine Frustration ist deutlich zu erkennen. »Ich weiß aber leider immer noch nicht, was du mir damit sagen willst.«

»Wir werden vielleicht Gefühle füreinander entwickeln.« Wie in einem Tagtraum sehe ich uns in inniger Umarmung vor mir. Sehe uns unser Leben teilen, unsere Leidenschaften. Sehe, wie wir einander vertrauen und immer füreinander da sind. »Ich könnte mich sogar in dich verlieben.«

Er beobachtet mich leise. »Und ich würde mich vielleicht in dich verlieben.«

Tränen steigen in mir auf, doch ich weine nicht, schon seit Jahren nicht mehr. Meine Hände zittern, ich fühle mich auf einmal sehr alt. »Aber das wäre ein Fehler. Weil, wie bei deinen Patienten mit Krebs im Spätstadium gibt es auch für mich keine Hoffnung. Ich habe keine Zukunft, zumindest keine, die du mit mir teilen wollen würdest.«

»Warum lässt du mich das nicht einfach selbst entscheiden?«

»Weil ich zerbrochen bin und nicht mehr zusammengesetzt werden kann.« Ich sehe Trisha vor mir, wie sie auf ihrem Sofa sitzt und nach mir greift. Verloren auf einem Ozean, auf dem der Sturm immer naht. »Wenn ich deine Einladung zum Essen annehmen würde, dann würde das zwangsläufig dazu führen, dass ich wieder weglaufe. Und das kann ich nicht, nicht jetzt. Nicht, ehe mein Vater gestorben ist.«

»Darum geht es also. Du hast Angst vor dem ersten Schritt, weil es auch immer einen letzten Schritt geben muss?« Er schlägt mit der Hand auf seinen Schreibtisch. »Das hört sich nach einer Ausrede an. Kompletter Unsinn.« Er nimmt meine Hand, hält sie fest, auch als ich sie wegziehen will. »Ich bin kein Romantiker. Das verträgt sich wohl nicht mit meinem Beruf.« Er massiert meine Handfläche mit seinem Daumen. »Aber als ich dich das erste Mal gesehen habe …« Er gibt meine Hand frei und fährt sich wieder durch die Haare.

»Was war da?«, frage ich, obwohl ich weiß, dass jede weitere Frage einer Selbstkasteiung gleicht. Mich nach dem Ende des Satzes zu sehnen, obwohl meine Entscheidung bereits getroffen ist. Ich bin mir sicher, dass ich schon weiß, was er sagen wird. Er hat etwas verspürt, als wir uns die Hand gegeben haben, hat gemerkt, dass wir beide mehr wollten. Manchmal, wenn man Glück hat, trifft man einen fremden Menschen, der genau das Teil bei sich trägt, was einem selbst fehlt. »Du hast etwas gespürt?«

»Nein.« Er hält meinem Blick stand. »Ich habe mehr gesehen.« Er wirft einen Seitenblick auf die geschlossene Tür. »Während meines Medizinstudiums war ich von den Wissenschaften fasziniert. Jede Aktion führt zu einer Reaktion. Das Blut muss einem bestimmten Kreislauf folgen, das Gehirn ist so unglaublich leistungsfähig, dass selbst die modernsten Computer nicht mithalten können. Ich war mir sicher, dass es eine Antwort auf jede Frage gibt, dass die Wissenschaft alle Antworten bereithält.« Er hält inne, seine Augen abwesend in der Erinnerung.

»Was ist dann geschehen?«

»Dann habe ich angefangen, mit Patienten zu arbeiten. Echte Menschen mit echten Problemen. Und auf einmal hat A nicht mehr so elegant zu B geführt. Zwei plus zwei war selten vier. Echte Körper funktionieren nicht so wie in wissenschaftlichen Experimenten.« Er holt tief Luft. »Ich musste anfangen, nicht nur die Krankheit zu behandeln, sondern den Menschen. Das war vielleicht das Schwerste, was ich in meinem Leben lernen musste.«

»Nicht viele Ärzte machen sich solche Gedanken«, erkläre ich, während seine Worte mich in einen Bann ziehen.

»Ganz so außergewöhnlich bin ich auch nicht.« Wie immer lässt er jeden bewundernden Kommentar abgleiten. »Ich habe mehr falsch gemacht, als ich zugeben will.« Er lächelt, als ob er um Verständnis bittet. »Aber zumindest habe ich gelernt, dass man seine Patienten kennen muss, verstehen muss, was sie erzählen, über die Krankheit hinaus.«

»Und wie?«

»Man erkennt es an ihrem Verhalten, ihrem Erscheinungsbild. An den Menschen, mit denen sie sich umgeben. Alles zusammen gibt einen Eindruck, ob sie ihre Krankheit überleben können. Oder nicht.« Seine Stimme wird härter. »Einige von ihnen werden eingeliefert und man sieht direkt, dass nichts sie unterkriegen kann. Bewundernswert. Man sollte von ihnen lernen, die Krankheit nur als Randerscheinung sehen. Diese Menschen können den Kampf gegen alles und jeden aufnehmen und werden es auch. Und sie werden gewinnen.«

»Und bei unserem ersten Treffen?«

»Habe ich eine solche Gewinnerin gesehen.«

Gleich nach unserer Geburt hat mein Vater uns eingeordnet: Marin war unsere *Dohd-dai*, was in etwa so viel bedeutet wie jemand, der in allem herausragende Leistungen bringt. Trisha war die *Mathajee*, eine Göttin auf Erden. Ich war *Bewakoof*, die Dumme. Wenn man jahrelang so genannt wird, glaubt man es irgendwann. Wenn jemand nur überzeugt genug davon ist, glaubt man ihm, dass er weiß, wovon er spricht. Vor allem, wenn es sich um den Menschen handelt, dem Gott dich anvertraut hat.

»Dann musst du dich geirrt haben«, erkläre ich. David schüttelt den Kopf, scheint sich seiner Sache sicher. »Ich bin kein Gewinner. Könnte ich gar nicht sein.« Ich gehe zur Tür und ziehe sie auf.

»Warum?«

»Um ein Gewinner zu sein, braucht man etwas, wofür man kämpfen kann.« Wie eine Schlange, die aufgeschreckt wird, zischen die Worte meines Vaters wieder durch meinen Kopf, füllen meine leere Seele. »Und ich habe nichts.«

Ich verlasse das Krankenhaus sofort und fahre stundenlang durch die Stadt. Von Palo Alto nach Los Altos, vorbei an Marins Haus, dann an Trishas. Ich halte nicht an, will mich nur daran erinnern, wer hier wohnt und welche Erinnerungen uns verbinden. Von dort aus passiere ich meine frühere Highschool, fahre in Kreisen durch die Bay Area. Meine Heimatstadt war noch nie ein Ort, der wirklich mir gehörte, aber andererseits kann ich das auch von keinem anderen Ort sagen. Das Einzige, was wirklich mir gehört und was immer bei mir bleiben wird, sind die unsichtbaren Narben meiner Kindheit.

Die Erinnerungen fluten in den Wagen und meinen Kopf. Ich spüre das Kribbeln in meinem Bauch, das Verlangen in meiner Seele. Ich schüttele den Kopf, schalte das Radio ein, drehe es laut genug auf, um alle Erinnerungen zu verdrängen. Aber es reicht doch nicht. Nichts war je stark genug. Davids Gesicht erscheint vor mir, wie eine Vision, die mich ruft, aber ich kann nicht folgen. Ich werde es nicht. Er kann mich nicht retten. Er ist zu rein, zu gut für jemanden wie mich.

Ich sehe die Schilder für die Ausfahrt zur 280 und schneide zwei Fahrspuren, um sie zu erreichen. Das wütende Hupen der Wagen hinter mir ignoriere ich dabei. Ich gebe Gas, in meiner Verzweiflung, um vor den Dämonen zu fliehen, die mich stets begleiten. Mein Herz schlägt schneller, so schnell, dass ich fürchte, es könnte zerspringen. Immergrüne Landschaft zieht an mir vorbei, aber ich habe kein Auge für die Schönheit der Umgebung. Auch wenn dieser Abschnitt der Straße von vielen als schönste Fernstraße der Vereinigten Staaten bezeichnet wird. Ich kann immer noch Davids Kuss auf meinen Lippen spüren, die Wärme seiner Arme, die mich umschließen. In dem Augenblick schlug mein Herz im gleichen Takt wie seins. Als er mich als Gewinnerin bezeichnet hat, wollte ich ihm glauben, wollte, dass seine Einschätzung wahr ist und die meines Vaters eine Lüge. Aber meine Vergangenheit verhindert solche Freiheiten. Wer ich wirklich bin, ist eine ständige Erinnerung daran, wer ich nie sein kann.

Auf dem Weg nach San Francisco fahre ich an der Bucht vorbei, die Van Ness Avenue hinab. Ich komme nach Pacific Heights. Als ich noch in Stanford studierte, war ich oft hier unterwegs. Wir streiften durch die Stadt, ich und meine

Freundinnen, auf der Suche nach dem besten Thai-Restaurant, und das in einer Stadt, die Hunderte davon zur Auswahl bietet. Irgendwie landeten wir dann doch immer wieder in dieser berühmten Gegend, bewunderten die viktorianischen Herrenhäuser und die Aussicht auf die Golden Gate Bridge und die Bucht. Meine Freundinnen stritten dann immer zum Spaß, wer von uns zuerst hier in diesem Nobelviertel ein Haus kaufen würde, sobald wir unseren Abschluss hatten und anfingen, Karriere zu machen. Ich blieb bei diesen Neckereien immer still. Mein sechster Sinn sagte mir wohl, dass ich die Letzte sein würde, die überhaupt irgendwo etwas kaufen oder sich auch nur niederlassen würde.

Jetzt passiere ich diese prestigeträchtige Gegend, ohne anzuhalten oder die prächtige historische Architektur zu bewundern. Ich fahre weiter, bis die luxuriösen Villen in verbarrikadierte und mit Graffiti besprühte Behausungen übergehen. Hier finde ich, was ich gesucht habe, parke den Wagen in eine freie Lücke, stelle die Räder schräg und ziehe die Handbremse an, damit er nicht den Hügel hinabrollt. Dann trete ich in die dunkle Kaschemme. Der Geruch nach billigem Bier hüllt mich sofort ein und wäscht alle Erinnerungen an David und seine Berührung fort.

»Was soll's sein?«, fragt der Barkeeper, als ich mich an der Bar niederlasse. Einer seiner Schneidezähne fehlt, Dreck sammelt sich unter seinen Fingernägeln.

»Einen Whiskey und dann den nächsten«, sage ich, ziehe meine Kreditkarte raus und schiebe sie ihm hin. Ich sehe mich im Raum um, meine Augen passen sich endlich an die düstere Umgebung an. Die billigen Fensterabdeckungen lassen nur einen Schimmer Tageslicht in den Raum dringen. Der Tag ist sonnig, ungewöhnlich für San Francisco, der sonst so typische Nebel hat sich heute schon früh verzogen.

Der Barkeeper stellt ein gefülltes Glas vor mir ab und die Flasche daneben. Ich stürze den Alkohol runter, genieße das

Brennen, als die bittere Flüssigkeit meine Kehle herabrinnt. Ich fülle das Glas wieder, der Knoten in meiner Magengegend löst sich endlich. Meine Hand kribbelt, die Hand, die David gehalten hat, als er mich küsste. Ich reibe kräftig, versuche die Erinnerung abzuschrubben.

»Ich glaube nicht, dass ich dich hier schon mal gesehen habe«, sagt ein Mann zu meiner Linken.

Mein erster Instinkt rät mir zu tun, was ich immer tue, ihn abzuweisen. Keine Chance, dass ich mit ihm schlafen würde. Aber meine Reflexe sind außer Kraft, noch zu sehr mit den Erinnerungen an David beschäftigt. »Mein erstes Mal.«

»Ich bin Chris.« Er setzt sich neben mich. Im dämmrigen Licht würde ich ihn am ehesten für einen Bauarbeiter halten. »Ich nehme das Gleiche wie sie«, lässt er den Barkeeper wissen. »Und wer bist du?«

»Niemand«, antworte ich und kippe das zweite Glas runter.

»Nett, dich kennenzulernen, Niemand.« Er kippt seinen ersten Whiskey runter. »Kommst du aus der Gegend?«

»Nein.« Ich schließe die Augen, höre Davids Worte in meinem Ohr, spüre seine Berührung. Es ist das erste Mal, dass die Erinnerung an einen anderen Mann stärker ist als die an meinen Vater. »Und du?«

»Wohne hier um die Ecke. Komme gerade vom Bau.« Er zeigt auf den Schutzhelm auf dem Stuhl neben sich. Also hatte ich richtig geschätzt. »Ist es nicht etwas früh, so viel zu trinken?«, fragt er und nickt in Richtung der Flasche. »Ist was passiert?«

»Sind wir hier, um traurige Geschichten auszutauschen?«, frage ich und blicke ihn herausfordernd an.

»Nicht zwingend«, antwortet er und hält meinem Blick stand. »Wollte nur Konversation betreiben.«

»Ich bin nicht die Richtige für Konversation«, sage ich und erinnere mich an all die Stunden, die David und ich einfach nur geredet haben. Die Gedanken an ihn überschwemmen mich,

ich hasse mich dafür, dass ich haben will, was ich nie haben kann. Das Kribbeln an meiner Wirbelsäule setzt wieder ein, zieht sich meinen Rücken hinauf wie eine Rasierklinge, die Blut sehen will. Übelkeit überkommt mich, als der Alkohol sich in meinem nüchternen Magen breitmacht. Zu spät fällt mir ein, dass ich mal wieder vergessen habe, zu Mittag zu essen. Ich schaue mich um, ohne zu wissen, wonach.

»Geht es dir gut?«, fragt Chris und unterbricht damit meine Gedanken.

»Hast du Pornos?«, frage ich, während der Alkohol es in meinen Ohren rauschen lässt. Ich schließe die Augen und versuche mich an die letzten Geschichten zu erinnern, die ich gelesen habe.

»Ist das eine Fangfrage?«

»Die Art, in denen ...« Ich verstumme, ich kann die Worte nicht laut aussprechen. Ich schlucke, verängstigt, so vollkommen von Angst erfüllt. Aber ich kann mich nirgendwo verstecken. »In denen Frauen wehgetan wird?«

»Nein.« Er starrt mich an und ich erkenne den gleichen Blick, den ich immer in den Augen meines Vaters gesehen habe – Abscheu. »Habe ich nicht.«

»Schon in Ordnung.« Ich stolpere aus der Bar und in meinen Wagen. Dort rolle ich mich auf dem Rücksitz wie ein Kind zusammen und lasse die Tränen endlich fließen, bis das Schluchzen meinen Körper zerreißt, bis nichts mehr von mir übrig ist als der Eindruck meines Vaters.

Ranee

In der letzten Zeit ist so viel in ihren Leben geschehen, dass sie kaum noch Zeit fanden, sich als Familie zu versammeln. Dass sie es jetzt wieder schaffen, ist für Ranee schon fast ein Grund zum Feiern, wäre da nicht der Anlass für das Treffen. Trisha hat das Haus in unterschiedliche Abschnitte unterteilt und jedem von ihnen Aufgaben zugewiesen. Sie haben den ganzen Tag für das Packen der Kisten eingeplant, die Möbelpacker werden später alles abholen.

»Die Kisten sind hier drüben«, sagt Trisha und zeigt auf einen Stapel. »Das Klebeband dort hinten.« Sie trägt eine Trainingshose und ein T-Shirt, das Haar zu einem Pferdeschwanz gebunden. Für Ranee sieht sie damit wie ein Teenager aus, der sich als erwachsen ausgibt. »Los geht's, Leute!«, ruft Trisha und klatscht in die Hände.

»Was sollen wir packen?«, fragt Sonya, die ähnlich gekleidet ist wie ihre Schwester. Sie sieht sich im Raum um, die Hände in die Hüften gestützt. »Also, wie wissen wir, was dir gehört und was Eric?«

»Es ist alles beschriftet«, verkündet Marin, die einen Stapel Bücher aus dem Regal zieht. Auf jedem klebt ein Zettel mit Trishas Namen. »Jedes einzelne Teil.«

»Man muss die Arbeit ja nicht schwerer machen, als sie ist«, scheint sich Trisha gegen jede unausgesprochene andere Meinung zu verteidigen. »Ich würde es echt hassen, etwas von Erics

Sachen mitzunehmen.« Als sie seinen Namen erwähnt, verzieht sich ihr Gesicht, ihr Mund wird zu einem dünnen Strich. Nur Ranee fällt der subtile Übergang auf, nur sie sieht die Trauer, die einen Augenblick auf dem Gesicht ihrer Tochter liegt, ehe diese sie wieder überspielt. »Je schneller wir fertig sind, desto besser.«

Trisha hatte Ranee vor einigen Tagen angerufen und ihr erzählt, dass die Scheidung eingereicht wurde. Ranee hatte schockiert nach Antworten verlangt, aber Trisha wollte nicht mehr sagen, als dass es so zum Besten sei. Sie fragte, ob ihre Mutter ihr helfen könnte, einige Sachen einzupacken. Ranee stimmte nicht nur zu, sondern verpflichtete auch sofort Sonya und Marin, ihnen zu helfen.

»Es gibt aber nicht wirklich viele Sachen mit deinem Namen dran«, bemerkt Sonya, die vor dem Musikregal steht und nur einige wenige CDs mit Trishas Namen darauf findet. »Alles andere gehört ihm?« Sie nickt zu dem vollen Regal.

»Ich habe sie gekauft, aber erst nach der Hochzeit«, erklärt Trisha vage, ohne jemanden dabei anzusehen. »Die Sachen wurden mit seinem Geld bezahlt, also gehören sie ihm.«

Es wird still, als alle innehalten und sie ansehen. Marin bricht als Erste das Schweigen, als sie näher zu Trisha tritt. »Soll das heißen, dass Eric alles behalten will, was nach der Hochzeit gekauft wurde?« Marin schüttelt den Kopf. Binnen Sekunden verwandelt sie sich wieder in die leitende Wirtschaftsmanagerin, die sie sonst auch ist, schätzt die Situation ein, unglücklich mit dem Ergebnis. »Lass mich ein paar Anrufe machen, wir suchen dir einen besseren Anwalt für die Scheidung.«

»Das war meine Entscheidung, nicht seine.« Trisha hebt endlich den Blick, um ihre Schwester anzusehen. »Er wollte großzügigen Unterhalt zahlen, alles teilen. Ich habe abgelehnt.«

Ranee schließt die Augen und betet zu den Göttern. »Aber warum, Trisha?« Ranee ringt mit den Händen. »Wovon willst du leben?«

»Es wird schon gehen«, beharrt Trisha. Sie füllt eine Kiste mit Schuhen und klebt sie zu. »Ich werde mir eine Arbeit suchen.«

Keine von ihnen sagt etwas, aber alle sind sich bewusst, dass Trisha schon seit Jahren nicht mehr gearbeitet hat. Schweigend packen sie weiter. Es geht schneller, als sie gedacht hatten, da die meisten Sachen erst nach der Hochzeit gekauft worden waren. Ranee sieht ihren drei Töchtern zu, sieht die Frauen, zu denen sie herangewachsen sind, und auch die Frauen, die sie sein könnten. Sie stellt sich vor, wie ein Seiltänzer über eine tiefe Schlucht balanciert, verzweifelt das andere Ende zu erreichen versucht, voller Angst, ob er es schaffen kann.

»Er wollte die Scheidung?«, fragt Ranee, während sie sich eine Minute auf dem Sofa ausruht. Die Zeit ist im Flug vergangen, jede von ihnen hat die ihr zugewiesene Aufgabe konzentriert ausgeführt. Ranee gießt allen ein Glas Eistee ein, zieht ausnahmsweise das kühle Getränk ihrem geliebten Chai vor. »Nur wegen Kindern?«

Trisha wendet sich mit einem Blick um, der Ranee signalisiert, das Thema fallen zu lassen. »Es hat einfach nicht geklappt«, sagt sie milde. Ihre Stimme hebt sich in einem hoffnungslosen Versuch, die Wahrheit zu vertuschen. »Jeden Tag scheitern Ehen.«

»Aber auch ohne Grund?«, wendet Marin ein, beteiligt sich am Gespräch. Sie hat gerade eine Kiste gepackt und mit »Teller und Geschirr« beschriftet. Das Porzellan, ein Hochzeitsgeschenk, steht weiter unberührt im Schrank. »Ihr beide schient euch immer so gut zu ergänzen.«

Ranee hatte Marin nicht den wahren Grund verraten, warum Trisha und Eric sich getrennt hatten. Mit den ganzen Problemen um Gia hatte Marin schon genug, worum sie sich kümmern musste. Aber es war schwer, ihrer ältesten Tochter die Wahrheit vorzuenthalten. Ranee kam es fast so vor, als ob sie schon wieder das nächste Geheimnis hinzufügen würde.

»Wir wollten unterschiedliche Dinge«, antwortet Trisha kühl. Um das Thema nicht vertiefen zu müssen, lenkt sie ab: »Wie geht es Gia?« Der Übergang ist abrupt und jeder bekommt es mit. »Sie geht wieder zur Schule?«

Gia ist jetzt schon seit einer Woche wieder in der Schule. Ranee war am ersten Morgen vorbeigekommen und hatte zugesehen, wie Marin und Raj ungelenk durch den alltäglichen Morgenablauf gehastet waren. Ranee hörte zu, wie Raj über das Wetter redete und dabei Marin gezielt ignorierte, als diese erneut Gias Rucksack überprüfte, um sicherzustellen, dass die Hausaufgaben alle in den richtigen Ordnern abgeheftet waren. Gia umarmte Ranee zum Abschied flüchtig, dann fuhr Raj sie zur Schule. Marin ging sofort zur Arbeit zurück, sodass Ranee nichts anderes übrig blieb, als nach Hause zu fahren. Am Nachmittag hatte sie noch einmal angerufen, um zu erfahren, wie Gias erster Tag gelaufen war, aber Marin hatte nur kühl zurückgegeben, dass alles in Ordnung sei und dass Gia in ihrem Zimmer lernen würde.

»Ja«, antwortet Marin, die jetzt alle Augen auf sich spürt. »Sie dankt dir auch noch für den Präsentkorb.«

»Du hast ihr einen Präsentkorb geschickt?«, fragt Sonya und kann sich das Grinsen kaum verkneifen. »Ernsthaft?«

»Ich fand es passend«, erklärt Trisha und verteidigt sich mit einem Schulterzucken.

»Was war denn drin?«, bohrt Sonya weiter und legt das Klebeband und die Schere beiseite.

»CDs, ein paar Bücher, glaube ich«, sagt Trisha und denkt nach. »Und etwas Kakao und Körperpflegeprodukte und so.«

»Genau, was sie braucht«, scherzt Sonya. »Lecker duftende Seife.« Sie kann das Lachen nicht zurückhalten, so grotesk ist die Situation.

Ranee setzt an, um Sonya zurechtzuweisen, ihr zu sagen, dass der Gedanke zählt, als Trisha plötzlich mit ins Lachen einfällt. Zuerst nur ein leichtes Kichern, fast wie aus Verlegenheit, aber schon bald liegen beide vor Lachen am Boden. Marin schaut schockiert zu, kann aber nicht lange ernst bleiben, so ansteckend ist das Lachen.

Einen Augenblick lang sind sie alle drei wieder Kinder, lachen zusammen, wie sie es spät in der Nacht zu tun pflegten, verbunden durch ein Band des Schmerzes, das niemand außer ihnen versteht. Die bewusste Entscheidung zu lachen, nicht zu weinen, zu überleben, nicht aufzugeben. Es gibt keine Vergangenheit und keine Zukunft, nur die Gegenwart. Während Ranee ihnen zusieht wünscht sie sich, diesen Augenblick für immer festzuhalten. Diese Vertrautheit, in der sie sich daran erinnern, zusammen zu lachen, selbst Freude in den traurigsten Situationen zu finden. Aber kein Augenblick währt ewig. Gerade, als Ranee zu hoffen beginnt, dass sie alle ihre Verbundenheit zueinander wiederfinden, dass es vielleicht doch noch einen Weg geben kann, all die Fehler der Vergangenheit gutzumachen, gleitet Trishas Lachen in einen hässlichen, bitteren Ton ab. Als ob sie sich daran erinnert, wie die Sicherheit ihres Lebens in Scherben um sie liegt, hört sie spontan auf und schüttelt den Kopf in offensichtlichem Abscheu.

»Ich hätte wohl erst fragen sollen, was ein Mädchen wie Gia wirklich will«, sagt Trisha.

»Was willst du damit sagen?«, fordert Marin, die ebenso plötzlich aufhört zu lachen.

»Wieso bloß hat sie dir nicht gesagt, was mit ihr geschieht?«, fragt Trisha. »Schwer vorstellbar.« Sie stapelt eine Kiste auf eine andere. »Meinst du nicht?«

Marin geht langsam auf Trisha zu, ohne den Blick abzuwenden. »Du willst gar nicht wissen, was ich jetzt gerade denke.«

»Gia ist ein Teenager«, unterbricht Ranee und tritt zwischen die beiden. »Was Teenager machen, ergibt nicht immer einen Sinn.«

»Ich glaube nur …«, setzt Trisha an, wird aber von Marin unterbrochen.

»Ich denke, meine Tochter geht dich nichts an«, fährt sie Trisha hitzig an, ohne auf Ranees Versuche der Vermittlung einzugehen. »Ich hoffe du verstehst, dass ich etwas zögere, Erziehungstipps von jemand anzunehmen, der selbst keine Kinder hat.« Sie steht kampfbereit vor Trisha, die Hände in die Hüften gestemmt. Plötzlich hat sie eine Eingebung. »Ist das der Grund, warum Eric weg ist? Weil du keine Kinder kriegen kannst?«

»Ich wollte keine«, erwidert Trisha langsam und in giftigem Ton. »War wohl eine gute Idee, was? Wenn man bedenkt, wie viel Erfolg die Frauen in unserer Familie als Mütter haben.«

»Alles, was meine Tochter hat, verdankt sie mir«, wirft Marin ihr entgegen.

»Einschließlich der Prellungen?«, gibt Trisha zurück. Die Worte sind nur geflüstert, so leise, dass Ranee sich nicht sicher ist, ob sonst noch jemand sie gehört hat. Aber Marin hat es offenbar mitbekommen, denn sie greift ihre Handtasche und geht mit festem Schritt zur Tür.

»Viel Glück mit deinem Umzug«, sagt Marin auf dem Weg nach draußen.

Ranee will sie zurückrufen, ihre Tochter bitten, alles zu überdenken, ehe es zu spät ist, aber sie bekommt kein Wort heraus. Sie kann nichts anderes machen, als ihrer Familie dabei zuzusehen, wie diese sich von innen heraus zerfleischt. Bis nichts außer Scherben von dem übrig bleibt, was hätte sein können. Gerade, als Ranee sich abwenden und das Unausweichliche akzeptieren will, eilt Trisha zur Tür und hält ihre Schwester auf.

»Marin«, sagt sie, mit zerknirschtem Gesicht. »Es tut mir leid. Das war nicht nett von mir.« Sie legt ihre Hand auf das Holz und ballt sie zu einer Faust. »Ich liebe Gia. Ich liebe dich. Ich habe nur zurzeit selbst ziemliche Probleme.« Sie tritt vor, steif, die Zurückweisung fürchtend. Als Marin sie nicht wegstößt, legt Trisha ihr die Arme um die Schultern und zieht ihre Schwester in einer Umarmung an sich. Sie stehen einige Sekunden schweigend, ehe Marin sich aus der Umarmung löst. Dann öffnet sie die Tür, tritt hinaus und schließt sie leise hinter sich.

* * *

Ranee geht durch das dunkle Haus, lässt ihre Hand über das polierte Holz und die exquisiten Möbel gleiten. Zu dritt hatten sie den Rest der Umzugsvorbereitungen schweigend erledigt und dann zusammen eine einfache Mahlzeit gegessen, Sakh aus Kartoffeln mit Naan. Keine von ihnen wollte ansprechen, was zwischen Trisha und Marin vorgefallen war, sie bevorzugten eine vorgespielte heile Welt dem erneuten Streit. Mit all den Problemen, die sie ohnehin schon hatten, tat ein wenig selektiver Gedächtnisschwund ganz gut. Sonya ist bald danach aufgebrochen.

Ranee und Trisha haben noch die Reste vom Essen aufgeräumt. Da Trisha Eloise entlassen hatte, kurz nachdem Eric ausgezogen war, mussten sie das Geschirr selbst spülen. Als die Küche wieder glänzend rein war, murmelte Trisha, dass sie sich kurz hinlegen wolle. Ranee nickte nur und sah ihrer Tochter nach, wie diese erschöpft die Treppe zu ihrem Schlafzimmer hochschlich. Ranee hatte sich entschieden, noch nicht zu gehen. Ihr Verlangen, bei Trisha zu sein, war stärker als ihr Wunsch, in die Sicherheit ihres eigenen Heims fliehen zu können.

Als die Nacht anbricht und den Raum in Dunkelheit hüllt, lässt sich Ranee auf einem Sessel im Wohnzimmer nieder. Ihr Blick schweift über die Einrichtung, die ihre Tochter ausgewählt hat. Schlicht, aber elegant, ein Statement, wie weit sie es gebracht hat, seitdem sie ihr bescheidenes Elternhaus verlassen hat. Ranee muss zugeben, dass sie selbst sich nicht mit

Dekoration auskennt. Sie hatte nie einen Sinn darin gesehen, ein Haus hübsch auszustatten, das eher Gefängnis denn Heim war. Trisha geht es da ganz offensichtlich anders, sie hat das Beste aus ihrem Haus gemacht. Ihr Haus wurde für sie zur Erfüllung ihrer Träume, zu dem Ort, an dem sie die Realität zwang, ihrer Version eines glücklichen Lebens zu folgen.

Und doch hatte sie dabei das eine zurückgewiesen, was sie wirklich hätte weiterbringen können – ein Kind. Ranee sieht die Ironie nur zu deutlich. Ihre Kinder hatten sie an den Mann gebunden, den sie hatte heiraten müssen, während Trishas Weigerung, Kinder zu haben, sie den Mann kostete, den sie wirklich liebte. In der ohrenbetäubenden Stille meint Ranee, von oben Trishas leises Schluchzen zu hören. Ihr Weinen um das Traumschloss, das um sie zusammengebrochen ist. Sie hatte sich ihre Version der Wahrheit so sehr eingeredet, dass sie nie gemerkt hatte, dass ihr Schloss auf einer Lüge aufgebaut und zum Einsturz verdammt war.

Als Brent ihr in einem Moment der Schwäche die ganze Wahrheit anvertraut hatte, wäre Ranee beinahe gestorben. Auch jetzt fühlt sie sich noch schuldig, dass ihr Herz bei seinen Worten nicht aufgehört hatte zu schlagen. Sein Geständnis war etwas, das keine Mutter je hören sollte, etwas, das sie in die Knie zwingt und in Tränenfluten untergehen lässt, während sie sich fragt, wie sie nur so vollkommen hatte versagen können.

Brent hatte ihr das Geständnis nicht mit seinen leisen Worten zugeflüstert, um Wiedergutmachung zu leisten oder um endlich Gerechtigkeit geschehen zu lassen. Nein, es ging ihm nur darum, sein Gewissen zu erleichtern. Denn bei all den Sünden, die er begangen hatte, war dies die eine, die er nicht mit auf die andere Seite nehmen wollte. Er war schon damals nicht mehr bei bester Gesundheit gewesen, ahnte, dass etwas nicht in Ordnung war. Fragte sich selbst laut, ob sein Ende nahte. Als Ranee zustimmte, dass es gut sein kann, hatte er den Kopf hängen gelassen, die Armlehnen seines Sessels eng umfasst und Ranee eine Sünde gestanden, von der sie bis dahin noch nichts gewusst hatte. Als er fertig war, lehnte er den Kopf zurück und schloss seine Augen. Ranee verließ das Haus und kam erst viele Stunden später wieder.

Seitdem hatte sie die Worte immer wieder geübt und sich das perfekte Szenario ausgemalt, um Trisha in das Geheimnis einzuweihen, das niemand kannte. Aber der Zeitpunkt war nie richtig; keine Kombination der Worte konnte das ausdrücken, was sie sagen wollte. Vielleicht war jetzt endlich die Zeit gekommen. Ohne große Planung, ohne Vorbereitung, vielleicht ist es an der Zeit, einfach nur das zuzugeben, was Trisha hören muss. Es ist ihr Recht, alles zu erfahren.

Helden werden nicht geboren oder geschaffen. Sie entstehen von einem Moment auf den anderen. Wenn etwas oder jemand von dir fordert, mehr zu sein, als du eigentlich bist, wenn du deine eigenen Bedürfnisse hintanstellst und für jemand anderen kämpfst, egal, was es kosten wird. Die Vergangenheit, das Leben im Alltag, es wird alles irrelevant. Alles, was noch eine Rolle spielt, ist jener Augenblick, wenn das Ticken der Uhr die Wellen des Ozeans übertönt, die sich an den Felsen brechen, wenn die Zeit nicht stillsteht, sich aber verlangsamt, und jede Sekunde länger dauert als die vorangehende. Das ist der Moment, an dem die Entscheidung das Einzige wird, was man noch sehen oder hören kann. Wenn einem die Wahl aus der Hand genommen wird und das Schicksal eingreift. Wenn das eigene Leben nicht länger das eigene ist, sondern mit dem eines anderen verschmilzt, sodass jeder vom anderen abhängig ist, nur so überleben und erblühen kann.

Ranee steht auf und geht auf die Treppe zu, will eine Stufe nach der anderen nehmen, doch ihr Mut versagt. Heute ist nicht dieser Tag. Ranee ist nicht zum Helden oder Retter geboren. Sie ist nicht bereit und weiß nicht, ob sie es je sein wird.

Sie weiß, dass Trisha ihr Leben selbst entworfen hat, Ranee aber den Stift besitzt, mit dem Trisha die Linien neu ziehen könnte. Aber Ranee ist zu zaghaft, ihr die Wahrheit zu offenbaren. Stattdessen geht sie zur Tür und folgt dem Weg, den ihre beiden Töchter zuvor beschrieben haben. Die Tür schließt sich und lässt Trisha allein zurück.

Marin

Brent hatte darauf bestanden, dass Marin auf der Highschool Hauswirtschaftslehre belegt. Er meinte, zusammen mit Mathematik und Biologie würde das ihren Lebenslauf ideal abrunden. Marin hatte keine Einwände dagegen. Als Erstes lernten sie, Rührei zu machen, eine völlig neue Erfahrung für Marin. Dazu gab es Toast und Marmelade. Ihr normales Frühstück bisher hatte aus Roti mit eingelegten Kurkumawurzeln bestanden, das amerikanische Frühstück war also etwas ganz anderes. Marin verschlang das Essen geradezu, genoss den einzigartigen Geschmack. Als sie hinterher aufräumten, plauderten sie noch entspannt untereinander.

»Wenn du irgendeine Frucht sein könntest, was wärst du dann?«, fragte eins der Mädchen in die Runde.

»Ein Apfel, weil jeder Äpfel liebt«, rief ein anderes Mädchen zurück.

»Eine Tomate«, sagte einer der Jungs. »Weil die Frage blöd ist.«

»Nun, genau genommen ist eine Tomate ja eine Frucht, also danke fürs Mitmachen«, gab das Mädchen zurück, das die Frage gestellt hatte.

Einer nach dem anderen nannte eine Frucht. Als Marin an der Reihe war, murmelte sie nur: »Trauben.« Eine Erklärung gab sie nicht. Dann kam ein Mädchen an die Reihe, das die Ananas wählte. Das ließ Marin aufhorchen, sie war neugierig, warum. »Weil sie außen stachelig ist und man sie nicht leicht zerlegen kann. Aber wenn man es erst einmal zur Frucht selbst geschafft hat, war es all die Mühe wert«, erklärte das Mädchen. »Man sollte nie glauben, was man von außen sieht.«

* * *

Marin isst allein an ihrem Schreibtisch. Seit Gia wieder in die Schule geht, haben Marin und Raj kaum miteinander gesprochen. Der Staatsanwalt, dem Adams Fall zugewiesen wurde, hält sie über alle Entwicklungen informiert, aber die Gerichte haben so viele Fälle vorliegen, dass sich alles nur sehr schleppend bewegt. Marin muss sich immer beherrschen, ihr kann es nicht schnell genug gehen. Sie wünschte sich, sie könnte die Prozesse bei Gericht auch so kontrollieren wie jene bei ihrer Arbeit. Jetzt, wo das Familienleben zumindest wieder zu einem Anschein der Normalität zurückgekehrt ist, stürzt sie sich wieder mit voller Energie in ihre Arbeit. Der einzige Unterschied zu früher ist, dass Raj und Marin sich jetzt jeden Tag damit abwechseln, Gia zur Schule zu fahren und von dort abzuholen. Sie haben das Vertrauen verloren, dass Gia ihnen wirklich ehrlich sagt, wo sie nach der Schule hingeht.

»Drei Uhr?« Marin ist am Telefon und versucht, einen neuen Termin für ein Meeting zu vereinbaren, das sie wegen Gias Situation hatte absagen müssen. »Da muss ich Sie zurückrufen.« Sie hängt auf und sucht nach Raj, um ihn zu fragen, ob er mit ihr die Fahrdienstschicht tauschen kann. Sie findet ihn an seinem Schreibtisch, wo er einfach nur aus dem Fenster blickt. Sie klopft an der offenen Tür, fast wie bei Kollegen, nicht Eheleuten. »Kannst du Gia heute abholen? Ich habe gleich noch eine Telefonkonferenz.«

Er antwortet nicht, wirft ihr nur einen kurzen Seitenblick zu, schaut dann wieder aus dem Fenster.

»Raj!«, ruft Marin, die ihre Geduld verliert. »Kannst du Gia nach der Schule abholen?«

Er schweigt weiter, hält ihr aber ein Blatt Papier hin. Marin starrt das Papier in seiner Hand an, ohne es zu nehmen. »Was ist das?«, fordert sie zu wissen.

»Ich habe es vor einigen Tagen gefunden. Ich denke, es ist an der Zeit, dass ich es mit dir teile.«

Sie tritt näher, wobei ihre Beine sie kaum tragen, und nimmt das Papier. Etwas in seinen Augen, in seiner Stimme, gibt ihr eine Unheil verkündende Vorahnung, sodass sie sich nichts sehnlicher wünscht, als zurück in ihrem Büro zu sein, in Arbeit vergraben. Sie erkennt sofort Gias Handschrift. Der erste Absatz handelt von Liebe und Verlust. Darüber, dass alles vorbei sei. Marin überfliegt die Zeilen schnell, die Gias Leid im Detail beschreiben. Die letzten Worte lassen Marin stocken, lassen sie sich fragen, ab wo alles schiefgelaufen war, wo sie doch alles so perfekt geplant hatte. Gias Monolog spricht vom Leben und davon, ob der Tod nicht einfacher wäre. Ob das Leben vielleicht gar nicht so lebenswert sei, es vielleicht ja einen Ort gebe, an dem alles leichter ist. Sie könne einfach nicht das sein, was alle von ihr verlangen. Sie will einfach nur sie selbst sein, fürchtet aber, dass dies nie genug sein wird.

»Wo hast du das her?«, fragt Marin, als sie fertig ist.

»Ich habe es in ihrem Tagebuch gefunden. Sie hat es vor drei Tagen geschrieben«, sagt Raj leise, weiterhin ohne Marin anzublicken.

»Du hast ihr Zimmer durchsucht?«, wirft sie ihm vor, braucht jemanden, dem sie die Schuld zuschieben kann.

»Und das kommt von der Frau, die Gia hat beschatten lassen? Die unsere Tochter geschlagen hat, obwohl diese bereits von Prellungen übersät war? Die beschlossen hat, sie vor all ihren Freunden und Kommilitonen zu demütigen, indem sie ihren Freund von der Polizei abführen lässt?« Er dreht endlich seinen Kopf zu ihr und starrt sie an, voller Abscheu im Blick. »Du erlaubst dir, mich zu verurteilen?«

»Ich habe alles nur für sie getan«, erwidert Marin, mit flachem, unregelmäßigem Atem. »Ich habe nur getan, was ich für das Beste für ihr Leben hielt.«

»Das Leben, das ihr nicht mehr lebenswert scheint.« Raj steht auf, reißt das Blatt Papier aus Marins Hand. »Ich habe jahrelang getan, was du wolltest. Habe dir vertraut, dass du weißt, welche Schule am besten für sie ist, welche Aktivitäten. Deinen Wahn hinsichtlich der Noten mit angesehen. Ich habe dir alle Entscheidungen überlassen und dir komplett vertraut. Jetzt erkenne ich, dass das ein Fehler war.« »Meinst du etwa, du wüsstest es besser als ich?« Marin verkneift sich eine unflätige Ausdrucksweise. »Sei doch mal realistisch.«

»Das bin ich«, sagt Raj leise, ernster als Marin ihn je erlebt hat. »Sie leidet. Ich verstehe, dass du gehofft hast, dass alle Probleme beseitigt wären, sobald Adam im Gefängnis sitzt, aber das ist nicht so. Wir nehmen sie sofort aus der Schule, gönnen ihr etwas Freizeit.«

»Auf keinen Fall werden wir das tun«, widerspricht Marin, während sich der Raum um sie zuzieht. Die Karriere ihrer Tochter, der Weg, dem sie folgen muss, um in der Welt erfolgreich zu sein, all das beginnt zu bröckeln, wird wie von einer Flutwelle weggespült, bis nur noch Schutt übrig bleibt. »Ich lasse nicht zu, dass du ihre Zukunft ruinierst.«

»Sie hat keine Zukunft«, fährt Raj sie an. Er schwenkt das Blatt vor Marins Gesicht. »Das hier ist alles, was sie hat. Alles, was sie ist.«

»Wir können sie zu einer Therapie schicken«, entscheidet Marin. Sie erinnert sich an die Visitenkarte, die sie so achtlos in eine Schublade geworfen hat. »Karen hat jemanden empfohlen. Ich kann einen Termin für nach der Schule ausmachen.«

»Du verstehst es einfach nicht, oder?«, sagt Raj mit verengten Augen. »Das hier ist keine Diskussion. Ich habe dir meine Entscheidung mitgeteilt.«

»Seit wann ist das denn eine Entscheidung, die du treffen kannst?«, fragt Marin herausfordernd.

»Seit ich erkannt habe, dass deine Entscheidungen für unsere Tochter nicht gut sind.« Raj faltet das Papier sorgfältig und steckt es in die oberste Schublade. »Wenn du ein Problem mit meiner Entscheidung hast, dann ist das dein Problem. Du hast keine Wahl.«

»Das ist dein erster Fehler«, entgegnet Marin. Ihr schwirrt der Kopf. »Ich habe immer eine Wahl.« Sie sieht endlich, was sie nie hatte sehen, was sie seit der ersten Nacht ihrer Ehe nicht hatte wahrhaben wollen. »Wenn wir uns nicht über Gia einigen können, dann bleibt uns nichts mehr.« In Gedanken plant sie schon ihr weiteres Vorgehen. Getrennte Schlafzimmer, getrennte Bankkonten. Alle Schritte, die für ein getrenntes Leben notwendig sind.

»Du willst die Trennung?«, bellt Raj, die Worte brechen aus ihm heraus. Mit ungläubigem Blick starrt er sie an.

Marin weiß, dass sie in einem Labyrinth gefangen stecken, aus dem es keinen Ausgang gibt. Egal, welche Abzweigung sie wählen, es wird immer die falsche sein, jeder Weg führt nur tiefer in die Dunkelheit. Wenn es je einen Ausweg gegeben hatte, ist dieser schon lange versperrt, durch ihr Misstrauen, durch den Glauben, dass jeder von ihnen es besser wisse. Überheblichkeit in ihrer reinsten Form. Der Preis, den sie dafür zahlen müssen, ist höher, als man noch berechnen kann. Sie antwortet nicht.

»Ist es für dich so einfach?«, fragt er leise.

»Wenn es um meine Tochter geht, dann ist alles andere unwichtig. Einschließlich unserer Beziehung.«

Rajs Schultern sacken hinab. Er scheint ihre Entscheidung kampflos hinzunehmen. »Wenn wir nicht mehr sind als das, dann habe ich all die Jahre mit einer falschen Vorstellung gelebt.

Ich dachte, wir hätten eine Ehe geführt. Jetzt sehe ich, dass alles nur gespielt war.« Er verstummt, als sein Telefon klingelt. Er hebt ab und dreht seiner Frau den Rücken zu.

* * *

Es regnet. In der Bay Area gibt es vier Jahreszeiten: sonnig, sonniger, regnerisch, regnerischer. Heute regnet es in Strömen. Wer immer es wagt, sich durch dieses Wetter zu kämpfen, sieht die Hand vor Augen nicht. Für Marin stellt es eine willkommene Ablenkung von ihrem Leben dar. Sie sitzt im Auto, die Scheibenwischer arbeiten auf höchster Stufe und schaffen es doch nicht, gegen die Wassermassen anzukommen. Sie blickt ihr Handy an, weiß aber nicht, wen sie anrufen soll.

All ihre Kontakte sind Kollegen oder Untergebene. Von denen hätte niemand ein offenes Ohr für ihre Sorgen, sie hatte sich ja schließlich auch nie für deren Probleme interessiert. Geburten, Todesfälle, Hochzeiten und freudige Gelegenheiten – stets hatte sie nur ein paar Floskeln erübrigt, um schnell zur Arbeit zurückzukehren. Nicht ein einziges Mal hatte sie die Leute gefragt, wie sie sich fühlen, oder ob sie irgendwie helfen könnte. Jetzt, wo sie selbst Hilfe braucht, gibt es niemanden, an den sie sich wenden könnte. Sie ist allein, weil sie in all den Jahren nie bereit gewesen war, jemand anderem beizustehen.

Die Wiedergeburt ist ein zentraler Grundsatz im Hinduismus. Als Kinder hatten Marin und ihre Freunde immer ein Spiel gespielt, in dem sie raten mussten, was die anderen in früheren Leben gewesen waren. Von Prinzessinnen und Filmstars bis hin zu Kakerlaken – die niedrigste mögliche Form der Reinkarnation – hatten sie sich alle Möglichkeiten ausgemalt.

»Du warst bestimmt ein Mann«, hatte eine ihrer ältesten Freundinnen gesagt, als sie in der Sicherheit ihrer Lehmhütte hockten und dem Monsun draußen zusahen.

»Eindeutig«, stimmte der Rest zu.

»Wieso denn das?«, wollte Marin wissen, während sie mit ihrem Zopf spielte. »Meint ihr, dass ich wie ein Junge aussehe?«

»Nein«, versicherten sie ihr. »Aber du lässt dir von niemandem etwas vorschreiben.«

»Warum sollte ich auch?«, fragte Marin selbstsicher. »Nur weil ich ein Mädchen bin, kann mich noch lange niemand rumschubsen.«

Marin hatte den niedrigen Status der Frauen in ihrer Kultur immer gehasst. Es war gang und gäbe: Männer beherrschten die Frauen. Sie waren das starke Geschlecht, klüger, weiser, mächtiger. Die Frauen, egal welchen Alters, mussten folgen und gehorchen. Ihren Kopf demütig senken, um Erlaubnis fragen, ehe sie das Haus verlassen. Kaum bis keine Möglichkeiten, sich eine Bildung zu verschaffen. Das war der Grund, den Brent immer angab, wenn jemand fragte, warum sie Indien verlassen hatten. Er hatte sich für seine Töchter geopfert. Damit diese eine bessere Bildung bekommen und ein besseres Leben haben würden.

Marin versicherte ihren Freundinnen damals, dass, selbst wenn sie mal ein Mann gewesen war, sie nie wieder ein Mann sein wolle, in keinem ihrer weiteren Leben. Als sie fragten warum, erklärte sie mit der Selbstsicherheit der Unwissenden: »Weil das der einfache Ausweg ist. Mir ist der schwere Weg lieber, weil man dann erst weiß, wer man wirklich ist.«

Sie hätte nie gedacht, wie schwer es wirklich werden würde, oder wie sehr Brent seine Position als Mann des Hauses über ihr halten würde wie eine lodernde Flamme, die sie jederzeit verbrennen könnte, wenn sie nicht gehorchte. Seine Drohungen waren so mächtig und effektiv, dass Marin sich umentschied. Wenn sie später jemand gefragt hätte, ob sie als Mann oder Frau wiedergeboren werden wolle, hätte sie gesagt, weder noch. Sie würde es vorziehen, nicht mehr wiedergeboren zu werden.

Ranee

Ihre Aufgabe in diesem Leben war es, Kinder zur Welt zu bringen. Und den Haushalt zu führen. Von frühester Kindheit an war Ranee darauf vorbereitet worden, in die Feinheiten der Haushaltsführung eingeweiht worden. Sie lernte, wie sie die Wäsche wäscht und korrekt faltet, wie sie die Roti in eine perfekt runde Form brachte. Für sie und alle anderen Mädchen aus ihrem Bekanntenkreis war das Leben schon vorbestimmt, ehe sie ihr erstes Wort gesprochen hatten: Ihre Zukunft lag im häuslichen Bereich.

Ranee lauschte immer, wenn ihre Brüder von der Schule erzählten, was sie Neues gelernt hatten und welche Spiele sie gespielt hatten. Sie brachten Bücher mit nach Hause, die Ranee auch gern gelesen hätte, aber sie wusste nicht, wie. Sie musste ihren älteren Bruder stundenlang anbetteln, bis dieser endlich nachgab und er ihr einige Grundlagen zeigte. Den Rest brachte sie sich dann selbst bei. Sie nahm die Bücher immer heimlich mit in das außen liegende Toilettenhäuschen, um dort in den wenigen Minuten der Ruhe und Einsamkeit so viele Kapitel wie möglich zu lesen. Als sie älter wurden, brachten die Brüder auch immer fortgeschrittenere Bücher mit nach Hause. Sie erzählten Geschichten von Plätzen, die Ranee nie gesehen hatte, und Ländern, von denen Ranee träumte, sie eines Tages zu besuchen.

Nachdem sie in den Vereinigten Staaten eingetroffen waren, hatte Ranee eine neue Perspektive gewonnen. Ihr Blick auf das Leben als Ganzes änderte sich damit, dass sie ständig von Frauen umgeben war, die selbstbewusst sowohl einem Beruf nachgingen als auch den Haushalt führten. Egal, ob im Fernsehen oder im echten Leben, Ranee beobachtete diese Frauen wie eine Voyeurin. Sie bewunderte ihre Hosenanzüge, ihr Selbstbewusstsein, und fragte sich, wie es sich wohl anfühlen würde, so viel Kontrolle zu besitzen. Selbst diejenige zu sein, die die Entscheidungen trifft, die ihren eigenen Weg geht und die Zukunft ihrer Töchter bestimmt. Statt dass alles für sie entschieden wird.

Sie hatte nie jemandem ihre Träume anvertraut, nicht einmal den Frauen aus der indischen Gemeinschaft, die sie als Freundinnen bezeichnete. Sie hatte Angst vor den Reaktionen. Mit der Zeit verblassten die Träume mehr und mehr. Doch vor einigen Monaten, an Sonyas Geburtstag, wurde ihr alles klar. Sie musst keinen Entschluss treffen, sondern einfach nur dem folgen, den sie schon längst gefasst hatte.

Nachdem Sonya gegangen war, hatte es keinen Grund mehr gegeben, weiter ihren Geburtstag zu feiern. Der Tag verstrich ereignislos, so ruhig, dass die Stille schon greifbar wurde. Brent saß in seinem Lieblingssessel und las die Zeitung. In letzter Zeit machten ihm seine Augen immer mehr zu schaffen, eine Begleiterscheinung seines schlimmer werdenden Diabetes. Der Arzt hatte ihm spezielle Augentropfen zur Linderung der Beschwerden verschrieben. Zusätzlich nahm er noch Visine gegen die Rötung.

»Ranee«, rief er, weil er nicht aufstehen wollte. »Bring mir meine Augentropfen.«

Normalerweise wäre Ranee sofort geeilt, um seinen Befehl auszuführen, alles, nur damit er bei guter Laune bleibt. Aber die Erinnerung an Sonyas Geburtstag belastete sie sehr. Ein weiteres Jahr ohne ihre jüngste Tochter.

»Vermisst du sie?«, fragte Ranee, in einem Versuch, die Leere zu füllen.

»Wen?«, gab Brent zurück, ohne auch nur aufzusehen.

»Sonya«, antwortete Ranee bissig. »Unsere Tochter.«

Brent senkte die Zeitung langsam, eindeutig über die Störung verärgert. »Wie kommst du denn jetzt auf sie?«

Ranee sah ihn schockiert an. »Heute ist ihr Geburtstag.« Ranee hatte ihr eine Nachricht hinterlassen, aber anders als in den Jahren zuvor hatte Sonya nicht zurückgerufen. Normalerweise besänftigte es sie ein wenig, ihre Stimme zu hören, aber heute hatte Ranee nicht einmal das. Sie versuchte es noch zweimal, erreichte aber weiterhin niemanden.

Brent verstand jetzt. Demonstrativ hob er wieder die Zeitung, um anzuzeigen, wie nebensächlich die ganze Angelegenheit für ihn war, und kniff die Augen zusammen, um die Buchstaben erkennen zu können. »Sie hat sich selbst entschieden zu gehen, Ranee.«

Von Zorn angetrieben, riss Ranee ihm die Zeitung aus der Hand. Sie sah, wie sein Temperament unter der Oberfläche zu brodeln begann und wusste, dass sie selbst nur weiter Öl ins Feuer goss. Vielleicht suchte sie ja sogar nach Streit, irgendetwas, damit die Taubheit vertrieben wird, die von ihr Besitz ergriffen hatte. »Du hast ihr immer und immer wieder vorgehalten, dass sie nur ein Fehler war.« Als Sonya gegangen war, hatte sie ein Stück von Ranee mitgenommen. »Sie hatte keine andere Wahl.«

»Du meinst also, ich sei schuld?« Brent schüttelte den Kopf, erwies Ranee gegenüber nicht einmal den Anstand, wirklich auf sie einzugehen. »Der Grund, warum sie gegangen ist, bist du. Nur, weil du ihr verraten hast, dass du sie nie wolltest.«

Manchmal fühlt Ranee sich wie ein kleiner Fisch in der grenzenlosen Weite des Ozeans. Ohne jeglichen Halt ist sie den Wellen auf Gedeih und Verderb ausgeliefert, jede treibt sie ein Stück weiter weg von sich selbst. Zwischen den Wellen, die sie ergreifen, muss sie sehen, wie sie überlebt. An Brents Worten war etwas Wahres dran. Sie hatte ihre Tochter von sich gestoßen. Ihr war so wenig ihres Selbst verblieben, dass sie Sonya nichts mehr hatte bieten können. Dadurch, dass sie ihr erzählte, dass sie nie gewollt gewesen war – und den eigentlichen Grund dafür für sich behielt – hatte sie ihre Tochter fortgejagt.

»Es musste sein, um ihr Leben zu retten«, erklärte Ranee schließlich. Sie musste es endlich einmal offen aussprechen. »Wenn sie geblieben wäre, hättest du sie zerstört.«

Er wandte ihr den Blick zu und musterte sie kurz, ehe er leise auflachte. »Das war also deine Entscheidung? Dass deine Tochter dich hassen soll?« Abwinkend fügte er mehr zu sich selbst hinzu: »Als Sonya die Fotografie statt dem Rechtsstudium wählte, wusste ich, dass sie ein Dummkopf ist. Jetzt weiß ich auch, wo sie es herhat.« Als klares Zeichen, dass die Diskussion damit beendet sei, winkte er in Richtung der Küche und erinnerte sie: »Meine Tropfen, Ranee. Das Lesen fällt mir schwer.«

»Ja«, sagte Ranee, während sie den Kopf abwandte. »Du brauchst die Medizin für deine Augen. Weil, wenn du blind würdest, wie sollte ich dann noch sehen können?«

Trisha

Ich warte auf dem Sofa, ein Bein über das andere gelegt. Nach dem Duschen habe ich mir Hose und Bluse angezogen. Das Haus ist so still, fast, als ob es sein Schicksal akzeptiert hat und den Verlust betrauert. Vielleicht wird Eric es verkaufen, oder auch selbst darin leben, in der Hoffnung, dass hier doch eines Tages die Kinder spielen werden, nach denen er sich so sehr sehnt. Allein der Gedanke an ihn mit einer anderen Frau lässt meinen Magen verkrampfen. Wir waren so lange zusammen, dass ich ihn mir gar nicht mehr mit jemand anderem vorstellen kann. Aber ich weiß, dass es eines Tages geschehen wird. Ich habe da nichts mehr zu entscheiden, das Recht habe ich aufgegeben, als ich mir die Spirale einsetzen ließ.

Die Türklingel lässt mich aufschrecken. Die Armbanduhr, die er mir geschenkt hat, zeigt, dass er pünktlich ist. Wir haben uns seit dem Tag im Büro seiner Anwältin nicht mehr gesehen. Alle Kommunikation lief über die Anwältin, die jetzt für ihn spricht. Die Erste, die als Ersatz für mich dient, fällt mir auf. Wie leicht es doch gegangen war. Ich stehe langsam auf, jeder Schritt fühlt sich an wie mein letzter. Als ich ihm die Tür öffne, sauge ich seinen Anblick in mir auf. Er kommt direkt von der Arbeit und trägt noch Anzug und Krawatte. Er sieht genauso aus, wie ich ihn kenne – stark und selbstsicher.

»Danke, dass du mich hier triffst«, sage ich und heiße ihn in seinem eigenen Haus willkommen. »Ich weiß, dass dir das Büro deiner Anwältin sicher lieber gewesen wäre, aber …«

»Das passt schon«, unterbricht er mich. Seine Schritte sind zögerlich, die Hände in die Jackentaschen gesteckt. Er trägt seinen Ehering nicht mehr – das war das Erste, was mir bei dem Treffen im Büro der Anwältin aufgefallen war. »Da du ja keinerlei Unterhaltsforderungen stellst, erschien mir ihre Anwesenheit überflüssig.«

»Stimmt.« Wir nehmen auf zwei Sofas einander gegenüber Platz, sitzen da wie Fremde. Ich kann mich noch daran erinnern, wie wir uns auf diesem Sofa geliebt haben, als es gerade erst neu angeliefert worden war. Er hatte gescherzt, dass wir es wohl einweihen sollten, und war ganz erstaunt, als ich zugestimmt hatte. Ich hatte zuerst meine Sachen abgelegt und genossen, wie er mich mit brennendem Verlangen dabei beobachtet hatte. »Wie geht es dir?«

»Gut.« Ganz der Gentleman, wie immer, fragt er zurück: »Und dir?«

»Auch gut«, lüge ich. Ich frage mich, was er wohl sagen würde, wenn ich ihm erzähle, dass ich in der Nacht nicht mehr als ein paar Stunden schlafen kann, dass mein Bett sich ohne ihn leer anfühlt und ich keine Ruhe finde. Dass ich mich jeden Tag frage, ob es nicht vielleicht doch besser gewesen wäre, ein Kind zu haben, eine Mutter zu sein. Ihm zu geben, was er so dringend verlangte, und gleichzeitig den Schritt gemacht zu haben, vor dem ich mich so fürchte. »Ich habe alles eingepackt, was mir gehört.« Ich zeige auf die wenigen Kisten, die im Eingangsbereich gestapelt stehen. »Alles, was wir nach der Hochzeit gekauft haben, habe ich hier gelassen.«

»Wo wirst du leben?«, fragt er.

»Ich habe einen monatlich kündbaren Vertrag für ein Apartment in der Stadt unterschrieben.« Ich weiche seinem Blick aus. »Bis ich etwas Langfristiges finde.«

»Hört sich gut an.«

Wir verfallen beide in Schweigen, der Schmerz ist nahezu greifbar. Ich will so sehr zu ihm gehen, ihn umarmen, wie ich es früher getan habe. Ich hätte nie gedacht, dass die Entscheidung, die ich damals getroffen habe, zu so etwas führen würde. Aber ich war ja auch immer davon ausgegangen, dass er die Wahrheit nie herausfinden würde. Das Geheimnis hätte für immer verborgen bleiben sollen, wie eigentlich alle Geheimnisse. Die Stimme in meinem Kopf, die in den letzten Monaten lauter geworden ist, lacht über meine Naivität. *Kein Geheimnis bleibt für immer verborgen,* flüstert sie. Keines.

»Wie geht es bei der Arbeit?«, frage ich abrupt, um die nagende Stimme zum Verstummen zu bringen.

Er lacht verbittert, sein Gesicht zeigt, wie müde er unserer Spiele ist. »Interessiert dich das denn wirklich?«

»Ja«, sage ich, empört darüber, dass er mir nicht vertraut. »Ich weiß doch, wie wichtig deine Karriere für dich ist.«

»Aber ein Kind wäre mir auch sehr wichtig gewesen«, entgegnet er. Der Schmerz ist deutlich sichtbar. »Aber anscheinend hat dich das nicht interessiert.« Er steht auf, hat genug von der Farce. »Warum wolltest du mich treffen?«

»Um Abschied zu nehmen.« Die Worte hören sich falsch und fremd für mich an. »Um dir die Schlüssel zu geben. Und um dir zu sagen, wie leid mir alles tut.« Ich wende meinen Kopf ab und sehe aus dem Fenster. Ich versuche die richtigen Worte zu finden, schlucke den Kloß im Hals runter. Ich will mich selbst aufhalten, will es gut sein lassen, kann es aber einfach nicht. Er war mein Ehemann, der Mann, mit dem ich für immer zusammenbleiben wollte. Ich fühle mich töricht, dass es jetzt nicht so gekommen ist und dass alles meine Schuld war. »Ich wollte nie, dass das geschieht, wollte nie die Trennung.« Nervös knete ich meine Hände. »Ich wollte dich nie verletzen. Ich habe dich wirklich geliebt.« Da ich keinen Grund finde, es vor ihm zu verheimlichen, spreche ich aus, was ich kaum mir selbst gegenüber eingestehen mag: »Ich liebe dich immer noch.«

»Aber warum dann?«, fragt Eric mit flehendem Tonfall, seine defensive Haltung komplett aufgegeben. Er tritt vor mich, ergreift meine Schultern. »Wir hatten doch alles. Du warst meine wahre Liebe, mein ganzes Leben.«

»Ich weiß es auch nicht«, flüstere ich. Seine Berührung erinnert mich an eine andere Zeit. Einen anderen Ort. Einen anderen Mann.

»Du bist mein ganzes Leben«, flüsterte die Stimme in der Dunkelheit. Sie hatte schon geschlafen. Sie war sich sicher, dass es nur Einbildung gewesen war, bis sie die Hand an ihrer Schulter spürte, durch das dünne Material ihres Nachthemds hindurch.

Ohne es zu wollen, befreie ich mich aus Erics Armen, schlinge meine eigenen Arme um meine abgemagerte Gestalt. Das Essen bereitet mir keine Freude mehr, ich esse meine drei Mahlzeiten am Tag eigentlich nur noch aus Pflichtgefühl. Man merkt es meinem Körper an, der sichtbar verfällt. Die Kleider hängen locker herab, der Gürtel lässt sich nicht mehr eng genug ziehen.

Sie wacht langsam auf. Ist sich sicher, dass Sonya schon wieder zu ihr ins Bett gekrochen ist. Sie ist jetzt fünfzehn und mag es nicht mehr, wenn ihre kleine Schwester bei ihr im Bett schläft. Es ist die Nacht von Marins Hochzeit. Trisha fühlt sich älter, erwachsener. Zu erwachsen, um noch mit ihrer kleinen Schwester im gleichen Bett zu schlafen. »Du bist die Einzige, die ich wirklich liebe«, fährt die Stimme fort. Die Hand schiebt sich von ihrer Schulter hinab, ihren Arm entlang.

»Was geschehen ist, ist geschehen«, sage ich und versuche zugleich, ihn und die Erinnerung fortzuschieben. Ich schüttele den Kopf, wieder und wieder, versuche die Vision loszuwerden. Aber sie hält mich in festem Griff und gönnt mir keine Atempause. »Es spielt doch keine Rolle mehr.«

»Das war es also?« Eric schüttelt den Kopf, scheint sich selbst zu zürnen, dass er es überhaupt versucht hat.

Sie schreitet den dunklen Flur entlang. Niemand antwortet auf ihr stilles Wimmern. Ihr Schluchzen ist erfüllt von Horror und Schmerz, aber niemand scheint es zu hören. Sie schlägt mit der Faust gegen die Wand, schlägt, bis der Schmerz zu ihr durchdringt. Sie versucht eine Tür nach der anderen zu öffnen, unsicher, wo sie sich befindet. Die einst so vertraute Umgebung ist nun zu einem fremden Ort geworden. Sie findet eine Tür unverschlossen, zieht sie auf, aber es ist nur ein Wäscheschrank. Sie lässt die Tür offen und sucht nach einer weiteren. Sie sucht weiter und weiter, bis sie ein dunkles Badezimmer betritt. Dort lässt sie sich zu Boden fallen, ihre Suche nach einem sicheren Hafen hat sie jeglicher Kraft beraubt. Sie weint in ihre Hände, das Schluchzen hallt in ihrem Kopf.

»Trisha?« Sonyas junge Stimme bricht durch den Klang ihrer Tränen. Hilfesuchend schlingt ihre kleine Schwester die Arme um sie. Angst klingt mit jedem Wort mit. »Was ist passiert? Warum weinst du?«

»Kannst du mir wenigstens eine Sache erklären?«, fragt Eric und reißt mich damit zurück in die Gegenwart. Die Muskeln an seinem Kiefer zucken. »Du wusstest von meiner Vergangenheit, der Einsamkeit …« Er hält verletzt inne. »Warum wolltest du kein Kind?«

»Weil sie immer verletzt werden«, antworte ich schließlich, auch wenn die Wahrheit mich selbst verbrennt.

* * *

Ich sitze in meinem Wagen vor Mamas Haus, den Motor im Leerlauf. Ich starre die Tür an, scheinbar eine Ewigkeit, zu ängstlich, einzutreten, aber noch weniger in der Lage, es nicht zu tun. Die Gedanken verfolgen mich, nagen an mir. Ich versuche sie zu verdrängen, will mich zum Vergessen zwingen, aber sie lassen mich nicht los. *Jetzt,* sagen sie, *ist es an der Zeit.* Ich schüttele den Kopf, aber die Zeit arbeitet nicht für mich. Wenn sie das täte, hätte ich vielleicht mehr davon.

Endlich verlasse ich den Wagen, der mir nicht länger den Schutz bietet, den ich brauche. Das Haus scheint mir plötzlich fremd, ich scheue zurück, meinen eigenen Schlüssel zu benutzen. Stattdessen klingele ich und warte, sicher, dass Sonya um die Zeit schon zu Hause sein muss. Ich klingele noch einmal. Und ein drittes Mal, meine Finger bleiben auf der Klingel liegen.

Nachdem Eric von Abscheu erfüllt gegangen war, hatte auch ich das Haus verlassen und war in meinen Wagen gestiegen. Die gepackten Kisten hatte ich im Haus gelassen. Ich wusste, dass er mich von seinem Wagen aus beobachtete, während seine Liebe sich langsam in Hass verwandelte. Zwei Seiten derselben Münze, jede der Emotionen stark genug, die andere niederzuringen. Von dort aus bin ich direkt hierher gefahren. Ich brauche Antworten und bin mir sicher, dass nur Sonya mir weiterhelfen kann. Sie muss sich an das erinnern, was ich nicht greifen kann. Es ist, als ob ein innerlicher Damm gebrochen wäre, mir kommt jetzt auch wieder in Erinnerung, was sie gesagt hat, als sie auf meinem Sofa gesessen hat und sich verabschieden wollte. *Er spielt den liebenden Vater. Und du lässt ihn.* Ihre Worte hallen erneut durch meinen Kopf und ich sehe ihre Augen vor mir, die in meinen nach Zeichen des Erkennens gesucht hatten.

»Trisha?« Mama öffnet die Tür. »Was machst du denn hier, Beti?« Sie tritt zurück, bedeutet mir, einzutreten, doch ich stehe wie angewurzelt am gleichen Fleck.

»Ist Sonya da?« Meine Hände zittern. »Ich muss mit ihr reden.«

»Nein«, sagt Mama und blickt mich besorgt an. Es scheint mir, als ob alle das tun, als ob jeder sich ansehen will, was für ein Wrack eines Menschen aus mir geworden ist. »Was ist denn passiert, Beti?«

»Wann wird sie denn wieder da sein?« Die Sonne geht bereits unter. Die Mücken kommen schon heraus. Als Kind war ich immer ihr Lieblingsziel, ich war stets von Stichen bedeckt. »Das kommt daher, weil du so süß bist«, sagte Papa dann immer.

»Es ist spät.«

Mama nimmt mich bei der Hand und zieht mich ins Haus. Ich lasse es zu, zu schwach, mich selbst irgendwohin zu führen. »Sie kommt bald. Komm herein, ich mache eine Tasse Chai und wir reden darüber, was passiert ist.«

Ich will auflachen. Ihre Universallösung. Eine Tasse Chai gegen alle Probleme der Welt. Aber, habe ich nicht das Gleiche getan? Habe ich nicht Sonya eine Tasse Tee angeboten, als sie gekommen war, um Abschied zu nehmen? Oder Gia Kakao in ihr Paket gepackt? Ich frage mich, wie viele Gewohnheiten ich sonst noch von Mama übernommen habe. Seit wann bin ich ihr Ebenbild, geschaffen durch Papa?

»Kein Chai«, murmele ich. Die gedämpften Schreie werden plötzlich laut in mir, durchzucken mich voller Verzweiflung. Ich beobachte Mama, wie sie in Zeitlupe in die Küche geht und die Tasse Chai eingießt, die ich nicht wollte, und sie vor mir abstellt. Die Milch dampft vor mir, Mama spricht, und doch kann ich weder das eine noch das andere wirklich wahrnehmen. Ohne ein Wort verlasse ich die Küche und gehe zur Treppe.

»Trisha!« Ihr Ruf dringt durch den Nebel meiner Gedanken, aber ich ignoriere ihn, die anderen Stimmen sind lauter. Sie folgt mir, ich spüre fast ihren Atem im Nacken.

Ich sage nichts, sondern steige nur schweigend die Treppe hinauf, verloren in einer anderen Zeit, an einem anderen Ort. Meine Finger klammern sich an das Geländer, jeder Schritt wird schwerer als der vorangehende. Als ich endlich oben ankomme, gehe ich den Flur entlang, mit der Hand die Wand entlangstreifend. Zuerst komme ich zu meinem Zimmer, ich stoße die Tür auf und finde den Raum so vor, wie ich ihn vor Jahren verlassen habe, unberührt. Das letzte Mal, dass ich hier übernachtet habe, war an dem Tag vor meiner Hochzeit. An dem Abend schien noch alles möglich. Das Einzige, was meinem Leben damals fehlte, war meine kleine Schwester, aber auch das sollte mir nicht den Tag verderben. Ich hatte zwei Kleider auf meinem Bett ausgebreitet, meinen roten Sari und ein weißes Hochzeitskleid. Ich hatte viele Stunden gebraucht, bis ich genau die richtigen Kleider für meine Hochzeit zusammengestellt hatte. Alles sollte perfekt sein, wenn ich endlich den perfekten Mann heirate. Unabhängig davon, dass Eric ein Weißer und noch dazu älter war als ich. Er liebte mich so, wie ich es verdiente, geliebt zu werden.

»Wieso hat Papa zugelassen, dass ich einen Amerikaner heirate?«, frage ich, während die Gedanken weiter durch meinen Kopf toben. Ich weiß, dass sie noch hinter mir ist und mich genau beobachtet. »Ich habe damit gegen unsere Kultur und seine Befehle verstoßen.«

Papa hatte nie auch nur ein Wort des Zorns ausgesprochen, als ich ihnen verzagt eröffnete, dass ich mich in einen weißen Mann verliebt hatte. Ich war mir sicher, dass meine Neuigkeiten zu Ärger und Enttäuschung führen würden, dass es vielleicht sogar das erste Mal sein würde, dass ich selbst seinen Zorn zu spüren bekomme. Ich hatte mich auf das Schlimmste vorbereitet, aber als er einfach nur den Kopf hängen ließ und zustimmend nickte, war ich sprachlos. Er verließ den Raum und die Diskussion war zu Ende.

Jetzt blicke ich mein Zimmer an, das komplett anders aussieht als jenes, in dem ich mit fünfzehn Jahren gelebt hatte. Als Geschenk zu meinem sechzehnten Geburtstag hatte ich mein Zimmer völlig neu gestalten dürfen. Ich durfte selbst aussuchen, in welchem Stil es dekoriert wird, welches Bett ich haben wollte. Alles aus meinem Zimmer wanderte auf den Müll und wurde durch eine komplett neue Einrichtung ersetzt. Sonya sah nur neidisch dabei zu, während ich die Farbe für die Wände aussuchte und alles in einem Prinzessinnen-Stil ausstatten ließ, der damals zu meiner Persönlichkeit passte. Das Zimmer blieb dann ein Jahr lang so, bis meine Freundinnen mich damit aufzuziehen begannen. Ich fragte Papa, ob ich es noch einmal umgestalten dürfte, und er stimmte sofort zu. Diesmal wählte ich einen erwachseneren Stil, alles in neutralen Frühlingsfarben. So sieht das Zimmer noch heute aus.

»Er ließ mich das Zimmer komplett ändern«, murmele ich, »alles wurde neu gekauft.«

»Ja«, nickt sie.

Ihre Antworten kommen schnell, knapp und auf den Punkt gebracht, aber nicht mehr. So, als ob sie fürchtet, zu viel zu sagen. Ich wende mich von meinem Zimmer ab und gehe weiter den Flur entlang. Sie begleitet mich schweigend, wie ein Führer in meinem Labyrinth ohne Ausgang. Im Flur lasse ich wieder die Hand an der Wand entlanggleiten, erinnere mich daran, wie ich dies schon vor Jahren einmal getan hatte. Die rote Farbe meiner lackierten Fingernägel scheint über die Fingerspitzen hinweg von meiner Hand zu tropfen. Die Farbe wird zu Blut. Ich reiße meine Hand von der Wand, sicher, eine Spur hinterlassen zu haben, aber die Wand glänzt mich nur in makellosem Weiß an. Ich betrachte meine Finger, sehe das Blut aber nicht mehr.

»Ich habe geweint«, sage ich, verloren in jener anderen Zeit. »Ich habe geschrien.«

»Ich habe dich nicht gehört«, antwortet Mama, die sich von seelischen Qualen geplagt windet. Ich wirbele zu ihr herum, betrachte mit seltsamer Distanz, wie sie ihre Hände knetet. Sie blickt mich nicht direkt an, Tränen fallen von ihren Wangen auf den Boden. Ihr Körper scheint in sich zusammenzufallen, geschrumpelt wie der einer alten Frau. Direkt vor meinen Augen scheint sie um zwanzig Jahre gealtert zu sein, während ich immer noch in einer anderen Zeit feststecke. »Ich habe dich nicht gehört, Beti.«

»Das Bad«, rufe ich aus. Im Badezimmer war Blut, im Waschbecken. Ich sehe es klar vor mir, wie es sich wirbelnd mit dem Wasser vermischt. Ich stoße die Tür auf und starre das Waschbecken an, aber nur glänzendes Porzellan blickt zurück. »Es gab hier einen Lappen. Damit habe ich das Blut abgewischt.« Ich ziehe die Schubladen auf und suche danach. Die Schubladen sind leer. Ich nehme mir den Mülleimer, bin mir sicher, dass ich den Lappen hier fortgeworfen habe, kann ihn aber nicht finden. Ebenso im Wäschekorb. »Wo ist er hin?«, fordere ich zu wissen.

»Er ist fort«, sagt sie, greift nach mir, aber ich stoße sie fort. Ich will ihre Hände nicht an mir spüren. Ich reibe mir über die Arme, spüre das schwere Gewicht von etwas oder jemandem auf mir. »Ich habe ihn nie gesehen.«

»Aber wohin?«, verlange ich, fordernd, sicher, dass sie nur ein Spielchen mit mir spielt. Die Erinnerungen treffen mich mit Wucht, sodass die Grenze zwischen damals und heute unscharf wird. Ich bin verloren in einem Gedankenstrudel und mein Gehirn verweigert mir eine Realität, an der ich mich festhalten könnte. »Er war doch genau hier.«

»Ich weiß nicht«, flüstert sie.

»Sonya wird es wissen!«, rufe ich aus. Ich eile zu ihrem Zimmer und reiße die Tür auf. »Wo ist sie?«, frage ich, als ich selbst keine Antwort finde.

»Sie ist noch bei der Arbeit, du erinnerst dich doch?«

»So ein Unsinn!«, schreie ich. »Sie ist doch noch ein Kind!«

»Sie ist erwachsen«, sagt Mama leise. »Genau wie du.«

Das kann doch nur ein Scherz sein. Fünfzehn ist doch noch nicht erwachsen, fast noch ein Kind. Ich habe zwar immer gern die Erwachsene gespielt, aber das machen doch alle Teenager. Tief im Inneren bin ich immer noch das kleine Mädchen, das gleichzeitig darauf hofft, eine erwachsene Frau zu werden, und es doch fürchtet. »Warum sagst du so was?«, frage ich unter Tränen. »Nach all dem, was passiert ist, wie kannst du mir das antun?«

»Was ist passiert, Beti?«, fragt Mama.

Ich will ihr alles erzählen, auch wenn es mir selbst nicht klar ist, kaum mehr als schemenhafte Eindrücke wie durch einen dichten Vorhang betrachtet. Doch etwas in ihren Augen lässt mich innehalten und zeigt mir, dass alles, was ich ihr erzählen könnte, ihr nicht neu sein würde. Es ist kein Geheimnis, das ich vor ihr gewahrt habe, vor ihr und vor mir, sondern genau umgekehrt.

»Du weißt es?« Ich fühle, wie mir der Boden unter den Füßen schwindet, fürchte, dass ich abstürzen werde. Einen Augenblick bin ich die Frau, von der sie spricht, im nächsten nicht mehr als ein Teenager. Ich schwanke zwischen beiden Zuständen, keiner von beiden fühlt sich wirklich real an.

»Ja«, gibt sie mit gesenktem Kopf zu. »Damals nicht, aber seit Kurzem.«

»Wie?«, fordere ich zu wissen. Ich schüttele den Kopf und schiebe mich an ihr vorbei, zurück ins Badezimmer. Hier blicke ich in den Spiegel, das Bild, das sich mir zeigt, verschwimmt. Das Mädchen mit den zerzausten Haaren und tränenüberströmten Wangen wird zu einer Frau, die ich nicht mehr erkenne. »Was geschieht mit mir?«, will ich wissen, suche verzweifelt nach Halt. »Was ist mit mir geschehen?«

»Du erinnerst dich nicht?«, fragt sie.

»Sag es mir!«, schreie ich erneut und höre meine Stimme durch das leere Haus hallen.

»Er ist zu dir gekommen, spät in der Nacht, nach Marins Hochzeit. Er hatte Alkohol getrunken, nachdem die Gäste gegangen waren.«

Ich erinnere mich wieder an den Geruch. Er hatte vorher nie getrunken, immer nur damit gedroht, es aber nie wahr gemacht. Aber in der Nacht stank er geradezu danach. Billiger Schnaps gemischt mit dem Geruch von Wein. Erst Jahre später lernte ich, die Gerüche auseinanderzuhalten, und der eine wie der andere dreht mir immer noch den Magen um. Ich war bereits fest eingeschlafen. Zu der Zeit schlief ich bereits in meinem eigenen Zimmer und hatte darauf bestanden, dass auch Sonya in ihrem Zimmer schläft. Er flüsterte mir die Worte ins Ohr, weckte mich mit seiner Berührung auf. Seine Hand glitt meinen Arm hinab, zog langsam die Decke fort. Ich klammerte mich an sie, vor Angst wie gelähmt.

»Du bist die Einzige, die ich wirklich liebe. Das weißt du, oder? Deshalb bist du mir so wichtig. Deshalb behandele ich dich anders.«

Deshalb schlage ich dich nicht, war der Teil, den er nicht aussprach. Die Worte, die er nicht sagen musste, die aber doch verstanden wurden. Als er mein Nachthemd hochhob, dröhnten die Worte durch meinen Kopf. Ich war die Glückliche. Die Besondere. Das war, warum er mich nie schlägt. Und als es schließlich kam, war ich dankbar, dass ich immer noch vor seinen Fäusten sicher war. Wenn das der Preis dafür war, geschützt zu sein, dann war es ein geringer Preis.

»Was hat er getan?«, frage ich, während sich alles schneller und schneller dreht. Als ich das erste Mal auf einer Kirmes war, wollte ich immer weiter die Teetassen fahren, die sich so schnell im Kreis drehen. Ich lachte nur, während alle sich beklagten, wie schwindelig es ihnen sei. Erst als ich ausstieg, spürte ich den Effekt. Ich klammerte mich an das Fahrgestell und versuchte verzweifelt, Halt zu finden. Es gelang mir nicht, nur Sekunden später musste ich mich übergeben. Erst, als alles raus war, fand ich wieder den Halt, den ich brauchte. »Sag es mir!«

»Es spielt keine Rolle mehr«, setzt Mama an, die offensichtlich die Wahrheit zurückhält. Wir haben uns daran gewöhnt, uns in Lügen zu hüllen wie andere in Schleier, jede Lüge stärker als die Wahrheit. Als Kind habe ich es immer geliebt, mit ihrem Sari zu spielen, habe mir das Ende wie einen Schleier übergezogen, den die Frauen in Indien tragen mussten. Ich war schon immer von dem Mysteriösen fasziniert, das von ihm ausgeht, doch jetzt ist mir klar, was er wirklich ist – eine Ausrede, die Frau an ihren Platz zu verweisen, ihre Schönheit und Macht vor der Welt versteckt zu halten.

»Doch, für mich schon«, dränge ich. Ich will alles wissen, doch gleichzeitig will ich auch vor den Antworten fortlaufen. Jetzt verstehe ich Sonyas Instinkt, ihren Drang, immer weiterzuziehen. Wenn man mit all dem konfrontiert wird, was geschehen ist, und nicht anders kann, als damit zu leben, mag es einladender sein, sich untergehen zu lassen, als weiter darum zu kämpfen, sich über Wasser zu halten. »Sag es mir endlich!«

»Er hat dich vergewaltigt«, flüstert Mama kaum hörbar, jedes Wort von den Lippen abgerungen. Ich trete zwei Schritte zurück, ihr Geständnis hallt wieder und wieder durch meinen Kopf. So lange Zeit war ich blind gewesen, dass ich jetzt nicht mehr weiß, ob ich je wieder lernen werde zu sehen.

»Woher weißt du das?« Vielleicht irrt sie sich ja. Ich klammere mich immer noch an die Chance, dass es alles nur ein Traum war, dass ich verwirrt war. Dass die Version der Wahrheit, die ich selbst geschaffen und auf der ich mein Leben aufgebaut habe, tatsächlich wahr sein könnte und ihre Worte gelogen sind.

»Er hat es mir verraten.« Sie greift wieder nach mir. Diesmal habe ich keine Kraft mehr, mich zu entziehen. Sein Geständnis lässt alles wahr werden. Sie zieht mich an ihren kleinen Körper. »Vor einigen Monaten hat er mir alles erzählt.« Ihre Tränen fallen auf meine Bluse, ich stehe still und unbeweglich. »Es ging ihm nicht gut. Er wollte beichten. Sagte, dass er seit jener Nacht mit der Schuld gelebt hat.« Sie tritt zurück und sieht mich an. Nimmt mein Gesicht in ihre zierlichen Hände. »Es tut mir so leid, Beti. Es tut mir so leid.«

Ranee

Drei Monate waren seit Sonyas Geburtstag vergangen. Brent war in letzter Zeit immer schwächer geworden. Er hatte zwar einen Arzt aufgesucht, mochte es aber nicht, wenn ihm jemand vorschreiben wollte, wie er sich um seinen eigenen Körper zu kümmern hat. Eigentlich hätte er aufpassen müssen, wie viel Zucker er zu sich nimmt, wegen seinem Diabetes. Er wollte aber nicht auf seine kleinen Laster verzichten und ging einfach davon aus, dass schon alles gut gehen würde. Offensichtlich lag er da falsch. Sein Zustand verschlechterte sich rapide, so sehr, dass er sogar schon um sein Leben fürchtete.

»Ranee«, rief Brent eines Tages früh am Morgen. Für später am Tag hatten sie ein Mittagessen mit Trisha eingeplant. Ranee war dabei, das Haus sauber zu machen, während Brent sich in seinem Lieblingssessel ausruhte.

»Ja?«, antwortete Ranee, während sie die Tischflächen sauber wischte und die letzten winzigen Dreckflecken entfernte.

»Kannst du mir ein Glas Wasser bringen?«, fragte er. Er hatte erst vor Kurzem angefangen, sie um solche Sachen zu bitten, statt es ihr zu befehlen.

Ranee ließ sich Zeit, sicher in dem Wissen, dass er nichts tun konnte, als auf sie zu warten. Sie füllte das Glas mit lauwarmem Wasser, statt kaltem, wie er es lieber mochte. Dann brachte sie es ihm und hatte sich schon wieder abgewendet, als er sagte: »Trisha – sie sieht immer so glücklich aus, wenn wir sie sehen.«

»Ja«, stimmte Ranee zu. Trisha hatte es geschafft. Unberührt war sie die eine Tochter, die Ranee stolz anblicken konnte, diejenige, bei der sie alles richtig gemacht hatten. »Sie hat alles im Leben, was sie sich gewünscht hat.«

»Ja.« Brent lehnte den Kopf zurück und seufzte tief. »Es ist gut.«

Irgendetwas an seiner Stimme irritierte sie, ließ sie innehalten und ihn genauer betrachten. »Sie ist die Einzige, die nie Leid erfahren musste«, sagte Ranee anklagend. »Sie ist die Glückliche. Das Glück ist nur für sie da.«

Brent öffnete die Augen wieder, ging aber nicht direkt auf ihre Worte ein. Stattdessen sah er sie nur an, das Gesicht angsterfüllt. »Was geschieht mit uns, wenn wir sterben?«, fragte er schließlich.

Die Frage überraschte Ranee. Sie hatte nur selten genug Kraft übrig, um über Dinge wie den Tod nachzudenken, dazu war ihr Leben schon anstrengend genug. »Ich weiß nicht. Ich würde mir vorstellen, dass wir vor unseren Schöpfer treten und für unsere Taten einstehen müssen«, erklärte sie, um ihm sein schlechtes Gewissen nicht zu erleichtern. »Einen Grund nennen müssen, warum wir jenen, die wir lieben, Leid zugefügt haben.«

»Und wenn es keinen Grund gibt?«, flüsterte Brent. »Was, wenn es einfach nur ein Fehler war, den man nie hatte machen wollen?«

Ranee hätte nie gedacht, diese Worte einmal von Brent zu vernehmen. Sie starrte ihn ungläubig an, fragte sich, ob er die Taten seines Lebens wirklich ernsthaft bereute. »Aber warum hast du es dann getan?«

»Du weißt davon?«, flüsterte Brent, die Augen in seinem verwitterten Gesicht groß und rund. »Aber wie?«

»Ich habe es doch jeden Tag gesehen«, gab Ranee bissig zurück. Sie fragte sich, was mit ihm los sei, ob er vielleicht den Verstand verlor. »Du erinnerst dich doch? Jeden Tag, wenn du mich und meine kleinen Mädchen geschlagen hast, direkt hier!«, klagte sie ihn an, die Stimme erhoben, fast zu einem Schrei.

Er schloss die Augen und wandte sich erleichtert ab. Ihren Ausbruch ignorierend, sagte er nur: »Ist schon gut.«

Seine Reaktion zeigte ihr, dass es da noch etwas gab, was er ihr nicht verraten wollte. Ranee war sich sicher. Sie wusste es, ebenso, wie sie schon Minuten vor den ersten Schlägen wusste, was unvermeidlich kommen würde. Auf die Art, wie sie auch wusste, dass alles Gute, das einst in seinem Herzen gelebt hatte, längst verschwunden war. Die Angst ergriff sie, sodass sie sich ihm gegenüber setzen musste. Sie starrte den Mann an, der einst ihr Leben in seiner Hand gehalten hatte, und fragte fordernd: »Was hast du getan?«

»Es spielt keine Rolle«, flüsterte Brent. Eine einzelne Träne fällt. Zu schwach, sie fortzuwischen, lässt er sie langsam hinabrinnen und eine feuchte Spur über seine Wange ziehen.

»Doch«, widersprach Ranee ihm. Die Stimme in ihrem Kopf drängte sie dazu, es gut sein zu lassen. Ihr ganzes Leben hatte sie die Dinge gut sein lassen. Aber jetzt ergriff sie etwas Größeres als die Stimme der geschlagenen Frau. »Sag mir, was du getan hast, oder ich schwöre bei dem Mangalsutra an meinem Hals, dass ich dich jetzt und hier verlasse, damit du allein sterben kannst.«

»Es gibt Dinge, die man besser nicht ausspricht«, gab er leise zurück. Sein Atem kam unregelmäßig und stoßweise.

»Für wen ist es besser?«, drängte Ranee. Der Raum schien sich um sie herum zu verengen. Sie trat einen Schritt auf ihn zu, baute sich vor ihm auf. »Das erste Mal seit langer Zeit will ich, dass du redest.«

Er musterte sie von unten, scheinbar einschätzend, ob sie es ernst meinte. Ranee sah, wie er den Mund öffnete, aber keine Worte hervorbrachte. Er knetete seine Hände. Hände, einst so mächtig, doch jetzt so schwach und zerbrechlich. »Bitte!«, flehte er sie an, zum ersten Mal in seinem Leben. Ranee starrte ihn einen Augenblick an, ehe sie ihren Entschluss traf. Sie wusste, dass er sie nicht verfolgen konnte, daher nahm sie ihre Schlüssel und ging zur Haustür. »Ranee!«, rief er ihr nach.

Sie drehte sich nicht um, forderte nur ein letztes Mal: »Sag es mir!«

»Ich habe den Alkohol getrunken, den ich mitgebracht hatte.«

»Die Flaschen, mit denen du uns immer gedroht hast?« Ranee drehte sich wieder zu ihm um. Sie erinnerte sich noch an Dutzende Flaschen Alkohol, die sie stets ungeöffnet weggeworfen hatte. Sie trat wieder näher zu ihm und legte ihre Handtasche ab. »Wann?«

Er kämpfte mit sich, etwas, was Ranee noch nie bei ihm gesehen hatte. »Die Nacht von Marins Hochzeit.« Ranees Blick ausweichend, wand er sich in seinem Sessel, rieb sich mit einer Hand über das Gesicht und hielt den Blick auf seine Zeitung gesenkt, die er gedankenversunken erneut zusammenfaltete. »Ich habe alles getrunken.«

Ranee strengte sich an, sich an jene Nacht zu erinnern, es gelang ihr aber nicht. Der Tag hatte sie so erschöpft, dass sie direkt in einen tiefen Schlaf gefallen war. »Bist du dann ins Bett gekommen?«

»Nicht in unseres, nein«, antwortete Brent sanft.

Ein tiefes Summen erklang in ihrem Kopf. Es fing im Nacken an, wanderte dann hoch und verdrängte jedes andere Geräusch. Sie fühlte es zwischen den Augen und an ihren Schläfen, pulsierend, drückend, erdrückend. Der Raum begann sich zu drehen. Sie klammerte sich an ihr Mangalsutra, fühlte aber einen brennenden Schmerz. Sie ließ wieder los und starrte ihre Hände an. Kleine rote Punkte wie Ausschlag traten an ihren Armen auf. Ihr Blick verschwamm. Diesmal wollte sie es aber nicht zulassen, kämpfte gegen die Ohnmacht an. Zum ersten Mal in ihrem Leben wollte und musste sie die Kontrolle behalten. Als ihr Blick wieder klarer wurde, sah sie als Erstes das Schüreisen am Kamin. Einen Augenblick lang erwog sie, es aufzunehmen und Brent damit zu erschlagen.

»Wessen Bett?«, fragte sie nach, obwohl sie die Antwort schon wusste. Die Einzige, die er liebte.

»Trishas.« Er begann zu schluchzen, der Laut hallte durch das Haus. »Ich wollte ihr das nie antun.«

»Du hast sie vergewaltigt«, spricht sie es laut aus, immer noch ungläubig. Tränen rinnen ihre Wangen hinab, tropfen auf ihren Hals und laufen auf ihr Hemd. Mit ganzem Herzen verlangte es Ranee danach, ihren Mann tot zu sehen, doch ihr war klar, dass er ohnehin schon im Sterben liegt. Da ihr keine andere Möglichkeit blieb, ihn zu strafen, nahm sie ihre Handtasche und verließ ihn, obwohl sie versprochen hatte, das nicht zu tun. Sie ging aus dem Haus und fuhr ziellos umher, stundenlang, ohne zu wissen, wohin. Als sie zurückkehrte lag er am Boden, mit schnappendem, unregelmäßigem Atem und ohne Bewusstsein.

Sonya

»Glaubst du an Wunder?«

»Wie bitte?« Ich stehe vor dem Schwesternzimmer und verstaue die Kameras, es ist Abend und ich will Schluss machen.

»So was wie einen göttlichen Eingriff.« Die Krankenschwester gibt Patientendaten in einen Computer ein. »Eine Handlung von irgendwas da draußen« – sie macht eine unbestimmte Handbewegung durch den leeren Raum – »und alles wird wieder gut.«

Ich habe noch nie wirklich über Wunder nachgedacht, sie waren nie etwas, was mir geschehen konnte. Aber wenn es so was wie Wunder geben sollte, dann hätte ich wohl nicht meine Kindheit durchleben müssen. »Ich weiß nicht«, antworte ich ehrlich und lehne mich gegen die Wand. »Du etwa?«

»Bisher nicht«, gibt sie zu. »Aber seit gestern Nacht bin ich mir nicht mehr so sicher.«

»Was ist denn gestern Nacht passiert?«, frage ich nach und überlege, ob jemand etwas erwähnt hat, das mir wieder entfallen ist. David hat schon recht: Gerüchte verbreiten sich wie Lauffeuer in diesem Krankenhaus. Ob gut oder schlecht, jeder ist informiert, kaum dass etwas geschehen ist. »Ich glaube, ich habe da was verpasst.«

In den letzten Wochen habe ich hier Freundschaften geschlossen. Das ist neu für mich, Freundschaften sind schon fast ein fremdes Konzept für mich, auch bedingt durch meine

Lebensumstände der letzten Jahre. Es ist schwer, Freundschaften zu pflegen, wenn man wie ein Nomade durch die Welt zieht. Auf Freundschaften zu verzichten, war ein notwendiges Opfer, damit ich überleben konnte. Aber jetzt, wo ich jeden Tag dieselben Menschen treffe, sehe, wie sie ihr Leben damit verbringen, anderen zu helfen, wird mir langsam klar, dass die Welt nicht in Schwarz und Weiß eingeteilt werden kann. Es ist nicht so, dass ich durch Leid und Dunkelheit von all jenen abgetrennt bin, die ein perfektes Leben haben – es gibt vielmehr unzählige Schattierungen dazwischen, die ineinander übergehen, die Landschaft verändern, eine Evolution der menschlichen Seele.

»Tessa ist letzte Nacht gestorben.«

Meine Gedanken stoppen, meine Hände greifen ins Leere. Tessa war das kleine Mädchen, mit dem ich ganz am Anfang gearbeitet hatte. Mit dem ich ein Buch mit dem Titel ICH gebastelt hatte. Ich hatte Tessa danach noch oft gesehen und hatte immer den Eindruck gehabt, dass es ihr wieder besser ging, dass sie immer stärker wurde. »Was ist passiert?«, frage ich, der Schrecken des Leids wieder bei mir wie ein alter Freund.

»Sie hat sich aufrecht aufgesetzt und uns gebeten, ihre Familie zu rufen.« Die Krankenschwester sieht mich an, ihr Gesicht vor Verwunderung verzückt. »Sie sind sofort gekommen. Dann hat Tessa von Menschen erzählt, die schon lange tot sind, Menschen aus ihrer Familie, die sie aber nie selbst getroffen hatte. Hat ihrer Mom und ihrem Dad erzählt, dass sie alle da sind, um auf sie aufzupassen.« Die Krankenschwester gibt weiter Daten in den Computer ein. »Meinte, dass alles gut werden würde.«

Ich will eigentlich nicht mehr zuhören, will aus dem Gespräch fliehen und mich wieder hinter meine Kamera flüchten, an das glauben, was ich weiß. »Was haben sie gesagt?«

»Sie haben nur zugehört. Haben sie gehalten. Dann hat sie ihre Augen geschlossen und einige Minuten später stand ihr Herz still.« Die Schwester schüttelt den Kopf in scheinbarer

Verwirrung. »Es war ein Code Blue. Sie haben alles versucht, sie wiederzubeleben.«

»Und wieso soll das ein Wunder sein?«, frage ich traurig nach. Mein Herz bricht, das Leben ist so unfair. Tessa war noch so jung, nur ein kleines Kind. Ihr Leben hatte eben erst angefangen, ihre Zukunft stand ihr noch offen, sie hätte noch ihre eigene Geschichte schreiben sollen. Es sollte irgendwo eine Regel geben, dass das Leben im Grunde immer gut sein soll. Wann immer etwas geschieht, es sollte immer dahin zurücktendieren, dass alles gut wird. Jede Biegung und jeder Abzweig sollten stets zurück zu einem guten Leben führen. Es sollte kein Licht am Ende des Tunnels geben, sondern nur einen Weg, gebadet in Sonnenschein.

»Sie ist wieder zurückgekommen. Mehrere Minuten, nachdem sie für tot erklärt wurde, ist sie wieder aufgewacht.«

Ich sage nichts, weiß nicht, wie ich antworten soll. Ich habe mir nie tiefere Gedanken gemacht … ich habe einfach nicht die Kraft, an mehr als das Hier und Jetzt zu denken. Wenn es ein Leben nach diesem gibt, einen guten Grund für all das, was jetzt geschieht, dann habe ich nie wirklich etwas davon mitbekommen. Ich hatte nicht wirklich eine Meinung über weitere Leben nach diesem. Aber jetzt und hier atme ich aus, erleichtert, der angehaltene Atem tritt aus und nimmt die Trauer mit sich. Sie lebt, zumindest jetzt geht ihr Leben weiter.

»Wenn du in diesem Leben Gutes tust, wird dein Karma dir ein wundervolles nächstes Leben schenken«, hat Mom uns immer erklärt. Karma war immer Drohung und Belohnung zugleich. Das Leben, das wir heute leben, wird unsere Zukunft bestimmen.

Ich verlasse das Schwesternzimmer und gehe zu Tessa, in Gedanken immer noch bei den Ereignissen von gestern Nacht. Den Weg kenne ich inzwischen so gut, dass ich ihn auch ohne darauf zu achten finde, das Zimmer liegt nur ein paar Gänge vom Schwesternzimmer entfernt. Es ist spät, Tessa wird inzwischen schon zu Abend gegessen haben. Ihre Eltern sind wahrscheinlich auch schon gegangen, sie haben noch andere Kinder zu Hause und können daher nicht rund um die Uhr hierbleiben. An der Tür lausche ich, ob ich Stimmen höre. Als alles leise bleibt, schiebe ich die Tür vorsichtig auf und werfe einen Blick ins Zimmer. Beruhigt sehe ich, wie Tessa friedlich in ihrem Bett liegt und schläft, ihre Hautfarbe schon viel gesünder, die Zahlen auf den Monitoren stabiler als zuvor. Zufrieden schließe ich die Tür sachte wieder, als ich David kommen sehe.

»Du hast also auch davon gehört?«

Das Krankenhaus ist groß, aber trotzdem ist es kaum möglich, jemandem hier aus dem Weg zu gehen. Wir haben die gleichen Patienten, bewegen uns in den gleichen Behandlungsbereichen – gelegentliche Zufallstreffen sind nicht zu vermeiden. Wie ich so bei ihm stehe, hier in dem stillen Flur, werde ich automatisch an unser letztes Treffen erinnert. Das Treffen, bei dem ich mich beinahe selbst in ihm verloren hätte. Und das, was danach geschehen war.

»Ja«, sage ich, während ich einen Schritt zurücktrete. »Es ist ein Wunder.«

»Das sagt jeder hier«, antwortet er. Ich sehe ihm zu, beobachte seine Bewegungen, die Art, wie er spricht. All das scheint mir so vertraut, obwohl es das nicht sein sollte. Es ergibt einfach keinen Sinn.

»Sie wird also vollkommen genesen?«, frage ich, obwohl ich Angst vor der Antwort habe. Wenn ich Gott wäre, würde ich es so machen, dass jeder, der einmal ein Wunder erfahren hat, für den Rest des Lebens geschützt wird. Wenn man einmal von magischer Hand berührt wurde und als besonders gezeichnet wurde, darf es nicht mehr wieder zurückgenommen werden. Von da an lebt man für immer ein gesegnetes Leben. Und ich würde bestimmen, dass jeder ein Wunder verdient. »Also, der Krebs?«

»Es sieht so aus«, antwortet David. Er scheint die tieferen Beweggründe für meine Frage zu verstehen. »Was immer passiert ist, was sie gesagt hat, gibt uns Grund zur Hoffnung.«

Wie ein Regenbogen nach einem Tornado, kommt es mir in den Kopf. Ich war einmal für ein Fotoshooting im Südwesten der Vereinigten Staaten, als ein Tornado die Gegend heimsuchte, der mehr als einen Kilometer Fläche einnahm. Wie alle anderen habe ich Schutz gesucht, bis dieser Schrecken der Natur vorbeigezogen war. Die Sirenen heulten, während Wind und Donner sich um uns herum zu einem ohrenbetäubenden Lärm steigerten. Gute zehn Minuten wagte sich niemand zu rühren, wir konnten ohnehin nichts tun, als die Naturgewalten auszusitzen. Als die Stille schließlich kam, rannten alle nach draußen, versuchten einzuschätzen, welche Schäden entstanden waren. Während die Menschen sich verstreuten und nach ihren Freunden und Familien suchten, schrie jemand auf und zeigte in den Himmel. Alle folgten seinem Blick, aus Angst, dass ein zweiter Tornado folgen könnte. Stattdessen sahen wir den Himmel von einer Vielzahl Farben überzogen, reine Schönheit im Angesicht der Verzweiflung.

»Dann ist es gut.« Ich suche nach einem Ausweg, damit sich nicht noch einmal so etwas mit David ereignet wie beim letzten Mal. Ich kann mich nicht wieder so verlieren, denn ein zweites Mal werde ich nicht wieder zurückfinden. Ich wende mich ab, um wegzugehen, das Einzige, was ich wirklich gut kann. Doch er hält mich auf.

»Ich vermisse dich.«

Er spricht es laut aus, hier, wo jeder es hören könnte. Ich sehe mich ängstlich um, fürchte ein Publikum. Aber der Flur liegt still und einsam. »Man kann nichts vermissen, was einem nicht gehört«, erkläre ich boshaft, versuche ihn mit verletzenden Worten fortzustoßen.

»Das mag sein«, stimmt er zu. »Aber leider ändert das nichts an meinen Gefühlen.«

Ich blicke in seine Augen und erkenne dort die Trauer, die wir beide fühlen.

»Ich hätte nie hier sein sollen.« Ich will mehr sagen, einen Kampf ausfechten, der nie begonnen hat, als eine Krankenschwester an uns vorbei in Tessas Zimmer tritt. Ich nutze die Gelegenheit, um zu fliehen. Die einzige Antwort, die ich habe.

Marin

Sie sitzen am Esstisch, alle in exakt gleicher Entfernung voneinander. Das Essen ist beendet, sie betrachten einander schweigend, schauen zuerst sich gegenseitig an, dann alles, was sonst ihre Aufmerksamkeit erregt. Raj spricht als Erster, während er über den Tisch Gias Hand ergreift. »Wie geht es dir, Beti?«, fragt er.

»Ich bin in Ordnung, Daddy«, sagt Gia. Sie lässt ihn ihre Hand eine Sekunde lang halten, ehe sie sie zurückzieht. »Alles ist gut.«

Ihr Aussehen straft ihre Worte Lügen. Ihr Haar fällt stumpf auf ihre Schultern. Tiefe Ringe liegen um die Augen. Ihre Fingernägel, normalerweise ordentlich geschnitten und lackiert, sind abgekaut. »Du siehst aber nicht so aus«, wendet Marin ein, die Stimme strenger, als sie wollte. »Du siehst schrecklich aus.«

»Danke, Mom«, gibt Gia zurück, ohne Marins Blick zu erwidern. »Echt nett, wie du das so sagst.«

Marin hält ihre Erwiderung zurück. Ihr Instinkt drängt sie dazu, Gia zurechtzuweisen, ihr zu befehlen, sich wieder einzukriegen und wieder zur normalen Ordnung zurückzukehren. Dass all dieses Theater langsam mal ein Ende haben muss. Marin stellt sich vor, wie es ihr ergangen wäre, wenn sie sich als Kind so wie Gia aufgeführt hätte. Innerhalb von Sekunden wäre sie gegen die Wand gepfeffert worden, ohne Chance, sich zu erklären. Sie fragt sich, was Gia dazu sagen würde, wenn sie das wüsste.

»Du hast echt Glück, dass wir …«

Ehe Marin ihre Gedanken in Worte fassen kann, unterbricht Raj sie. »Gia, ich habe das hier in deinem Schreibtisch gefunden.« Er sieht niedergeschlagen aus, wie ein Vater, der nicht mehr weiterweiß. »Du verstehst bestimmt, dass wir uns Sorgen um dich machen.«

Gia liest nur die erste Zeile, ehe ihr das Blatt aus der Hand fällt. »Du bist in mein Zimmer gegangen? Hast meine Sachen durchsucht?« Sie lässt den Kopf hängen. »Wie konntest du nur?«

»Ich bin dein Vater«, gibt Raj sanft zurück. »Wie könnte ich nicht versuchen zu helfen?« Er rückt an ihre Seite, setzt sich neben sie. »Ich mache mir solche Sorgen um dich. Was können wir tun, Beti?« Er ergreift ihre Hand erneut. »Sag es uns einfach, was immer es ist.«

»Ich weiß nicht«, flüstert Gia. Tränen rinnen ihre Wangen hinab.

»Aber warum weinst du dann? Hmm?« Raj wischt ihr die Tränen sorgsam fort, als ob Gia noch ein kleines Kind wäre. »Sag mir, was dich bedrückt.«

»Ich vermisse ihn so«, gibt Gia zu. »Ich denke nur an ihn.«

Adam. Allein der Gedanke bringt die Bitterkeit wieder hervor. Marin schluckt sie hinunter, aber sie kommt direkt wieder hoch. »Hast du denn gar keinen Verstand?«, mischt sich Marin drängend ein. Sie starrt Gia an, sieht aber nur eine Fremde an der Stelle, an der ihre Tochter sitzt. »Wie kannst du den Jungen vermissen, der dir so wehgetan hat?«

»Er hat mich geliebt.«

»Nein, hat er nicht!«, weist Marin sie zurecht. Sie schlägt mit der Faust auf den Tisch, erschreckt sowohl Gia als auch Raj damit. »Weißt du überhaupt, was Liebe ist?« Marin steht auf, ignoriert die Warnsignale, die in ihrem Kopf aufleuchten. »Liebe ist etwas Gutes. Sie ist …« Marin sucht nach einer passenden Definition. »Sie ist, wenn jemand sein Leben dafür gibt, damit du ein besseres Leben hast, eine bessere Ausbildung. Alles, was ich nie hatte, all das hast du. Das ist, was Liebe ist.«

»Nein, ist es nicht«, sagt Raj leise. Er schüttelt enttäuscht den Kopf, wendet sich von Marin ab, zurück zu Gia. »Wir haben etwas falsch gemacht und müssen es wieder in Ordnung bringen. Irgendwo haben wir dich verloren und wir wollen dich wiederfinden. Wir wollen unser kleines Mädchen zurückhaben.« Er hält inne, schließt die Augen und atmet tief durch. »Willst du die Schule eine Weile verlassen? Eine Auszeit nehmen, damit die Wunden heilen können?«

»Könnte ich das denn?« Gia schaut automatisch zu Marin, als ob sie erwartet, dass ihre Mutter es sofort verbietet.

»Nein«, sagt Marin auch wirklich, aber Raj unterbricht sie, seine Stimme lauter als ihre.

»Doch, das kannst du«, sagt er. »Wenn es das ist, was du wünschst.«

»Es tut mir leid, aber wir hatten das doch besprochen?«, wirft Marin ein, die Zorn in sich brodeln fühlt. Seit ihrem letzten Gespräch haben Raj und sie das Thema der Trennung nicht wieder angesprochen. Raj hat allerdings seine Sachen in das Gästezimmer geschafft und schläft jetzt dort. Eigentlich haben sie nicht mehr viel, über das sie sprechen, die gemeinsame Aufgabe als Eltern ausgenommen. »Sie wird die Schule nicht verlassen.«

Raj steht auf und wendet sich Marin zu. »Wenn es das ist, was sie wirklich braucht, dann wird sie das tun.«

»Ich lasse nicht zu, dass du ihr Leben zerstörst«, sagt Marin. »Wenn du einen Kampf willst, kannst du ihn bekommen.«

»Was meinst du damit?«, fragt Raj langsam.

»Ich werde mit Gia ausziehen. Dann werde ich das volle Sorgerecht beantragen und dafür sorgen, dass ich allein alle Entscheidungen für ihr Leben treffe«, warnt Marin ihn. Kaum, dass sie die Drohung ausgesprochen hat, wird ihr klar, dass es unumgänglich ist, die einzige logische Möglichkeit. Raj und sie sind in einer Sackgasse angekommen und seine Vorstellungen von seinen Pflichten als Elternteil werden Gia langfristig gesehen nur Schaden zufügen. Marin kann das nicht zulassen, auch wenn das bedeutet, dass Gia ohne ihren Vater wird leben müssen.

»Ich würde aber lieber bei Dad bleiben«, sagt Gia leise. Sie steht auf und stellt sich neben ihn. »Das sollte doch auch zählen, also, was ich will, oder?« Als Raj nickt, fährt sie fort: »Das ist, was ich will. Mir ist es egal, ob hier oder irgendwo sonst. Aber ich will bei dir bleiben, Dad. Bitte!«

Marin tritt einen Schritt zurück, durch den Schock aus dem Gleichgewicht gebracht. »Gia, was redest du denn da?«, sagt sie schockiert, erfüllt von einer Art der Angst, die sie nicht mehr verspürt hat, seit sie das Haus ihres Vaters verlassen hat. »Ich bin deine Mutter. Du gehörst zu mir.«

»Ich denke, es würde mir bei Dad besser gehen«, flüstert Gia und traut sich nicht, ihrer Mutter in die Augen zu sehen. »Ist das okay so?«

Ihre Frage ist an Marin gewandt, aber Raj antwortet: »Natürlich, Kleines.«

* * *

Marin trifft spät in der Nacht in Brents Krankenzimmer ein. Direkt nach Gias Erklärung hatte sie das Haus verlassen, zuerst war sie in ihr Büro gefahren, jenes in der Zentrale des Unternehmens. Sie hatte die Bürotür hinter sich geschlossen und stundenlang die Wand angestarrt. Sie war alle Optionen im Kopf durchgegangen, hatte sicherheitshalber sogar einige Scheidungsanwälte angerufen und Termine für nächste Woche vereinbart. Aber eine schnelle Suche im Internet bestätigte nur ihre Sorge: Gia war inzwischen fünfzehn Jahre alt, damit würden ihre eigenen Wünsche am schwersten wiegen. Wenn sie dem Richter sagt, dass sie lieber bei ihrem Vater leben will, würde es keinen Grund geben, ihr diesen Wunsch zu verweigern.

Marin fragte sich, ab wann alles so aus dem Ruder gelaufen war. Sie hatte alles geplant, bis ins kleinste Detail, und jetzt stürzte alles um sie herum ein, ohne dass sie etwas daran ändern konnte. Sie hatte Raj nie geliebt, das war ihr inzwischen klar, aber sie hatte ihre Rolle akzeptiert, den Platz im Leben des anderen. Gemäß der indischen Kultur war vorbestimmt, dass ihre Ehe auf ewig besteht, wenn auch nur auf dem Papier.

Jetzt schien nichts mehr sicher. Die feste Basis, auf der sie ihr Leben errichtet hatte, zeigte Risse und drohte einzustürzen. Für Gia hatte Marin immer nur nach dem Besten gestrebt und war dabei von der Illusion geblendet worden. Es gab kein perfektes Leben, das man erreichen konnte, keine Überlegenheit gegenüber all jenen, die weniger leisten. Sie hatte ihrer Tochter die ganze Welt geboten, ihr dabei aber das Verständnis ihrer selbst geraubt.

Nachdem die Wände ihres Büros ihr immer mehr einem Sarg zu gleichen schienen, war Marin wieder aufgebrochen und an dem einzigen Ort gelandet, von dem sie nie gedacht hätte, dass sie freiwillig herkommen würde. Über eine Stunde hatte sie auf dem Parkplatz des Krankenhauses verbracht, sich selbst angefleht, nicht hineinzugehen. Es war ohnehin zu spät für Antworten, zu viel war geschehen, um es noch zu analysieren und aufzuarbeiten. Außerdem war sie nicht die Art Mensch, der vor einem Fremden auf dem Sofa liegt und seine Sorgen aufzählt. Damit würde sie zu sehr eingestehen, dass etwas nicht stimmt, und sie war nicht bereit, solche Zugeständnisse zu machen. Niemand wusste besser als sie, wie ihr Leben zu leben war. Egal, was mit Gia und Raj passiert. Egal, was die Zukunft noch bringt.

Aber sie hörte nicht auf ihre eigenen Worte. Beleuchtet durch den Mond und die Neonröhren der Notaufnahme trat Marin durch den Haupteingang ins Krankenhaus ein und folgte den sterilen Fluren. Der leere Aufzug brachte sie zu dem Stockwerk, in dem ihr Vater lag, von dort fand sie zu seinem Zimmer. Es schien ihr wie gestern, dass sie einen anderen, aber sehr ähnlichen Flur entlanggegangen war, um Gia ins Traumazentrum zu bringen. Natürlich war es nicht gestern gewesen. Denn, wenn es gestern gewesen wäre, hätte sie noch genug Zeit, die Schritte abzuändern, die sie danach gegangen war. Um den Lauf ihres Lebens zu ändern und eine neue Richtung zu bestimmen. Um einen Weg zu finden, Gia zu behalten, sie nicht an die Umstände zu verlieren.

* * *

»Du hast gewonnen«, sagt Marin zu ihrem Vater, der völlig regungslos unter dem weißen Bettlaken liegt. »Ich dachte, ich könnte dich schlagen, dir zeigen, dass ich nicht dir gehöre, mein eigenes Leben bestimme, aber ich habe mich geirrt.« Sie setzt sich auf den Stuhl neben dem Bett ihres Vaters, will ihn nicht berühren. »All die Jahre hast du mit eiserner Hand geherrscht und ich habe mir immer eingeredet, dass ich mit der Zeit beweisen würde, dass ich klüger und stärker bin als du.«

Nach dem ersten Mal hatte es nicht lange gedauert, bis die Schläge regelmäßig kamen. Anfangs konnte Marin seine Gewaltausbrüche nie richtig einordnen, dachte immer, sie müsste einfach nur klüger sein, noch bessere Noten bringen, und alles würde gut werden. Aber keine Note war je gut genug, kein Verhalten akzeptabel. Erst zwei Jahre nach ihrer Ankunft in Amerika lernte Marin, wie sie mit ihrem Vater umgehen musste.

Sie waren bei einem Treffen der indischen Gemeinschaft, bei dem *Navaratri* gefeiert wurde. Die Mitglieder der indischen Gemeinschaft kleideten sich in ihre feinsten Gewänder und holten ihre Stöcke für den Tanz heraus. Die meisten Frauen waren in Saris gehüllt, die Mädchen trugen *Chaniya Cholis* – knöchellange Röcke und kurze Blusen, die den Bauch und die Arme unbedeckt ließen. Dazu wurde ein Schal über die Schultern geworfen und am Rücken in den Rock gestopft. Jedes Gewand war mit falschen Edelsteinen bestickt, sodass die Mädchen zu glitzern schienen, während sie tanzten. Sie wirbelten um die Statuen der Göttin Lakshmi, der Schutzherrin des Reichtums. Die Räume wurden von Diyas beleuchtet, der Duft von Weihrauch mit Rosenessenz erfüllte die Luft. Es war ein Fest der Schönheit, erfüllt mit Hoffnung und dem Gefühl der Zusammengehörigkeit in der Gemeinschaft.

Als Kind in Indien hatte sich Marin immer nach diesen Feiertagen gesehnt, das ganze Land stand für die Tage still. Die Straßen füllten sich mit Menschen, die neun Tage lang Navaratri feierten. Kaste, Hautfarbe und Geschlecht wurden angesichts der Freude unwichtig. Marin verbrachte die ganzen neun Tage mit ihren Freunden, sie wechselten sich ab, in wessen Haus sie zusammen übernachteten. Brent steckte Marin fünfzig Rupien zu, ein wahrer Reichtum, und sagte ihr, sie solle eine tolle Zeit verbringen.

Die Straßen waren von Ständen gesäumt, an denen die Verkäufer Süßwaren und Spielzeug anboten. Für Marin reichte das Geld die ganzen neun Tage. Ihre Freunde waren immer neidisch, wie viel sie hatte, ihre eigenen Väter gaben ihnen meist nur zehn oder zwanzig Rupien. Aber Marin teilte gern, sie konnte ihr Glück schlecht genießen, wenn ihre Freunde nicht ebenso glücklich sein konnten. Die neun Tage der Feier waren etwas, worauf sich Marin das ganze Jahr freute, das Glücksgefühl ergriff dann vollkommen Besitz von ihr.

Als sie in Amerika ankamen, dachte sie, hier würde es genauso sein. Wenn nicht noch prächtiger. Direkt im ersten Jahr stellte sie jedoch schon fest, dass sich hier das Fest auf eine einzige Halle beschränkte, die von der indischen Gemeinschaft angemietet worden war. Auch wurde nicht neun Tage, sondern nur ein einziger Abend gefeiert. Marin schlief an dem Abend mit Erinnerungen an die vergangenen Jahre ein. Erst im zweiten Jahr verstand Marin den Unterschied komplett, und auch, wie ihr Leben jetzt ablief, im Vergleich zu dem, was sie früher gehabt hatte.

Nachdem sie sich angekleidet und zu Abend gegessen hatten, wurden sie alle in den alten Kombi gestopft, mit dem Brent sie zu der Halle fuhr, die eigentlich einer Kirche gehörte, und die von der indischen *Samaj* für den Anlass gemietet wurde. Kaum, dass sie den Wagen auf dem Parkplatz abgestellt hatten, sprang Marin heraus und wollte sich in die Menge stürzen, sich zwischen den Hunderten Menschen verlieren, die zur Feier erschienen waren.

»Marin«, hielt Brent sie auf.

»Ja, Daddy?«, fragte Marin verwundert und hoffte insgeheim, dass ihr Vater ihr vielleicht ein paar Dollar zustecken würde, damit sie einige der Süßigkeiten kaufen könnte, die von den indischen Damen für wohltätige Zwecke angeboten wurden.

»Ich muss hier auf meinen Ruf achten. Vergiss das nicht!«, ermahnte Brent sie, während er Sonya aus dem Kindersitz hob.

»Ja, Daddy«, sagte Marin, die Hände vor sich gefaltet, ungeduldig, sich auf das Fest begeben zu können.

Marin verbrachte den Abend mit Freunden, die sie in der indischen Gemeinschaft gefunden hatte. Den meisten von ihnen war nicht mehr gemein als die Farbe ihrer Haut. Aber wie alle Kinder fanden sie schnell genug Gemeinsamkeiten, um miteinander spielen zu können. Die Nacht verging schnell, Marin hatte ihren Spaß, sie spielten Verstecken, während die Erwachsenen und Teenager in der Halle tanzten. Als ihre Freunde müde wurden, suchten sie sich ein Büro im hinteren Teil der Halle. Heimlich brachten sie einige Dosen Limonade und Schüsseln voll Gathiya mit, damit sie während des Spielens etwas essen konnten.

Zwei der Jungs begannen sich zu raufen und warfen dabei drei Dosen Limo um. Die karamellfarbene Flüssigkeit lief sofort aus und hinterließ ihre Spuren in dem beigen Teppich. Die beiden rannten sofort aus dem Büro, ehe sie jemand zur Verantwortung ziehen konnte. Die meisten anderen Kinder taten es ihnen gleich, sodass nur noch Marin und ein anderes Mädchen zurückblieben. Die beiden schafften es nicht mehr, mit den anderen wegzulaufen – als sie es gerade versuchen wollten, wurden sie von einem der Erwachsenen an der Tür aufgehalten.

»Ich bin schwer enttäuscht von euch«, sagte der Mann, als er den Fleck auf dem Teppich sah und nach Brent und dem Vater des anderen Mädchens rief.

»Bitte, Onkel«, setzte Marin an, nutzte den Kosenamen, um Respekt zu zeigen. Schweißtropfen bildeten sich an ihrer Bluse und Oberlippe. Vor Angst zitterte ihre Stimme. »Wir waren das nicht, die Jungs haben gespielt und …«

Ehe sie ihre Erklärung beenden konnte, traf Brent auch schon ein. Er sah den Fleck und trat vor, um sie zurechtzuweisen. In dem Moment kam aber auch der Vater des anderen Mädchens. »Es kann gar nicht sein, dass Marin so was getan hat«, sagte der andere Vater. »Marin«, fuhr er fort und legte seine Hand auf ihre Schulter. Die einzige erlaubte Stelle, wo ein Mann ein Mädchen berühren darf. »Meine Tochter hat uns so viel erzählt, was für eine gute Schülerin du bist. Stimmt es wirklich, dass du schon zwei Jahrgänge übersprungen hast?«

»Ja«, antwortete Brent für sie. »Der Schulleiter selbst hat bei mir angerufen, um es zu empfehlen.«

»Brent, du bist eben erst in Amerika angekommen. Wir haben schon hier gelebt, ehe unsere Kinder geboren wurden. Und doch haben wir nicht so viel erreicht wie du, in so kurzer Zeit.« Der Onkel lächelte Marin freundlich zu. »Du bist ein gutes Beispiel für alle anderen Kinder in unserer Gemeinschaft. Wir sind froh, dass du hier bist. Unsere Kinder können zu dir aufblicken und von dir lernen.« Er schüttelte Brent die Hand und nickte in Richtung des Flecks. »Dein Kind würde nie so einen Fehler machen. Sag mir, was ist dein Geheimnis?«

»Ich setze mich jeden Abend mit ihr hin und bespreche ihre Hausaufgaben«, erklärte Brent, auch freundlich zu Marin lächelnd, wobei das Lächeln natürlich nur für den Onkel gedacht war. »Ihr Erfolg bestätigt unseren Entschluss, nach Amerika gekommen zu sein.«

»Man sollte sie dafür belohnen, mein Freund.« Er gab Marin und seiner Tochter ein Zeichen, ihm zu folgen. »Kommt, ich kaufe euch etwas zum Naschen, ihr könnt es euch aussuchen. Ihr habt es euch verdient.«

Marin lehnt jetzt den Kopf gegen den Stuhl und betrachtet Brent in seinem Bett, während die Erinnerungen an jenen Tag an ihr vorbeiziehen. Sie hatte an dem Abend einen ganzen Teller bester Leckereien genossen, alles dank dem Onkel, und Brent, der nicht nachstehen wollte. Aber viel wichtiger als die Süßigkeiten war die Lektion gewesen, die sie an dem Abend gelernt hatte, die mit Brents Entschuldigung gekommen war.

»Es tut mir leid«, hatte er gesagt, das erste und einzige Mal, dass Marin diese Worte von ihm hörte. »Der Onkel hat recht. Jemand, der so viel erreicht hat wie du, würde nie so einen Fehler machen.« In Gedanken verloren murmelte er dann noch, mehr zu sich selbst: »Es ist alles ein Spiel, Marin. Das Leben, meine ich. Du musst nur wissen, wie du gewinnen kannst. Das ist alles, was zählt.«

Die Botschaft war klar gewesen. Solange sie nur erfolgreich ist und alle Welt es sehen kann, war sie auch sicher. Niemand würde wagen, sie anzurühren. Sie war besonders, weil sie Erfolg hatte. In dieser Nacht gab sie sich selbst ein Versprechen: Sie würde nie wieder zufrieden sein, solange sie nicht in allem die Beste war. Es war der einzige Weg, die komplette Kontrolle über ihr Leben zu haben und das Spiel zu gewinnen.

»Hier ist mein Erfolg nun, Daddy«, murmelt Marin jetzt. »Gia will lieber mit ihrem Vater leben.« Marin hört die Erklärung ihrer Tochter wieder und wieder. »Sie will mich nicht.« Marin muss nach Atem ringen, mit jeder Sekunde wird es schwerer, Luft zu bekommen. »Ich habe alles für sie getan. Mein Erfolg sollte ihr den Weg weisen, aber es war nicht genug. Ich war nicht genug. Sie liebt mich nicht.«

Ihr eigenes Gewicht wird ihr zu schwer, sie lässt sich von dem Stuhl auf den Boden sinken. Als sie dort auf ihren Knien ankommt, legt sie den Kopf auf den Boden und lässt endlich die Tränen fließen, die sie ihr ganzes Leben zurückgehalten hat. Anfangs kommen sie nur langsam, aber bald genug schluchzt sie mit ganzem Körper. »Ich weiß nicht, was ich tun soll.« Als ob ein Damm in ihr bricht, kann Marin die Tränen nicht mehr aufhalten. Im sicheren Bewusstsein, ihre Tochter verloren zu haben, akzeptiert Marin, dass ihr nichts mehr bleibt in diesem Leben, das schon vor vielen Jahren zerstört worden war.

Trisha

Ich liege in Sonyas Bett, wir beide liegen auf dem Rücken, nebeneinander. Wir halten uns an den Händen, während wir die Decke anstarren. In der Stille hört man nur unseren Atem, sie ruhig und gleichmäßig, ich laut und stockend.

»Was habe ich gesagt? In jener Nacht?«, frage ich schließlich, ich muss es wissen.

Nachdem Mama mir alles erzählt hatte, war ich zusammengebrochen und hatte in ihren Armen geweint, bis die Vergangenheit langsam abgefallen und in die Gegenwart übergegangen war. Ich weiß jetzt, dass ich nicht mehr fünfzehn Jahre alt bin, aber ich fühle mich immer noch nicht wie dreißig. Stattdessen komme ich mir viel, viel älter vor und kann doch immer noch nicht bestimmen, wie viel von meiner Kindheit zu jenem Moment eingefroren wurde. Wie viel ich verloren hatte, während ich im Schatten dessen lebte, was er mir angetan hatte. Ich war immer sein Liebling. Erst jetzt weiß ich, welchen Preis ich dafür bezahlt habe.

»Dass er dir wehgetan hat. Als ich fragte, wie, meintest du, dass er dich berührt hat. Dich genommen hat.« Sonya drückt meine Hand kräftiger, die Erinnerungen schmerzen auch sie. »Ich habe erst Jahre später verstanden, was du damit meintest.«

»Warum hast du denn nie etwas gesagt?«, frage ich.

»Habe ich doch. In der Nacht bist du in meinem Bett eingeschlafen. Am nächsten Morgen bist du aufgewacht und hast so getan, als ob nie etwas passiert wäre. Als ich es angesprochen habe, hast du es nur abgetan und mich einen Dummkopf genannt.« Sonya dreht ihren Kopf, sodass sie mich jetzt ansieht. »Ich war verwirrt, wusste nicht, ob du dir alles nur ausgedacht hattest, oder ob du einfach nicht darüber reden wolltest.«

»Ich hatte alles vergessen«, gebe ich zu, während ich auch jetzt noch versuche, mich an die Nacht und den folgenden Tag zu erinnern. »Alles. Ich habe mich nicht einmal mehr daran erinnert, was wir vor dem Schlafengehen zueinander gesagt hatten.«

»Ist das denn so verwunderlich?«, fragt sie. »Du warst seine Prinzessin.«

»Er ist wirklich ein Monster, oder?«, sage ich, auch wenn die Worte sich für mich fremd anhören. »Ihr wusstet es schon immer, nur ich wollte es nie wahrhaben.« Ich fühle mich so töricht. »Ich war immer sein kleines Mädchen, die Besondere.« Eindrücke jener Nacht kommen aus der Erinnerung hervor, wie Samen einer Pusteblume, die im Wind vorbeiziehen. Immer, wenn ich nach einem greife, schwebt der nächste vorbei, zieht meine Aufmerksamkeit auf sich und lässt mich dabei den anderen aus dem Blick verlieren, den ich eben noch hatte.

»Als ich noch klein war, hatte ich große Angst vor Monstern unter dem Bett«, erklärt Sonya. »Meine Freundinnen haben mir dann beschrieben, wie sie sich ihre Monster unter dem Bett vorstellen. Dabei wurde mir klar, dass mein Monster genauso aussah wie Dad. Er war das Monster, vor dem ich Angst hatte«, enthüllt sie mir. Sie lässt meine Hand los und stützt sich auf einen Ellbogen, den Kopf auf die Hand gelegt. Ihr Haar fällt lose herab. Sie ist spät nach Hause gekommen und war überrascht, mich und Mama im Flur zu finden, unsere Gesichter von Trauer und Schock verzerrt. »Was wirst du jetzt tun?«

»Ich weiß es nicht«, antworte ich ehrlich. In wenigen Wochen hat sich mein ganzes Leben umgedreht, alles, was ich bisher kannte. Ich bin ausgelaugt und erschöpft, zu hilflos, um eine Antwort zu finden. »Ich erinnere mich immer noch nicht an alles«, gebe ich zu, fast beschämt. Ich frage mich, wie weit mein eigener Geist gegangen ist, um mich vor den Schmerzen zu behüten.

»Vielleicht ist das auch besser so«, überlegt Sonya und legt sich zurück. »Der Geist ist sehr mächtig, er weiß genau, was er verkraften kann und was zu viel ist, um es zu verarbeiten.« Sie schließt wieder ihre Finger um meine. »Warum solltest du dich daran erinnern wollen, was er dir angetan hat, Trisha?«

»Weißt du, was verrückt ist?« Ich zögere, die Worte auszusprechen, meine Gefühle in Worte zu fassen. »Ich liebe ihn immer noch. Ich kann einfach den Vater, an den ich mich erinnere, nicht mit den Ereignissen jener Nacht in Verbindung bringen. Es ist wie in einem Film, wie etwas, das nicht wirklich mir passiert ist.«

»Man nennt das Dissoziation«, erklärt Sonya. »Das kommt häufig in Fällen von Missbrauch vor.« Sie spricht langsam, zögerlich. »Man trennt sich von dem Ereignis oder der Situation, überzeugt sich, dass es nicht einem selbst passiert ist. Es ist ein Schutzmechanismus des Gehirns, ein Überlebensinstinkt.«

»Ist es das, was du immer getan hast?« Zum ersten Mal frage ich mich, wie sie diesen Horror ihr Leben lang ertragen konnte, wenn ich selbst mit nur einer einzigen Nacht nicht fertig werde. »Dissoziation?«

»Manchmal wünschte ich, ich hätte«, erklärt Sonya nach einer langen Pause. »Vielleicht wäre es dann einfacher gewesen, ich weiß nicht.« Sie steht vom Bett auf, nimmt einen Schluck von dem Wasser, das sie mir gebracht hat. »Ich bin im Moment verblieben. Habe jedes Detail aufgenommen, alles, was er mir angetan hat, und es zum Teil meiner selbst gemacht.«

»Wie weißt du so viel darüber?«, frage ich verwundert. So viel scheint in der Zeit geschehen zu sein, die wir voneinander getrennt waren. »Wie hast du so viel gelernt?«

»Habe ich nicht«, erwidert Sonya und zeigt ein Zeichen der Verwundbarkeit. »Ich habe nur etwas geforscht, einen Haufen hochtrabende Fachbegriffe gelernt.« Sie bietet mir das Wasser an. Ich nehme einen tiefen Schluck, setze das Glas dann auf dem Nachttisch ab.

»Du musst mich wirklich hassen«, bringe ich hervor, meine Kehle fühlt sich wie Schmirgelpapier an. »Unsere ganze Kindheit über. All das, was ihr alle erleiden musstet« – ich halte kurz inne – »während ich nur danebenstand, unberührt.«

»Manchmal dachte ich das auch«, gibt Sonya zu. Ihre Worte überraschen mich nicht wirklich. »Aber du warst ja nicht diejenige, die zugeschlagen hat, oder?« Sie starrt an die Decke und kämpft gegen die Tränen an. »Du warst immer mit uns im selben Boot. Du saßt nur auf der anderen Seite.«

»Ich habe es euch immer vorgeworfen«, gebe ich zu, wobei die Scham mich durchdringt. Sie dreht sich schockiert um. »Euch allen. Dachte, wenn ihr nur etwas mehr so wärt, wie er es braucht …« Das Geständnis fällt mir schwer. »Bin ich auch ein Monster? Wie er?« Die Angst rührt sich tief in mir. Das ist, was mich dazu getrieben hat, mein perfektes Leben zu erschaffen. Alles vor Eric zu verbergen, was vorgefallen war. Warum ich nie Kinder haben wollte. »Vielleicht war ich deshalb immer seine Lieblingstochter. Vielleicht liebte« – ich ersticke fast an dem Wort und seiner Bedeutung – »er mich deshalb so sehr, weil ich so bin wie er.«

»Glaubst du das wirklich?«, fragt Sonya leise. Sie setzt sich neben mich und nimmt meine Hand. »Meinst du, wenn du ein Kind hättest, könntest du es so verletzen, wie er uns verletzt hat?«

»Wie kann ich sicher sein, dass es nicht so wäre?«

»Das weißt nur du«, sagt Sonya so entschieden, dass sie mich überrascht. »Du triffst diese Entscheidung, ebenso wie er es getan hat.«

»Du meinst wirklich, dass es so einfach wäre?« Ich schüttele den Kopf, kann nicht glauben, was sie sagt. »Wir sind durch die Dunkelheit gegangen. Wie schafft man es, das Licht zu finden?«

»Man sucht überall, wo es nur geht.« Sonya zupft an der Bettdecke und vermeidet es, mich direkt anzusehen. Es gibt da noch mehr, etwas, was sie mir nicht verrät. Ich frage mich, wie weit unser Netz der Geheimnisse sich erstreckt und ob wir es je wieder schaffen werden, uns daraus zu entwirren.

»Hast du Angst?« Ich denke an ihre Reisen, daran, wie sehr sie die Fotografie liebt. Erst jetzt wird mir klar, dass Sonya aus eigener Erfahrung spricht. Sie hat ihr Licht am einzigen Ort gefunden, den sie kannte – so weit weg von uns wie nur möglich. Sie vertraut der Welt durch ihre Kamera betrachtet mehr, als mit ihren eigenen Augen gesehen.

»Jeden Augenblick meines Lebens«, gibt sie zu. Sie tritt vom Bett fort, beendet damit das Gespräch. »Was wirst du jetzt tun?«, fragt sie erneut.

»Ich weiß es nicht«, sage ich. Ich habe noch keine Antwort gefunden. »Ehrlich, ich habe keine Ahnung.«

* * *

Wenn ich nicht schlafe, wandere ich gern durch den Garten. Mama hat ein Blumenbeet hinter dem Haus, das jede Woche von einem Gärtner gepflegt und gelegentlich umdekoriert wird. Vor einigen Wochen hatte sie dort noch Tulpen stehen, jetzt sind es Rosen zwischen Obstbäumen und grünen Büschen. An der Seite plätschert ein kleiner Wasserfall, den Mama erst hat hinzufügen lassen, nachdem Papa ins Koma gefallen war. Das Wasser fließt über die Steine, das Geräusch bringt die Gedanken in meinem Kopf zum Schweigen. Ich sitze hier und blicke starr auf die Schönheit, die sich jedem darbietet, der sie genießen mag.

Jeder Stiel des Rosenbuschs ist mit den anderen verbunden, ein exquisites Mischmasch. Wie auch im Leben geht die Schönheit mit Dornen einher. Man sticht sich, wenn man nicht vorsichtig ist. Die meisten Menschen machen den Fehler, die Schönheit der Rose nur in ihrer Blüte zu sehen, ohne dabei das Gesamtbild zu betrachten. Der Dorn ist aber ebenso wichtig, er schützt die Rose.

Vor langer Zeit hätte auch ich die Dornen entfernt, wenn ich ein Rosenbouquet arrangiere. Jetzt erkenne ich, dass jede Blume das Gute und das Böse braucht, um zu erblühen. Sie muss stark sein, zur Sonne gewandt, die Strahlen aufnehmen, um überleben zu können, wenn die Dunkelheit hereinbricht.

Ich habe die Arbeit als Innenausstatterin geliebt. Man lernt zuerst die Menschen kennen, versteht ihre Motivation, ehe man ihnen ihr Heim oder Büro entwirft. Jeder Mensch hat ganz eigene Bedürfnisse. Was für einen Kunden der Inbegriff der Perfektion ist, kann für einen anderen eine komplette Katastrophe sein. Ich verbrachte viele Stunden damit, einfach nur den Kunden zuzuhören, wie diese ihre Wünsche und Anforderungen beschrieben, ihre Ideen, wie ihr Heim einmal aussehen soll. Dann zog ich mich in die Abgeschiedenheit meines eigenen Reiches zurück und ging Farbschemen durch, verglich sie miteinander und achtete vorsichtig darauf, nicht die unausgesprochenen Grenzen zu übertreten.

Der wirkliche Spaß lag dann im Einkaufen. Die verschiedenen Stücke zu einem großen Ganzen arrangieren. Vielleicht vom einen Geschäft ein modernes Kunstwerk, von einem anderen eine antike Lampe, dazu dann Farben oder andere Objekte, die die beiden miteinander verbinden. Und jedes Mal gelang mir eine perfekte Komposition. Meine Kunden waren immer von den Ergebnissen erstaunt, voller Bewunderung, dass sie nie daran gedacht hätten, ihr Heim so einzurichten. Meine Antwort war immer dieselbe: »Es ist schwer, es sich vorzustellen, wenn man es nicht einfach versucht.«

Jetzt bin ich das leere Haus, für das die Teile zusammengestellt werden müssen. Eine Einrichtung, bestehend aus Erinnerungen und Erfahrungen, um mich wieder zum Leben zu erwecken. Aber wie verbindet man Trauer mit Freude, gebrochene Herzen mit heiterer Gelassenheit? Wer bin ich, wenn ich mich nicht einmal mehr an die Nacht erinnern kann, die mein Leben geprägt hat? Wie charakterisiert man einen Menschen, der noch nicht definiert ist, der nicht mehr ist als eine Fassade, die noch beleuchtet werden muss? Vielleicht öffnet sich ja gar keine Tür, wenn eine andere sich schließt. Vielleicht ist man damit einfach nur für immer eingesperrt.

Ich strecke meine Hand aus und steche mir den Finger an einem der Dornen, sehe zu, wie das Blut austritt, zuerst langsam, dann mit jedem weiteren Tropfen schneller. Ich lege den Kopf auf die Knie, schlinge die Arme um meine Beine und lausche dem Wasser, dem einzigen Geräusch, das noch einen Sinn ergibt.

Sonya

Mom und ich reden nicht über Trishas Erkenntnis. Es regt mich auf, dass sie wusste, was er getan hat, und trotzdem weiter mit ihm leben konnte. Ich verstehe es nicht, fürchte aber, eine Erklärung würde mich auch nicht zufriedenstellen. Stattdessen könnte sie mir vielleicht endlich den letzten Grund geben, sie wirklich zu hassen. Ich frage mich, ob ich nicht schon immer auf der Suche nach einem solchen Grund gewesen bin.

Trisha ist bei uns geblieben, schläft wieder bei mir im Bett, wie wir es früher als Kinder gemacht haben. Sie kommt kaum noch aus dem Schlafzimmer hervor, zieht die Sicherheit ihrer Bettdecke den Möglichkeiten der realen Welt vor. Mom bringt ihr Essen aufs Zimmer, stellt den Teller neben ihr ab, wenn sie schläft. Sie kennt keinen anderen Weg, jemandem Trost zu spenden – sie kann die Sorgen nur wegfüttern.

Mom und ich reden eigentlich nur darüber, wie es Trisha geht. Sie fragt mich, wie Trisha geschlafen hat; wenn ich von der Arbeit komme, frage ich, wie Trishas Tag war. Eine ganze Woche lang spielen wir dieses Spielchen, ohne dass eine weitere Antworten von der anderen verlangt. Ich bekomme mit, als Trisha endlich wieder duscht – durch ein nasses Handtuch, fein säuberlich im Badezimmer aufgehängt. Als ich im Zimmer nachsehe, ob meine Schwester endlich wach ist, liegt sie bereits wieder unter der Bettdecke. Ich versuche, mit ihr zu reden, aber sie schüttelt nur den Kopf. Nicht jetzt, scheint sie zu sagen, noch nicht.

Ich fahre wieder ins Krankenhaus. Der Ort, der einst nur ein Grund war, um in der Gegend zu bleiben, ist jetzt zu einer Zuflucht geworden. Ich arbeite mit den Patienten, verbringe viele Stunden damit, ihnen beizubringen, wie ich meiner Welt entfliehe, damit auch sie ihrer Welt entfliehen können. Ich sehe, wie sie sich in der Schönheit verlieren, die sie selbst erschaffen und erkenne durch ihre Augen, wie die Fotografie mir bei meiner Flucht geholfen hat. Wieder einmal bin ich dankbar, dass meine Berufung mich gefunden hat.

David bin ich seit dem letzten Treffen erfolgreich aus dem Weg gegangen. Ich arbeite nicht mehr so lange wie früher, sondern gehe zur vorgeschriebenen Zeit, damit wir uns nicht abends in den leeren Fluren über den Weg laufen. Nachdem ich das Krankenhaus verlasse, fahre ich einfach durch die Stadt, von meiner Kamera geleitet. An einem Tag kam ich zufällig bei einer Hochzeit im Freien vorbei. Aus der Entfernung habe ich einige Hundert Fotos des glücklichen Paares und seiner Gäste geschossen. Auf seltsame Weise hat es mir Trost gespendet, die Versammlung zu betrachten. Als sie aufbrachen, schenkte ich dem Paar die Speicherkarte, sagte ihnen, dass ich nur eine Amateurfotografin sei.

Heute fahre ich durch San José und spaziere hier durch die Straßen, genieße die Vielfalt der Menschen, die in dieser Stadt leben. Ich fotografiere Gesichter und Interaktionen, fange Momente ein, damit diese ein Leben lang Bestand haben. Die Rückkehr zu dem, was ich liebe, lässt mich vergessen, was zwischen David und mir passiert ist, und was beinahe in der Bar passiert wäre.

Mein Handy klingelt, während ich gerade einige Aufnahmen mache. »Hallo, Sonya hier«, antworte ich automatisch.

Es ist eine der Krankenschwestern, sie fragt, ob ich noch in der Nähe sei. Es sei gerade ein neuer Patient eingeliefert worden, ein Teenager mit einem neurologischen Problem. Ob ich vielleicht den Abend bei ihm reinschauen könnte? Ich werfe einen Blick auf meine Uhr. Normalerweise wäre ich um die Zeit noch im Krankenhaus. »Ich bin in fünfzehn Minuten da«, verspreche ich und will auflegen.

»Oh, und Sonya?«, fügt die Krankenschwester noch hinzu. »Dr. Ford wollte, dass ich ausrichte, dass er der behandelnde Arzt ist.« Ich höre die unausgesprochene Frage in ihrer Stimme. Natürlich fragt sie sich, warum David diese Information für wichtig genug hält, um sie extra zu betonen.

Ich verrate ihr nicht, dass David mir damit die Chance bietet, den Patienten zu meiden. Eine Gelegenheit, dass ich ablehnen kann, um David nicht sehen zu müssen. Ich ergreife sie nicht und frage mich selbst, was mein wahrer Grund dafür sein mag. »Danke. Sag ihm bitte, dass ich mich noch bei ihm melde, wenn ich mit dem Patienten fertig bin.«

* * *

»Ich habe als Kind schon immer Fußball gespielt. Kennen Sie diese Kinderturniere, wo jeder eine Medaille für die Teilnahme bekommt?« Will ist jetzt fünfzehn Jahre alt. Er starrt die Kamera auf seinem Schoß an. Er hatte drei Grand-Mal-Anfälle in den letzten zwei Tagen. »Ich bin Mannschaftskapitän.«

»Du musst wirklich gut sein«, sage ich. Selbst von meinem Platz neben dem Bett aus spüre ich, wie sehr ihn etwas bedrückt.

»Ja, bin ich, wirklich.« Er schaut aus dem Fenster. »Ich mache ja auch sonst nichts. Mein Dad will, dass ich der nächste Beckham werde. Nur haben jetzt diese Anfälle eingesetzt.«

»Wann war denn das erste Mal?«, frage ich unsicher. Ich fühle mich wie ein Chirurg, der nie wirklich ein Medizinstudium absolviert hat und plötzlich vor einem offenen Körper steht, den er zusammenflicken soll.

»Letzte Woche. Ich habe einen Kopfball versucht«, er schaut mich an, offenbar zweifelnd, wie viel ich von Fußball verstehe. »Also, das ist, wenn man den Ball mit dem Kopf ins Tor drückt.«

»Schon klar.« Ich lächele ihn leicht an.

»Ein paar Minuten später lag ich am Boden und war nur noch am Zucken.« Er dreht sich weg, seine Hand spielt abwesend mit der Kamera. »Vor allen Leuten. Meine Freundin, meine Freunde, mein Dad, alle«, sagt er leise. »Er hat Angst, dass ich nie wieder spielen kann.« Er schüttelt den Kopf und nimmt die Kamera hoch. »Also, wofür ist das hier gedacht?«

»Eine neue Art der Therapie«, antworte ich, strecke die Hand aus und öffne die Abdeckung der Linse. »Studien haben ergeben, dass verschiedene Therapieformen, darunter auch die Fotografie, den Heilprozess positiv beeinflussen können. Was denkst du?«

»Was soll ich denn fotografieren?«, fragt er und blickt sich um. »Das Zimmer hier?«

»Wenn du magst. Wir können auch über den Flur spazieren und schauen, ob wir etwas Interessantes finden.« Ich sehe, wie er zögert, kein wirkliches Interesse zeigt. »Dr. Ford meinte, dass es vielleicht helfen könnte.«

»Ich dachte, dafür habe ich die hier schon«, sagt er und zeigt auf seinen Kopf, der eng umwickelt ist, um die elektronischen Sonden in Position zu halten, die seine Gehirnwellen in der Nacht aufzeichnen sollen. Er reicht mir die Kamera.

»Das hier hilft auf andere Art«, erkläre ich und halte mich an der Kamera fest, um Sicherheit zu gewinnen. »Willst du es mal versuchen? Vielleicht fühlst du dich dann besser. Vielleicht kannst du ja schon früher wieder Fußball spielen, als du jetzt denkst«, scherze ich, um irgendwie eine Verbindung aufzubauen.

Er schüttelt den Kopf leicht. »Soll ich mal ganz ehrlich sein?«, fragt er. Noch ehe ich etwas darauf sagen kann, erklärt er: »Ich hasse Fußball.«

* * *

David ist nicht auf den größeren Stockwerken zu finden. Ich bitte die Schwester, seinen Pager anzuwählen, und warte neben ihr. »Er meint, dass er hierherkommen oder dich in seinem Büro treffen kann.« Sie wartet auf meine Antwort und mit ihr auch David am anderen Ende der Leitung.

»Ich bin in fünf Minuten bei ihm.« Ich verstaue die Kamera im sicheren Fach hinter dem Tisch. Ich bin nervös, zwinge mich aber dazu, mich zusammenzureißen. Der Fahrstuhl hoch zu seinem Stockwerk ist leer, ich steige aus und gehe den Gang zu seinem Büro mit schnellen Schritten. Schon aus der Entfernung sehe ich, dass seine Tür offen steht, er auf mich wartet.

Er sitzt hinter seinem Schreibtisch und geht eine Akte durch. Als er mich eintreten hört, blickt er auf. In dem kurzen Moment, ehe er seine Gefühle beherrscht, sehe ich Verlangen und Sehnsucht in seinen Augen. Ich wende meinen Blick ab, schaue aus dem Fenster, obwohl es draußen schon dunkel ist.

»Er hatte kein Interesse an Fotografie«, erkläre ich. »Er hat auf der Highschool schon einen Fotografiekurs besucht, hat ihm nicht wirklich gefallen.«

»Nun gut.« Er steht auf und geht um seinen Schreibtisch herum. »Danke trotzdem, dass du es probiert hast.«

»Wie lautet seine Prognose?« Ich kann einfach nicht anders, als zu fragen.

»Wir sind uns noch nicht sicher.« Er reibt sich mit der Hand über das Gesicht. »Gleich morgen früh wird ein Neurologe ihn ansehen.« Er lehnt sich gegen seinen Schreibtisch. »Dann wissen wir hoffentlich mehr.« Er schüttelt den Kopf, fast, als ob er Angst hat, dem jungen Mann nicht helfen zu können. »Er leidet. Ist verwirrt. Ich hatte gehofft, dass ein paar Bilder ihn ablenken könnten.«

Ich will nach ihm greifen, ihm Trost spenden, ohne selbst welchen zu haben. Was könnte jemand wie ich nur einem anderen Menschen bieten? »Er will eigentlich gar nicht mehr Fußball spielen«, verrate ich. David blickt mich überrascht an.

»Hat er dir das erzählt?«

Ich nicke. »Er spielt eigentlich nur für seinen Dad.«

David schüttelt verwirrt den Kopf. »Sein Vater hat von nichts anderem gesprochen, als sie Will eingeliefert haben. Er hat mich bestimmt mindestens fünfmal gefragt, ob sein Sohn wieder wird Fußball spielen können.«

»Manchmal sind die Eltern die Letzten, die verstehen, was ein Kind wirklich will«, murmele ich, ehe ich meine Worte zensieren kann.

»War das bei dir auch so?«, fragt er, die Hände fest um die Tischkante geschlossen. »Wusste dein Dad nicht, was du wolltest?«

Ich will einfach nur gehen – nein, laufen. Weit weg, in Sicherheit, in ein Versteck. Aber Trishas Enthüllungen haben in mir mehr ausgelöst, als ich gedacht hätte, ich fühle mich leerer, als ich je für möglich gehalten hätte. Wenn das eigene Leben nur ein düsteres Loch ist, glaubt man, dass alles vorbeigeht, ohne einen Eindruck zu hinterlassen. Allein die Tatsache, dass das Schicksal meiner Schwester mich so sehr mitnimmt, dass ich mich nur hinlegen und weinen will, zeigt mir, dass ich nicht ganz so ausgehöhlt bin, wie ich angenommen hatte. Vielleicht hat mein Vater mir ja nicht alles weggenommen.

Jeder erreicht einen Punkt in seinem Leben, an dem er nicht mehr weglaufen kann. Vielleicht, weil es einfacher ist, stehen zu bleiben, statt weiter verfolgt zu werden, selbst wenn der Verfolger nur im eigenen Kopf existiert. Wenn ein Feuer brennt, verzehrt es alles auf seinem Weg, schnell und voller Zorn. Aber wenn es einmal erloschen ist, wenn nur noch Rauch und Asche verbleiben, fragt man sich, was aus dem Zorn geworden ist, der die Flammen angetrieben hat, alles zu zerstören, was sie berühren.

Ich hatte angenommen, dass ich nie aufhören würde wegzulaufen, dass ich immer einen Schritt vor den Dämonen sein würde, die mich stets verfolgen. Ich hatte akzeptiert, dass ich es den Rest meines Lebens tun müsste, und war sicher, dass ich von meinen Erinnerungen verschlungen und von den Überlebenden heimgesucht würde, wenn ich je stehen bliebe. Aber jetzt stehe ich vor David, und es wird immer schwerer, weiterzulaufen.

»Es hat ihn nicht interessiert«, gebe ich zu, der Flucht müde. Unser Status quo hat so viel Trauer erschaffen, dass ich mich frage, wie es wohl wäre, wenn wir es anders versuchen. Wenn wir versuchen zu vertrauen. »Er …« Ich suche nach den richtigen Worten, um zu beschreiben, was er mir angetan hat, mir und meiner Familie. »Er hat uns geschlagen«, sage ich schließlich. Die Wahrheit, auch wenn die einfachen Worte schwerer auszusprechen sind, als ich gedacht hätte. »Eigentlich immer.« Ich warte auf das Mitleid, den Abscheu, all die Emotionen, die in jemand aufkommen, der erfährt, wie beschädigt man ist. Man lernt, sich damit abzufinden, dass die Narben an Körper und Seele einen selbst zu einem Bruchteil dessen gemacht haben, was man einst war.

»Nein!« Seine Stimme klingt gebrochen, schockiert. Er zeigt Mitleid, aber keinen Abscheu. Ich blicke auf, suche, ob mir die Zeichen entgangen sind. Aber seine Augen sind nur voller Wärme. »Es tut mir so leid.« Er kommt auf mich zu, aber ich trete einen Schritt zurück. Er beobachtet mich, nimmt jede Bewegung auf. »Gab es denn niemanden, der hätte eingreifen können?«

»Niemand wollte«, ziehe ich ihn geflüstert ins Vertrauen. »Unsere Gemeinschaft hat ihn immer als perfekten Mann und Vater gesehen. Und in den Augen meiner Mutter war er im Recht.« Ich habe diesem Fremden schon zu viel enthüllt. Zu viel von mir selbst preisgegeben.

»Sonya«, setzt er an, aber ich muss ihn unterbrechen. Ich kann nicht annehmen, was er anbietet. Es ist zu viel für jemand wie mich, die ich so tief unter ihm stehe. Unter jedem eigentlich, da bin ich mir sicher.

»Ich bin genau wie er«, platzt es aus mir heraus. Das ist, was ich Trisha nicht anvertrauen konnte. Als sie mir von ihrer Angst erzählte, habe ich ihr meine verschwiegen. *Aber es ist an der Zeit, es ihm zu verraten,* drängt mich eine innere Stimme. Sobald er die Wahrheit erfährt, wird er die Illusion durchschauen und die Realität erkennen. Und dann wird er sich von mir abwenden. Und ich werde mich nicht mehr verstecken müssen.

»Ich verstehe nicht«, sagt er und hält inne.

»Ich bin genauso dunkel und böse wie er.« Ich wende mich ab, schlinge die Arme um meinen Körper. Der Raum ist auf einmal kalt und still geworden. Mein Atem kommt in Stößen, während ich versuche, die Kälte auszugleichen. »Ich lese Geschichten und schaue solche Filme mit Frauen«, setze ich an, verängstigt. Das, was zwischen uns noch nicht begonnen hat, wird jetzt für immer beendet sein, wenn ich ihm alles erzähle. Es wird keine Hoffnung auf mehr geben. Die Last meiner Geheimnisse war schon immer schwer, aber mit David ist sie größer geworden, als ich noch tragen kann. Nur, wenn ich ihm die Wahrheit enthülle, können wir wirklich voneinander loskommen.

Ich stelle mir vor, wie seine eingerahmten Diplome um uns herum zu Bruch gehen, seine kristallenen Auszeichnungen zersplittern, ein Erdbeben den Raum in zwei teilt, um mir die Flucht zu ermöglichen. Aber nur Stille hallt von den weißen Wänden zurück. Das einzige Geräusch kommt von ihm, wie er schweigend darauf wartet, dass ich weiterspreche. »Von Frauen, denen Schmerzen zugefügt werden.« Ich lache, um die Stille zu füllen. »Nur so kann ich Entspannung finden.«

Bilder der Männer, mit denen ich geschlafen habe, treten mir vor Augen, keiner von ihnen hatte eine Ahnung, was wirklich in meinem Kopf vor sich ging. »Wenn ich jemanden liebe«, setze ich an, schließe meine Augen vor der Schande, »kann ich nur zu einem Orgasmus kommen, wenn ich mir vorstelle, wie eine Frau gebrochen wird.«

Ich will nicht weinen. Nicht jetzt. Er muss das Böse in mir sehen, all die Schattierungen von Schwarz, aus denen meine Seele besteht. »Es ist meine Definition der Liebe.« Meine Brust hebt sich vor unterdrücktem Schluchzen. »Aber wenn ein Mann mich je auf diese Art berühren würde, wirklich seine Hand gegen mich erheben würde, dann würde ich ihn auf der Stelle töten.«

Ich weiß nicht mehr, wann mein Vater mich das erste Mal geschlagen hat. Man sagt, die ersten Erinnerungen formen sich, wenn man etwa vier Jahre alt ist. Wenn das stimmt, hat er mich wohl schon geschlagen, bevor mein Gehirn bereit war, solche Dinge ins Langzeitgedächtnis aufzunehmen. Ich erinnere mich noch an eine Gelegenheit, als ich gerade einmal knapp sechs Jahre alt war. Ich fühlte mich damals wie ein Bach, der nach dem Fluss sucht, zu dem er gehört. Ich war mir sicher, wenn ich auch so schön wie Trisha werden könnte, würde auch ich geliebt werden. Dann könnte auch ich zu einem Liebling des Vaters werden, der mich kaum beachtete. Also nahm ich mir einen der Saris meiner Mutter und versuchte ihn anzulegen, so gut es ging. Ich puderte mir das Gesicht mit Talkum, bemalte den Mund mit rotem Lippenstift. Ein schneller Blick in den Spiegel zeigte mir alles, was mein junges Hirn sehen wollte – ich hatte mich in einen Schwan verwandelt.

Ich fand ihn im Wohnzimmer. »Schau, Daddy«, rief ich aufgeregt und wirbelte umher, um mich ihm zu präsentieren. Doch der Sari war noch zu schwer für mich, ich stolperte und stürzte auf ihn, wobei ich seinen Chai zu Boden warf. Er gab mir einen Schlag auf den Kopf und schleuderte mich durch das Zimmer. Der Sari löste sich und legte sich über mich wie ein Leichentuch über einen gefallenen Körper. Ich lag dort, still, ungläubig, dass ich versagt hatte, wo ich mir doch so sicher gewesen war.

»Also, du siehst«, erkläre ich und beobachte David, wie er mich beobachtet. Es ist Zeit, Abschied zu nehmen. »Es gibt hier nichts, was sich lohnt, kennenzulernen. Nichts, was du vermissen musst. Ich bin es nicht wert und werde es nie sein.«

Marin

Während sie schlief, kamen Marin wieder die Worte ihres Vaters in den Sinn. »Es ist alles nur ein Spiel«, hatte er gesagt. Marin hatte bisher nicht verstanden, wie bedeutsam diese Worte gewesen waren, wie wichtig die Lektion. Das Spiel war noch nicht vorbei – es hatte noch nicht einmal richtig angefangen. Die letzte Runde hatte sie verloren. Gia und Raj hatten ihren Zug gemacht und waren als Sieger hervorgegangen. Aber Marin würde ihre Tochter nicht verlieren, nicht jetzt und niemals. Sie saß in ihrem Büro und überdachte den nächsten Schritt, eingehender als jegliche Geschäftstransaktion, die sie bisher geplant hatte. Die Antwort kam ihr, gerade als sie fürchtete, dass es keine Lösung gäbe. Es war eigentlich wirklich einfach, aber wie sie jetzt erkannte, war das bei den meisten Dingen so. Nur die Gefühle machten alles immer schwierig. Solange man diese beherrschte, würde alles nach Plan funktionieren.

»Raj?«, sagt Marin und klopft dabei leicht an seine Bürotür. Er hebt den Blick, sein Ausdruck verschlossen, um nicht zu viel preiszugeben. In letzter Zeit hat er häufiger von zu Hause aus gearbeitet, wollte immer nahe bei Gia sein, falls sie ihn braucht. »Hast du eine Minute?«

»Natürlich.« Er bittet sie mit einer Geste einzutreten, bleibt selbst aber hinter seinem Schreibtisch sitzen. »Was gibt es denn?«

»Ich wollte über uns reden«, fängt Marin an, ohne den Blickkontakt zu unterbrechen.

»Ich hatte angenommen, es gibt kein uns mehr.«

Er wird es ihr nicht leicht machen, aber das ist schon in Ordnung. Sie hat schon schwerere Kämpfe hinter sich gebracht und gewonnen. »Die letzte Zeit war nicht leicht, wir haben viel durchgemacht mit Gia.« Marin hält inne, versucht, die richtigen Worte zu wählen. »Wir sind schon eine lange Zeit verheiratet. Ich will das nicht einfach so aufgeben.«

Raj bleibt still, beobachtet sie eingehend. Marin sieht sein Misstrauen, aber auch seine verletzten Gefühle, und ist von den Emotionen überrascht. »Was schlägst du vor?«

»Wir versuchen es noch einmal. Wir können es langsam angehen lassen, aber vielleicht können wir so unsere Familie zusammenhalten.«

Raj steht endlich auf, kommt um den Tisch, tritt vor sie. Nach so vielen Jahren der Ehe, nachdem sie eine Tochter zusammen zur Welt gebracht und aufgezogen haben, stehen sie sich wie Fremde gegenüber. »Warum?«

»Was meinst du damit?«, will Marin wissen.

»Warum jetzt?«, fragt Raj. Er schüttelt den Kopf, kennt sie besser, als sie gedacht hatte. »Dir gefällt Gias Entscheidung nicht, also musst du deine Strategie anpassen, stimmt's? Darum geht es doch eigentlich, oder?«

Marin überlegt, ob sie seine Anschuldigung zurückweisen, ihn vielleicht sogar anschreien sollte, dass er sie solcher Gefühllosigkeit für fähig hält. Aber er hat sie kalt erwischt, seine Einschätzung ist zu zutreffend, als dass sie widersprechen könnte. »Ich kann sie einfach nicht verlieren, Raj«, gibt Marin endlich zu, nach einer langen Pause, während der sie beide scheinbar an einer Klippe gestanden hatten, die unter ihnen zu bröckeln begann. »Sie ist alles, was ich noch habe.«

»Du hattest mich«, sagt er so leise, dass Marin es wahrscheinlich überhört hätte, wenn es im Raum nicht vollkommen leise gewesen wäre. Sie antwortet nicht, würdigt seine Erklärung nicht. Er scheint auf etwas zu warten, aber die Sekunden verstreichen und die Stille im Raum wird nur immer dichter. Schließlich gibt er seufzend auf. »Also, was schlägst du vor?«

»Wir bleiben zusammen, leben hier gemeinsam im Haus.« Sie können zu ihrem früheren Leben zurückkehren, drei Seelen, die unter demselben Dach koexistieren. »Wir helfen ihr, durch all dies durchzukommen.«

»Was ist mit der Schule?« Sie befinden sich mitten in den Verhandlungen, eine Scheidungserklärung ohne die formellen rechtlichen Schritte. »In dem Punkt gebe ich nicht nach.«

Die Kontrolle, der sich Marin sicher gewesen war, beginnt ihr zu entgleiten. Ihr Instinkt rät ihr, ihn anzugreifen, ihm vorzuwerfen, dass er nicht sieht, wie viel die Schule für Gias Zukunft bedeutet. Aber die Fronten sind klar und Marin steht auf der Verliererseite. »Können wir die Entscheidung nicht auf später verschieben?«, fragt Marin.

»Ich habe bereits private Tutoren kontaktiert«, erklärt Raj und überrascht Marin damit. »Sie kann das Schuljahr zu Hause beenden. Ich habe auch Besuchstermine in den örtlichen Schulen arrangiert. Damit Gia Optionen offen hat, wenn sie doch lieber in eine Schule gehen will.«

»Heimunterricht wird sich nicht gut in ihrem Lebenslauf machen«, versucht Marin, ihn verstehen zu lassen. Sie sieht ihren Traum von Yale und Harvard schwinden. »Sie wird nicht mehr Zugang zu den gleichen Aktivitäten haben wie bisher.«

»Ehrlich gesagt, ist mir ihre Uni gerade ziemlich egal. Mir geht es hauptsächlich darum, dass sie überlebt. Das ist es, was ich sichern will.«

Marin will gegen ihn ankämpfen, aber sein Gesicht zeigt ihr, dass jegliches Argument auf taube Ohren stoßen wird und die Verhandlungen gefährden könnte, in denen sie stecken. »Gut. Versuchen wir, einen Tag nach dem anderen zu nehmen. Wenn es ihr wieder besser geht, können wir die Situation erneut überdenken.«

TRISHA

Ich weiß schon gar nicht mehr, wie viel Zeit vergangen ist, seit ich die Wahrheit erfahren habe. Die Tage und Nächte verschwimmen ineinander. Ich merke nur daran einen Unterschied, dass Sonya schlafen kommt und wieder aufsteht. Sie hält sich an einen strikten Tagesplan, ganz anders als das Mädchen, das ich einst kannte. Als Kind war sie immer die Letzte, die aufgewacht ist, ganz so, als ob der neue Tag mehr Lasten mit sich bringen würde, als sie tragen konnte. Abends dann war sie immer die Letzte, die schlafen gehen wollte. Sie fürchtete sich vor den Schrecken der Nacht. Ich habe sie immer ausgelacht, dachte, diese Ängste wären ein Zeichen, wie sehr sie noch Kind war. Jetzt frage ich mich, ob sie nicht damals schon auf der richtigen Spur gewesen war, ob sie die Gefahr gespürt hatte, die von Papa ausging, während ich in meiner eigenen kleinen Welt lebte.

Ich habe versucht, so viele Stücke zusammenzusetzen, wie ich nur konnte. Sie passen alle nicht zu dem Vater, den ich geliebt habe, dem Mann, den ich über alles verehrt habe. Letzte Nacht hatte ich einen Traum, wie wir auf leerer Tanzfläche tanzen. Der Vater-Tochter-Tanz auf meiner Hochzeit. Aber der Boden wandelte sich von weiß zu rot. Als ich an mir herunterblickte, hatte sich mein roter Sari – das traditionelle Hochzeitsgewand – in ein weißes Hochzeitskleid verwandelt, das vorne blutrot verschmiert war. Ich habe geschrien, doch er tanzte einfach weiter, beruhigte mich, dass alles gut sei. Ich wachte vor

Schreck auf, Schweiß bedeckte meinen Körper. Sonya rührte sich, als sie meine Bewegung spürte, wachte aber nicht auf.

Ich sah mich um, erkannte den Stuhl, den sie unter den Türgriff geschoben hatte, um uns sicher einzuschließen. Oder vielmehr, um jemand anderen auszuschließen. Wie lange Sonya wohl schon diese Angewohnheit hat? Welche Wege sie sonst noch gefunden hat, um sich vor den namenlosen Ängsten zu schützen? Scham überkommt mich. Ich wusste immer, dass meine Schwester auf unbeschreibliche Art leiden musste, während ich komfortabel gelebt habe. Aber es war alles nur Schein, eine Lüge, hinter der ich verbarg, was auch mir widerfahren war.

Ich habe nie wirklich gelebt, mir nie wirklich echtes Glück erlaubt. Es gibt so viel über mich selbst, was ich nie verstanden habe. Ich liebe Gewürzgurken, kann aber normale Gurken nicht leiden. Bilder der Natur faszinieren mich, aber ich hasse Camping. Frische Tomaten verschlinge ich kiloweise, aber Tomatensauce auf einer Pizza bringt mich zum Würgen. Ich liebe Kinder, aber der Gedanke an ein eigenes Kind ängstigt mich zu Tode. Ich habe nie die Gründe hinterfragt, warum ich so bin, wie ich bin – ich habe mich einfach akzeptiert, mit einer Offenheit, die vielen anderen fehlt. Aber als die Erinnerungen an jenen Abend wieder einsetzten und sich mit den Gedanken an ein Baby vermischten, begann ich mich zu fragen, wie tief die Wunde ist, die mein Vater mir damals zugefügt hat. Ich rollte mich wie ein Baby zusammen und fiel in einen weiteren unruhigen Schlaf.

* * *

Mama bringt mir ein frühes Abendessen, eines meiner liebsten Gerichte – *Pani Puri*. Frittierte Weizenmehlbällchen, die oben geöffnet und mit Kartoffeln, Linsen, Minz-Chutney und Zwiebeln gefüllt sind. Sie werden zusammen mit Joghurt und süßem braunen Chutney gereicht. Einer der wenigen Genüsse, denen ich nie hatte widerstehen können. Oft aß ich fünfzehn bis zwanzig Puris auf einmal. Sie stellt den Teller am üblichen Platz ab, auf dem Nachttisch, und streicht mir mit der Hand über das Haar. Sie denkt wohl, dass ich schlafe, wendet sich ab und geht. Ich rufe sie zurück.

»Du bist wach«, sagt sie und scheint überrascht.

»Ja.« Ich setze mich im Bett auf und versuche den Spiegel zu ignorieren, der in meiner Nähe hängt. »Schon seit ein paar Stunden.«

Sie sagt nichts, setzt sich nur neben mich auf das Bett. Ich rutsche rüber, um ihr Platz zu machen. Sie passt leicht neben mich, ihr Körper so viel kleiner, als ich ihn in Erinnerung hatte. Ihre Hand liegt neben meiner und ich nehme die Falten und die zerbrechliche Gestalt wahr, die ich bisher immer übersehen hatte. »Ich war besorgt, Beti«, murmelt sie.

»Ich weiß.« Ich lehne mich an das Kopfteil an, spüre, wie verknotet mein Haar ist. Ich habe es zwar ein oder zwei Mal unter die Dusche geschafft, fand es aber schließlich doch zu anstrengend. »Ich bin nur …« Ich suche nach den passenden Worten, finde aber nur eine Träne, die lautlos hinabrinnt. Ich wische sie schnell weg, aber die nächste kommt sofort. »Es ist schwer.«

»Erinnerst du dich?«, fragt sie.

»Nur einzelne Eindrücke hier und da.« Ich bin dankbar, dass es nicht mehr ist, aber gleichzeitig beschämt es mich auch. »Ich erinnere mich, wie ich danach den Flur entlanggehe. Versuche, jemanden zu finden. Aber die eigentliche Tat, was er mit mir gemacht hat, daran erinnere ich mich nicht.« Ich reibe mir den Kopf, versuche meine Erinnerung anzuregen. »Aber das bedeutet nicht, dass es nicht passiert ist. Irgendwo tief in meinem Gedächtnis steckt die Erinnerung daran.« Ich will sie hervorziehen, wie ein Kaninchen aus einem Hut, damit sie endlich für immer verschwinden kann. »Ein Teil von mir wusste die Wahrheit wohl immer, ich konnte es nur nicht erkennen.« Meine Stimme bricht, Angst in jedem Wort. »Was, wenn es nicht besser wird? Was, wenn das hier« – ich weise auf mich und den Raum um mich herum – »alles ist, was ich noch bin?«

»Habe ich dir je die alte Hinduparabel von dem Seil und der Schlange erzählt?«, fragt Mama, den Blick nach vorne gerichtet, ohne direkt auf mein Flehen einzugehen.

»Nein«, antworte ich, unsicher, worauf sie hinauswill. Mama hat uns Kindern selten Geschichten vorgelesen. Zuerst meinte sie, weil ihr Englisch nicht gut genug war und sie nicht unseren Lernfortschritt mit ihrer fehlerhaften Aussprache behindern wollte, später gab sie aber zu, dass sie einfach schon lange nicht mehr an Märchen glaubt. Sie konnte sich nur nicht mehr daran erinnern, wann es angefangen hatte. »Ich glaube nicht.«

Sie zieht die Knie bis zur Brust, fast wie ein Kind, und erzählt die Geschichte aus der Erinnerung: »Es war einmal ein Mann, der den ganzen Tag schwer arbeitete. Er hatte ein hartes Leben, dieser Mann. Er arbeitete vom Morgen bis zum Abend auf dem Feld in Indien, ohne Pause zum Ausruhen oder Essen. Die Sonne brannte auf seinen Kopf hinab und er hatte keinen Hut, um sich zu schützen. Also rann der Schweiß ihm von der Stirn und den Nacken hinab. Er hatte nur wenig Wasser zum Trinken und konnte froh sein, wenn er nicht vor Hitze zusammenbrach. Er war kein glücklicher Mann«, erzählt Mama. »Er hatte keine Familie oder irgendjemand, der zu ihm gehörte.«

»Keine Kinder?«, frage ich nach, gebannt von der Geschichte.

»Nein.« Sie hält inne, damit ich alles bis hierher aufnehmen kann. »Jeden Tag ging er verzagt nach der Arbeit nach Hause. Sein Leben hatte keinen Wert, dessen war er sich sicher. An einem Tag war sein normaler Heimweg von einem Erdrutsch versperrt. Der Monsun war eben erst durchgezogen, sodass die Straße nicht mehr passierbar war. Er zögerte, den anderen Weg zu gehen, denn dieser wurde vom Bösen in allen Formen heimgesucht. Es gab Räuber und dunkle Magie, eine Geschichte schlimmer als die andere. Aber er akzeptierte sein Schicksal und alles, was noch kommen möge, und folgte diesem anderen Weg, auf alle Gefahren vorbereitet, von denen er sicher war, dass sie kommen werden.«

»Was für eine dumme Entscheidung«, sage ich, um ein wenig gesunden Menschenverstand einzubringen.

»Trisha«, ermahnt mich Mama. »Die Geschichte?«

»Bitte, erzähl weiter!« Ich lehne mich wieder zurück.

»Er konnte kaum etwas erkennen. Der Mond war hinter dichten Wolken versteckt und es gab keine Straßenlaternen. Aber er folgte dem Weg, mit jedem Schritt wurde er stolzer auf seinen Mut. Schon bald fühlte er sich wie ein neuer Mensch, der alles schaffen kann. Bis er versehentlich gegen einen großen Stein trat. Ein Geräusch ließ ihn auf der Stelle verharren. Direkt vor sich sah er eine Schlange. Und es war nicht nur irgendeine Schlange, es war der König der Kobras, den der Mann hier aufgeschreckt hatte.«

Sie macht eine Pause, um einen Schluck Wasser zu trinken.

»Dieser Anblick bestätigte den Mann in all seinen Ängsten und Sorgen – dass sein Leben wertlos sei, dass er sicher einen schrecklichen Tod sterben würde und dass ihm nur Schlimmes widerfahren werde. All dies sah er im Angesicht der Schlange vor sich«, fährt sie fort. »Als die Schlange ihn ansprang, die schrecklichen Zähne voran, machte der Mann, was jeder normale Mensch getan hätte. Er lief fort. Er rannte so schnell, dass er beinahe entkommen wäre. Aber in seiner Angst drehte er sich immer wieder um, sah nach der Schlange, ob sie mit ihm mithält. Und darum übersah er auch den Felsblock, der auf dem Weg lag. Er schlug sich den Kopf auf und verblutete, bereits wenige Minuten später war er tot.«

»Und was war mit der Schlange?«, frage ich, inzwischen völlig gefesselt.

»Die Menschen aus dem Dorf fanden den Mann am nächsten Morgen. Nur ein paar Meter von ihm entfernt lag ein Stück Seil, das jemand hier verloren hatte. Es gab keine Schlange.«

»Mama«, setze ich an, verwirrt. Aber ehe ich sonst noch etwas sagen kann, nimmt sie meine Hand.

»Beti«, sagt Mama und blickt mir in die Augen. »Was er dir angetan hat, kann niemand wieder rückgängig machen. Aber du musst es nicht dein Leben bestimmen lassen. Lass nicht zu, dass seine Handlungen oder seine Art für dich zur einzigen Wahrheit werden.« Sie steht vom Bett auf und nimmt mein Gesicht in ihre Hände. »Du selbst bestimmst deine Wahrheit. Du warst schon immer eine selbstständige Frau und wirst es auch immer sein. Und ich könnte nicht stolzer auf die Frau sein, zu der du geworden bist.« Sie beugt sich vor und gibt mir mit ihren verwitterten Lippen einen einfachen Kuss auf die Wange.

»Mama«, halte ich sie auf, als sie sich zum Gehen abwendet. »Hättest du es mir erzählt? Wenn ich nicht zu dir gekommen wäre, wärst du dann zu mir gekommen?«

Sie zögert, unzählige Gefühlsregungen ziehen über ihr Gesicht. »Ich wollte nicht. Ich dachte, du hättest es tief vergraben, und ich wollte es dort lassen. Ich wollte, dass du weiter glücklich bist«, gibt sie zu.

»Aber das war nicht deine Entscheidung«, gebe ich zurück, verärgert, dass sie es sich erlaubt hat, darüber zu entscheiden.

»Vielleicht nicht«, stimmt sie zu, offensichtlich zwiegespalten. »Aber bei dem, was er gemacht hat, und wie das Wissen um die Tat dich beeinflussen könnte, schien es mir die einzige Möglichkeit.«

»Wusstest du es?«, dränge ich weiter. Ich muss meinem Ärger Luft machen, sie ist ein leichtes Opfer und ich bin unerbittlich. »Wusstest du davon, als es geschehen ist?«

Sie lässt den Kopf hängen und legt die Hände zusammen. Langsam schüttelt sie den Kopf. »Ich wusste, dass er viel Leid zugefügt hat, aber was er dir angetan hat …« Sie erschaudert. »Du musst mir glauben, ich hatte keine Ahnung. Wenn ich es gewusst hätte …« Sie spricht nicht weiter, schafft es nicht, den Satz zu Ende zu sprechen. Was sie dann wirklich getan hätte – das bleibt unserer beider Fantasie überlassen. Er hielt stets alle Macht in Händen, womit hätten wir gegen ihn ankämpfen sollen?

Ich glaube ihr. Vielleicht gab es Hinweise, aber wir wollten sie wohl beide nicht wahrhaben. Auf gewisse Art wissen vielleicht sogar die Motten, dass die Flamme sie verbrennen wird, und dass es klüger wäre, sich von ihr fernzuhalten. »Nachdem du es erfahren hast, wolltest du …« Meine Stimme versagt, ehe ich die Frage aussprechen kann, ich habe Angst vor ihrer Antwort. »Wolltest du bei ihm bleiben?«

»Nein«, sagt sie, sich ihrer Antwort sicher und ohne zu zögern. »Aber er hätte es mir nicht leicht gemacht, ihn zu verlassen.«

»Dann ist es wohl besser so, dass er stirbt«, sage ich.

»Ja«, stimmt sie zu. »Es ist gut.«

Marin

Es ist Gias sechzehnter Geburtstag, ein besonderer Anlass für jeden Teenager. Aus dem Grund plant Marin eine große Party für sie, hat schon alle ihre Freunde aus der Schule dazu eingeladen. Gia hatte Rajs Vorschlag wirklich angenommen und bleibt der Schule derzeit fern. Unter der Woche fährt Raj Gia regelmäßig zu einer Therapeutin, wo er dann vor der Tür wartet, während seine Tochter ihre tiefsten Geheimnisse einer Fremden anvertraut. Marin hat noch nicht einmal angeboten, mitzukommen oder Gia selbst zu fahren. Aber zumindest hält sie die beiden auch nicht auf, auch wenn sie es nicht gutheißt – ungeachtet dessen, dass sie es selbst vorgeschlagen hat. Eigentlich war der Vorschlag ja auch nur als ein Argument in den Verhandlungen mit Raj gedacht gewesen. Sie war ihm immer noch böse, dass er durchgesetzt hatte, dass Gia Hilfe von außen bekommt. Marin ist sich immer noch sicher, dass sie es auch in ihrem kleinen Kreis allein geschafft hätten. In ihrer Kindheit war es immer so gewesen, warum sollte es jetzt anders ablaufen?

Nach der Diskussion in seinem Büro hatten sie und Raj nicht mehr über das Thema Trennung gesprochen, oder darüber, dass Raj und Gia ausziehen könnten. Ihnen ist allen klar, dass damit eine Grenze überschritten würde, von der es kein Zurück mehr geben würde. Außerdem hatte keiner von ihnen mehr die Kraft, auch noch mit so einer Situation umzugehen. Sie sind emotional einfach erledigt und haben keine Reserven mehr, von denen sie noch zehren könnten. Stattdessen hat sich jeder jeweils in das eigene Zimmer geflüchtet, die allgemeinen Bereiche des Hauses werden für eine friedliche Koexistenz genutzt.

Wenn man mal von ihrer Therapie absieht, verbringt Gia die meiste Zeit in ihrem Zimmer, begleitet von lauter Musik oder vollständiger Stille. Manchmal steht Marin draußen vor der Tür und wartet auf die Erlaubnis, einzutreten und mit Gia zu sprechen. Die Erlaubnis kommt aber nicht, also tritt Marin auch nicht ein.

Gia hatte darauf bestanden, dass sie keine Party will, hatte ihre Eltern sogar gebeten, die geplante Party abzusagen. Aber Marin hatte sich durchgesetzt, war ganz in den Planungen aufgegangen. Die Vorbereitungen hielten sie so beschäftigt, dass sie gar keine Zeit mehr hatte, sich über andere Dinge Gedanken zu machen. Ihr Besuch im Krankenhaus, die Worte vor ihrem Vater und ihre Tränen hatten ein unerklärliches Schamgefühl in ihr hinterlassen, sodass sie die Erinnerung daran durch Arbeit und Partyvorbereitungen zu verdrängen suchte.

Ursprünglich hatte sie nur mit zehn bis fünfzehn engen Freundinnen geplant, inzwischen war die Gästeliste aber schon auf mehr als hundertzwanzig Personen angewachsen, darunter Teenager wie auch Erwachsene. Marin hatte einen Partyplaner angestellt und Zelte im Garten aufstellen lassen. Sie ging das Menü durch und änderte es dreimal ab, ehe sie mit einem zwanglosen Büfett zufrieden war. Dabei stellte sie sicher, dass verschiedene von Gias Lieblingsspeisen dabei waren, sowie auch einige andere Gerichte. Die Planung wurde schließlich durch einen Live-DJ und verschiedene Unterhaltungsprogramme abgerundet.

»Meinst du nicht, dass das etwas zu viel ist?«, fragt Raj jetzt, einer der seltenen Anlässe, dass sie überhaupt noch miteinander sprechen.

»Es ist ihr sechzehnter Geburtstag«, gibt Marin zurück. »Das kommt nur einmal im Leben.«

»Nun gut.« Raj nimmt einen Schluck von seinem Eistee und beobachtet die zahlreichen Hilfsarbeiter, die im Haus ein und aus gehen und die Zelte im Garten aufstellen. »Sie war den ganzen Morgen noch nicht unten.«

»Wahrscheinlich bereitet sie sich schon auf die Party vor«, vermutet Marin, die den Caterer misstrauisch mustert. »Sie wird schon rechtzeitig runterkommen.« Sie will gerade gehen, als Raj sie noch zurückhält.

»Was willst du eigentlich mit dieser riesigen Versammlung bezwecken?«, fragt er leise.

»Ich will nur, dass unsere Tochter weiß, wie sehr wir sie lieben«, erklärt Marin angespannt und lässt ihn stehen, um den Aufbau zu kontrollieren. Während die Arbeiten weiter fortschreiten, treffen die ersten Gäste ein. Zuerst Ranee und Sonya, Trisha ist nicht dabei. Marin hat sie seit ihrem Wortwechsel bei Trishas Umzug nicht mehr gesehen. Bei allem, was seitdem geschehen ist, hatte Marin auch keine Zeit gehabt, sich darüber Gedanken zu machen. Jetzt aber fragt sie sich, ob sie in der Zwischenzeit vielleicht etwas verpasst hat.

Marin überlässt dem Partyplaner das Arrangement der Gedecke auf den Tischen und kommt ihre Familie begrüßen. »Danke, dass ihr kommen konntet«, sagt sie mit gesenkter Stimme. »Wo ist denn Trisha?« Die Frage ist zugleich an Sonya als auch Ranee gerichtet.

Als Kinder in Indien hatten Marin und Trisha sich sehr nahegestanden. Trisha war die kleine Schwester, um die Marin sich kümmerte, wenn Ranee im Haus beschäftigt war oder Einkäufe erledigte. Es waren natürlich immer viele Dalits im Haus, die für ein paar Pennys am Tag das Haus reinigten und das Essen vorbereiteten. Aber ein Dalit durfte nie ein Kind berühren, aus Angst, dass seine Minderwertigkeit damit auf das Kind übertragen wird. Daher musste Marin oft als Babysitter für ihre kleine Schwester einspringen.

Marin fütterte Trisha dann immer mit dem pürierten Gemüse, das die Dalits für sie vorbereitet hatten, danach schaukelte sie Trisha in einer Hängematte aus Baumwolle und las ihr dabei Geschichten vor, bis sie einschlief. Während des Flugs nach Amerika blieb Trisha die meiste Zeit auf Marins Schoß, während die ältere Schwester aus dem Fenster die Wolken unter ihnen betrachtete und sich fragte, ob die Wolken in Amerika ebenso aussehen würden wie in Indien.

Nachdem sie angekommen waren und Brent keine Arbeit finden konnte, begann sich alles zu ändern. Sein Interesse an Marins Bildung wurde geradezu wahnhaft, während er Trisha immer mehr mit Liebe und Fürsorge überschüttete. Indem er seine beiden Töchter so grundverschieden behandelte, schuf er eine Trennlinie, die bis heute ihre Beziehung definiert. Ohne es zu bemerken, hatte Marin angefangen, ihre kleine Schwester zu hassen, die sie früher so geliebt hatte. Sie neidete ihr die Aufmerksamkeit, die Liebe, die sie jeden Tag erfuhr, während Marin immer nur Strenge oder Hass zu spüren bekam. Bei Trisha forderte der Vater nie etwas, wollte immer nur, dass sie ganz sie selbst bleibt. Marin hingegen musste jeden Tag hart daran arbeiten, zu der Person zu werden, die für Brent akzeptabel war.

Trishas natürliche Schönheit half ihr auch bei anderen Gelegenheiten weiter, stets war sie überall im Zentrum der Aufmerksamkeit. Marin und Trisha waren der Stolz der Familie, wie alle Mitglieder der Gemeinschaft immer wieder betonten. Marins Intelligenz und Trishas Schönheit, Ranee und Brent konnten sich wirklich glücklich schätzen. Sonya stand stets daneben, mit ihrem runden Bäuchlein, über dem sich die viel zu engen Hosen aus zweiter Hand spannten, die sie auftragen musste. Sie war weder intelligent noch schön, sie war der Rest, der unbeachtet blieb.

»Sie ist nicht hier«, antwortet Sonya, während Ranee wegschaut und sich auf die Lippe beißt.

»Warum?« Marin war sich sicher, dass von all ihren Gästen Trisha am ehesten die Arbeit zu schätzen gewusst hätte, die Marin in diese Party gesteckt hat. Da Trisha selbst schon so viele Partys veranstaltet hatte, wusste sie, wie viel Zeit und Mühe dafür nötig sind. »Doch nicht wegen dem, was gesagt wurde? Bei ihr zu Hause?«

»Nein«, versichert Sonya ihr schnell. Marin schaut zu Ranee, die immer noch schweigt. »Sie hat gerade selbst viele Probleme.«

»Wegen Eric«, vermutet Marin, verärgert darüber, dass Trisha nicht gekommen war. In Marins Augen hatte ihre Schwester damit eine heilige Regel gebrochen, die sie schon in ihrer Kindheit beschlossen hatten: Egal, wie schlimm es kommt, wir lächeln und machen weiter. Und wenn es nur darum geht, die Welt in ihrem Glauben zu lassen, dass alles in Ordnung ist.

»Nein, es geht nicht um Eric.« Sonya und Ranee tauschen einen Blick aus, eine unausgesprochene Abstimmung. »Sie kann kaum noch essen. Schläft den ganzen Tag nur«, erklärt Sonya schließlich. Sie streift mit der Hand an ihrem Sommerkleid entlang, scheinbar unbehaglich in dieser ungewohnten Aufmachung. Marin fällt jetzt erst auf, dass sie ihre Schwester nie in anderer Kleidung als Jeans und T-Shirt gesehen hat. Ihre Art, sich vor der Welt zu verstecken. »Sie könnte Unterstützung von beiden Schwestern gebrauchen.«

»Was ist denn passiert?«, fragt Marin, ihr Blick überfliegt die nächsten Gäste, die inzwischen eintreffen. So sehr sie aber auch gute Gastgeberin sein will, muss sie jetzt wissen, womit ihre Schwester gerade kämpft. »Keine Rätsel mehr, bitte! Geht es darum, dass sie keine Kinder haben kann?«

»Nein«, sagt Sonya mit dem Anflug eines Lächelns. »Wenn es nur so einfach wäre.« Mit gesenkter Stimme und einem Blick in die Runde, um sicherzugehen, dass niemand lauscht, erklärt sie: »Es ist ihre Sache, dich einzuweihen. Sie ist verletzt worden, emotional, und das sehr schwer.«

»Durch wen?«, will Marin wissen, die sich nicht denken kann, was passiert sein könnte, um Sonya so ernst wirken zu lassen.

»Dad«, sagt Sonya nur und schockiert Marin damit. Damit hatte sie nicht im Entferntesten gerechnet.

»Ich verstehe nicht.« Marin kann sich einfach keine Situation vorstellen, in der ihr Vater Trisha Schaden zufügen würde. »Wovon sprichst du?«

»Das musst du sie fragen. Ich weiß, dass du zurzeit selbst viel um die Ohren hast, aber versuch dir die Tage einfach mal Zeit zu nehmen und frag sie.« Sonya ergreift Marins Hand. »Was immer zwischen euch beiden in ihrem Haus vorgefallen ist, sie hat es nicht böse gemeint.«

»Ich weiß.« Marin weiß es wirklich. Tief in ihrem Herzen versteht sie es. Es geschieht nur selten, dass eine von ihnen mal auf diese Art aggressiv wird. Normalerweise waren sie sehr gut darin, ihre Gefühle und Gedanken für sich zu behalten. Wenn doch mal eine von ihnen explodierte, dann gab es dafür auch immer einen guten Grund. Wie ein Vulkan, der zu lange geruht hat, schließlich ausbricht und Lava spuckt, mit nur einem leichten Beben als Ankündigung dessen, was kommen wird.

Als sie noch klein waren, hatte Marin Sonya oft dabei zugesehen, wie diese andere Kinder beobachtete, die weinten und Wutanfälle kriegten. Dann sahen sie, wie die Eltern ihre Kinder beruhigten, statt sie für die öffentliche Zurschaustellung der Gefühle zu bestrafen. In ihrer Familie war Gehorsamkeit stets die einzige Regung gewesen, die offen gezeigt werden durfte. Weil alle ihre Emotionen hinter Brents Launen zurückstecken mussten.

»Warum verteidigst du sie?«, fragt Marin leise und neugierig. »Du warst doch gar nicht in den Streit involviert.«

»Doch, irgendwie stecken wir alle im selben Streit, zusammen, schon immer.« Sonya mustert das Gras vor ihren Füßen, ehe sie zu Marin aufblickt. »Ich weiß nicht, ob mir das früher klar war. Ich hoffe nur, dass die Erkenntnis nicht zu spät kommt.«

Marin geht die übrigen Gäste begrüßen, die Sorgen um Trisha vorübergehend zur Seite geschoben. Sie ist vollauf damit beschäftigt, die Menschen in ihrem Heim willkommen zu heißen, kontrolliert die Kellner, damit auch jeder etwas zu trinken und ein paar Appetithäppchen hat. Erst spät fällt ihr auf, dass sie Gia noch gar nicht auf ihrer Party gesehen hat. Sie lässt den Blick über die Menge schweifen, kann sie aber nirgendwo entdecken. Ebenso wenig Raj.

Sie eilt ins Haus und die Treppe hinauf, stößt Gias Zimmertür auf und findet Raj und Gia hier, auf dem Bett sitzend, Gia immer noch in ihren Pyjama gekleidet, Raj leise auf sie einredend.

»Was macht ihr denn noch hier?«, ruft Marin und zwingt sich, ihre Stimme gesenkt zu halten, damit niemand etwas mitbekommt. »Das Haus ist voller Gäste, deine Party läuft und du bist immer noch in deinem Zimmer?«

»Ich wollte nie eine Party haben«, sagt Gia leise und blickt Raj hilfesuchend an. »Ich kann das einfach noch nicht, mich all diesen Menschen stellen.« Ihre Unterlippe zittert leicht, ein Anzeichen für die Hilflosigkeit, die sie verspürt.

»Doch, das kannst du«, erklärt Marin, die sich weigert, ihre Tochter zu verhätscheln. »Das ist eine ideale Gelegenheit, allen zu zeigen, dass es dir gut geht und dass du schon bald wieder ganz in Ordnung sein wirst.«

»Das ist es also, worum es dir geht?«, fragt Gia ungläubig. »Was die anderen Leute denken?«

»Hast du etwa gedacht, dass du den Rest deines Lebens hier in diesem Zimmer verbringen kannst?«, gibt Marin zurück. Sie tritt neben das Bett und streckt die Hand aus, um über Gias Haar zu streichen. »So funktioniert das nicht, Beti«, erklärt Marin. »Ob es dir gefällt oder nicht, du musst deinen Platz in der Gemeinschaft einnehmen. Wie die Gesellschaft dich wahrnimmt, bestimmt deinen Platz im Leben.« Marin durchsucht

Gias Kleiderschrank nach passender Kleidung. Zufrieden mit einem angemessenen Sommerkleid zieht sie es heraus und hält es Gia hin. »Du wirst wunderschön aussehen in diesem Kleid.« Sie lächelt Gia aufmunternd an. »Komm, Beti, alle warten unten auf dich!«

»Nein«, korrigiert Gia sie. »Nicht alle.« Sie bewegt sich unruhig im Bett. »Nicht Adam.«

Marin will widersprechen, doch Raj hält sie davon ab, ehe sie noch mehr Schaden anrichten kann. »Marin«, sagt er erschöpft, die Stimme angespannt. »Es ist ihr Geburtstag. Lassen wir ihr heute ihren Willen, ja?« Er nimmt Marin das Kleid aus der Hand. »Gia, du bist jetzt sechzehn Jahre alt, alt genug, um deine eigene Kleidung auszuwählen, meinst du nicht?« Mit sanfterer Stimme sagt er, während er sie anstupst: »Also zieh dich an und komm runter, Beti. Deine Mutter hat recht, alle warten auf dich.«

* * *

In jeder Kultur gibt es einen Zeitpunkt, zu dem die Kinder als volljährig angesehen werden. Marin hatte an zahlreichen Bar- und Bat-Mizwa-Feiern der Kinder ihrer jüdischen Kollegen teilgenommen. Nachdem sie jahrelang die hebräischen und jüdischen Schriften studiert haben, werden die Mädchen mit zwölf, die Jungen mit dreizehn als mündig in die Gemeinde aufgenommen, begleitet durch eine Zeremonie, an die sich eine aufwendige Party anschließt. Von dem Zeitpunkt an werden sie vor Gott und der Gesellschaft als reif genug angesehen, für ihre eigenen Taten verantwortlich zu sein. Marin hatte von den Debütantenbällen im Süden der Vereinigten Staaten gehört, auf denen die nun erwachsenen Mädchen geeigneten Junggesellen vorgeführt werden. In den südlichen Regionen Indiens gab es Bevölkerungsgruppen, die eine Feier ausrichteten, sobald die Tochter ihre erste

Periode hatte. Als intime Versammlung der engsten Freunde, um den Übergang vom Mädchen zur Frau zu feiern.

Egal, welches Alter, welcher Grund und welche Glaubensrichtung, eine Feier anlässlich der Volljährigkeit war immer ein Ereignis für denjenigen, der diesen wichtigen Meilenstein in seinem Leben geschafft hatte, wie auch für die Eltern, die von nun an ihr Kind in einem anderen Licht sehen müssen. Das Kind war nun nicht länger ein Baby, das umhätschelt und angeleitet werden muss, sondern vielmehr eine selbstständige Person, die ihr eigenes Leben beginnt. Nach der Feier würde dieser Mensch seine eigenen Entscheidungen treffen, seine eigenen Emotionen zeigen und nur dann um Rat fragen, wenn er oder sie diesen benötigt.

Während sie älter wurde, hatte Marin zugesehen, wie ihre Freunde diese Feiern hatten, als Erwachsene angenommen wurden. Sie beneidete sie für diese Ereignisse, für die Selbstsicherheit, die sie daraus zogen, diese wichtige Schwelle in ihrem Leben zu überschreiten. Instinktiv wusste sie, dass es in ihrem Leben nur einen Weg geben würde, von den Fesseln ihres Vaters freizukommen – durch die Ehe. Es gab keine andere Möglichkeit, von ihm als erwachsene Frau, als selbstverantwortlicher Mensch, als eigenständige Person wahrgenommen zu werden. Sie gehörte ihm, bis zur Nacht ihrer Hochzeit, und ab da gehörte sie jemand anderem. Nur dann würde er sie freigeben, doch dann würde es zu spät sein. Sie war schon seine Schöpfung und nichts konnte sie je wieder davon befreien.

Marin wollte ihrer Tochter aber geben, was sie selbst nie hatte – eine Feier, mit der sie als erwachsen anerkannt wurde. Einige Stunden, in denen alles gut ist, ein Fest voller Freude und Lachen, während Gia in den nächsten Abschnitt ihres Lebens eintritt.

Gia erscheint in einer Caprihose und T-Shirt auf der Party. Nicht wirklich die Kleidung, die Marin sich gewünscht hätte, aber sie ist froh, dass ihre Tochter überhaupt aufgetaucht ist. Die Band spielt, während die Gäste plaudern und die Feier genießen. Marin achtet darauf, mit jedem einige Worte zu wechseln, wobei sie Gia aus der Entfernung beobachtet. Es scheint alles gut zu gehen, sie spricht sogar mit einigen ihrer Freunde aus der Schule. Marin kann sich vorstellen, dass alle sie fragen, was los ist, und wann sie wieder in die Schule kommen wird.

Die Gäste bleiben lange, unterhalten sich stundenlang. Die Party ist ein voller Erfolg, genau wie Marin gehofft hat. Aus der Entfernung sieht sie, wie sehr Gia die Gesellschaft ihrer Freunde genießt. Genau wie Marin vorhergesehen hatte, genau deshalb hatte sie sich so viel Mühe gegeben, alles zu organisieren. Sie bringen den Kuchen und Gia bläst die sechzehn Kerzen aus.

»Wünsch dir was, Beti!«, sagt Marin. Sie fragt sich, an was Gia wohl denkt, als sie die Augen schließt.

Die Nacht bricht an, Zeit für die kalifornischen Mücken hervorzukommen. Die ersten Gäste verlassen die Party, danken Raj und Marin für den tollen Abend. Ranee und Sonya bleiben noch, helfen den Angestellten beim Aufräumen. Als nur noch eine Handvoll Gäste übrig ist, die Marin gerade verabschiedet, wird es auf einmal leise im Raum.

»Mach jetzt bitte keinen Aufstand, Marin!«, warnt Raj sie, während er auf sie zueilt.

»Wovon sprichst du?«, will Marin wissen, die immer noch nicht ahnt, was los ist. Erst als Ranee und Sonya zu ihnen treten, sieht Marin ihn.

»Ich nehme an, das ist Adam?«, fragt Sonya leise, während sie zu Gia nickt, die einen jungen Mann umarmt.

»Was zum Teufel macht der denn hier?« Marin ignoriert Raj und stürmt zu Gia, Raj folgt ihr auf dem Fuße. Als sie bei Adam ankommen, zieht Marin Gia fort. »Was denkst du dir eigentlich?«, giftet sie ihn an. »Du darfst dich laut gerichtlichem Beschluss Gia nicht einmal nähern.« Sie hält Gias Arm eng umklammert, während diese versucht, sich loszuwinden. »Ich freue mich schon darauf, dich endlich hinter Gittern zu sehen.«

»Ich habe ihn eingeladen«, sagt Gia, die sich endlich aus dem Griff ihrer Mutter befreit hat. Sie stellt sich schützend zwischen Marin und Adam. »Es ist mein Geburtstag. Ich kann einladen, wen ich will.«

»Ruf die Polizei!«, weist Marin Raj an. Ihr Blick weicht nicht von Gia. »Gia, du weißt ja gar nicht, was du tust.«

»Ich wollte Gia nur zum Geburtstag gratulieren«, sagt Adam, die Hände beschwichtigend erhoben. »Ich wollte keinen Ärger verursachen.«

»Ich will kein Wort von dir hören«, herrscht Marin Adam an. Sie sieht, dass Raj immer noch nicht bei der Polizei anruft, also streckt sie ihre Hand nach Sonya aus. »Hast du dein Handy dabei?«

»Marin«, setzt Sonya beschwichtigend an, mit Blick auf Gia und Adam. »Lass es.«

Das ist nicht die Antwort, mit der sie gerechnet hat. Irgendjemand muss doch auf ihrer Seite sein. Sie fühlt, wie ihr alles entgleitet, und fordert erneut, jetzt mit stärker werdender Verzweiflung: »Sonya, gib mir dein Handy, sofort!«

Alles verschwimmt vor ihren Augen, während Bilder aus der Vergangenheit aufsteigen. Wie sie in einen dunklen Schrank eingeschlossen wurde, weil sie nur ein A-Minus im Test bekommen hatte. Die ständigen Schläge, nie endend. Die Gebete, die nie erhört wurden. Schweiß bildet sich auf ihren Handflächen, ihr Puls beschleunigt sich, untrügliche Kennzeichen einer Panikattacke. Ihre Zunge schwillt an, sie kann kaum noch Worte hervorbringen. Sie hat niemanden mehr, an den sie sich wenden kann, niemand will ihr helfen in ihrem Kampf, den sie verliert. Sie wartet, fragt sich, ob sie wirklich ganz allein ist, als Sonya ihr schweigend das Handy in die Hand legt. Ausgebrannt starrt Marin ihre jüngere Schwester an, die Marin mit einem einfachen Nicken ihre Unterstützung zusichert, ihr zeigt, dass jemand an ihrer Seite steht.

»Ist ja schon gut, ich geh ja schon«, murmelt Adam und tritt zwei Schritt zurück. »Keinen Stress hier.«

»Geh bitte nicht!«, fleht Gia. Sie wendet sich Marin zu. »Mom, du musst das bitte verstehen.«

»Was verstehen, Gia?«, fragt Marin, die langsam wieder Worte finden kann. »Du zerstörst dich selbst mit deinem Verhalten. Das kann ich nicht zulassen.«

»Es ist aber nicht deine Entscheidung!«, schreit Gia sie an. Von Gia unbemerkt ist Ranee zu ihnen getreten. Sie legt ihren Arm um die Hüfte ihrer Enkelin und leitet sie sanft von Adam weg, näher zu ihrer Familie.

»Warum hast du ihn angerufen?«, fragt Marin wieder, innerlich zerbrochen. Die letzten Gäste sind gegangen, sodass Marin und ihre Familie die Privatsphäre haben, die sie brauchen. Marin hat kaum mitbekommen, wie sich der Raum geleert hat, ihre ganze Aufmerksamkeit war auf ihre Tochter gerichtet. »Warum hast du ihn eingeladen?«

»Weil ich ihn liebe«, gesteht Gia, ihre Körpersprache fleht ihre Mutter an, sie doch endlich zu verstehen. »Du liebst Dada doch auch noch, nach allem, was er dir angetan hat. Wo ist denn da der Unterschied?«

* * *

Das Haus ist leer, der Rausch der Party lange vergangen. Raj hat Gia mitgenommen, nachdem Adam gegangen war. Er hatte Marin erklärt, dass er etwas Zeit allein mit seiner Tochter braucht und dass sie später wiederkommen würden. Marin fühlt sich wie betäubt und beobachtet, wie Ranee drei Tassen Chai an den Tisch bringt. Sie braucht etwas, um sich zu beschäftigen, also hat sie angefangen, eine Liste der Gäste anzufertigen, die den unangenehmen Vorfall mitbekommen haben. Sie wird morgen bei ihnen anrufen und sich dafür entschuldigen. Sie fühlt sich gleich doppelt gedemütigt, dass all jene, die so perfekte Leben führen, mit ansehen konnten, wie ihr eigenes in Scherben geht.

»Trink das«, ermutigt Ranee sie, während sie ihren Stuhl näher zu Marin schiebt. »Als ich noch klein war, haben sich alle, wenn es Schwierigkeiten in einer Familie oder im Dorf gab, bei jemand im Haus versammelt und einige Tassen Chai getrunken. Nach vielen Stunden wurde so jedes Problem, das unbezwingbar schien, gelöst.«

»Auch die Kinder haben Chai bekommen?«, fragt Sonya nach. »Trotz all dem Koffein?«

»Natürlich«, antwortet Ranee lächelnd. »In Indien gehört Chai zu den Grundnahrungsmitteln.« Ranee schiebt die Tasse näher zu Marin. »Nimm einen Schluck, Marin. Alles wird klarer werden.«

»Chai kann keine Probleme lösen«, gibt Marin zurück. Mit zitternder Hand schiebt sie die dampfende Tasse fort. Sie prüft ihr Handy auf Nachrichten von Raj. Nichts. Mit Wucht knallt sie es wieder auf den Tisch, nur das Zittern ihrer Finger zeigt an, wie verängstigt sie in Wirklichkeit ist. »Ich will euch nicht aufhalten«, murmelt sie, ihre Scham ist grenzenlos. »Es ist nett von euch, dass ihr geblieben seid, aber wir bekommen das schon hin.« Sie marschiert auf und ab, wirft immer wieder einen Blick aus dem Fenster. Eher zu sich selbst fügt sie hinzu: »Wo mögen sie nur hin sein?«

»Gibt es vielleicht einen Ort, wo Gia gern hingeht?«, fragt Sonya vorsichtig, versucht, die Sorgen ihrer Schwester zu mildern.

»Nein.« Marin greift zum Handy und ruft erneut Raj an, wieder erreicht sie nur die Mailbox. Also schreibt sie ihm noch eine Textnachricht. Keine Antwort. »Wo können sie nur stecken?«, murmelt sie verzweifelt. Ihre Hände zittern, das Handy fällt ihr aus der Hand. Voller Panik sieht sie, wie es auf den

Marmorboden prallt. Sie eilt hin, um sicherzustellen, dass es noch funktioniert. Wie ein Kompass ohne Magnet ist sie verloren, hat nur bisher noch nicht gewusst, wie sehr. »Alles in Ordnung«, sagt sie laut, wie um sich selbst zu beruhigen, »das Handy funktioniert noch.« Ein Schub Energie durchdringt sie, sie blickt sich wild im Raum um. »Ich muss aufräumen.«

»Es ist alles getan«, sagt Ranee sanft. »Die Helfer vom Catering haben alles erledigt.«

»Gut.« Marin wandert wieder auf und ab, ohne zu bemerken, wie besorgt Sonya und Ranee ihr nachblicken. »Wo sind sie nur?« Mit einem schnellen Blick auf die Uhr an ihrem Handgelenk überschlägt sie, wie lange Raj und Gia jetzt schon fort sind. Seit dem letzten Anruf sind erst ein paar Minuten vergangen. »Ich sollte noch mal bei Raj anrufen.«

»He«, sagt Sonya beschwichtigend, während sie ihr das Handy vorsichtig aus der Hand nimmt. »Was war das vorhin, draußen, als Gia gesagt hat, dass du Dad immer noch liebst?« Sie hält inne, gibt Marin Gelegenheit, etwas einzubringen. Als Marin schweigt, fragt Sonya weiter: »Hast du ihr etwa nie davon erzählt?«

»Was denn erzählt?«, fragt Marin fordernd und drängt Sonya in die Defensive.

»Dass du Angst hast«, sagt Ranee leise. Als Marin sich zu ihr umdreht, spricht Ranee langsam weiter, jedes Wort scheint ihr schwerzufallen. »Dass du ihr nicht vertraust.«

»In wie fern nicht vertrauen?«, fragt Marin.

»Mit der Wahrheit.«

Marins Gesicht verdüstert sich plötzlich, ihr Kummer ist jetzt offen sichtbar. Sie hat so sehr versucht, ihr letztes Geheimnis zu verbergen, doch mit der Zeit ist alles zu viel geworden. Ihr bleibt kein Ausweg mehr, also bricht sie auf ihrem Stuhl zusammen und lässt den Tränen freien Lauf. »Was soll ich nur machen?«, fleht sie.

»Biete ihr dein Vertrauen an – das, was ich dir nie habe geben können«, antwortet Ranee leise. Sie spielt mit den goldenen Armreifen, die ihr Handgelenk zieren, drei an jeder Hand. Sie scheint zu zögern, mit sich zu kämpfen. Sie schluckt zweimal, beißt sich auf die Lippen. Schließlich spricht sie weiter, ihre Worte kommen stockend, unsicher. »Als ihr drei noch ganz klein wart, habe ich alles Gold genommen, das ich als Mitgift bei meiner Hochzeit bekommen habe. Ich habe es einschmelzen und zu sechs Armreifen machen lassen, zwei für jede von euch. Aber weil ihr noch so jung wart, habe ich sie für euch getragen, auf sie aufgepasst, bis ihr alt genug seid, sie selbst zu tragen.« Sie streift ihre Armreife vorsichtig ab, einen nach dem anderen, und legt sie mitten auf den Tisch. »Ihr müsst wissen, dieses Gold war das Einzige auf der Welt, was je wirklich mir gehörte. Alles andere in eurem Leben wurde von dem Geld eures Vaters gekauft. Aber das Gold aus meiner Mitgift gehört mir, es ist ein Geschenk eurer Großeltern.«

Ranee greift nach Marins Hand und hält sie fest umschlossen. »Aber ich habe euch die Armreife noch nicht gegeben. Ich habe euch nicht vertraut. Ich war mir nicht sicher, was ihr damit macht, sobald ich sie euch gebe.« Ranee senkt den Kopf. »Vielleicht würdet ihr sie einfach nur in eine Schublade werfen. Vielleicht darüber lachen, wie wenig es wert ist, was ich euch geben kann. Vielleicht würdet ihr mich zurückweisen, weil ich euch nicht mehr geben kann.«

»Ich verstehe nicht«, murmelt Marin.

Ranees Gesicht füllt sich mit Kummer. »Vergib mir, Tochter. Ich war zu schwach, um für dich einzustehen. Um dir zu sagen, wie sehr ich dich liebe. Um mich schützend vor dich zu stellen, wenn er dich schlägt. Alles, was ich je hatte, sind diese Armreife«, sie zeigt auf die goldenen Reife auf dem Tisch. »Und selbst bei diesen hatte ich zu viel Angst, euch zu vertrauen. Aber jetzt weiß ich, dass ich nicht euch dreien misstraut habe. Ich habe mir selbst nicht getraut.«

»Mummy«, flüstert Marin. Sie schließt ihre Augen und erlaubt Ranees Worten, zu ihr vorzudringen. Der Panzer, der sie immer vor sich selbst und der Welt geschützt hat, bricht langsam auf und lässt sie schutzlos zurück. »Was kann ich ihr nur geben? Was soll ich bloß sagen?« Sie drückt Ranees Hand fest und fleht um eine Antwort. »Wie kann ich meine Tochter zurückbekommen?«

»Erzähl ihr die Wahrheit. Schenke ihr dein Vertrauen.« Ranee schiebt ihnen die Armreife zu, gibt zuerst Marin die ihren. Dann sieht sie zu, wie Sonya und Marin die Armreife überstreifen, sodass noch zwei auf dem Tisch liegen. »Gib ihr alles, was du hast. Vertraue ihr, sag ihr die Wahrheit, ob gut oder schlecht, denn Vertrauen ist immer genug.«

* * *

Gia und Raj kommen erst spät in der Nacht nach Hause. Marin sitzt auf dem Sofa und wartet in der Dunkelheit auf sie. Raj hatte ihr endlich eine Textnachricht geschickt, damit sie beruhigt ist, mehr aber auch nicht. Keine weiteren Details. Marin hatte ihre Mutter und Schwester zur Tür gebracht und beide hatten sie fest umarmt. Zum ersten Mal seit langer Zeit hatte Marin ihre Umarmung erwidert, froh darüber, dass sie in ihrem Leben sind.

Als Marin im vierten Monat mit Gia schwanger war, wurde ihr eine Beförderung angeboten. Für die Stelle musste sie zurück nach Kalifornien ziehen, in die Nähe der Gegend, in der sie als Kind gelebt hatte. Marin hatte sich dabei, wie bei allem anderen in ihrem Leben, aus rein pragmatischen Gründen entschieden. Sie vertraute nie auf Gefühle, immer auf Logik. Sie traf Entscheidungen, die auf Fakten und Daten basierten, bei denen man sorgfältig die Vor- und Nachteile abwägen konnte. Nur so hatte sie ihre Kindheit überlebt. Jedes Mal, wenn ihr Vater sie wieder schlug, hatte sie die Situation eingestuft, versucht zu ermitteln, welche Schritte zu den Schlägen geführt hatten. Sie schwor sich selbst, nie wieder in eine solche Situation zu gelangen. Das nächste Mal müsste es eben ein A-Plus werden, nicht nur ein einfaches A. Sie müsste jeden Aspekt ihres Lebens so kontrollieren, dass sie sich nie wieder angreifbar machen würde. Ihr Plan war auch aufgegangen. Ihr ganzes Leben war durchgeplant bis zur Perfektion. Bis Gia dann älter wurde und ihre eigene Persönlichkeit entwickelte.

Gia war so lange folgsam gewesen, dass Marin sich daran gewöhnt hatte, davon ausgegangen war, dass das Leben für immer weitergehen würde, wie geplant. Aber jetzt funktionierte nichts mehr. Sie ist dabei, ihre Tochter zu verlieren, wenn das nicht schon geschehen ist.

Marin dreht die Armreife an ihrem Handgelenk. Sie betrachtet die feinen Diamanten, die in das dünne Gold gesetzt sind und den Armreif glitzern lassen. Sie hatte den Schmuck schon immer an ihrer Mutter bewundert, hätte sich aber nie vorstellen können, dass er für sie und ihre Schwestern gedacht war.

Es fiel ihr nicht leicht zuzugeben, dass Ranee recht gehabt hatte, Marins Reaktion zu fürchten. Früher hätte Marin Ranee wohl einfach für das Geschenk gedankt und die Armreife in irgendein Fach gelegt, sie vielleicht zu bestimmten Anlässen hervorgeholt. Sie hätte nicht verstanden, was hinter dem Geschenk steht, und hätte sie wie alles andere in ihrem Leben behandelt – etwas, das man nur nutzt, wenn es einem Zweck dient. Jetzt versteht sie ihre Mutter und schätzt das Geschenk, weil sie sieht, dass es alles repräsentiert, was Ranee ihren Töchtern geben kann.

Als sie das Garagentor hört, setzt Marin sich aufrecht hin. Sie wischt sich die verschwitzten Hände an ihrer Hose ab. Noch nie in ihrem Leben war sie so nervös. Sie fängt an, ihr Haar zurückzustreichen, und schilt sich selbst dafür. Gia ist ihre

Tochter, ruft sie sich in Erinnerung. Sie wird die Erklärungen annehmen, die Marin geben kann. Genau, wie Marin Ranees Erklärungen akzeptiert hat.

»Raj, Gia.« Marin kommt ihnen im Flur entgegen, als ob sie ihrem Richter gegenübertritt. »Wo wart ihr?«, fragt sie fordernd. Als sie sieht, wie müde beide wirken, ärgert sie sich, wieder in alte Verhaltensmuster zu fallen. Sie warnt sich, behutsam vorzugehen, und flüstert: »Tut mir leid.« Sie tritt einen Schritt auf Gia zu, die automatisch ausweicht. »Wie geht es dir, Beti?«

»Alles in Ordnung«, murmelt Gia und schiebt sich näher zu Raj.

»Das kann ich mir kaum vorstellen«, sagt Marin und bemerkt, wie überrascht die beiden angesichts ihrer versöhnlichen Worte sind. »Das war wohl nicht wirklich der beste Geburtstag.«

»Nein«, stimmt Gia zu, ohne Marin direkt anzublicken.

»Es war alles mein Fehler.« Die Worte, die Marin einst unmöglich gewesen wären, fühlen sich jetzt richtig an. Alles stimmt. »Die Party, das war nicht wirklich eine gute Idee.«

»Marin, Gia ist müde. Sie will zu Bett gehen«, unterbricht Raj sie matt. »Lass uns einfach alle schlafen gehen.«

»Ich hatte gehofft, dass ich noch ein paar Minuten mit dir reden kann, Gia?«, bittet Marin, ohne zu drängen. »Ich habe dir noch gar nicht dein Geschenk gegeben.«

»Ich will nichts haben, Mom«, gibt Gia zurück. »Dad hat recht, ich bin ziemlich müde.«

»Lass mich dir eine kurze Geschichte erzählen«, versucht Marin. »Während du dich zum Schlafen fertig machst.« Marin holt tief Luft und fügt ein Wort hinzu, an das sie bisher noch nie gedacht hat: »Bitte.«

»Nein, Mom«, sagt Gia. »Vielleicht ein andermal.«

Trisha

Ich finde langsam meinen Weg zurück zu einer Art Leben. Ich habe mir von Sonya Kleider ausgeliehen, solange ich bei Mama wohne. Mama scheint sich über die Gesellschaft zu freuen, endlich wieder zwei ihrer Töchter unter ihrem Dach. Das Haus fühlt sich ohne Papa anders an, irgendwie ruhiger, entspannter. Ich habe zwar nie direkt unter seiner Wut gelitten, wusste aber immer, dass diese jederzeit ausbrechen kann, und lebte mit unter der düsteren Wolke der Bedrohung, die von ihm ausging. Ich spürte die Angst meiner Schwestern und meiner Mutter. Sie jetzt in denselben Räumen frei gehen und atmen zu sehen, durch die sie einst nur ängstlich zu huschen wagten, ist eine Erleichterung. Es scheint, als ob es ganz andere Frauen sind, die nur den gleichen Körper und das gleiche Gesicht teilen.

Nach meinem Gespräch mit Mama habe ich beschlossen, in das Haus zurückzukehren, das sich für mich immer noch wie mein Haus anfühlt. Dort eingetroffen, habe ich mich umgesehen. Die Zimmer, für die ich so viele Stunden aufgebracht habe, sie perfekt einzurichten. Es fühlte sich alles fremd an. Ich schüttelte das Gefühl ab und schaute auf dem Telefon nach neuen Nachrichten. Die Armreife, die Mama mir geschenkt hat, rutschten an meinem Handgelenk. Keine Nachricht von Eric, in der er mich auffordert, das Haus freizugeben. Er scheint ebenso zögerlich, in das Haus zurückzukehren, wie ich zuvor war, es zu verlassen. Während ich durch die Zimmer gehe, begrüßt mich nur Stille, aber ich werde schnell daran erinnert, was einst mir gehört hat, was schon immer mein gewesen ist. Mein Heim, meine Dekoration, mein Leben. Alles wartet nur darauf, dass ich meinen Anspruch darauf erhebe.

Ich lasse die Hände über die Kisten gleiten, die noch aufgestapelt hier stehen. Ich war mir so sicher, als ich sie gepackt habe. Ich stand hier, in gerechtem Zorn über Erics Anschuldigungen und dachte, dass sein Betrug größer war als der meine. Jetzt scheint es mir, als ob ein Fenster aufgestoßen wurde, ein Fenster aus milchigem Glas, durch das ich nie durchschauen konnte. Unsere Ehe wurde auf meinen Lügen aufgebaut und sowohl ich als auch Eric mussten darunter leiden. Ich schulde ihm eine Entschuldigung und eine Erklärung für das, was ich getan habe. Ich weiß, dass ich die Chance nicht verdiene, aber ich will zumindest fragen.

Allein der Gedanke daran, laut auszusprechen, was mir widerfahren ist, lässt mich erschaudern. Sonya und ich haben so viele Stunden wach gelegen und darüber geredet. Bei ihr konnte ich mich ausheulen. Sie hat mir Halt gegeben, einen sicheren Ort, an dem ich reden kann, ohne verurteilt zu werden. Als ich ihr erzählte, dass ich Papa immer noch liebe, selbst wenn ich über ihn schimpfe, nickte sie verständnisvoll. Als ich ihr erzählte, dass ich Eric immer noch liebe, meinte sie, dass sie auch überrascht wäre, wenn es nicht so sei.

»Er ist ein guter Mann«, meinte sie. »Und er liebt dich.« Sie bekam einen abwesenden Gesichtsausdruck. »Du hast viel Glück, dass du ihn gefunden hast.«

Meine letzte Sorge habe ich ihr nicht verraten – dass ich Erics Liebe vielleicht verloren habe. Dass alles, was ich hatte, jetzt Vergangenheit ist, ganz egal, wie sehr ich mich danach sehne. »Warst du je verliebt?« Sie hat nie von einem Mann gesprochen, nicht einmal angedeutet, dass es jemanden geben könnte.

»Ich weiß nicht, was Liebe ist«, hatte sie geantwortet. »Aber du weißt es. Schätze dich glücklich.«

Wie ich jetzt so in meinem leeren Zuhause stehe, fühle ich mich gar nicht glücklich. Ich ziehe eine Grimasse. Mein Leben ist so anders, als ich es mir immer vorgestellt hatte. Ich nehme den Stapel Post, der sich im Briefkasten angesammelt hat. Ich blättere durch die Werbesendungen und Rechnungen, die immer noch eintreffen. Ein großer brauner Umschlag zieht meine Aufmerksamkeit auf sich. Als ich die Absenderadresse lese, schlägt mein Herz schneller. Er kommt von Erics Anwältin.

Ich reiße den Umschlag vorsichtig auf und ziehe einen dünnen Stapel Papiere hervor. In klaren und unmissverständlichen Worten werden die Bestimmungen unserer Scheidung beschrieben. Wie gewünscht gibt es keine Unterhaltszahlungen, keine Aufteilung des Vermögens. Alles, was wir mit in die Ehe gebracht haben, bleibt unser jeweiliger Besitz. Alles andere gehört Eric. Alles, was jetzt noch fehlt, um die Angelegenheit offiziell zu machen, sind unsere Unterschriften. Zuerst meine, dann schicke ich alles zurück zur Anwältin, damit Eric unterschreiben kann. Den Rest wird dankenswerterweise sie für uns erledigen. Ich lasse die Unterlagen wieder in den Umschlag rutschen und gehe, ohne zu unterschreiben.

* * *

Mama hat uns gebeten, sie im Krankenhaus zu treffen. Sie hatte keinen Grund genannt, nur die Zeit und dass es dringend sei. Zuerst habe ich noch gezögert, wollte Papa eigentlich nicht wiedersehen. Ich habe ihn nicht mehr besucht, seit ich die Wahrheit erfahren habe. Aber ich kann mich auch nicht verkriechen. Wenn ich mich vor ihm verstecke, hat er gewonnen. Einen Teil von mir hat er sich genommen, aber wenn ich fortlaufe, erlaube ich ihm, weiterhin Macht über mich zu haben.

Er liegt ebenso still wie am ersten Tag, den wir ihn hier besucht haben. Keine Regung, kein Laut. Früher hätte ich jetzt die Falten seiner Decke glatt gestrichen, wäre mit den Fingern durch seine Haare gegangen, um sie zu ordnen. Jetzt bleibe ich auf Distanz. Ich starre ihn von Weitem an, sehe nur einen Fremden hinter dem Gesicht, das mir so vertraut ist wie mein eigenes.

»Warum, Papa?«, flüstere ich. »Wie konntest du mir so was antun?«

Wenn er wach wäre, wenn er mit mir reden könnte, was würde er wohl antworten? Welche Gründe könnte er für seine Taten anführen? Vielleicht würde er sich bei mir entschuldigen, mich um Verzeihung bitten, die ich nicht geben kann. Die Erlösung steht ihm nicht zu, er wird sie nicht bekommen, nicht von mir, nicht jetzt und nicht in Zukunft.

»Ich habe dich von ganzem Herzen geliebt«, erkläre ich ihm, auch wenn er es schon weiß. All diese Zeit habe ich mit ihm geredet, bei jedem Besuch, gehofft, dass meine Worte der Liebe und Hoffnung ihn zurückbringen würden. Jetzt will ich, dass er meinen Schmerz hört, das Leid spürt, das er verursacht hat. Das ist alles, was noch zwischen uns geblieben ist – Fragen ohne Antworten. »Ich war dir so dankbar.«

Bei diesem Geständnis muss ich kurz innehalten. Ich habe es bisher nie so gesehen. Bisher dachte ich immer, dass ich seine Liebe verdient habe, dass ich es wert war, während die anderen einfach nicht gut genug waren. Aber so war es nicht, ich hatte mir das nur so gut eingeredet, dass ich es selbst geglaubt habe. Es war Dankbarkeit. Ich habe mir immer gesagt, dass ich ihm alles schulde, weil er mich geliebt hat. Kein Kind sollte sich je so fühlen müssen. Eine Familie sollte immer von Liebe und Wertschätzung verbunden sein, für das, was jeder Teil mit in die Beziehung bringt. Eine Einheit von Herz und Seele, in der die Angst keinen Platz hat.

»Du bist verloren. Du warst es schon immer. Obwohl du dich so angestrengt hast …« Ich zögere, beiße auf meine Lippe, blicke über seine Bettdecke hinweg aus dem Fenster. »Obwohl du immer versucht hast, sicherzustellen, dass wir verloren bleiben. Aber es hat nicht geklappt, Papa. Irgendwie werde ich einen Weg finden zu überleben«, erkläre ich mit einer Sicherheit, die ich noch nicht fühle.

Ranee

Es ist Zeit, Abschied zu nehmen.

Im Hinduismus kann kein Ereignis stattfinden, egal wie klein und unbedeutend, ohne dass erst die Sterne befragt werden, wann ein günstiger Zeitpunkt dafür ist. Vor einer Verlobung werden die Eltern einen Priester konsultieren, um zu sehen, ob die beiden zu verheiratenden Menschen eine gute Energie erzeugen, basierend auf ihren Geburtsdaten und -zeiten. Ob ihnen ein erfülltes Leben vorbestimmt ist. Die Ergebnisse dieser Berechnungen können Ehen besiegeln oder verhindern. Die Geburtszeit eines Kindes kann eine Familie in Freude oder Trauer ausbrechen lassen. Ein Kind, das in einer düsteren Periode zur Welt kommt, wird seiner Mutter viel Kummer bereiten, ein Kind zu einer glücklichen Zeit wird der Familie Wohlstand und Freude bescheren.

Die Termine für Feiern, Rituale, Reisen werden alle nach vorteilhaften Zeiten bestimmt. Wenn ein Ereignis in eine düstere Zeit fällt, werden Pujas abgehalten, bei denen die Gurus sich um das Feuer und die Statuen der Götter versammeln und ihre Mantras und Gebete rufen, um jegliches Böse abzuwehren.

Wie jeder andere gläubige Hindu überprüfte auch Ranee ihren astrologischen Kalender minutiös. Sie würde nie ein Ereignis planen, wenn nicht die Sterne in einer Konstellation stehen, die Glück und Erfolg garantiert. Auf diese Art haben schon Generationen vor ihr ihr Leben gelebt. Es war einfach so, die Tradition so natürlich wie das Atmen.

Diesmal ließ Ranee den Kalender aber beiseite. Sie traf sich auch nicht mit dem Guru, um die beste Zeit zu bestimmen. Es gab einfach keine gute Zeit, um die lebenserhaltenden Maßnahmen für Brent abstellen zu lassen, die Sauerstoffzufuhr zu kappen, sodass er endlich diese Welt verlassen konnte. Dass Ranee und ihre Töchter endlich frei sein konnten. Es konnte ihr nicht schnell genug gehen, sie wollte es erledigt wissen.

Aber so sehr Ranee den Moment auch herbeisehnte, akzeptierte sie doch, dass es nicht länger nur ihre Entscheidung war. Alle drei Töchter hatten endlich wieder zusammengefunden, zu ihr gefunden, also würde sie nicht so respektlos sein können, ihre Meinung zu übergehen. Sie alle hatten durch ihn gelebt, also sollten sie auch alle mitbestimmen dürfen, wann er sterben soll. Für so etwas gibt es keinen Kalender, der die beste Zeit bestimmt. Die Sterne hatten ihren Töchtern nie Schutz geschenkt, das Schicksal hatte nie helfend eingegriffen. Also würde ihre gemeinsame Stimme lauter klingen als die des Universums, durch die Stärke, die sie durch ihr reines Überleben gewonnen hatten. Sie würden es jetzt tun, denn es ist längst Zeit, Abschied zu nehmen.

Da Ranee schon lange vor der verabredeten Zeit eintrifft, ist sie überrascht, nicht die Erste zu sein. Trisha steht bereits am Fenster, Brent den Rücken zugewandt.

»Beti«, ruft Ranee aus und eilt zu ihr, um ihre Tochter zu umarmen. »Du bist früh hier.« Seit Trisha wieder in ihrem alten Haus wohnt, ist Ranees Haus leiser und leerer zurückgeblieben, als sie je für möglich gehalten hatte. Es war schon seltsam. Brent hatte sie nie vermisst, doch kaum, dass Trisha wieder gegangen war, schien das Haus öde und einsam, obwohl Sonya noch dort mit ihr lebte.

»Ich musste ihn sehen«, gibt Trisha zu und dreht sich zu ihrer Mutter um, erwidert die Umarmung. »Musste ihn fragen, warum.«

»Was hat er gesagt?«, fragt Ranee unsicher. Irgendwie würden sie ihren Weg finden, vielleicht, indem sie einfach einander nur bei der Hand halten, während sie jeder für sich über den verkohlten Weg den ganz eigenen Pfad zur Genesung beschreiten.

»Er hat nicht geantwortet«, antwortet Trisha, traurig, obwohl es nichts Überraschendes war. »Aber weißt du, was?« Sie löst sich aus Ranees Armen und blickt ihre Mutter an. »Ich glaube, selbst wenn er wach wäre, hätte er meine Frage nicht mit einer Antwort gewürdigt.«

»Ich glaube nicht, dass es einen Grund gab«, erklärt Ranee und drückt ihre Tochter, so fest sie kann, an sich. »Aber das spielt jetzt keine Rolle mehr.« Jede von ihnen ist auf dem Weg gestürzt, doch sie warten stets aufeinander, um die Reise gemeinsam fortzusetzen. Sie geben einander nicht auf und reichen sich stets gegenseitig helfend die Hand. »Als ich noch ein Kind war, habe ich den Vögeln am Himmel zugesehen, die ihr Zuhause aufgegeben haben, um in ein neues Heim zu ziehen. Und jedes Mal fielen ein oder zwei von ihnen zurück.«

»Was geschah dann?«, fragt Trisha.

»Sie haben ihren Weg immer gefunden.« Ranee wirft einen Blick auf Brent, ehe sie sich wieder ihrer Tochter zuwendet. »Du wirst wieder ganz in Ordnung kommen«, verspricht Ranee. »Wir alle werden es schaffen.« Es ist das erste Mal, dass sie so ein Versprechen gibt. Und zum ersten Mal in ihrem Leben ist Ranee sich sicher, dass sie ihr Wort auch halten kann.

Marin und Gia treffen kurze Zeit später ein. Ranee hatte ausdrücklich darum gebeten, dass Gia auch dabei sein soll. Egal, wie sehr sie sich auch bemüht hatten, ihr Geheimnis zu wahren, Gia war jetzt Teil ihrer Verschwörung. Auch sie hatte unter den Folgen ihrer Vergangenheit leiden müssen, also verdient auch sie eine Stimme in diesem schrecklichen Erbe, um das sie nie gebeten hat. Ranee eilt direkt auf Gia zu und nimmt ihre Enkelin in den Arm. »Wie geht es dir, Beti?«, fragt sie und streichelt dabei die Haare des Mädchens liebevoll.

»Geht schon, Mumji«, antwortet Gia mit einem Seitenblick auf Marin.

»Es tut mir leid, dass ich deine Party verpasst habe«, sagt Trisha, die jetzt auch hinzutritt und die beiden umarmt. »Vielleicht kann ich dich ja zum Shopping mitnehmen? Damit du dir dein eigenes Geburtstagsgeschenk aussuchen kannst? Ich bin mir nicht sicher, was man als Sechzehnjährige so braucht.« Die lockere Art, wie sie mit Gia scherzt, zeigt, dass wieder ein Schimmer ihres früheren Wesens durch die düsteren Wolken scheint.

»Das hört sich toll an«, sagt Gia schüchtern.

»Also abgemacht.«

»Ist alles in Ordnung bei dir?«, fragt Marin, als Trisha nah genug bei ihr steht. »Sonya meinte, dass es dir nicht gut geht.«

»Es wird schon besser«, weicht Trisha mit einem Lächeln aus. »Aber danke.«

»Vielleicht könnten wir uns bald mal zusammensetzen? Einfach so zum Reden?«, schlägt Marin vor.

»Das fände ich nett«, stimmt Trisha zu und drückt kurz die Hand ihrer Schwester.

»Gut.« Marin wendet sich Ranee zu, ihre Stimme ist entspannter, freundlicher als früher. »Warum sollten wir herkommen? Gibt es Neues über seinen Zustand?«

»Nein«, setzt Ranee an, als David eintrifft. »Ah, und hier ist der Mann, auf den wir gewartet haben. Dr. Ford.«

»Schön, alle versammelt zu sehen«, begrüßt David die Gruppe höflich und lächelt.

»Danke, dass Sie Zeit für uns gefunden haben.« Ranee wirft einen Blick in die Runde. »Sonya ist noch nicht da. Können wir vielleicht noch ein paar Minuten warten? Sie meinte, dass sie kommt.«

Alle nicken und murmeln leise ihre Zustimmung.

»Wo ist Raj?«, fragt Ranee Marin.

»Er wartet unten.« Marin wirft einen kurzen Blick auf Gia, die den Boden anstarrt. Ranee versteht ohne weitere Erklärungen – Raj hat sie zum Krankenhaus gefahren, damit er nahe bei seiner Tochter sein kann. »Da du nur nach mir und Gia gefragt hast, wollte er uns etwas Privatsphäre lassen.«

Ranee nickt. »Das ist nett von ihm.«

Gerade, als die Stille über den Raum kommt, platzt Sonya gehetzt herein. »Entschuldigt die Verspätung«, murmelt sie. Ihr Blick fliegt über die versammelten Menschen. Als sie David sieht, versteift sie sich sichtbar. Ranee wendet sich an den Arzt, der die Augen nicht von ihrer jüngsten Tochter wenden kann. Verwirrt blickt Ranee zurück zu Sonya, die aber in den wenigen Sekunden alle sichtbaren Gefühle abgeschottet hat und nicht mehr preisgeben will. »Es scheint, dass schon alle da sind.«

»Ja«, stimmt Ranee abwesend zu und hebt sich die neueste Erkenntnis für später auf. »Ich habe euch alle hergebeten, damit wir entscheiden können, wie wir angesichts der Situation eures Vaters weiter vorgehen.«

»Ich verstehe nicht ganz«, meldet sich Sonya, spricht aber eindeutig für alle Anwesenden. »Gibt es denn eine Veränderung?« Sie dreht sich automatisch zu David, hält dann aber in der Bewegung inne.

»Ich will, dass wir die Geräte zur Lebenserhaltung abstellen«, erklärt Ranee. »Ihn in Frieden ziehen lassen.«

Stille kommt wieder über den Raum. Jede der Schwestern ist mit ihren eigenen Gedanken, ihren eigenen Erinnerungen beschäftigt. Ranee beobachtet sie alle sorgfältig, die drei Frauen, die sie zur Welt gebracht und aufgezogen hat. All die Fehler, die sie gemacht hat, all die falschen Abzweigungen, die sie genommen hat – ihre einzige Ausrede war, dass sie selbst nicht wusste, welches der richtige Weg war. Das macht zwar das Vergangene nicht ungeschehen, die Fehler nicht wieder gut, aber es mag genug sein für eine Chance auf einen Neuanfang.

»Warum jetzt, Mumji?«, fragt Gia, die als Erste das Schweigen bricht.

»Damit wir heil werden können, Beti, alle zusammen«, antwortet Ranee, die nicht zu viel verraten will, solange der Arzt noch bei ihnen steht. »Was meinst du?« Sie weiß, dass Gia ihren Dada liebt. Er hat ihr immer das geschenkt, was allen anderen versagt geblieben war – bedingungslose Liebe.

»Ja«, antwortet Marin noch vor Gia. »Wenn wir die Entscheidung zu treffen haben, dann stimme ich für Ja.« Ihre Stimme ist stark und sicher.

»Ja«, murmelt Trisha, ihre Antwort ist kaum hörbar. »Wenn es noch einen Teil von ihm gibt, der uns hören kann, dann muss er wissen, dass es an der Zeit ist.«

Sonya greift Trishas Hand. »Das sehe ich auch so.« Ranee fragt nicht nach, welchem Teil Sonya zustimmt. Es spielt auch keine Rolle. Sie hat ihre Meinung eingebracht, das Ergebnis ist einstimmig.

»Herr Doktor, könnten Sie uns bitte erklären, was als Nächstes geschieht?«

Aber noch ehe David antworten kann, ihnen beschreiben kann, wie man das Leben von jemandem nimmt, der anderen bereits so viel genommen hat, ergreift Gia das Wort. »Ich stimme für Nein«, ruft sie laut und herausfordernd in die Runde. »Ich will nicht, dass er stirbt.«

»Gia«, setzt Marin an, aber ihre Tochter will nichts mehr hören.

»Er ist mein Großvater. Er ist ein guter Mensch. Ich liebe ihn so sehr«, erklärt sie unter Tränen. »Wieso seid ihr alle so leicht bereit, ihn aufzugeben? Er könnte doch wieder in Ordnung kommen. Er könnte aufwachen und dann wird endlich alles wieder gut.«

* * *

Ranee sitzt neben Brent und beobachtet, wie er regungslos vor ihr liegt. Marin hat Gia heimgebracht, die Entscheidung steht seit ihrem Ausbruch immer noch im Raum. Trisha hatte Ranee zum Abschied umarmt und erklärt, dass sie später noch mit ihr reden wird. Sonya war einfach gegangen. David hatte sie die ganze Zeit eingehend beobachtet.

»So eine Entscheidung ist immer schwer für die Familie«, erklärt David, der Einzige, der noch geblieben ist. »Wenn ich irgendwie helfen kann …« Ranee unterbricht ihn, sieht ihn über das Bett hinweg an.

»Sie mögen meine Tochter«, erklärt sie, so sicher, dass die Aussage keine Bestätigung braucht. »Und meine Tochter mag Sie.«

»Nein«, weicht David aus, dem Ranees Worte offenbar unangenehm sind. »Sie ist nicht an mir interessiert.«

»Das ist aber nicht, was ich gesehen habe.« Ranee denkt kurz nach. Diese Art von Gesprächen ist auch für sie neu. Bisher hatte sie selten jemals das Liebesleben ihrer Töchter mit irgendjemandem besprochen. Tief im Inneren hatte sie Angst davor zu hören, wie die Erfahrungen in ihrer Jugend auch ihre Beziehungen als Erwachsene beeinflusst haben. »Es tut mir leid, wenn es nicht an mir ist, so zu sprechen, aber ich bin mir sicher, was ich in ihren Augen gesehen habe. Meine Tochter liebt Sie, ganz sicher.« Sie denkt zurück an ihre Beziehung mit Brent. »Es ist nicht die Art Liebe, die man für Freunde und Verwandte hat. Ich habe das erst sehr spät gelernt. Liebe wird manchmal verlangt, erwartet, wenn man miteinander verwandt ist. Aber die Liebe für einen anderen Menschen, wenn man sich mehr um ihn sorgt als um sich selbst, das ist etwas sehr Mächtiges. Geht es Ihnen auch so, sorgen Sie sich um sie?«

»Ja«, antwortet David leise. Er sieht aus dem Fenster. Ranee nutzt die Gelegenheit, ihn im Profil zu betrachten. Sie sieht den

Mann, in den ihre Tochter sich verliebt hat, seine Stärke, seinen Charakter. All das, was Brent nicht besitzt, was er nie sein könnte.

»Warum dann der Schmerz, die Distanz?«, fragt Ranee verwirrt.

»Das sollten Sie besser Ihre Tochter fragen«, meint David leise und dreht sich wieder zu ihr. In seiner Stimme klingt Respekt mit, sowohl für Ranee als auch für Sonya. »Ich will mir nicht anmaßen, für sie zu sprechen.«

»Ich verstehe.« Ranee verstummt und beobachtet, wie Brents Brust sich hebt und senkt, wann immer die Maschine ihn wieder mit Sauerstoff versorgt. »Sie waren vielleicht über die Abstimmung überrascht«, sagt Ranee schließlich. »Eine Familie, die so schnell bereit ist, den Mann ziehen zu lassen, der sie aufgezogen hat, ihr Leben lang ernährt hat. Ihn nur mit einem einzigen Wort sterben lassen.« Ihre Hand sucht wieder nach dem Mangalsutra, das sie all die Jahre stets am Hals getragen hatte. Als die Finger auf blanke Haut treffen, erinnert sie sich, dass sie es abgenommen hat. »Ist die Entscheidung für alle Familien so leicht?«

»Nein«, antwortet David wahrheitsgemäß. »Aber Sonya hat mir erzählt, was er getan hat.« Er zögert einen Moment, schaut Brent an. »Wie er Ihnen allen Leid zugefügt hat. Ich kann mir nicht vorstellen, wie es gewesen sein muss.«

Ranee senkt den Kopf, um ihren Schock zu verbergen. Sie alle hatten ihr Leben um dieses Geheimnis aufgebaut und alles nur Denkbare unternommen, damit nie jemand etwas davon erfährt. Und doch hat Sonya diesem Mann, den sie erst wenige Monate kennt, jene Sache anvertraut, vor der sie schon ihr ganzes Leben flieht.

»Es hat sie zerbrochen«, erklärt Ranee ihm, während ihr so langsam die Beziehung klar wird. Sonya gestattet sich nicht, ihre Liebe zu diesem Mann anzuerkennen, weigert sich anzunehmen, was er ihr bietet. Ranee erkennt auch, dass sie selbst keine kleine Rolle dabei gespielt hat – ihre Passivität das ganze Leben über, hat ihre Tochter dazu gebracht, sich so zu verhalten. Als ihr das klar wird, fällt es ihr leicht, ihre Rolle zu akzeptieren, sie weiß, was sie tun muss. Sie allein kann den Weg beeinflussen, den sie alle von hier an beschreiten werden. »Ich habe geholfen«, gibt Ranee zu, fasst Vertrauen zu diesem fremden Mann, wie ihre Tochter vor ihr. »Ich habe sie in dem Glauben gelassen, dass sie nicht gewollt war, dass niemand sie liebte.«

»Ich glaube nicht …«, will David einwenden, doch Ranee gibt ihm mit erhobener Hand zu verstehen, sie aussprechen zu lassen.

»Meine Tochter muss die Wahrheit erfahren. Sie kann nie wirklich von ihm freikommen, solange sie es nicht weiß«, erklärt Ranee. »Ohne die Wahrheit zu kennen, wird sie nie wirklich Liebe verspüren können, oder ihrer Liebe für Sie vertrauen können.«

»Warum sagen Sie es ihr nicht einfach?«, fragt David.

»Weil ich dazu kein Recht mehr habe«, gibt Ranee zu. »Sie war die Tochter, die ich zurückgelassen habe, für die ich nie eine Mutter sein konnte.« Sie bemerkt seine Krawatte, auf der sich verschiedene Superhelden tummeln. »Sind Sie ein Vater, David?«

»Ja, ich habe eine Tochter.«

»Und Sie würden alles für sie tun«, fährt Ranee sicher fort.

»Natürlich. Das würden doch alle Eltern«, folgt David ihr zögerlich.

»Nicht alle Eltern. Ich konnte es nicht.« Ranee verlagert ihre Haltung auf dem Stuhl, sie fühlt sich älter, als sie ist. »Sonya hat immer geglaubt, dass ich sie nicht wollte, dass sie ein Fehler war. Ich habe ihr erzählt, dass ich eigentlich eine Abtreibung wollte.«

Ranee wartet darauf, dass David ihr Geständnis verarbeitet, sie versteht, ehe sie weiterspricht. »Aber ich wollte es nicht aus den Gründen, an die sie glaubt. Ich wollte sie nicht, weil ich sie nicht beschützen konnte. Ich wusste, was er ihr antun würde, und ich wusste, dass ich ihn nicht aufhalten kann. Aber mein eigentliches Versagen war, dass ich sie nicht so geliebt habe, wie sie es verdient hätte. Ich konnte nie die Worte zu ihr sagen, die sie so dringend brauchte. Das war mein Fehler, nicht seiner«, gibt Ranee zu, mit einem Blick zu Brent. »Ich habe sie also verloren, weil sie nicht wusste, dass ich sie liebe.«

»Warum sagen Sie ihr das nicht einfach? Und warum mir?«

Ranee erinnert sich an den Tag von Sonyas Universitätsabschluss. Sie wusste, was vor sich ging, wusste, dass Brent Sonya nie in Frieden ziehen lassen würde. Aber Sonya musste sich befreien, also sagte Ranee das Einzige, was ihr diese Freiheit schenken konnte – die Wahrheit, in vollem Bewusstsein, dass diese ihre Tochter forttreiben würde.

»Weil ich ihr schon einmal die Wahrheit gesagt habe«, antwortet Ranee. »Sie würde jetzt keine andere Wahrheit mehr akzeptieren. Wer würde das schon?«

David beobachtet sie und hält seine Emotionen zurück. Schließlich schüttelt er den Kopf und gibt seine Verwirrung zu. »Aber, dass Sie mir das alles erzählen – ich weiß nicht, was ich sagen soll«, entgegnet er, eindeutig zwiegespalten.

Ranee nickt verständnisvoll. »Vielleicht ist es zu spät für meine Tochter und mich, aber es ist noch nicht zu spät für sie, die Liebe anzunehmen, die auf sie wartet. Ich kann mir vorstellen, dass es keine größere Freude gibt, als jemandem seine Liebe zu schenken, wenn man weiß, dass diese vollkommen erwidert wird.« Ranee schenkt ihm ein trauriges Lächeln. Sie weiß, dass sie dieses Gefühl nie kennenlernen wird, ist aber froh, dass zumindest ihre Töchter das Glück haben. Dafür würde sie alles geben. »Aber eine Mutter kann nicht ein Kind zur Welt bringen, ohne einen Teil ihrer selbst zu verlieren. Das Kind nimmt einen Teil der Mutter mit und macht ihn sich zu eigen. Ob es im Herzen oder in der Seele ist, die Verbindung wird für immer bestehen.«

»Sie hat also nie erfahren, wie Sie wirklich fühlen?«, fragt David.

»Nein. Ich habe sie ziehen lassen.« Ranee schüttelt den Kopf. »Aber ich habe sie zu sehr vermisst. Ich konnte es nicht mehr ertragen, mich nach ihr zu sehnen, wie sich nur eine Mutter nach ihrem Kind sehnen kann. Sie ist ein Teil von mir und als sie gegangen ist, hat sie diesen Teil mitgenommen und mich gespalten zurückgelassen.« Ihre Handflächen beginnen zu schwitzen, Schweiß fließt an ihrem BH entlang. Sie hat Angst vor den nächsten Worten, weiß aber, dass ihr keine Wahl bleibt. »Ich musste eine Entscheidung treffen. Mein Ehemann oder meine Tochter.«

Sie schaut auf Brent hinab, überrascht, dass nach all dem, was geschehen war, dies hier schließlich alles entscheiden würde. Dass der Mann, den Sonya liebt, das letzte Teil im Puzzle von Ranees Leben sein wird. Er würde ihr Schicksal in seinen Händen halten. Aber das war es wert, wenn Sonya damit endlich frei sein konnte. Also spricht Ranee die Worte langsam aus, so leise, dass David sich anstrengen muss, sie zu verstehen. »Ich wusste, dass sie nicht zurückkommen würde, solange er noch lebt.«

»Ranee«, unterbricht David, der zu verstehen beginnt. Mit einer Hand bedeutet er ihr, nicht mehr zu sagen. »Ich glaube, Sie sollten nicht weitersprechen.«

»Nein, es ist an der Zeit, dass ich endlich die Wahrheit ausspreche.« Ranee steht auf und tritt zurück, um so viel Distanz wie möglich zwischen den Mann, mit dem sie den größten Teil ihres Lebens verbracht hatte, und der Person, die sie selbst nun ist, zu bringen. »Brents Augen bereiteten ihm immer mehr Probleme. Er brauchte die Augentropfen, die der Arzt ihm verschrieben hatte.« Ranee wühlt in ihrer Tasche und findet, was sie sucht. »Er musste die Tropfen dreimal am Tag nehmen, allein um unser Leid weiter sehen zu können. Wahrlich eine wundersame Medizin. Man kann mit ihr sehen, wenn man schon fürchtet, blind zu sein. Er nahm dazu auch frei verkäufliche Augentropfen gegen die Rötung der Augen.«

Ranee stellt das Fläschchen Visine auf den Tisch neben dem Bett, nur wenige Zentimeter von Brent entfernt. »Aber dieses Mittel hat viele Anwendungen, wie ich herausgefunden habe. Etwas so Einfaches kann so tödlich werden, wenn es falsch genutzt wird.« Ranee schluckt heftig. Ihre Finger spielen mit dem Fläschchen, sie erinnert sich daran, wie sie jeden Tag einige Tropfen in seinen Chai getan hat.

Am Abend von Sonyas Geburtstag, als Brent ihr sagte, dass Sonya und Ranee einander gleich sind, hatte er es als Beleidigung gemeint, doch Ranee hoffte, dass es stimmt. Sie wollte auch die Stärke besitzen, die Sonya hatte – die Kraft, die Kontrolle zu übernehmen und Brent nicht weiter die Erlaubnis zu geben, alles zu zerstören.

Sie blickt auf und sieht den Schock in Davids Gesicht. Einen Augenblick fühlt sie sich beschämt, bedauert es, dem Mann, den Sonya liebt, all dies eröffnet zu haben. Aber wie bei so vielem im Leben hat man oft keine große Wahl. Für die Tochter, die niemanden an sich heranlässt, muss David der einzige Mensch sein, dem sie gestattet, sie zu lieben. Ranee hatte versucht, Sonya zu zeigen, wie sehr sie sie liebt, aber es war zu spät gewesen. Sonya hatte es nicht mehr geschafft, ihr genug Vertrauen entgegenzubringen. Aber sie vertraut David noch und vielleicht würde sie endlich die Wahrheit akzeptieren, dass auch sie geliebt wird, wenn sie es aus seinem Munde hört.

»Erzählen Sie es bitte Sonya. Es ist wichtig, dass sie es weiß. Meine Tochter glaubt, dass ich alles nur für ihre Schwester Trisha mache. Aber das hier habe ich für Sonya getan. Weil ich sie liebe. Weil ich sie vermisst habe und wollte, dass sie zurückkommt und ein sicheres Zuhause findet.«

Ranee wendet sich ab, akzeptiert, was sie getan hat und die Konsequenzen, die daraus entstehen werden. Sie weiß, dass

David es melden muss, und dass schon bald die ganze Welt von ihrem Verbrechen wissen wird. Sie hat ein Gefängnis verlassen, um sich in ein anderes zu begeben. Aber zumindest kann sie damit Sonya die Freiheit schenken. Das einzige Geschenk, das sie der Tochter machen kann, der sie nie etwas hatte bieten können.

»Eine Sache noch«, sagt Ranee, als sie den Raum verlassen. »Achten Sie darauf, dass meine Tochter weiß, dass ich es getan habe, lange bevor ich die Wahrheit über Brent und Trisha erfahren habe. Nicht erst danach, sondern schon lange, bevor ich davon wusste.«

Sonya

Ich bin aus dem Krankenzimmer verschwunden, so schnell ich konnte. Ich will die Entscheidung endlich hinter mir haben, die Maschinen abgestellt. Ich werde wohl nie sicher sein, ob ich bereit bin, ihn sterben zu sehen, aber nachdem Marin und Trisha so einstimmig zugestimmt hatten, wusste ich, dass es an der Zeit war. Nur Gias Weigerung hat alles wieder zurück in die Schwebe gebracht. Wir werden wohl noch ewig darauf warten, dass sich irgendetwas ändert.

»Wie geht es Will?«, frage ich die Stationsschwester. »Gibt es etwas Neues?«

»Er wurde gestern entlassen«, antwortet sie. »Die Diagnose lautet Epilepsie. Also haben wir ihn nach Hause geschickt und ihm Medikamente mitgegeben, die er nehmen soll, wenn die Anfälle wieder auftreten.«

»Welche Art?«, frage ich weiter. Ich weiß inzwischen, dass es verschiedene Formen der Epilepsie gibt, einige, die einen das Leben lang begleiten, andere, die nur für eine gewisse Zeit auftreten.

»Gutartige rolandische Epilepsie«, erklärt sie. »Es sollte sich spätestens bis zu seinem achtzehnten Geburtstag gelegt haben.« Das Telefon klingelt, sie wird durch einen Patienten unterbrochen, fährt danach fort: »Es ist auch ein gutes Zeichen, dass sie erst so spät aufgetreten ist. Er wird also nur ein paar Jahre damit leben müssen.«

»Und was ist mit seinem Fußball?«, frage ich.

Sie dreht sich auf dem Stuhl zu mir. »Als sie gegangen sind, habe ich ihn mit seinem Vater reden gehört, er hat ihm erklärt, dass er nicht mehr spielen will. Sein Dad hat ihn in den Arm genommen und gesagt, dass eigentlich nur wichtig sei, dass er wieder ganz in Ordnung kommt.«

Sie steht auf, muss zum nächsten Patienten. Will und seine Familie hatten keine Wahl, ob die Epilepsie kommt oder nicht, aber sie hatten die Wahl, wie sie damit umgehen. Das bringt mich dazu, über die Ereignisse nachzudenken, die mein eigenes Leben bestimmt haben. Wie oft habe ich mich schon selbst verletzt, durch meine Handlungen, mein ständiges Fortlaufen, weil ich einfach nicht wusste, wie ich sonst mit der Situation umgehen sollte.

Aber was, wenn es einen anderen Weg gäbe, alles wiedergutzumachen? Was, wenn der Grundzustand das Glück wäre, nicht die Trauer? Ich sehe David im Flur auf mich zukommen, sein Gesicht voller Sorge. Er bemerkt mich, als ich mich gerade wegdrehen will. Einen Moment lang treffen sich unsere Blicke. Wir nicken uns kurz zu und wenden uns beide wie in stummer Absprache ab, nehmen hin, was nicht sein kann. Ich schiebe meine Gedanken beiseite, akzeptiere die Wahl, die ich treffen muss.

Marin

Die Rückfahrt verläuft schweigend, sie verarbeiten alle noch die Geschehnisse aus dem Krankenhaus. Marin sitzt schweigend neben Raj, der fährt. Eine seltene Ausnahme, normalerweise kommentiert sie seinen Fahrstil an jeder Abzweigung. Sie will so dringend mit Gia sprechen, sie zu ihrer Entscheidung und ihrer Stimme befragen, aber sie findet einfach keine passenden Worte. Im Seitenspiegel sieht sie, dass Gia die Ohrenstöpsel eingesetzt hat, wahrscheinlich steckt sie also ohnehin hinter einer Wand aus lauter Musik. Ein heimlicher Seitenblick auf Raj zeigt ihr ein ernstes Gesicht, auf die Straße konzentriert.

Der Tag, an dem sie sieben Mal um das Feuer gingen, um ihre Ehe offiziell zu besiegeln, scheint unendlich lange her. Die Hochzeit hatte in der Halle einer Kirche stattgefunden, die ihre Eltern für den Anlass angemietet hatten. Ein provisorischer Pavillon war in der Halle errichtet worden, in dem der Brahmane sitzen konnte, der die Zeremonie abhielt. Hier wurden die Gelübde abgelegt, vor fünfhundert Gästen aus der indischen Gemeinschaft, die zu dem Anlass als Zeugen geladen worden waren. Marin konnte sich im besten Fall noch an ein gutes Dutzend Namen der Anwesenden erinnern – die meisten waren Freunde ihrer Eltern gewesen, nicht ihre.

»Danke für deine Hilfe heute«, sagt Marin und lässt Raj damit aufschrecken. »Ich weiß, du hattest eigentlich Arbeit.«

Sie weiß nicht, wie sie ihre Dankbarkeit sonst noch besser zum Ausdruck bringen soll.

»Ich habe es für Gia getan«, erklärt Raj sachlich und schaut im Spiegel nach der Tochter auf dem Rücksitz. »Ich wollte für sie da sein.«

»Ja.« Marin wendet sich wieder dem Fenster zu, sieht die Bäume an ihnen vorbeifliegen, während sie ihrem Zuhause näher kommen. An dem Tag, als sie die Ehe schlossen, war Marin davon ausgegangen, dass es für immer sein würde. So wollten es ihre Bräuche. Sie hatte keinen Gedanken an Liebe oder Zuneigung verschwendet, es war eine Ehe unter Gleichen, zum Zweck des gemeinsamen Gründens einer Familie und zur gegenseitigen Unterstützung in späteren Jahren. Eigentlich brillant, wenn man einmal darüber nachdenkt. Moderne Unternehmen könnten noch viel von solchen Bräuchen lernen.

Ehe die beiden Partner sich überhaupt treffen durften, wurden erst ihre Lebensläufe abgeglichen, ihr Hintergrund durchleuchtet, ihre bisherigen Errungenschaften. Danach gab es noch mehr Faktoren, die passen mussten. Das äußere Erscheinungsbild musste stimmen. Jemand mit dunkler Hautfarbe konnte nicht erwarten, jemanden mit heller Hautfarbe zu heiraten. Jemand mit eher fülligem Körperbau konnte sich keinen schlanken Partner erhoffen. Jeder Faktor wurde bis ins Kleinste bedacht, ehe beide Familien der Verbindung ihren Segen erteilten. Liebe spielte dabei keine Rolle, wurde weder angesprochen noch bedacht. Man ging einfach davon aus, dass die Liebe sich automatisch einstellt, wenn alle anderen Faktoren stimmen.

Aber so ist es nicht. Das versteht Marin jetzt. Sie hatte sich nie in Raj verliebt. Es hatte sie nie nach ihm verlangt, wie nach jemanden, den man liebt. Sie hatte ihn nie über sich selbst gestellt oder als wichtiger als den eigenen Erfolg betrachtet. Sie tat exakt das, was von ihr erwartet wurde, nachdem die Ehe geschlossen war – sie verband sich mit ihm zu einer perfekten Einheit. Ein Heim und Leben, erfüllt von jeglichem Luxus, den harte Arbeit bieten kann. Eine Tochter, die zur Perfektion geformt wurde, die allen anderen stets einen Schritt voraus ist. Aber die Abwesenheit von Liebe forderte ihren Tribut. Ohne das Band der Liebe blieb die Verbindung lose. Jeder stand für sich, nur reine Gewohnheit und Bequemlichkeit hielten sie zusammen.

Gia hatte rein instinktiv aufgeschrien, um ihren Großvater zu retten. Von Liebe dazu bewegt. Sie trat allen anderen entgegen, ohne Angst, sprach aus, was gesagt werden musste, damit er weiterleben kann, damit er wieder eine Chance hat, zu ihnen zurückzukommen. Sie konnte ihn einfach nicht verlieren, hatte sie gesagt. Weil sie ihn liebte. Marin wollte ihre Tochter anschreien, dass ihr Großvater gar nicht in der Lage sei, Liebe zu verstehen, dass er ihr nur eine Version seiner selbst gezeigt habe, die in Wirklichkeit gar nicht existiert.

Der meisterhafte Illusionist Brent, der ganz allein für Gia ein Trugbild einer Realität geschaffen hatte, an die sie glauben konnte, die seinen Zwecken diente. Ein weiterer Weg für ihn, gebraucht zu werden, sich besonders zu fühlen. Aber Gia hatte auch nie Grund gehabt, an seinen Worten zu zweifeln, und das war allein Marins Schuld. Auch sie hatte verzweifelt versucht, eine Illusion zu schaffen, für sich selbst und für Gia, um die Wahrheit vor ihrem Kind zu verstecken. Und wenn Ranee recht hatte, kam all das nur, weil Marin Angst hatte, dass Gia sie nicht mehr lieben würde, wenn sie die Wahrheit wüsste und durch die Illusion hindurch ihre Mutter so sehen würde, wie sie wirklich war. Marin konnte sich selbst nicht genug lieben, um daran zu glauben, dass jemand anderes das könnte.

* * *

»Gia?« Marin klopft sachte an die Tür und öffnet sie einen Spalt, um hereinzuschauen. »Kann ich einen Augenblick mit dir reden, Beti?«

»Geht es wieder um die Schule?«, fragt Gia erschöpft.

»Nein, es hat nichts mit der Schule zu tun, ich verspreche es.« Marin tritt ganz ein und schließt die Tür hinter sich. Sie schluckt ihre Nervosität herunter, versucht, ihre Angst zu beherrschen. »Es gibt etwas, was ich dir sagen will, etwas, was ich dir schon lange hätte erzählen sollen.«

»Okay.« Gia ist sichtlich verwirrt, aber sie sagt nichts dazu. »Ich wollte mich nur schnell umziehen.«

Marin schaut schweigend zu, wie Gia ihr Oberteil und die Caprihose auf den Boden wirft und ein übergroßes T-Shirt aus der Schublade zieht. An ihrem Körper sind keine Blessuren mehr zu erkennen. Die Haut ist glatt und frei von jeglichem Schwarz und Blau, das noch vor Kurzem dort zu sehen war. Raj hatte Gia einen schnellen Kuss auf den Kopf gegeben und sich dann ins Gästezimmer zurückgezogen, nicht ohne einen warnenden Blick in Richtung Marin. Sie hatte ihm zugenickt, sie hatte ohnehin mehr Angst vor Gias möglicher Reaktion als davor, ihrer Tochter irgendwelchen Schaden zuzufügen.

Gia tritt in das angrenzende Badezimmer, putzt sich schnell und oberflächlich die Zähne. Marin muss sich einen Kommentar verkneifen, jetzt ist nicht die Zeit, die Mundhygiene ihrer Tochter zu kritisieren. Sie setzt sich auf das Bett und wartet darauf, dass Gia fertig ist und zu ihr kommt. Als Gia aus dem Bad kommt, geht sie um das Bett und schlüpft direkt unter die Bettdecke, klopft ihre Kissen auf und lehnt sich dagegen. »Worüber wolltest du reden?«

»Eine Geschichte, die ich dir erzählen wollte.« Marin atmet tief durch, versucht sich Mut zu machen. »Ich habe dir noch nie von meiner Kindheit erzählt. Davon, wer ich eigentlich bin.«

»Warum?«, fragt Gia. Die kindliche Unschuld, die sie einst umgab, hat sie verloren.

»Ich weiß nicht«, gibt Marin vor, die sich immer noch nicht aus ihrem Versteck hervortraut. Sie ärgert sich über ihre Verzagtheit, sucht nach einer Hand, die sie führen kann. Aber diese Schritte muss sie allein machen und zulassen, dass alles so kommt, wie es kommen will. »Ich wollte nicht nach Amerika«, fängt Marin an, gibt es zum ersten Mal laut zu. »In Indien haben wir in einem kleinen Haus gelebt, gerade mal zwei Zimmer. Die meisten meiner Freunde haben noch auf Kohlen gekocht, wir waren schon glücklich genug, einen eigenen Herd zu besitzen. Aber das war auch schon das ganze Ausmaß unseres Luxus.«

»Ist ja verrückt«, murmelt Gia, die gespannt zuhört. »Wie habt ihr das ausgehalten?«

»Es war unser Zuhause«, erklärt Marin. »Ich kannte ja nichts anderes und ich habe es geliebt. Dada war so gut zu mir, als wir noch in Indien lebten. Er spielte immer mit mir, brachte mir Spielzeug mit.« Als die Visa kamen, hatte er ihr Bilder von Amerika gezeigt, in Büchern. Von ihrem kleinen Dorf aus gesehen schien es wie das Paradies, ein Ort, an dem alle Träume wahr werden. »Er liebte mich.« Marin kann sich immer noch daran erinnern, wie sie sich damals als sein kleines Mädchen gefühlt hatte. Es gab keine Jungen im Haus, also schenkte er ihr seine gesamte Aufmerksamkeit. Es war einmal, aber Marin schätzt sich glücklich, zumindest das gehabt zu haben.

»Das hört sich so an, als ob das alles vorbei wäre.«

»Das war es auch, nachdem wir nach Amerika gekommen sind.« Marin rutscht auf dem Bett näher zu Gia, sodass jetzt auch ihre Füße in ihren Socken auf dem Bett liegen. »Woher wusstest du, was er mir angetan hat? Wer hat dir davon erzählt?«

»Er selbst«, erzählt Gia. Sie spannt sich an, spielt nervös mit der Bettdecke. »Ich weiß nicht mehr, wie alt ich da war, ich war noch ziemlich jung. Vielleicht neun Jahre oder zehn. Er hat mich gefragt, was ich mal werden will, wenn ich groß bin. Ich meinte, ich will wie du werden.«

Marin stockt der Atem, sie kann sich nicht mehr an eine Zeit erinnern, zu der ihre Tochter sie so verehrt hat. Sie fragt sich, was sie wohl noch alles verpasst hat. »Das wusste ich gar nicht.«

»Na ja, also, es ist ja auch nicht wirklich cool, der eigenen Mutter zu erzählen, dass man so sein will wie sie.«

»Ich kann mir vorstellen, dass ich es dir nicht leichter gemacht habe.« Marin hatte nie so sein wollen wie Ranee. Sie wollte nicht schwach sein, wenn Stärke gebraucht wurde. Brent war immer das Vorbild, an dem sie sich orientiert hatte. »Was hat er gesagt, als du ihm das erzählt hast?«

»Dass du nur so bist, weil er dich dazu gemacht hat.« Gia starrt die Wand an. Die Stille im Raum ist ohrenbetäubend. »Er meinte, dass du eigentlich nicht wirklich intelligent oder diszipliniert gewesen wärst. Dass er dich schlagen musste, damit du lernst. Er sagte, dass er das nur getan hat, weil er dich liebt.«

Marins Kopf fällt zurück, als sie verzweifelt versucht, die Tränen zurückzuhalten, die in ihr aufsteigen. Wie kann ein Vater sich selbst so etwas einreden und es dann auch noch der eigenen Enkelin erzählen? »Das erste Mal schlug er mich, als wir meinen ersten Geburtstag hier in Amerika feierten«, eröffnet Marin. Sie hört, wie Gia scharf Luft holt. »Mir war das Eis runtergefallen, das er mir gekauft hatte.«

»Mom«, setzt Gia an, mit schmerzerfülltem Blick.

»Das zweite Mal war, als ich in einem Rechtschreibtest das Wort ›ganz‹ als g-a-n-s geschrieben und daher nur achtundneunzig Prozent bekommen hatte.«

Marin war damals erst zwei Monate in der Schule gewesen. Die Lehrerin hatte einen Smiley und einen Sticker an den Test angeheftet, beeindruckt davon, wie gut ihre Schülerin die englische Sprache bereits beherrschte. Marin hatte den Test erst

Ranee gezeigt. Diese hatte ihre Tochter umarmt und ihr gesagt, wie stolz sie sei. Dann hatte sie aufgeregt darauf gewartet, dass ihr Vater von der Arbeit kommt. Als er zur Tür reinkam, war sie zu ihm gerannt, wie damals in Indien, damit er sie in die Arme nehmen und vor Freude in die Luft werfen würde. Aber diese Tage waren schon lange vergangen und würden nie wiederkommen.

»Er hat mir zwei Ohrfeigen verpasst und mir gesagt, dass mir noch mehr bevorsteht, wenn ich das nächste Mal keine hundert Prozent schaffe.«

»Mom.« Tränen sammeln sich in Gias Augen. Die Mauer zwischen ihnen beginnt zu bröckeln, in Einzelteile zu zerfallen. »Wieso sollte er so was nur tun?«, fragt sie.

»Ich weiß es auch nicht«, gibt Marin endlich zu. »Er hat mir nie einen Grund genannt.« Marin spricht das aus, was sie nie zuvor selbst akzeptieren wollte. »Er liebte mich nicht mehr. Vielleicht hat er mich früher geliebt, in Indien, aber irgendwo unterwegs hat er damit aufgehört.«

»Wie kann man aufhören, das eigene Kind zu lieben?«

Marin denkt an die letzten Monate, in denen sie und Gia stets völlig unterschiedliche Standpunkte hatten. Aber egal, wie schlimm es gewesen war, nicht einen Augenblick hatte sie aufgehört, ihre Tochter zu lieben. Es war unmöglich. »Das kann man nicht«, antwortet Marin. »Man sieht zwar vielleicht manche Dinge anders, aber man hört nicht auf, die eigenen Kinder zu lieben. Mein Vater war ein Beispiel dafür, wie Eltern nie sein sollten. Wenn ich nur darüber nachdenke, dass ich von ihm gelernt habe, wie ich dich zu erziehen habe ….« Marin versagen die Worte, sie greift nach Gias Hand. Sie schämt sich für alles, was sie getan hat, und findet nicht die richtigen Worte. »Er hat mich zu jeder Gelegenheit geschlagen. Egal, wie gut meine Noten waren, oder ob ich die Beste in der Klasse war. Es war nie gut genug für ihn. Er schlug mich, weil er mich schlagen konnte. Weil ich ihm nicht Einhalt gebieten konnte.« Marin unterdrückt ein Schluchzen. »Das ist, warum ich bei Adam so reagiert habe.«

»Weil du ihn aufhalten konntest«, versteht Gia.

»Weil ich nicht zulassen konnte, dass du verletzt wirst, wie ich immer verletzt wurde. Ich konnte nie für mich selbst kämpfen, aber ich würde alles geben, um für dich zu kämpfen«, erklärt Marin. »Ich weiß, was Gewalt und Missbrauch ausrichten können, und ich will nicht, dass du dasselbe durchleiden musst. Als du zur Welt gekommen bist, hat es sich angefühlt, als ob alles, was mir je widerfahren ist, es wert war, nur um dich in den Armen zu halten.«

»Mom«, flüstert Gia, der jetzt die Tränen übers Gesicht laufen. »Warum hast du mir nie von deiner Vergangenheit erzählt? Darüber, was dir passiert ist?«

»Weil ich Angst hatte, dass du mich dann nicht mehr lieben würdest«, spricht Marin endlich die Wahrheit aus, die Stimme mit jedem Wort stockend. »Ich hatte Angst, dass du mich wegen meiner Fehler weniger lieben würdest, sobald du weißt, wie sehr ich gebrochen wurde.« Marin erkennt etwas, was ihr bisher nie aufgefallen war. »Ich weiß jetzt, dass es nie um mich ging. Er hat mich immer geschlagen, weil er selbst zerbrochen war.« Sie muss eine kurze Pause machen. »Aber ich hatte solche Angst, deine Liebe zu verlieren.«

»Du bist meine Mom«, gibt Gia zurück, mit Lachen zwischen den Tränen. »Ich werde dich immer lieben, egal was kommt.«

»Ich hoffe es«, sagt Marin mit feucht glänzenden Augen. »Weil ich auf vieles im Leben verzichten kann, aber nicht …« Marin kann den Satz nicht zu Ende bringen, die Stimme versagt ihr. Sie streckt die Arme nach Gia aus, die sich eng an sie schmiegt. Einen Augenblick halten sie einander schweigend. »Warum hast du zugelassen, dass er dich schlägt?«, fragt Marin schließlich. »Wieso liebst du ihn so sehr?«

»Weil ich für ihn nicht immer perfekt sein musste«, antwortet Gia, nachdem sie kurz über die Frage nachgedacht hat. »Weil ich nicht immer alles kontrollieren musste.«

»Also so, wie ich dich immer haben wollte«, bemerkt Marin.

»Ich glaube, ja.«

»Und wenn er dich geschlagen hat?« Marin spricht endlich die Frage aus, die sie sich selbst stellt, seit sie die Wahrheit erfahren hat. »Wie hat es sich angefühlt?«

»Es war komisch. Eigentlich eher taub, als er zugeschlagen hat, dafür aber wirklich lebendig danach.« Gia legt den Kopf auf die Knie. »Er hat mir erzählt, wie sehr er mich braucht, ganz so, wie ich selbst bin. Das ich das Einzige sei, was ihn glücklich machen kann. Die Einzige, der er vertraut.« Gia blickt auf zu ihrer Mutter. »Er hat danach immer geweint, mir gesagt, wie leid es ihm tut.« Gia schüttelt den Kopf. »Aber ich glaube nicht, dass das gestimmt hat.«

Marin fragt sich, wie viele Schmerzen man in einem Leben aushalten kann. Es überwältigt sie fast, die Wahrheit von ihrer Tochter zu hören und ihre eigene Verantwortung dafür zu akzeptieren. »Ich wollte immer, dass du ein perfektes Leben hast«, erklärt sie leise, während sie langsam versteht, wie es zu allem gekommen ist. »Ich dachte, nur durch vollständige Kontrolle würde das funktionieren.«

»Ich vermisse ihn. Wenn ich ihn sehe, fühle ich mich sicher«, erklärt Gia.

»Ich weiß.« Marin denkt an ihren Besuch im Krankenhaus, daran, wie sehr sie die Liebe ihres Vaters gesucht hat, nach allem, was er ihr angetan hat. Wie sie Gründe für seine Taten erfunden hat, wenn es keine mehr gab. Alles, nur weil sie sich sicher war, dass sie seine Liebe mehr brauchte, als er sie brauchte. Weil sie sich sicher war, dass niemand sie lieben könnte, nicht einmal sie selbst. »Darf ich dir helfen?«, wagt Marin zu fragen. »Zu deinen eigenen Bedingungen?«

»Ich habe Angst«, sagt Gia und zieht sich zusammen. »Ich weiß nicht, warum ich mich so fühle. Warum ich ihn brauche.«

»Ich weiß es auch nicht«, gibt Marin zu. »Aber vielleicht können wir es ja gemeinsam versuchen, Schritt für Schritt?«

Marin denkt über die Schritte nach, die sie für ihre eigene Genesung unternehmen muss. Es wird vielleicht ihr ganzes Leben dauern und sie wird vielleicht nie vollständig genesen, aber sie muss die Reise beginnen, und wenn es nur ist, um ihrer Tochter die Hand zu reichen und ihr auf dem Weg zu helfen. Um mit gutem Beispiel voranzugehen. »Ich werde nicht drängen oder kritisieren. Ich bin einfach nur hier, bei dir, für dich, immer.« Marin beißt sich auf die Lippe, Tränen steigen wieder auf. »Ich werde dich immer lieben, jetzt und für immer, ganz egal, was auch passiert.« Und vielleicht, ja vielleicht, wird sie dabei sogar lernen, sich selbst zu lieben.

»Was ist mit dir und Dad?«, fragt Gia, die jetzt mehr wie ein verängstigtes Kind aussieht, nicht wie ein Mädchen, das schon fast eine Frau ist. »Was wird aus euch?«

»Wir werden dir zusammen helfen.« Im Augenblick ist das alles, was Marin anbieten kann. Aber es ist genug. Die Priorität ist, für Gia da zu sein. Marin versteht jetzt, dass die einzige Möglichkeit ist, mit Raj zusammenzustehen, damit sie gemeinsam ihre Tochter vor jeglichem Schaden behüten können. Mit der Zeit wird sich alles ergeben. Egal wie, Marin wird ihm ewig dankbar sein, dass er ihr das größte Glück ihres Lebens beschert hat – ihre Tochter. »Jeden Tag werden wir dir sagen, wie sehr wir dich brauchen, und wir werden alles machen, was du brauchst, um dir zu helfen.«

»Gut«, sagt Gia und hält Marin fest. Zusammen blicken sie aus dem Fenster, sehen die Sonne am Horizont untergehen und den Mond ihren Platz am Himmel einnehmen. Auch er spendet Licht und Orientierung für all jene, die noch ihren Weg suchen.

Trisha

Es ist Abend, als ich bei Eric eintreffe. Ich sehe, dass er zu Hause ist, sein Auto steht vor der Tür. Er hat mir die Adresse gegeben, als er ausgezogen ist, falls ich je etwas brauchen sollte. Ich brauche ihn, will dass er nach Hause kommt, aber ich befürchte, so hatte er das nicht gemeint.

Er öffnet direkt nach dem ersten Klingeln. Überrascht, mich zu sehen, starrt er mich einen Augenblick an, ehe er mich hereinbittet. Auf dem Küchentisch liegt eine aufgewärmte Tiefkühlpizza, einmal durchgeschnitten, dazu eine offene Flasche Bier. Er trägt zerrissene Jeans und ein altes T-Shirt, in dem ich ihn schon Hunderte Male gesehen habe. Ich reibe meine verschwitzten Hände über meine Oberschenkel, nervös und verängstigt.

Ich habe gut zwei Stunden gebraucht, die passende Kleidung auszuwählen. Zuerst hatte ich ein Kleid angezogen, das war mir aber dann doch zu viel. Stattdessen habe ich dann Jeans und eine geknöpfte Bluse ausprobiert. Das passte auch nicht. Schließlich habe ich mich für einen Rock und ein Sommerhemd entschieden, um so zumindest einen Teil meiner Weiblichkeit zurückzubringen. Ich muss immer an Papa denken und zögere, Haut zu zeigen, fühle mich dabei immer beschämt. Ich habe mich sogar schon gefragt, ob ich nicht vielleicht selbst schuld gewesen war, ihn zu sehr angeregt hatte. Ich musste mich an früher erinnern, wie ich immer ganz versessen darauf gewesen war, ihm meine

Zuneigung zu zeigen, meine blinde Liebe. Bei dem Gedanken musste ich mich selbst bremsen. Ich habe genug darüber gelesen, um zu wissen, dass solche Überlegungen normal sind. Dass jeder, der so etwas erlitten hat, sich die Frage stellt, ob er nicht doch mehr Verursacher als Opfer gewesen war. Ich habe mir immer und immer wieder gesagt, dass nichts davon mein Fehler war. Vielleicht werde ich es mir irgendwann sogar glauben.

»Trisha«, sagt Eric, auf eine Art ruhig und gelassen, die ich nicht fühle. »Welch Überraschung, dich hier zu sehen.«

»Ich hoffe, ich störe nicht?« Zu spät fällt mir ein, dass er nicht allein sein könnte. Ich blicke mich schnell nervös um, suche nach Anzeichen von weiblicher Gesellschaft. Vielleicht eine Handtasche oder Lippenstift an einem Glas. Ich sehe aber nur ein Sofa, einen Stuhl und einen Tisch. Das Sofa ist unter Stapeln Papier begraben, auf dem Tisch liegt seine Computertasche, der Laptop ist aufgeklappt und eingeschaltet. »Ich hätte erst anrufen sollen.«

»Ist schon in Ordnung«, meint er. »Ich hatte nur nicht mit dir gerechnet.« Auch ihm ist eindeutig unwohl, er wirkt unsicher.

Nach so vielen Jahren der Ehe finden wir uns jetzt als Fremde wieder zusammen. Ich hasse das Gefühl und stürme vor, ohne meine Worte erst abzuwägen. »Ich wollte dir noch eine Antwort auf deine Frage geben.«

»Meine Frage?«

»Jene, warum ich kein Kind wollte«, platzt es aus mir heraus. Ich hatte mir verschiedene Szenarien im Kopf zurechtgelegt, überlegt, wie ich zu dem Thema überleiten könnte, wie viele Details ich verraten sollte. Ich hatte jedes Wort bedacht, das ich sagen wollte. Das Einzige, was in meinem Skript fehlte, war seine Reaktion. Egal, wie oft ich es auch versuchte, ich konnte sie einfach nie einschätzen.

»Du hast mich mehrmals gefragt und ich wusste nie, wie ich antworten soll. Jetzt weiß ich es.«

»Trisha«, sagt er müde. »Es spielt keine Rolle mehr. Es ist vorbei.«

»Ich weiß«, stimme ich ihm zu und erinnere mich an den braunen Umschlag mit den Scheidungspapieren. »Aber ich habe die Antwort selbst gerade erst herausgefunden und ich dachte, du würdest es wissen wollen.« Ich senke meine Stimme. »Du verdienst es.«

Mit einem Seufzer weist er auf das Sofa. Ich setze mich, schiebe einige Stapel Papier beiseite. Er nimmt auf dem Stuhl gegenüber Platz. Ich lege ein Bein über das andere, entscheide dann aber, dass sie nebeneinander, Füße fest auf dem Boden, besser passen. Meine Hände liegen auf dem Sofa, Handflächen nach unten. Ich hebe den Blick, um ihn direkt anzusehen. Wo ich einst bedingungslose Liebe und Akzeptanz ohne Fragen fand, sehe ich jetzt nur noch Misstrauen und Argwohn.

»Ich habe in letzter Zeit diese Erinnerungen«, fange ich an. »Sie haben zuerst keinen Sinn ergeben. Eindrücke von einem jungen Mädchen, das durch einen Flur stolpert, lautlos um Hilfe schreit.« Ich schlucke, meine Kehle ist wie zugeschnürt, als ich die Worte hervorbringe. »Je mehr wir über Babys gesprochen haben, desto häufiger kamen diese Bilder. Das Mädchen war verletzt worden, irgendwie, auf schreckliche Art.«

»Davon hast du nie etwas erzählt.«

»Ich dachte immer, dass es jemand anderes wäre, nicht ich«, versuche ich zu erklären. »Aber das Mädchen irrte durch das Haus meiner Kindheit.«

»Um wen sollte es denn sonst gehen?«, fragt er, seine Ungeduld wird langsam sichtbar.

Ich atme tief durch und rüste mich innerlich, nehme allen Mut zusammen. Ich habe so viele Geheimnisse vor diesem Mann verborgen gehalten, auch vor mir selbst, dass ich gar nicht mehr weiß, wo ich anfangen soll. Er hat sich in eine Frau verliebt, die ich für ihn erfunden habe, als Bild für die Welt.

Aber nicht in die Frau, die ich wirklich bin, tief im Inneren. Vielleicht wird er diese Frau verabscheuen, wenn er sie kennenlernt, wenn er die Narben sieht, die ich trage, die Wunde, die so lange offen gelegen hat, dass ich sie selbst schon nicht mehr bemerkte. Und die dennoch jeden Tag meines Lebens bestimmte. »Papa war nicht der Mann, den du kanntest. Ich war immer sein Liebling.« Ich stehe auf, gehe in seinem kleinen Apartment auf und ab, hoffe, dass es damit leichter wird. »Aber Sonya, Marin und Mama hatten nicht so viel Glück. Er hat sie jeden Tag geschlagen.«

»Trisha«, setzt Eric an, seine Stimme gebrochen. Ich kann ihn nicht ansehen, noch nicht. Nicht, wenn ich erst kaum an der Wahrheit gekratzt habe. »Warum hast du denn nie etwas gesagt?«

»Ich habe mich geschämt. Ich habe meine Vergangenheit so angepasst, dass sie besser zu meiner Version der Realität passt. Habe mir vielleicht auch selbst eingeredet, dass er gar nicht so böse war. Ich weiß nicht«, erkläre ich. »Aber er hat mich nie geschlagen.« Ich will jetzt über meine Dummheit lachen. Mein verzweifeltes Bedürfnis danach, irgendetwas zu glauben, solange es nur nicht die Wahrheit war. »Selbst, als alle ihn hassten, selbst, als Sonya floh, um ihren Erinnerungen zu entkommen, bin ich bei ihm geblieben, habe ihn geliebt und gebraucht. An ihn geglaubt.«

»Er war dir immer ein guter Vater«, sagt Eric leise, beobachtet mich. »Das konnte man sehen, so, wie ihr zusammen wart.«

»Er hat mich geliebt«, stimme ich zu, versuche einen Sinn in Papas Definition des Wortes zu bringen. »Unsere ganze Kindheit über wurde er immer schnell wütend. Er brachte dann stets eine Flasche Alkohol mit nach Hause, um uns Angst zu machen. Es war immer als Drohung gedacht, um zu zeigen, dass er noch mehr die Kontrolle verlieren würde, wenn er den Alkohol trinkt. Aber die Flasche blieb immer geschlossen.«

»Ich habe nie gesehen, dass Brent auch nur einen Schluck Alkohol angerührt hätte. Ich dachte immer, das wäre auch der Grund, warum du nichts trinkst«, sagt Eric.

»Das dachte ich auch«, murmele ich, ich war mir immer so sicher, dass ich nur eine gute Tochter war, die seinem Vorbild nacheiferte. Ich wende mich endlich Eric zu, will seine Reaktion sehen, wenn ich ihm endlich die Wahrheit verrate. »Am Abend von Marins Hochzeit« – ich halte inne, muss wieder neuen Mut fassen – »war ich gerade fünfzehn. Papa trank an dem Abend die ganze Flasche, die er mitgebracht hatte«, flüstere ich. »Mama war schon tief eingeschlafen. Das Fest hatte sie sehr angestrengt. Ich war jetzt das älteste Kind im Haus.« Ich spüre eine Träne aufsteigen, wische sie aber schnell weg. Ich brauche meine gesamte Kraft, um die Wahrheit auszusprechen. »Ich habe auch geschlafen, in meinem Bett …« Ich atme tief durch. »Sonya auch, in ihrem eigenen Zimmer.«

»Trisha?« Ich höre, wie sehr meine Erzählung ihn quält, er kann sich jetzt schon das Schlimmste vorstellen.

»Ich habe mich danach an nichts erinnert«, sage ich, kann die Worte einfach nicht rausbringen. »Ich bin zu Sonya geflohen, in ihr Zimmer, habe ihr alles erzählt, aber am nächsten Morgen war alles fort. Mein Gedächtnis wie ausgelöscht, als ob es nie passiert wäre«, bringe ich zitternd hervor und wünschte, dass es die Wahrheit gewesen wäre.

»Er hat dich vergewaltigt?« Erics Stimme klingt kratzig, als er die Worte ausspricht.

»Ja«, flüstere ich, sehe seinen Schock und seine Verzweiflung.

»Mein Gott.« Er reibt die Hände über das Gesicht.

»Die Bilder hörten einfach nie auf. Nur Bruchstücke aus meiner Erinnerung, ich habe nie das Gesicht gesehen. Ich dachte immer, es wäre Sonya. An dem Abend, als du in unserem Haus warst, als wir uns das letzte Mal getroffen haben.« Ich streife die Hände über meinen Rock, fühle mich plötzlich ungeschützt. »Da habe ich mich an das meiste erinnert. Ich hatte einen Nervenzusammenbruch, im Haus meiner Mutter. Die Erinnerungen sind zurückgekommen und Mama hat mir davon erzählt …«

»Sie wusste es?« Ich höre neben der Verwirrung auch Zorn in seiner Stimme.

»Papa hat es ihr gestanden, kurz bevor er ins Koma fiel.« Jetzt, wo es ausgesprochen ist, spüre ich ein Gewicht von meinen Schultern genommen. »Ich habe nie verstanden, warum der Gedanke, ein Kind zu haben, mir solche Angst eingejagt hat. Jetzt weiß ich es.« Er bleibt ruhig, schaut mich fest an. »Ich war immer überzeugt davon, ganz egal, wie sehr ich mein Kind liebe, so wie Papa mich geliebt hat, irgendwann würde ich ihm wehtun. Ich wusste nur nie, warum ich mir dessen so sicher war.« Ich lasse meinen Kopf sinken, so vieles ist mir nun klar. »In jedem Fall wollte ich das nie zulassen, niemals.« Ich greife nach meiner Handtasche und wende mich zum Gehen. Ich werfe ihm noch einen letzten Blick zu. »Ich wollte dich nie anlügen. Und dich nie verletzen. Es tut mir so leid, was ich dir angetan habe.«

»Trisha«, ruft er mich zurück, als ich an der Tür stehe. Ich wende mich um, für einen letzten Abschied. »Wie gehst du damit um? Besuchst du eine Therapie? Hilft dir jemand damit?«

Ich nicke. »Ich habe es vor. Ich muss mir jemanden suchen, der sich mit Vergewaltigungen in der Kindheit auskennt.« Ich zucke mit den Schultern. »Es war die letzten Tage alles etwas viel.«

»Ich denke, das ist wohl ziemlich vorsichtig ausgedrückt«, sagt er freundlich.

»Ja.« Ich versuche zu lächeln und bin erstaunt, wie leicht es klappt. »Danke, dass du mich angehört hast.« Ich lache verlegen. »Und danke für die Zeit zusammen. Du warst alles für mich …« Ich halte inne, kämpfe gegen die Tränen an, die aufzusteigen drohen. »Ich schicke dir die Papiere morgen unterzeichnet zurück.«

»Trisha«, sagt er wieder, während er näher kommt. Er tritt direkt vor mich und fragt: »Wäre es vielleicht möglich, dass ich dich zu einigen der Termine beim Therapeuten begleite? Um vielleicht zu verstehen, was du durchmachst?«

»Eric?« Ich bin verwirrt und überrascht, mit der Reaktion hätte ich nie gerechnet. »Warum solltest du das wollen?«

»Weil wir Mann und Frau waren, aber ich nicht weiß, ob wir je wirklich Freunde waren«, sagt er einfach. »Vielleicht wäre es jetzt an der Zeit dafür.«

Als Kind war ich immer von Sternschnuppen fasziniert gewesen. Ich sah sie gern am Nachthimmel und war mir sicher, dass für jede Sternschnuppe ein Kind irgendwo einen Wunsch erfüllt bekommt. Jedes Mal, wenn ich eine sah, wünschte ich mir dasselbe – dass ich für immer glücklich leben würde. Jede Geschichte, die ich gelesen habe, endete so. Jedes Buch war eigentlich nur ein Vorwort, die wirkliche, glückliche Geschichte blieb unerzählt. Ich war mir immer sicher, dass mein Leben ein Ende wie im Märchen haben würde, offen und ungeschrieben, aber glücklich bis ans Ende meiner Tage. Als ich dann älter wurde, machten diese Kindheitsträume mehr und mehr Platz für die Realität, und ich musste erkennen, dass nicht jedes Ende glücklich und fair ist. Dass Menschen oft verletzt werden, ohne dass es einen Grund dafür gibt. Dass nicht immer Sonnenschein auf Regen folgt. Aber die Hoffnung blieb, solange ich nur fest genug an dem Teil meiner Kindheit festhielt, in dem alles möglich schien.

»Ja«, antworte ich.

Ich stelle mir eine Sternschnuppe vor, doch diesmal muss ich mir nichts wünschen. Stattdessen lächele ich nur, verstehe, dass zwar nicht jede Geschichte mit einer Tragödie beginnt und als Märchen endet, aber dass sich unterwegs im Leben Momente von beiden finden. Diese Momente definieren nicht deinen Lebensweg, noch brechen sie dich – sie sind einfach nur Teil des Ganzen.

Ich habe noch ein ganzes Leben vor mir, um zu verstehen, was mein Vater mir angetan hat, und mit welcher Liebe er mich dafür umgeben hat. Ich werde vielleicht nie einen Grund finden oder wissen, warum ich seine Handlungen vergessen wollte. Aber was ich weiß und was ich nie vergessen werde, ist, dass ich immer noch mich selbst habe und meine eigenen Entscheidungen treffe. Daran werde ich festhalten, daran und an den Menschen, die ich liebe.

Ich schwöre mir, dass ich mich finden werde, dass ich lernen werde, wer ich bin, und nie wieder die Tochter sein werde, wie mein Vater sie haben wollte, oder die Ehefrau, von der ich dachte, dass ich sie sein sollte. Solange die Reise andauert, werde ich allein gehen, ohne Angst, und herausfinden, wer die Frau ist, die ich sein kann. Ich wollte Eric nie verletzen und glaube auch, dass ich ihn nicht so sehr betrogen habe, sondern mehr mich selbst schützen musste. In seinen Worten gesprochen, ich weiß jetzt, wie glücklich ich bin. Vielleicht, wenn wir Glück haben, werden Eric und ich eines Tages unsere Liebe neu entdecken und einen Weg finden, wieder ganz heil zu werden. Aber ich verspreche, dass ich nie wieder die Vergangenheit vergessen werde, während ich meine Zukunft neu definiere.

Sonya

Ich bin allein zu Hause. Trisha ist wieder in ihr eigenes Haus zurückgekehrt, Mom ist im Tempel und betet. Sie meinte, dass ich nicht auf sie warten soll, dass es spät werden könnte. Sie hat keinen Grund genannt und ich habe nach keinem gefragt. Wir kommen gut miteinander aus, weil wir die unsichtbaren Grenzen respektieren, die wir gezogen haben. Ich muss mich irgendwie beschäftigen und zünde ein Feuer im Kamin im Wohnzimmer an, wärme dann meine Hände an den langsam aufzuckenden Flammen.

Die Türklingel durchbricht die Stille. Überrascht schrecke ich auf, ich erwarte niemanden mehr. Gelegentlich kommen Freunde von Mom zu Besuch und bleiben kurz – meist nur, um Essen abzuliefern oder ihr Beileid für den Zustand meines Vaters auszusprechen. Diese Besuche sind aber in letzter Zeit auch seltener geworden, immer weniger Leute tauchen auf. Es scheint fast, als ob sie alle das akzeptiert haben, was bei uns noch aussteht – dass das Leben weitergeht.

»Wer ist es?«, frage ich und schaue durch das Guckloch. Von der anderen Seite blickt mir David entgegen. Ich schließe schnell die Tür auf und öffne sie weit. »Was machst du denn hier?«

Als ich die Stelle im Krankenhaus angetreten habe, musste ich auch meine Adresse auf den Unterlagen angeben. Ich erinnere mich noch daran, wie ich damals mit David über die

Nachbarschaft geredet habe. Er hat Freunde hier, die nur um die Ecke ein Haus gekauft hatten, um dort ihre Kinder großzuziehen.

»Ich wollte mir dir reden, falls du eine Minute für mich hast.« Er sieht müde aus, das Gesicht von Sorgen überzogen.

Ich erwäge kurz, die Tür wieder zu schließen, damit es endet, ehe es beginnt. Aber irgendwas hält mich davon ab. Ihn hier zu sehen, in diesem Haus, das einst mein Gefängnis war, hilft mir auf eine Art, von der ich bisher noch nicht einmal wusste, dass ich es brauche. »Komm rein.« Ich führe ihn ins Wohnzimmer, in dem jetzt das Feuer im Kamin prasselt. Funken fliegen durch die Luft.

»Ist deine Mutter da?«, fragt er, während er sich umschaut.

»Nein«, antworte ich. »Sie ist heute ausgegangen.« Ich nehme seinen Anblick in mir auf. Auch ich habe vermisst, was nicht mir gehört. »Geht es um das Gespräch letztens? Um die Entscheidung wegen der lebenserhaltenden Maßnahmen für meinen Vater?«

»Nein«, sagt er, ungewöhnlich leise. »Das geht nur deine Familie was an, das ist eure Sache.«

»Aber was dann?«, frage ich besorgt. »Ist etwas bei ihm passiert?« Als er wieder den Kopf schüttelt, ohne den Blick von mir abzuwenden, halte ich es nicht mehr aus. »Was ist denn los, nun sag schon!«

»Nachdem du und deine Schwestern neulich gegangen wart, habe ich noch mit deiner Mutter geredet«, setzt er langsam an, scheint dabei jedes Wort abzuwägen. »Sie hat mich nach meinen Gefühlen für dich befragt.«

»David«, sage ich, während mir eine vertraute Angst über das Rückgrat kriecht. »Bitte.«

»Sie wusste es schon, ich musste gar nichts sagen. Aber ich habe ihr auch gesagt, dass es keine Aussichten für uns gibt, weil du nicht mit mir zusammen sein kannst.«

»Das kann ich auch nicht«, flüstere ich, obwohl ich es mehr will als alles andere auf der Welt. Aber Angst ist etwas Schreckliches. Angst lähmt, da man immer vom Schlimmsten ausgeht und nie Platz für etwas Besseres lassen kann, für etwas, das gibt, statt zu nehmen.

»Sie sagte, sie weiß, warum«, erklärt er. Ich bin überrascht und lausche schweigend. »Sie meinte, es kommt daher, weil du nie erfahren hast, dass sie dich wirklich liebt, dich haben wollte und dich braucht.«

»Nein«, widerspreche ich, die Worte in meinen Ohren hallend. Jede Zelle meines Körpers weist den Gedanken zurück, ich will es nicht einmal hören. Ich kenne die Wahrheit, tief in meinem Herzen, und nichts kann mich davon abbringen. »Du weißt ja gar nicht, wovon du redest.«

»Sie meinte, sie wisse, wie sehr sie bei dir versagt hat«, fährt er fort, ohne mir meine Atempause zu gönnen. »Das war, warum sie dich hat ziehen lassen. Um dich zu retten.«

Ich breche auf dem Sofa zusammen, beneide die Holzscheite darum, einfach zu brennen und zu Asche zu zerfallen. Es ist schon seltsam, wenn man sein ganzes Leben lang nur das Schlimmste von sich selbst gedacht hat. Ganz egal, was jemand anderes sagt, man selbst ist immer der stärkste Feind, die Stimme, die darauf besteht, dass alle anderen falsch liegen und man wirklich wertlos sei.

»Sie hat es nicht mehr ausgehalten, dich zu vermissen, so sehr brauchte sie dich.« Er zieht ein Blatt Papier heraus und reicht es mir.

Ich lese, versuche zu verstehen. Es ist ein Bluttest, ein Blutbild. Ganz oben steht der Name meines Vaters. Ich sehe David an. »Was ist Tetrahydrozolin?«

»Das Geschenk deiner Mutter an dich«, antwortet er. »Der Test hat bestätigt, was deine Mutter mir verraten hat. Sie hat ihn langsam mit Tetrahydrozolin vergiftet. Du kennst es vielleicht als den Hauptbestandteil von Visine.« Er zählt die medizinischen Fakten auf, ganz der Profi. »Über einen längeren Zeitraum führt es zu Atemschwierigkeiten, Schwindelgefühl, Kopfschmerzen. Wenn man schon ein geschwächtes Immunsystem hat, wie zum Beispiel durch Diabetes, kann es zum Koma führen.«

Mein Magen verkrampft sich, das Blatt fällt mir aus der Hand und segelt sachte zu Boden. Schließlich bleibt es neben meinem Fuß liegen, fast wie ein Hund, der neben seinem Herrchen auf den Befehl wartet. »Sie hat versucht, ihn umzubringen?«, flüstere ich, obwohl die Antwort schon gesagt wurde. »Aber warum?«

Es gab so viele Gründe, ihn tot sehen zu wollen. Jede von uns hatte ihre eigenen, selbst Trisha. Aber nicht eine von uns hatte sich je getraut, etwas in der Art zu unternehmen, oder auch nur daran zu denken. Von uns allen war Mom diejenige, die am meisten zu verlieren hatte. Sie hatte noch die Erinnerungen an ihn, wie er als guter Mensch gewesen war, als er noch zur Liebe fähig war. Diese Erinnerungen, die immer zwischen ihr und ihrem Wunsch nach Freiheit gestanden haben.

»Um dich heimzubringen«, sagt David. »Weil sie dich liebt.«

Es ist zu viel. Ein Damm, der schon ein ganzes Leben darauf wartet, zu brechen. Ich zittere, kann nicht akzeptieren, was meine Mutter für mich getan hat. Ich starre betäubt den Boden an, die Farben des Teppichs verschwimmen, wirbeln wie in einem Whirlpool. »Wer weiß noch davon?«, frage ich, plötzlich von Angst um meine Mutter gepackt.

»Niemand«, sagt David. Unwillkürlich zuckt mein Kopf zu ihm, ich starre ihn ungläubig an. »Ich habe den Test selbst vorgenommen und die Ergebnisse im Computer gelöscht.«

»Warum?«, frage ich. Ich finde wieder Halt und trete vor ihn.

»Ich habe geschworen, Leben zu retten, egal wessen Leben.« Er hält mich, ohne mich auch nur zu berühren. Seine Worte lassen mich nicht los. »Aber, wenn dein Vater nicht schon im

Koma liegen würde, mit dem Wissen, was er dir angetan hat, wie er dich verletzt hat, kann ich nicht mit Gewissheit sagen, dass ich ihn nicht selbst dahin gebracht hätte.« Er legt sanft seine Hände an meine Wangen, wärmt mir damit Körper und Seele. »Die Ergebnisse gehören dir, du kannst mit ihnen machen, was du willst. Ich will mir kein Urteil anmaßen, ich kann nicht einmal ansatzweise nachvollziehen, was ihr in der Kindheit durchmachen musstet.«

Ich war einmal in einem Dorf, in dem jedes Verbrechen Auge um Auge gesühnt wurde, das Urteil wurde direkt vollstreckt. Wenn jemand gestohlen hatte, wurde ihm die Hand abgehackt. Wenn jemand Ehebruch beging, konnte das zur öffentlichen Steinigung führen, oder er wurde vom Rest des Dorfes verprügelt. Wenn jemand getötet wurde, konnte das nur durch den Tod des Mörders gesühnt werden. Dieses drakonische Strafsystem ließ keinen Raum für Ausreden oder Erklärungen, das Urteil wurde direkt vollstreckt, ohne eine Jury, die Beweggründe und Umstände abwägt.

Aber ich kann nicht als Richter und Geschworene gegen meine eigene Mutter entscheiden. Ich kann nicht zulassen, dass sie die Konsequenzen für den einzigen Schritt trägt, der ihr noch möglich geblieben war. Ganz gleich, welche Gründe sie bewegten, ich hatte immer den Luxus der Flucht, während sie ausharren musste. Bisher habe ich es noch nie von diesem Standpunkt aus betrachtet, konnte nie über meinen Schmerz hinwegsehen, um mir den ihren vorzustellen. Jetzt weiß ich, wie weit ihre Verzweiflung ging, und fühle mich beschämt, dass ich nie danach gefragt habe.

Als ich mich nach dem Blatt Papier bücke, rutschen die Armreife hinab, die meine Mutter mir geschenkt hat. Ich überfliege die Seite noch einmal, trete dann an den Kamin. Ohne auf Erlaubnis von David zu warten, lasse ich das Blatt ins Feuer fallen, sehe, wie sich die Ränder verfärben und verformen, bis es ganz in Flammen aufgeht. Schon Sekunden später verbleibt nichts als Asche. Ich wende mich wieder David zu, erwarte, die Enttäuschung in ihm zu sehn. Wie kann auch jemand, der sein ganzes Leben in solch perfekter Harmonie gelebt hat, unser Leid in all seiner Komplexität verstehen. Aber er nickt nur, akzeptiert meine Entscheidung, ohne zu urteilen, bietet ein Verständnis, das ich nicht verdient habe.

»Du hast gar nicht versucht, mich aufzuhalten«, sage ich überrascht.

»Dachtest du, ich würde?«, fragt er und schüttelt den Kopf fassungslos. »So funktioniert Liebe nicht.«

Seine Offenbarung und sein Vertrauen bringen mich zum Verstummen. Ich habe mir eigentlich nie den Luxus von Emotionen gegönnt, daher weiß ich nicht, wie ich reagieren soll. Ich schaue von ihm weg, suche nach etwas, weiß aber schon, dass die Antwort direkt vor mir steht.

»Als meine Ex die Scheidung wollte«, setzt er an und beobachtet mich dabei, »meinte sie, dass ihre Illusion zerstört wurde. Dass ich nicht so perfekt sei, wie sie gedacht hatte. Das Ende hatte sie nicht überzeugt.« Er steckt die Hände in die Taschen und schaut den langsam absterbenden Flammen zu. »Da habe ich mir selbst etwas geschworen. Das nächste Mal, wenn ich mich verliebe, würde ich alle schlechten Sachen gleich von vornherein offenlegen. Auf beiden Seiten, damit es keine Überraschungen gibt.«

»Es gibt immer Überraschungen«, sage ich, denke an das Leben meiner Schwestern, die Probleme, denen die beiden sich stellen müssen. »Nichts ist je garantiert.«

»Vielleicht«, stimmt er zu. »Aber der Mensch, im Kern, das, was die Person ausmacht, das ändert sich nie wirklich.«

»Wie kannst du dann jemanden wie mich lieben?«, wende ich ein. Die Frage war heraus, ehe ich mich beherrschen konnte, ich will sie zurücknehmen, schäme mich dafür, zu viel gesagt zu haben.

»Wie könnte ich nicht?«, fragt er zurück und blickt mich an. »Du meinst, du seist beschädigt.« Er nickt, nimmt die Tatsache hin. »Und deshalb meinst du, dass du kein Glück und keine Liebe verdienst. Ich muss deine Entscheidung akzeptieren.« Er wartet, sein Verlangen ist fast greifbar. Langsam lehnt er sich vor, gibt mir einen sanften Kuss auf die Wange. »Aber jetzt mal ehrlich? Du bist die unglaublichste Frau, die ich je kennengelernt habe. Nicht wegen deiner Kindheit, sondern trotz deiner Kindheit.« Er erwidert meinen Blick und sagt leise: »Nicht viele hätten das überlebt und wären auch noch mit deiner Kraft daraus hervorgegangen. Ich liebe dich, so wie du bist, das Gute wie das Schlechte an dir.«

Er gibt mich frei und tritt zurück. Zum ersten Mal ist er es, der geht. Ich sehe ihm zu, bin überzeugt, dass es die richtige Entscheidung ist. Aber zum ersten Mal fühlt es sich nicht richtig an. Ich will nicht, dass er geht. Ich will, dass der Schmerz aufhört, dass die Wunden heilen, die schon länger offen liegen, als ich denken kann.

Irgendwann werde ich Mom fragen, warum sie es getan hat. Wie sie das Risiko eingehen konnte, sich selbst ins Gefängnis zu bringen, um mir zur Freiheit zu verhelfen. Aber ich weiß nicht, wann die Zeit dafür kommen wird. Wann ich so weit bin anzunehmen, was sie mir geboten hat. Selbst nachdem eine Wunde verheilt ist, muss sich erst neue Haut bilden. Und manche Narben bleiben für immer.

Aber bis ich ihre Liebe akzeptieren kann, werde ich ihr bieten, was ich kann – meine Dankbarkeit und die Hoffnung, dass wir eines Tages unsere Hände zusammenlegen und das Einzige zwischen uns das Wissen sein wird, dass das Heute nicht durch das Gestern bestimmt wird und dass morgen tatsächlich ein anderer Tag ist.

Die Energie steht nie still, sie bewegt sich, verändert sich mit der Zeit. Ich denke, vielleicht sollen wir es ihr gleichtun, die Welt nicht so betrachten, wie wir fürchten, dass sie ist, sondern so, wie wir hoffen, dass sie sein könnte – freundlicher, sanfter, mit Erfahrungen und Lektionen, die nicht zerstören, sondern aufbauen. Wir sollten lernen, dass wir nie stillstehen, sondern uns stets mit all jenen gemeinsam bewegen, die uns umgeben, jeder mit dem Nächsten verschmelzend, eine Einheit, auch wenn wir in getrennten Körpern leben. Unsere Schmerzen und unsere Freude sollen geteilt sein, die Last wird leichter, wenn man anderen die Hand reicht.

»David«, halte ich ihn auf. Ich gehe zu ihm, greife nach ihm, will ihn berühren, ihn halten. »Wenn wir …« Ich halte inne, unsicher, mit welchen Worten ich beschreiben soll, was vor uns liegen kann. »Wenn wir zusammen sein sollten, welche Fehler hast du, von denen ich wissen sollte?«

Sein Lächeln füllt den Raum aus, bietet Hoffnung, wo ich keine mehr vermutet hatte. »Ich schnarche. Wirklich laut. In etwa so, wie wenn man an der Autobahn schläft«, erklärt er, zählt dabei seine Fehler an den Fingern ab. »Und ich habe einen katastrophalen Orientierungssinn. Ich weiß nicht, wo links und wo rechts ist. Das ist übrigens auch der Grund, warum man mich aus der Chirurgie rausgeworfen hat«, gibt er zu. »Sie hatten Angst, dass ich bei den Patienten mehr kaputt mache, als ich helfe. Und das Schlimmste ist, ich bringe es einfach nicht fertig, jemanden nach dem Weg zu fragen.« Er klappt den nächsten Finger um. »Drittens? Wenn ich je den Fuß in eine Küche setze, werde ich garantiert einen Hausbrand verursachen. Ist ein echtes Problem. Die Feuerwehr hat den Weg zu meinem Haus schon im GPS vorprogrammiert.« Er legt den vierten Finger um, als ich nach seiner Hand greife.

»Schon gut«, unterbreche ich ihn lachend.

Er schließt seine Hand um meine, wir stehen einfach nur und halten die Finger wie im Gebet verschlungen.

»Sehr gut.«

Und irgendwie, zum ersten Mal, weiß ich, es wird so sein.

Epilog

Ranee

Als sie in Indien eintreffen, scheint noch die Sonne. Ranee betrachtet das Land ihrer Geburt, versteht, was sie früher nie verstehen konnte – die Heimat ist kein Ort und keine Art zu leben, sondern ein Zustand des Herzens mit all den Menschen, die darin ihren Platz gefunden haben. Brent sagte immer, dass ihre Ankunft in Amerika ihn zu dem Menschen gemacht hat, der er schließlich war. Aber das war nur eine Ausrede. Das Böse war schon immer in ihm gewesen und hatte nur auf eine Gelegenheit gelauert hervorzukommen. Vielleicht konnte er seine Taten sich selbst gegenüber begründen, aber wie jeder wahre Tyrann kümmerte es ihn am Ende wenig, wen er verletzte oder wie. Doch jetzt wird er sie nie wieder verletzen können. Sie wissen, dass sie nicht wirklich frei sind vom Schatten der Vergangenheit und dass sie vielleicht nie ganz von ihm freikommen werden, aber sie stehen zusammen, jede von ihnen hilft, die Leere der anderen zu füllen, sie bieten einander Unterstützung und wissen, dass sie nie wieder allein sein werden.

Sie nehmen eine Dreirad-Rikscha zum Ganges. Ranee hält die Urne mit Brents Asche in ihrem Schoß. Gia und Marin sitzen hinten, Ranee neben Sonya und Trisha auf der vorderen Bank. Die Töchter tragen alle ihre Armreife. Sie schweigen, während das motorisierte Gefährt sie durch die Dörfer hin zu der Stadt trägt. Ranee schaut auf die vorbeiziehende Landschaft, erinnert sich an die vergangenen Jahre. So viele Träume verloren, so viele Jahre bereits gelebt. Aber das Leben ist noch nicht vorbei – auch wenn es nicht mehr am Anfang steht. Es geht immer weiter und all die Erinnerungen zusammen formen das, was das Leben ausmacht.

Am Ufer angekommen, treten sie langsam zu den fließenden Wassermassen. Hunderte Gläubige baden im Fluss, fest in ihrer Überzeugung, dass es sich um heiliges Wasser handelt, das von Shivas Kopf herabfließt. Die Frauen stehen Schulter an Schulter am Ufer, Gia und Ranee in der Mitte. Ranee überlässt wortlos ihrer Enkelin die Urne und sieht zu, wie diese den Deckel hebt. Sie knien sich ans Ufer, während Gia die Urne langsam umkippt, die Asche fliegen lässt, bis sie ins Wasser fällt und darin aufgeht. Als nichts mehr verblieben ist, stellt sie die Urne zu ihren Füßen ab. Sie legen die Hände zusammen und sehen gemeinsam der Asche nach, bis nichts mehr zu sehen ist, als das klare Wasser, von dem man sagt, dass es die Sünden derjenigen wegwäscht, die mit ihm in Berührung kommen.

Ranee wendet sich zu ihren Töchtern und der Enkelin. Sie sehen sich still an, als die Glocke eines Tempels in der Nähe ertönt, klar und hell, und allen verkündet, dass man über sie wacht, sie schützt. Mit einem leisen Nicken führt Ranee sie vom Wasser fort, zurück zu der Rikscha, zurück dahin, wohin sie gehören, nach Hause, zusammen.

Danksagung

Kiran, Sienna und Akash, ich würde die Wege meiner Vergangenheit tausend Mal wieder beschreiten, weil ich weiß, dass sie zu euch führen. Ihr seid das Licht, von dem ich geträumt habe, die Freude, für die ich gebetet habe. Jeden Tag erstaunt ihr mich aufs Neue und ich bin euch für immer dankbar. Ich liebe euch. Hema, meine beste Freundin, als ich nach den Sternen gegriffen habe, hast du mich hochgehoben. Vielen Dank für deine Stärke, Ehrlichkeit, Anmut und Liebe. Keith, deine Liebe ist meine Grundlage und deine Unterstützung meine Stärke. Danke, dass du an mich glaubst und immer für mich da bist. Hina, danke, dass du da warst, als ich dich brauchte. Deine Stärke ist mir eine Inspiration, deine Zielstrebigkeit mein Vorbild. Mom, danke, dass du stark genug für uns alle warst und uns die wahre Bedeutung der Liebe gezeigt hast. Prashant, wir waren schon Freunde, ehe das Schicksal uns zu Verwandten gemacht hat. Vielen Dank, dass du mir ein toller Bruder bist. Meghan und Serena, ihr seid die Wunder, die unsere Familie vollständig machen. Ich liebe euch wie meine eigenen Kinder. G. M., Jasumama, Rekhamami und L. B., danke für eure bedingungslose Liebe und ständige Unterstützung. Ich vermisse euch. Sarahlou, du warst die Stimme der Zuversicht in den dunkelsten Zeiten. Danke für deinen Rat und deine Führung, aber ich werde trotzdem nie mit dir in den Urlaub fahren (LOL). Ms. Johnson und Donna, ihr habt mir

Herz und Leben eröffnet. Danke, dass ihr ein Beispiel gebt, das zur Norm werden sollte.

Benee, du hast mir Mut gemacht, mich angetrieben und an mich geglaubt. Du bist die beste Mentorin, die eine Autorin sich wünschen könnte. Deine Freundschaft, Großzügigkeit und Güte werde ich nie vergelten können. Victoria, danke, dass du an meine Arbeit geglaubt hast. Deine Unterstützung und dein Enthusiasmus für dieses Buch haben mir wirklich viel bedeutet. Danielle, ich bin so glücklich, mit dir und deinem Team zu arbeiten. Das Abenteuer fängt gerade erst an und ich freue mich schon auf alles, was noch kommt.

An alle Opfer von Missbrauch und häuslicher Gewalt, glaubt an euch, bewahrt euch eure Träume und hört nicht auf, nach den Sternen zu greifen.

18494582R00278

Printed in Poland
by Amazon Fulfillment
Poland Sp. z o.o., Wrocław